Fabio Nola
Commissario Gaetano
und der lügende Fisch

# FABIO NOLA

## COMMISSARIO GAETANO
### UND DER LÜGENDE FISCH

**EIN NEAPEL-KRIMI**

dtv

Dieses Buch ist ein Roman. Der Sprachgebrauch der
handelnden Figuren spiegelt nicht die persönlichen Ansichten
des Autors wider.

4. Auflage 2025
2025 dtv Verlagsgesellschaft mbH & Co. KG
Tumblingerstraße 21, 80337 München
produktsicherheit@dtv.de
Redaktion: Nina Hübner
Umschlaggestaltung: Lisa Höfner | buxdesign, München
Umschlagmotiv: Yaroslav / Adobe Stock
Karte: © Peter Palm, Berlin
Satz: Fotosatz Amann, Memmingen
Gesetzt aus der Minion
Druck und Bindung: Druckerei C.H.Beck, Nördlingen
Printed in Germany · ISBN 978-3-423-22107-8

*Non è vero ... ma ci credo*
*Es ist nicht wahr ... aber ich glaube es*

# VENERDÍ

# 1.

Neapel betete, und wer an diesem Morgen vom bewaldeten Capodimonte aus durch die Dunstglocke aus Abgasen, Schweiß, Salz und Fett auf das Centro Storico blickte, der konnte es hören. Flüche und Gemurmel stiegen aus den feuchtschwülen Bassi gen Himmel.

Unten in den Gassen standen sie an der Schwelle zum Wahnsinn. Seit Wochen riss er jeden mit sich, der auch nur einen Fuß vor die Haustür setzte: San Gennaro! Man bot das Gelbgesicht in allen Größen und Farben feil, säumte Hauswände und Fensterläden mit seinem Bischofsstab, ließ seine goldene Mitra über Straßenzüge flattern oder pinselte sein Gnaden spendendes Grinsen auf Töpferwaren. Gennaros Heiligenbildchen verstopften Kanalöffnungen und klebten an Schuhsohlen. Aus den Fenstern drang das Summen der Nonnas und Mamminas, die ihren Enkeln Gennaros Legenden vorsangen. Und die Kleinen lauschten mit offenen Mündern, wie der Stadtpatron wilde Tiere zähmte, einem glühenden Ofen entstieg – und wie sein heiliges Blut floss, als man ihm den Kopf abschlug. Blut, aufgefangen von einer umsichtigen Alten. Zweitausend Jahre lang staubtrocken konserviert. In wenigen Stunden würde es wieder erwachen, wenn es der Bischof unter dem Fluchen und Schreien des Volkes zum Fließen brächte.

Vor den Wettbüros waren sie in den letzten Tagen Schlange gestanden. Um wie viel Uhr würde sich Gennaros Blut verflüssigen und von welcher Konsistenz wäre es? Hellrot schäumend wie frisches Schweineblut oder dunkel, suppig und klebrig wie das Pflaumenkompott in Neapels Zuckerbäckereien? Und wie lange würde sich Gennaro bitten lassen, bis sein Blutwunder die Stadt erlöste? Wie viele Gebete mussten die Neapolitaner der Heiligenstatue entgegenschreien, damit diese eitle, eingebildete Heiligenfratze mit dem überheblichen Grinsen es noch einmal gut meinte mit der Stadt?

Bald ging es los. Aus den Bassi krochen schon die Zauberhexen, die dem tobenden Volk gleich Flüche und Gebete soufflieren würden. Ohne die schreienden Mütterchen war Gennaro nichts. Und ohne Gennaro war Neapel nichts.

Wenn es dann vollbracht wäre, würde eine unberechenbare Nacht über der Stadt zusammenschwappen. Und erst in den frühen Morgenstunden würde es Gewissheit geben, ob San Gennaro noch einmal Gnade hatte walten lassen mit Neapel oder ob sich die ekstatische Freude über das eingetretene Blutwunder – denn es musste ja eintreten – in Messerstechereien und Brandstiftungen entladen hatte. Nein, es würde keine ruhige Nacht werden. Ein Jahr lang hatte es unter Neapels Oberfläche rumort, und heute brachen sich alle aufgestauten Wünsche, Gebete, Sorgen und Leiden Bahn. Und so, wie niemand vorherzusehen vermochte, an welcher Stelle die süße Sünde aus den fettigen Santarelle der Zuckerbäcker herausplatzte, wenn man hineinbiss, so kannte auch niemand die Gesetzmäßigkeiten des Wo und Wann, nach denen sich Neapels Brodeln in die stinkenden Gassen des Centro Storico ergoss. Aber wenn San Gennaros Seele in den frühen Morgenstunden zur Ruhe kam, würde auch Neapel wieder in einen unruhigen Schlaf verfallen und sich ein Jahr lang albtraumgeplagt hin und her wälzen, bis der Heilige es von Neuem erlöste.

Commissario Gaetano stand am Fenster seines Büros im dritten Stock der Questura und kniff die Augen zusammen. Die milchige Morgensonne rieselte aus dem Himmel, brach sich am Nachbargebäude und flimmerte grell in sein Büro. Träge wippte er auf den Ballen vor und zurück. Als er das Fenster schließen wollte, hielten ihn der Lärm und die Gerüche der Straße gefangen.

Ein blonder Mann im Anzug streifte unten vorbei, schaute sich um und schien sich nicht sicher, ob er sich in der richtigen Straße befand. Er musterte kurz das Polizeigebäude, sah an der Fassade hinauf direkt in Gaetanos Richtung, sodass sich ihre Blicke für einen Sekundenbruchteil streiften, senkte dann verlegen den Kopf und ging weiter die Sandsteinmauer entlang, die im weißen Morgenlicht strahlte. Schläfrig sah Gaetano ihm nach. Dann lehnte er sich neugierig aus dem Fenster, ob sich schon etwas tat.

An der Mauer gegenüber fläzten Studenten in der Sonne. Sobald Mauro, der Zuckerbäcker, seine kleine Pasticceria unten am Ende der Via Santi Quaranta öffnete, würden sie sich wie von Zauberhand in Bewegung setzen. Doch niemand vermochte vorherzusehen, wann. Mauro hielt nichts von Öffnungszeiten. Waren die Pasticcini knusprig gebacken, goldbraun, fettglänzend, riss der Bäcker das Türchen seines kleinen Holzofens auf, und der Duft nach karamellisiertem Zucker schwängerte die verbrauchte, stickige Luft des Quartiere Pendino mit süßlichen Aromen. Aber noch hatte seine Pasticceria geschlossen. Es war 8 Uhr 32.

Durch das Bürofenster drang der schwüle, beißende Geruch von Urin, Müll und Abgasen. Irgendwo knatterten Vespas. Verkatert war Neapel die Hölle. Und letzte Nacht hatte er es deutlich übertrieben. Sein Magen gluckerte. Gaetano spürte, wie eine leichte Benommenheit ihn ergriff.

Der Spaziergang von der Piazzetta Orefici bis zu seinem Büro und das erwachende Quartiere Porto, wo eine feine Salzbrise die langsam heraufziehende Wolke aus Abgasen, Schweiß und Zigarettenrauch überlagerte, hatten ihn seinen Zustand für eine Weile vergessen lassen. Aber jetzt, zwischen den kahlen, vergilbten Wänden seines Büros, kehrte das Elend der letzten Nacht Stück für Stück zu ihm zurück.

Mit einer halb leeren Grappaflasche in der Hand war er auf der Couch seiner Nichte aufgewacht. Die Verlobungsfeier: Carla hatte ihn durchs halbe Centro Storico geschleift, doch sein Erinnerungsvermögen streikte. Sie würde ihm den ganzen schändlichen Rest schon noch wiederkäuen, denn im Morgengrauen hatte er sich heimlich aus ihrer Wohnung geschlichen. Jetzt war es dieses eine Bild, das ihm klar umrissen in Erinnerung trat. Wie er durch den Türspalt im Schlafzimmer Carla und Michele sah, zwei umeinander geschlungene Korkenzieher, ineinander verhakt, unmöglich zu trennen. Er kniff die Augen zu.

Da klopfte es an der Tür. Das Geräusch war so leise, dass Gaetano nicht mit Sicherheit sagen konnte, ob es von außen gekommen war oder schon die ganze Zeit über in seinem Kopf rumort hatte. Erst als es erneut zaghaft pochte, brummte er mit belegter Stimme »*Pronto?*«, und während sich die alte Holztür quietschend öffnete, schob sich der eckige Kopf eines Mannes hindurch.

»Commissario Gaetano?«

Gaetano erkannte ihn. Es war der blonde Mann im Anzug, der wenige Minuten zuvor die Via Santi Quaranta entlanggelaufen war und die Fassade der Questura gemustert hatte. Er trat ins Zimmer, ohne dass Gaetano ihn darum gebeten hatte, und baute sich wie selbstverständlich vor seinem Schreibtisch auf. Er war gut zwei Meter groß, stand ganz ruhig da, beinahe statuenhaft, und war nicht außer Atem, obwohl er doch eben erst die Treppe in den dritten Stock hinaufgegangen sein musste. Der Mann gab Gaetano aus irgendeinem Grund das Gefühl, bei etwas Verbotenem ertappt worden zu sein.

»Sie kennen die Via Salvatore Tommasi?«, donnerte der Blonde. »Da wohne ich. Für heute Abend brauche ich jemanden, der dort nach dem Rechten sieht.«

Das kantige Kinn des Mannes schob sich beim Sprechen ruckartig auf und nieder. Gaetano starrte auf die riesigen Pratzen des Blonden und fragte sich, wie ein Mensch mit solch aggressiven Händen in der Lage war, derart leise an Türen zu klopfen. In beinahe unerträglicher Regungslosigkeit verharrte er. Er hatte mit norditalienischem Einschlag gesprochen, aber auch in einem Stummfilm hätte man ihm aufgrund seiner kantigen Art, ein Zimmer zu betreten, und der Selbstsicherheit, mit der er den Raum füllte, niemals die Rolle eines Süditalieners zugeschrieben, dachte Gaetano. Nie und nimmer war der Neapolitaner. Verwirrt setzte Gaetano sich.

Plötzlich öffnete sich der Mund des Mannes erneut: »Sie sind doch Commissario Salvatore Gaetano? Jedenfalls steht der Name draußen auf dem Türschild. Ich brauche jemanden, der …«

»Ich bin Commissario Salvatore Gaetano«, unterbrach er ihn ruhig, und aus dem Mund des Blonden kullerten noch einige Worthülsen, bis er verstand, dass man ihm ins Wort gefallen war. Mit großen Augen blickte er Gaetano an. Der ließ das Schweigen im Raum stehen, bis die Glocken der Chiesa di Santa Maria la Scala im Hintergrund zu läuten begannen. »Eine Wohnungsüberprüfung? Wegen der Feierlichkeiten? Seien Sie unbesorgt, Signore. San Gennaro feiern sie vor allem im Pendino, nicht in Ihrem Viertel.« Es war eine glatte Lüge.

Der Mann im Anzug dachte einen Augenblick nach, wobei er seinen Unterkiefer hin- und herschob und die Zähne aneinander rieb. »Es geht hier nicht um San Gennaro oder betrunkene Randalierer. Heute Abend wird es etwas in meiner Wohnung geben, und ich möchte, dass die Polizei vor Ort ist und den Einbrecher … zur Rede stellt.«

Gaetano stutzte. Irgendetwas in der Ausdrucksweise des Mannes irritierte ihn.

»Sie glauben, jemand könnte das Chaos heute Nacht nutzen, um in Ihre Wohnung einzusteigen? Geht es um Kunstgegenstände?« Gaetano dachte an die unzähligen Werkstätten und Ateliers in den Bassi um die Via Salvatore Tommasi. Eine Einbrecherbande hatte in den letzten Monaten dort zahlreiche Galerien leergeräumt. Mit seinem Bruder war Gaetano als Kind oft dort gewesen, wenn sie auf dem Wochenmarkt in den Spanischen Vierteln geholfen hatten, und während die Mutter die Holzkisten und den löchrigen Sonnenschirm in ihrem alten Piaggio verstaute und noch ein paar Besorgungen machte, ließen sie sich von den Tausenden engen Gässchen des Viertels verschlucken. Wenn das Marktgeschäft am Morgen gut gelaufen war, fanden sie in den Taschen ihrer Latzhosen ein paar Lira, die die Mutter dort hineingezaubert hatte. Gaetano sah es deutlich vor sich, wie Aniello und er die Schaufenster einer kleinen Kunsthandlung bestaunten, während sie in ihren Händen die Geldscheine der Mutter aneinander rieben. Fast ein halbes Jahrhundert, dachte er.

»Hören Sie«, riss ihn der Blonde aus seinen Gedanken. »Es wäre nicht das erste Mal, dass jemand in meine Wohnung eindringt. Wer weiß, was als Nächstes kommt? Sie müssen dem Ganzen ein Ende machen, bevor es zu spät ist.«

»Ich verstehe, dass Sie sich nach dem Einbruch nicht mehr sicher fühlen«, murmelte Gaetano mit geschlossenen Augen. »Aber erfahrungsgemäß schlagen Einbrecher nicht zwei Mal hintereinander zu. Wann war das genau mit dem Einbruch? Haben Sie ihn gemeldet?« Er hatte sein Kinn auf die Hände gestützt. Er würde sich wohl oder übel mit dem Mann befassen müssen.

Der Blonde sah sich flüchtig im Zimmer um, bemerkte den hölzernen Besucherstuhl neben dem ockerfarbenen Waschbecken und trug ihn bedächtig vor den Schreibtisch. Dann baute er sich hünenhaft auf und setzte sich nach einem Moment des Innehaltens langsam auf den vorbereiteten Platz. All dies tat er mit einer unübersehbar durchdachten Theatralik, die ein kleines Kind aus Angst vor der nun bevorstehenden Standpauke hätte erzittern lassen. Gaetano versuchte, ein Schmunzeln zu verbergen.

»Noch einmal. Die … Einbrüche gelten mir, nicht irgendwelchen Wertsachen. Es geht einzig und allein darum … mich einzuschüchtern. Ich weiß nicht, ob heute Abend etwas …«, der Mann suchte kurz nach dem richtigen Wort,

»… etwas eintreten könnte, was mir das Leben schwer macht. Ich mache Sie verantwortlich, wenn etwas passiert.«

Gaetano kniff die Lippen zusammen. Obwohl der Mann ruhig und bedächtig sprach, war es seltsam schwer, ihm zu folgen. Selbst die Pausen, die er machte, folgten einem verwirrenden Rhythmus, und die Art, wie er einzelne Silben hervorhob, wirkte in einer einstudierten Weise fehlerhaft, als sollten sie von etwas Entscheidendem ablenken.

Lange sahen sich die beiden an, und Gaetano war sich sicher, dass der Mann ahnte, dass Gaetano ihn durchschaute. In professioneller Manier nahm er einen Notizblock zur Hand. Durch das geöffnete Fenster drang Lärm ins Büro. Das Motorengeknatter, das für gewöhnlich vom Corso Umberto aus Stunde um Stunde die umliegenden Viertel heimsuchte, war verstummt, und an seine Stelle waren Geschrei und Musik getreten. Fetzen von Flüchen mischten sich mit Schellenklirren und Trompetenklängen. Die Prozession, dachte Gaetano.

»Wer bedroht Sie? Was will man von Ihnen? Und was macht Sie so sicher, dass derjenige zurückkommt, um Sie …?«, jetzt suchte Gaetano nach den richtigen Worten und entschied sich für eine behördliche Phrase, »… um Sie tätlich anzugehen?«

»Das habe ich nicht gemeint«, polterte der Mann. »Ich weiß nicht, was passieren wird, und ich werde auch heute Abend nicht zu Hause sein. Aber ich weiß, dass mich jemand glauben machen will, dass … dass etwas geschehen wird. Dass meine Zeit abläuft.«

Gaetano war sich plötzlich nicht mehr sicher, ob er den Mann ernst nehmen sollte. Sein Magen rumorte von den

Sünden der vergangenen Nacht, er war nicht in Stimmung für Verschwörungstheorien oder Rätselspielchen. Von seinen Landsleuten war er es gewohnt, dass ihre Träume Lottozahlen preisgaben und sie in der bräunlich-schwarzen Marmorierung ihres Espresso nach Vorboten für Krankheit oder Tod suchten. Doch der Mann ihm gegenüber war alles andere als ein Neapolitaner, und was er bisher erzählt hatte, klang nach einem ganz gewöhnlichen Einbruch.

»*Allora*, ich nehme jetzt Ihre Personalien auf, und ab Montag, wenn dieser ganze Gennaro-Spuk vorbei ist, sehen wir weiter.« Aus einer Schublade zog er ein vergilbtes Formular und reichte es zusammen mit einem Kugelschreiber, den er unter einem Meer an Notizzetteln fand, über den Tisch. Der Blonde sah ihn fragend an. Gaetano seufzte. »Sie müssen entschuldigen. Normalerweise nehmen die im ersten Stock die Anzeigen auf und tragen alles gleich in die EDV ein, aber heute ist San Gennaro. Jeder wird irgendwo im Haus gebraucht. Füllen Sie bitte das Formular aus und überlegen Sie in Ruhe, ob Sie nicht doch etwas als gestohlen melden wollen.« Der Mann schien Gaetano nicht zu hören und starrte gedankenversunken auf das vor ihm liegende Formular. »Ich nehme Ihre Befürchtungen ernst«, log Gaetano, »aber ich denke nicht, dass es unbedingt notwendig ist, gerade heute …«

»Er kommt jeden Freitagabend in meine Wohnung, während ich in Turin bin«, fiel ihm der Mann ins Wort. »Aber er stiehlt nichts. Sonntagabend oder Montagmorgen, wenn ich aus Turin zurückkomme, ist er verschwunden.« Er trug es in der Monotonie eines pensionierten Priesters vor und brach dann unvermittelt ab, als wäre alles gesagt.

Verdutzt hakte Gaetano nach: »Woher wissen Sie …? Ich meine, sind Sie sicher, dass jemand da gewesen ist? Sie sagten doch, es sei nichts gestohlen worden.«

»Er geht ans Telefon, wenn ich von Turin aus anrufe. Aber er spricht nicht mit mir.«

»Was will er von Ihnen?«

»Ich sagte doch, er spricht nicht. Er hebt einfach nur den Hörer ab. Dann legt er auf. Wenn ich wieder anrufe, geht er nicht mehr ran. Aber ich weiß, dass er da ist.«

Der Blonde zuckte zusammen und blickte sich verstohlen um. Aus dem Nichts war, so erschien es Gaetano, ein kalter Schauer über ihn gekommen.

»*Con calma*. Warum rufen Sie überhaupt bei sich zu Hause an?«

»*Mio Dio*, wegen meiner Putzfrau, was tut das zur Sache? Sie kommt samstags oder sonntags, während ich in Turin bin. Was zu erledigen ist, spreche ich ihr Freitagabend auf den Anrufbeantworter.«

»Warum schreiben Sie keinen Zettel?«

»Was geht Sie das an?«, versetzte der Mann, hatte sich aber im nächsten Augenblick wieder in der Gewalt. »Sie kann nicht lesen. Irgend so ein vertrocknetes, altes Mütterchen aus den Spanischen Vierteln. Sie spricht nur Napulitano. Sie geht in die Wohnung, drückt auf den Knopf am Telefon und bekommt ihre Anweisungen. *Basta!* Reicht das jetzt?«

Gaetano schluckte seinen Ärger über die abfällige Wortwahl hinunter. Der Mann hatte tatsächlich Angst. »Haben Sie das Telefon überprüft? Vielleicht irgendein Defekt?«

»Das Telefon ist in Ordnung. An allen anderen Tagen der

Woche funktioniert es doch. Sorgen Sie dafür, dass das aufhört! Dass er verschwindet.«

»Können Sie beweisen, dass jemand da war? Kameras! Haben Sie eine Überwachungskamera?«

»Hat er mitgehen lassen. Geklaut. Oder meine Putzfrau war's, was weiß ich. Jedenfalls ist sie weg.«

Die ganze Sache klang unglaubwürdig, konstruiert, beinahe, als habe sie sich jemand ausgedacht, um die Polizei zum Narren zu halten. Aber der Mann schien todernst. Verschwommen blickte Gaetano auf den noch jungfräulichen Block vor sich und wartete auf eine Eingebung, wie er den blonden Mann auf einen anderen Tag vertrösten könnte. Um Zeit zu gewinnen, stand er auf und ging zum Fenster, als ob unten auf der Straße die Lösung für sein Problem lag. Noch immer lehnten die Studenten an der Sandsteinmauer. Mauro musste noch geschlossen haben. Gaetano zog den Vorhang zu. Im gedämpften Licht fühlte er sich schlagartig wohler.

»Es kann viele Erklärungen geben. Vielleicht war Ihre Putzfrau schon freitags da und ging an den Apparat.«

»Was ist mit Ihrem Gehirn, hä? Ich hatte doch gesagt, dass das Ganze nicht nur einmal passiert ist, sondern jeden Freitag exakt so abläuft! Und warum sollte meine Putzfrau ans Telefon gehen? Sie bekommt ihre Befehle über den Anrufbeantworter. Und außerdem ist da noch die Sache mit der Uhr, die ...«

Mit einem Schlag flog die Bürotür auf und Danilo Paese stolperte ins Zimmer. »Salvatore!«, plärrte er wie von Sinnen. »Wo ist dein Tipp, eh? Du bist der Letzte.« Verdutzt verstummte er. »Was zum Teufel treibst du hier? Warum ist es so finster? *E che cazzo*, du stinkst nach Grappa.« Danilo knipste mit dem Ellbogen das Licht an und ließ einen grellen Blitz ins Büro fluten, sodass Gaetano schmerzverzerrt zusammenfuhr. »Hier!« Danilo klopfte mit einem Kugelschreiber auf ein Blatt Papier, das er wie ein Kruzifix vor sich hielt. »Trag was ein, aber dalli!« Blass und trostlos wie ein vergessener Fischteich stach Danilos Halbglatze aus einem schwarzen Haarkranz heraus. »Du bist der Einzige in der ganzen Questura, der sich drückt. Die Prozession hat längst angefangen.« Paese sah schlimmer aus, als Gaetano sich im Moment fühlte. Die Augen von dunklen Ringen umrandet, die Lippen blass und spröde. Im Mund die allgegenwärtige Wunderalgenpastille, die ihm seine Schwiegermutter, wenn es sein musste, sogar in den Espresso bröselte, um aus ihm einen schönen Jüngling zu machen. Aber Danilo glich eher einem Junkie als einem Kriminalpolizisten. »Was ist jetzt?«, nervte er weiter, während er mit dem Kugelschreiber herumfuchtelte und sich den Schweiß von der Stirn strich. »Die Prozession kommt jeden Augenblick in Santa Chiara an. Wenn du nicht sofort eine Uhrzeit einträgst, bist du disqualifiziert.«

»Bleib mir gestohlen, Danilo. Ich bin mitten im Gespräch. Der Mann hier fühlt sich bedroht«, flüsterte Gaetano und nickte in Richtung des Blonden.

»Jetzt komm schon, es ist gegen die Regeln, wenn du noch länger wartest.«

»Herrgott, trag halt irgendwas ein. Wann war's denn das letzte Mal?«

»Um 10 Uhr 26 verflüssigte sich letztes Jahr unter dem tosenden Beifall der Betenden ...«

»Dann schreib 10 Uhr 36! Mach, dass du rauskommst!«

»So spät? Bist du sicher? Ich meine … im letzten Jahr war es kälter, und trotzdem hätte niemand gedacht, dass es so lange …«

»Raus jetzt! Gib Bescheid, wenn du was weißt!«

Als die Tür ins Schloss gefallen war, fühlte sich Gaetano binnen weniger Sekunden besser. Der Anblick des heruntergekommenen, algenlutschenden Danilo hatte wie ein Jungbrunnen auf ihn gewirkt. Von draußen strömte süßlicher Duft herein. Mauros mit Haselnusscreme und Nougat gefüllte Pasticcini, die in diesem Moment weich, knusprig und dampfend aus dem Holzofen gezogen wurden, ließen wie von Zauberhand alle Trägheit verdunsten. Neugierig spähte er durch den Vorhang und sah, dass die Studenten sich in Bewegung setzten. In der Ferne klang Musik.

»Sie sehen, San Gennaro hält uns ganz schön auf Trab.« Er schmunzelte, ging zurück zum Schreibtisch und ließ sich beschwingt auf den Stuhl fallen. Doch der Besucher verzog keine Miene. »Es ist nicht so, dass ich Ihnen nicht glaube. Sie kommen lediglich zu einem sehr ungünstigen Zeitpunkt. Vielleicht alles nur ein Dummejungenstreich, eine Mutprobe. Vielleicht hat sich einfach jemand den Schlüssel Ihrer Putzfrau genommen und verbringt ein paar Stunden in Ihrer Wohnung, um seinen Freunden zu imponieren. Neapel ist voller seltsamer Gestalten.« Gaetano warf seinen Kugelschreiber auf den Schreibtisch. »Reden Sie mit Ihrer Putzfrau und allen, die einen Schlüssel haben, dann klärt sich alles auf. Und wenn doch etwas fehlen sollte, melden Sie sich. Aber nicht vor nächster Woche. Lassen Sie erst San Gennaro seinen Auftritt.« Er erhob sich und ging zur Tür. »Ich kann für den Moment wirklich nichts für Sie tun. Nichts spricht dafür, dass es einen Anschlag auf Sie geben wird.«

»Doch, das tut es!« Der Mann schoss wie eine Silvesterrakete in die Höhe. Er zitterte. Mit einem Schlag hatte er seine beherrschte Körperspannung verloren, die ihn bisher so unverletzlich hatte wirken lassen. Er schnaufte heftig, doch so schnell die Maskerade über den Blonden gekommen war, so plötzlich hatte er sich wieder im Griff.

Was wurde hier gespielt? Gaetano fühlte, dass sich etwas Giftiges in dem Mann befand. Etwas, das nach außen drängte, aber um jeden Preis zurückgehalten werden sollte. Er verbarg etwas. Das Verhalten des Mannes erinnerte ihn an den Zwischenzustand, an dem er selbst noch vor wenigen Stunden gelitten hatte, als er auf der Couch seiner Nichte gegen den Drang angekämpft hatte, sich zu erbrechen. Ging es dem Blonden ebenso? Verschwieg er etwas, um es nicht wahr werden zu lassen? Gaetano sah es für gewöhnlich, wenn Menschen einfach nur Angst hatten, aber der Mann in seinem Büro schien unter etwas Besonderem zu leiden, unter einer Art wuchernder Ungewissheit, die ihn nach und nach von innen heraus auffraß. Doch was es auch war, er hatte es wieder in sich zurückgedrückt, stand ruhig im Zimmer und sprach klar: »Meine Wanduhr im Esszimmer wird jedes Wochenende verstellt. Deshalb weiß ich, dass es heute Abend einen Anschlag geben wird. Es ist ein Countdown. Erst ist es mir nicht aufgefallen. Ich war verwirrt, weil der Anrufbeantworter nicht ranging, als ich von Turin aus anrief, und ich ärgerte mich, dass das Telefon kaputt war. Erst später kam es mir so vor, dass während des Telefonats meine Uhr im Hintergrund geschlagen hatte. Da wusste ich, dass jemand in meiner Wohnung war und den Hörer abgenommen hatte.«

Gaetano stand noch immer mit der Hand an der Klinke da. Er dachte einige Sekunden nach. »Was ist so ungewöhnlich daran, dass Ihre Uhr geschlagen hat? Dazu sind Uhren nun einmal da.«

»Ich glaube, sie schlug vier Mal. Aber als ich von Turin aus anrief, war es erst kurz nach halb elf.«

»Sie wissen nicht mit Sicherheit, wie oft die Uhr schlug?«

»Es muss vier Mal gewesen sein. Denn eine Woche später, vor genau drei Wochen, schlug sie drei Mal – um kurz vor halb. Vor zwei Wochen zwei Mal. Ich habe extra darauf geachtet und es mir notiert, sehen Sie?« Er zog einen kleinen Notizzettel aus seiner rechten Sakkotasche, auf dem penibel verschiedene Daten und Uhrzeiten vermerkt waren. Am unteren Rand hatte er eine Zeile leer gelassen, nur das heutige Datum stand in der linken Spalte. Laut der Notizen hatte die Uhr des Mannes am Freitag, den 29. August, um 22 Uhr 27 drei Mal geschlagen. Eine Woche später, am 5. September, zwei Mal und vergangenen Freitag ein einziges Mal, und zwar um 22 Uhr 23.

Gaetano nahm dem Blonden den Notizzettel aus der Hand und betrachtete ihn lange. Es bestand kein Zweifel. Wenn der Blonde die Wahrheit sagte und nicht verrückt war, wenn er sich die Zahlen auf dem Notizzettel nicht einfach nur ausgedacht hatte, sprach alles dafür, dass irgendjemand einen Countdown herunterzählte, an dessen Ende der heutige Tag stand. Doch was sollte die Hexerei? Nachdenklich schlurfte er zu seinem Schreibtischstuhl zurück und bedeutete dem Mann, sich wieder zu setzen.

»Ich verstehe jetzt ein wenig, was Sie beunruhigt. Ihre Uhr schlug letzten Freitag nur ein einziges, ein letztes Mal, und Sie denken jetzt, dass die Person in Ihrer Wohnung heute Abend ... irgendetwas anstellt?« Er starrte weiter auf den Zettel. »Ich nehme mal an, Sie haben die Uhr überprüft?«

»Ich habe sogar einen Uhrmacher beauftragt. Sie funktioniert einwandfrei und geht immer beinahe auf die Sekunde genau, wenn ich aus Turin zurückkomme. Nur während der Telefonate spielt sie verrückt.«

»Das hört sich ja beinahe wie ein Mafiaspielchen an«, flüsterte Gaetano, doch als er das erschrockene Gesicht des Mannes registrierte, schob er ein sachliches »Und es war ganz sicher Ihre Uhr, ja?« hinterher. »Nicht vielleicht irgendein anderes Geräusch ... von der Straße oder ...«

»*Mio Dio*, ich kenn doch meine Uhr! Es ist ein Familienerbstück. Das Ding hing schon über meinem Bett, da war ich noch ein Säugling.«

Die einsetzende Stille im Raum glich den finalen Sekunden einer Schachpartie. Der Mann saß aufrecht auf seinem Holzstuhl und hatte die fleischigen Hände elegant auf seinen Oberschenkeln gefaltet. Sein regungsloser Blick strahlte entspannte Erwartung aus, und wenn Gaetano den Blonden ansah, gelang es ihm nicht, das arrogante Grinsen zu ignorieren. Sein triumphales Schweigen wirkte wie ein Würgegriff.

»Sie sehen, es führt wohl kein Weg daran vorbei, heute Abend in meiner Wohnung nachzusehen, wer dort sein Unwesen treibt.«

»Das entscheide nicht ich, sondern der Primo Dirigente«, sagte Gaetano, obwohl ihm im selben Augenblick bewusst war, dass der selbstgefällige Turiner ihm diese Lüge niemals abkaufen würde. Und dennoch war es vollkommen irrsinnig, dem Mann irgendetwas zu versprechen: Gaetano hatte für die kommenden Stunden klare Dienstanweisungen, die penibel auf die Feierlichkeiten und das zu erwartende Chaos abgestimmt waren. Bis zum späten Nachmittag würde er die Einsätze im Quartiere Pendino koordinieren. Ab 18 Uhr begann an der Piazza Garibaldi seine Nachtschicht, wo er sich vergeblich darum bemühen würde, blauäugige Jugendliche von den Schwarzmarkthändlern fernzuhalten, die aus scheinbar unversiegbaren Quellen Waffen und Munition für billiges Geld unter die Feiernden streuten. Nicht die verlorenen Seelen aus dem Quartiere Sanità. Die bekamen ihre Revolver und Klappmesser beizeiten von Vätern und Onkeln. Es waren die reichen Kinder vom Posillipo, die vom Bahnhofsviertel magisch angezogen wurden und die den Marokkanern in naiver Neugier und mit ungeübtem Blick rostige Pistolen abkauften, um damit zu Ehren San Gennaros in den rauchverhangenen Nachthimmel über dem Plebiscito zu schießen. Im besten Fall gingen die Dinger gar nicht erst los, im schlimmsten Fall aber würde sich der zarte, zitternde Zeigefinger des Teenagers genau in dem Moment zum letzten Mal rühren, wo er unter dem antreibenden Gejohle seiner Freunde den verrosteten Abzug der Waffe drückte. Mit viel Glück riss eine explodierende Kanone nur die Hand oder den Unterarm vom Körper. Aber wer hatte schon Glück in Neapel?

Der Einsatzplan des Primo Dirigente sah vor, dass Gaetano ein bisschen von diesem seltenen Glück unter die Jugendlichen streute, indem er zumindest einen der unzähligen Waffenhehler dingfest machte, bevor der im dunklen Gassengewirr verschwand. Keine Sekunde Zeit also für Wohnungs-überprüfungen. Am Ende würde ihm Gabriele D'Annunzio den Kopf abreißen, wenn Gaetano seinen Posten an der Piazza Garibaldi wegen einer Nichtigkeit verließ und tote Jugendliche dem Primo Dirigente die Beförderung zum Vice Questore versauten.

»Sobald der Chef wieder im Haus ist, werde ich mit ihm über Ihre Angelegenheit sprechen«, log er weiter. »Er nimmt gerade an der Prozession teil und wird erst gegen Mittag zu-rückerwartet. Machen Sie sich aber nicht allzu große Hoff-nungen. Gabriele D'Annunzio wird einen Teufel tun und mich oder jemand anderen vor Ihrer leeren Wohnung postie-ren, während der Rest Neapels in Randalen versinkt.«

»Sie glauben mir nicht!«

»Warum melden Sie sich erst jetzt? Immerhin geht das Ganze schon mehrere Wochen. Warum haben Sie nicht längst einen Wachdienst beauftragt oder einen Nachbarn gebeten, Ihre Wohnung zu beobachten, wenn Sie sich schon selbst nicht die Mühe machen?«

Plötzlich schrie der Blonde: »Meine Nachbarn scheren sich einen Dreck um einen aus dem Norden, die stecken doch alle mit der Camorra unter einer Decke, und ein neapolitanischer Wachdienst ist in etwa so zuverlässig wie ein ausgehungerter Straßenköter, der auf eine Salami aufpasst. Er frisst und ver-schwindet!«

Gut gespielt, dachte Gaetano. Wenn er die Bedenken des Mannes nicht ernst nahm und am Abend tatsächlich die Wohnung eines Turiners verwüstet wurde, könnte er Ärger bekommen. Fehlte nur noch, dass ihm der Mann ein paar Scheine zusteckte, um ihm die Entscheidung zu erleichtern.

In den Augen des Blonden dürfte der Polizeiapparat von allerlei korrupten Strukturen durchzogen sein. Damit hatte er zwar recht, aber Gaetano wollte sich das nicht von einem Turiner erklären lassen.

Für einige Sekunden schloss er die Augen und nahm die melodielose Musik, die in Wellen von der Straße ins Büro drang, in sich auf. Eine schwüle, schwere Brise hatte sich im Centro Storico verfangen, wand sich durchs Fenster und kündigte die erdrückende Hitze des Tages an. Zu dieser Jahreszeit glich die Stadt einem Ofen, wie ihn Mauro in seiner kleinen Pasticceria nutzte. Der kühlte über Nacht nicht gänzlich aus, blieb gerade so temperiert, dass er am folgenden Morgen in kürzester Zeit wieder erhitzt werden konnte. Genauso saugten die engen Gassen, die klebrigen Kopfsteinpflaster und sandsteinernen Fassaden während des Tages gierig Hitze und Schweiß ein, ließen in den milden Nachtstunden alles ein wenig abdampfen und gähnten die abgestandene, nasse Wärme des Vortages dann stöhnend in den Morgentau, sobald die ersten Sonnenstrahlen sie streichelten. Der Alkohol der vergangenen Nacht schnürte Gaetano die Kehle zu und drückte ihm den Schweiß aus den Poren. Nein, er würde sich nicht von einem arroganten Turiner Lackaffen provozieren lassen. Nicht an San Gennaro!

Als er die Augen wieder öffnete, blickte er auf ein zitterndes kleines Wesen. Es war ihm schleierhaft, wie ein Hüne wie der Blonde in Sekundenbruchteilen derart schrumpfen konnte. Aber seine Angst schien echt. »*Madonna Mia*! Was zum Teufel stimmt nicht mit Ihnen?«, fragte Gaetano.

»Helfen Sie mir gefälligst! Dazu sind Sie verpflichtet«, wimmerte der Turiner.

»Gar nichts bin ich. Was soll dieses Affentheater? Wer ist der Typ in Ihrer Wohnung?«

»Ich weiß es nicht, verdammt!« Der Blonde pfriemelte umständlich ein Schnäuztuch aus seiner Hosentasche. Dabei verzog er schmerzverzerrt das Gesicht und stöhnte auf.

»Was ist, was haben Sie?«

»Nichts, es ist nichts.«

»Sie haben doch Schmerzen.«

»Nur eine Begegnung mit einem eurer Straßenköter. Hat mir den Anzug zerfetzt und mich in den Oberschenkel gebissen. Aber das hat er teuer bezahlt.« Der Mann zog vielsagend ein Klappmesser aus seinem Sakko.

»Machen Sie das bloß nicht mit Ihrem Einbrecher!«

»Das heißt, Sie helfen mir?«

Gaetano schielte auf die Uhr über dem Türstock. Es war 9 Uhr 24. Auf dem Gang war alles still. Irgendwo brummte ein Kopiergerät. Die Kollegen saßen in der Kantine vor dem Fernseher und verfolgten die Liveübertragung des Gottesdienstes aus der Basilica Santa Chiara. Im letzten Jahr hatte man den Schrei bis in den dritten Stock gehört, als das Miracolo eingetreten war. Aber jetzt war alles ruhig.

Lange saß der Turiner regungslos da. Gaetano sah, dass er nachdachte, kämpfte, mit sich haderte, und mit jeder Sekunde, die verstrich, wurde sein Zittern stärker. Dann fuhr es wie ein Tobsuchtsanfall aus ihm heraus: »Verdammt, das ist doch eine Chance für Sie, begreifen Sie das denn nicht? Ein Erpresser auf dem Silbertablett!«

Gaetano schwieg, und der Blonde schrumpfte weiter. Draußen läuteten Kirchenglocken. Da trat etwas ein, womit Gaetano nie gerechnet hätte. Der Turiner stand auf, ging um den Schreibtisch herum, beugte sich ganz nah zu ihm herunter und flüsterte, so leise, dass er es wohl selbst kaum hörte: »Bitte!« Und dann noch einmal: »Bitte!«

Immer noch läuteten die Glocken.

»Ich kann es versuchen.« Gaetano hatte geantwortet, ohne es zu wollen. Er wusste selbst nicht, wie es kam. »Es ist nicht viel Zeit … und wir haben einen durchgetakteten Dienstplan … Vielleicht schaffe ich es gegen halb elf. Aber wenn sich nichts Ungewöhnliches tut, verschwinde ich sofort wieder.«

Das Gesicht des Blonden hellte sich schlagartig auf. »Ich rufe genau um 22 Uhr 30 von Turin aus an. Sie können das Läuten vom Treppenhaus aus hören. Es klingelt vier Mal, bevor der Anrufbeantworter rangeht. Wenn es kürzer klingelt, wissen Sie, dass jemand abgenommen hat.«

Gaetano reichte dem Mann einen Zettel und einen Kugelschreiber. »Notieren Sie alles. Ihre genaue Anschrift und eine Telefonnummer, unter der ich Sie heute Abend erreichen kann.«

Der Blonde schrieb wie wild, als ob er fürchtete, Gaetano könne es sich noch einmal anders überlegen. »Der Hauseingang liegt im Innenhof. Das Tor ist immer offen. Meine Wohnung liegt im dritten Stock, da gibt es nur den einen Eingang. Es sind zwei Wohnungen, aber meine Frau und ich haben sie vor Jahren zusammengelegt, als sie krank wurde.«

»Sie sind verheiratet?« Gaetano runzelte die Stirn. »Das hatten Sie nicht erwähnt. Ist Ihre Frau in Sicherheit?«

»Ich war verheiratet«, knurrte der Mann. »Meine Frau ist an Krebs gestorben.«

»Das tut mir leid.«

»Ach was, sie wäre so oder so bald tot gewesen.«

Gaetano fiel die Kinnlade herunter. »Wie lange ist das her?«, fragte er aus einer traurigen Unbeholfenheit heraus.

»Sie starb genau vor zehn Jahren. Wegen diesem Gennaro-Humbug hatten wir Mühe, einen Priester aufzutreiben. Ein Bekannter der Familie hat das dann erledigt. Die Bestattung, meine ich.« Der Witwer sprach mit einer kalten Sachlichkeit, als habe er eben die Katze eines Kindes überfahren und müsse sie eilig verscharren, um noch rechtzeitig zur Arbeit zu kommen. »Alles längst vergessen. In zwei Wochen bin ich wieder unter der Haube. Es gibt ein großes Fest in Turin.«

»Sie heiraten wieder?«

»Was dagegen? Soll ich etwa ins Kloster gehen? Das meinen Sie doch, oder?« Er fing wieder an zu toben. »Ich soll bis ans Lebensende den trauernden Witwer spielen. Jeden Sonntag Blumen aufs Grab meiner Frau tragen. Dem Fleisch entsagen, um die Verwandten meiner Frau nicht zu brüskieren. Ihr Süditaliener seid doch alle gleich!« Im nächsten Augenblick stoppte er sich, als ob er fürchtete, etwas zu sagen, was ihm später leidtäte.

Verdutzt nahm Gaetano den spärlich beschriebenen Zettel entgegen und überflog alles.

*Dott. Capuano, Via Salvatore Tommasi 13, 3. Stock.*

*cellulare: 0039-3773187363, Anruf 22 Uhr 30.*

»Ist Dottore Ihr Vorname, Dottore Capuano?«

»*Mio Dio*, Dottore ist doch ein akademischer Grad.« Capuano verschränkte die Arme. Anscheinend hielt er ihn für total beschränkt.

»Ach wirklich? Und Ihr Vorname?«

Capuano guckte pikiert. »Ianus«, druckste er. »Ich heiße Ianus. Ianus Capua…«

Noch bevor er zu Ende gesprochen hatte, prustete Gaetano los: »Ianus Capuano? Wirklich Ianus Capuano?« Er rutschte fast vom Stuhl vor Lachen. »Für einen Turiner haben Sie einen erstaunlich neapolitanischen Vornamen. Ianus ist die alte Bezeichnung für Gennaro, wussten Sie das? Dann ist heute Ihr Gedenktag. Herzlichen Glückwunsch, Dottore Gennaro Capuano. Obwohl, *attenzione*, passen Sie auf Ihren Kopf auf, Signore!« Er bekreuzigte sich.

Capuano verzog angeekelt den Mund. »In meinem Fall ist Ianus der Familienname meiner Mutter, und die war Dänin.«

»Ganz wie Sie wünschen, Dottore Gennaro Capuano!« Gaetano kicherte.

»Dieser Vorname ist eine echte Plage, wenn man in Neapel lebt. Ich wünschte, mein Vater hätte sich bei meiner Namensgebung durchgesetzt.«

»Aha.«

»Mein Vater war ein stolzer Norditaliener. Er weigerte sich mit Händen und Füßen, mir den Namen Ianus zu geben. Es war von Geburt an klar, dass ich einmal seine Firma übernehmen sollte – Turiner Chocolatiers in vierter Generation. Da passt ein süditalienischer Märtyrer nicht ins Firmenkonzept.«

»Chocolatiers, eh? Braucht man als Schokoladenhersteller einen Doktortitel?«

»Die Firma meines Vaters gibt es nicht mehr. Ich bin Chirurg. Übrigens auch Betriebswirt. Ich habe beide Studiengänge in Mailand mit Auszeichnung abgeschlossen, und das immerhin, obwohl ich Ianus heiße. Ich arbeite für Belchiron, die Klinik für Plastische Chirurgie. Schokolade interessiert mich nicht.«

Gaetano musste plötzlich an Mauro, den Zuckerbäcker, denken und fragte sich, ob jemand, der so wenig menschliche Wärme in sich trug wie der Turiner, etwas so Sinnliches wie Schokolade herstellen könnte. Hätte der Blonde in Mauros Pasticceria Nougattörtchen verkauft, wäre der Laden längst pleite. Mauro hingegen hatte selbst dann Kundschaft, wenn ein Stromausfall im Quartiere Pendino den Ofen für mehrere Stunden kalt werden ließ. Die Freude über seine Pasticcini strahlte aus jeder Furche seines goldbraunen Gesichtes, dampfte aus jeder Pore seines Körpers. Wer Mauro sah, schmeckte sofort karamellisierten Zucker, und der Gang zu ihm war stets der letzte vor einer langen Reise und immer der erste, wenn man zurück ins Pendino kam.

»Hören Sie mich eigentlich?« Capuano hatte weitergeredet, ohne dass Gaetano es merkte.

»Entschuldigung, was haben Sie gesagt?«

»Mein Vater wollte sich nie auf den Vornamen Ianus einlassen. Aber meine Mutter war genauso stur, obwohl sie erst fünfzehn war. Ihre Eltern waren Großindustrielle in Kopenhagen – Ianus Electronics. Sie das einzige Kind. Meine Mutter sah es als ihre Pflicht an, die Familiengeschichte wenigstens als Vornamen weiterzugeben, also drohte sie meinem Vater, meine Geburt so lange hinauszuzögern, bis er sich mit dem Namen Ianus abfand. Zuerst belächelte er das Ganze, aber als ich in der 43. Schwangerschaftswoche noch immer im Bauch meiner Mutter war und ihre Kräfte immer weiter schwanden, wurde er dann doch nervös und stimmte zu. Lieber ein Firmenerbe mit einem süditalienischen Vornamen als ein toter Firmenerbe.«

»Eine starke Frau, Ihre Mutter.«

»Wie man's nimmt. Sie ist noch während meiner Geburt gestorben.«

»Das tut mir leid.«

Capuano überhörte seine Worte und sprach gebannt weiter. Etwas Martialisches war in seinen Blick gefahren. »Mein Vater behauptete zeitlebens, er habe noch nie so viel Blut gesehen wie in dem Bett, in dem meine Mutter mich geboren hat. Es muss ausgesehen haben wie nach einer Schächtung.«

Gaetano wandte sich angeekelt ab, sprang auf und ging zur Tür. »Ich denke, für den Augenblick ist alles geklärt.« Schweißgebadet und von Magenkrämpfen gemartert wartete er, bis Capuano sich erhob und mit majestätischen Schritten auf den Gang trat.

Capuano sah ihm lange und eindringlich in die Augen. »Vergessen Sie nicht Ihr Versprechen!« Dann stiefelte er in Richtung Treppenhaus und war nach wenigen Augenblicken aus Gaetanos Blickfeld verschwunden.

# 2.

In der Via Salvatore Tommasi war kein Durchkommen. Wie ein buntes Knäuel durcheinandergewürfelter Farben schoben sich Menschenmassen durch die schmale Gasse. Grimassen zogen an ihm vorbei. Über ihm, zwischen die Häuserschluchten gespannt, flatterte San Gennaro, mit Möwenkot bespritzt. Unter ihm, auf dem Kopfsteinpflaster, klebte San Gennaro, die Augen von Stilettos durchbohrt. Der Geruch von Maronen, Maiskolben und gebrannten Mandeln strömte durch die Gasse und mischte sich mit dem sauren Schweiß der Feiernden. Er sah ihnen in die Augen.

Niemand würde sich heute an ihn erinnern. Heute konnte er über Stunden inmitten der Menschen stehen und die Wohnung beobachten. In der Ferne läuteten die Kirchenglocken. Die Chiesa di San Giuseppe dei Nudi. Ein kalter Hauch überkam ihn. Trauer kroch in seinen Magen. Dieselben Glocken wie damals. Nie würde er ihren Klang vergessen.

Die Kirchturmuhr schlug zur Nachmittagsmesse. Er kannte inzwischen alle Glocken des Viertels sowie alle anderen Geräusche in der Via Salvatore Tommasi. Bei Nacht und bei Tag. Das Bellen der Hunde, wenn sie rausgelassen wurden, das Klirren von Hausschlüsseln und Türgittern, wenn die Anwälte ihre Kanzleien absperrten, das Surren von Markisen, wenn die Bar an der Ecke schloss. Er wusste, wie alles klang und wann es kam. Immer waren sie da. Nur er und die Geräusche.

*Wie damals, als sie gestorben war, nächtelang. Nur ihr Wimmern hatte in den letzten Wochen gefehlt. Schon im Türsturz war die Stille über ihn hereingebrochen. Da hatte er geweint.*

*Sein Blick wurde neblig. Zum hundertsten Mal überprüfte er sein Cellulare. Warum hatte er noch keine Nachricht? Nachdenklich betrachtete er das billige Gerät. Morgen würde er es nicht mehr brauchen. Er konnte es verkaufen und von dem Geld die Blumen bezahlen.*

*Er atmete tief durch. Nur noch ein paar Stunden.*

*Wie musste sie gelitten haben. Sie hatte nie darüber gesprochen. Doch ihre Stille war mehr gewesen als bloßes Schweigen. Alles, was einmal die Schranke ihrer eisblauen Augen passiert hatte, war auf den Boden ihrer Seele herabgesunken und niemals von dort zurückgekommen. Alles, was sie erlebt hatte, war dort unten liegen geblieben, ohne dass irgendeine Regung ihrer Gesichtszüge etwas über ihre Demütigung preisgegeben hätte. Doch wer sie wirklich gekannt hatte, dem war es gelungen, Unterschiede in der Art ihres Schweigens zu deuten.*

*Er begann zu zittern. Unentwegt lief er die Via Salvatore Tommasi entlang. Als ihn jemand anstarrte, setzte er sich in eine Bar an der Ecke. Beiläufig sah er sich um. Die meisten Gäste waren Touristen, Russen. In wenigen Tagen würden sie die Stadt wieder verlassen, in Richtung Sorrent, die Amalfiküste entlang oder nach Capri, zur blauen Grotte.*

*Er erinnerte sich, als wäre es erst gestern gewesen, dass sie zusammen Ferien auf Capri gemacht hatten. Die wenigen Tage im Jahr, in denen sie rausgekommen waren und etwas anderes als Staub oder lehmvertrocknete Weiden gesehen hatten. Jedes Mal hatte es ewig gedauert, bis das Meersalz ihre Haut und die*

Erinnerung von allem Gestank des Festlandes reingewaschen hatte. Erst da waren sie wirklich frei gewesen.

Manchmal hatten sie sich einen rostigen Kutter gemietet und waren im Morgengrauen zur blauen Grotte gefahren, mutterseelenallein. Da stoppten sie jedes Mal den Motor, lauschten und warteten, während die leisen Wellen sie wiegten. Oft hatte er in diesen Augenblicken das Gefühl, ihr Boot berühre das blaue Wasser nicht mehr, sondern schwebe irgendwo darüber. Nicht auszumachen, an welchem Punkt das blaue Weben der Wellen endete, wo der blaue Äther begann und wo das Blau von der Höhlendecke zurückgeworfen wurde. Überall zugleich. Ungreifbar. Dann wünschte er sich, ihre Körper würden ganz in diesem Blau aufgehen. Sie würden nicht zurückkehren.

In ihren Augen flimmerte das zitternde Wasser. Auch sie waren von diesem geheimnisvollen, seelenhaften Blau, undefinierbar, verschwommen schimmernd. Unergründbar, ob das, was sie betrachtete, noch herumschwebte, bereits auf ihrer Iris schwamm, schon ihr Bewusstsein erreicht hatte oder längst von dort in die Welt zurückgeworfen worden war.

Als sie starb, floss alles in ihren trotzigen, eisblauen Augen zusammen. Noch lange hatte er in sie hineinsehen müssen, als der Rest von ihr schon längst gegangen war, und erst nach endlosen Minuten hatte er ihre Augen geschlossen. Das Blau, so glaubte er damals, hatte danach durch ihre blassen Lider geschimmert, doch als er dann die Glocken hörte, wusste er, dass sie wirklich gestorben war.

Bei dem Gedanken an ihre letzten Augenblicke kamen ihm die Tränen, und er legte die Hände vors Gesicht. Eine Bedienung trat heran und beschwerte sich, dass er einen Vierer-Tisch belegte. Er steckte ihr einen Schein zu und bestellte eine Flasche

*San Pellegrino. Dann lehnte er sich erschöpft zurück. Am Nachbartisch stritt ein russisches oder polnisches Pärchen.*

*Als die Chiesa di San Giuseppe dei Nudi dreimal schlug, ging er auf die Toilette. Genau um 16 Uhr 52 kehrte er an seinen Tisch zurück. Noch einmal sah er in Richtung Fenster. Aber nichts rührte sich.*

# 3.

Gaetano hatte den Hörer seines Diensttelefons bereits am Ohr, bevor er Carlas Nummer auf dem Display erkannte. Sein erster Impuls war, wieder aufzulegen, aber Carlas laute Stimme hielt ihn wie immer gefangen.

»Geht's dir schlecht?« Im Hintergrund hörte Gaetano den Fernseher laufen, sakrale Musik, die von monoton vorgetragenen Gebetsformeln unterbrochen wurde. Seine Nichte sah sich mit Michele die Wiederholung des Gottesdienstes an.

»Dreh den Fernseher leiser!«

»Klirrt es dir in den Ohren?«, brüllte sie voller Inbrunst. »Eh, Michele! Schalt mal das Ding aus. Salvatore zerreißt's den Schädel. Ich glaub, er verträgt keinen Grappa mehr.«

»Was soll das, Carla, mir fehlt nichts. Sag, was du willst.« Er griff sich an den Kopf und presste vor Schmerz die Augen zusammen. Dann kontrollierte er sein privates Cellulare, das stumm geschaltet war. Sofort fühlte er sich ertappt. Es war bereits kurz nach 17 Uhr. Sie hatte in unregelmäßigen Abständen die ganze Zeit über versucht, ihn zu erreichen.

»Na, ob es dabei bleibt, was wir gestern besprochen haben.«

Gaetano schwieg. Diese kleine Hexe. Sie weiß genau, dass ich mich an nichts erinnern kann, dachte er. Mit der freien Hand begann er, seinen Schädel zu massieren. »Warum sollte es nicht dabei bleiben?«

»Schön!« Sie lachte. »Wusste ich doch, dass ich mich auf meinen Patenonkel verlassen kann.« Michele flüsterte etwas. Gaetano hörte beide kichern. Sie spielten mit ihm. Gaetano hatte keine Chance.

»Können wir das nicht verschieben? Du weißt, was hier los ist.« Beschämt sah er zur Bürotür, hinter der sich im Moment nichts weiter verbarg als ein Haus voller erschöpfter Kollegen, die vor dem Fernseher saßen und sich die x-te Wiederholung des Miracolo reinzogen.

»Wirklich? Du hörst dich gar nicht so gestresst an. Soll ich dir was sagen, Salvo? Du hast keinen blassen Schimmer, wovon ich rede, weil du nämlich absolut nichts mehr in deinem Schädel hast. Wahrscheinlich weißt du nicht einmal mehr, wer dich in meine Wohnung gebracht hat.«

Gaetano brach der Schweiß aus. Vor sein inneres Auge rutschte das verschwommene Bild eines großen runden, schwitzigen Frauengesichts.

»Salvo, geht's dir nicht gut? Du röchelst so komisch.«

»Verdammt, erzähl schon, aber spar dir die schmutzigen Details.«

Carla krächzte: »Schmutzig? Wieso schmutzig? Du hast Versprechungen gemacht. Schöne Versprechungen. Solche, die einer Frau Freude bereiten, die …«

»*Che cazzo*, lass deinen Rätselspaß, *capisc*'!«, schrie er.

»Ist ja schon gut«, sagte Carla. In ihrer Stimme schwang auf einmal etwas Trauriges. »Ich habe dich gestern Abend gefragt, ob du mein Trauzeuge werden willst, erinnerst du dich, Salvo? Und mich zum Altar führst … an Papàs Stelle, meine ich … Und … und du hast sofort zugesagt. Sag jetzt bitte nicht, dass du nur zugestimmt hast, weil du betrunken warst!

Papà hätte sich sicher … Ich meine, er würde sich sicher auch …« Carla verstummte, und Gaetano wusste, dass sie kurz davor stand zu weinen. Er hörte ein sanftes Rascheln, als ihr Verlobter sie an sich drückte. Und auch er spürte, dass ihm Tränen in die Augen stiegen. Er wünschte sich auch jemanden neben sich, der ihm einflüsterte, was er tun sollte. Hilflos lauschte er Carlas Schluchzen. Verdammter Beruf. Jeder Ermordete, dem er die Augen schloss, jede Todesnachricht, die er Müttern, Onkeln oder Kindern überbrachte, ein hölzerner vernarbter Jahresring. Aber hier ging es um Carla, nicht um irgendeinen zerschossenen Schädel im Quartiere Scampia.

»Sag nichts.« Carla schluchzte. »Es tut mir leid, es ist meine Schuld. Überleg dir alles in Ruhe … Ich … Papà geht es nicht gut. Ich war gestern bei ihm, und er hat mich gar nicht gehört, als ich ihm das mit der Hochzeit erzählt habe. Er sah grauenvoll aus, eingefallen, stierte vor sich hin. Der Pfleger meinte, es mache keinen Sinn, mit ihm zu reden. Irgendetwas passiert mit Papà.« Carlas Stimme zitterte wie die eines kleinen Mädchens, und jetzt stand die Krankheit seines Bruders wie so oft wie eine Wand aus Milchglas zwischen ihnen und gab ihnen beiden die Möglichkeit, sich zu verstecken. Er hinter seinem kranken Bruder, sie hinter ihrem kranken Vater. Aniello musste wieder einmal herhalten. Gaetano hatte nie ergründen können, wie dieses Vermitteln funktionierte, aber wenn es zwischen ihm und Carla knallte, wenn sie manchmal wochenlang nicht miteinander sprachen, dann begegneten sie sich bei Aniello, redeten aneinander vorbei und verließen hinterher Arm in Arm das Pflegeheim.

»Wann hast du ihn das letzte Mal besucht, Salvo?«

Der Vorwurf kam wie ein Hammer, und Gaetano stellte beschämt fest, dass er sich nicht erinnerte.

»Wir werden ihn nach Hause holen, Salvatore. Er verreckt dort.«

»Bist du wahnsinnig?« Gaetano sprang auf. »Tu dir das nicht an! Aniello braucht Überwachung. Was ist mit deiner Ausbildung, wenn du ständig zu Hause bist?«

»Das geht schon!«

»Hast du vergessen, was letztes Jahr passiert ist?« Aniello war ausgebüxt und hatte den Jasmin im Heimgarten tranchiert. »Die Psychologen sagen, niemand kann vorhersehen, was er in der nächsten Sekunde denkt oder tut. Er ist nicht ... zurechnungsfähig.«

»Aber gefährlich ist er auch nicht. Es war Mitte März. Zeit für den Rebschnitt. Deshalb ist er abgehauen. Er ist Weinbauer.«

»Er war Weinbauer, Carla! Bis er betrunken vom Traktor gefallen ist.«

»Er war nicht betrunkener als du oder Nonno!«, protestierte sie. »Gib ihm nicht die Schuld. Entweder haben alle Schuld oder keiner.«

Natürlich hatte Carla recht. Alle trugen sie Schuld an Aniellos Schicksal. Jeder Einzelne in der Familie. Aber keiner traute sich, morgens genau hinzuschauen, wenn er in den Badezimmerspiegel sah. Jedem von ihnen blickte immer nur der Draufgänger Aniello entgegen. Aniello, der Witzbold, der anderen Salz in den Espresso streute. Aniello, der Hampelmann, der keine Sekunde ruhig sitzen konnte. Aniello, der nie wusste, wann Schluss war, auch nicht beim Trinken.

Nachdenklich drückte sich Gaetano den Telefonhörer ans Ohr. Er hasste es, wenn er an diesen Tag erinnert wurde, an diesen einen verdammten Abend, der alles verändert hatte. Es war der 18. September gewesen. Ein Tag vor San Gennaro. Er erinnerte sich noch heute an jedes grauenhafte Detail, obwohl es schon zehn Jahre her war. So oft war er den Tag durchgegangen, hatte die Stelle gesucht, an der das Schicksal seinen Lauf nahm, den Zeitpunkt, als klar war, dass sie alle am nächsten Tag nicht mehr dieselben sein würden. Im selben Jahr noch bewarb er sich bei der Polizei. Es war ein Unfall der ganzen Familie.

Sie wollten unbedingt noch vor dem Feiertag die Trauben in den Keller bringen, nur dann würde Gennaro seine schützende Hand über die Bottiche legen. Das sagten sie, aber in Wahrheit hatten sie nur Angst, dass sich einer der Hilfsarbeiter während der Feierlichkeiten verletzte und ausfiel. Sie schufteten wie die Stiere, es war brutal heiß, und Aniello trank die ganze Zeit über nur Wein. Dann lagen die Reben tatsächlich in der mückenumnebelten Abendluft auf dem Anhänger. Es roch nach warmer Erde, sie legten sich auf den Boden, sahen gemeinsam in die Dämmerung. Rückblickend glaubte Gaetano, später nie wieder einen so schönen Vesuv gesehen zu haben wie an jenem Abend. In Blaugrau getaucht lagen die beiden Kuppeln da, die Spitzen glühten in der Abendsonne, davor das gold-orangefarben erleuchtete Neapel, aus dem die ersten Raketen hervorschossen, und daneben das verschwommene Spiegelbild der Stadt, flimmernd vom Meer zurückgeworfen. Der Vesuv, Neapel und das Meer. Alles erschien ihm in diesem Augenblick untrennbar verschmolzen. Keiner der drei konnte ohne den anderen. Das

Weingut würde bald genug für alle abwerfen. An diesem Abend beschlossen sie im Scherz, ihre Jobs zu kündigen und sich ganz dem Weinbau zu widmen.

Als es dunkel wurde und der Mond den Weinberg in Weiß tauchte, brachen sie auf. Sie mussten ja die Trauben in den Keller fahren. Papà saß schwitzend und müde im Traktor, Aniello links auf dem Radkasten, er selbst rechts. Sein Bruder sprang noch einmal hinunter, um eine Weinflasche zu holen, die im Mondlicht zwischen den Rebstöcken schimmerte. Er hielt sie triumphierend in die Höhe. »Die ist für den Heimweg.« Es war der letzte vollständige Satz aus seinem Mund.

Dann ging alles ganz schnell. Aniello sprang zurück auf den Radkasten, entkorkte die Flasche mit den Zähnen – verdammt, wie oft hatte er das schon getan? –, in dem Moment fuhr sein Vater los. Der Traktor hüpfte nach vorn, und Aniello fiel rücklings vom Radkasten. Sein Vater trat auf die Bremse. Sie lachten, als sie Aniello im Gras liegen sahen, wie er mit Beinen und Armen zappelte wie ein Käfer. Viel zu betrunken, um aufzustehen. Als sie bemerkten, dass etwas nicht stimmte, war Aniello schon ganz blau im Gesicht. Ein grauenhaftes, durchdringendes Blau, dem das Mondlicht seine Bleiche aufgezwungen hatte. Nie mehr würde Gaetano es vergessen, auch nicht Aniellos Augen, diese riesigen, panischen, fragenden Augen. Oft erschienen sie ihm im Traum, nur die Augen, ihr tiefes, bodenloses Braun, in dem die Sterne schimmerten. Sie standen im Raum und flehten ihn ratlos an: Warum tust du nichts? Hilf mir! Warum tust du nichts, Salvo?

Sie begriffen nicht. Erst als Aniello schon fast schwarz war, griff Gaetano ihm in den Mund, fischte nach seiner Zunge, wühlte wie wild in seinem Rachen herum, bis er merkte, dass er sie die ganze Zeit über zwischen den Fingern gedrückt hielt. Er beatmete ihn durch Mund und Nase, doch die Luft wollte nicht in Aniellos Lungen. Sie plusterte nur Aniellos Backen auf und fuhr Gaetano weinstinkig ins Gesicht zurück. Noch Wochen später übergab er sich bei der Erinnerung. Auf einmal war Aniello still, doch er lebte noch, sonst wäre seine Angst nicht so lebendig aus seinen Augen gekrochen. Diese Augen ... in unerträglicher Verzweiflung aufgerissen ... er starrte auf die erdverklumpte Gartenschere, die Papà in der Hand hielt. Sein Vater schrie: »Schneid ihm in die Kehle, er stirbt. Schneid ihm in die Kehle, Salvatore!«

Wie es vor sich gegangen war, konnte Gaetano nicht mehr erinnern, nur, dass Aniello irgendwann blutüberströmt vor ihm lag, in seinem Hals ein Loch, durch das ihm sein Vater einen Benzintrichter in die Luftröhre schob. Sie pusteten abwechselnd, und Aniellos Lungen blähten sich vom Leben, das in ihn drang. Seine Augen lächelten dankbar. Das Blau seines Gesichtes wich der Bleiche des Mondes. Aniello lebte. Und wäre da nicht der blutverschmierte Korken gewesen, hätte man meinen können, er schlafe friedlich. Aber Gaetano wusste im selben Augenblick, dass sein Bruder ein anderer geworden war und dass weder Aniello noch er jemals wieder Weinbauern sein konnten. Als das Blau aus Aniellos Gesicht geströmt war, hatte es etwas von ihm aufgesogen und mit sich fortgeschwemmt. Es musste etwas sehr Bedeutendes gewesen sein, denn seither hatte Gaetano seinen Bruder nie wieder anblicken können, ohne dabei nach dessen Seele suchen zu müssen. Aber er fand nie etwas anderes als Sinnlosigkeit.

Bei Carla war das anders. Sie, die dieses Blau nie hatte ansehen müssen, betrachtete ihren Vater auch nach dem Unfall mit den gleichen töchterlichen Augen wie zuvor. Sie war nicht Zeugin seiner Transformation gewesen. Am Morgen nach der Lese stand sie am Krankenbett und blickte in ein Gesicht, das ebenso wohlgeformt und einnehmend in den Kissen ruhte wie an den anderen Morgen, an denen sie barfuß ins Elternschlafzimmer getapst war. Nur dass dieses Gesicht nicht reagierte, wenn man es küsste. Doch es machte für das kleine Mädchen keinen Unterschied. Und wahrscheinlich tat es das auch heute nicht. Jetzt, da Carla im Begriff stand, eine verheiratete Frau zu werden. Sonst wäre sie nie auf den irrsinnigen Gedanken gekommen, ihren Vater nach Hause zu holen.

Gaetano kratzte sich in der linken Achsel. Ohne ein Wort von ihm würde Carla nichts in die Wege leiten. Wollte man sie von etwas abhalten, sagte man am besten gar nichts. »Hör zu, Carla! Du feierst jetzt Hochzeit. Danach besprechen wir alles ganz in Ruhe.«

»Papà zieht zurück auf die Tenuta. Da kann er arbeiten wie früher. Die Ärzte meinen, dass er in seiner gewohnten Umgebung wieder zu sich selbst findet.«

»So ein Quatsch! Er hat überhaupt kein Selbst mehr. Sie wollen ihn aus dem Pflegeheim raushaben, weil er Probleme macht.«

»Wir wohnen dann alle zusammen. Papà, ich, Michele, Nonno und du.«

»Jetzt spinnst du total. Ich tue einen Teufel und ziehe zu deinem besoffenen Großvater auf die Tenuta«, rief Gaetano. »Und Aniello auch nicht. Er bleibt im Heim. *Basta!*«

»Du bist genau wie Màmma«, kam Carlas wütende Stimme aus dem Telefonhörer. »Du, Nonno, ihr seid alle gleich. Weil ihr Aniellos Anblick nämlich nicht ertragen könnt. Ihr würdet ihn am liebsten …«

»Pass auf, was du sagst, Carla!«

Plötzlich schrie jemand. Gaetano fuhr zusammen. Verdutzt lauschte er in die Leitung, bis er verstand: Unten in der Kantine plärrten alle wild durcheinander. In den Nachrichten hatten sie das Miracolo gebracht.

»Carla?«

In der Leitung blieb es still.

»Carla?«

Da hörte er, dass sie wieder weinte. Er legte auf.

Draußen feuerte jemand in die Luft.

Im Augenwinkel sah Gaetano den Notizzettel mit Capuanos Adresse. Da kam ihm eine Idee. Danilo, dachte er. Sollte der sich um die seltsamen Anrufe kümmern. Der hätte heute Abend sicher eine Viertelstunde Zeit.

# 4.

Gegen 20 Uhr stahl sich Gaetano von der Garibaldi und nahm den Bus raus nach Fuorigrotta. Aniello sollte heute wirklich nicht allein sein. Und schließlich hatte Gaetano bereits siebzehn illegale Pistolen und fünf Gewehre beschlagahmt. Das machte zusammen zweiundzwanzig. In Napoli die Zahl der Verrückten. Auf ins Pflegeheim!

Tatsächlich hatte er Glück gehabt, dass Danilo Paese so gutmütig war und ihm die seltsame Sache mit der Wohnungsüberprüfung abnahm. Sein Kollege versprach, exakt um 22 Uhr 30 im Treppenhaus des Turiners zu stehen und in dessen Wohnung anzurufen. Wenn niemand abnahm – und es würde niemand abnehmen –, konnte Danilo wieder zurück auf seinen Posten an der Garibaldi.

Aniello saß allein an einem lieblos gedeckten Tisch im Speisesaal vor dem Fernseher und verfolgte teilnahmslos grinsend die Wiederholung der Gennaro-Prozession. Er sah verwirrt aus. Die ganze Zeit über griff er nach benutzten Servietten und legte sie sich übers Gesicht. Carla hatte die neue Marotte erwähnt, mit der Aniello sein Grinsen verdeckte. Nichts machte Gaetano wahnsinniger als das dauerhaft naive Pokerface seines Bruders.

Als er ihn nach zwei Stunden im Saal zurückließ, ohne auch nur ein einziges Wort mit ihm gesprochen zu haben, lief ihm zu seiner Überraschung Carla im Foyer über den Weg. Auch sie wollte ihren Vater augenscheinlich an San Gennaro nicht allein lassen.

»Hol mich morgen früh hier ab«, murmelte sie ihm im Trabschritt entgegen. »Ich schlafe heute bei Papà.« Sie ging weiter, ohne ihn noch eines Blickes zu würdigen.

Ihre kühle Ruhe traf ihn direkt in die Magengegend. Als ob seine Nichte ihm jegliche Gefühle absprach. Glaubte sie wirklich, ihn ließe es völlig kalt, Aniello so dahinsiechen zu sehen? Noch dazu an Neapels Hochfest, das wie kein anderes für Zusammenhalt und Zuversicht stand. Aniellos Verwahrlosung zerriss ihm das Herz. Nur dass es bei Gaetano ein Miracolo brauchte, die Worte dafür zum Fließen zu bringen.

Stumm stellte er sich seiner Nichte in den Weg. Als sie versuchte, ihn zu umkurven, breitete er die Arme aus und fing sie ein. Für Sekunden hielten sie sich gegenseitig fest. Als sie sich von ihm löste, lächelte sie zart. Ihre Augen trugen Tränen.

»Natürlich hole ich dich morgen ab, Carlina«, flüsterte er, zog sie noch einmal an sich heran und küsste sie auf die Stirn. Dann gingen sie in entgegengesetzte Richtungen davon.

An der Bushaltestelle hatte das Bild vom traurigen Aniello das Versprechen schon wieder aus seinem Gedächtnis verdrängt. Plötzlich klingelte sein Cellulare. In der Leitung räusperte sich jemand, als habe er sich verschluckt.

»Salvatore?« Es war Danilo.

»Was ist? Wo steckst du?«

»Ich bin noch bei dieser Wohnung. Ich … ich bin zu spät gekommen.« Er klang verstört, als wolle er etwas Ekelerregendes vertreiben. »Hier vor der Wohnung bin ich …« Er sprach übertrieben laut.

»Danilo, ist alles in Ordnung?«

»Ich glaube, es ist besser, wenn du sofort herkommst.«

Dann hörte Gaetano, wie Danilo sich übergab.

Als Commissario Gaetano kurz vor Mitternacht die Treppe der Via Salvatore Tommasi 13 hinaufsprintete, war das Gebäude voller Polizisten. Auf einem Treppenabsatz hielt er inne und rang nach Luft. Durchs Fenster erkannte er Pietro und Emilia im Innenhof, sie waren einige der wenigen Beamten in Zivil. Die meisten trugen Uniform.

Man hatte sie also von ihren Posten abgezogen und hier versammelt, während ganz Neapel feierte. Wenn D'Annunzio für dieses Großaufgebot verantwortlich war, musste es sich um ein schweres Verbrechen handeln. Gaetano hatte keinen blassen Schimmer, was ihn in Capuanos Wohnung erwartete, aber zumindest war er erleichtert, dass er den blonden Turiner nicht dazu überredet hatte, am Abend selbst nach dem Rechten zu sehen.

Er blickte sich um. Verzweifelt suchte er nach jemandem, bei dem die Fäden zusammenliefen. Die Kollegen um ihn herum schienen ihrerseits auf jemanden zu warten, und keiner machte Anstalten, ihn darüber aufzuklären, wer das sein könnte. Ein leichter Windhauch zog durchs Treppenhaus und verteilte Wortfetzen. Im ganzen Gebäude roch es verbrannt. Einige Kollegen hatten herumliegende Putzlumpen zerrissen und hielten sie sich vor Mund und Nase.

Im zweiten Stock sprach er eine junge, untersetzte Carabiniere an und bat sie um Aufklärung. Genervt steckte sie ihr Cellulare weg.

»Keine Ahnung, was das Casino soll. Wir stehen hier seit einer Stunde rum und niemand tut was. D'Annunzio wird toben, wenn er davon erfährt.« Sie zog einen Schmollmund. Aus ihrer Uniform kroch ein Hauch von Schweiß.

Gaetano trat einen Schritt zurück und musterte sie, während er die Luft anhielt. Sein Blick blieb auf der Stupsnase der Kollegin haften, die ihn an Kleopatra erinnerte. Verwirrt hakte er nach: »D'Annunzio weiß überhaupt nicht, dass ihr alle hier seid? Aber wer hat euch angefordert?«

Die Carabiniere fing an zu grinsen. »Danilo Paese war's. Hat bei Antonella in der Questura angerufen und Panik gemacht … was von ›San Gennaro‹ geschrien und dass wir sofort alle herkommen sollen. D'Annunzio dreht durch. Das kostet Paese seinen Kopf. Der ist doch nicht mehr ganz dicht.«

Gaetano gab ihr ein Zeichen, sich zu mäßigen. Das Gör war frech, aber ihr Lächeln hatte etwas Aufrichtiges. Erschöpft schloss er die Augen. »Wo ist Danilo jetzt?«

»Oben im dritten Stock. Steht wie ein Wachhund vor der Wohnungstür und lässt keinen durch. Affentheater.«

Er ließ sie stehen und stapfte weiter. Unter seinen Füßen knirschte rötlicher Baustaub. Im Erdgeschoss hatte er grobe Steinbrocken herumliegen sehen wie nach einem Erdbeben. Mit dem Eintritt des Miracolo war hier alles stehen und liegen gelassen worden. Die Baustelle unten sah aus, als seien die Handwerker Hals über Kopf auf die Straße gerannt, um zu feiern.

Als er im dritten Stock auf Danilo traf, fuhr er schlagartig zurück. Sein Kollege gab ein furchtbares Bild ab, noch schlimmer als sonst. Seine Gesichtsfarbe ging ins Weißliche. Die dunklen Augen lagen bedrohlich tief in schwarzen Löchern, als würden sie jeden Moment in seinen Schädel hineinfallen und aus seinem faltigen Mund wieder herauskullern. Breitbeinig hatte er sich vor Capuanos Wohnungstür postiert, die nur angelehnt war und einen dünnen Lichtschein herausschimmern ließ. Vor ihm, auf dem mosaikartigen Marmorboden, glänzte eine suppige Pfütze. Erbrochenes. Darin schwammen die Reste einer Algenpastille.

Gaetano suchte nach Worten, die seinen Kollegen an dem Ort erreichen konnten, wo er sich gerade befand, denn dass er nicht im Hier und Jetzt war, erschien ihm offensichtlich. Er hatte ihn aus dem Bus mehrfach zurückgerufen, aber Danilo hatte keine zehn Worte stammeln können. Vorsichtig legte Gaetano ihm die Hand auf die Schulter. Danilo zuckte. Sein Atem stank nach Erbrochenem. Mit dem Blick deutete Gaetano auf den Treppenabsatz, schob ihn sanft hin und drückte den wehrlosen Körper behutsam auf eine Stufe.

»Danilo, hörst du mich?« Keine Reaktion. »Was ist passiert? Du warst gleichzeitig mit dem Einbrecher hier, *vero*?«

Gaetano merkte, dass er zu schnell vorging. Danilo sank unter dem Gewicht seiner Fragen weiter in sich zusammen, krümmte sich, die zittrigen Ellbogen tief in die Oberschenkel gestemmt. Er brauchte einen Arzt, aber es würde dauern, bis jemand käme. Es war San Gennaro.

Das Licht im Treppenhaus erlosch, und Danilo sog vor Schreck die Luft ein. Für eine kleine Weile blitzten von draußen Feuerwerkslichter in das Dunkel und ließen das Gesicht seines Kollegen fratzenhaft aufleuchten, dann drückte jemand aus dem zweiten oder ersten Stock auf den Lichtschalter.

»Ich lasse dich jetzt hier sitzen, Danilo. Warte auf mich.«

Danilo umklammerte panisch Gaetanos Arm und zog ihn näher zu sich, und Gaetano konnte nicht sagen, ob er sich vor dem Alleinsein fürchtete oder ihn davor schützen wollte, in die furchteinflößende Stille der Wohnung zu schlüpfen. Sanft machte er sich los. Ihn schauderte. Danilo war ein erfahrener

Polizist, der in seinem Leben schon viele Tote und Tatorte gesehen hatte. Es musste etwas Grauenhaftes in der Wohnung lauern.

»Alles wird gut!«, flüsterte er und wusste für einen Moment nicht, ob er es zu Danilo oder zu sich selbst sagte. Mit klopfendem Herzen wandte er sich ab, holte tief Luft, zählte bis drei und stieß die angelehnte Tür zu Capuanos Wohnung mit der Fußspitze auf.

Im Eingangsbereich schien nichts beschädigt, alles war penibel aufgeräumt, wirkte beinahe steril. Nur ein ekelhafter, säuerlicher Gestank lag in der Luft und überlagerte den Brandgeruch aus dem Treppenhaus. Gaetano atmete flach. In der hallenartigen Garderobe, die allein wohl halb so groß wie seine gesamte Wohnung war, standen nur wenige Möbel. Konzentriert ließ er den Blick durch den Raum wandern. An der Stirnseite stand eine dunkle Anrichte, darüber ein breiter Spiegel, in dem er nun sich selbst sah, müde, verschwitzt, unrasiert und ungekämmt. Der Spiegel hing so hoch, dass er am unteren Rand gerade noch seinen Kopf und die obere Hälfte seiner Brust sehen konnte. Beinahe wie eine römische Büste, nur ärmer. Er erinnerte sich, dass Capuano ihm sehr groß erschienen war.

An der rechten Wand stand ein Jackenständer aus dunklem Holz, an dem nur wenige, edle Sakkos hingen, darunter ein Reisekoffer und ein kleiner blauer Rucksack. Gaetano musterte ihn skeptisch. Von irgendwo her zog ihm der widerliche Gestank nach Verwesung in die Nase.

Nervös ging er weiter. Sein Herzschlag beschleunigte sich. Hinter einer bombastischen Flügeltür lag das Wohnzimmer. Eine Stehlampe spendete spärliches Licht, durch die Fenster an der linken Wand zuckten bunte Feuerwerksblitze herein. Doch es war nervtötend still, als trüge er Ohrenstöpsel.

Angestrengt starrte er in den Raum. Er schwitzte. Die rechte Wand war von einem Torbogen durchbrochen, der in ein dunkles Zimmer führte. Vorsichtig ging er weiter und zog seine Waffe. Der weiche Teppich unter ihm verschluckte jedes Geräusch. Als er den Torbogen passierte, überkam ihn ein Schaudern, als sähe ihm aus der Finsternis etwas entgegen. Unwillkürlich verlangsamte er seine Schritte und sah in das Dunkel. Konturen eines Tisches stachen heraus. Darum herum vier Stühle. Saß dort jemand? Nein. Mit zitternden Fingern tastete er nach einem Lichtschalter an der Innenseite der Wand. Er zwang sich, tief einzuatmen. Dann knipste er das Licht an.

Sofort presste er die Augen zusammen und zählte langsam bis fünf. Dann zwang er sich, erneut hinzusehen. An der Stirnseite des Tisches, ihm zugewandt, saß jemand. Den Oberkörper hatte er leicht nach vorn gebeugt und beide Arme in einer großzügig empfangenden Geste auf dem Tisch abgelegt. Die nach oben gerichteten Handflächen schwammen in einer großen Blutlache, die vom Tisch herabrann und sich in einem Blutsee bis zu dem Punkt ausdehnte, wo Gaetano jetzt stand. An der Stelle, wo der Kopf des Mannes hätte sein sollen, klaffte ein großes, fleischiges Loch. Der, der dort saß, war kopflos. Es wirkte so arglos, als hätte er nur eben schnell seinen Schädel zur Seite gelegt, wie man es mit einer Brille tat. Und alles war so unbewegt, als hätte man die Szene auf eine überdimensionale Leinwand gemalt, hinter der im nächsten Augenblick die versammelte Kollegenschar hervorspringen und *sorpresa* schreien würde. Aber niemand kam und rief.

Torkelnd wich Gaetano zurück. Feuerwerk blitzte von der Straße herein und verfing sich im Rot der Blutlache. Dann brach die Übelkeit sich Bahn. Seine Beine gaben nach. Die Waffe rutschte ihm aus der Hand. Mit der Rechten stützte er sich gegen den Türbogen, er wollte weg. Etwas fehlte. Seine Augen huschten wild umher, suchten den Kopf. Sekundenlang, vielleicht eine Minute, bis er allmählich zu sich zurückkam und verstand, dass er selbst nicht Teil des Grauens war. Da fing er an, wieder Polizist zu werden. Der Anfall war vorüber.

Er löschte das Licht, trat einen Schritt zurück ins Wohnzimmer, atmete ein und aus und wieder ein. Dann stellte er sich mitten in den Türbogen, riss weit die Augen auf und knipste das Licht wieder an.

Dieses Mal erkannte er Details, die eben noch nicht da gewesen waren. Auf dem Tisch der riesige Berg an Geldscheinen, den das Blut besudelt hatte. Es mussten Tausende Euro sein. Daneben eine uralte Telefonanlage. Was hatte das alles zu bedeuten?

Selbst aus der Entfernung sah er den Kleidern des Toten den Luxus an. Der Geköpfte trug einen teuren, schwarz glänzenden Anzug. Unter dem geöffneten Sakko spitzte ein blutgetränktes Businesshemd hervor. Das linke Handgelenk zierte eine klobige goldene Uhr, die zur Hälfte in der blutigen Suppe auf dem Tisch schwamm. Auch ohne Kopf machte der Mann den Eindruck, er gehöre wie selbstverständlich in diese Wohnung. Ebenso gut hätte dort Capuano selbst sitzen können, aber der konnte es nicht sein, dachte Gaetano erleichtert. Der war in Turin.

Plötzlich donnerte ein brachiales Scheppern durch die Wohnung. Gaetano presste die Hände auf die Ohren. Was war das für ein Höllenlärm? Hinter dem Esstisch erzitterte eine überdimensionale Wanduhr, die aussah, als würde sie jeden Augenblick auseinanderbersten. Tiefschwarz und wuchtig. Das Ziffernblatt riesig. Ein ellenlanger Sekundenzeiger zog stockend über kantige römische Ziffern. Die goldenen Pendel schwangen bedrohlich hin und her. Die Uhr schlug und schlug. Geisterstunde. Gaetano griff sich ans Herz, dann plötzlich war es wieder still. Da fuhr er erneut zusammen. Hinter ihm stand Primo Dirigente D'Annunzio. Und der schäumte.

»Was treibst du hier, zum Teufel? Warum bist du nicht auf deinem Posten an der Garibaldi?«

Gaetano brauchte einen Moment, um sich zu sammeln. Dann trat er einen Schritt zur Seite, um seinem Chef den Blick in Capuanos Esszimmer freizugeben.

»*O mio Dio*, was ist das?« D'Annunzio sprang angeekelt zurück und schlug schützend die Hände über die Augen. Sein Gesicht verlor innerhalb von Sekunden die Farbe. Die braune Tönung rutschte einfach aus ihm heraus. Er konnte ein Würgen gerade noch unterdrücken. »Sag, was ist das hier?«

»Die Antwort auf deine Frage«, brummte Gaetano. »Du wolltest wissen, warum ich nicht auf meinem beschissenen Posten bin.«

»Wer ist das?« D'Annunzio blinzelte vorsichtig zwischen seinen Fingern hindurch.

»Das hat er mir nicht gesagt, aber sobald ich seinen Kopf finde, werde ich ihn fragen.«

D'Annunzios Würgen wurde stärker, und Gaetano stellte zufrieden fest, dass er zu weit gegangen war. Da konnte der Primo Dirigente mal sehen, dass die schmutzige neapolitanische Unterwelt meilenweit von seinen sauberen Kriminalitätsstatistiken entfernt war. Wer zum Teufel dankte Gaetano dafür, dass er sich solche Abscheulichkeiten ansah?

Sein Chef trat aus dem Torbogen zurück in Capuanos Wohnzimmer, tastete sich schleppend an der Wand entlang Richtung Ledercouch und ließ sich mit einem tiefen Seufzer der Erschöpfung hineinfallen. Gedankenverloren massierte er seine grauen Schläfen. Etliche brauchbare Spuren dürften eben verwischt worden sein, dachte Gaetano, auch wenn er nicht glaubte, dass der Mörder vor seiner Tat ein Nickerchen auf der Couch gemacht hatte.

Er löschte das Licht im Esszimmer, lehnte sich neben den Torbogen und betrachtete abwartend den Primo Dirigente. Sein Erscheinen hatte die Situation entscheidend verändert. Gaetano musste nun keine Verantwortung für den weiteren Verlauf der Ermittlungen übernehmen. Aber es war allmählich an der Zeit, Capuano in Turin anzurufen und ihm mitzuteilen, dass in seiner Wohnung ein Mann ohne Kopf saß. Schon verrückt, dachte er. Ein Enthaupteter an San Gennaro, und das in einer Wohnung, die einem Mann namens Ianus gehört. Allmählich verstand er, warum Danilo durchgedreht war.

D'Annunzio riss ihn aus seinen Gedanken. Der Primo Dirigente war von der Couch aufgesprungen und stakste nun in Capuanos Wohnzimmer herum. »Du musst das hier machen, Salvatore! Ich kann hier unmöglich rumstehen und irgendwelche Anweisungen erteilen.«

Als beschränke sich Gaetanos Arbeit für gewöhnlich darauf, Leute herumzukommandieren. Allmählich wurde der Chef weltfremd, und es schälte sich ein Wesenszug heraus, der deutlich mehr darüber verriet, wo D'Annunzio hinwollte, als darüber, wo er herkam. Eigentlich war er einer von ihnen. Aber seit er vor einigen Monaten die Chance auf den Posten des Vice Questore am Horizont hatte aufglimmen sehen und ihm jemand aus den Vorzimmern des Polizeipräsidenten gesteckt hatte, dass just in diesen Tagen von San Gennaro über die Besetzung entschieden würde, hatte D'Annunzio begonnen, in Manier eines aufgeblasenen Gockels auf seinem Misthaufen zu patrouillieren und Statistiken über Größe und Zustand der Eier im Nest zu erstellen. Sollte er seinem Chef die Beförderung wünschen oder war es besser, darauf zu hoffen, er würde erneut übergangen und dadurch auf ein authentisches Maß zurückgestutzt? Gaetano wusste es nicht. Dieser unerträgliche Zwischenzustand hatte aus dem Primo Dirigente einen Menschen gemacht, von dem aktuell niemand sagen konnte, ob gerade eine lange schlummernde Seite an ihm erwacht war oder ob man ihn gegen einen gewieften Doppelgänger ausgetauscht hatte.

Als hätte D'Annunzio seine Gedanken erraten, kam er auf Gaetano zu, und während er sich über den Kopf fuhr, um seine zerzausten Haare zu bändigen, säuselte er besänftigend: »Ich weiß, dass du das alles viel besser kannst als ich, Salvatore. Ich habe momentan keinen klaren Kopf.« Er hielt inne und starrte nachdenklich auf einen Punkt an der Wand. »Du bist näher dran an den Leuten. Nimm dir, wen du brauchst. Ich muss zurück zum Bürgermeister. Morgen, wenn alles vorbei ist, bin ich wieder da.« Mit gesenktem Haupt wandte er sich zum Gehen.

Gaetano überlegte, ob sein Chef Letzteres im Hinblick auf seine Person oder seinen Charakter gesagt hatte.

Im Eingangsbereich drehte sich D'Annunzio noch einmal um. »Ich will so schnell wie möglich wissen, wer der Tote ist. Und schick die Leute umgehend zurück auf ihre Posten. San Gennaro ist noch nicht vorbei. Aber es ist wohl nicht so schlimm wie im letzten Jahr. Ich glaube, ich … wir haben viel geschuftet! *In bocca al lupo*!« Er stürmte hinaus. Wenige Sekunden später fluchte er im Treppenhaus: »*Che cazzo*, was ist das? Wer hat hier hingekotzt?« Es hallte durchs ganze Haus, und Gaetano hörte, wie D'Annunzio trampelnd seine Schuhe abklopfte. »Danilo, du bist eine Schande für den ganzen Polizeiapparat, ach was, für die ganze Familie. Wisch das weg! Und mach dich sauber! Kaum zu glauben, dass wir verwandt sind.« Dann hörte Gaetano den Primo Dirigente die Treppe hinabpoltern.

# 5.

Er verließ die Wohnung, ohne sich noch einmal zu dem Kopf-losen umzusehen. Salvatore Gaetano konnte sich nicht entsinnen, wann eine Ermittlung zuletzt einen solch ekelerregenden Anfang genommen hatte.

Wen er mit ins Team holen wollte, hatte er längst entschieden. Draußen im Treppenhaus kauerte Danilo auf dem Boden und wischte sein Erbrochenes auf. Es stank bestialisch. Als er ihn kommen hörte, rappelte er sich schnell auf. »Ist es so, wie ich denke?« Gaetano bemerkte, wie sich Danilo verrenkte, um seine Übelkeit zu verstecken.

»Wenn du meinst, dass dort ein Mann ohne Kopf sitzt, dann ist es so, wie du denkst.« Er legte ihm die Hand auf den Rücken und schob ihn sanft Richtung Treppenabgang, doch Danilo sträubte sich und schubste seinen Arm weg. »Und? Wie fangen wir an?«

»Du fängst hier überhaupt nichts an. Ich sorge jetzt dafür, dass dich jemand nach Hause bringt. Morgen früh sehen wir weiter.«

»Du ekelst dich vor mir!«

»Ja. Aber das Entscheidende ist, dass du unter Schock stehst. In deinem Zustand bist du mir keine Hilfe.«

»Du kannst mich nicht einfach wegstoßen wie einen angefütterten Straßenköter. Du hast mich in diese Wohnung geschickt, ohne mich darauf vorzubereiten, dass hier ein Irrer wütet, der Köpfe abschneidet ...« Gaetano wollte ihn unterbrechen, doch Danilo stoppte auf einmal von selbst. Er begann, mit den Schuhen Baustaub zu kleinen Häufchen zusammenzuschieben. Gaetano sah ihm ungeduldig zu. Als Danilo den dritten rotbraunen Hügel vollendet hatte, flüsterte er: »Nicht du entscheidest, ob ich hierbleibe oder nicht.«

»Doch, das tue ich!« Gaetano brach der Schweiß aus. »Alle haben mitgekriegt, wie du durchgedreht bist. Du hast behauptet, du hättest San Gennaro gesehen.«

»Hab ich das?«, nuschelte Danilo und guckte unsicher. »Wenn du mich aus der Ermittlung rausziehst, Salvatore, bin ich erledigt. Meine Schwiegermutter lässt mich nicht mehr in meine Wohnung, wenn sie davon erfährt. Wie erniedrigend für ihre Tochter, mit so einem Versager verheiratet zu sein.«

»Danilo, ich kann das nicht für dich klären.«

»Weißt du, irgendwann glaubt man es dann selbst. Dass man zu nichts taugt. Dass immer nur alle anderen Glück haben. Dass man …«

»Herrgott, dann bleib halt hier!«, versetzte Gaetano. Es hallte durchs ganze Treppenhaus. Als der Schall verflogen war, lächelte er. Er konnte nur hoffen, dass Danilo nicht wieder durchdrehte. Wenn etwas schiefging, war er geliefert. »Geh jetzt duschen und dich umziehen. In der Questura hast du ja wohl Kleidung genug.« Er beugte sich über die steinerne Brüstung und rief in den zweiten Stock hinunter: »Kann mal jemand hochkommen?«

Eine junge Carabiniere kam lustlos heraufgestapft, blieb mit hängenden Schultern vor Gaetano stehen und bedachte Danilo mit einem verächtlichen Grinsen.

»*Arrassusìa*«, nuschelte Gaetano. Es war die mit der Kleopatra-Nase. Sie schnaufte vom Gehen, und ihr katzenhafter

Lidstrich drohte in der schwülen Nacht zu verlaufen. Gaetano musterte sie. »*Cómme te chiammè?*«

»Bellucci!«

»Monica, oder was? Oder hatten deine Eltern kein Geld für einen Vornamen? Steh gefälligst nicht so krumm.«

Sie kniff zornig die Augen zusammen, nahm aber sofort Haltung an. »Beppa, äh … Beppa Bellucci.«

»Aha. Du bist ab sofort Teil der Ermittlergruppe, Beppa Bellucci.«

Sie strahlte und wackelte nervös hin und her.

»Steh gerade, verdammt!«

»Und was ermitteln wir?«

»Zuhören! Nicht fragen. Wer zu viel fragt, bekommt keine Antworten.« Gaetano machte eine andächtige Generalpause, um zu bemessen, ob sie ihn ernst nahm. »Du gehst durchs Treppenhaus, Monica …«

»Beppa!«

»… und schickst alle Kollegen wieder auf ihre Posten. Sie sollen dorthin zurück, wo Primo Dirigente D'Annunzio sie eingeteilt hat. Sage ihnen, du handelst im Auftrag von Commissario Salvatore Gaetano.«

Sie salutierte und wollte hinunterpreschen, doch Gaetano zog sie am Hemdzipfel zurück. »Was tust du, Monica? Ich habe nicht gesagt, dass du schon gehen sollst. Merke dir: Wer zu schnell vorgeht, übersieht wichtige Dinge.« Er musste innerlich lachen. Er hörte sich an wie ein Horoskop. Aber Kleopatra schien es zu beeindrucken. »Du verweist alle auf ihre Posten, außer Emilia Maio und Pietro Santoro. Die beiden schickst du zu mir hoch. Und sage ihnen, sie sollen jemanden von der Spurensicherung herholen. Am besten Davide Picariello!«

Bellucci seufzte und zog die Augenbrauen hoch. Doch als sie Gaetanos prüfenden Blick sah, heuchelte sie Interesse: »Ist etwas passiert?«

»Nein, wir machen das hier nur zum Spaß.« Gaetano verdrehte die Augen. »Stell keine Fragen! Vor allem keine so dummen.« Als Bellucci ihren Schmollmund öffnete, hob Gaetano mahnend den Zeigefinger. »Wenn du die anderen verständigt hast, bringst du Commissario Paese in die Questura.«

»Ist er verhaftet?« Bellucci sah erschrocken zu Danilo.

»Wenn du noch eine blöde Frage stellst, ja. Dann sorge ich nämlich dafür, dass er dich in die Nase beißt. Geh jetzt! Du wirst heute noch viele wichtige Dinge zu erledigen haben.«

Bellucci stiefelte mit durchgedrücktem Rücken davon.

Als sie verschwunden war, begann Gaetano, Danilo zu befragen. Der hatte die Via Salvatore Tommasi 13 gegen 22 Uhr 35 erreicht. Die Wohnungstür hatte offen gestanden. Ohne zu zögern, war er in Capuanos Wohnung gegangen. Im Esszimmer traf ihn dann der Schlag. Was danach geschah, konnte er nicht sagen. Seine Erinnerung setzte erst wieder ein, als ihm Primo Dirigente D'Annunzio befahl, sein Erbrochenes aufzuwischen. Vor dem Fund war Danilo niemandem begegnet. Bis auf den beißenden Schmorgestank und den Schutt, der sich vom Erdgeschoss bis hoch in den zweiten Stock verteilte, hatte das Gebäude einen völlig normalen Eindruck auf ihn gemacht. Und so war es auch jetzt noch, dachte Gaetano. Nirgendwo auf seinem Weg hatte sich das Grauen, das im Esszimmer wartete, angedeutet.

»Bei so einem Anblick denkt man immer gleich an Schreie, Lärm und Flucht«, flüsterte Gaetano zu sich selbst. »Aber vielleicht hat es sich in aller Stille abgespielt.« Er kratzte sich nachdenklich am Kinn. Es würde eine lange Nacht werden. Nachbarn befragen, Tatzeitpunkt mit der Spurensicherung rekonstruieren. Und das nach einem Tag wie diesem! Er klatschte in die Hände, dass Danilo aufschrak. »*Allora*, Danilo, gib mir Capuanos Handynummer!«

Er streckte die Hand aus, doch Danilo sah ihn verständnislos an.

»Na, was ist, du hast den Zettel doch eingesteckt? Den Notizzettel mit Capuanos Angaben … Du solltest doch in Turin anrufen und Entwarnung geben.«

»Den … der Zettel?« Danilo wurde bleicher, als er ohnehin schon war.

»Du hast ihn in der Questura vergessen?« Gaetano seufzte. Doch er schluckte seine Wut herunter. Danilo war durch für heute. Er klopfte ihm auf die Schulter. »*Vabbè*, macht nichts. Such ihn, sobald du in der Questura bist.« Nervös sah er auf seine Armbanduhr. Capuano dürfte schon mit den Hufen scharren und genüsslich protokollieren, wie die neapolitanische Polizei versagt hatte. Die Verantwortung für den Saustall in seinem Esszimmer würde er ihm in die Schuhe schieben.

Gaetano ließ die Turiner Schauergeschichten Revue passieren. Irgendetwas musste an diesem Abend schiefgelaufen sein, als jemand in die Wohnung eindrang, um wieder seine Spielchen zu treiben. Woher kam das Geld auf dem Esstisch, und warum hatte der Mörder es nicht mitgenommen? Ein Zerrnebel schob sich vor seine Augen. Herrgott, was war hier vorgefallen? Vor wem fürchtete sich Capuano?

»Verdammt, wo steckt diese Monica Bellucci?«, murrte er und lief in die Wohnung zurück.

»Was tust du?«, rief ihm Danilo entgeistert nach.

»Hier muss es doch irgendwo einen Hinweis geben, unter welcher Nummer Capuano in Turin zu erreichen ist. Sieh im Schrank nach, ob in den Jacken Visitenkarten stecken. Ich wette drauf, dass Capuano tausend Visitenkarten mit sich rumschleppt.«

Während Gaetano wie wild Schubladen aufzerrte, trat Danilo zögernd in den Eingangsbereich und öffnete die Türen des monströsen dreiflügeligen Garderobenschranks. »Sieh dir das mal an, Salvatore!«

Gaetano wandte sich um.

»Der Typ hat wohl Angst vor Staub, oder wie erklärst du dir das?« Im Kleiderschrank hingen Unmengen von Sakkos in allen Farben, die säuberlich in durchsichtige Plastiktüten gepackt waren, als ob die Kleidung eben erst frisch aus der Reinigung geholt worden war. Selbst die Krawatten steckten, jede für sich, in schmalen Plastikbeutelchen und torkelten nach Farben sortiert an einer hölzernen Kleiderstange. »Was ist das hier, ein Versandwarenlager?«

Gaetano rief sich das Bild vom geschniegelten Turiner in Erinnerung. »Wahrscheinlich ekelt sich Capuano und will vermeiden, etwas von Neapels schmutzigem Charme an seiner Kleidung mit nach Turin zu schleppen.«

»Ob er sich erst am Flughafen umzieht?« Danilo verzog hämisch sein Gesicht.

»Ich kann es ihm nicht verübeln. Wenn ich morgens in meine Hose vom Vortag schlüpfe, rieche ich auch wie ein Müllmann, der Kette raucht.«

Aus dem Treppenhaus näherten sich Stimmen. Emilia, Pietro und die junge Bellucci traten in den riesigen Garderobenbereich, Gaetano begrüßte sie mit einem Nicken. Keiner von ihnen traute sich, Danilo anzusehen. In der Luft schwebte sauer-dumpfer Gestank. Alle schnupperten wild durcheinander auf der Suche nach dessen Ursprung. Nach einer Weile huschten ihre Pupillen verstohlen zum bleichen Danilo.

Pietro blinzelte dabei müde, Schweißperlen standen ihm auf Stirn und Nasenspitze und liefen über die graustoppeligen Wangen Richtung Kinn. Während er das bunte Kleiderarrangement betrachtete, schwankte er träge vor und zurück, und das Bäuchlein, das ihm seit seiner Beförderung vor ein paar Monaten gewachsen war, drückte sich zwischen Hemd und Hose hervor. Pünktlich zum Fünfundfünfzigsten war er zum Commissario Capo aufgestiegen und hatte damit einen Dienstgrad erreicht, den er – das wusste er – selbst mit unbändigstem Arbeitseifer nicht mehr toppen würde. Also ließ er es seither ruhiger angehen. Und genau diese Eigenschaft schätzte Gaetano an Pietro. Keiner in der Questura war wie er in der Lage, ein paar zerfetzte Puzzleteilchen korrekt zueinander zu rücken, einfach, indem er sich schnäuzte oder in bäriger Langsamkeit eine Anekdote über seinen Schwager erzählte, der irgendwo im Quartiere Forcella gebrauchte Fritteusen vertickte. Emilia hingegen überstrahlte alle mit einer Frische, von der nie jemand wusste, woher sie sie nahm. Gaetano konnte sich nicht entsinnen, sie jemals ohne diese besondere Wachheit erlebt zu haben. Sie erwartete ihr erstes Kind, und dennoch war sie oft klarer bei der Arbeit als ihre Kollegen. Sie würde dem Team Dampf machen, um vor ihrer Elternzeit noch ein paar Ermittlungserfolge einzufahren. Der Primo Dirigente hatte sie längst in den Innendienst versetzen wollen und müssen, aber damit konnte man Emilia nicht kommen, Schwangerschaft hin oder her. Sie hielt sich selbst für unersetzlich, und das zurecht, war sie doch eine der fähigsten und tüchtigsten Ermittlerinnen in der Questura. Einfache Polizeiarbeit würde ihr nicht reichen. Gaetano vermisste sie schon jetzt. Ihr war nicht anzumerken, dass sie lieber zu Hause im Bett läge, als hier auf Anweisungen zu warten, die schwerlich etwas anderes als eine schlaflose Nacht bedeuten konnten. Sie war aus freien Stücken hier.

Während Gaetano nach geeigneten Beschreibungen kramte, mit denen er seine Kollegen auf das Grauen vorbereiten konnte, das nur zwei Zimmer weiter wartete, platzte Bellucci in die Stille. »Sind wir wegen der Kleidung hier? Fälschungen, na und? Sieht bei mir zu Hause genauso aus.«

»Du meinst, die ganzen Sachen sind nicht echt?« Pietro begrapschte den heraushängenden Ärmel eines braunen Cordsakkos.

»Du hast uns doch nicht wegen dieser Sachen kommen lassen, Salvatore?«, fragte Emilia, während sie sich im Schrankspiegel betrachtete und ihre kurzen dunkelbraunen Haare durchwuschelte. »Worum geht's?«

»Jedenfalls nicht um Markenfälschung.« Gaetano knallte die Schranktüren zu und wandte sich an Bellucci. »Monica …«

»Beppa …«

»… du bringst jetzt Commissario Paese in die Questura. Tu, was er sagt, verstanden? Und du, Danilo, ruf mich sofort an, sobald du Capuanos Telefonnummer gefunden hast.«

Bellucci drehte sich auf dem Absatz um, da rief ihr Gaetano hinterher: »Hast du das mit der Spurensicherung erledigt?«

»Die sind unterwegs.«

Gaetano führte die ahnungslosen Pietro und Emilia in Capuanos Wohnzimmer und postierte sich breitbeinig vor dem Torbogen. Dahinter herrschte Dunkelheit. In kühlen Worten bereitete er sie auf das vor, was sie gleich zu sehen bekämen. Beinahe gleichzeitig griffen sich die beiden an den Hals, bekreuzigten sich und schüttelten ungläubig den Kopf. Als Gaetano ohne weitere Vorwarnung das Licht im Esszimmer anknipste und zur Seite trat, fuhr ein Raunen durchs Wohnzimmer. Dann herrschte wieder Stille. Lange standen sie so da.

Es war Emilia, die beinahe beiläufig das erste Wort tat: »Und wir wissen überhaupt nichts von dem Toten? Hast du keine Vermutung, wer es sein könnte, Salvatore?«

Gaetano erzählte kurz von Capuanos Schauermärchen über die Glockenschläge und den defekten Anrufbeantworter, die den Turiner angeblich seit Wochen in den Wahnsinn trieben.

Emilia präsentierte wie üblich die erste Fallanalyse. »Vielleicht waren es zwei Erpresser, und beim Anblick des vielen Geldes sind sie in Streit geraten. Der eine hätte das Geld gern angenommen, aber der andere wollte weiter seine Telefonspielchen spielen.«

»Das hier ist doch nicht spontan passiert!«, entgegnete Pietro. »Wer ist so abgebrüht und schneidet seinem Komplizen mal eben den Kopf ab und setzt sein Opfer dann noch derart in Szene?«

»Schon mal was von *Il Sistema* gehört, Commissario Santoro?«, fragte Emilia süffisant.

»Wir können noch absolut gar nichts sagen.« Gaetano hob mahnend die Hand. »Es war nur ein Schuss ins Blaue. Wir können noch nicht einmal sicher davon ausgehen, dass das hier wirklich eine Inszenierung ist. Wir müssen aufhören zu sehen, was wir sehen wollen. Nicht jeder Mord in Neapel folgt einem Drehbuch der Camorra.«

»Aber jeder in Neapel kennt die Drehbücher«, murmelte Emilia, während sie gedankenverloren Capuanos Stehlampe musterte. »Manchmal habe ich das Gefühl, es gehört schon zum guten Ton, wie ein Mafioso zu morden.«

»Dann suchen wir jetzt nach einem Mörder, der seinem Opfer ... aus Versehen den Kopf abgeschnitten hat, oder wie? Eigentlich hatte er vor, es ... zu erwürgen. Aber im letzten Moment haben ihm seine Mafiafantasien einen Strich durch die Rechnung gemacht. Meinst du das, Emilia?« Pietro tippte sich an die Stirn. »Du spinnst ja total.«

»Schluss jetzt«, ging Gaetano dazwischen. Er warf einen Blick in den Eingangsbereich. »Verdammt, wo bleibt die Spurensicherung? Die müssten doch längst hier sein.«

»Davide wollte raus in sein Wochenendhäuschen nach Salerno«, sagte Pietro. »Er meinte, für abgefackelte Kioske sei er überqualifiziert und für Silvesterböller, in denen Fingerkuppen stecken, zu sensibel.«

»Nichts von beidem ist der Fall. Hat Monica ihn wirklich erreicht?« Genervt spielte Gaetano mit ein paar Teppichfransen.

»Wer ist Monica?«, fragte Pietro verwundert.

»Na die Junge, die Danilo in die Questura gefahren hat.«

»Ich dachte, die heißt Beppa.«

»Jetzt nicht mehr.«

Plötzlich erschallte ein Klingeln in Capuanos Esszimmer. Es kam vom Tisch, auf dem sich der blutgetränkte Geldberg stapelte. Das antike Telefon. Gaetano ertappte sich dabei, darauf zu warten, dass der Kopflose den Arm hob und den Hörer abnahm. Fragend sah er seine Kollegen an. Alle drei schienen sie den gleichen Gedanken zu haben: Wie kommen wir an das Telefon? Dreimal klingelte es in die Stille hinein, dann schaltete sich der Anrufbeantworter ein. Es meldete sich eine Frauenstimme. Sie klang unsicher, beinahe verzweifelt.

»Ianus, es ist nach eins. Wieso rufst du nicht zurück? Ich mache mir Sorgen. Papà wartet immer noch am Flughafen auf dich. Du hast doch gesagt, du nimmst die Maschine um kurz nach sechs. Wo steckst du, verdammt? Melde dich sofort, wenn du das hier hörst. Papà ist wirklich sauer. Ich ... bitte melde dich. Ich versuche es noch mal am Cellulare.« Das Besetztzeichen erklang. Dann war es wieder still.

Gaetano stand reglos da. Konnte es wirklich sein? Zitternd hatte Ianus Capuano ihm am Morgen versichert, auf jeden Fall noch am Nachmittag nach Turin zu fliegen. Raus aus dieser Wohnung, aus dem vermaledeiten Neapel, in dem ihm jemand Woche für Woche das Blut gefrieren ließ. Es konnte gar nicht anders sein, als dass er geflogen war. Doch irgendetwas stimmte nicht. In Turin war Capuano jedenfalls nicht angekommen. Hatte er der Polizei nicht getraut, ihm, dem neapolitanischen Bullen? Er hatte die Sache doch nicht etwa selbst in die Hand nehmen wollen? Gaetano stockte der Atem. Plötzlich klingelte es erneut. Wieder kam das Geräusch aus dem Esszimmer. Unverkennbar das polyphone Bimmeln eines Cellulare. Gaetano wusste, wer dran war, und wen sie erreichen wollte. Doch niemand würde rangehen. Ianus Capuano war tot.

# 6.

Hinterher konnte er nicht sagen, was passiert war, nicht, wie er in Capuanos Wohnung gekommen war, auf welchem Wege hinaus, nicht einmal, ob er überhaupt bei ihm gewesen war oder es nur geträumt hatte. Nur das viele Blut floss vor seinen Augen zu einem schwarzen See zusammen, als wäre es ihm bis hierher gefolgt. Er wurde ohnmächtig und spürte sich erst wieder, als er seine kaltschweißige Stirn in etwas Nasses tauchte und spie.

Noch immer stand Capuanos Blut vor seinen Augen, nicht mehr suppig, sondern durchsichtig, schlierig. Schemenhafte Konturen dahinter. Palmentröge. Orange leuchtende Laternen. Häuser. Er war allein. Kein Laut. Er atmete tief durch und sah an sich hinab, suchte, aber er fand kein Blut, nur sein Erbrochenes.

Dann lachte es aus ihm heraus. Er johlte, wälzte sich über das Kopfsteinpflaster, sprang auf und hüpfte wie ein Clown über die Piazza. Und San Gennaro, groß und grell auf eine Hauswand gepinselt, lächelte ihm gütig zu.

Capuano war tot.

Plötzlich wurde er still, huschte hinter eine Palme, duckte sich. Etwas Dunkles stülpte sich wie aus dem Nichts über ihn. Sein Lachen erstickte, die Wahrheit stand auf einmal zwischen ihm und der Erlösung. Er hätte es nicht tun dürfen. Er hatte versagt. Er hatte versprochen, es nicht zu tun. Alles hätte er tun dürfen, um Capuano zu vernichten. Aber keinen Mord.

*In seiner Gürteltasche tastete er zitternd nach seinem Cellulare. Das Display zeigte keine Nachrichten. Immer noch nicht. Seit gestern keine einzige Nachricht. Vielleicht würde sie ihm trotz allem danken. Später, wenn sie begriff, dass jetzt alles vorbei war.*

*Die Glocken läuteten halb zwei. Er kannte sie nicht. Benommen torkelte er zur nächsten Ecke, ob er das Meer oder den Vesuv erspähte. Aber beide ließen sich nicht blicken. Angestrengt sah er in die Finsternis. Dann rannte er los, hinein in das Gassengewirr, das verwunschene Labyrinth. Niemandem würde er auffallen. Ein Übriggebliebener der Feierlichkeiten. Vielleicht würde er in der Cattedrale di San Gennaro eine Kerze anzünden. Für sie. San Gennaro und er hatten sie erlöst. Sie hielten zusammen.*

*An einer Ecke stoppte er. Panik krampfte ihm die Augenlider zusammen. Er war wieder dort. Vor Capuanos Tür. Er öffnete sie, ging einen Schritt nach vorn. Da fiel er in einen dunklen Schacht, in einen tiefen Brunnen. Er klappte zusammen.*

# 7.

Für den Moment wusste sich Gaetano keinen Rat. Er war müde. Die Erschöpfung der Nacht stand in den Straßen und steckte in seinen Gliedern. Er griff zum Cellulare und erreichte Danilo just in dem Moment, als der den Notizzettel mit Capuanos Angaben auf Gaetanos Schreibtisch entdeckt hatte. Ohne weitere Erklärungen bat er ihn, Capuanos Handynummer anzurufen. Es dauerte nur wenige Sekunden, da klingelte das Cellulare im Esszimmer erneut.

»Danilo, bleib in der Questura und recherchiere über Capuano alles, was du auf die Schnelle finden kannst. Familienverhältnisse, Lebensumstände, die nächsten Verwandten, auch die aus seiner ersten Ehe.«

Capuano war Witwer, aber Gaetano konnte sich nicht an den Namen der verstorbenen Frau erinnern, war sich nicht einmal sicher, ob Capuano ihn genannt hatte. Er entsann sich nur, dass sie vor zehn Jahren beerdigt worden war. Der Turiner hatte erwähnt, dass sie nur unter großer Anstrengung einen Priester gefunden hatten, der an San Gennaro Zeit hatte aufbringen wollen.

Er gähnte. Eine lähmende Lustlosigkeit hatte sich über ihn gelegt. Es war die Stille, dachte er dankbar. Sein gemartertes Nervensystem wollte schlafen. Oder war es einfach, weil er das Opfer nicht hatte leiden können?

Während Pietro und Emilia träge einige Schubladen durchforsteten, lehnte Gaetano am Torbogen vor dem Esszimmer und wartete auf die Spurensicherung. Er musste zu dem Toten und die letzten Zweifel an dessen Identität ausräumen. Verdammt. Allein die hünenhafte Gestalt des Kopflosen hätte ihn stutzig machen müssen. Die großen Hände. Warum zum Teufel bekam er heute so wenig mit? Beschämt dachte er an seinen Vater, der ihn davor gewarnt hatte, Polizist zu werden. Keiner seiner Nachkommen tauge für eine Arbeit, bei der man den Verstand mehr als die Hände benutzen müsse. Bei den Gaetanos gebe es keinen Verstand. Hätten Gaetanos noch nie gehabt. Das sehe man schon an Aniello. Wäre da auch nur ein bisschen Verstand gewesen, hätte der nicht innerhalb weniger Minuten vollständig aus ihm herausrutschen können.

Von der Straße drangen Rufe herein. Feiernde, die heimkehrten. Türen schlugen im Treppenhaus, und wütende Flüche hallten wider. Pietros Stimme dröhnte durch den Innenhof, arbeitete sich von Stockwerk zu Stockwerk, um die schlaftaumelnden Nachbarn nach besonderen Vorkommnissen zu befragen. Gaetano hatte nicht einmal bemerkt, dass er die Wohnung verlassen hatte, geschweige denn konnte er sich daran erinnern, die Befragung angewiesen zu haben. Er trat an die Wohnungstür. Müde lauschte er den Beschimpfungen, als sich aus dem Wirrwarr ein joviales Summen herausschälte. Er kannte das Timbre. Wenige Sekunden später hüpfte Davides kleine Gestalt die Treppen hoch und mit ihm ein Aroma aus Feigenduft, teurem Champagner und Schweiß. Gaetano war schlagartig wach. Der Gestank stach ihn direkt ins Hirn.

Davide sang, und auch seine Kleidung glich eher der eines Startenors als der eines Kriminaltechnikers. Er trug einen weißen Leinenanzug, und auf seinem Kopf saß ein schief in die Stirn gezogener schwarzer Hut, den ein rotes Samtband zierte. Um den Hals hatte er sich ein ausladendes, pastellfarbenes Tuch gewickelt. Er sah aus, als hätte man ihn eben von der Bühne geholt, wo er zusammen mit den drei Tenören eine Opernarie in die laue Spätsommernacht über Pompeji schmachtete. Draußen schlug es zwei Uhr.

Davide kicherte übertrieben und zwinkerte Emilia zu, die gerade eine kurze Pause auf dem Sofa einlegte und nur müde den Kopf hob, als er eintrat. »Ihr habt mich in flagranti erwischt.« Gaetano sah ihn verständnislos an. »Alessio und ich haben gefeiert. Hochzeitstag. Das hättest du sehen sollen. Alessio hat das ganze Haus geschmückt. Überall bunte Kerzen, Lampions auf der Terrasse, Champagnerbowle bis zum Umfallen. Seit gestern Abend trinken und tanzen wir.« Er fing an, in Capuanos Salon kleine Trippelschritte aufs Parkett zu legen. »Alessio hat meinen alten Plattenspieler wieder zum Laufen gebracht. Er ist wahnsinnig geschickt in solchen Dingen. Ohne die Musik hättet ihr mich nie gefunden. Ich war nämlich gar nicht im Haus, weißt du. Wir lagen gerade am Strand, als ihr kamt. Nur Alessio, Enrico Caruso und ich. Aber das Ding ist so laut, das hört man bis raus nach Capri, da wette ich was.« Er hob an zu singen, bis er Gaetanos strengen Blick auf sich gewahr wurde.

Allmählich füllte sich der Garderobenbereich mit dem Team der Scientifica, das sich in weißen Schutzanzügen um ihren Chef scharte. Der fein gekleidete Davide im edlen Zwirn wirkte im Kreise seiner weiß gewandeten Mitarbeiter wie das Oberhaupt einer Schneehasenkolonie.

»Fühlst du dich hierzu in der Lage, Davide?«, fragte Gaetano eindringlich, während er seinen kleinen Kollegen zur Seite zog. Davide reichte ihm nur bis zur Schulter. Aber er galt als groß in dem, was er tat.

»Man wird doch noch Spaß machen dürfen«, versetzte er. »Wie geht es Danilo?«

»Was weißt du über die Sache?«

»Nur das, was man sich erzählt.«

»Und was erzählt man sich?« Gaetano verschränkte die Arme vor der Brust.

»Dass Danilo durchgedreht ist. Gespenster sieht. Ihm soll Gennaro leibhaftig erschienen sein.«

»Dann dürfte er bei bester Gesundheit sein!«

»Was meinst du damit?« Davide sah ihn verständnislos an.

»Der Tote heißt Gennaro und hat keinen Kopf mehr. Das glauben wir zumindest.«

»Wie kann man nicht sicher sein, ob jemand einen Kopf hat oder nicht?«

Gaetano wusste nicht, ob Davide einen Scherz gemacht hatte oder der Alkohol aus ihm sprach, aber er ließ es auf sich beruhen und schob ihn mit müder Hand in Capuanos Esszimmer. Der Spurensicherer zuckte zusammen, fing sich aber gleich wieder. Die Schar Schneehasen drängte sich neugierig hinter ihren Chef, und wer immer einen Blick auf den Esstisch erhaschte, stieß ein Raunen aus, bekreuzigte sich oder verfluchte die Gewaltfantasien der Neapolitaner. Sie hatten recht. Rohe, brutale Morde hatte es in der Stadt zwar schon immer gegeben, doch früher gehörten sie zum Repertoire der Camorra. Und während sich die Familienclans bei ihren Rachefeldzügen mittlerweile auf saubere, unspektakuläre, ja beinahe friedliche Exekutionen beschränkten, empfand der harmlose Nachbar von nebenan zunehmend Gefallen daran, ungeliebte Mitbürger auf bestialische Weise zu beseitigen. Morde im Vintagestil. Gaetano musste an seine Nachbarin in der Via Sedile di Porto denken, die immer über seine Mülltüten im Treppenhaus stolperte. Welche Mordfantasien mochte sie sich zusammenspinnen?

Davide ließ sich seinen Schutzanzug bringen. Neuerdings trug er Grün. In unregelmäßigen Abständen wechselte er die Farbe, um ein letztes Fünkchen Individualität zu bewahren. Im Kollegenkreis wussten sie den Spleen für sich zu nutzen: Sowohl der Zeitpunkt der Farbumstellung als auch die Farbwahl wurden im offiziellen Wettbuch der Questura gelistet. Wenige Sekunden später klopften die Schneehasen einem Kollegen beglückwünschend auf die Schulter. Der Glückspilz hatte wohl auf Grün gewettet.

»Hör zu, Davide, behalte von deinem Trupp nur hier, wer unbedingt nötig ist. Du musst das hier nicht jedem zumuten.«

Davide winkte ab. »Ich habe nur erfahrene Leute dabei. Als ihr mich aus Salerno herbeordert habt, war mir schon klar, dass es sich nicht um etwas Banales handeln konnte.« Davide kämpfte mit dem rechten Hosenbein seines Schutzanzuges. »Ich leuchte jetzt den Tatort aus. Es war clever von euch, die Blutlache nicht zu betreten. Geronnenes Blut ist wie Harz oder Bernstein.« Er hüpfte herum und ächzte. »Es kann Fasern oder sogar Speichelbläschen konservieren. Aber dazu muss die Oberfläche intakt bleiben.«

»Wir können doch nicht warten, bis du den ganzen See hier untersucht hast. Wir müssen zu dem Toten, Davide!« Gaetano sah genervt auf seine Armbanduhr.

»Du lässt mich ja nicht ausreden! Wir spielen Aqua alta. Ich baue dir einen Steg zum Esstisch.«

Gaetano trat aus dem Türbogen, um Davides weißen Mitarbeitern Platz zu machen, die ehrfürchtig den Blick gesenkt hatten. Dass der Tote Gennaro hieß, schien bereits durchgesickert zu sein, dachte Gaetano.

»Was ist mit dem Kopf, Davide? Hast du eine Vermutung, wo er sein könnte?«

»Auf den ersten Blick keine Blutspuren, die herausführen. Aber das müsste der Fall sein, wenn er nicht hier im Esszimmer liegt. Der Kopf muss stark getropft haben.«

Gaetano musterte noch einmal das Esszimmer, wie er es schon Hunderte Male an diesem Abend getan hatte. »Wenn ihr mit dem Steg fertig seid, sucht als Allererstes nach dem Kopf.«

»Vielleicht hat der Täter ihn mitgenommen.«

»Warum sollte er das?«

»Was weiß ich? Wer hat schon Gennaros Kopf?«

Alle bekreuzigten sich.


Während Emilia die ersten Paparazzi an der Wohnungstür verscheuchte und Pietro seine Befragung im Treppenhaus fortsetzte, baute die Spurensicherung im Wohnzimmer eine Bahre auf und legte den Weg bis zur Blutlache mit weißen Leinentüchern aus. Davide betrat den Steg und forderte einen kräftigen Kollegen auf, mit anzupacken. »Pass auf, dass der Stuhl nicht kippt oder verrutscht, wenn wir ihn runterheben. Ich brauche Fotos vom Originalzustand.«

Wenig später lag der Tote auf der Bahre. Kein einziger Tropfen Blut war geflossen, und Gaetano wunderte sich, wie leicht es gelungen war, die hünenhafte Gestalt emporzuheben und herauszutragen. Man konnte den Eindruck gewinnen, bei Capuano handelte es sich nur noch um eine Hülle, einen vertrockneten Kokon. Er dachte daran, wie der Turiner am vergangenen Vormittag mit sich gerungen hatte, seine Furcht preiszugeben. Und dass er dabei etwas in sich zurückgepresst hatte, was mit hinausschlüpfen wollte. Einen Verdacht, ein Geheimnis, eine tiefe, ungewisse, unerträgliche Angst. Sie musste mit dem ganzen Blut aus ihm hinausgeflossen sein.

Davide Picariello beugte sich über den aufgebahrten Torso und musterte interessiert die teure Kleidung und die Uhr. »Die tragen bestimmt nicht viele in Neapel. Erkennst du die wieder? Oder irgendetwas anderes? Emilia meinte vorhin, der Mann war gestern in deinem Büro.«

Gaetano verneinte nachdenklich und ließ dann seine Blicke wieder und wieder über den Leichnam gleiten. Das Fehlen des Kopfes machte ihn hilflos.

Ein Techniker reichte ihm ein Cellulare und eine Geldbörse, die er aus den Sakkotaschen des Toten gezogen hatte: »Laut Personalausweis heißt der Geköpfte Ianus Capuano. 1973 in Turin geboren. 1,98 Meter groß. Das dürfte ungefähr hinkommen.« Der Kollege verschwand ohne weitere Worte im Esszimmer.

»Was willst du mehr?« Davide hüpfte von einem Bein aufs andere, als müsste er dringend auf die Toilette. »Capuanos Ausweis und sein Cellulare. Die Statur passt auf deine Erinnerung. Auch ohne seinen Kopf gibt es doch gar keinen Zweifel.« Der Spurensicherer wandte sich ab und erklärte die Diskussion damit für beendet.

»Worauf soll man auch achten, wenn nicht aufs Gesicht?«, flüsterte Gaetano mehr zu sich.

»Das ist wieder typisch hetero. Wenn es um Männer geht,

fehlt euch der Sinn fürs Detail. Wenn dort eine Frau läge, könntest du mir doch in Sekundenschnelle sagen, ob sie in deinem Büro war oder nicht. Du wüsstest, ob das dort ihre Brüste oder Beine sind oder der gleiche Hintern, dem du nachgeglotzt hast, als sie ihn aus deinem Büro schwang.«

»*Che vvuò?*«, versetzte Gaetano. »Capuanos Dialekt hat mich abgelenkt. Wie er sprach, klang seltsam. Auch die Wortwahl.«

»Hat er was erwähnt, was uns weiterhelfen könnte? Verletzungen in letzter Zeit oder Unfälle?«

Gaetano holte sich die gemeinsamen Minuten mit Capuano vor sein inneres Auge. Dann durchzuckte es ihn. »Das ist es, du bist genial, Davide. Zieh dem Mann die Hose runter!«, befahl er. »Schnell, mach schon!«

»Hä?«

»Ich will seine Beine sehen!« Gaetano öffnete hastig den Gürtel und den Hosenbund des Toten und gab Davide einen Wink, an den Hosenbeinen zu ziehen, während er die Hüfte des Leichnams anhob. Nach und nach kamen die nackten Oberschenkel zum Vorschein.

Pietro trat neugierig von der Eingangstür heran und pfiff amüsiert. »Das muss ein besonders wildes Kätzchen gewesen sein, das ihn da liebkost hat! Scharfe Krallen hatte sie jedenfalls!«

Das blond behaarte Bein des Kopflosen zierten vier parallel verlaufende Kratzer, die vom Hüftansatz bis hinunter zum Knie reichten. Auf Höhe der Hosentasche klaffte eine kleine Fleischwunde.

»Könnten die Verletzungen von einem Hund kommen? Was meinst du, Davide?«

»Was fragst du mich? Ich stehe auf Männer, nicht auf Hunde.«

Gaetano trat einen Schritt zurück und verschränkte die Arme vor der Brust. Dann nickte er einem Schneehasen zu, der mit einem Leinentuch in der Hand neben ihm stand. »Es ist definitiv Ianus Capuano. Er hat mir erzählt, dass ihn kürzlich ein Hund angefallen und gebissen hat.«

»Dann weißt du das jetzt.« Davide war auf einmal kreidebleich. »Hör zu, Salvatore, mir geht's richtig mies. Ich bin viel zu betrunken für das hier. Eigentlich sollte ich jetzt mit Alessio am Strand liegen.« Er schnaufte angestrengt und fasste sich in die Magengegend. »Hat mal jemand ein Glas Wasser?« Unvermittelt trat Gaetano einen Schritt zurück und wartete aus sicherer Entfernung, dass Davide weitersprach. »Ich schicke die Jungs jetzt nach Hause, Salvatore. In ein paar Stunden sind wir wieder hier. Aber erst muss ich schlafen.«

Erschöpft und wie durch einen Nebel betrachtete Gaetano den überstürzten Aufbruch um ihn herum.

Er trat ins Treppenhaus und rief nach Emilia. »Bist du fertig mit den Nachbarn?«, wandte er sich dann an Pietro.

Der gähnte. »Lass uns Schluss machen für heute. Wir wissen doch jetzt, wer der Tote ist.«

Ganz plötzlich war das Rumoren in der Wohnung verstummt. Die Schneehasen zogen an ihm vorüber. Als einer der Letzten torkelte Davide schwer schnaufend vorbei und stopfte Gaetano eine runde Versiegelungsplakette in die Hemdtasche. Am kleinen Finger der rechten Hand baumelte der Sängerhut. Gaetano sah auf seine Armbanduhr. Es war kurz vor vier Uhr. »Irgendeine Spur vom Schädel oder der Tatwaffe?«, rief er

Davide noch nach, aber der schüttelte nur den Kopf. Pietro eilte ihm hinterher.

Wenige Augenblicke später kam Emilia die Stufen herauf, verharrte und hielt sich schwankend am Treppengeländer fest. Ihr Gesicht stand unter Schweiß. Schnell trabte Gaetano in die Wohnung und kehrte mit einem Glas Wasser zurück. Sie trank es in einem Zug leer. Nach einer Weile kam sie zu Kräften und strich sich mit einer Hand über den Bauch. »Unten ist gerade alles ruhig, aber jemand muss die Absperrung übernehmen.« Sie atmete tief ein. »Wir gehen auch gleich, oder?«

Gaetano nickte besorgt, da gesellte sich Pietro wieder zu ihnen. »Die Jungs von der Spurensicherung gehen davon aus, dass der Mörder den Rest der Wohnung nicht betreten hat. Davide kümmert sich morgen drum.«

»Haben sie eine Vermutung, wonach wir eigentlich suchen?«, fragte Gaetano.

Pietro verneinte. »Keiner wollte sich die Wundränder am Hals genauer ansehen.« Verschwörerisch flüsterte er: »Ich glaube, Davide hat ganz schön einen sitzen. Wäre mir nicht sicher, ob der so bald wieder hier auftaucht.«

Gaetano winkte ab. »Was ist mit dem Türschloss?«

»Keine Einbruchsspuren«, antwortete Pietro. »Nicht mal ein Kratzer. Capuano muss seinen Mörder hereingelassen haben. Oder der Täter besaß einen Schlüssel.«

»Den hatte er. Der Telefonstrolch war ja in den letzten Wochen mehrfach hier. Und Capuano muss seinen Mörder erwartet haben. Denk an das ganze Geld. Er muss es bereits auf dem Tisch angerichtet und darauf gewartet haben, dass sein Erpresser kommt und es … holt … annimmt. Woher sein

Mut so schnell kam? Vor vierundzwanzig Stunden hat er noch bei dem Gedanken gezittert, sich auch nur in Neapel aufzuhalten.« Pietro und Emilia zuckten beinahe gleichzeitig mit den Schultern. »Um halb neun in der Questura. Pietro, lass Monica Bellucci hier antanzen. Jemand muss in der Nacht hierbleiben und die Wohnung überwachen, bis die Spurensicherung ihre Arbeit wieder aufnimmt!«

Plötzlich klingelte ein Cellulare und in Gaetanos Jackentasche vibrierte es. Verdutzt zog er das Asservatentäschchen mit Capuanos Smartphone heraus.

Betroffen sah ihn Emilia an. »Ich beneide dich jetzt nicht.«

Gaetano lief ein Schauer über den Rücken. Er hätte schon längst in Turin anrufen müssen.

# SABATO

# 8.

Die Nacht war wunderschön. Neapel schlief. Ohne zu zögern, ging er zum Castel Nuovo und sog den Geruch von Salz, Fisch und Öl in sich auf. Das Meer stand schwarz und lichterlos im Hafenbecken. Am Horizont, weit hinter der Stadt, glomm ein kleines rötlich-goldenes Dreieck am Himmel. Der Gipfel des Vesuvs. Bald würde das obere Drittel des Vulkans orange erstrahlen, wenig später der ganze Berg leuchten, und dann wären auch schon wieder Hitze und Hektik unbarmherzig über das wehrlose Neapel hergefallen.

Seine Zweizimmerwohnung im Centro Storico gegenüber der Chiesa di Sant'Onofrio dei Vecchi empfing ihn mit Vorwürfen. Wäscheberge, liegen gebliebene Post und Müllsäcke versperrten den Weg vom fensterlosen Gang in die unaufgeräumte Wohnküche, die nach Süden hin lag. Dort erwartete ihn der Mief von einsamen, sonnenvergilbten Stoffsofas und Bauernmöbeln sowie der Gestank der Straße, der es tagsüber durch die Fenster in den dritten Stock geschafft hatte. Er liebte seine Wohnung. Wenn jemand käme und sie putzte, würde er glatt auch die Tage darin verbringen. Wie immer ignorierte er das Chaos, schlüpfte aus seiner Kleidung und fiel ins Bett. Er stellte den Wecker auf 7 Uhr 15 und nahm sich vor, Capuanos Verlobte gleich nach dem Aufstehen anzurufen. Wie sollte er es formulieren, dass der Mann, den sie heiraten wollte, keinen Kopf mehr hatte? Er nahm eine

Baldrian- und eine halbe Schlaftablette und schlief wenig später ein.

Er sah eine Traumgestalt an seiner Wohnungstür klingeln, bis er begriff, dass das schrille Geräusch von außen kam. Mit einem Ruck setzte er sich auf und griff zu seinem Cellulare. Eine unbekannte Nummer. Aus dem Augenwinkel las er die Uhrzeit auf dem Wecker. 6 Uhr 42. Hoffentlich niemand aus dem Pflegeheim!

Er räusperte sich. »*Pronto*?«

»Commissario Gaetano? Sie müssen sofort herkommen!« Die Stimme zitterte. Gaetano konnte sie nicht zuordnen.

»Wer spricht denn da?«

»Beppa!«

»Wer?«

»Beppa. Beppa Bellucci.«

Er brauchte eine Weile, bis er verstand. »Monica, bist du's?«

»Beppa Bellucci, die Sie in der Wohnung postiert haben.«

»Warte einen Augenblick.« Gaetano stand auf, ging ins Bad und spritzte sich kaltes Wasser ins Gesicht. Dann trank er einen ganzen Zahnputzbecher voll in einem Zug aus. Er nahm das Cellulare wieder ans Ohr und ließ sich schlaftrunken auf einen Küchenstuhl plumpsen. »Monica, verdammt, weißt du, wie viel Uhr es ist?«

»Ich … also … da war doch dieser widerliche Gestank in der Wohnung. Keiner hat etwas gesagt, und … und ich dachte, es wäre wegen Danilo, ich meine Commissario Paese, weil er doch so … Jedenfalls wurde der Gestank immer stärker.«

»Komm zum Punkt.«

»Es kam aus einem Rucksack … da habe ich reingeschaut. Da hat's mich fast nach hinten umgehauen.«

Gaetano fuhr auf. »Der Kopf! Hast du Capuanos Kopf gefunden?«

»Was? Nein. In dem Rucksack liegt eine stinkende Makrele.«

»Was? Bist du sicher?«

»Na ja, es könnte auch eine Goldbrasse sein ... das Ding ist eher länglich, aber der faulige Bauch quillt schon nach außen, und da lässt sich nicht sicher sagen, ob ...«

»Monica, halt die Klappe. Sonst ist nichts im Rucksack? Nur der Fisch?« Ein skurriler Gedanke schoss in seinen Kopf, aber im nächsten Moment war das seltsame Bild schon wieder verhuscht. »Du rührst dich nicht vom Fleck. Ich bin in zwanzig Minuten da! Die Makrele ... sie ist vielleicht der einzige Zeuge!«

Er schlüpfte in seine Kleidung und sprintete durch Neapels eierschalenweiß beschienene Gässchen. Die schmale Via Salvatore Tommasi erwachte gerade. Rollläden ratterten und gaben den Blick in die kleinen muffigen Galerien des Viertels frei, wo San Gennaro in verschiedensten Varianten zum Kauf angeboten wurde. Alte Männer mit Hut und Anzug kehrten mit buckligem Rücken bergeweise Knaller, Raketenstängel und Gennaroflugblätter vom Gehsteig auf die Straße. Keuchend trabte Gaetano die letzten Meter bis zur Hausnummer 13. Die Straße lag im Halbdunkel. Nur das oberste Drittel der Gebäude leuchtete bereits in der Morgensonne. Nichts deutete auf das Verbrechen hin, das in der letzten Nacht im Haus verübt worden war. Gaetano fröstelte. Eine Bar schräg gegenüber hatte schon geöffnet. Warmgoldenes Licht strahlte aus den Fenstern auf das schwarze Kopfsteinpflaster. Hinter der Scheibe legte ein Barista gerade süße Teilchen unter eine

Glashaube. Speichel sammelte sich in Gaetanos Mund. Im Gehen rief er bei Bellucci an.

»*Pronto?*«

»Ich bin gegenüber in der Bar. Rühr dich nicht vom Fleck, hörst du! Ich komme in fünf Minuten.«

Schlaftrunken bestieg er einen hölzernen Barhocker und ließ sich vornüber auf den Tresen sinken. Der Barista betrachtete ihn aus grimmigen Augen, murrte, dass noch nicht geöffnet sei, und warf die Espressomühle an. Kurz darauf stellte er Gaetano eine dampfende Tasse mit einer ockerfarbenen Crema vor die Nase. Der Duft war betörend. Gaetano sog mit geschlossenen Augen den Dampf ein und fühlte sich, als würde er jeden Moment in den Espresso hineingezogen.

»*Pulizzìa?*« Der Barista riss ihn aus seiner Trance. Er trug eine befleckte Schürze, auf der *Da Dimitri* stand.

»Sieht man mir das an?« Gaetano blickte an sich herunter. Er trug weder Uniform noch zeichnete sich seine Waffe unter der Jacke ab. Ihm gegenüber, zwischen den Wein- und Likörflaschen, blinzelte aus dem verspiegelten Wandregal ein schläfriger, pausbackiger Commissario unter einer grau melierten, verwegenen Mähne hervor. Schwarz-weiße Bartstoppeln überdeckten seinen gebräunten Teint. So müde wie er war, wirkte die Gesichtsfarbe wie ein Missverständnis. Nur die dicken, schwieligen Hände sprachen von Ehrlichkeit. Einmal Bauer, immer Bauer. Sieht so etwa der typische neapolitanische Polizist aus?

»Ich kenne jeden aus dem Viertel. Und wer, bitte schön, treibt sich am Morgen nach San Gennaro schon um diese Uhrzeit herum?« Der glatzköpfige Barista sprach mit russischem Einschlag. »Außerdem hat mir euer Affentheater gestern Nacht das Gennaro-Geschäft vermiest. Ihr habt schließlich den ganzen Vicolo gesperrt.«

»Warum haben Sie dann schon geöffnet, wenn eh niemand kommt?«

»Hab ich ja nicht!«, grummelte der Barista mit verschränkten Armen.

Gaetano verstand die Aufforderung, kippte seinen Espresso in einem Zug hinunter und ging.

In Capuanos Wohnung traf er auf eine bleiche Bellucci, die ihm mit spitzen, grell lackierten Fingernägeln einen glitschigen Fisch an der Schwanzflosse hinhielt, während sie sich mit der freien Hand die Nase zukniff. Gaetano riss Capuanos Garderobenschrank auf, zog eine der durchsichtigen Krawattenhüllen heraus und signalisierte ihr, den Fisch darin einzuwickeln. Erst als das Tier gewissenhaft verpackt auf dem Fliesenboden lag, begann Bellucci zu sprechen. »Ich hatte recht«, triumphierte sie, »es ist tatsächlich eine Makrele. Die dürfte schon vor Tagen gefischt worden sein. Noch ein paar Stunden länger, und sie wäre aufgeplatzt.«

»Niemand hat dir erlaubt, den Fisch aus dem Rucksack zu holen. Was denkst du dir dabei?«, schimpfte Gaetano. Doch dann lächelte er ihr wohlwollend zu. Unsicher sah sie ihn an. Ihr rechter Lidstrich war verwischt. Er ging in die Knie und pikste dem Fisch mit dem Zeigefinger in die aufgedunsenen Flanken. »Was weißt du über neapolitanische Makrelen?« Er beschloss, seine skurrile Idee zunächst für sich zu behalten. Er glaubte selbst nicht, was er dachte, und wollte einer unverbrauchten Polizistin nicht mit neapolitanischen Unterweltsmärchen, dem Drift in den schwefelnden Abgrund, wo oft nur Märchen und Weisen gesungen wurden, den freien Geist vernebeln.

»Ich kann meinen Großvater fragen, der kennt sich aus. Aber dass die hier nicht mehr frisch ist, kann ich Ihnen auch so sagen.«

»Ich rede nicht davon, wie man ihn ausnimmt oder zubereitet. Ich will wissen, wozu ein Fisch in Neapel dient, wenn nicht zum Essen.« Jetzt würde sich zeigen, ob die Göre etwas taugte. »Was ist, Monica? Fällt dir irgendetwas dazu ein?«

Sie zögerte. Sie musste verstanden haben, dass er sie prüfte, und fuhr sich mit Zunge und Hand über die Oberlippe, wo sich schnell kleine Schweißtröpfchen gesammelt hatten. »Na ja, mein Großvater hält mit den Fischen die Katzen aus dem Haus.« Gaetano verdrehte die Augen. »Ich meine … äh … sie kacken sonst immer die ganze Einfahrt voll und leeren die Mülltonnen aus … die Katzen, meine ich. Nonno … er ist ja Fischer. Also, er verteilt die Fischgräten überall vor dem Haus, deshalb denken die Katzen, dass bei ihm nichts mehr zu holen ist. Und bisher bleiben sie weg. Die Katzen lassen sich von meinem Großvater belügen.«

Gaetano ließ Belluccis Worte in seinem Kopf nachhallen. Sie macht sich, dachte er. Mal sehen, wo das hinführt. Nachdenklich glotzte er auf den Fisch, und der Fisch glotzte erwartungsvoll zurück, als freute er sich, ihn hinters Licht zu führen. »Du nimmst also an, der Fisch soll eine Botschaft überbringen? Aber eine falsche Botschaft … eine Lüge … wie die Gräten deines Großvaters.«

»Es war nur so ein Gedanke«, antwortete Bellucci unsicher. »Man hört ja nicht selten, dass … dass in Neapel Fische an

Leute verschickt werden, die demnächst ... umgebracht werden sollen. Also, die Camorra macht so etwas.«

Gaetano sah sie aus halb geschlossenen Augen an.

Zögerlich fuhr Beppa fort: »Ich meine ... man erzählt sich, dass die Camorra Fische verschickt.«

»Da ist ein großer Unterschied, Carabiniere. Mir zum Beispiel ist noch nie ein toter Fisch untergekommen. Und ich habe viele gesehen, die von der Camorra getötet wurden. Merke dir eines: Du bist Polizistin. Du willst vielleicht einmal Kriminalbeamtin werden. Bevor du nicht sicher weißt, dass du selbst es warst, die deinen ersten Gedanken gefasst hat, fasse niemals einen zweiten.« Er sah sie prüfend an. »Dein erster Gedanke muss einem stabilen Fundament gleichen. Du kannst es später nicht mehr austauschen, wenn erst einmal ein Gedankengerüst darauf steht. Du wirst Zeit verlieren, wenn dein Fundament nicht hält und alles in sich zusammenfällt. Mache dir klar, wer in dir denkt. Und lass die Gedanken nicht davoneilen.« Bellucci sah ihn verzweifelt an. »Verstehst du, was ich dir sagen will?«

»Nein.«

»Das dachte ich mir.« Sie wollte protestieren, aber Gaetano hob die Hand. »Was war dein erster Gedanke, als du den toten Fisch gesehen hast?«

Bellucci stotterte: »Ich ... äh ... ich dachte mir sofort, dass die Makrele ... mehr sein könnte als nur ein Fisch.«

»Gut! Und weiter?« Gaetano ließ seine Hand sinken.

»Wir leben in Neapel. Viele glauben, dass ein toter Fisch den eigenen Tod ankündigt. Eine Warnung. Aber in dieser Wohnung wurde niemand gewarnt. Hier wurde jemand ...« Sie zog sich mit dem Zeigefinger einmal quer über den Hals »... umgebracht. Die Botschaft ist falsch!«

»Sehr gut! Der Fisch lügt. Wie die Fischgräten deines Großvaters.«

»Warum stinkt in dieser Wohnung ein lügender Fisch herum?«

»Was für die Polizei eine Lüge ist, kann Ianus Capuano sehr wahrhaftig vorgekommen sein.«

»Also verstand er was von Fischen?«

»Das kann ich dir zum jetzigen Augenblick noch nicht sagen. Noch fischen wir im Trüben. Aber entscheidend ist, dass der Überbringer davon ausging, Capuano würde die Botschaft verstehen.« Gaetano wandte sich zufrieden ab, klopfte Bellucci auf die Schulter und widmete sich wieder der physischen Realität der Makrele, die in den letzten Minuten begonnen hatte, ihren Gestank durch die Kleiderfolie hindurch zu verbreiten. Er ging in die Knie und beugte sich hinunter, sodass seine linke Wange fast den Boden berührte. »Was steckt da zwischen den Zähnen?«

Bellucci lehnte sich herab und näselte angestrengt: »Sieht aus wie ein Stück Papier. Es wird beim Verpacken am Markt zwischen den Lippen kleben geblieben sein.«

»Es sitzt ganz tief drinnen. Als hätte es jemand hineingestopft.«

»Und wenn schon. Die Spurensicherung soll sich darum kümmern.« Sie zog einen Schmollmund.

»Ich sage hier, was zu tun ist. *Capisc'*? Pack den Fisch wieder aus. Ich will wissen, womit man der Makrele das Maul gestopft hat. Kein Wunder, dass wir sie nicht verstehen.«

»*Mmèrda!*«, stöhnte Bellucci und wickelte angeekelt den Fisch wieder aus.

Gaetano sah mit verschränkten Armen zu. »Glaub bloß

nicht, hier den Chef spielen zu müssen.« Er krempelte die Hemdsärmel zurück und zog ein paar weiße Gummihandschuhe über, die er zu seiner Überraschung in seiner Hosentasche gefunden hatte. Währenddessen hatte Bellucci beide Zeigefinger in das halb geöffnete Mäulchen der Makrele gebohrt und zog nun mit ganzer Kraft die schwulstigen Lippen auseinander. Gaetano führte Zeigefinger und Daumen tief in den Fisch hinein, bis er den obersten Zipfel des geheimnisvollen Etwas zu fassen bekam, und zog Stück für Stück ein zusammengerolltes Blatt aus der Kehle. Mit der Linken öffnete er Capuanos Garderobenschrank, holte eine neue Kleiderfolie hervor und breitete sie auf dem Fliesenboden aus. Vorsichtig legte er das durchweichte Papier darauf ab und begann, den klebrigen Zettel auseinanderzurollen. Eine voll beschriebene Din-A4-Seite entfaltete sich, auf der in zwei Spalten Vor- und Nachnamen in Druckbuchstaben standen.

»Was ist es?«, fragte Bellucci neugierig, nachdem sie den Fisch wieder eingehüllt und sich in Capuanos Küche die Hände gewaschen hatte.

»Eine Liste von Namen, die mir absolut nichts sagen.« Er streckte ihr den Hintern entgegen. »Hol mein Cellulare aus der Hosentasche und mach ein Foto von der Liste. Dann lädst du es auf den Polizeiserver!« Er nannte ihr Benutzernamen und Passwort. »Und wenn du fertig bist, vergiss die Zugangsdaten wieder. Streng geheime Dienstinterna, *capisc'*? Kein Wort zu niemandem!«

Bellucci pfriemelte unbeholfen das Cellulare aus Gaetanos Hosentasche und fotografierte, während Gaetano mit den Gummihandschuhen den durchweichten Zettel hielt. Als sie fertig war, kniete sie sich hin und ging einen Namen nach dem anderen auf der Liste durch. Ab und zu summte sie nachdenklich.

»Was ist? Kennst du jemanden?« Gaetano zupfte genervt an den Fingerkuppen seiner Handschuhe.

Sie schüttelte den Kopf. »Nein, ganz im Gegenteil!«

»Entweder man kennt jemanden oder man kennt ihn nicht.«

»Was ich meine, ist, dass in Neapel kaum jemand solche Namen trägt. Dalmasso, Barbera, Martelli, Ferrero. Das sind alles norditalienische Namen.«

»Bist du sicher?«

»Also, Bocchio hört sich nicht sehr neapolitanisch an. Eher wie ein Mailänder Großmaul.«

Gaetano überhörte die Spitze. Bellucci war ein Greenhorn, da durfte sie sich solche Ausfälle noch erlauben. Die Zeiten, in denen man als mittlerer oder höherer Beamter ungestraft gegen das Alta Italia schimpfen durfte, waren lange vorbei. Dazu musste man mindestens schon auf dem Stuhl des Vice Questore sitzen. Dort gehörte es dann wieder zum guten Ton. »Die Herkunft dieser Herrschaften werden wir später klären, aber da Ianus Capuano aus Turin kommt, könntest du recht haben.«

»Was soll das Ganze? Eine Petition zum Mord? Haben diese Leute die Enthauptung in Auftrag gegeben?« Bellucci schnippte mit den Fingern, um ihre Idee zu bestätigen.

Er deutete auf den oberen Rand. »Da fehlt ein Fetzen. Ist wohl aufgeweicht und im Fisch stecken geblieben. Sind das Buchstaben? Kannst du entziffern, was da stand?«

Bellucci kniff die Augen zusammen. »Cap … Capu … Also das Letzte heißt Capuano, ganz klar. Und vorne … Ma … Matri … könnte Matrimonio heißen. Eine Gästeliste für eine Hochzeit.«

»*Sciué sciué*, Belluci, du machst dich.« Gaetano klopfte ihr mit den versifften Gummihandschuhen auf die Schulter.

Sie strahlte übers ganze Gesicht und war auf einmal zehn Zentimeter größer. »Sie meinen, jemand wollte die Hochzeit verhindern und bringt deshalb den Bräutigam um?«

»Du vergisst, dass wir die Liste fein verpackt in einem Fisch gefunden haben. Warum steckt sie der Mörder da rein, wo Capuano sie niemals finden wird?«

»Vielleicht kam er nicht dazu, sie ihm zu zeigen. Etwas kann seine Pläne gestört haben. Oder Capuano wurde gezwungen, die Liste vorzulesen und dann in den Fisch zu stopfen. Ein Tribunal zur Hinrichtung. Und später hat der Mörder dann vergessen, den Fisch und den Rucksack wieder mitzunehmen. Er war aufgebracht. Schließlich hatte er eben erst jemandem den Kopf abgeschnitten. So war es. Ganz bestimmt!« Ihre Katzenaugen leuchteten.

Sie fängt an, ihren Verstand zu benutzen, aber die Gedanken hoppeln ihr schon wieder davon, dachte Gaetano. Plötzlich fuhr er zusammen. Irgendetwas kitzelte seine Rippen. Im nächsten Augenblick verstand er, griff unter seine Jacke und fischte ein vibrierendes Cellulare heraus. Kreidebleich starrte er auf Capuanos Mobiltelefon. Mit eingeschnürter Kehle las er den Namen Margareta auf dem Display. Das musste die Verlobte sein. Panisch warf er Bellucci das Telefon zu. »Hier, von Frau zu Frau, das gehört auch dazu. Witwen trösten.«

Als Bellucci nach einer halben Ewigkeit schweißgebadet auflegte, nickte Gaetano ihr anerkennend zu. »Hätt ich nicht besser hinbekommen. Was hat sie gesagt?«

»Die muss jetzt erst mal zum Psychologen, glaub ich. Margareta Ferrero ist neunzehn, aber …«

»Neunzehn?« Gaetano klappte die Kinnlade herunter. »Capuano war Anfang fünfzig.«

»Ja, neunzehn, aber sie … *Mio Dio*, also meine kleine Schwester hätte nicht so … also ich meine, Margareta Ferrero hat die ganze Zeit nach ihrem Papà gerufen, wie ein kleines Kind. *Màmma mia*, die ist fertig mit der Welt. Verwöhntes Püppchen. Die würde in Neapel keine zehn Minuten überleben.«

»Was ist mit der Liste? Kennt sie die Namen?«

»Ja, alles Hochzeitsgäste. Freunde der Familie. Turiner Großindustrielle. Sie wollten in zwei Wochen heiraten. Eine Riesengeschichte.«

»Und? Hat sie eine Ahnung, was das Ganze soll? Hatte Capuano Feinde, die die Hochzeit verhindern wollten?«

»Also meiner Meinung nach hat das Kind von gar nichts eine Ahnung. Nur eines wusste die Kleine ganz genau: Dass Ianus Capuano die Liebe ihres Lebens war.«

# 9.

Um kurz vor halb neun betrat Salvatore Gaetano die Questura. Sein Weg dorthin war in Schlangenlinien verlaufen. Im Centro Storico schnatterten die alten Weiber in Scharen in die Kirchen, um San Gennaro für sein gestriges Zeichen der Gutmütigkeit zu danken. Umso gedämpfter erschien Gaetano die Stimmung im Konferenzraum. Müde Gesichter blickten ihm entgegen. Pietro wippte schlaftrunken auf einem Stuhl. Danilo sortierte gerade ein paar Unterlagen. Er wirkte überfordert und kämpfte mit einem Algenbonbon, das ihm jedes Mal aus dem Mund zu rutschen drohte, wenn er es klackernd über seine Schneidezähne gleiten ließ. Wahrscheinlich hatte er in der Nacht keine einzige Minute geschlafen und versuchte, durch überzogenen Arbeitseifer die Erinnerung an seine gestrige Eskapade unter den Kollegen verblassen zu lassen, dachte Gaetano. Nur Emilia hatte ihr frisches Lächeln im Gesicht, doch er traute dem Frieden nicht. Irgendetwas Schwerfälliges lag in ihren dunklen Augen, und wenn sie über ihren Bauch strich, sah es so aus, als würde sie ihre kraftlose Hand dort ablegen wollen. Gaetano war sich auf einmal nicht sicher, ob sie den Fall durchstehen würde. Aber was blieb ihm übrig? Aus dem Team nehmen konnte er sie nicht. Sie würde auch auf dem Weg in den Kreißsaal noch einen Abstecher in die Questura machen, um Neapel zu retten.

Er berichtete in aller Kürze, was sich am frühen Morgen in Capuanos Wohnung zugetragen hatte. Am wahrscheinlichsten war, dass der Erpresser Capuano mit der Namensliste aus dem Bauch des Fisches drohen wollte. Capuano sollte aus Gründen, die sie noch nicht kannten, die Hochzeit abblasen. Der Erpresser hatte aber nicht mit Capuanos Anwesenheit und dem Geldberg gerechnet. Es kam zum Streit. Am Ende war Capuano tot. Irgendetwas in der Art musste passiert sein. Nach gut zwanzig Minuten beendete Gaetano resigniert seinen Bericht, und da keiner eine Frage stellte, bat er Danilo vorzutragen, was er bisher erarbeitet hatte.

Sein Kollege verhaspelte sich mehrmals, und Pietro setzte ihm mit spöttischer Miene zu. Danilo referierte, dass Ianus Capuano in Neapel ein vollkommen durchsichtiges Leben geführt habe. So transparent, dass Danilo in einer einzigen Nacht mithilfe einiger weniger Suchanfragen an den Polizeicomputer so gut wie alle bürokratischen Spuren herausgefunden hatte, die ein Mensch in einer Stadt nur hinterlassen konnte. Er nannte Details über Capuanos Umzug nach Neapel, über die Heirat mit einer gewissen Anna Fusco aus Pantano und über den Kauf zweier Wohnungen in der Via Salvatore Tommasi bis hin zu Capuanos beruflichem Werdegang bei Belchiron, einer Klinik für plastische Chirurgie. Danilo kannte Capuanos Steuernummer, die Anzahl seiner Verkehrsdelikte und wusste, dass er sich früher einen großen Hund namens Petrarca gehalten oder ihn zumindest ins Hunderegister eingetragen hatte. »Es gibt einfach überhaupt keine Lücken in diesen Registern. Der Mann ist … war gläsern.«

»Wieso beschwerst du dich?« Pietro röhrte wie ein getunter Fiat. »Sei doch froh, dass die EDV so gut funktioniert und die Kollegen in der Verwaltung ausnahmsweise mal einen anständigen Job machen. Auch wenn ich nicht weiß, wie uns deine Erkenntnisse weiterhelfen. Was interessiert mich, ob der Tote einen Hund hatte?«

»D… da… das meine ich nicht«, stotterte Danilo. Gaetano roch den Angstschweiß seines Kollegen. Im Raum machte sich Anspannung breit. Es würde dauern, bis man Danilos Arbeit wieder kommentierten durfte, ohne ihn damit anzugreifen.

Pietro lud schadenfroh nach: »Hast du zufällig auch was, das uns weiterbringt? Steuerprobleme oder irgendwelche Straftaten?«

»Ich finde es eben merkwürdig, dass er alle möglichen Daten penibel an die Behörden weitergegeben hat. Dabei war er ein stinknormaler, langweiliger Turiner, der nur zum Arbeiten hier war. Nichts an dem, was ich gefunden habe, ist nur im Ansatz auffällig. Capuano hat einfach alles gemacht, um behördlich nicht anzuecken. Er hat sich sogar zweimal selbst angezeigt, weil er parkende Autos touchierte. Im Protokoll steht, dass die Besitzer auf eine Entschädigung verzichten wollten, aber Capuano bestand darauf, die Polizei zu rufen und die Sache anzuzeigen. So ein Verhalten ist doch nicht normal!«

»Es ist aber auch nicht strafbar und schon gar kein Mordmotiv«, mischte sich Gaetano ein und nickte Danilo anerkennend zu. »Wir wissen jetzt zumindest, dass Ianus Capuano in behördlicher Hinsicht ein integrer Mann war. Gut gemacht, Danilo!«

»Also mir kommt es eher so vor, als wollte Capuano um jeden Preis verhindern, mit den Behörden in Konflikt zu geraten. Als hätte er irgendetwas zu verbergen und wollte deshalb nicht auffallen. Aber ich kann mich natürlich täuschen.«

Gaetano sah aus dem Augenwinkel, wie Pietro ungläubig den Kopf schüttelte und die Augen verdrehte. Doch eine Ahnung überkam ihn, Danilo könne mit seiner Vermutung recht haben. Capuano hatte sein Anliegen nervös und gestelzt hervorgepresst. Nicht, dass er rumgedruckst oder gestottert hätte. Aber er ließ die Befragung nach seinem eigenen Fahrplan ablaufen, und es hatte ihn große Überwindung gekostet, Gaetano um Hilfe zu bitten. Nicht nur, weil er stolz war. Im Nachhinein wirkte es fast so, als sorgte er sich, sein Erscheinen bei der Kriminalpolizei könne einen unangenehmen Rattenschwanz nach sich ziehen, eine lästige Untersuchung, die Licht in manche dunkle Ecken seines Alltags werfen würde. Vielleicht hat Danilo tatsächlich den Nagel auf den Kopf getroffen, dachte Gaetano. Vielleicht verbarg Ianus Capuano ein düsteres Geheimnis und gab sich nur deshalb so betont makellos, dass man ihn von behördlicher Seite aus in Ruhe ließ. Wer ihn umgebracht hatte, könnte sich an genau diesem blinden Fleck gestört haben.

Noch bevor Gaetano seine Gedanken mit den Kollegen teilen konnte, roch es auf einmal süßlich, und Antonella balancierte ein Tablett mit Espresso, Wasser und Cornetti herein. Mit dem rechten Ellbogen knipste sie das Licht an. Ein gleißender Schmerz ließ Gaetano aufstöhnen. Wortlos stellte Antonella das Tablett ab und klackerte hüftschwingend hinaus, während alle ihr nachsahen. Gaetano wusste, warum. Antonella glich einem Paillettenspiegel, dessen Reflexionen jedem Betrachter gaben, wonach er lechzte.

Er nahm sich ein Glas Wasser und schluckte eine Baldriantablette. »*Allora*, wir wissen, dass Ianus Capuano etwas zu verbergen hatte, sonst hätte er nicht zitternd wie Espenlaub in meinem Büro gesessen. Er hatte Angst, und es muss mit seiner Hochzeit zu tun haben, anders kann ich mir diese Namensliste in der Makrele nicht erklären. Vielleicht sollten wir die Kollegen in Turin einschalten.«

»Fangen wir erst mal vor unserer Haustür an.« Danilo hatte es eher geflüstert.

»Wie meinst du das?«

»Ich habe mir mal Anna Fusco vorgenommen, Capuanos erste Frau. Und ihre Familie. Da kommt einiges zusammen.«

»Noch mehr Hunde?« Pietro lachte grimmig, aber Danilo überhörte es.

»Einen besonders friedlichen Eindruck macht die Familie Fusco nicht. Sie haben eine Büffelfarm in Pantano, machen Mozzarella, und sie sind total pleite. Zu Beginn war das ein kleiner Stall in Caserta mit einer Handvoll Büffeln. Ein Familienbetrieb eben. Vor fünfzig Jahren hat Federico Fusco, der Vater des jetzigen Besitzers, groß expandiert und in Pantano eine riesige Fabrik hingestellt. Zeitweise hatten die Fuscos weit über hundert Mitarbeiter, in Neapel einer der größten Arbeitgeber damals. Die haben ganz Europa beliefert. Eine richtige Goldgrube in der Region. Und gute Qualität. Ich erinnere mich. Als ich klein war, hat mein Vater nur Mozzarella di Fusco gekauft. Etwas anderes kam ihm nicht auf den Tisch. Auf Landwirtschaftsmessen haben ihre Büffel einen Preis nach dem anderen abgeräumt. Der Mozzarella hatte einen ganz eigenen Geschmack. Nussig. Muskatreich. Den kannte mein Vater aus Hunderten heraus.« Danilo hielt sich zwei Finger mit einem imaginären Mozzarellastückchen unter die Nase und rieb sie genüsslich aneinander. »Das alles ist lange vorbei. Die Firma ist nur noch ein Schatten ihrer selbst. Vor zwanzig Jahren ging es langsam bergab. Mozzarella di Fusco wurde zu klein, um im Weltmarkt zu bestehen, und war zu groß, um den Trend nach handproduzierten Bioprodukten mitzugehen.« Er sah kurz in die Runde. »Es wundert mich, dass die Fuscos überhaupt noch als Gewerbetreibende eingetragen sind. Vor ein paar Jahren habe ich mit meinem Vater einmal einen Ausflug nach Pantano gemacht. Papà wollte vor seinem Tod noch einmal Erinnerungen auffrischen. Aber die Aktion war ein kompletter Reinfall. Das Firmengelände, die Ställe, alles war verrammelt und heruntergekommen ...«

»Komm zum Punkt, Danilo!« Pietro griff nach einer Espressotasse und kippte sich den dampfenden Inhalt in den Mund. »Was ist mit den Besitzern? Den Fuscos? Du hast doch gesagt, dass sie nicht ganz sauber sind!«

»Du lässt mich ja nicht ausreden!«

Gaetano gab ihm ein Zeichen fortzufahren, und sah mahnend zu Pietro, der begonnen hatte, mit geschlossenen Augen auf die Tischplatte zu trommeln. »Irgendwelche Hinweise, dass die Camorra mit drinsteckt, Danilo? Vielleicht eine Scheinfirma.«

»In den Akten steht nichts. Aber von ihrem Mozzarella hört man auch nichts mehr. Der jetzige Besitzer, Samuele Fusco, hat wohl endgültig alles totgewirtschaftet. Er trinkt. Genauso wie sein Sohn, Emanuele. Und es gab mehrere Anzeigen wegen Körperverletzung. Meistens haben die sich in der Dorfkneipe betrunken und dann eine Schlägerei angefangen. Der Sohn hat schon einmal ein paar Monate gesessen, weil er dem Wirt im Streit um die Rechnung den kleinen Finger abgeschnitten hat. Rechts, glaube ich. Das war vor zwei Jahren. Seitdem hört man nichts mehr.«

»Ich kenne die beiden.« Emilia hörte sich an wie eine Wahrsagerin.

»Du kennst sie?« Gaetano staunte.

»Ja, flüchtig. Mein Bruder hat früher beim FC Pantano gekickt. Da war der Club noch drittklassig und nahe dran, der SSC Napoli den Rang abzulaufen ... also Tomaso erzählt das.« Pietros empörtes *Pfft* durchschnitt den Raum. »Die Fuscos waren der Hauptsponsor. Bei den Heimspielen standen Samuele und Emanuele manchmal am Spielfeldrand und verteilten Erfrischungen.«

»Mozzarella?« Danilo schüttelte ungläubig den Kopf.

»Nein, Getränke natürlich und Snacks. Warst du noch nie bei einem Fußballspiel, Danilo? Die Fuscos waren angesehen und sympathisch. Ich hatte nicht den Eindruck, dass sie nicht ganz bei Verstand sind.«

Pietro fauchte: »Wer den FC Pantano sponsert, ist mit Sicherheit nicht ganz bei Verstand. Wisst ihr, wen sie für die kommende Saison ...«

Emilia schnitt ihm das Wort ab. »Die sind jedenfalls nicht ohne Grund unter die Räder gekommen. Irgendetwas muss sie aus der Bahn geworfen haben.«

»War diese Anna auch manchmal dabei?«, fragte Gaetano. »Bei den Spielen, meine ich. Wenn sie Erfrischungen verkauft haben. Anna Fusco. Capuanos verstorbene Frau?«

»Nicht verkauft! Verschenkt. Sie haben alles gratis verteilt. Und ja, klar. Anna. Emanueles Schwester. Ich habe sie zwei oder drei Mal gesehen. Sie und einen anderen Jungen. Den kannte ich nicht. Ich glaube, der war ein bisschen jünger als sie. Sie schoben immer einen Einkaufswagen mit Tüten voller Erdnüsse und Pistazien durch die Reihen.« Plötzlich verstummte Emilia und strich sich nachdenklich über den Bauch.

»Was ist, was hast du?«

»Es ist komisch, dass du das jetzt fragst, Salvatore, ich meine, das mit Anna Fusco.«

»Wieso? Was ist denn?«

»Ich habe all die Jahre kein einziges Mal an diese Zeit gedacht. An die Fuscos und die Fußballspiele, meine ich. Dabei hat mich Tomaso beinahe jedes Wochenende mitgeschleppt. Aber jetzt, wo du mich danach fragst, ist es, als sähe ich Emanueles Schwester genau vor mir, obwohl es so viele Jahre her ist und ich ihr nur ein paar Mal begegnet bin.«

»Und wenn schon.« Pietro gähnte. »Du hast jetzt andere Sorgen.« Er deutete auf ihr Bäuchlein. »Was interessiert dich die Vergangenheit? Oder war dein Bruder in Anna verschossen?«

»Quatsch nicht rum, Pietro. Anna war damals bestimmt nicht älter als zwölf oder dreizehn. Aber sie hatte so etwas Magisches, beinahe Unheimliches. Wenn sie durch die Reihen ging, sahen alle zu ihr hin. Sie hatte etwas Fesselndes … im Blick. Und der Vater hat sie vergöttert.«

»D… da… darauf wollte ich ja hinaus«, stotterte Danilo. »Die ersten Anzeigen gegen die Familie gingen exakt vor zehn Jahren ein. Es fing schon auf Annas Beerdigung an. Da gab es eine Prügelei zwischen Capuano, seinem Schwiegervater Samuele und seinem Schwager Emanuele. Die Polizei musste anrücken. Könnt ihr euch das vorstellen? Die Polizei auf dem Poggioreale?«

»Worum ging's da?«

»Laut Zeugen haben die Fuscos Capuano mit Mord gedroht. Capuano soll für Annas Tod verantwortlich sein.«

»Ich dachte, sie sei an Krebs gestorben, das hat mir zumindest Ianus Capuano gestern erzählt.«

»Ja, aber diese Version scheint die Fuscos nicht zu interessieren. Sie haben den Tod ihrer Tochter wohl nie verkraftet. Jedenfalls ging's danach bergab, mit der Firma und der ganzen Familie.«

»Wieso rückst du erst jetzt damit raus, Salvo?«, hakte Emilia nach. »Ich meine, damit, dass Capuano dir von diesem Schicksalsschlag berichtet hat.«

»Hat er ja nicht wirklich. Es ging ihm um den Einbruch. Das mit seiner Frau ... ist ihm nur so nebenbei rausgerutscht ... als sei ihm das Thema lästig.«

Schweigen legte sich über das Sitzungszimmer. Gaetano musste an Capuanos herzlose Kommentare denken. Die Ehe musste ein großes Missverständnis gewesen sein.

Plötzlich schwang die Tür auf und ließ alle zusammenfahren. Antonella blieb abrupt stehen, als wäre sie gegen eine Wand gelaufen. Im Luftstrahl ihrer hauchigen Stimme flatterte eine unzähmbare schwarze Haarsträhne. »Da ist ein Anruf für dich, Salvatore. Eine Signorina Bellucci.« Antonella musterte ihn skeptisch. »Sie fragt, ob sie nach Hause gehen darf. Die Spurensicherung ist jetzt da.«

»Mon... Bell...« Gaetano überlegte kurz, wie die Carabiniere mit Vornamen hieß. »Signorina Bellucci kann nach Hause gehen, aber sie soll sich in Bereitschaft halten. Sobald die Spurensicherung mit der Wohnung fertig ist, muss sie wieder hin. Die Wohnung soll rund um die Uhr besetzt sein.« Gaetano war die Putzfrau des Toten eingefallen. Sie kam samstags oder sonntags, und vielleicht hatte sie in den vergangenen Wochen etwas bemerkt. »Sag ihr, sie soll auf die Putzfrau warten«, schrie er Antonella nach. Dann griff er sich ein süßes Hörnchen und stopfte es sich komplett in den Mund. Schmatzend fuhr er fort: »Zurück zu den Fuscos. Das mit dem Mord werden sie wohl nicht ernst gemeint haben. Ich meine, dass Capuano seine Frau umgebracht hat. Das haben sie so dahingesagt, in Trauer am Grab, wahrscheinlich war die ganze Ehe ein Desaster, oder hast du noch etwas Belastbares, Danilo?«

»Na ja, es gibt einen seltsamen Aktenvermerk, der allerdings auch schon zehn Jahre alt ist.«

»Wieso seltsam?«

»Eine Anzeige gegen Capuano. Handschriftlich ausgefüllt. Ein loses, knittriges Blatt. Ich konnte es kaum entziffern.«

»Und wer hat Anzeige erstattet?«

»Das ist ja das Merkwürdige. In der entsprechenden Zeile steht nichts. Irgendwer hat dort ein paar Buchstaben eingetragen, Initialen vielleicht, und sie später wieder herausradiert.«

»Und der Grund der Anzeige?«

»Deswegen erwähne ich es: Jemand behauptet, Anna Capuano sei von ihrem Mann ermordet worden. Hier, ich habe es euch kopiert.« Danilo reichte ein paar Blätter herum.

Während sie die Kopien begutachteten, schlich Gabriele D'Annunzio herein und nahm an der Wand Platz. Gaetano versuchte, den Gesichtsausdruck seines Chefs zu deuten. Jetzt zählte es. Vielleicht würde Gabriele schon bald zum Vice Questore aufsteigen. Er hatte tiefe Augenringe.

Danilo hielt sich eine der Kopien vor die Augen. »Wenn ich das richtig entziffere, steht hier, in der dritten Zeile von oben: *Anna Capuano ist ermordet worden.* Mehr nicht.«

»Die Frage ist: Wer behauptet das und will sich nicht zu erkennen geben?« Emilia kniff die Augen zusammen und stierte auf die ausradierte Stelle. »Der Urheber der Anzeige dürfte in Annas Familie zu suchen sein. Jeder andere hätte sich namentlich zu erkennen gegeben, aber niemand beschmutzt die eigene Verwandtschaft mit einem Mordverdacht und geht mit solchen Anschuldigungen dann auch noch zur Polizei.«

»Was sollte die Anzeige überhaupt?« Danilo zog die Schultern bis unter die Ohren. »Wenn Anna Fusco an Krebs gestorben ist, trifft Capuano keine Schuld an ihrem Tod.«

»Eventuell Rache, weil Capuano seine Frau vielleicht schlecht behandelt hat? Mir gegenüber hat er sie als lästiges Übel dargestellt. Jemand wollte ihm nach Annas Tod Schwierigkeiten machen. Eine Morduntersuchung mit Wohnungsdurchsuchung und Pipapo fördert jede Menge schmutziger Wäsche zutage. Capuano sollte wohl nicht einfach so davonkommen.«

»Die Anzeige hätte gar nicht erst angenommen werden dürfen«, polterte Gabriele aus dem Hintergrund. »Das war kein anonymer Hinweis per Telefon. Wer persönlich zur Polizei kommt und eine Anzeige macht, muss seine Identität preisgeben und via Personalausweis bestätigen lassen. Da hat jemand geschlampt.« Alle sahen ihn mitleidig an.

Plötzlich sprang Pietro aus dem Stuhl, als hätte ihn eine Wespe in den Hintern gestochen. »*Jàmmo ja*, warum sitzen wir hier so blöd rum? Wir kennen die Morddrohungen, die diese Familie gegen Capuano am Grab losgelassen hat ... und dieser Emanuele Fusco hat schon einmal gesessen. Dann noch diese Uralt-Anzeige. Ist doch wohl offensichtlich, dass die Fuscos seit Ewigkeiten eine Mordswut auf Capuano haben, warum auch immer. Und jetzt, als Capuano erneut heiraten will, brennen ihnen halt die Sicherungen durch. Denkt an die Namensliste. Diese Hochzeit sollte verhindert werden.« Pietro zerknüllte ein Blatt Papier und warf es zielsicher in den Mülleimer neben der Eingangstür. Sein Gesicht glich einer überreifen Tomate. »Und dir hat er von den Erpresserspielchen erzählt, Salvatore. Das wird seine Schwiegerfamilie gewesen sein. Sie macht ihm das Leben zur Hölle, und er will sie besänftigen. Er beschafft sich Geld, drapiert es verführerisch auf dem Tisch, wartet auf den Erpresser, von dem er weiß, dass er wie jeden Freitag auftauchen wird … es kommt zum Streit wegen Familienehre und bla, bla, bla, Emanuele kann sich nicht beherrschen und fffft …!« Pietro bewegte seinen Zeigefinger ruckartig vor der Kehle und ließ die Zunge dabei schlaff heraushängen. »Worauf warten wir noch, eh? Wir fahren jetzt raus nach Pantano und verhaften Emanuele und seinen Vater gleich dazu, *basta*.«

Alle starrten Gaetano an. Er fühlte sich überfahren, auch wenn Pietro mit seinen Schlussfolgerungen richtig liegen mochte. San Gennaro, das Miracolo, das alles erschien ihm endlos weit weg, und die Eindrücke der letzten Nacht verschwammen in einem Nebel aus Müdigkeit, Schweiß und Lähmung. Erst jetzt wurde ihm bewusst, dass sie alle schon seit über vierundzwanzig Stunden arbeiteten und dabei nur wenig geschlafen hatten.

»Für eine Verhaftung reicht das nicht, das wisst ihr.« Gabriele D'Annunzio stand auf und wandte sich zur Tür. »Diese Drohungen sind zehn Jahre alt, und bisher deutet nichts darauf hin, dass die Fuscos noch immer auf Capuano sauer waren. Ihr könnt sie auf die Questura mitnehmen und hier verhören, wenn sie aufmüpfig werden. Fragt sie nach ihren Alibis. Aber solange wir nichts von der Spurensicherung haben, sieht es mit einem Haftbefehl schlecht aus.«

»Vergiss den Kopf nicht, Gabriele!« Ein Raunen ging durchs Zimmer. »Wenn wir den Kopf auf der Farm finden, haben wir sie. Und noch was!« Gaetano machte eine Pause. »Gestern war San Gennaro. Und Capuano hat mir erzählt, dass seine Exfrau exakt an San Gennaro beerdigt wurde. Mehr Symbolik geht nicht. Der 19. September ist der Schicksalstag der Fuscos. Alles spricht gegen sie.«

»*Va bene*, dann seht euch auf der Farm um. Durchsuchungsbeschluss besorge ich.«

»Gibt es eine Uhrzeit, auf die wir Vater und Sohn festnageln können? Du hast mit den Hausbewohnern gesprochen, Pietro, *vero*? Hat jemand etwas mitbekommen?«

Pietro ließ sich zurück auf seinen Stuhl fallen und zog einige Notizen hervor. »Keiner hat was gehört. Und sonderlich kooperativ waren die Nachbarn sowieso nicht. Sobald ich nur den Namen Capuano erwähnt habe, haben sie mir fast die Tür vor der Nase zugeschlagen. Wenn ihr mich fragt, weint dem niemand eine Träne nach. Die meisten haben angegeben, Capuano in den letzten Wochen – Gott sei Dank – weder gesehen noch gesprochen zu haben. Der Kerl war unbeliebter als ein tollwütiger Straßenköter. Signor Miglio aus dem ersten Stock jubelte und schickte ein Stoßgebet zu San Gennaro, dass er ihn von dem Aas erlöst hat. Mit diesem Miglio ist nicht zu spaßen. Ich hatte kaum den Namen Capuano ausgesprochen, da wär er mir fast an die Gurgel.«

»Woher dieser abgrundtiefe Hass?« Gaetano kniff die Augen zusammen. »Ianus Capuano war … speziell, das kann ich bestätigen. Er verachtete die Stadt und ihre Bewohner, hielt uns für dumm und unzivilisiert. Und daraus hat er bestimmt keinen Hehl gemacht. Aber deshalb wünsche ich ihm nicht gleich den Tod.«

»Wenn ich es richtig verstanden habe, gab es vor einiger Zeit einen heftigen Streit zwischen ihm und diesem Signor Miglio.«

»Worum ging es da?«

»*Madonna mia*, ist das jetzt noch wichtig? Ich denke, die Fuscos waren's?«

»Ich führe die Ermittlungen, *capisc'*?« Gaetano deutete mit dem Zeigefinger auf sich.

»*Che vvuò?* Da gab's irgend so einen Konflikt zwischen Capuano und Miglios Tochter. Sie schuldete ihm Geld oder so. Und das forderte Capuano nun zurück.«

»Geld? Wofür?«

»Was weiß ich? Miglio tobte, die Schuld sei längst abgegolten. Capuano bekäme keinen Cent, ob tot oder lebendig. Dann schlug er die Tür zu.« Pietro verschränkte die Arme vor der Brust. Alle sahen ihn erwartungsvoll an. »Was wollt ihr eigentlich? Es war früher Morgen … nach San Gennaro. Und alle machen dicht, sobald nur der Name Capuano fällt.«

»Dann hast du ja richtig Erfolg gehabt mit deiner Befragung, Pietro!«, flüsterte Danilo unsicher, gerade so laut, dass es jeder hören konnte. Gleich wird Pietro explodieren, dachte Gaetano und beobachtete, wie der Brustkorb seines Kollegen bedrohlich anschwoll. Eine Neonröhre fing an zu klicken und zu flackern, aber nichts geschah.

»Tatsache ist, die Nachbarn haben nichts gehört. Aber ich … wir können die Tatzeit trotzdem relativ gut eingrenzen.

Im Haus gab es gestern einen Brand. Nichts Großes, nur im Erdgeschoss. Deswegen hat es auch überall so nach verschmortem Gummi gestunken.« Pietro sah spöttisch zu Danilo. »Der Gestank nach Kotze kam aus einem anderen Loch. Ein Hausbewohner aus dem zweiten Stock, ein Signor Festa, hat mir berichtet, dass es um kurz nach fünf am Nachmittag einen lauten Knall gegeben hat. Er ist dann runtergestürmt und hat Müllsäcke und anderes Zeug brennen sehen. Er glaubt, dass eine Silvesterrakete den Brand ausgelöst hat. Wenn ihr mich fragt, irgendein jugendlicher Witzbold. Im letzten Jahr hatten wir mindestens zwanzig Haus- oder Wohnungsbrände nur wegen dieser Raketen ...«

»Was ist mit Capuano, Pietro? Du hast doch gesagt, du weißt etwas über die Tatzeit.«

»Na ja, also dieser Signor Festa hat dann nach und nach die Hausbewohner rausgeklingelt, weil er selbst keinen Feuerlöscher hatte.«

»Und da hat er gemerkt, dass bei Capuano niemand zu Hause war? Weil Capuano da schon tot war, meinst du das?«

»Eben nicht. Festa ist hoch in den dritten Stock, um Capuano über den Brand zu informieren. Nur der Höflichkeit halber. Zum Löschen wäre der sich ohnehin zu fein gewesen, meinte er. Und als er klopfte, schien alles in bester Ordnung. Er hat mit ihm gesprochen und ihm geraten, in der Wohnung zu bleiben, bis der Brand gelöscht ist.«

»Also wissen wir, dass Capuano um kurz nach fünf noch am Leben war.« Gaetano nickte bestätigend.

»Es kommt noch besser. Festa hat dann doch die Feuerwehr angerufen. Der Brand war zwar schnell gelöscht, aber im Erdgeschoss roch es auf einmal nach Gas. Die Feuerwehr hat deshalb das komplette Haus abgeriegelt. Jeder musste in seiner Wohnung bleiben. Keiner kam raus und keiner kam rein. Wenn ich Festa richtig verstanden habe, war der ganze Spuk erst nach mehr als zwei Stunden vorbei.«

»Dann kann der Mörder erst ab circa sieben, halb acht ins Haus gelangt sein«, murmelte Gaetano.

»Falsch!« Pietro machte eine Pause und deutete dann mit den Zeigefingern einen Trommelwirbel an. »Ich habe heute Morgen schon mit dem Feuerwehrhauptmann telefoniert, der nach dem Einsatz die Hausbewohner informiert hat, dass das Treppenhaus wieder begehbar ist. Mit allen hat er gesprochen. Aber nun ratet mal, wen er nicht angetroffen hat?«

»Du meinst, bei Capuano hat niemand aufgemacht?«

»Exakt«, triumphierte Pietro. »Und es gibt nur eine Erklärung: Capuano war da schon tot. Der Mörder hat zugeschlagen, während die Feuerwehr im Treppenhaus zugange war. Tatzeit zwischen … sagen wir fünf und halb acht!«

»*Vabbè*, das passt. Als ich in Capuanos Esszimmer stand, war die Blutlache auf dem Boden am Gerinnen. Capuano muss zu diesem Zeitpunkt schon einige Zeit ausgeblutet gewesen sein.« Gaetano schlug mit der Faust auf den Tisch »Dann dürfen uns jetzt Samuele und Emanuele Fusco berichten, wo sie zwischen fünf und halb acht waren!«

Gaetano merkte, dass seine Kleidung müffelte, und sprintete in sein Büro. In der Schreibtischschublade fand er ein Aftershave, das ihm Antonella vor einigen Jahren zum Geburtstag geschenkt hatte. Es stammte aus der Zeit, als sie ein paar Mal miteinander ausgegangen waren. Und aus der Zeit, als sich

Gaetano noch täglich rasierte. Er hatte nie herausbekommen, ob ein Zusammenhang zwischen seinem Dreitagebart und ihrem Desinteresse bestand. Großzügig beträufelte er beide Handflächen mit der moschusduftenden Flüssigkeit und rieb sich unter den Achseln damit ein. Der widerliche Geruch zog ihm die Zunge in den Rachen. Als Gabriele D'Annunzio, ohne zu klopfen, ins Büro trat, saß Gaetano gerade mit halb offenem Hemd und mit unter den Achseln verschränkten Armen auf der Schreibtischplatte.

»Stör ich?«, fragte Gabriele misstrauisch und rümpfte die Nase.

»Es wird Zeit, dass der Herbst den sauren Schweiß aus der Stadt treibt.«

Der Primo Dirigente winkte ab. »Dann kommt der Ruß. Im Frühjahr muss ich immer einen ganzen Satz neue Anzughemden kaufen. Die illegalen Holzöfen, du weißt schon. Filipo mussten wir im Winter von der Stadt fernhalten, weil ihn das Asthma sonst umgebracht hätte. Wir haben sogar seinen Geigenlehrer raus nach Ercolano kommen lassen.«

»Wolltest du etwas Bestimmtes?« Gaetano fürchtete, Gabriele könnte wie so oft zu schwadronieren beginnen.

»Wusstest du, dass Neapel im europäischen Vergleich den größten Umsatz an Waschmittel verzeichnet? Gemessen an seiner Einwohnerzahl natürlich.«

»Bei der vielen Geldwäsche in der Stadt wundert mich das nicht.«

»Ich meine es ernst, Salvatore. Weltweit liegen wir auf Platz vier. Vor uns liegen nur Hongkong, Tokyo und Hanoi in Vietnam.«

»Ich weiß, wo Hanoi liegt. Wenn es stimmt, was du sagst,

ist Neapel entweder sehr dreckig oder die Neapolitaner sehr reinlich.«

»Wahrscheinlich beides.«

»Traurig, aber wahr.«

»Was hast du gegen saubere Wäsche?« Gabriele musterte Gaetano von oben bis unten.

»Gar nichts natürlich, aber manchmal kommt es mir so vor, als wäre das das Einzige, was in dieser Stadt noch zählt.«

»Eine weiße Weste?«

»Nein, verdammt. Diese ganze Flachheit. Wo du hinsiehst, begegnen dir die immer gleichen Leute. Jeder will makellos sein. Die Leute fangen an, sich dafür zu schämen, dass man ihnen ansieht, dass sie Neapolitaner sind.«

»Also, ich nicht.«

»Du stammst aus Ercolano, das zählt nicht.«

»Ich verstehe nicht, was du meinst.«

»Niemand in dieser Stadt will mehr so sein, wie er ist. Sieh dich doch um. Wo sind die ganzen zahnlosen Baristas hin? Die Marktfrauen mit Dreck unter den Fingernägeln? Die Taxifahrer, die Napulitano verstehen? Die pockennarbigen Studenten?«

»Neapel verändert sich. Es gibt heute andere Möglichkeiten. Für jeden.«

»Du klingst wie ein Politiker, Gabriele. Was sollen das für Möglichkeiten sein, eh? Aber du hast ganz recht. Die Neapolitaner sind sehr reinlich. Sobald irgendetwas an ihnen haften bleibt, das ihnen lästig ist oder im Weg sein könnte, beginnen sie, es eifrig abzuwaschen. Und wenn es die eigene Verwandtschaft ist.« Gaetano blickte seinen Primo Dirigente durchdringend an, doch Gabriele sah gedankenverloren weg. Der

Commissario wusste nicht, ob er verstand, was er ihm sagen wollte. Nach einigen Sekunden brach er das peinliche Schweigen: »Weshalb bist du übrigens hier?«

Gabriele ließ sich auf den hölzernen Besucherstuhl plumpsen, auf dem gestern Ianus Capuano gesessen hatte. Seine Augen waren müde. »Traust du deiner Mordtheorie?«

»Irgendwo müssen wir anfangen. Aber ich bin ein Feind allzu schneller Schlussfolgerungen, das weißt du. Irgendetwas stimmte mit Capuano nicht, als er gestern hier war. Es kam mir so vor, als würde er mir das eine erzählen, nur um das andere zu verheimlichen.«

»Aber wenn er wegen des einen ermordet wurde, kann uns das andere egal sein.«

»Du brauchst schnelle Ergebnisse, *vero*?«

»Mach den Fuscos Druck! Sie werden dir schon erzählen, wie es abgelaufen ist.«

»Es passt einfach nicht zusammen, dass dieser angeblich so heißblütige Prügelknabe Emanuele vier Wochen lang so ein Geheimnistheater mit Telefon und Glockenschlägen und Erpressung aufgeführt haben soll. Der ist doch eher der Typ, der nicht lange fackelt, der gleich zuschlägt.«

Gabriele kratzte sich verlegen am Hinterkopf. »Ich habe für 15 Uhr eine Pressekonferenz einberufen …«

Gaetano fiel die Kinnlade herunter.

»Nun schau nicht so. Ich hatte keine Wahl. Danilo hat gestern Abend halb Neapel aufgescheucht mit seinen Wahnvorstellungen. Irgendwer hat den Polizeifunk abgehört und der Presse gesteckt, dass San Gennaro einem Polizisten erschienen ist. Beim Mitternachtsdinner wusste bereits der Bürgermeister Bescheid, dass es einen Toten ohne Kopf gab.

Und heute Morgen hat mich der Vice Questore aus dem Bett geklingelt, ob es stimme, dass jemand einen Mann namens Gennaro enthauptet hat.«

»Daher weht der Wind. Du musst vor dem Vice Questore den eisernen Chef spielen, der seine Mitarbeiter zu Höchstleistungen peitscht, damit er sieht, dass du zu Höherem berufen bist. Wie stehen denn die Chancen? Sind sie besser oder schlechter als vor San Gennaro?«

Gabriele sprang auf. »Ich habe noch nie jemanden gepeitscht«, sagte er mit mühsam zurückgehaltenem Ärger. »Macht einfach eure Arbeit. Wir sehen uns um drei.« Ohne ein weiteres Wort verließ er das Büro. Auf dem Flur drehte er sich noch einmal um. Gaetano erwartete, dass er noch etwas Versöhnliches sagen würde. »Und mach Davide Dampf. Die Spurensicherung soll Ergebnisse liefern. Es ist unmöglich, nachts einfach vom Tatort zu verschwinden, ohne etwas Brauchbares gefunden zu haben. Sag ihm das. Und wenn er's nicht bringt, hol dir einen anderen Techniker. Davide ist nicht unersetzlich.«

Gaetano blieb mit einem verächtlichen Grinsen im Gesicht zurück. Da war er wieder. Der neue Gabriele.

Gerade, als er gehen wollte, klingelte das Telefon. Unentschlossen sah er zum Apparat. Er erkannte Carlas Nummer. Als er hinausschlüpfte, prallte er mit Pietro zusammen.

»Dein Telefon klingelt.«

»Ich habe jetzt keine Zeit. Ich fahre noch einmal in Capuanos Wohnung. Wir treffen uns in Pantano.« Er hurtete ins Treppenhaus, doch Pietro hängte sich wie ein hungriger Straßenköter an ihn dran. Im zweiten Stock hatte er ihn eingeholt.

»Ich bin vorhin beinahe explodiert, Salvatore.«

»Wie meinst du das?« Gaetano gab sich arglos, wusste aber sehr genau, worum es ging.

»Ich spreche von dem Wrack: ›Gut gemacht, Danilo‹, ›Weiter so, Danilo‹, ›Was hast du sonst noch vorbereitet, Danilo?‹. Ich krieg das Kotzen, wenn das jetzt so weitergeht. Willst du ihn befördern, weil er herausgefunden hat, dass Capuano einen Hund hatte? Danilo ist absolut untragbar für diese Ermittlung, und das weißt du. Hat Gabriele deshalb mit dir gesprochen? War er deshalb eben bei dir im Büro?«

»Danilo hatte gestern Nacht einen Schock.«

»Aber das ist nicht unser Problem. Er soll seine Arbeit machen.«

»Er ist belastbar für Recherchen und Verwaltungskram. Was denkst du denn? Glaubst du, ich drücke ihm eine Waffe in die Hand und schicke ihn auf Verbrecherjagd?«

»Hat Gabriele verlangt, dass du ihn rauswirfst? Damit dir eines klar ist: Wenn du Danilo im Team lässt, kannst du nicht von uns erwarten, dass wir ihn mit Samthandschuhen anfassen, nur weil das Wrack sonst kollabiert!«

»Wenn ich ihn von der Ermittlung abziehe, kollabiert er erst recht. Und zwar endgültig.« Gaetano war laut geworden. Seine Stimme hallte durchs Treppenhaus. »Danilo braucht eine Aufgabe und ein bisschen Zuspruch, dann rappelt er sich wieder auf. Und von dir verlange ich, dass du deine schlechte Laune nicht immer mit dir spazieren führst.« Er ließ ihn stehen und trabte bis in den ersten Stock hinunter, wo er noch einmal hinaufrief: »Und Gabriele hat nicht verlangt, dass Danilo fliegt. Ich leite die Ermittlungen, *capisc'*?«

Im Erdgeschoss trat ihm Antonella in den Weg und fuchtelte mit einem Notizzettel vor seinem Gesicht herum. »Carla hat bei dir im Büro angerufen. Warum gehst du nicht ans Telefon?«

»Ich war schon draußen«, log er und wollte weiter.

»Sie klang sehr aufgeregt!«

»Was wollte sie?«

»Sie fragt, wo du bleibst. Du solltest sie anscheinend im Pflegeheim abholen.«

»*Che mmèrda*«, nuschelte Gaetano. Schlagartig erinnerte er sich. »Sie wird mich umbringen, wenn ich sie versetze!« Er war nicht nur ein unzuverlässiger Patenonkel, sondern auch ein unbrauchbarer Ersatzvater. Carla hatte sich gewünscht, er würde die Rolle seines kranken Bruders ausfüllen, organisatorische Dinge übernehmen und sie zum Altar führen. Und er hatte törichterweise zugesagt. Es war ihm schleierhaft, wie sie glauben konnte, er wäre dafür geeignet. Schweißperlen traten auf seine Oberlippe.

»Ruf du sie an, Antonella! Erkläre ihr, ich habe einen Mordfall. Wir müssen unsere Verabredung verschieben.«

»Ist es was Ernstes? Du bist so nervös!« Antonella rückte an ihn heran.

»Ich … äh … kannst du etwas für dich behalten?«

»Natürlich. Du kannst dich auf mich verlassen«, flüsterte sie.

Gaetano überlegte kurz. Carla hatte ihn gebeten, Stillschweigen über ihre Hochzeit zu bewahren. Sie wollte um jeden Preis vermeiden, dass sich alle möglichen Leute einmischten oder erwarteten, eingeladen zu werden.

Antonella legte ihm die Hand auf die Schulter und lächelte verschwörerisch. »Erzählst du mir, worum es geht?« Ihre Stimme vibrierte weich in seinem Magen.

»Carla heiratet. Und ich soll als Trauzeuge einspringen.«

Antonella stieß einen grellen Schrei aus und ließ Gaetano zurücktaumeln. »*Che emozione! Che bellezza!*« Sie riss ihre Augen weit auf. »Du musst mir alles erzählen, Salvatore. Wann ist die Hochzeit? Ist sie schwanger? Sie ist schwanger, oder? Nur keine Panik. Von mir erfährt keiner ein Sterbenswörtchen. Du kannst dich auf mich verlassen. *Dio*, ist das aufregend.«

Gaetano schob sie in eine Nische und fuchtelte abwehrend mit den Händen. »Antonella, du sollst Carla bloß erklären, dass wir unser Treffen verschieben müssen, mehr nicht. Ich habe dir das mit der Hochzeit nur gesagt, damit du ein bisschen mitfühlender mit ihr sprichst. Sie wird bestimmt sauer sein. Sag ihr bloß nichts davon, dass ich dich eingeweiht habe.«

»Mitfühlend. Na, hör mal, klar! Du kannst dich auf mich verlassen, Salvatore. Nun geh schon, ich mach das.« Sie schob ihn Richtung Ausgang, und während er zögerlich rückwärts das Polizeigebäude verließ, sah er das Unheil seinen Lauf nehmen. Antonella griff zum Telefonhörer. Wenige Sekunden später schmetterte sie durch die Empfangshalle: »Carla? Mach dir keine Sorgen, Süße. Salvatore hat mir alles erzählt. Wir kriegen das schon hin. Ich gebe dir zuerst mal die Nummer des Schneiders meiner Cousine. Ihr Kleid war ein Traum! Oder noch besser: Ich mache dort gleich einen Termin für dich. Wann passt es dir?«

Schweißgebadet stieg er in seinen Dienstwagen. »Zur Hölle mit allen Bräuten«, fluchte er und musste im gleichen Moment an Capuanos Verlobte denken. Er wischte sich über die Stirn. Dann zog er sein Cellulare aus der Sakkotasche und rief bei Danilo im Büro an. »*Allora*, Danilo, wie gut sprichst du Piemontesisch?«

»Hä?«

»Ruf die Kollegen in Turin an und lass die Verlobte von Capuano checken. Die ganze Familie. Alibis, Streitereien mit Capuano, das volle Programm.«

»Hat Gabriele das angeordnet? Weil er lieber einen Turiner Mörder hätte?«

Gaetano ballte die Faust. Warum dachte eigentlich jeder, dass er Gabrieles Papagei sei? »Stell dir vor, Danilo, das war meine eigene Idee!« Wütend legte er auf.

# 10.

Als Commissario Gaetano zum zweiten Mal an diesem Vormittag das Haus Nr. 13 in der Via Salvatore Tommasi betrat, glich es einem Ameisenhaufen. Die Kriminaltechniker der vergangenen Nacht waren zurückgekehrt und trugen Koffer um Koffer durch das Treppenhaus. Unter den mürrischen Blicken eines weißhaarigen Nachbarn, der mit tiefbraunen, knochigen Händen einen Besen umklammert hielt, wurden im Innenhof unzählige Kisten mit eingetüteten Beweisstücken gestapelt. Neugierig musterte Gaetano die Asservate, aber es war nichts dabei, was ihn ansprang.

Er stand in einem sonnengetauchten Eck des Hofes. Der Sommer war an diesem Morgen noch einmal in die Stadt zurückgekehrt. Es roch nach Kloake, Abgasen und Abfalleimer. Und nach Bleichmittel. Er blickte in den Himmel, wo vollbehängte Wäscheleinen zwischen den Fassadenmauern baumelten und in unregelmäßigen Abständen Tropfen zu Boden fallen ließen. Er musste an das Gespräch mit Gabriele D'Annunzio denken. Neapel war voll gewaschener Wäsche. Wie würde die Stadt ohne Wäscheleinen aussehen, und wie ihre Bewohner?

Aus dem Treppenhaus erschallte Davides zorniges Fluchen. Gaetano ahnte, dass der Chef der Spurensicherung noch immer an den Folgen seines gestrigen Alkoholkonsums litt. Er kannte ihn schon lange und vermochte zu unterscheiden, wann Davide mit sich selbst und wann mit anderen haderte. Nichts widerte seinen Freund mehr an, als wenn jemand unprofessionell arbeitete. Umso saurer musste ihm sein eigenes verkatertes Auftreten aufstoßen.

Gaetano überlegte, wie er sich einen Überblick verschaffen konnte, ohne dem Spurensicherer in die Quere zu kommen. Aber es war aussichtslos. Wenn Davide einen Tatort bearbeitete, war er überall zugleich, schien in jeder Sekunde den ganzen Raum dreidimensional zu scannen, als hätte er am Hinterkopf, an den Schultern und sogar an den Fußsohlen Augen. Andererseits benötigte Gaetano lediglich eine kurze Antwort auf eine einfache Frage: Irgendein Fingerabdruck? Irgendeine Faser, die nach Kuhstall, oder eine Kippe, die nach Alkohol stinkt? Dann könnte er Emanuele Fusco ohne Weiteres festnehmen – und seinen Vater gleich mit.

Er gab sich einen Ruck und trat aus dem Sonnenfleck in den feucht-kühlen, dunklen Treppenaufgang. Die Finsternis stand wie eine Wand vor ihm. In der nächsten Sekunde hatte ein fetter Hund eine mit Strasssteinchen besetzte Lederleine um Gaetanos rechten Knöchel geschlungen. Der Mops umrundete ihn, sabberte ihn in einer Art epileptischem Anfall voll und grunzte aufgeregt. Hinter sich her schleifte er einen kleinen gelockten Jungen. Der trug ein weißes langärmeliges Hemd, und seine staksigen Beine steckten in einer dreiviertellangen khakifarbenen Flanellhose.

»Nanu, wer bist du?«

»Sind Sie der neue Nachhilfelehrer für Francesca?« Der Bengel grinste, während Gaetano sich aus der Leine hedderte. »Da wird Papà erleichtert sein. Er hat geschworen, nur noch schwule oder hässliche Männer in die Wohnung zu lassen.« Der Junge sah auf eine teure Armbanduhr, die an seinem dünnen Handgelenk baumelte. »Sie sind übrigens zu früh. Vor elf steht Francesca am Wochenende nie auf. Der erste Stock links.« Im nächsten Augenblick wurde er von seinem Hund fortgezogen und ließ Gaetano verdutzt zurück.

»He, was soll das, du Bengel?«

In Capuanos Wohnung standen die Schubläden und Schranktüren offen. Gaetano trat in den Torbogen und blickte benommen in jenes Zimmer, das ihm in der letzten Nacht das grauenhafte Stillleben dargeboten hatte. Alles war unverändert. Der Tisch, die vier Stühle, der Steg. Nur der Kopflose fehlte. Davide trug den grünen Schutzanzug der vergangenen Nacht, kniete auf einer Art Rollboard und umschiffte geschmeidig Capuanos Esstisch und den eingetrockneten Blutsee. Auf seinem Kopf saß eine grell leuchtende Stirnlampe. Als er Gaetanos Räuspern vernahm, rollte er mit einem Schubs bis ins Wohnzimmer. »Ich habe befürchtet, dass du so früh aufkreuzt. Wir haben noch absolut gar nichts.« Er rappelte sich auf.

»Findest du, ich sehe hässlich aus? Oder schwul?«

Davide kniff die Augen zusammen und zögerte, schien zu überlegen, ob die Frage etwas mit seiner Arbeit zu tun hatte. »Was willst du mit der Frage erreichen?«

»Eine Antwort.«

»Lass es mich so sagen: Ich würde dich auf der Straße nicht anmachen.«

»Warum? Weil ich hässlich bin?«

»Nein. Weil ich nicht davon ausgehen würde, dass du schwul bist.«

»Das ist nicht schwer. Du weißt ja, dass ich auf Frauen stehe.«

»Ich würde es trotzdem merken.«

»Also schwul findest du mich nicht. Und hässlich?«

»Du sagst das, als wäre das eine nur eine abgeschwächte Form des anderen.« Davide verschränkte die Arme, und Gaetano spürte, dass es besser war, das Thema zu wechseln.

»Vergiss es einfach!«

»Ich finde dich nicht hässlich. Aber ob dir das Urteil eines schwulen Mannes weiterhilft, musst du selbst entscheiden. Was soll das Ganze?«

»Ich hab doch gesagt, wir lassen es! Wie geht es deinem Kater?«

Davide ließ sich ein paar Sekunden Zeit, seinen Argwohn hinunterzuschlucken. »Ich weiß nicht, ob es ein Kater ist. Alessio hat sich gestern an einer Tiella de Gaeta versucht. Ich glaube, der Krake war nicht mehr ganz frisch. Ich habe stundenlang über der Kloschüssel gehangen.«

Gaetanos Magen verkrampfte sich. »Kommst du klar?«

Nebenan tat es einen scheppernden Schlag. Ein Techniker hatte eine Stehlampe im Wohnzimmer umgestoßen. Wie eine Furie stürmte Davide hinüber. Gaetano registrierte, wie der tollpatschige Kollege schrumpfte und die restlichen Techniker sich in Deckung brachten. Davides Wutanfall dauerte fast fünf Minuten. Wie üblich schoss alles in einer nicht enden wollenden Eruption aus ihm heraus.

Davides Assistent Fabiano huschte geduckt herein, schnappte sich das Rollboard, fuhr bis zum Esstisch und begann, sich an Capuanos Telefonanlage zu schaffen zu machen.

»Was machst du?«

»Hier sind mehrere Aufzeichnungen drauf. Es ist ein alter Apparat, aber ich denke, ich verstehe, wie er funktioniert.

Davide hat angeordnet, alle Aufnahmen der letzten Tage zu protokollieren. Zeitpunkt, Anrufer, Inhalt und so weiter.«

»Warum packst du nicht einfach das Band ein? Wir können es in der Questura anhören.«

»Könnt ihr nicht. Das einzige Tonbandgerät, das bei euch in der Questura steht, ist kaputt. Davide hat bereits vor Wochen ein neues beantragt, aber der Primo Dirigente genehmigt keins. Sparmaßnahmen. Und das hier muss ins Labor.«

Gaetano schüttelte ungläubig den Kopf.

»Sollte nicht lange dauern«, nuschelte der Techniker, während er einen Knopf nach dem anderen drückte. »Der Tote hat nicht viele Anrufe erhalten. Es gibt zwei verschiedene Bänder, je nachdem, welche Nummer gewählt wird, zeichnet eines der beiden auf. Ehrlich gesagt, ist mir schleierhaft, warum jemand so einen Aufwand betreibt, wenn ohnehin niemand anruft.«

»Das eine Band war nur für seine Haushälterin. Capuano konnte ihr Aufträge erteilen, wann immer er wollte und wo immer er sich aufhielt.«

»Aber das ginge per WhatsApp leichter, oder nicht?«

»Seine Haushälterin konnte wohl nicht lesen. Denk dran, die Protokolle auf den Dokumentenserver zu laden, Fabiano.«

Im Hintergrund redete sich Davide in Rage. Er war wieder bei seinem Lieblingsthema. Gaetano kannte jede Floskel auswendig und soufflierte leise mit: »›Hätte ich nicht zeitlebens in größtmöglicher Gewissenhaftigkeit, Akribie und unermüdlichem Fleiß meine Arbeit verrichtet, wäre ich nie und nimmer Chef der Spurensicherung geworden. Kleingewachsene Schwule werden in Italien keine Chefs – nicht einmal in Neapel. Aber nachdem mein Vorgesetzter an einem schönen

Mittwochmorgen auf dem Mercatino di Via Imbriani unvorsichtigerweise in die Schusslinie eines Mafioso getreten war, konnte der damalige Primo Dirigente gar nicht anders, als mir die Leitung der Spurensicherung zu übertragen.‹« Bis hierhin hatte Davide recht. Er war innerhalb eines Vormittags nach oben gerutscht. Vom einfachen Techniker in die Verantwortung für einen ausgelaugten Mitarbeiterstab, marode Ausrüstung und unmenschliche Dienstpläne. Die Bezahlung war mies. Niemand sprach es je offen aus, aber insgeheim wussten alle, dass Davide den Posten nicht wegen seines ausgezeichneten Rufes als findiger Kriminaltechniker übertragen bekommen hatte, sondern weil niemand besser geeignet schien, bei einer so undankbaren Aufgabe verbraten zu werden, als ein kleiner, schwuler, gewissenhafter Neapolitaner aus dem Quartiere Stella. Aber Davide hatte das Beste daraus gemacht. Er leistete Tag für Tag hervorragende Arbeit. Seine Mitarbeiter achteten ihn nicht nur, sondern bewunderten ihn.

Gaetano scannte Capuanos Esszimmer. Etwas störte ihn. Nicht nur hier. In der ganzen Wohnung. Es hatte ihn schon am Morgen angesprungen, während er mit Bellucci die Makrele operiert hatte. Als würde etwas fehlen. Er spürte eine marternde Ungewissheit, wie wenn ein Schmerz nicht kam, während sein Zahnarzt einen betäubten Zahn behandelte.

»Hast du etwas entdeckt?« Davide war heimlich herangekommen.

»Eben nicht!«

»Wonach suchst du? Fehlt etwas?«

»Das weiß ich eben nicht.«

»Dann dürfte es schwer werden, es zu finden.«

»Hast du schon was für mich, womit ich den Schwager und den Schwiegervater des Toten konfrontieren kann? Gibt es Fingerabdrücke, einen Gegenstand, der nicht hierher passt?«

»Was genau meinst du?«

»Sagt dir die Mozzarellafarm di Fusco etwas?«

Davide schüttelte müde den Kopf. Gaetano weihte ihn in die Verwandtschaftsverhältnisse der Verdächtigen ein.

»Wenn die Fuscos hier gewütet haben, muss es Spuren geben. Derbe Spuren. Etwas, das vielleicht nach Stall riecht oder aussieht. Dreck, Schlamm, Tierhaare. Oder der Knopf einer Arbeitsmontur. Capuano hat sich bestimmt nicht kampflos den Kopf abschneiden lassen.«

»Du hast doch selbst gesehen, wie er da an seinem Tisch saß, wie inszeniert. Der Mörder kam von hinten, während das Opfer die Geldbündel auf den Tisch stapelte, und schnitt ihm die Kehle durch. Ich glaube nicht, dass sich der Tote groß gewehrt hat – oder noch wehren konnte. Und wenn der Täter nicht blöd war, hat er Handschuhe getragen.«

»Keine Fingerabdrücke?«

»Doch, bisher drei verschiedene. Vom Opfer, von einem Unbekannten und einem sehr Bekannten.«

Gaetano sah ihn verständnislos an.

»Na, von Danilo, am Lichtschalter.« Davide schüttelte den Kopf. »Ich hatte bisher selten einen Tatort, an dem er sich nicht verewigt hat.«

Gaetano winkte ab. »Wir brauchen die Fingerabdrücke der Putzfrau. Was ist mit Fasern, Haaren?«

»Du kennst doch Danilos Halbglatze. Der hat wenig zu verlieren.«

Gaetano rollte mit den Augen.

»Schon gut … *allora*, im Esszimmer bisher rein gar nichts, was sich nicht mit Capuano in Verbindung bringen ließe. Als hätte der Mörder einen Schutzanzug getragen. Im Wohnzimmer ein paar graue Haare. Ich tippe auf die Putzfrau.«

»Weiter seid ihr noch nicht?« Als sich Gaetano der Tragweite seines Satzes bewusst wurde, stand er bereits im Raum.

Davide sah ihn böse an. »Weißt du, an welchem Tag wir San Gennaro feiern? Am neunzehnten. Das heißt, dass der September noch lange nicht zu Ende ist. Und weißt du, wie viele Überstunden ich allein bis gestern hatte?« Davide wurde laut. »Wenn ich die abfeiere, siehst du mich erst nächstes Jahr zum Miracolo wieder, Salvatore. Und allen hier im Raum geht's genauso.« Er fuchtelte wild herum. »Wir sind alle am Ende – nur der Monat noch nicht.«

Von hinten trat Fabiano heran und legte seinem Chef vorsichtig eine Hand auf die Schulter. Er kam mit dem antiken Telefon nicht weiter. Davide drehte sich um und ließ Gaetano in Capuanos Wohnzimmer zurück.

Der Geruch von Espresso und zimtigen Sfogliatelle trieb durchs Treppenhaus. Draußen windete es. Ein Fensterladen schlug an, und Gaetano überlegte, dass sich das Wetter stets wiederholte. Immer am Tag nach San Gennaro pfiff es durch die Stadt. Unten auf der Straße kläffte der Mops von vorhin herumwirbelnden Gennaro-Bildchen hinterher. Seine Leine war an den Lenker einer alten Vespa gebunden, die jeden Moment unter dem Gezerre des Köters umzufallen drohte. Der lockige Junge mit der Flanellhose stand teilnahmslos daneben und spielte mit seinem Cellulare, während er sich ein Gebäckstück nach dem anderen in den Mund schob und mit offenem Mund kaute. Als er den Commissario neben sich bemerkte, grinste er blöd. »Hat Papà Sie doch nicht auf Francesca losgelassen? Das wundert mich aber. Mit Ihrer Frisur stellen Sie keine Gefahr dar.«

Gaetano verstand ihn kaum, denn der Bengel redete mit vollem Mund, doch der Klang der Worte, die zwischen seinen Lippen herauspurzelten, erinnerte Gaetano an einen früheren Klassenkameraden aus Cosenza. Der war genauso frech gewesen, bis ihm einer aus der Oberstufe die Nase brach. Er überlegte, ob er sich den Lockenkopf zur Brust nehmen sollte, aber er hatte keine Erfahrung in Kindererziehung. Carla war immer pflegeleicht gewesen, trotz ihres Dickkopfes. Der Junge sah ihn erwartungsvoll an und schien schon die nächste Spitze vorzubereiten.

»Du solltest aufhören, fremde Menschen zu beleidigen. Das kann gefährlich werden.« Gaetano schlug seine Jacke auf und entblößte theatralisch das Schulterhalfter mit seiner Dienstwaffe.

»Die ist aber süß. Soll ich Ihnen mal meine zeigen? Dann können wir vergleichen.«

»Du hast eine Waffe?«, fuhr Gaetano ihn an. »Wo hast du die her?«

»Blöde Frage. Muss ich wirklich darauf antworten?«

»Wenn du keinen Ärger willst, ja.«

»Sie sind gar kein Nachhilfelehrer, stimmt's?«

»Hast du nun eine Waffe oder nicht?« Er stellte sich breitbeinig vor den Jungen.

»*Mio Dio*, sind Sie Bulle? Regen Sie sich ab! Ich hab gar keine Knarre. Denken Sie mal nach. Was sollte ein kleiner Junge wie ich damit?« Der Lockenkopf schaute unschuldig.

»Hör auf, mich zu verarschen! Wenn du eine Waffe hast, kriegst du Ärger, das garantier ich dir. Und deine Eltern auch.«

»Papà lässt Sie eh nicht rein. Zu viele dumme Fragen. Der Spacko aus Turin kann ihm gestohlen bleiben, ob tot oder lebendig.«

Gaetano dachte nach. Der Vater des Jungen musste Signor Miglio sein, der Pietro gegenüber San Gennaro gedankt hatte, dass Capuano ermordet worden war. Irgendetwas stimmte mit der Familie nicht.

»*Cómme te chiammè?*«

»Pepe.«

»Und wie noch?«

»Wird das jetzt ein Verhör?« Pepe machte ein paar Schritte zurück und band eilig seinen Köter los. Gaetano kam näher und hielt den Jungen fest. Als der grimmige Barista von gegenüber hersah, schloss er schnell seine Jacke, um sein Halfter zu verbergen.

»Ist dein Vater vielleicht Signor Miglio?«

»Ich muss Ihnen gar nichts erzählen. Kinder dürfen nicht verhört werden.« Er atmete schnell.

»Wenn du mir ein paar Fragen beantwortest, vergessen wir die Sache mit der Waffe«, log Gaetano.

»Ich hab doch schon gesagt, dass ich gar keine habe.«

»Dann können wir ja hineingehen und nachsehen.«

»*Vabbè!* Was wollen Sie wissen?«, flüsterte der Junge.

Gaetano zog ihn von der Straße in den Torbogen. »Was weißt du über Ianus Capuano?«

Der Junge zerfetzte sein Sfogliatelle und warf dem Mops einige Stückchen hin. Gierig schlang das Viech sie hinunter. »Ich dachte, der ist tot.«

»Antworte einfach, *vabbè*!«

»Gibt's nicht viel zu wissen. Jeder ging ihm aus dem Weg. Er war ein Arschloch, nichts weiter. Wenn ich mit dem Hund raus bin, hat er mich von oben mit Dreck beworfen.«

»Dreck?«

»Faules Obst oder zerknülltes Papier, so was halt. Aber wenn ich ihm im Treppenhaus begegnet bin, hat er nur blöd geguckt. Außerdem nannte er mich immer Schwachkopf und Papà Trottel.«

»Dein Vater hatte Streit mit ihm, *vero*?«

»Warum fragen Sie, wenn Sie eh schon alles wissen?«

»*Dimméllo, caro mio*, oder sollen wir doch reingehen? Worum ging es bei dem Streit?«

»Um Francesca«, flüsterte Pepe. Er wurde immer kleiner.

»Deine Schwester?«

»Capuano hat ihr Nachhilfe gegeben.«

»Nachhilfe? Dich bewirft er mit Dreck und deiner Schwester erklärt er Rechenaufgaben, oder was?«

»Francesca hat ja keinen Hund, sondern eine Mieze!«

»Hä?«

»Meine Schwester braucht so ziemlich überall Nachhilfe, nur in einem Fach ist sie ziemlich gut.« Der Lockenkopf bildete mit Daumen und Zeigefinger der linken Hand einen Kreis und steckte den Zeigefinger der rechten Hand hindurch.

»Lass den Quatsch!«, herrschte Gaetano ihn an und schlug dem Jungen auf die Hände. »Was war jetzt mit Capuano und deiner Schwester?«

»Na ja, also Francesca … Letztes Jahr wäre sie beinahe sitzen geblieben. Das heißt, eigentlich ist sie sogar sitzen geblieben. Papà hat gedroht, sie einzusperren, wenn ihre Noten nicht besser werden. Der Direktor hat Francesca dann aber doch durchkommen lassen. Ich glaube, Papà und er kennen sich von früher.«

»Komm zum Punkt, ich hab nicht den ganzen Tag Zeit.«

»Jedenfalls hat Capuano das alles spitzgekriegt. Der Typ ist sowieso ständig um Francesca geschwänzelt. Na ja, er hat dann angeboten, ihr Nachhilfe zu geben. Gegen Geld natürlich. Umsonst war bei dem nichts.«

»Und dein Vater hat das erlaubt?«

Der Junge war auf einmal bleich. Gaetano packte ihn an der Schulter und schüttelte ihn heftig. Aus dem Hinterhalt knurrte ihn der Hund an. »Jetzt sag schon, was da gelaufen ist!«

Pepe fing an zu stottern: »P… Papà … er … er wollte den Turiner nicht in die Wohnung lassen, a… aber er konnte ja nicht erlauben, dass Francesca zu ihm hoch geht. Der Spacko durfte dann ein paar Mal kommen. Papà saß immer daneben.«

»Und dann?«

Der Junge verrenkte sich. Er schien irgendetwas zurückzuhalten.

»Na ja … Francescas Noten wurden besser … und irgendwann war es Papà zu blöd, immer dabeizubleiben. Er ließ es eine Weile so weiterlaufen. Er hat die Nachhilfestunden dann auch bezahlt. Papà will unbedingt, dass wir studieren, aber ich will lieber was mit Tieren machen. Ich kann Ihnen zeigen, welche Kunststücke der Hund schon kann.« Er bückte sich zu seinem Mops, aber Gaetano zerrte ihn in den Stand und stierte ihn finster an.

»Das klingt alles zu einfach. Der Mann bewirft dich mit Dreck, beleidigt deine Familie. Ich dachte, dein Vater würde Capuano lieber tot als lebendig sehen! Das waren deine Worte.«

»Das … das kam erst später, als … na ja … als …«

»Als was?«

Der Junge tänzelte von einem Bein aufs andere. »Bitte nicht. Papà bringt mich um, wenn ich's erzähle.«

»Wenn er erfährt, dass du eine Waffe hast, vielleicht auch!«

»Versprechen Sie, mich nicht zu verpetzen?«

»Darüber reden wir hinterher.«

»Papà versteht keinen Spaß. Er nimmt mir Parma weg, wenn er erfährt, dass ich was ausgeplaudert hab.«

»Wer ist Parma?«

Schüchtern deutete der Junge auf den fetten, cholerischen Mops und wischte sich eine Träne aus dem Auge. Dann kniete er sich auf den Boden und ließ sich beschnüffeln. Ein Schneehase bog um die Ecke und kramte Material aus einem Lieferwagen, der auf dem schmalen Gehsteig parkte.

Gaetano wartete, bis er verschwunden war. Dann zog er den Jungen sachte in den Stand. »*Allora*, machen wir es so: Ich sage, was ich denke, und du nickst, wenn ich recht habe. Hinterher überlege ich mir, ob ich mit deinem Vater darüber sprechen muss. Wenn ich kann, halte ich dich da raus, *capisc'*?« Pepe nickte dankbar. »Du hast vorhin gesagt, dein Vater lässt nur noch schwule oder hässliche Nachhilfelehrer ins Haus. Das sollte gar kein Witz sein, oder?« Der Junge nuschelte etwas. »Kann es sein, dass Capuano etwas damit zu tun hat? Capuano wurde zudringlich, stimmt's?«

»Was heißt zudringlich?«

»Er ist nicht nur gekommen, um deiner Schwester Nachhilfe zu geben, oder? Er wollte noch andere Dinge von Francesca.«

Pepe wurde rot und schob sich ein Stück Sfogliatelle in den Mund.

»Hat er deine Schwester vergewaltigt? Ich meine ... hat er ...?«

»Ich weiß, was das ist. Ich bin ja nicht blöd. Nein, hat er nicht.«

»Aber er hat es versucht? Hat dein Vater ihn erwischt? Und gab es deshalb Streit? Vielleicht auch gestern Abend? Ist dein Vater vielleicht gestern zu Capuano hoch, um ihn zur Rede zu stellen? Ist dir irgendetwas an ihm aufgefallen, als er wieder herunterkam, vielleicht Blut oder ...«

»*Munnezza*, sind Sie bescheuert!«, schrie Pepe plötzlich. Aufgeweichte Sfogliatelle-Stückchen flogen aus seinem Mund. »Mein Vater hat niemanden umgebracht. Francesca, sie ... sie hat es doch drauf angelegt. Die hat ja von Anfang an mitgemacht. Aber dann hat Papà die beiden bei irgendwas erwischt.«

»Schrei nicht so!« Gaetano sah sich um. »Was hat dein Vater gemacht, als er sie ... erwischt hat?«

»Na, nichts. Papà hat den Turiner rausgeschmissen, das war's.«

»Dein Vater hat es einfach so hingenommen, dass sich ein älterer Mann an einer ... Wie alt ist deine Schwester?«

»Fünfzehn. Aber sie erzählt jedem, dass sie siebzehn ist. Die meisten glauben es ihr. Sie hat schon riesige ...« Pepe formte mit beiden Händen etwas Geschwungenes in die Luft. Er lief rot an.

»Deine Schwester ist fünfzehn, und du willst mir erzählen, dass dein Vater nichts gegen Capuano unternommen hat?«

»Ich will jetzt nach Hause.« Die knallrote Tomate drückte sich an Gaetano vorbei ins Hoftor und zerrte an der Hundeleine. Parma schnüffelte, schien sich plötzlich sehr wichtig vorzukommen. »Vergessen Sie nicht, was Sie versprochen haben.«

Gaetano trat hastig beiseite, bevor der Mops ihn wieder einwickeln konnte. »Ich werde die Sache mit deinem Vater klären müssen«, sagte er scharf und folgte ihm.

»Der wird Ihnen nichts erzählen. Aber umgebracht hat er niemanden, das schwöre ich. Gestern waren wir den ganzen Abend in der Wohnung. Da war ja dieser Brand.« Der Junge rannte los.

»Was ist mit deiner Schwester? War die auch zu Hause?«, rief ihm Gaetano nach.

Pepe stoppte im gleißenden Quadratfleck des Innenhofes und sah auf seine Armbanduhr: »Fragen Sie sie selbst. Jetzt wird sie wach sein. Sie macht kein Geheimnis aus der Geschichte. Die findet die ganze Sache sogar lustig. Vielleicht erzählt sie Ihnen auch, wofür Sie diesem Turiner Geld schuldet.«

»Geld? Für die Nachhilfestunden?«

»Siebentausend Euro für Nachhilfe? So blöd ist Francesca auch wieder nicht.« Pepe verschwand im Treppenhaus. Hinter ihm grunzte der Mops.

Gaetano schäumte. Hatte Francesca dem Turiner die siebentausend Euro gestern vorbeigebracht? Der Geldberg auf dem Tisch? Und wofür, um Gottes willen? Immer deutlicher zeichnete sich eine Kontur des arroganten Turiners ab, die sich tröpfchenweise mit Abstoßendem füllte. Eine seltsam unglückliche Ehe, eine blutjunge Verlobte und eine noch jüngere angebliche Nachhilfeschülerin, womöglich die Geliebte. Capuano musste eine Vorliebe für junge Frauen haben, wobei es sich beinahe verbot, ein fünfzehnjähriges Mädchen als Frau zu bezeichnen. Es war ekelhaft. Gaetano trat gegen einen Mülleimer. Der aalglatte Hüne mit einem naiven, neapolitanischen Teenager. Verdammt, der Vater hatte keine Anstalten gemacht, zur Polizei zu gehen. Wütend schnappte sich Gaetano den Zipfel einer nassen Hose, die auf einer Wäscheleine über ihm hing, und pfefferte den triefenden Fetzen in die Ecke des Hofes. Capuano hatte Miglios Tochter in den Dreck gezogen, die ganze Familienehre, das Haus, das Viertel, aber nichts war geschehen! Er spuckte auf den Boden. Wo war der verdammte Mob, wenn man ihn brauchte? Ein Fünfzigjähriger und eine Fünfzehnjährige, das ging zu weit. Gaetano dachte an Carla. Wie hätte er reagiert, wenn er sie bei etwas Derartigem erwischt hätte?

Er stellte sich zurück in den Sonnenfleck des Hofes und dachte nach. Deshalb also die Geheimnistuerei im Büro. Capuano musste gefürchtet haben, dass man ihm auf die Schliche kam, wenn die Polizei erst einmal in seinem Leben zu graben begann. Aber war ihm nicht klar, dass Gaetano nach all diesen Erpresser-Spukgeschichten die Nachbarn befragen würde, und dass Signor Miglio dann reden würde? Capuano musste an einem Punkt angelangt sein, an dem das Risiko, ein paar unangenehme Fragen zu seinem Verhältnis zu Francesca zu beantworten, viel geringer wog als die Alternative. Unfassbar! Capuano hatte sich mitten in Neapel einfach so an einem minderjährigen Mädchen vergreifen können.

Gedankenverloren nahm Gaetano einen Stift aus seiner Hemdtasche und kritzelte einen Vermerk auf einen Notizzettel Danilo musste so schnell wie möglich die Familie Miglio durchleuchten.

# 11.

In Pantano brannte die Mittagssonne vom Himmel. Salvatore Gaetano konnte sich nicht erinnern, dass es um San Gennaro jemals so heiß gewesen war. Im Wagen stand die Luft, sein Rücken klebte, an den Schläfen bahnten sich kleine Rinnsale ihren Weg. Der Herbstwind, der vom Meer her die Gassen des Centro Storico durchpustete, schaffte es nicht bis aufs Land. Bäume und Sträucher darbten reglos in der Sonne.

Er parkte den Wagen direkt neben Emilias an einer Gabelung, von der aus eine unscheinbare, eingewachsene Straße zur Farm der Fuscos führte. Kein Motorengeräusch störte die heilige Ruhe nach San Gennaro. Alles war wie tot. Nach einigem Umsehen entdeckte er seine Kollegen, die im Schatten einer Pinie dösten. Pietro hatte seine Jacke auf dem Boden ausgebreitet und sein Hemd tief aufgeknöpft, sodass die behaarte Brust und der Bauchansatz zum Vorschein kamen. Als er näherkam, hörte Gaetano, dass Pietro schnarchte wie ein Walross. Emilia hatte die Hände unter dem Kopf verschränkt und starrte selig lächelnd in den Himmel, wo ein Bussard kreiste und pfiff. Es fehlt der Grashalm im Mund, dachte Gaetano.

»Alles ruhig?«

»Nichts rührt sich. Keiner kommt und keiner geht.« Emilia gähnte.

»Es wird Zeit, dass wir Vater und Sohn rausklingeln. Hoffen wir, dass sie einigermaßen nüchtern sind.« Gaetano griff nach einem verdorrten Pinienzweig und stach Pietro in den Bauch. Mit einem Schnarcher fuhr er hoch.

»Emilia, du kommst mit mir. Du kennst die Fuscos von früher. Vielleicht zähmt sie ein bekanntes Gesicht.«

Sie rollte sich auf die Seite und stemmte sich in die Höhe.

»Ich glaube kaum, dass sie sich an mich erinnern.«

Er lächelte. »Ich hab's auch nur gesagt, weil du sowieso mitkommen würdest. Eigentlich solltest du im Büro oder besser noch zu Hause …« Als er ihren finsteren Blick registrierte, verstummte er. Dann wandte er sich an Pietro. »Du parkst den Wagen quer auf dem Feldweg. Aber schlaf nicht wieder ein. Wenn jemand türmt, nimmst du ihn fest, *capisc*?«

Die unbefestigte Straße führte an Weidezäunen entlang zum Hauptgebäude der Büffelfarm. Das ganze Areal wirkte verlassen und erweckte nicht den Eindruck, dass in den letzten Wochen oder Monaten hier gearbeitet worden war. Lehmvertrocknete Schlaglöcher säumten den Weg. Traktoren oder Lieferwagen fuhren hier schon lange nicht mehr. Die Weiden waren nicht bewirtschaftet. Breite Lücken klafften in den Zäunen, wo morsche Holzbalken herausgebrochen waren. In einiger Entfernung machte Gaetano einen einsamen grauschwarzen Wasserbüffel aus, der, an einen Holzpfosten gebunden, seinen massigen Schädel in eine steinerne Tränke beugte. Seine Rundhörner glitzerten silbern in der Sonne. Gaetano lauschte nach dem Schlagen der Zunge im Wasser. Doch kein Laut drang in die Stille.

Nach etwa fünfzig Metern bog der Weg nach links und gab den Blick auf die terrakottafarbene Front eines heruntergekommenen, zweigeschossigen Bauernhauses frei, das sich aus einem geschotterten Hof in den gelblichen Himmel reckte. Hinter einem zugewucherten Bauerngarten deutete sich ein Labyrinth aus modernen Wirtschaftsgebäuden, Ställen und Lagerhallen an. Das Bauernhaus wirkte wie aus einer anderen Zeit. Scheiben waren gesprungen, und an vielen Stellen bröckelte der Putz und gab den Blick auf Bruchsteine frei. Im Dach klafften Löcher, wo ockerfarbene Ziegel und Sparrenbalken in den Dachstuhl gefallen waren. Wie das Gebiss einer alten Nonna, dachte Gaetano. So gefiel es ihm, auf eine armselig authentische Weise herrschaftlich.

Warum wuchsen in solch romantischen Häusern Mörder heran? Als Kind war für ihn Neapel mit seinen Morden, seiner Spiel- und Wettsucht, seinem Drogenproblem und seinem Müll der Inbegriff der Verruchtheit gewesen, umgeben von friedvollen Hügeln, Fischerdörfern und entlegenen Einsiedeleien wie dieser Farm. Aber natürlich war das ein Märchen. Gemordet wurde überall.

Emilia las wie immer seine Gedanken: »Beinah zu friedlich, um nach abgetrennten Köpfen zu suchen, eh?«

Nur mit Mühe konnte er ein Grinsen unterdrücken. »Zunächst suchen wir das Haupt der Familie.«

Sie traten durch das Hoftor auf den geschotterten Vorplatz. Niemand war zu sehen. Doch Gaetano spürte, dass man sie beobachtete. Neben einem alten Traktor stand eine kleine Blechwanne, aus der zwei Katzen gierig Wasser schlürften. Argwöhnisch musterten die Tiere die Umgebung. Emilia deutete auf etwas am Boden. Ein roter Fleck. Fußballgroß. Daneben bordeauxfarbene Tropfen, die zwischen die Steine gesickert waren. Vielleicht Blut, dachte Gaetano. Unruhig überblickte er das Terrain. Er spürte Furcht, aber er wusste nicht, wovor.

»Was ist das?«, schrie Emilia plötzlich, packte ihn an der Schulter und riss ihn zur Seite. Gaetano zog seine Waffe und fuchtelte in die Leere des Hofes. Im nächsten Augenblick erkannte er, worauf Emilia deutete. Zittrig steckte er die Pistole zurück. Seine Nerven lagen blank.

»Warum erschreckst du mich so, verdammt?«

»Was liegt da?« Emilia stand noch immer mit ausgestrecktem Arm neben ihm.

Gaetano kniff die Augen zusammen, um sich zu vergewissern. Nichts, worauf man schoss. Etwas Totes. Hinter dem Traktor auf dem Boden lag etwas eigentümlich Aufgedunsenes. Es sah aus wie ein Schaf, das lange nicht geschoren worden war. Der zum Bersten gespannte Bauch stand still. Ein Rabe flog aus dem Nichts heran, ließ sich darauf nieder und begann hineinzupicken. Gaetano trat einen Schritt zurück, als erwartete er, dass der Vogel jeden Augenblick mitsamt dem Ding in die Luft ging.

»Es ist ein Hund«, nuschelte Gaetano und betrachtete nachdenklich das beschämende Schauspiel. Das Tier blähte sich mit heraushängender Zunge in der gleißenden Herbstsonne. Vor Gaetanos innerem Auge saß ihm Capuano am Schreibtisch gegenüber und zog sein Klappmesser aus der Tasche. Hier also hatte er sich vor wenigen Tagen seine Bisswunde geholt und dann den Hofhund hingestreckt. Der Kadaver lag da wie ein Mahnmal. Warum begrub ihn niemand? Weil das Tier versagt hatte, den verhassten Eindringling fernzuhalten? Der Zorn auf dieser Farm musste gewaltig sein. Und die Gleichgültigkeit. Gaetano ließ den Blick über die Fassade schweifen, hielt die Luft an. In die unruhige Mittagsstille plätscherte das gierige Schlabbern der Katzen. »Gehen wir zum Haus.«

Ungläubig schüttelte Emilia den Kopf und trabte in Gaetanos Windschatten zum Bauernhaus. Die meisten Fensterläden waren geschlossen. Zwei verwaiste Lehnstühle gähnten neben einer blau gestrichenen Eingangstür, daneben vertrocknete Sträucher. Er glaubte, Rosmarin zu riechen.

»Es scheint niemand hier zu sein.« Emilia steuerte auf einen kleinen gepflasterten Weg zu, der um das Haus herumführte.

»Bleib hier! Ich klopfe. Wenn niemand öffnet, gehe ich rein. Du wartest, falls jemand abhaut!« Er fingerte unter seiner Jacke nach der Pistole, besann sich dann aber anders. Wenn die betrunken sind, werde ich auch so mit ihnen fertig, dachte er. Und wenn sie nüchtern sind, wird ihre Mordlust befriedigt sein. Sie haben sich in der Nacht schon ausgetobt.

Mit dumpfen Schlägen donnerte seine Faust gegen die morsche Tür. »*Pulizzìa*! Ist jemand da?«

Nichts rührte sich. Er hielt sein Ohr gegen das warme Holz, während Emilia ein paar Schritte zurücktrat und die Fenster beobachtete. Gaetano klopfte erneut und lauschte. Plötzlich pfiff Emilia und deutete auf ein Fenster rechts der Eingangstür.

»Was ist?«

»Sieh selbst!«

Gaetano presste Stirn und Nase gegen die kühle Scheibe und starrte angestrengt in die Dunkelheit dahinter, bis sich nach und nach graue Konturen lösten. Vor seinen Augen zeichnete sich eine winzige Kammer ab. Alles darin war penibel aufgeräumt. Ein gemachtes Bett mit sauber gefalteter und glatt gestrichener, beigefarbener Stickdecke, links vom Kopfende ein Nachttisch, darauf die Heilige Schrift und ein hölzernes Kreuzchen sowie ein rot-weißes Döschen. Über dem Bett prangte eine kitschige Gennaro-Darstellung. Gaetano musste schmunzeln. Selbst er als Kunstbanause erkannte, dass das Bild, eine missratene Collage, die Legende wiedergab. Gennaro, der zum Tode verurteilte Märtyrer, lag bäuchlings auf einer Bahre, den Kopf leicht angehoben, um dem Henker die Arbeit zu erleichtern. Neben ihm kniete ein zerbrechliches Mütterchen und hielt eine tönerne Schale an den Hals des Verurteilten, aus dem in Kürze die begehrten Blutstropfen herausspritzen würden.

Er drückte die Nase fester gegen die Scheibe. Als er zum Fußende des Bettes blickte, zuckte er zusammen. Ein Mensch, zusammengekauert in einem Lehnstuhl. Ein altes Weib, dürre Fingerchen auf dem Bauch gefaltet. Auf den Knien eine dösende Katze. Die Nonna schlief, doch sie hatte die Lider halb geöffnet und starrte in eine unergründliche Leere. Ihn schauderte. Die Alte hatte kaum Falten, ihre Haut wirkte frisch, beinahe rosig. Ihr brünettes, von grauen Strähnen durchzogenes Haar hatte sie zu einem strengen Knoten nach hinten gebunden. Sie schien nicht viel älter als er selbst, doch ihm war klar, dass das täuschte. Sie hätte an die neunzig sein können oder auch sechzig, aber dann hatte es das Leben nicht gut mit ihr gemeint.

Gaetano bekreuzigte sich und dachte an seine eigene Nonna. Lange bevor sie starb, hatte sie mit einem ähnlichen Blick tagein tagaus in ihrem knarzenden Lehnstuhl geschaukelt. Und immer hatte die Sehnsucht nach etwas Besserem aus ihren Augen hervorgeblitzt, das im Jenseits auf sie wartete. So zumindest hatte es ihm seine Màmma erklärt.

Behutsam klopfte er gegen die Scheibe. »Können Sie mich hören? *Pulizzìa*! Wir müssen mit Ihnen sprechen.«

»Hör auf! Du erschreckst sie zu Tode«, flüsterte Emilia.

Plötzlich zerschnitt ein schrilles Rufen die Mittagsstille. »Lasst sie in Ruhe! Sie spricht nicht.«

Gaetano fuhr herum, als hätte ihn eine Krähe im Nacken gepackt. Doch niemand war zu sehen.

»Wer spricht da? Zeigen Sie sich! *Pulizzìa*!« Emilia zog ihre Waffe und entsicherte sie, doch Gaetano schüttelte beruhigend den Kopf.

»Hier oben am Fenster«, schallte es wieder.

Er hielt sich die Hand über die zusammengekniffenen Augen, doch die Fassade des Bauernhauses glühte in der Mittagssonne und tauchte es in flammendes Gelb. Im ersten Stock glaubte er ein spaltbreit geöffnetes Fenster auszumachen, aus dem ein Kopf herauslugte. »Kommen Sie herunter! *Pulizzìa*!«

»Was wollen Sie?«

»Wir müssen mit Emanuele und Samuele Fusco sprechen.«

»Was wollen Sie von ihnen?«

»Mordkommission. Es geht um Signor Capuano!«

Ein Lichtblitz, dann ein Krachen. Die Frau hatte das Fenster zugeknallt. »Wir lassen uns nicht zum Affen machen, Emilia. Ich geh jetzt rein. Warte hier!«

In dem Moment quietschte ein Fensterflügel, und eine Millisekunde später fiel etwas aus dem Himmel und schlug direkt neben Gaetano in den Kies. Verdutzt hob er ein in Papier gewickeltes faustgroßes Paket auf. »Wohl kaum Capuanos Kopf.« Er wog es in der Hand. »Etwas Leichtes und Schwabbeliges ist drin.«

»Capuanos Herz?« Emilia steckte ihre Waffe weg und verzog spöttisch den Mund.

»Turiner Herzen sind viel kleiner.«

Während Gaetano das durchweichte Papier entfernte, drang ein säuerlich-nussiger Geruch hervor, und als das Paket vollständig entblättert war, hielt er eine grau melierte Kugel Büffelmozzarella in den Händen. Molke rann zwischen seinen Fingern hindurch, tropfte in langen Fäden zu Boden und versickerte in die staubbedeckten Schottersteine des Hofes. Aus dem Hinterhalt pirschten sich die zwei hungrigen Katzen an und umstreiften ihn linkisch.

»Mmh, Mozzarella di Fusco.« Emilia schnüffelte und rieb sich dabei Daumen und Zeigefinger unter der Nase.

»Kennst du dann auch die tiefere Bewandtnis dieser Kugel? Warum bewirft uns die Alte mit Mozzarella?« Er holte weit aus und schleuderte den Käse in hohem Bogen gegen den vor sich hin rostenden Traktor. Die Katzen stürmten hinterher.

»Hier, auf dem Papier«, sagte Emilia, ging in die Hocke und pflückte ein durchweichtes Blatt vom Boden, auf dem verronnene, hektisch hingekritzelte Buchstaben standen. »*Zehn Jahre zu spät*!«, las sie laut.

»Was meint sie damit? Das Blutbad in der Via Salvatore Tommasi?«

»Woher weiß die Kugelstoßerin, dass Capuano tot ist?«

»Neapel ist ein Dorf, Emilia. Die halbe Stadt spricht von San Gennaros Enthauptung.«

»Aber wer ist sie? Und warum *zehn Jahre zu spät*?«

»Denk an die anonyme Anzeige in den Akten!«

»Glaubst du, die Schreckschraube war das? Meint sie, wir sind gekommen, um Annas Todesumstände neu aufzurollen?«

»*Nun 'o ssàccio*! Hier scheint die ganze Sippe wahnsinnig zu sein. Und wenn ich an die abartigen Gerüchte über Capuano denke, kann ich's ihnen nicht verübeln.«

Gaetano kniff die Augen zusammen. Die eilig hingekritzelten Worte, die Melancholie, die wie eine Aschewolke über diesem Hof lag … Seit zehn Jahren wartete man hier vergeblich darauf, dass die Polizei kam, um Annas Tod aufzuklären. Er griff sich in die Magengegend.

»Was hast du, Salvatore?« Emilia legte ihm besorgt die Hand auf die Stirn.

»Nichts.« Gaetano schob sie weg. Wie schon einmal an diesem Tag überkam ihn ein ätzender Widerwille, den Mörder des schleimigen Turiners ausfindig zu machen, und er fürchtete sich davor, weitere Details über dessen Ehe mit Anna Fusco zu erfahren. »Wir müssen Emanuele und Samuele Fusco finden, bevor die Pressekonferenz beginnt. Gabriele kollabiert, wenn ich ihm keinen Verdächtigen liefere. Und wenn der Täter bis heute Nachmittag noch frei herumläuft, dichten die Journalisten der Stadt ein unheilvolles Jahr an. Ich sehe schon die Schlagzeilen: *San Gennaro im Körper eines Turiners wiedergeboren! Enthauptung am Tage des Hochfestes! Unser Stadtpatron hat sich von Neapel abgewendet!* Da kann man sich das ganze Brimborium mit dem Miracolo auch sparen.«

Hektisch bekreuzigte sich Emilia und nuschelte Stoßgebete in den Himmel.

Gaetano verdrehte die Augen. »Ich wusste nicht, dass du so abergläubisch bist.«

»Du vergisst, dass ich den Jackpot gewonnen habe. Zehn Uhr sieben hatte ich getippt. Zehn Uhr zwölf trat das Mira-

146

colo ein. Ich habe einen besonderen Draht zu San Gennaro. Außerdem werde ich Mutter. Ich brauche ihn.«

»Der verlässt uns schon nicht, keine Sorge.« Er verzog den Mund. Aus dem Hintergrund pirschte sich der Geruch von Gülle heran, dann schlurfende Schritte. Eine Gestalt warf ihren Schatten voraus. In einer Hand hielt sie ein Gewehr. Gaetano zog schlagartig seine Dienstpistole, wirbelte herum und schrie: »Waffe fallen lassen oder ich schieße! Legen Sie sofort das Gewehr weg.« Vor ihm stand ein alter Mann – in der Hand eine Mistgabel. Ein kräftiger, grau gelockter Bauer in blauem Overall. Zwischen den Zinken der Forke klebten schlammverkrustete Strohhalme. Die beiden Katzen eskortierten ihn. Er musterte Gaetano aus eisblauen, freudlosen Augen. Doch kein Zorn lag darin, nicht einmal Überraschung oder Frage.

»Warum schießen Sie nicht?«

Gaetano fühlte sich wie gefangen. Schockgefroren. Die Dienstwaffe hielt er noch immer schussbereit in der Hand.

»Na los, schießen Sie! Glauben Sie, ich habe Angst zu sterben?«

Emilia rührte sich als Erste. Ruhig ging sie auf Signor Fusco zu, löste die Mistgabel aus seiner verkrampften Hand und bot ihm dafür die eigene zum Gruß an. »Wir sind uns früher schon einmal begegnet, Signore. Mein Name ist Emilia Maio. Wir kennen uns vom Getränkeverkauf beim FC Pantano. Ich arbeite bei der Polizei in Neapel.«

Samuele Fusco schien sie nicht zu hören und stierte weiter ins Leere. Nach einigen Sekunden seufzte er trocken: »Früher ...« Dann wandte er sich ab und trottete in die Weite des Kieshofes. Die Katzen trabten munter vorneweg, als ahnten sie sein Ziel.

»Zum Teufel, hiergeblieben!«, schrie Gaetano, der seine Stimme wiedergefunden hatte, und stellte sich Samuele Fusco in den Weg. Doch der Alte umkurvte ihn und schlenderte murmelnd weiter.

»Mein Büffel ist krank. Ich muss nach ihm sehen und die Box ausmisten. Sonst entzieht mir das Veterinäramt die Lizenz.«

»Der Büffel muss warten. Es geht um Ihren Schwiegersohn, Signor Capuano.«

Samuele Fusco stampfte auf. Die Katzen stoben auseinander. Wie in Zeitlupe drehte er sich um. »Sie sollten diesen Namen auf dieser Farm nicht aussprechen, Commissario. Es liegt sehr viel Zorn darin verschlossen. Der Hass eines ganzen Lebens. Wehe dem, der diesen Zorn freilässt!«

Emilia trat heran und flüsterte: »Vielleicht sollten wir besser einen Arzt rufen. Der Alte scheint verwirrt.«

Samuele Fusco schlurfte wieder los. Auf einmal knallte es. Ein ohrenbetäubendes Rauschen schwappte zwischen dem Bauernhaus und dem angrenzenden Pinienwäldchen über den Hof. Gaetano hatte einen Warnschuss abgefeuert, und als sich auch die letzten Reste des Widerhalls irgendwo in das kampanische Hinterland verzogen hatten, nahm er seelenruhig seine Handschellen, trabte zu Samuele Fusco, der, ohne auch nur zu zucken, weitergegangen war, und ließ es zweimal klicken. »Es reicht mir mit diesen Gespenstergeschichten. Wir gehen jetzt ins Haus und unterhalten uns, *capisce*?« Er zog an den Handschellen, doch Samuele Fusco rührte sich nicht vom Fleck. Er stand da wie ein sturer Esel.

»Nicht ins Haus!«

»Es ist brütend heiß hier, los jetzt!« Doch der Bauer war wie festgenagelt. Schweiß trat Gaetano auf die Stirn und lief in kleinen Flüsschen herunter. Sein Hemd war klatschnass.

»Gehen wir in den Stall, Commissario. Nicht ins Haus, bitte!«

Gaetano und Emilia sahen sich an. Emanuele. Er versteckte sich im Haus. Das ganze Theater war ein Ablenkungsmanöver.

»Wir gehen zum Haus. Sie voran. Rufen Sie Ihren Sohn, damit er herauskommt!«

»Emanuele? Keine Ahnung, wo der steckt.«

»Das werden wir gleich sehen.« Gaetano versuchte, ihn fortzuziehen, doch Fusco blieb kleben.

»Meiner Frau geht es nicht gut. Sie darf nicht hören, worüber wir sprechen. Es würde sie umbringen.«

»Halten Sie uns für so blöd, dass wir darauf reinfallen?«

»Im Haus sage ich kein Wort. Wenn Sie mit mir reden wollen, dann hier oder im Stall.«

»Dann sprechen wir leise.«

»Maria ist stumm, nicht taub. Sie wird uns hören. Sie hört alles. Es macht sie ganz krank. Das Warten.«

Gaetano sah zu Emilia und hob vielsagend die Augenbrauen, während Samuele Fusco die Unterarme anspannte, dass bläuliche Adern herausschwollen. »Emilia, durchsuch das Haus. Wenn du Emanuele findest, nimm ihn fest. Und halte auch Ausschau nach … Na, du weißt schon, wonach.« Er tippte sich an den Schädel und schob Samuele Fusco vor sich her. Der alte Mann ließ es plötzlich anstandslos geschehen.

Der kleine Stall lag direkt hinter dem Haus. Eine niedrige, langgezogene Holzhütte. Neben dem verschlossenen Stalltor türmte sich ein bestialisch stinkender, fliegenbesetzter Misthaufen. Gaetano hielt sich den Unterarm vor Mund und Nase, aber der Gestank hatte sich bereits tief in seine Nebenhöhlen und von dort in sein Gedächtnis eingegraben. Er hechelte flach.

»Autolyse«, knurrte Samuele Fusco, der Gaetanos gequälten Blick registriert hatte. »Ich sagte doch, dass einer meiner Büffel krank ist.«

»Was hat er?«

»Riechen Sie das nicht?« Gaetano schüttelte den Kopf. »Er stirbt. Vor zwei Tagen hat es begonnen. Mira verabschiedet sich langsam. Ihr Körper hat schon damit angefangen aufzubrechen. Ihre Zellen zersetzen sich und werden ausgeschieden. Es ist der erlösende Duft des Todesengels, der uns umweht. Mira sehnt sich schon so lange nach ihm.«

Gaetano fröstelte. In der Kammer seiner Großmutter hatte es, seit er denken konnte, ähnlich süßlich geduftet. Hatte er sie etwa nur sterbend gekannt?

Samuele Fusco deutete mit dem Kinn Richtung Stalltür. »Man muss mit einer Hand kräftig gegen die Tür drücken und mit der anderen gleichzeitig den Riegel aus dem Scharnier schieben. Ich würde Ihnen ja gern helfen, aber ...« Der Alte streckte seine gefesselten Hände vor.

Gaetano schob den quietschenden Riegel zurück und ließ die morsche Stalltür mit einem Knarzen auffallen. Sonnenlicht flutete den Holzschuppen und verjagte einen großen Schwall süß-klebrigen Todesgeruchs nach draußen. Entlang der Holzwände stapelten sich bis unter die Decke in mehreren Reihen Stroh- und Heuballen. Sie dufteten nach Freiheit, und Gaetano dachte daran, wie er und Aniello als Kinder zwischen den Strohballen in der Scheune hindurchgeschlüpft waren und sich dahinter Verstecke gebaut hatten. Erst wenn im Herbst die letzten Ballen verfüttert wurden, kamen die heimeligen Höhlen langsam zum Vorschein.

Am Ende des langgezogenen Raumes lag ein kleiner Verschlag, zwischen dessen Holzbrettern zwei dünne Hornspitzen hervorguckten. Müdes, tiefes Schnaufen drang heraus. Stroh knisterte. Gaetano sah sich misstrauisch um, ob etwas herumlag, was Fusco als Waffe verwenden konnte, doch bis auf ein paar morsche Holzrechen und eine schmiedeeiserne Kette war der Stall leer. In einem Spalt zwischen den Strohballen steckte eine halb leere Grappaflasche. Als Fusco sie entdeckte, schob er mit dem Fuß ein paar Büschel Stroh davor. Gaetano tat, als habe er es nicht bemerkt. Er kramte den Schlüssel seiner Handschellen hervor und befreite den müde dreinblickenden Alten von seinen Fesseln, während er einen tiefen Atemzug durch die Nase sog. Der Grappagestank kam aus den Heuballen, nicht aus Fuscos Mund.

»Keine Angst vor mir, Signor Commissario?« In Boxermanier hob Fusco die befreiten Hände, doch Gaetano war nicht zu Scherzen aufgelegt. Er ging zurück zur offenen Stalltür und ließ sich auf einen Strohballen plumpsen. Eine Maus huschte panisch umher und schlüpfte zwischen Gaetanos Beinen hindurch in ihr unsichtbares Versteck. Hinter ihm raschelte es wild. Eine ganze Kolonie musste dort wohnen, dachte er.

»Machen wir es kurz«, sagte er. »Ich lege nicht viel Wert auf die Gesellschaft von stinkenden Büffeln, also reden Sie schon, damit wir hier rauskönnen!« Der Alte sah ihn fragend an, doch Gaetano konnte nicht deuten, ob er pokerte. »Es geht um Ihren Schwiegersohn, Signor Ianus Capuano.« Aus dem Holzverschlag schnaubte es inbrünstig. Gaetano fuhr zusammen. Er musste wachsam bleiben. Womöglich hetzte der Alte den Büffel auf ihn.

Samuele Fusco ließ sich Zeit mit seiner Antwort. Gaetano spürte instinktiv, dass er nicht lügen würde. Woher diese Eingebung kam, wusste er nicht, aber Fusco hatte es auf eine eigentümliche Weise nicht nötig zu schwindeln. »Erstaunlich, welchen Staub Capuano in letzter Zeit hier aufwirbelt.«

»Wie meinen Sie das?« Gaetano hatte ein Notizbuch hervorgeholt und fing an hineinzukritzeln. Wieder raschelte es hinter ihm. Er musterte argwöhnisch die dunklen Ecken des Stalles. Wahrscheinlich nur die Mäuse, dachte er.

»Erst taucht er vor ein paar Tagen hier auf, und jetzt fragt die Polizei nach ihm. Er bringt Unruhe auf den Hof. Maria schläft kaum noch. An Capuano haftete schon immer etwas Diabolisches. Und wohin er geht, lässt er etwas davon auf den Boden tropfen. Er vergiftet seine Umwelt. Sogar die Tiere spielen verrückt.«

»Ihr Hund schien in der Tat nicht gut auf ihn zu sprechen zu sein.«

»Ach, daher weht der Wind.« Der Alte spukte aus und steuerte auf eine schwere Eisenkette zu, die an einem Wandhaken hing.

Sofort sprang Gaetano auf.

»Ich muss die Box ausmisten. Mira soll nicht in ihrer Scheiße sterben.« Gaetano sah ihn fragend an. »Ich muss sie anbinden, oder wollen Sie sie so lange halten?« Ohne ein weiteres Wort nahm er die rostige Kette von der Wand, öffnete die Tür des Holzverschlags und kettete die Büffelkuh im Liegen an einen eisernen Ring. Immer wieder tätschelte er ihr sanft den knochigen Rücken, kraulte sie geduldig unter dem dankbar hingestreckten Kinn. Sie wirkten wie zwei Vertraute, gemeinsam gealterte Freunde, von denen einer nun wohl oder übel als Erster abtreten musste. Gaetano schämte sich, Zeuge dieser Intimität zu sein, als stehe es ihm nicht zu, diesen letzten Augenblicken des leidenden Tieres beizuwohnen. Die Büffelkuh kam ihm auf einmal nackt und ertappt vor.

Er fühlte sich an seine Besuche im Pflegeheim erinnert. Er mochte nie dabei zusehen, wie Carla ihren Vater wusch oder auf die Toilette führte. Und das, obwohl er Aniello wahrscheinlich häufiger als jeder andere nackt gesehen hatte. Nicht, dass es ihn ekelte. Aber ein unüberwindbarer, peinlicher Graben tat sich in diesen Momenten zwischen ihm und seinem Bruder auf. Schon allein deshalb konnte er es sich nicht vorstellen, mit Carla und Aniello zurück auf die Tenuta zu ziehen. Er liebte ihn, und genau aus diesem Grund durfte er ihn nicht entwürdigen, indem er sich seines ausgemergelten, nackten Körpers annahm. Aniello hatte ein Recht darauf, trotz seiner Behinderung sein vollwertiger Bruder zu bleiben.

Gedankenverloren drehte er sich auf seinem Strohballen in Richtung Ausgang. Ab und zu spitzte er verstohlen hinter sich, wo Fusco mit bloßen Händen das verkotete Stroh unter dem liegenden Koloss hervorzog und auf eine Schubkarre lud. Mira hob sanft den Kopf und starrte ihn ruhig schnaufend aus müden, erschöpften Augen an. Ein stiller Blick, dunkel wie der Tod. Sie hatte aufgehört zu hadern. Nur aus dem leichten, unvorhersehbaren Schwingen ihres grauen Schwanzes sprach übrig gebliebene Lebendigkeit. Aufbegehren. Der Todesengel wandert durch sie hindurch, dachte Gaetano. Wenn der Schwanz seinen letzten Wedel getan hat, ist Mira endgültig fort.

Samuele Fusco unterbrach ihn in seinen Gedanken. »Ein schönes Tier, nicht wahr?«

»Sie wirkt sehr alt.«

»Ich erwarte nicht, dass Sie mich verstehen. Mira gehörte meiner Tochter. Ich habe sie Anna zur Kommunion geschenkt. Da war sie noch ein Milchkalb. Früher ließ sie nur Anna an sich ran. Sie hat sich rührend um sie gekümmert. Streicheln, füttern. Wie Mädchen eben so sind.«

»Hatten Sie nie Angst, dass etwas passiert? So ein Büffel ist doch unberechenbar.«

»Nie. Aber natürlich haben wir Anna später nicht mehr zu Mira in die Box gelassen. Sie hätte ihr zwar nie etwas getan, bösartig, meine ich, aber wenn Sie ein ausgewachsenes Tier aus überschwänglicher Zuneigung unter sich vergräbt, bleibt hinterher nicht mehr viel übrig. Und Mira kann ja nicht wissen, wie zart Anna ist … war.« Samuele Fusco verschwand in der benachbarten Box und kam mit einer Schubkarre voll Stroh zurück, das er in Miras Box verstreute. Dann zog er einen duftenden Heuballen heran und hievte ihn hinein, doch der Büffel schnüffelte nur daran herum und ließ den schweren Schädel, den er kaum zu tragen vermochte, auf die ausgestreckten Vorderbeine sinken. »Mira hat ihren Dienst getan. Sie bedankte sich auf ihre Weise für Annas Zuwendung. Ich hatte noch nie einen Büffel, der so ausgiebig Milch gab. Sie war ein richtiger Milchbrunnen. Unerschöpflich, wie Annas Fürsorge.«

Skeptisch beobachtete Gaetano den ausgemergelten Körper. Die kantigen Rippen drückten sich bei jeder Bewegung durch das grau-fahle Fell. Die dünne, ledrige Haut spannte über den spitzen Wirbeln, und Gaetano hatte das Gefühl, Miras Hülle könnte in jedem Augenblick aufbrechen und die blanken Knochen freigeben.

»Das ist natürlich alles lange vorbei. Als Anna starb, dauerte es nicht mal eine Woche, bis Miras Milchfluss versiegte. Wir haben sie wieder decken lassen, aber sie wurde nie wieder trächtig. Beinahe, als hätte sie sich einfach dagegen entschieden.«

»Und Sie haben sie trotzdem bis heute durchgefüttert?«

Samuele Fusco befreite Mira von ihrer Kette, tätschelte ihr sanft die Backen und verschloss den Verschlag. Ein paar Schwalben hatten sich im Stall verirrt und kreisten wild umher. Gaetano rutschte ein wenig weiter in die Hütte hinein, um der Gluthitze zu entfliehen, die wie eine Wand vor dem Stall stand.

»Wegen Ianus Capuano, Commissario … Normalerweise bin ich ein friedliebender Mensch. Es war nicht meine Absicht, ihn zu verletzen. Aber ich bereue nichts. Er hatte es verdient.«

»Soll das ein Geständnis sein?«

»Nennen Sie es, wie Sie wollen«, murrte der Alte beiläufig und schlurfte Richtung Ausgang.

»Wo wollen Sie hin?«

»Ins Haus, nach meiner Frau sehen. Und wir sind ja wohl fertig. Wenn Sie mich anzeigen, bitte.« Er zuckte gleichgültig mit den Schultern.

Gaetano versperrte ihm den Weg. »Sie haben das wohl kaum allein getan.«

»Halten Sie Emanuele da raus. Der Junge hat schon genug am Hals.«

»Capuano war ein Kraftprotz, ein richtiger Hüne. Wie wollen Sie das angestellt haben? Ganz ohne fremde Hilfe? Capuano hätte Sie doch im Handumdrehen überwältigt.«

Die Augen des Alten verengten sich. Er begann, heftig zu schnaufen. »Was meinen Sie damit, er *war* ein Kraftprotz? Er ist doch wohl nicht … tot, oder was?«

»Was glauben Sie denn?«

»Als er hier weg ist, war er noch lebendig. Vielleicht etwas angeknabbert, aber nicht schwer verletzt. Der Hund hat ihm ins Bein gebissen, mehr aber auch nicht! Eigentlich sollte ich ihn anzeigen. Er hat Ambra eiskalt abgestochen.«

Entweder war Samuele Fusco völlig ahnungslos oder total gerissen. Er schien keinen blassen Schimmer davon zu haben, was vorgefallen war.

»Wo waren Sie gestern, Signor Fusco?«

»Stimmt etwas nicht?«

»Beantworten Sie meine Frage!«

»Gestern waren wir auf dem Poggioreale. Anna liegt dort begraben. Vor zehn Jahren haben wir sie beerdigt. An San Gennaro.« Dem Alten traten Tränen in die Augen, aber er fing sich gleich wieder. »Es gab eine kleine Andacht. Pater Ambrosio hat wundervoll gesprochen.« Seine Stimme brach. Diesmal konnte er die Tränen nicht zurückhalten. »Danach sind wir nach Hause.«

»Wann war das?« Gaetano sah an dem Alten und seiner Verzweiflung vorbei.

»Gegen halb acht.«

»Sind Sie sich bei der Uhrzeit sicher?«

»Vielleicht acht. Später bestimmt nicht. Meiner Frau ging es nicht gut. Sie hat das alles sehr mitgenommen. Am sichersten fühlt sie sich, wenn sie in ihrem Zimmer sitzt und wartet. Wenn sie weiß, dass sie da ist. Das alles bereitet ist.« Der Alte machte eine vielsagende Pause. »Ich bin den ganzen Abend bei ihr geblieben, bis sie eingeschlafen war. Sagen Sie mir jetzt endlich, was los ist?«

»Und Emanuele?«

Der Alte senkte den Blick. Er zögert einen Tick zu lange. Dann hob er den Kopf und sagte laut und bestimmt: »Nach der Andacht blieb er noch ein wenig auf dem Friedhof. Pater Ambrosio hatte ihn zu sich eingeladen. Zum Abendessen kam er nach Hause.«

»Er ist nicht mehr fortgegangen?«

»Wir waren erschöpft. In der Nacht bin ich raus, weil Mira so brüllte. Bei Emanuele brannte noch Licht, da bin ich sicher.«

Vielleicht kam er da gerade nach Hause, dachte Gaetano, und feierte die Erlösung von dem Bösen!

»Wieso wollen Sie das alles wissen?«

»Signor Capuano wurde heute Nacht tot in seiner Wohnung aufgefunden.« Hinter Gaetano huschte plötzlich etwas im Stroh umher. Samuele Fusco erstarrte. Er wartete. Lange. So als wollte er seine Gefühle ordnen und abwarten, welche Emotion herausdrängte. Aber nichts geschah. Alles schien hinter seinen eisblauen Augen festzustecken. Sogar sein Atem stand still.

»Was ist mit ihm passiert?« Fusco verschränkte die Arme vor der Brust.

»Das darf ich Ihnen nicht sagen.«

»Ah … Sie warten darauf, dass ich mich verplappere, Dinge ausplaudere, die ich gar nicht wissen kann? Nun hören Sie mal zu, Commissario. Ich habe meinen Schwiegersohn gehasst. Wenn ich ihn hätte totschlagen wollen, hätte ich die Gelegenheit gehabt. Aber so war es nicht. Er kam vor ein paar Tagen hier raus. Zehn Jahre hatte ich nichts von ihm gehört, und ich war dankbar dafür. Er hat meine Tochter auf dem Gewissen und meine Frau. Seit Annas rätselhaftem Tod wartet sie auf eine Erklärung, die nie kommen wird. Emanuele trinkt, die Farm geht den Bach runter. Capuano war hier nicht erwünscht. Das wusste er. Aber er hat noch gelebt, als er von hier fort ist. Emanuele kann es bezeugen!«

»Ihre Tochter ist an Krebs gestorben, Signor Fusco.«

»Etwas Bösartiges fraß sie von innen hohl, aber bestimmt kein Krebs. Irgendein Geschwür aus Turin, *basta*. Nicht mal als Anna starb, war das Aas bei ihr, hatte seine schmutzigen Geschäfte oder was anderes Dreckiges zu erledigen. War wahrscheinlich bei irgendeinem Flittchen.« Samuele Fusco stemmte die Fäuste in die Hüfte, bereit, jedem noch so kleinen Zweifel an seiner Aussage wutschnaubend entgegenzutreten.

Gaetano wagte nicht nachzufragen. Der Vater würde nichts über die Ehe seiner Tochter sagen, wenn er überhaupt genau im Bilde war. Capuano musste tiefe Wunden gerissen haben. Natürlich war Anna nicht aus Gram über irgendwelche Seitensprünge ihres Ehemannes gestorben, aber die Erniedrigungen, die sie in ihrer Ehe erduldet haben mochte, hatten sie womöglich wehrlos gemacht gegenüber einer hinterhältigen Krankheit, wie der Krebs eine ist. Und natürlich fehlten Annas Familie der Wille und die Klarheit, zu unterscheiden, welche der beiden Krankheiten sie dahingerafft hatte. Beschämt wich er Samuele Fuscos Blick aus, der noch immer auf ihm haftete und unmissverständlich zu verstehen gab, dass er keine Indiskretionen duldete. Doch nach den ekelerregenden Andeutungen, die der kleine Pepe am Morgen über den Nachhilfelehrer Dottore Ianus Capuano gemacht hatte, benötigte er von Fusco keine weiteren widerwärtigen Details, um zu verstehen, dass Annas Leiden lange vor ihrer Krebserkrankung begonnen hatte. »Signor Fusco. Ich bin nicht hier, um in Ihrer Vergangenheit zu graben, aber ...«

»Was soll das sein, Vergangenheit?«, rief Fusco. »Die finden Sie hier nicht. Hier gibt's nur das Hier und Jetzt. Vergangenheit!« Fusco spuckte aus. »Dazu hätte die Zeit weiterlaufen müssen nach Annas Tod. Aber sie steht still. Seit zehn Jahren. Es gibt Dinge, die vergehen nicht. Schmerz gehört dazu. Trauer, Verzweiflung ...«

»Auch Wut? Der Zorn eines Racheengels?« Gaetano wich einige Schritte zurück in die stechende Mittagssonne. Er hatte die Hand am Pistolenhalfter. Doch im nächsten Augenblick sackte Samuele Fusco in sich zusammen.

»Wut? Was verstehen Sie schon davon? Was glauben Sie, wie oft wir uns geschworen haben, Capuano abzuschlachten, so wie er Anna malträtiert hat. Leiden sollte er, wie meine Tochter. Dahinsiechen, bis er sich wünscht zu sterben. Er hat Anna das Leben zur Hölle gemacht. Er hätte es verdient gehabt.«

»Warum haben Sie es nicht getan?«

»Maria wurde sehr krank. Sie hörte auf zu sprechen. Von einer Sekunde auf die andere. Das letzte vernünftige Wort, das sie herausbrachte, war das Amen an Annas offenem Grab.

Es war, als wollte sie klammheimlich verschwinden, sich weg-hungern, wegschweigen. Mir war schnell klar, dass ich sie dort, wohin sie sich zurückgezogen hatte, nie wieder errei-chen würde. Capuanos Tod hätte daran nichts geändert.«

»Und Emanuele?«

»In ihm brodelte es. Er fing an, Capuano aufzulauern. Er war sich sicher, seine Mutter würde wieder normal werden, wenn er ihr Capuano auf dem Silbertablett präsentierte.«

»Was haben Sie gemacht?«

»Gar nichts. Irgendwie musste es ja weitergehen. Mit Maria, der Farm. Ohne die Hilfe meiner Schwester hätte ich mich umgebracht.«

»Sie wohnt auch auf der Farm? Oben im ersten Stock?«

Samuele Fusco hatte sich auf Gaetanos Strohballen plump-sen lassen. Er nickte. »Sie blieb als Einzige bei Verstand, aber Emanuele war nicht zu helfen. Nach ein paar Wochen klin-gelte nachts das Telefon, da dachte ich, jetzt hat er es wirklich getan, jetzt hat er Capuano umgebracht. Aber Alberto von der Kneipe im Dorf war dran. Emanuele hatte sich halb tot gesof-fen … ob ich ihn holen könnte. Am nächsten Morgen setzte sich Emanuele zu mir an den Küchentisch, zog eine Flasche Grappa hervor und sagte, er habe sich entschlossen, Capuano nicht umzubringen. Sein Leben sei so oder so kaputt, aber er wolle Capuano nicht die Genugtuung geben, schuld daran zu sein. Wenn er schon zugrunde gehe, wolle er wenigstens Spaß dabei haben. Erst später habe ich verstanden, dass er damit das Saufen meinte. Er ist ein guter Junge, Commissario, wenn er nur nicht so viel trinken würde.«

Gaetano fühlte, dass der Alte die Wahrheit sagte, doch ge-hörte zu dieser Wahrheit auch all das, worüber die Liebe eines

Vaters einen Schleier warf. Samuele Fusco hatte unfreiwillig ausgesprochen, wie sich alles zugetragen hatte. Wenn sich der Verstand seines Sohnes nicht in den Fängen des Suffs verheddere, war er ein guter Junge. Doch was der Vater nicht sehen wollte, waren die Wolken, die über der Nüchternheit zusammenschlugen. Und dass Emanuele irgendwann in einem seltenen klaren Moment den Entschluss gefasst hatte, Capuano zu töten. Das konnte schon vor Jahren geschehen sein. Und jetzt hatte er in einem weiteren lichten Augenblick seinen Wahn in die Tat umgesetzt. Als er Wind davon bekam, dass Capuano wieder heiraten würde, war er durchgedreht. Es musste ein Schlag ins Gesicht gewesen sein, wie Ianus Capuano fröhlich seine Zukunft plante, während er selbst zwischen den Mühlen der Vergangenheit zerrieben wurde. Es war lange her, dass Gaetano einen Tathergang zuletzt so klar nachvollziehen konnte, und das, obwohl er noch nicht einmal den Täter vernommen hatte. Entschlossen trat er auf den Hof heraus. Irgendwann würde Samuele Fusco verstehen, was sich zugetragen hatte. Gaetano hoffte, dass er dann nicht in seiner Nähe wäre.

»Signor Fusco, wir müssen mit Emanuele sprechen, damit er Ihre Angaben bestätigt«, log er.

Der Alte murmelte kraftlos vor sich hin. Eine der Katzen war auf seinen Schoß gesprungen und ließ sich kraulen. »Was wollen Sie noch von uns? Wir waren gestern alle zusammen. Erst auf dem Friedhof, dann hier.«

»Führen Sie mich jetzt bitte zu Emanuele.« Er fasste den Alten unter die Arme und zog ihn sachte in den Stand. »Wenn Sie uns nicht helfen, müssen wir den ganzen Hof durchsuchen. Das bringt nur Unruhe.«

Samuele Fusco wand sich aus Gaetanos Griff und zog leise das Tor zu. Dann steuerte er auf eine Reihe moderner, wellblechbedeckter Fabrikgebäude zu, die hinter dem Bauernhaus kalt und steril aus dem Boden wuchsen. Gaetano fühlte sich wie in einer Zeitmaschine. An den Firmengebäuden, die einmal die Zukunft bedeutet hatten, nagte der Verfall, Gras und Efeu wucherten hinauf. Scheiben lagen blind in rostenden Einfassungen, Lack blätterte an allen Stellen.

Der Alte fing seinen Blick auf. »Traurig, nicht wahr?« Gaetano nickte. »Hier passiert schon lange nichts mehr. Alles nur Überbleibsel eines großen Traumes. Mein Vater war ein Träumer.«

»Wo produzieren Sie Ihren Mozzarella? Doch wohl nicht hier.«

»Produzieren klingt gut. Die Milch, die mir meine paar Tiere überlassen, verarbeite ich in einer kleinen Waschküche im Haus. So hat's bei meinem Vater Federico Fusco angefangen, und so endet es bei mir, Samuele Fusco.«

»Und davon kann Ihre Familie leben?«

»Nein. Sterben!«

Geschäftig hievte sich der Alte auf eine steinerne, grasbewucherte Laderampe, die zu einem kleinen Türchen im Nebentrakt des Fabrikgebäudes führte. Schnapsflaschen lagen im buschigen, vertrockneten Gras verstreut. Der Lieferanteneingang, dachte Gaetano, und betrachtete unschlüssig das Gebäude, und als er keine Anstalten machte, dem Alten zu folgen, öffnete Samuele Fusco die quietschende Tür. Ungeduldig starrte er ihn an.

»Sie suchen doch nach Emanuele, oder?«

»Ist er da drin?«

»Manchmal verkriecht er sich hier. Er hat sich eine kleine Grappabrennerei eingerichtet. Nur für den Eigenbedarf natürlich. Das Zeug ist ungenießbar. Und tödlich, wenn man nicht in Übung ist.«

Gaetano kniff die Augen zusammen. Warum lieferte der Vater seinen Sohn einfach so aus? Er musste wirklich überzeugt sein, dass Emanuele unschuldig war. Gaetano führte die Hand zum Pistolenhalfter, besann sich dann aber, als er in die traurigen blauen Augen des Vaters blickte, und schwang sich auf die Laderampe. Da hörte er Emilia aus der Ferne rufen: »Im Haus ist er nicht, Salvatore. Die Schreckschraube meint, Emanuele sei vorhin in den Stall gegangen.«

Die Erkenntnis, was hier gespielt wurde, rutschte eine halbe Sekunde zu spät in Gaetanos Gehirn. Er sah die Grappaflasche zwischen den Heuballen vor sich, hörte noch einmal das wilde Geraschel im Stroh und entsann sich, dass Samuele Fusco das Stalltor nicht verriegelt hatte. Gaetano fuhr herum. Im selben Moment hörte er ein Quietschen und das Tor gegen die Scheunenwand donnern. Emilia schrie: »Er haut ab!« Ein Pistolenschuss krachte in die Stille und eine Vespa knatterte davon. Das alles dauerte nur wenige Sekunden.

Gaetano machte auf der Stelle kehrt, ließ den grinsenden Alten stehen und raste zurück zu Miras Stall, wo Emilia wie ein erstarrter Pistolero mit gestreckter Waffe in einer Staubwolke stand. Das Rattern von Emanueles Zweitakter summte um die Biegung und stahl sich in das Pinienwäldchen davon. Emilia war unversehrt. Und der junge Fusco fort. Der Warnschuss war wirkungslos geblieben. Nach wenigen Sekunden schepperte es erneut. Auf Asphalt schlitterndes Blech und dann ein dumpfer Bums. Jemand schrie. Es klang wie das aufheulende Standgas eines Lastwagens. Pietro.

Samuele Fusco sprintete schreiend Richtung Hauptstraße, Gaetano und Emilia rannten hinterher.

Als sie kurz darauf den Unfallort erreichten, bot sich ihnen ein beinahe friedliches Bild. Samuele Fusco kniete neben seinem Sohn, der mit einer Platzwunde an der Stirn und unnatürlich verdrehtem rechtem Arm auf dem Hosenboden saß. Sein linkes Handgelenk steckte in einer Handschelle, deren anderes Ende war an der Klinke der Beifahrertür des Polizeiwagens fixiert. Aus Emanueles apathischem Blick sprachen Schock und Alkohol. Er musste beim Versuch, Pietros Wagen zu umkurven, die Kontrolle verloren haben, über den Asphalt geschleift und schließlich gegen das Hinterrad gekracht sein.

Pietro stand ein wenig abseits und rauchte unbeteiligt. Seinen rechten Fuß hatte er in Manier eines Großwildjägers provokant auf Emanueles ramponierte Vespa gestellt, die zur Hälfte im hohen Gras der Böschung lag. Nur das Hinterrad und ein Teil des zerschlissenen Sattels lugten noch hervor.

# 12.

Im aufgeheizten Auto schmolz er. Als die Kolonne der Streifenkollegen und der Spurensicherung endlich an ihm vorbeigerollt war – Emanueles Fluchtversuch hatte die Beschaffung des Durchsuchungsbeschlusses stark beschleunigt –, war sein erster Impuls, umzukehren und Samueles Schwester zu verhören, doch dann hielt er im Schatten einer Pinie, ließ die Fahrerscheibe hinunter und rief Emilia an, die neben Pietro im Auto saß und den ramponierten Emanuele in die Questura transportierte. »Hat die Mozzarellawerferin was erzählt?«

»Sie behauptet, sie war gestern am Friedhof.«

»Das sagen sie alle. Was meinst du, könnte sie Emanuele mit Informationen versorgt haben? Über Capuano … um ihn zum Mord anzustacheln?«

»Schwer vorstellbar. Sie macht mir keinen besonders hellen Eindruck. Sie wohnt da oben unterm Dach und sah sich gerade so eine Schnulze aus den Achtzigern an … heile Familie auf dem Land und so. Neben ihrem Bett pickte ein Huhn, mit dem hat sie die ganze Zeit gesprochen, also …«

»Aber sie würde einiges tun, um ihr Idyll zu schützen?«, fiel ihr Gaetano ins Wort.

»Das schon … aber die denkt sicher nicht strategisch. Wenn sie Capuano neulich auf dem Hof entdeckt hätte, hätte sie ihn wahrscheinlich mit Mozzarella gesteinigt.«

»*Vabbè*, irgendetwas über Annas Ehe?« Gaetano glaubte zu hören, wie sich Emilia schüttelte.

»Als ich sie danach gefragt habe, hat die Hexe die Augen aufgerissen und mit dem Finger auf mich gezeigt … sekundenlang. Also, ich geh da nicht mehr hin.«

»Ist gut, Emilia. *Grazie!*«

Gaetano legte auf und fuhr los. Trotz der Hitze fröstelte ihn auf einmal. Zehn Jahre lang hatten die Fuscos am Rande einer Schlucht gewohnt, nur wenige Zentimeter vor dem Abgrund. Nun war einer von ihnen gesprungen, weil er glaubte, unten das Paradies vorzufinden. Doch Emanuele würde alle mit sich hinunterreißen. Plötzlich musste Gaetano an Aniello denken und sehnte sich danach, ihn im Pflegeheim zu besuchen, einfach neben ihm zu sitzen, still, gemeinsam, ohne Worte.

Je tiefer er in die Stadt vordrang, umso flirrender zitterte die heiße Luft.

Auf Höhe des Parco di Capodimonte hatte ihn der Gedanke an Aniello bereits verlassen, und er nahm über den Corso Amedeo die Abzweigung ins Quartiere Avvocata. Er wollte noch einmal zu Davide und ihn vorsichtig fragen, ob er die Tatwaffe oder zumindest Capuanos Kopf gefunden hatte. Zudem marterte ihn das Gefühl, bei seinen Tatortbesichtigungen bisher etwas übersehen zu haben. Die grenzenlose Stille der Wohnung hielt ein verborgenes Geheimnis bereit. Das spürte er.

Am Tatort empfing ihn Fluchen, hustenartig hingeworfene Schimpfwörter. Der Leiter der Kriminaltechnik kniete neben einem Türspalt, der Capuanos Esszimmer von einem weiteren Raum trennte. Verzweifelt wühlte Davide in dem beigen Hochflorteppich. Neben ihm lehnte ein bleicher Spurensicherer am Türstock und ließ die Verwünschungen seines Chefs mit geschlossenen Augen über sich ergehen. Es war derselbe, der am Morgen die Stehlampe umgestoßen hatte.

Vorsichtig näherte sich Gaetano. »Suchst du etwas Bestimmtes da unten?«

»Du hast mir gerade noch gefehlt.« Davide stemmte sich schwerfällig hoch und hielt sich am Türstock fest. Er taumelte. »Gabriele hat eben angerufen. Ich soll Ergebnisse liefern. Dein Tatverdächtiger ist nicht vernehmungsfähig. Ist im Streifenwagen zusammengebrochen.«

Gaetano winkte ab. »Der ist besoffen, weiter nichts. Der Grappa, den er sich auf seiner Mozzarellafarm zusammenbraut, hat ihn umgehauen. Das reinste Gift.«

»Er behauptet, Pietro hat ihn umgehauen. Hat eine Gehirnerschütterung und einen gebrochenen Arm und liegt unter ärztlicher Aufsicht in der Ausnüchterungszelle. Bis morgen.«

»Schöner Mist!«

»Gabriele tobt, wenn ich nichts finde. Einen Fingerabdruck oder irgendwas, *sùbbeto*! Verdammt, warum hast du auch Pietro auf den Jungen losgelassen? Du weißt doch, wie er ist, wenn er nicht geschlafen hat.«

Gaetano verdrehte die Augen. Er wusste, was drohte. Eine von Davides Tiraden. Auch der Techniker am Türstock schien es zu ahnen, hob vorsichtig ein Augenlid und ließ es dann genauso schnell wieder fallen. »Diesmal ist Pietro wirklich unschuldig, Davide. Emanuele Fusco ist mit seiner Vespa gestürzt.«

Davide schien ihm gar nicht zuzuhören. »Ich bin von Idioten umgeben. Hier war abgeschlossen, Salvatore.« Er deutete hinter sich auf die geöffnete Tür. »Irgendwas ganz Spezielles.

Ich hab so was noch nie vorher gesehen. Mehrere Schlösser auf einmal. Wir haben zwar die Schlüssel dazu gefunden, aber die Schlösser mussten wohl in einer bestimmten Reihenfolge geöffnet werden, um den Schließmechanismus zu deaktivieren. Beinahe wie ein Safe. Dieser Capuano wollte anscheinend um jeden Preis verhindern, dass jemand in dieses Zimmer gelangt. Ich hätte dir gern gesagt, ob sich der Mörder an der Tür versucht hat, aber dafür ist es nun zu spät.« Davide trat einen Schritt zur Seite. An der Stelle, wo Schlösser und Türklinke hätten sein sollen, klaffte ein ausgefranstes Loch im Türblatt. Aus einem Haufen Eisen- und Holzspäne am Boden stachen verbogene Metallstücke heraus. »Anstatt Siesta zu machen wie die anderen, hat sich dieser übereifrige Kollege hier bereit erklärt, die Tür zu Capuanos Geheimtrakt zu öffnen. Er benötigte dafür nicht einmal die Schlüssel. Es ist wirklich erstaunlich, wie schnell man heutzutage mit einem Stahlschneider Türen knacken kann. Was meinst du, Salvatore, ob wir das Gerät mal ausprobieren sollten, um nachzusehen, ob sich unter seiner Schädeldecke ein Gehirn befindet?« Der Assistent knurrte etwas und verschwand. »Ja, geh nur!«, schrie ihm Davide nach. »Lass mich mit dem Chaos allein! *Idiote*, lasst mich doch gleich alle allein!« Ihm lief das Wasser aus allen Poren. Sein Gesicht war knallrot.

»Lass gut sein, Davide. Wir sind alle müde.« Gaetano lugte um die Ecke in den kleinen lichtdurchfluteten Raum, der nach hinten zum Innenhof hinausging. Es musste das Zimmer der sterbenden Anna gewesen sein. Gaetano erinnerte sich. Capuano hatte erwähnt, dass er die Nachbarwohnung hinzugekauft hatte. Trotz des blendenden Mittagslichtes, das durch die trüben Scheiben fiel, lag ein zarter Schleier der

Wehmut über den Möbeln, seit ewigen Zeiten sich selbst überlassen.

Gaetano sog die Luft ein. Die Nackenhaare stellten sich ihm auf. Das Zimmer war lange nicht betreten worden. Jahre. Vielleicht ein ganzes Jahrzehnt. Von einer dicken Staubschicht bedeckt, lag alles verlassen und vergessen da: ein türkiser, durchgesessener Stoffsessel mit Fußschemel und ein Esstisch auf Rollen. Davor ein alter Röhrenfernseher. Illustrierte, Bildbände und eine Bibel stapelten sich auf dem Nachttisch neben dem Bett. An der Wand gegenüber eine kleine Kochnische mit penibel geputztem Gasherd und daneben ein Regal mit ein paar ausgeblichenen Pasta-Pappschachteln und Einmachgläsern. Die Tür des Einbaukühlschranks darunter war nur angelehnt. Gaetanos Blick streifte langsam durch das Zimmer. Er kam sich beobachtet vor. Das Bett war ungemacht, die Bettdecke zurückgeschlagen, als wäre Anna nur eben schnell nach nebenan ins Badezimmer gehuscht und würde jeden Augenblick zurück in die heimeligen Federn schlüpfen. Doch niemand kam.

Er trat ans Bett und ertappte sich dabei, das Kopfkissen zu betasten. Es war kalt, und dennoch fühlte es sich an, als hätte jemand erst vor kurzer Zeit darin gelegen. Unter der aufgeschlagenen Decke knitterte ein blauer Satinbademantel, wie Carla einen besaß, darum herum auf der Matratze ein paar zerknäulte Taschentücher. Die Hilflosigkeit, die ihm aus dem Anblick entgegenschlug, erinnerte ihn an die sterbende Mira in Samuele Fuscos Stall. Rückwärts schlich er sich aus dem Raum zurück ins Esszimmer. Als er sich umdrehte, sah ihn der kniende Davide fragend an.

»Hast du irgendetwas da drinnen entdeckt, was die Verriegelung erklärt? Einen Batzen Gold oder einen Haufen Leichen?«

»Vielleicht etwas von beidem. Ein wertvolles Geschöpf ist dort vor langer Zeit gestorben. Anna Fusco. Ihr Tod ... Die Art, wie sie starb, hat ihre gesamte Familie zerstört. Ach, keine Ahnung.« Er räusperte sich, um einen Frosch loszuwerden. »Ianus Capuano muss versucht haben, seine Frau unter Verschluss zu halten. Nichts von ihr sollte durch diese Tür nach draußen dringen.«

»Wie kommst du darauf?« Davide sah ihn ungläubig an.

»Capuano hat diesen Teil der Wohnung extra für seine krebskranke Frau dazugekauft. Ein eigenes kleines Reich, für Anna Fusco allein.«

»Du sagst das, als wäre es ein Verbrechen. Was ist falsch daran, seiner kranken Frau einen Ruhebereich einzurichten? Wenn ich das Geld dazu hätte, würde ich es genauso machen.«

»Verstehst du nicht, Davide? Es ging Capuano nicht um seine Frau. Er selbst wollte seine Ruhe. Ich war gerade bei ihrer Familie. Die ganze Ehe muss eine Katastrophe gewesen sein. Anna Fusco litt, und ihr Mann ließ sie allein. Als Capuano zu mir ins Büro kam, sprach er über den Tod und die Beerdigung seiner Frau wie über ein ekelerregendes Übel.«

»Das muss ich nicht verstehen, oder?«

»Nein. Aber ich. Aber das alles wird allmählich unerträglich.«

Davide sah ihn entsetzt an. »Glaubst du ... Ich meine ... War sie hier eingesperrt, als sie starb?«

Gaetano schlurfte in Capuanos Wohnzimmer und ließ sich

auf die terrakottafarbene Ledercouch fallen. Mit geschlossenen Augen begann er, seine Schläfen zu massieren. »Gönn dir eine Pause, Davide. Du siehst furchtbar aus. Seit Stunden bist du hier oben in diesem Loch.«

»Gabriele zerreißt mich in der Luft, wenn ich ihm bis zur Pressekonferenz nicht wenigstens einen läppischen Fingerabdruck liefere. Du weißt, wie die Journalisten sind. Sie werden ihn fressen, und ich bin schuld.«

»Emanuele wollte fliehen, das wirkt wie ein Schuldeingeständnis. Gabriele wird den Journalisten schon ein paar Happen hinwerfen. Und vergiss die Bissspuren an Capuanos Oberschenkel nicht. Die Fuscos hatten den Hofhund auf das Opfer gehetzt.«

»Ganz wie es die Legende vorschreibt. Es ist nicht zu fassen, Salvo, in Neapel tanzen sogar die Hunde nach der Tradition, wenn es um San Gennaro geht.«

Gaetano stöhnte. Er konnte das abergläubische Geschwätz nicht mehr hören. »Nun hau schon ab. Geh rüber in die Bar. Der Barista spinnt, aber er macht guten Espresso.«

Wortlos schlurfte Davide hinaus. Gaetano blieb noch kurz liegen, doch als er spürte, dass er einnickte, setzte er sich auf. Sie hatten wenig in der Hand, und so reibungslos, wie er es Davide prophezeit hatte, würde die Pressekonferenz nicht ablaufen. Die Journalisten würden sich auf sie stürzen wie die Aasgeier und Neapel eine unheilvolle Zukunft voraussagen. Wenn es um San Gennaro ging, stand das Schicksal der ganzen Stadt auf dem Spiel. Immerhin war Neapels Patron in der vergangenen Nacht verhöhnt worden. Gabriele D'Annunzio und er mussten auf der Hut sein. Ein Familienzwist zwischen einem bankrotten Alkoholiker und einem reichen Turiner, mehr nicht. Kein Wort von der Erpressung und den Nachstellungen der letzten Wochen. Kein Zusammenhang mit irgendeinem Gennaro-Countdown. Ein spontanes Treffen, ein Streit, der eskaliert ist, das war's.

Gaetano nickte bestätigend. Dann stellte er den Handywecker auf zehn Minuten, streckte sich flach aus und schloss die Augen. Die Stille der Siesta umschlang ihn. Doch in ihm lärmte es. Schon wieder. Diese unbefriedigende Leere. Dieses Gefühl, etwas zu übersehen. Das Loch, das er nicht greifen konnte. Es raubte ihm den Verstand. Genervt wälzte er sich hoch und riss die Augen auf. In Gedanken ging er zurück, dorthin, wo alles seinen Anfang genommen hatte.

Er betritt Capuanos Wohnung und horcht: nichts als marternde Stille.

Er geht weiter in die Garderobe: Stille.

Dann lautlos weiter, über den weichen Teppich. Er steht vor dem Esstisch, an dem der kopflose Tote sitzt: Stille.

Das Blut am Boden steht und funkelt im Feuerwerk. An der Wand hinter den schweren Holzmöbeln hängt die Uhr. Plötzlich donnert es.

Die Uhr!

Gaetano sprang aus der Ledercouch und hastete ins Esszimmer. Die Uhr! Sie stand still. Sie tickte nicht. Ihr Schlagen, das gestern Nacht so blechern dröhnend über ihm hereingebrochen war, war verstummt. Stunden hatten sie in der Wohnung herumgewerkelt. Keinen Mucks hatte die Uhr getan.

Er schritt auf das dunkle Uhrengehäuse zu. Wie zwei steif gewordene Rattenschwänze hingen die Pendel herab. Die Uhr hing so hoch, dass Gaetano den Nacken überstrecken musste, um aufs Ziffernblatt sehen zu können. Beim Anblick der zum Stehen gekommenen Zeit stellten sich ihm die Nackenhaare auf. Er bekreuzigte sich. Draußen schob sich eine Herbstwolke an der Sonne vorbei und ließ goldenes Licht in den Raum fluten. Das Ziffernblatt war intakt. Nur die Zeiger rührten sich nicht. Emanuele wird das Uhrwerk beschädigt haben, als er die Uhr für seine Erpresserspielchen manipulierte, dachte Gaetano. Gestern hat sie ihren letzten Schlag getan.

»*Vabbè*, das wäre geklärt«, murmelte er und ging. Auf der Zunge schmeckte er den Espresso, den er gleich trinken würde. Im Treppenhaus blieb er abrupt stehen. Er hetzte zurück, knipste das Licht im Esszimmer an und sah es sofort: Der Stundenzeiger schimmerte messingfarben, doch der Minutenzeiger glänzte rostig. Das war Blut! Er stürzte zum Fenster. »Davide, komm wieder hoch«, brüllte er über die Gasse. »Ich hab sie gefunden!« Er formte die Hände zu einem Trichter. »Davide, zum Teufel, komm wieder rauf!« Er lief im Esszimmer auf und ab. Als er den Spurensicherer im Treppenhaus schnaufen hörte, baute er sich vor der Wanduhr auf. Er ließ Davide nicht einmal zu Atem kommen. »Ich dachte, du hättest hier alles abgesucht.«

»Haben wir auch.« Davide keuchte. Beleidigt verschränkte er die Arme vor der Brust.

»Wieso hast du diese verdammte Wanduhr nicht untersucht? Du wusstest doch, dass der Täter sie manipuliert hat.«

»Komm mir nicht so, eh! Seit Stunden kriechen wir hier rum. Es ist Sabato. Einer nach dem anderen haut mir ab und geht zu seiner Familie, nur ich suche brav weiter nach Tatwaffe und Kopf. Das waren deine Prioritäten. Glaubst du, ich trödle hier rum? Ich brauche mehr Leute, verdammt. Die ganze Abteilung braucht mehr Leute. Aber Gabriele spart mir den Laden zusammen. Und dann killt er mich. Mir läuft die Zeit davon, verdammt!«

»Eben nicht!«

Davide kniff die Augen zusammen. »Sag mal, was willst du eigentlich?«

»Dass du auf die Uhr siehst.« Schelmisch nickte er in Richtung Capuanos Wanduhr. »Die Zeit heilt alle Wunden, nur in unserem Fall nicht. Ganz im Gegenteil.«

»Hä?«

»Die Tatwaffe. Es ist der Minutenzeiger.«

»Du spinnst ja!«

Der winzige Davide kam ganz nah heran, ging ballerinenhaft auf die Zehenspitzen und starrte sekundenlang auf das Zifferblatt, wippte vor und zurück. Dann zog er sich Handschuhe über, steuerte auf den Esstisch zu, hob einen der vier Stühle aus dem geronnenen Blutsee und positionierte ihn vor der Wanduhr. Aus dem Augenwinkel sah Gaetano, wie auf dem Boden helle, unbefleckte Quadrate zum Vorschein kamen, wo das Blut um die Stuhlbeine herum getrocknet war. »Der Mörder hat die Stühle nicht bewegt«, murmelte er.

Mit einem Satz war Davide auf seiner Tritthilfe, löste behutsam den ellenlangen Minutenzeiger aus seiner Verankerung und tütete ihn mit spitzen Fingern in einen Asservatenbeutel ein. Dann stellte er den Stuhl mit der Gewissenhaftigkeit eines Kriminaltechnikers exakt in dessen scharf umrandete, quadratische Fußstapfen zurück. Ein bisschen ruckelte er ihn noch hin und her, bis wirklich alle vier Aussparungen auf dem hellen Fliesenboden randlos bedeckt waren. Und nichts verriet mehr, dass der Stuhl jemals verrückt worden war.

Ungläubig starrte Gaetano ihn an. »Warum tust du das?«

»Frag mich nicht. Ich kann nicht anders. Alles hat seinen Platz, verdammt.«

Gaetano schüttelte den Kopf. Davide ging ans Fenster und hob das Asservatentütchen vor die Augen.

»Ist es die Tatwaffe?«

»Sieht ganz danach aus. Der Zeiger ist massiv, und seine Kanten sind zwar geschliffen, aber nicht messerscharf. Das würde die ausgefransten Wundränder an der Leiche erklären. Der Täter muss das Ding mit enormer Kraft durch Capuanos Hals gezogen haben. Stell dir ein frisches Ciabatta vor, das du mit einem stumpfen Messer schneidest.«

Gaetano verzog den Mund. »Ich danke dir für diese kulinarische Veranschaulichung.«

»Also, ich hab ja schon einiges gesehen, aber so was hatte ich noch nie. Eigentlich treffend. Capuanos Zeit war abgelaufen.«

»Was ist mit Fingerabdrücken?«

Davide hob die Tüte erneut vor die Augen, drehte und wendete sie. »Sieht aus, als hätten wir Glück. Hier, an der Stelle, an der der Zeiger in die Verankerung des Ziffernblattes rastet, ist das Blut leicht verschmiert. Wahrscheinlich ein Fingerabdruck.« Er strahlte triumphierend. »Und mit Sicherheit nicht der des Opfers. Es sei denn, Capuano hätte den Zeiger selbst zurück in die Uhr geklemmt, nachdem er sich damit den Kopf abgesäbelt hatte.« Er musterte weiter die Tatwaffe. Sah abwechselnd vom Zeiger zum Ziffernblatt und wieder zurück. »Der Täter konnte den Zeiger nur in die Verankerung zurückstecken, indem er ihn am unteren Ende griff. Das Ding ist schließlich schwer. Aber als der Zeiger erst einmal fixiert war, konnte er die Unterseite nicht mehr abwischen. Der Spalt zwischen Zeiger und Ziffernblatt ist zu schmal.«

»Bist du sicher?«

»Natürlich nicht.«

»Wir brauchen Vergleichsproben von Emanuele.«

»Jetzt haben wir ihn!«, seufzte Davide. »Und ich kann endlich raus aus diesem Loch.« Er verstaute die Tüte in einem Asservatenkoffer, klappte ihn mit einem Knall zu und pfriemelte hektisch eine Versiegelungsplakette aus seiner Jackentasche.

Gaetano sah nachdenklich aus dem Fenster. Langsam kam wieder Leben in die Stadt. Pepe aus dem Erdgeschoss zerrte seinen Mops über den Platz, lugte kurz zu ihm hoch und huschte dann schnell um die Ecke. Eine Böe fluchte durch die Straßenschlucht und wirbelte Müll und alte Zeitungen durch die Luft. Dunkle Schatten wanderten über die bröckelnden Fassaden. Am Himmel mussten die Wolken vor der Sonne tanzen. Gaetano kratzte sich am Kinn. »Also, Emanuele trug keine Handschuhe.«

»Und wenn schon.«

»Und er hat die Tatwaffe nicht mitgebracht. Er hatte nicht vor, Capuano zu töten. Der Turiner muss ihn provoziert haben. Mit dem Geld. Da ist Emanuele durchgedreht. Mord im Affekt. Capuano hat es darauf angelegt.«

»Ganz wie du meinst, Salvatore. Können wir dann gehen?«

Gaetano fühlte einen zähen Widerstand, das Verlangen, durch die Wohnung zu kriechen und Erklärungen vom Boden aufzulesen, die bezeugten, dass Emanuele nicht aus Boshaftigkeit, sondern aus menschlichem Ehrgefühl heraus gemordet hatte. Der arme Emanuele wollte nichts weiter, als den Menschen zur Verantwortung ziehen, der unerträgliches Leid in sein Leben gebracht hatte. Hätte er nicht permanent die eine Hand um die Grappaflasche geklammert, hätte die andere Capuano wohl nicht den Kopf abgeschnitten.

Davide riss ihn aus seinen Gedanken. »Wenn du willst, dass ich dir den Fingerabdruck noch vor der Pressekonferenz analysiere, müssen wir jetzt los.«

»Was ist mit dem Kopf? Du wolltest doch noch nach dem Kopf suchen?«

»Nein! Du wolltest, dass ich nach dem Kopf suche. Aber eins nach dem anderen.« Davide fing an, mit den Fingern die Aufgaben, die vor ihm lagen, aufzuzählen. »Erst fahre ich in die Questura und analysiere deinen allerwertesten Fingerabdruck, dann folgen *zùppa 'e làtte* und *prànzo* – dummerweise zur selben Zeit – und dann hetze ich in die Quartieri Spagnoli und sehe nach, ob der Verkohlte, den man dort vor ein paar Stunden gefunden hat, sich selbst die Silvesterrakete in den Mund geschoben oder ob jemand nachgeholfen hat. Und vielleicht erreiche ich einen Mitarbeiter am Strand, der mich dabei begleitet. Danach – sollte es nicht mitten in der Nacht sein – kehre ich hierher zurück.«

Gaetano hatte irgendwann abgeschaltet. »Geh schon voraus. Ich warte, bis Monica Bellucci hier ist.« Der Gedanke an die freche Göre mit den Katzenaugen zauberte ihm ein Lächeln auf die Lippen.

»Was soll die denn noch hier?«

»Irgendwann muss diese Putzfrau ja mal auftauchen, und dann möchte ich, dass jemand hier ist. Ich will mit ihr sprechen. Wenn Emanuele in den letzten Wochen regelmäßig in der Wohnung war, ist ihr vielleicht etwas aufgefallen. Er muss Spuren hinterlassen haben.«

»Du wünschst dir wohl eher, dass ihr nichts aufgefallen ist, was auf Emanuele hindeuten könnte, *vero*?«

Gaetano blieb die Antwort schuldig. Als Davide die Tür hinter sich zugeschlagen hatte, begann es, ans Fenster zu prasseln. Der Herbst zog in die Stadt.

# 13.

Der Anrufbeantworter lag da wie tot. Kein Lämpchen blinkte. Kein Benachrichtigungszettel von Antonella klebte auf der Tischplatte. Carla hatte nicht angerufen. Ihm wurde heiß. Schweigen. Das ist die Höchststrafe, dachte Salvatore Gaetano. Eilig zog er die Bürotür zu, schloss ab und lehnte sich gegen das Türblatt. Carla musste getobt haben, als Antonella sie anrief. Er hatte es ein für alle Mal verbockt. Sie würde ihn schneiden. Wahrscheinlich verpasste er sogar die Hochzeit. Sie heiratete heimlich, nur um ihn zu bestrafen. Sich gegen Carlas Schimpftiraden zu wehren, war schon schwer genug. Jetzt aber musste er auf ihre Verbitterung reagieren. Er hätte ihr von Anfang an klar machen müssen, dass er als Trauzeuge ungeeignet war. Was sollte er mit ihren Schmetterlingen im Bauch anfangen, ihren Ängsten, ob sie eine gute Mutter werden würde, ihrer Hysterie, wenn das Kleid spannte? Erleichtert stellte er fest, dass es nun wenigstens vorbei war.

Aus dem Gang drang Stimmengewirr an sein Ohr. Gaetano hörte, wie Antonella Journalisten Stühle zuwies und zwischen den Platzhirschen der großen Boulevardzeitungen und den verschüchterten Wochenendvertretungen kleiner Käseblätter schlichtete. Plötzlich drückte jemand die Türklinke und donnerte, als diese nicht nachgab, wieder und wieder gegen die Tür. Verdammt, das wird Carla sein. Was soll ich ihr sagen? Zögerlich sperrte er auf. Gabriele D'Annunzio flog ihm fast in die Arme.

»Ach, du bist es!«

»Warum sperrst du dich ein?« Gabriele musterte ihn von oben bis unten. »Warum schwitzt du so? Bist du krank?« Doch er wartete die Antwort nicht ab. »Wo bleibst du, verdammt? Ich habe keine Ahnung, was ich den Journalisten erzählen soll. Dein Tatverdächtiger schwallt nur wirres Zeug. Ich bin absolut blank, und du weißt, was das bedeutet!« D'Annunzios Augenringe traten dunkel hervor. Wie man innerhalb einer Nacht so viel Farbe verlieren kann, dachte Gaetano und verspürte das Bedürfnis, Gabriele aufmunternd in die Wange zu zwicken. Für den Bruchteil einer Sekunde meinte er, den abgestandenen Hauch von Alkohol zu riechen, aber schon im nächsten Augenblick war der fahle Dunst verzogen. Gabriele dürfte ahnen, dass seine Beförderung zum Vice Questore zu kippen drohte, sobald ein hinterlistiger Journalist den Fall ausschmückte. Ein reicher Turiner, der dem religiösen Wahn eines verarmten neapolitanischen Bauerntölpels zum Opfer fiel. Das bot Zündstoff. Das Letzte, was Gabriele jetzt brauchte, war eine politische Schelte und dass man ihm vorwarf, die neapolitanische Armut drücke den arroganten, nordischen Reichtum aus den Straßen.

Sein Chef zog ihn am Ärmel. »Nun komm schon. Und kein Wort über Danilo und seine religiösen Wahnvorstellungen, hörst du. Es muss niemand wissen, dass ihm San Gennaro erschienen ist. Wenn rauskommt, dass ich hier einen übergeschnappten Verwandten beschäftige, bin ich geliefert.«

Im zweiten Stock trugen Pietro und Antonella einen Stuhl nach dem anderen aus den Sitzungszimmern in den vollbesetzten Pressesaal. Rauchschwaden quollen durch die geöffnete Tür, wogten herum und klammerten sich an die Neonlampen. Im Pressesaal hatte man das Rauchverbot aufgehoben. Bisweilen wurde es dort so stickig, dass man weder sprechen noch etwas sehen konnte. Dann beschlich Gaetano jedes Mal das Gefühl, die Wahrheit über Neapels Kriminalität schwebe in einer diesigen Wolke durch den Raum. Konturlos, unsichtbar, unerklärbar.

Von hinten trat Emilia heran und legte Gaetano die Hand auf die Schulter. Er fuhr zusammen.

»Herzlichen Glückwunsch!« Seine Kollegin strich ihm über den Rücken und umarmte ihn.

»Glückwunsch? Na, so gut war ich auch wieder nicht. Und der Fall ist doch längst nicht abgeschlossen.«

»Du Esel! Ich meine doch Carla. Obwohl wir eigentlich sauer sein sollten, dass du nichts gesagt hast.«

Gaetano erstarrte zu Eis.

»Was ist? Freust du dich nicht für sie?«

Antonella, dieses Klatschmaul. Jetzt war alles aus.

Es wurde eine jener Pressekonferenzen, die die Kraft besaßen, ein ganzes Land zu spalten. Und das, obwohl zwischen Mailand und Catania alle Italiener vereint vor den Fernsehgeräten saßen. Im Grunde genommen trat exakt das ein, was Gaetano bereits prophezeit hatte. Und er wunderte sich hinterher, dass er, der doch nur zu allen heiligen Zeiten in die Messe ging, er, der sich von seiner frechen Nichte in die Suppe spucken ließ, und er, der das Getümmel und Getuschel in Neapels Gässchen lieber von seinem geschlossenen Küchenfenster aus beobachtete, als sich zwischen zwei schnatternde Mamminas an die Bar zu setzen, vom Seelenleben seiner Landsleute so viel verstand: Der Mezzogiorno rutschte in einen tiefen Sumpf aus Aberglauben, während es die Turiner

Journalisten verstanden, ihren Narzissmus unter dem Deckmantel politischer Ideologien zu verstecken.

War es nicht so, dass dieser behäbige stoppelbärtige Commissario mit den Bauernpratzen Bescheid gewusst hatte, dass das Turiner Mordopfer bedroht wurde? Und war es da nicht grob fahrlässig, ja eine Unverschämtheit, dass er sich lieber in irgendeinem Frittierfett-geschwängerten Basso den Wanst mit Gennaro-Törtchen vollstopfte, als sich um die Sorgen des Turiners zu kümmern? Überhaupt: Kein Wort war gefallen, keine Warnung über die akute Gefährdungslage ausgesprochen worden, der Norditaliener in Neapel ausgesetzt sind. Es wurde Zeit, dass Köpfe rollten.

So messerscharf vermochte es das neapolitanische Lager nicht zu formulieren. Den hiesigen Journalisten war angst und bang. Denn was, *per amor del cielo*, ja was würde geschehen, wenn Emanuele Fusco einen Komplizen gehabt hatte, der das Blut des Turiners in einer Schale auffing? Die Polizei hatte keine gefunden. Der Komplize hatte sie also mitgenommen. Er würde das Miracolo sabotieren. Er würde in den Dom gehen und das Blut austauschen. Im nächsten Jahr würden die Neapolitaner eine verwunschene Ampulle anbeten, in der das falsche Blut schlummerte. Der Erzbischof würde den Teufel freilassen, wenn er es zum Leben erweckte. Neapel war dem Untergang geweiht. Gaetano versagte ob dieser absurden Ammenmärchen die Stimme, doch man zwang ihn ohnehin nicht, sich zu positionieren. Denn als die neapolitanischen Journalisten zu einer Bürgerwehr vor dem Duomo aufriefen und der erste Stuhl in Richtung eines Turiners flog, der San Gennaro *una femminuccia*, eine Heulsuse, geschimpft hatte, ließ der Primo Dirigente den Saal räumen.

Hinterher fühlte sich Gaetano wie gegrillt, obwohl er die ganze Zeit über an ein viel größeres Unheil hatte denken müssen. Eine Art Schüttelfrost hatte von ihm Besitz ergriffen. Sein Cellulare schwieg. Immer noch nichts von Carla. Antonella! Sie musste gestoppt werden. Wahrscheinlich entwarf sie gerade die Speisekarte für Carlas Hochzeit. Als er aufsprang, um nach ihr zu suchen, trottete Davide ins Zimmer. Gaetano sah sofort, dass etwas nicht stimmte. Wie zur Bestätigung schüttelte der Spurensicherer den Kopf.

»Was ist los? Ist was mit Carla?«

»Hä?« Davide musterte ihn skeptisch. »Es ist der Fingerabdruck.«

Gaetano atmete erleichtert aus. »Der … Wieso?«

»Zu verschmiert.«

»Wie sicher bist du?«

»Fifty-fifty.«

»Das ist so gut wie nichts, verdammt.« Gaetano hieb mit der Faust gegen den Türstock.

Davide sah ihn verdutzt an. »*Con calma*, eh! Was ist los mit dir, Salvatore?«

»Ach, was weißt du schon!« Er presste sich die Zeigefinger auf die Nasenflügel.

»Vergiss den Fingerabdruck, *capisc'*! Vor Gericht hätte der sowieso nicht gereicht. Es wird weitere Spuren geben. Vor mir versteckt sich niemand, klar?«

Gaetano starrte still an ihm vorbei.

»Du wirst sehen. Fusco gesteht den Mord ganz von selbst, wenn du ihn ein paar Tage in der Zelle trockenlegst. Bring einem Alkoholiker einen Grappa, und er verrät dir sogar die Telefonnummer seines Komplizen – wenn es einen gibt.«

Die Questura war wie ausgestorben, Antonella war nirgends zu sehen. An der Rezeption saß Dorothea, die sich mit ihr die Wochenenden teilte, und lackierte ihre Fingernägel. Flüchtig nickte Gaetano ihr zu und verließ das Gebäude. Der Regen hatte nachgelassen. Es war schwül. Über die lange Flucht der Via Santi Quaranta schoben sich Wolken in Richtung Meer und würden sich in einigen Minuten um die Spitze des Vesuvs versammeln. Der Geruch nach Karamell lag in der Luft. Bei Mauro wurden gerade die letzten Pasticcini ausgegeben.

Zu Hause versuchte er mehrfach, Carla zu erreichen, aber sie ging nicht ran. Dann schob Gaetano einen Stapel alter Zeitungen vom Esstisch und bereitete aus den Resten in seinem Kühlschrank ein schnelles Abendessen. Mit einer Flasche Aglianico setzte er sich auf den Balkon und beobachtete den Parkwächter unten auf der Straße, wie er emsig ein Auto nach dem anderen auf den kleinen Parkplatz vor die verwitternde Kirche gegenüber rangierte. Der Wind war abgeflaut, aber Reste schoben abwechselnd kalten und warmen Hauch über die Brüstung. Gaetano fror. Morgen war Domenica. Und am Montag würde Emanuele gestehen. Schläfrig blinzelnd sah er dem Parkwächter zu. Alles in Reih und Glied, dachte er noch, dann war er eingeschlafen.

# 14.

*Es war stockdunkel. Vergeblich tastete er nach dem Lichtschalter neben seinem Bett. Dann fühlte er an sich herab. Sein T-Shirt war feucht. Er erinnerte sich, dass er erbrochen hatte. Er schmeckte es im Mund. Sauer, dumpf. Erschöpft griff er in die Leere. Die Flasche Wasser, die immer neben seiner Matratze stand, war nicht da. Für einige Minuten glitt er zurück in die Lücke zwischen Traum und Schlaf. Dann schlug er die Augen auf. Noch immer war es dunkel.*

*Sie hatten ihn verhaftet, in die Zelle geworfen, auf eine durchgelegene, versiffte Pritsche. Gleich würde ein Wachmann die Stahltür aufschließen, und ein greller Lichtstrahl würde ihn blenden. Vielleicht würden sie ihn schlagen, um aus ihm herauszuprügeln, was er selbst nicht wusste. Oder hatte er bereits gestanden? Es war ihm egal. Capuano war tot. Nur der Durst war unerträglich. Wo war das Wasser? Er krächzte leise. Aber niemand kam.*

*Auf einmal war er hellwach. Eilig tastete er nach dem Lichtschalter und knipste das Licht an. Er saß aufrecht in seinem Bett. Er war zu Hause. Sie hatten ihn nicht verhaftet. Er lächelte. Langsam traten Bilder in seine Gedanken, schummrig, schemenhaft. Dunkle, menschenleere Gassen, eine Piazza, ein Brunnen. Plötzlich wird es schwarz. Er verliert sich. Steht vor Capuanos Haus. Oben die Fenster erleuchtet, überall Polizisten. Sie sehen müde aus, bleich, mitgenommen. Es ist schwül. Dann bringen sie Capuanos Leiche auf einer Trage hinaus.*

*Ein Tuch bedeckt ihn. Über ihm zeichnet sich der graue Himmel ab.*

*Er sah auf den Wecker am Nachttisch. 22 Uhr 17. Seit einem Tag war er frei. Capuano würde nie wieder jemanden demütigen, quälen, vergewaltigen. Vergeblich versuchte er zu lächeln. Er sah an sich herab. Immer noch steckte er in der Kleidung, in der er Capuano getötet hatte. Er suchte Blutspritzer. Die Wohnung war voller Blut gewesen.*

*Er stand auf, ging zur Küchenzeile und trank mehrere Gläser Wasser. Dann zog er sich nackt aus, stopfte die Kleidung in einen Müllsack und setzte sich an den Küchentisch. Der Stuhl unter ihm war kalt, aber er fror nicht. Vor ihm lag sein Cellulare. Es blinkte. Eine Nachricht. Er drehte es auf das Display. Er wollte noch nicht nachsehen. Er war noch nicht bereit für sein anderes Leben. Erst musste er wissen, ob sie sich gemeldet hatte. Bestimmt wusste sie bereits alles. Wie würde sie reagieren? Sie hatten es anders vereinbart. Capuano sollte leiden, Angst bekommen, seine ekligen Finger bei sich behalten. Seinen Schwanz. Vielleicht hätten sie ihn irgendwann dazu gebracht, sich selbst zu richten, wenn er die Angst nicht mehr aushielt. Wenn er verstand, dass sie es ernst meinten, weitermachen würden, Woche für Woche. Jetzt war er tot. Wie dachte sie darüber?*

*Er ging zum Küchenschränkchen, wo er hinter einer doppelten Wand das Cellulare versteckte, das er sich für ihr gemeinsames Spiel gekauft hatte. Bestimmt war es dort, bestimmt hatte er es am Morgen dorthin zurückgelegt. Wie jeden Samstagmorgen, nachdem er in Capuanos Wohnung gewesen war. Vorsichtig schob er die Zuckerdose und die Tüte mit den Mandelbiscotti zur Seite und zog an einem kleinen Nagel, um das Geheimfach zu öffnen. Erleichtert seufzte er. Dort lag es.*

*Er schaltete es ein, tippte die Pin und wartete. Gleich würde er wissen, wie sie sich jetzt fühlte, jetzt, nachdem auch sie befreit war.*

*Aber nichts geschah. Sie hatte nicht geschrieben. Ein dumpfer Schlag in seinen leeren Magen.*

*War sie enttäuscht von ihm, weil sie noch nicht verstand, dass es so besser war? Sollte er sie anrufen, um es ihr zu erklären? Nein, das durfte er nicht. Und was sollte er ihr sagen? Er fing an, seine Schläfen zu massieren, die Erinnerung herauszukneten, aber nichts kam. Behutsam versteckte er das Gerät wieder.*

*Das Cellulare auf dem Küchentisch brummte. Er drehte es um. Pasquale hatte mehrmals versucht, ihn zu erreichen. Dann hatte er eine WhatsApp geschickt:*

Ruf mich sofort an. Ianus Capuano ist tot. Emanuele hat ihn abgeschlachtet! Heute Nacht. Er sitzt schon in Haft.

*Er erstarrte, las erneut. Pasquale musste sich irren. Wieso Emanuele?*

*Er wählte Pasquales Nummer, legte sofort wieder auf. Zitternd rutschte er vom Stuhl. Irgendwo draußen schlug es 23 Uhr. Als die Glocken verhallt waren, fiel er in einen unruhigen Schlaf.*

*Die Nacht gleicht einem Taumel, einem verschwommenen Traum. Er steht an ihrem offenen Grab, dann im Stall, plötzlich in Capuanos Esszimmer. Hinter dem Toten öffnet sich eine Tür. Dort, wo sie gewohnt hat, allein. Dort, wo sie gestorben ist, in seinen Armen. Schön. Wunderschön. Sie trägt ihr Totenkleid, von Licht umgeben. Ihre Lippen bewegen sich, aber er kann sie nicht verstehen. Er will zu ihr, aber der See aus Capuanos Blut trennt sie. Sie reißt ihren Mund auf, schreit, aber ihre Stimme erstickt in der Stille. Sie weint. Blut tropft aus ihren blauen Augen zu Boden. Immer mehr, bis es in Strömen fließt und einen großen eisblauen See speist. Eisblau wie das Meer in der Grotte von Capri. Sie deutet auf den Esstisch. Wo Capuano gesessen hat, kauert nun Emanuele. Klein, erschöpft, zusammengesunken. Immer winziger wird er, welk, wie eine Blume, die in der Sonne langsam verdurstet. Jetzt deutet sie in seine Richtung. Er hat einen Becher in der Hand. Er kniet sich hinunter und hilft Emanuele, Tränen aus dem eisblauen See zu schöpfen. Einen Becher nach dem anderen. Emanuele trinkt und wächst, bis der See leer ist. Plötzlich ist Emanuele verschwunden. Nur sie steht noch da. Die Tränen sind versiegt. Als er zu ihr will, dreht sie sich lächelnd um und verschwindet durch ihre Tür. Ihr Kleid weht. Er folgt ihr durch Neapels dunkle Gassen, in denen lichtumwandelte Gestalten spazieren. Sie steigt zurück in ihr Grab. Hinter ihr schiebt sich der Grabstein knirschend zu.*

*Schweißgebadet fuhr er auf. Schrie. Er war allein.*

# DOMENICA

# 15.

Als das dissonante Schlagen von Totenglocken Gaetano am Sonntagmorgen weckte, ergriff ihn sofort eine seltsame Klarheit. Er würde frühstücken, Wäsche waschen, die liegen gebliebene Post sortieren und am Nachmittag zu Aniello fahren und mit ihm einen Ausflug machen. Das hatte er ewig nicht mehr getan. Vielleicht raus nach Procida.

Er schlug die Augen auf und blinzelte zum Schlafzimmerfenster. Das milde Wetter lud ein zu einer entspannten Überfahrt auf einer rostigen, bunten Fähre. Dösig brummend, ein warmer Wind, duftend nach Fisch und Öl. Aniello war seit seinem Unfall nie wieder am Meer gewesen. Wie würde er reagieren?

Während die Bialetti den Espresso brühte, bereitete er sich ein bunt zusammengewürfeltes Frühstück aus hartem Weißbrot, Limonenmarmelade und ein paar Stückchen Mandelbiscotti, die er in einer aufgerissenen Packung unter seinen alten Zeitungen fand. Deprimiert blickte er auf seinen mageren Teller und begann, lustlos zu essen. Was sollten sie in Procida unternehmen? Im engen, unübersichtlichen Hafen könnte ihm Aniello entwischen. Seine Spezialität. Es würde Tage dauern, ihn aufzuspüren. Vielleicht also lieber ein Spaziergang auf dem Capodimonte. Ein kleines, gemütliches Picknick unter Brüdern.

Er schlug mit der Faust auf den Tisch. Fiel ihm gar nichts ein? Kannte er Neapel wirklich so schlecht? Früher hatten sie sich durch die Gassen treiben und an verwunschene Orte spülen lassen, in die geheimnisvolle Einsamkeit einer verfallenen Kirche oder den bellenden Trubel des schweißgetauchten Mercato di Poggioreale, immer bot ihnen die Stadt ein Refugium, wenn sie türmten, weil sie die verschrumpelten Paprika und die staubige Erde auf der Tenuta satt hatten. Doch das war lange vorbei.

An einem Brotstückchen knabbernd, nahm er sein Cellulare und wollte schon googeln, da zögerte er. Welcher Begriff passte auf Aniello? Geisteskrank konnte man ihn nicht nennen. Sprunghaft? Kindisch, ernst, still? Impulsiv? Lethargisch? Was denn nun?

Er dachte kurz nach und wählte dann Antonellas Nummer. Sollte sie sich doch mit seinem Bruder rumärgern. Sie schuldete ihm eh noch einen Gefallen. Im nächsten Augenblick legte er beschämt auf. Frustriert ließ er das Cellulare sinken. Er kannte weder Aniello noch Neapel. Beide hatten seit seiner Kindheit an ihm geklebt und dann irgendwann eine Maske aufgesetzt. Jetzt glotzten sie ihn herausfordernd an.

Plötzlich brummte das Cellulare. Es war Gabriele. »*Pronto*?«

»Wo, zum Teufel, steckst du?« Der Primo Dirigente kochte vor Wut.

Gaetano aktivierte den Lautsprecher und lehnte sich zurück. »Gabriele?«

»Du weißt genau, dass ich es bin. Wusstest du, dass der Fingerabdruck nichts taugt?«

Gaetano zuckte zusammen und rutschte ein Stück zurück, als könnte ihn der Primo Dirigente durch das Telefon ausspionieren. Er stellte sich seinen Chef vor, wie er am Krawattenknoten nestelte, um sich Luft zu verschaffen. »Wieso taugt der

Fingerabdruck nichts? Davide meinte, zu fünfzig Prozent könnten wir ihn zuordnen.«

Gabriele schrie, dass der Espresso in Gaetanos Tasse Kreise zog. »Fünfzig Prozent. Fünfzig Prozent! Du weißt genau, dass das nicht reicht! Die Staatsanwaltschaft war in meinem Büro. Der Anwalt von diesem Emanuele Fusco fordert sofortige Haftentlassung. Wir halten ihn ohne Grund fest. Wir stehen kurz vor einer Klage. Das heißt, ich. Ich! Ich war es ja, der seine Inhaftierung angeordnet hat, weil ich dummerweise davon ausgegangen bin, dass du mir brauchbare Beweise lieferst. Ich hätte Fusco nicht über Nacht in Haft lassen dürfen, und das wusstest du.«

Gaetano sprang aus seinem Stuhl. »Er hat versucht zu fliehen. Und er hat kein Alibi, Gabriele!«

»Das Erste ist menschlich und das Zweite eine Lüge. Emanuele behauptet, er sei zur Tatzeit zusammen mit seiner Familie bei der Andachtsfeier gewesen.«

»Dieses Alibi kannst du knicken. Der Einzige, der das bestätigen kann, ist Emanueles griesgrämiger Vater. Seine Mutter ist stumm und starrt nur vor sich hin. Der Alte lässt uns nicht an sie ran. Und dann gibt's nur noch seine Tante, die mit Mozzarella wirft und mit Hühnern spricht. Erzähl mir nicht, dass der Staatsanwalt ein Alibi aus dieser Sippschaft gelten lässt, Gabriele. Wenn du Emanuele laufen lässt, kannst du warten, bis die Henne pinkelt, und der taucht nicht mehr auf.«

Gabriele knurrte: »Wenn ich bis heute Mittag nichts Stichhaltiges gegen ihn in der Hand habe, lässt ihn der Untersuchungsrichter frei. Und ich darf mir wieder anhören, dass ich meinen Laden nicht im Griff habe. Ein verwischter Fingerabdruck, ein verwaschenes Alibi und ein deliranter Tatverdächtiger. Du warst auch schon mal besser.«

Gaetano blieb die Luft weg. Er ballte die Fäuste. Als er tief durchschnaufte, verschluckte er sich an Biscottokrümeln. Durch sein Husten hindurch hörte er Gabrieles unermüdliches Zetern und ließ den Regen an Vorwürfen über sich ergehen. Irgendwann drückte er ihn weg. In der Küche war es mucksmäuschenstill, doch in seinen Ohren hallten die Beschimpfungen wider.

Als sich Gaetano gesammelt hatte, wählte er Danilos Nummer. »Es gibt Arbeit! Gabriele läuft Amok, weil ihm der Untersuchungsrichter im Nacken sitzt.«

»Ich weiß Bescheid. Er war eben bei mir. Hast du ihn wirklich einfach weggedrückt?« In der Leitung schmatzte es. Danilo lutschte schon wieder Algen, und Gaetano lief es kalt den Rücken herunter. Aber immerhin schien er wieder der Alte zu sein. Er hatte sich erstaunlich schnell von seinem Schock erholt. Oder täuschte das? Er würde ihn ein wenig im Auge behalten.

»Mein Netz war plötzlich tot. *Allora*, wir müssen Emanueles Alibi überprüfen, und zwar umgehend.«

»Wenn du seinen Vater befragen willst, brauchst du nur herzukommen. Der sitzt seit zwei Stunden vor Gabrieles Büro und wartet darauf, dass sein Sohn freikommt. Soll ich ihn festsetzen?«

»Das bringt nichts. Der Alte lügt wie gedruckt. Spielt den Ahnungslosen, obwohl er genau weiß, dass Emanuele mit drinsteckt.«

»Was willst du dann von mir?«

»Ich fahre jetzt raus zum Poggioreale. Vorgestern gab es

dort eine Andacht für die verstorbene Anna Fusco … Capuano … wie auch immer. Die ganze Familie soll da gewesen sein. Mach für mich den Pater ausfindig, der den Gottesdienst gehalten hat. Pater Ambrosio oder so. Ich muss mich mit ihm treffen. Jetzt sofort!«

»Ein weihwasserdichtes Alibi.«

»Wenn Emanuele tatsächlich bis zum Ende geblieben ist, dürfte es schwer werden, ihn mit dem Mord in Verbindung zu bringen. Die Zeremonie zog sich bis in den Abend.«

»Hoffentlich lügt der Pater nicht!«

»*Mio Dio*, Danilo! Ein katholischer Geistlicher lügt nicht!« Gaetano ertappte sich dabei, wie er sich bekreuzigte. »Ich möchte ihn treffen, am besten an Annas Grab.«

»Ich werde es Hochwürden ausrichten.«

Es tutete in der Leitung. Irritiert betrachtete Gaetano das Cellulare. Danilo hatte aufgelegt.

Er wählte erneut dessen Nummer in der Questura.

»Was denn noch?«

»Wieso drückst du mich einfach weg, verdammt?«

»Mein Netz war plötzlich tot.«

Cleveres Kerlchen. Er hatte gewittert, dass noch mehr Aufträge auf ihn warteten. »Ist Davide im Haus?«

»Soweit ich weiß, nicht. Er wollte mit Alessio seinen Hochzeitstag nachfeiern.«

Er wird toben, dachte Gaetano. »Du musst ihn auftreiben und wieder zum Tatort schicken. Er soll sich den Rest dieser ominösen Wanduhr vornehmen. Es muss Fingerabdrücke geben, hörst du! Wenn Emanuele die Uhr manipuliert hat, um Capuano mit dem Glockenschlag-Countdown zu quälen, muss es einfach Fingerabdrücke geben. Davide soll das Ding auseinandernehmen. Ich will, dass er jede Ziffer, jedes Zahnrad untersucht, *capisc'*! Und erinnere ihn an den Kopf! Er soll den Kopf finden.«

»Davide dreht durch, Salvatore. Kannst du ihm das nicht selbst sagen? Er ist der Einzige, der mich noch normal behandelt. Wenn ich ihm jetzt seinen Hochzeitstag versaue, dann ...«

»Du, ich glaub, mein Netz stirbt gleich.« Gaetano legte auf, sprang unter die Dusche und kramte dann unter den Bergen gewaschener, aber nicht zusammengelegter Wäsche einen einigermaßen passablen Sonntagsstaat hervor.

Unten an der Ecke deckte er sich mit einem übergroßen Vorrat Süßgebäck ein, bevor er mit einem sanften Fußtritt den Parkplatzwächter aufweckte, der selig in seinem weißen Plastikstuhl in der Sonne döste. Verschlafen blinzelte der alte Kauz ihn an. Es dauerte keine Viertelstunde, bis das knochige Männlein ein gutes Dutzend Autos durch das blecherne Puzzle hin und her rangiert und Gaetanos verbeulten weißen Fiat Punto freigeschaufelt hatte, und wie jedes Mal sah er fasziniert zu, mit welcher Ruhe der trottelige Alte die Wagen in einer nur ihm vertrauten Logik einen nach dem anderen in jede noch so kleine Nische bugsierte, hier und dort anstupste, auf dass sich nach kurzer Zeit wie von Zauberhand eine schmale Ausfahrt auftat.

Mit einem Kavalierstart rauschte Gaetano davon. Gerade als er auf die Via Cardinale abbog, sah er sie. Carla. Und innerhalb eines Sekundenbruchteils hatte auch sie ihn entdeckt. Es war zu spät, vor ihm auf dem Zebrastreifen blockierten zwei bucklige Nonnas den Fluchtweg. Carla ließ ihm nicht einmal Zeit, die Türen zu verriegeln. Mit schnellen Schritten sprang sie heran, riss die Beifahrertür auf, warf Gaetanos Gebäcktüte auf die Rückbank und sich selbst in den Sitz. Hinter ihm hupte eine Vespa und zischte fluchend an ihm vorbei.

Sein erster Gedanke war zu fliehen, sein Herz schlug ihm bis zum Hals. Carla starrte ihn mit dem messerscharfen Blick einer rasenden Furie an. Sie schnaufte. Um ihre rot geäderten Augen lagen tiefe Ringe, eine kleine wilde Ader tanzte im Haaransatz unter ihrer Sonnenbrille. Dort saß die Wut. Carla war wunderschön, wenn sie zornig war, aber das konnte er ihr jetzt kaum sagen. Er wartete auf die unvermeidliche neapolitanische Schimpftirade, aber nichts geschah. Überhaupt nichts. Seine Nichte verstand ihr Geschäft.

»Es ist frei. Wieso fährst du nicht, Salvatore?« Für einen kurzen Moment hatte er vergessen, wohin er wollte. Dann drückte er sanft aufs Gas und zuckelte langsam los. Hätte Carla eine Waffe auf ihn gerichtet, hätte er sich wohler gefühlt, so aber kämpfte er gegen ein obskures Unbehagen, das ihn gehorchen ließ. »Was schleichst du so, Salvatore? Fahr schneller. Du hast es doch bestimmt eilig!«

Am meisten beunruhigte ihn, wie sie sprach, so monoton, als hätte sie nichts mehr zu verlieren. Sie schlängelten sich durch das ausgestorbene Gassenlabyrinth die bergige Altstadt hinauf, Licht und Schatten der Straßenschluchten wechselten sich ab. Im Auto wurde es heißer, das Schweigen mit jeder Minute undurchdringlicher. Sie versteckten sich hinter unausgesprochenen Worten.

Was hatte Carla vor? Für eine handelsübliche Schimpftirade hätte sie ihn an einem Sonntagmorgen bestimmt nicht aufgesucht. Er witterte das unerbittliche Finale eines perfiden Racheplanes, den Vergeltungsschlag einer gekränkten neapolitanischen Braut. Seit zehn Jahren führte er Verhöre, beschwindelte Journalisten, beschwichtigte ehrzerfressene Camorristi, den Finger am Abzug. Doch gegenüber seiner unbewaffneten Nichte rang er nach Worten. Einfach lächerlich, wie sie ihm mit ihren schwarzen Augen die Zunge verknotete.

Carla öffnete das Fenster einen Spalt und ließ ihre Haare im warmen Wind flattern. Gaetano blinzelte verstohlen hin und bemerkte, wie das Lichtspiel der einfallenden Sonne seine Nichte abwechselnd in Hell und Dunkel warf. Am besten, wir schweigen einfach, dachte er. Im Napulitano, wo es weder Ich noch Du gab, hatte nie jemand wirklich recht. Die Wahrheit tanzte für gewöhnlich hin und her, huschte in die Dunkelheit, löste sich in Staub, Parfum oder frittiertem Fett auf, kam woanders wieder ans Tageslicht oder kitzelte einen hinter den Ohren. Manchmal hörte er sie, wenn Pietro was brummte und es ihn im Bauch kribbelte. Aber Carla verstand er nie.

Gaetano gab sich einen Ruck. »Welches Ziel hat eine Neapolitanerin an einem sonnigen Sonntagmorgen?« Aus dem Augenwinkel sah er das Bündel roter Curnicielli am Schiebedachknauf hin und her baumeln. Hinter den panisch wackelnden Glückshörnchen bewegte sich Carlas Kopf. Ihre Wangen begannen zu zucken, doch die blassen, angespannten Lippen ließen nichts hindurch. Gaetano hätte zu gern gewusst, welche Unflätigkeit ihr auf der Zunge lag. Der Wagen schaukelte über Kopfsteinpflaster, aber Carlas Bick blieb standhaft. »Du bist wunderschön, wenn du zornig bist.«

Der Schlag kam zu schnell, als dass er hätte reagieren können. Gaetano hatte mit einem giftigen Kommentar gerechnet, nicht mit ihrem Handrücken. Sofort spürte er das warme, pochende Blut aus seiner Nase tropfen, Tränen schoben sich in sein Sichtfeld. Dieser Punkt ging an sie. Aber ein zweites Mal würde er sich nicht schlagen lassen. Und das blutige Hemd würde er Antonella zum Waschen geben. Die hatte alles verbockt.

Carla saß da, als wäre nichts gewesen. Nach einer Weile kramte sie ein zerknülltes Taschentuch aus ihrer Hosentasche und warf es ihm kommentarlos in den Schoß. Beiläufig griff er danach, zwirbelte zwischen Zeigefinger und Daumen ein spitzes Eckchen und stopfte es in sein rechtes Nasenloch. Das Pochen wurde stärker.

»Du bist so ein Scheusal, Salvatore, aber ich hätte es wissen müssen. Verdammt, als du versprochen hast, du würdest dich um mich kümmern, an Stelle von Papà, da dachte ich, du würdest es gern tun. Ich wusste nicht, dass du mich jedes Mal versetzt und mir deine durchgeknallte Sekretärin auf den Hals hetzt.«

»Antonella ist nicht meine Sekretärin, sie ist ...«

»*Basta!*« Tränen schwappten aus Carlas Augen und verfingen sich in den sanften Gräben um ihre Mundwinkel. Seit er sie das letzte Mal gesehen hatte, war sie hohlwangiger geworden. Es war noch nicht einmal zwei Tage her. Sie kramte ein neues Taschentuch hervor und schnäuzte sich theatralisch. »Hast du eigentlich eine Ahnung, was seit gestern los ist? Tausend Leute rufen an, nur weil du deine dumme Klappe nicht halten konntest. Deine Kollegen sind wie die Fliegen. Alle stürzen sie sich auf mich. Alle mischen sich ein. Wen hat Antonella noch aufgehetzt? Sogar diesem Pasticciere, Bruno ...«

»Mauro!«

»… hat sie meine Nummer gegeben. Er fühlt sich geehrt, meine Hochzeitstorte zu backen, und wollte wissen, wer alles kommt.«

»Mach dir um Mauro keine Sorgen. Er ist die gute Seele des Pendino!«

»Na toll. Dann weiß jetzt also das ganze Viertel, dass ich schwanger bin!«

Mit voller Wucht trat Gaetano auf die Bremse. Carla flog vornüber und knallte mit dem Kopf gegen das Armaturenbrett. Der Wagen stand quer und blockierte den Verkehr. Eine Kolonne verbeulter Kleinwagen hupte und wich auf den Gehsteig aus.

»Sag mal, hast du sie noch alle?« Carla hielt sich das rechte Auge.

»Du bist schwanger?«, schrie Gaetano.

»*Che cazzo*, natürlich nicht.«

Das Hupen wurde aggressiver. Gaffende Kinder, die wie auf Kommando aus den Gassen herbeigerannt waren, hatten sich auf dem Gehsteig versammelt und begannen, zusammengeknüllte Gennaro-Bildchen und durchgeweichte Pappbecher gegen die Autofenster zu werfen. Von den Balkonen ringsherum lehnten sich dicke Mammarèllas herab.

»Fahr gefälligst weiter!«, schrie Carla.

Gaetano brauchte einen Moment, bis er seine Beine sortiert und den Wagen in Bewegung gesetzt hatte. »Warum behauptest du, dass du schwanger bist?«

»Tue ich überhaupt nicht, Antonella war's.« Sie rieb sich die Stirn. »Ich warne dich, Salvatore. Pfeif deine Kollegen zurück und vor allem Antonella. Ich will keinen von denen auf meiner Hochzeit sehen. Michele und ich haben gerade mal genug

Geld für die Ringe und das Kleid. Was glaubst du eigentlich, was wir vorhatten? Ein rauschendes Fest in der Arena von Pompeji? Wie stellst du dir das vor?« Gaetano hob die Hand, aber Carla redete einfach weiter. »Und sag deiner Sekretärin, ich bin nicht an weiteren Ratschlägen interessiert.«

»Carletta, sie meinen es doch nur gut.«

»Nenn mich nicht Carletta, du weißt, dass ich das hasse!«

»Sie kennen dich, da warst du ein kleines Mädchen.« Gaetano versuchte zu lächeln, dabei war die Erinnerung daran, wie oft er Carla zur Arbeit mitgenommen hatte, alles andere als rosig. Carlas Mutter, Florinda, hatte von einem Tag auf den anderen die Koffer gepackt und war nach Kalabrien abgehauen. Da war Carla elf, und Aniello lernte gerade den Unterschied zwischen einem Fernsehsessel und einem Toilettensitz. Gaetano schluckte. Er spürte, wie es hinter seinen Augäpfeln warm wurde. »Wir haben dich großgezogen, Carlet… Carla. Wir alle zusammen.«

»Ich kann deine Kollegen trotzdem nicht durchfüttern.«

Gaetano starrte auf die Straße. »Ich hab's Antonella vertraulich erzählt. Ich … Sie sollte dir nur erklären, dass …« Gaetano brach ab. Es hatte sowieso keinen Sinn. Mittlerweile hatten sie das Stadtzentrum verlassen und krochen den Südhang des Poggioreale hinauf, an dessen Fuß Neapel in der Sonne döste, in jeder Sekunde Gefahr laufend, ins offene Meer zu rutschen und abzutreiben. Irgendwo, viel zu nah, wachte der Vesuv über alles. Gaetano suchte nach einer Lücke im Schweigen.

»Bist du okay? Tut dir was weh?« Mehr bekam er nicht raus. Traurige Gedanken umkreisten ihn und flossen wie bitterer Speichel in seinem Mund zusammen.

»Wohin fahren wir?« In Carlas Stimme war etwas Versöhnliches gekrochen.

»Ich fahr zum Poggioreale.«

»Zum Friedhof? So weit ist es schon?«

Gaetano murrte. »Das ist dienstlich.«

»*Sicuramente!* Bei dir ist immer alles dienstlich, Salvatore.«

»Ich habe einen Mord aufzuklären.«

»An Domenica? Du lässt dich von deinem Chef ganz schön gängeln, weißt du das? Gabriele weiß genau, welchen Knopf er bei dir drücken muss. Sonntage verbringt man mit seiner Familie. Falls man eine hat. Aber wenn du ehrlich bist, willst du es ja nicht anders.« Carla schnaubte.

Gaetano versetzte es einen Stich, sie so reden zu hören.

»*Mio Dio*, du mit deiner Angst, deiner Hilflosigkeit! Und wie verkrampft du mit Papà umgehst, wenn du ihn überhaupt mal besuchst! Mit ihm, mit mir oder überhaupt mit irgendwem, der kein Mörder ist. Aber so läuft das nicht. Um dich herum leben Menschen, die du nicht einfach verknacken kannst, wenn sie dir nicht passen. Aber für die erteilt dir Gabriele keine Order.« Sie fing an, zwischen Daumen und Zeigefinger eine unzähmbare Haarsträhne zu kringeln. Das Knistern drückte in Gaetanos Magen. »Ich bin nicht mehr deine kleine Carletta, der du deine billigen Polizeigeschichten erzählen kannst, vom verdorbenen Mafioso, Sohn eines noch verdorbeneren Mafioso, der schon immer ein Mafioso war. Vom unbestechlichen Polizisten und vom bestechlichen, der wahrscheinlich ebenfalls Sohn eines verdorbenen Mafioso ist. Diese Märchen kannst du deinen Enkeln erzählen, solltest du jemals welche kriegen. Ich mach meine eigenen Erfahrungen, auch solche, die dir nicht passen, vielleicht sogar mit Menschen, die du morgen erschießt.« Sie drehte sich zur Seite und betrachtete gedankenverloren die vorbeiziehenden Häuserlandschaften. Gaetano wischte sich verstohlen den Schweiß von der Oberlippe. »Jeden Morgen, wenn Michele das Schlafzimmerfenster öffnet, weckt mich die Tramontana, bringt salzige Luft, die sich in den Gassen mit dem schweren Duft nach Zimt und nasser Wäsche verwirbelt. Der Geruch von Großmutter, erinnerst du dich? Als sie starb, verschwand der Duft vom Hof. Manchmal liege ich morgens mit geschlossenen Augen da und sauge den Geruch in mich ein. Ich weiß, es ist verrückt, aber dann glaube ich fest daran, dass Nonna in meinem Schlafzimmer steht. Ich wäre so gern wie sie. Sie konnte die warmen Sonnenstrahlen eines Frühlingsmorgens einsammeln und über den Tag verteilen, und meistens war man danach ein klein wenig ein besserer Mensch. Wenn ich die Augen wieder öffne, flimmert draußen vor dem Schlafzimmerfenster die warme Luft. Dann kommt der Motorenlärm, wenn ihr das Centro Storico für die Vespas freigebt, und wenig später die Sirenen. Manche wissen gar nicht, wofür sie sterben.« Sie lächelte traurig. »Ich kann noch nicht einmal meine Hochzeit bezahlen. Aber ich möchte hier leben, Neapel ist mein Leben. Am Abend schließt Michele das Schlafzimmerfenster. Die Luft davor flimmert nicht mehr. Draußen steht eine klare Nacht. Immer noch weht die Tramontana. Aber sie stinkt jetzt nach Schweiß aus Angst und Boshaftigkeit. Ich rieche an mir. Wie viel habe ich von Nonnas gutem Geruch irgendwo in einer dunklen Gasse verloren? Die Stadt hat alles aus mir verdrängt.«

Aus dem Augenwinkel sah Gaetano, wie seine Nichte sich entspannt zurücklehnte. Sie hatte die Lider geschlossen und lächelte selig. Nach einigen Atemzügen setzte sie von Neuem an: »Verstehst du, Salvatore? Du kannst dir deine Menschen nicht züchten, wie du sie haben willst. Dein Einfluss in Neapel ist lächerlich gering.« Sie machte eine Pause. Dann wandte sie sich ihm zu. »Du siehst immer die Mörder, aber nie, wie sie dazu geworden sind. Du sperrst sie einfach weg. Aber ein Mensch ist heute der und spätestens morgen ein anderer. Selbst Papà. Er hat vielleicht seinen Verstand verloren, aber nicht seine Menschlichkeit. Bei dir ist es umgekehrt, Salvatore, deshalb willst du auch nicht mit uns auf der Tenuta wohnen. Du schämst dich, wenn du bei Aniello bist, kannst ihm nicht in die Augen blicken, weil du nicht siehst, was sich dahinter verbirgt, aber genau weißt, dass er dich durchschaut. Du bist das Problem. Ein kleiner, Baldrian fressender, kastrierter Polizist bist du, der mit den Menschen da draußen nicht klarkommt und auf seine Familie scheißt. Und wenn du nach Dienstschluss nicht mehr weiterweißt, schickst du deine Sekretärin vor. Hast du es bei Aniello genauso gemacht wie bei mir? Hast du Antonella auch auf ihn losgelassen? Sag schon, eh! Spielt deine Sekretärin heute Krankenschwester für Aniello?«

Seine Hände zitterten. Er schnaufte tief durch. Aus der Nase blutete er wieder. Es war die Wahrheit in Carlas Worten, die ihn schweigen und den Fuß vom Gaspedal nehmen ließ. Der Wagen rollte langsam aus. Hinter ihnen hupte der nachfolgende Verkehr. »Wolltest du deshalb heute bei mir vorbeikommen? Um mir zu sagen, was für ein schlechter Onkel und Bruder ich bin?« Er hatte es geflüstert, ohne Carla dabei anzusehen. Nach wenigen Augenblicken öffnete sich die Beifahrertür und seine Nichte stieg aus.

# 16.

Der Himmel hatte sich bewölkt und eine erdrückende Glocke über die Friedhofslandschaft gelegt. So weit das Auge reichte, war der Poggioreale von marmornen Grabstätten überzogen. Ein eigenes Reich, dachte Salvatore Gaetano, ein Totenlabyrinth. Türmchen und Dächlein, die hinter endlos dahinwachsenden Friedhofsmauern hervorspitzten. Villenhafte, mehrstöckige Gruften neben schief stehenden oder umgekippten Kreuzen, die aus vertrockneten Efeuranken herauslugten.

Gaetano hob seine flache Hand schützend über die Augen und ließ den Blick bis zum Horizont schweifen, wo milchigtrübes Licht aus der Wolkendecke herabrieselte und sich mit den Marmorreflexionen der Gräber vermengte. Irgendwo trafen sich Trauer und Erlösung. Gaetano schauderte.

In Gedanken versunken trat er durch das bombastische Eingangsportal, das die Stadt der Lebenden von jener der Toten trennte, und marschierte drauflos.

Als er nach wenigen Minuten feststellte, dass er wohl im falschen Trakt des Friedhofs nach Anna Fuscos Grab suchte, hetzte er zurück zum Hauptportal. Misstrauisch beäugte der Pförtner Gaetanos blutbeflecktes Hemd und ließ seinen Blick auf dessen Nase ruhen, bis Gaetano begriff, dass ihm noch immer ein zusammengedrehtes Taschentuch aus dem Nasenloch hing. Eilig steckte er es ein und nannte dem Pförtner sein Anliegen, worauf der alte Mann hinter ein hölzernes

Pult trat, auf dem sich unzählige angegilbte Aktenordner stapelten. Akribisch begann er, einen nach dem anderen durchzublättern.

»Arbeiten Sie nicht mit Computern?«, fragte Gaetano nach ein paar zehrenden Minuten, in denen der Alte Ordner für Ordner angeblättert hatte und dann dazu übergegangen war, ein ledergebundenes Buch nach dem anderen auf das Pult zu hieven. »Ich habe es eilig, Signore.«

»Ich bin hier nur Aushilfe.«

»*Che Dio mi assista*! Sind die Listen wenigstens korrekt?«

Der Pförtner hob den Kopf. »Ich war hier über fünfzig Jahre lang Archivar«, zischte er. »Die Listen sind natürlich korrekt! Ich habe immer alles eingetragen. Wann, sagten Sie, wurde Ihre Tote beerdigt?«

»Vor zehn Jahren genau.«

»Da war ich schon Aushilfe«, murrte er und klappte das Lederbuch zu.

»Was heißt das?«

»Dass mein Sohn den Eintrag gemacht haben muss.«

»In eine dieser Listen da?«

»Nein, mein Sohn benutzt natürlich einen Computer.«

»Das heißt, ich warte hier seit zwanzig Minuten auf eine Auskunft, die Sie mir überhaupt nicht geben können?«

»Sie hätten mir sagen sollen, dass die Beerdigung erst vor Kurzem stattfand«, krächzte der Alte.

»Das habe ich doch.«

Der Alte zuckte entschuldigend die Schultern.

»*Madonna mia*, ist denn niemand da, der mir helfen kann?«

»Heute ist Sonntag. Sonntags bin nur ich da.«

Gaetano trat mit dem Fuß gegen ein Regal mit Grabkerzen, sodass einige scheppernd herunterfielen und über den Boden kullerten. Ein paar Trauergäste, die vor einer Informationstafel standen, sahen erschrocken herüber.

»Vielleicht haben wir Glück. War die Beerdigung an einem Sonntag?«, nuschelte der Pförtner.

»Woher soll ich das wissen?«

»Wenn es Sonntag war, habe ich hier eingetragen, wo die Tote liegt.«

»Sind Sie sicher?«

»Ich bin jeden Sonntag hier.«

»Ich meine, ob Sie dann ganz sicher etwas eingetragen haben.«

»Soll ich nachsehen?« Ohne eine Antwort abzuwarten, hievte der Alte ein weiteres staubbedecktes Buch auf das Pult. Nach einigen Minuten strahlte er über das ganze Gesicht.

»Was ist, haben Sie etwas gefunden?«

»Und ob. Drei Einträge. Anna Fusco, verstorben 1937, verstorben 1902 und verstorben 1856. Zu wem wollen Sie?«

»Ich sagte doch, dass die Beerdigung vor zehn Jahren stattfand.«

Der Alte grinste ihn an. »Dann haben wir uns wohl missverstanden.«

Plötzlich hörte Gaetano seinen Namen durch das Empfangsportal hallen. Verdutzt drehte er sich um.

»Commissario Gaetano?« Ein runzeliges kleines Männchen in brauner Kutte stand hinter ihm. Seine Ordenstracht schlackerte an ihm herab wie das Leichentuch an Jesus Christus persönlich, und die eng gebundene Kordel schien ihn in zwei Hälften zu teilen.

»Commissario Gaetano, das sind Sie doch, nicht wahr?«
Der Mönch kam auf ihn zu und streckte ihm seine knochige,
langfingrige Hand entgegen, die an einem dünnen Ärmchen
aus der Kutte herausschaute. »Auf dem Poggioreale willkommen. Pater Ambrosio bin ich. Ich werde Sie ein wenig herum-
führen.« Er sagte es wie der Direktor eines Clubhotels.

Gaetano ergriff träge die warme Hand des Priesters, die
die seine beinahe zerquetschte. »Ich wollte gerade zu Ihnen,
Pater, entschuldigen Sie die Verspätung. Ich muss mit Ihnen
über die Familie Fusc…«

»Das macht nichts, wir haben damit gerechnet.«

»Wie bitte?«

»Sie hätten es nie bis zum Grab geschafft. So bot es sich an,
Sie hier abzuholen.«

Gaetano verstand kein Wort. »Stimmt etwas nicht mit dem
Grab?«

»Oh, im Gegenteil. Aber heute ist Sonntag, und um aus
Fernando eine vernünftige Information herauszubekommen,
braucht es einiges an Geduld und Übung. Es wäre Ihnen ohne
Zweifel irgendwann gelungen, Commissario, aber ich nehme
einmal an, Sie haben es eilig.«

»Woher wissen Sie das?«

»Die meisten, die hier herkommen, haben es eilig, außer
die, die für immer bleiben. Die wollen gar nicht mehr weg.«
Der Pater kicherte.

Gaetano war sich nicht sicher, ob er den Mönch ernst nehmen sollte. »Ist es nicht etwas fahrlässig, einen Pförtner wie
Fernando anzustellen? Wie soll man sich denn da zurecht-
finden?«

Der Mönch schüttelte vehement sein kleines kugelrundes

Köpfchen. »Wo denken Sie hin, Commissario, Fernando ist die gute Seele unseres Friedhofes, quasi der Bürgermeister der Totenstadt. Er kennt jeden hier, und das seit über siebzig Jahren. Die meisten Grabplätze weiß er auswendig.«

»Was bringt mir das, wenn er die Grabnummern nicht rausrückt?«

»Nun ja, er ist ein sehr demokratischer Bürgermeister, würde ich sagen. Alle Toten liegen ihm gleichermaßen am Herzen. Was glauben Sie, was hier sonntags los wäre, wenn wir Fernando nicht hätten. Wenn die Touristen kommen.« Der Pater streckte seinen Arm aus und fuhr über die Toten- landschaft. »Alle wollen die Gräber der großen Mafiabosse sehen, das Mausoleum von Enrico Caruso oder die Gruft der Scicolone, die Sophia Loren für ihre Mutter bauen ließ. Ame- rikaner suchen verzweifelt das Grab von Bud Spencer, Carlo Pedersoli meine ich, obwohl der alte Haudegen in Rom beer- digt liegt. Aber das sagen wir ihnen natürlich nicht.« Gaetano hörte ihm ungläubig zu. »Stellen Sie sich vor, alle würden im- mer nur zu diesen wenigen auserwählten Gräbern pilgern. Das lassen Sie drei Wochen lang zu, und die anderen Toten revoltieren, weil sie eifersüchtig sind. Aber dank Fernando geschieht das nicht. Bis ein amerikanischer Tourist enttäuscht feststellt, dass Carlo Pedersoli gar nicht in Neapel liegt, hat er meist schon eine Schnitzeljagd über das halbe Friedhofsareal hinter sich. Er sucht hier und dort. Auf diese Weise besucht er zig Gräber. Auf dem Poggioreale liegen mindestens hundert Pedersolis. Bis der die alle abgeklappert hat ...«

»Was ist mit den Lebenden, den Hinterbliebenen? Zum Beispiel der Familie Fusco? Revoltieren die nicht, wenn Fer- nando die Touristen über den halben Friedhof hetzt? Mir würde das nicht gefallen. Und jemand wie Samuele hätte da bestimmt …«

»Welche Hinterbliebenen, Commissario? Vor dreißig Jahren, ja, da ging es hier zu wie auf dem Mercato di Porta Nolana. Früher wurde es hier manchmal so voll, dass wir die Touristen aussperren mussten, aber das ist lange vorbei. Heute freuen wir uns über jeden, der hier ein wenig umherstreift.« Er trat an einen Brunnen, tauchte gluckernd eine blecherne Gießkanne in das schwarze, blütenbedeckte Wasser und wässerte eine vertrocknete Zypresse, die neben einem frischen Grab in der Sonne darbte.

»Vergessen die Neapolitaner ihre Toten so schnell, Pater?«

»Ich fürchte, das beginnt schon früher. Heute entwöhnt man sich schon zu Lebzeiten von seinen Verwandten, indem man sie in ein Pflegeheim steckt. Da hat man Sie schon vergessen, bevor Sie Ihren Koffer ausgepackt haben. Den nehmen Ihnen Ihre Kinder auch ganz schnell ab, dass Sie bloß nicht auf dumme Gedanken kommen. Dann beginnt die Zeit der einsamen Stille. Was glauben Sie, wie oft ich das bei meinen Besuchen in den vollgestopften Heimen zu sehen bekomme? Alle wollen sie sterben und so schnell wie möglich auf den Friedhof. Und dank Fernando bekommen sie hier dann auch die Aufmerksamkeit und Zuwendung, die ihnen zusteht. Wenn auch nicht von ihren Verwandten. Verstehen Sie, was ich Ihnen sagen will, Commissario?«

Gaetano wich dem Blick des Paters beschämt aus. Ob sein Bruder Aniello den Tod rufen würde, wenn er sprechen könnte?

Der Pater hatte sich in Bewegung gesetzt und schritt nun in ehrfurchtsvoller Andacht durch die Gräberreihen. Seine Kutte reichte bis zum Erdboden, und es wirkte, als schwebe er ein paar Zentimeter in der Luft. Gaetano fragte sich, ob Ambrosio noch recht bei Verstand war und obendrein ein seriöser Leumund für das Alibi der Fuscos, aber noch bevor er den Gedanken zu Ende denken konnte, fuhr der Kauz fort.

»Übrigens beschweren sich die Toten bei Fernando über Vernachlässigung, wenn niemand kommt, und drohen damit, in die Stadt hinunterzugehen und alte Rechnungen zu begleichen. Das dürfen wir natürlich auf keinen Fall riskieren.«

»Und an so einen Hokuspokus glauben Sie?« Gaetano schüttelte den Kopf.

»Wir reden hier vom Reich der Toten.« Ambrosio legte sanft seine Hand auf Gaetanos Schulter und drehte ihn in Richtung einer kleinen zerfallenen Gruft. »Sehen Sie? Das Grab der Calderoni. Luigi Calderone verlor seine einzige Tochter in den Siebzigern, als sie von einem einstürzenden Baugerüst in der Via Duomo erschlagen wurde. Ihr Vater Luigi starb aus Gram, noch bevor er den verantwortlichen Maurer zur Rechenschaft ziehen konnte.«

Gaetano sah auf die Uhr. »Pater, ich muss eigentlich mit Ihnen über Emanuele Fus…«

»Vor ein paar Monaten wurde Fernando sehr krank«, setzte Ambrosio seinen Vortrag ungerührt fort. »Wochenlang lag er mit hohem Fieber im Bett und konnte die Besucherströme nicht leiten. Wir dachten schon, er stirbt. Eines Morgens, er war auf dem Wege der Besserung, erzählte er mir, dass ihm Luigi Calderone im Traum erschienen sei. Luigi hatte gedroht, er würde in die Stadt hinabsteigen und die Familie des Maurers zur Strecke bringen …«

»Hochwürden, bitte! Nur ein paar Informationen über ...«

»Aber Fernando konnte den Racheengel beruhigen.« Er wandte sich wortlos ab und bedeutete Gaetano, ihm zu folgen. Hier und da blieb er stehen, nickte ein paar Trauernden zu oder bückte sich, um etwas Müll aufzuheben und in den unendlichen Weiten seiner Kutte verschwinden zu lassen. »Wussten Sie, dass der Poggioreale einer der größten Friedhöfe Europas ist? Der halbe Mezzogiorno liegt hier begraben. Ohne klare Regeln geht es da nicht.«

»Und Anna Fusco? Hält die sich daran?«

Ambrosio streckte sein dünnes Ärmchen aus und deutete zum Horizont, wo sich die mehrstöckigen Wohnkomplexe der Armen emporhoben. Er wirkte abwesend, aber Gaetano konnte sich auch täuschen. »Viele in Neapel kommen halb tot auf die Welt. Schutzlos. Und sehen Sie, Commissario, wie nah die Stadt bereits herangerückt ist? Irgendwann werden Leben und Tod gänzlich ineinander verwachsen sein.«

Gaetano stellte sich in die Blickrichtung des Mönches. »Bleibt nur zu hoffen, dass Anna Fusco sich da mal nicht verlaufen hat. Raus aus dem Totenreich und ab nach Pantano, um ihren Bruder gegen ihren Ehemann aufzuhetzen.«

»Warum fragen Sie Anna nicht selbst? Dort schläft sie.« Er deutete auf ein Grab und wandte sich dann sofort ab.

»Wohin wollen Sie, Pater?«

Der Mönch presste die Hände gegen den Bauch. »Etwas ganz und gar Irdisches, möchte ich meinen. Die Blase eines älteren Herren ... entschuldigen Sie mich einen Augenblick, Commissario.« Und weg war er.

Verdutzt blickte Gaetano ihm nach und musterte dann das bunte Blumenmeer auf Anna Fuscos Grab, während er die merkwürdigen Fantasien des Paters in seinen Gedanken nachhallen ließ. Aber Ambrosio hatte nicht unrecht. Viele in Neapel waren Todgeweihte. Die Stadt konnte die Hölle sein, ja, aber in die hügeligen Quartieri Spagnoli, wo der laute Lebenswille von den Balkonen tropfte, die derben Flüche der Mammarèllas sich in den flatternden Wäschefetzen über den Gassen verfingen, die Tramontana durch die Knoblauchdämpfe der Teufelsküchen pustete, dort ließ sich auch der Himmel herab. Dort stank es nach glücklichem Leben. Alles klebrig miteinander vermengt und höllisch süß wie die zähe Honigmasse einer überreifen Kugel Babà al rum. Man wurde schnell besoffen davon.

Ein Spatz, der auf Anna Fuscos Grab raschelnd nach Samen pickte, riss ihn aus seinen Gedanken. Insgeheim hatte er mit etwas Besonderem gerechnet, aber nichts deutete auf die zerrüttete Ehe oder die seltsamen Lebens- und Todesumstände von Capuanos früh verstorbener Ehefrau. Ein einfaches Grab. Die verwitterte, halb in den Boden gesunkene Sandsteinplatte war über und über mit frisch gebundenen Sträußen von Nelken, Margeriten und Lilien bedeckt. Die Fuscos hatten viel Geld ausgegeben, um das Grab für Annas Todestag zu schmücken. Links und rechts des schlichten Eisenkreuzes lehnten ein paar Kränze. Dahinter, halb von ihnen bedeckt, eine unscheinbare Tafel mit den Sterbedaten der Toten. Gaetano schob einen der schweren Kränze zu Seite.

*Anna Maria Capuano*
*geborene Fusco*
\* 21-5-1989
† 15-9-2015

Sechsundzwanzig Jahre. Viel zu jung, und mit ihr starb die ganze Familie. Krebs kann unbarmherzig sein. Wie lange mochte Anna mit Ianus Capuano verheiratet gewesen sein? Wahrscheinlich war die Ehe schon von Beginn an zerrüttet gewesen. Weiß der Himmel, was die beiden zusammengeführt hatte, dachte Gaetano.

Er trat einen Schritt zurück, als ob er mit seinen Gedanken eine Grenze überschritten hätte. Etwas, das in den Efeuranken glänzte, fing seine Aufmerksamkeit. Unter dem verschreckten Aufstieben des Spatzen bückte er sich und zog ein marmorgerahmtes Porträt der Verstorbenen aus dem Blumenmeer hervor. Der Wind musste es hinuntergeworfen haben. Nachdenklich stellte er es zurück in die Verankerung auf der Querstrebe des Kreuzes. Jemand hatte die Schrauben gelöst. Parallel zueinander lagen sie auf dem Scheitel des Kreuzes. Seltsam, dachte er, wer tut so etwas? Sein Blick wanderte wieder zum Porträt hinab, aus dem ihn Anna durchdringend musterte. Sie war schön und lächelte kokett. Es schien ihm, als könnte er durch ihre betörenden Augen hindurch direkt in ihre Seele hinabtauchen.

»Wunderschön, nicht wahr?«, tönte es hinter ihm und ließ ihn erschrocken herumwirbeln, und im selben Augenblick spürte er, wie ihm das Blut aus der Nase schoss. Noch bevor Gaetano etwas erwidern konnte, hatte Ambrosio ein Taschentuch aus den Tiefen seiner Soutane hervorgezaubert und hielt es ihm mit gütiger Miene hin. »Sind Sie verletzt?«

»Nein, ich habe … mich nur erschreckt«, näselte Gaetano, griff nach dem Taschentuch und presste es sich gegen die Nase. Aus mit Tränen gefüllten Augen erahnte er die verschwommenen Konturen des kleinen runzeligen Mannes.

»Das wollte ich nicht. Es fließt so schnell in Neapel – das Blut.«

»Machen Sie sich keine Vorwürfe, Pater. Wenn eine Frau Ihnen auf die Nase schlägt, dauert es ein paar Tage, bis die Wunden verheilen.«

»Was das betrifft, bin ich der falsche Ansprechpartner, Commissario.«

»Können wir jetzt endlich über die Familie Fusco sprechen?«, näselte Gaetano, während sein Blick klarer wurde. »Es geht immerhin um …«

Der kleine Mann trat einen Schritt zurück und drückte den krummen Rücken durch, doch er wurde kaum größer. »Er hat mich bereits davon unterrichtet, il Signor Fusco, dass Sie seinen Sohn Emanuele verhaftet haben. Des Mordes verdächtigen Sie ihn?«

Wieder diese komische Sprache. Der Mönch redete rückwärts. Gaetano nahm das Taschentuch von der Nase und prüfte, ob die Blutung inzwischen gestillt war. Verlegen sah er Pater Ambrosio an.

Der Priester erriet seine Gedanken und lächelte gütig. »Sie müssen es mir nicht zurückgeben. Die katholische Kirche ist zwar arm, aber für ein neues Taschentuch wird es gerade noch reichen.«

Umständlich stopfte Gaetano das Tuch in seine Hosentasche. »Sie haben am Freitag eine Andacht gehalten. Die gesamte Familie war hier …«

Pater Ambrosio schnitt ihm auf zauberhafte Weise das Wort ab, einfach, indem er tief einatmete. »Ob Emanuele auch dabei war, möchten Sie nun wissen. Das behauptet er doch, nicht wahr?«

»Und?«

Ambrosio blickte ihm unangenehm tief in die Augen. »Er war nicht hier. Nur sein Vater Samuele, seine Mutter Maria und Vittoria, seine Tante. Dazu noch ein paar Leute aus dem Dorf. Die Fuscos leben sehr zurückgezogen. Ich las eine Messe, dann gingen wir gemeinsam zum Grab und beteten. Emanuele war zu keinem Zeitpunkt anwesend.«

Gaetano sah nachdenklich über die Gräberlandschaft. Obwohl es der Sonntag nach San Gennaro war, ließen sich nur vereinzelte Besucher blicken. Der Spatz von vorhin war zurückgekehrt und pickte auf der Suche nach Krümeln wild herum. Emanuele hatte also kein Alibi. Nicht einmal ein winzig kleines. Wie konnte er glauben, damit durchzukommen? Er kramte nach seinem Cellulare, um Gabriele Bescheid zu geben, doch Ambrosio legte ihm seine faltige Hand auf den Unterarm.

»Ich weiß, was Sie jetzt denken, Commissario. Emanuele könnte die Zeit genutzt haben, um seinen Schwager umzubringen. Aber Sie irren sich. Emanuele ist kein Mörder.«

»Das wissen Sie genau, ja?« Gaetano verzog seinen Mund zu einem Lächeln.

»Ich bin ein Mann des Glaubens, aber die Erfahrung hat mich gelehrt, in die Seele der Menschen zu blicken. Sie sind zu vielem fähig, aber jeder hat auch eine individuelle Grenze, über die er nicht hinwegschreitet.«

»Die ist verschiebbar. Emanuele ist Alkoholiker, das dürften Sie wissen. Niemand kann sagen, welche Mordfantasien jemand spinnt, wenn er beso… wenn er getrunken hat. Das ist das, was die Erfahrung mich lehrt, Pater.«

»Sie gehen davon aus, dass der Alkohol Emanueles Hass auf Ianus Capuano an die Oberfläche gespült hat. Wenn ich ihn betrunken erlebt habe, sah ich hingegen einen zufriedenen, milden Menschen. Der Alkohol legte sich um ihn wie eine warme Decke. Ich hätte viel darum gegeben, ihn vom Trinken abzubringen, aber natürlich konnte ich ihm nicht das bieten, was er im Alkohol fand. Und trotzdem. Emanuele wäre niemals imstande, jemanden umzubringen. Nicht einmal jemanden, den er abgrundtief hasst.«

»Viele Alkoholiker werden aufbrausend, sobald sie nüchtern sind. Womöglich geschah alles im Affekt. Ianus Capuano wurde perfide unter Druck gesetzt. Emanuele brach jeden Freitag in seine Wohnung ein und veranstaltete quälende Mätzchen am Telefon. Capuano fühlte sich bedroht, man konnte fast meinen, er fürchtete sich vor der Camorra …«

Gaetano wollte fortfahren, aber ein Lächeln, das über Ambrosios Mundwinkel gehuscht war, schnitt ihm das Wort ab.

»Was ist, was gibt es da zu lachen?«

»Es ist nur … das mit der Mafia hat Dottore Capuano wirklich geglaubt?«

»So recht wollte er damit nicht herausrücken, wovor genau er sich fürchtete, jedenfalls zitterte er vor Angst.«

»Sie müssen entschuldigen, Commissario, aber es ist wirklich zu komisch. Das mit der Mafia, meine ich. Natürlich alles Unsinn. Ich kenne das Gerücht. Samuele Fusco hat es selbst in die Welt gesetzt, als ihm das Allmachtsgebaren seines Schwiegersohnes allmählich auf die Nerven fiel. Er glaubte, ihn dadurch in seine Grenzen zu verweisen. Capuano kam daher wie ein nordischer Herrenmensch, der den primitiven Süditalienern die Welt erklären wollte. Da hat sich Samuele diese Geschichte mit der Mafia ausgedacht. Mächtige Verwandte aus Caserta, die im Namen der Fuscos Rache üben.

Eine Behauptung, die perfekt ins Weltbild von Ianus Capuano passte. Wie sagt man in Neapel, Commissario? *Non è vero, ma ci credo.*« Der Pater kicherte, aber Gaetano verzog keine Miene.

»Capuano wollte sich freikaufen, hatte Geld in seiner Wohnung bereitgelegt. Als Emanuele in die Wohnung einbrach, kam es zum tödlichen Streit.«

»Dass vieles gegen Emanuele spricht, ist mir klar, und auch, dass die Unschuldsvermutung eines Priesters kein Alibi ersetzt. Aber wenn Sie mich fragen, hatte Emanuele längst mit seinem Schwager abgeschlossen. Früher ja, da hätte ich ihm vieles zugetraut, wenn auch keinen Mord!«

»Sie kennen die Familie schon lange?« Unter den wachsamen Augen des Priesters lehnte sich Gaetano an einen Grabstein. Er machte sich auf eine lange Rede gefasst.

Pater Ambrosio sprach mit der ruhigen und bedächtigen Stimme eines Märchenonkels. »Ich habe schon Annas Urgroßvater beerdigt. Da war ich noch ein junger Vikar in Caserta. Kurz darauf ist die Familie nach Pantano gezogen – quasi mit mir im Gepäck. Seit vierzig Jahren lebe ich auf dem Poggioreale, und ebenso lange vertrauen sich die Fuscos mir an. Wir gehen gemeinsam durch gute und durch schlechte Zeiten.«

»Die letzten Jahre dürften eher zu den schlechteren gezählt haben.«

»Anfangs war es furchtbar. Eine Tragödie für die ganze Familie. Wobei … wobei Annas Vater wohl am meisten litt.« Gaetano bemerkte, wie Amrosio seinem Blick auswich.

Verdutzt fragte er nach. »Kann man mehr leiden als eine Mutter, die ihr Kind verliert?« Gaetano kniff die Augen zusammen und starrte zum Horizont, wo Vögel über den

Gräbern kreisten. Seine Mutter war über Aniellos Schicksal zerbrochen, dabei musste sie ihn nicht einmal beerdigen, sondern nur akzeptieren, dass ein Teil von ihm nicht mehr da war.

»Jeder litt auf seine eigene Weise. Maria wurde krank, Emanuele verfluchte Capuano, weil der ihm die Schwester und die Mutter geraubt hatte. Und Samuele ...« Pater Ambrosio machte eine kurze Pause, als ob er schon im Vorhinein um Nachsicht dafür bitten wollte, was er gleich erzählen würde.

»Was ist mit Samuele?« Gaetano hielt die Luft an.

»Annas Vater ist ein feiner Mann, Commissario. Ein Leben lang hat er sich abgerackert. Wer für ihn arbeitete, konnte auf ihn zählen. Und wer in Not geriet, ging immer als Erstes zu Samuele Fusco. Nie wollte er etwas dafür. Nicht einmal Versprechen oder Garantien.« Es war Pater Ambrosio sichtlich unangenehm weiterzusprechen. Er schwieg einen Augenblick, als wollte er Gaetano die Geschichte zu Ende erzählen lassen. Als sich eine Wolke vor die Sonne schob und sein Gesicht verdunkelte, begann er von Neuem. »Mit der Mozzarellafarm ging es bergab. Samuele hatte sich übernommen. An den Büffeln lag es nicht, aber er reichte alles, was er verdiente, an seine Angestellten weiter. Und während die Firma allmählich bankrottging, schickten die ihre Kinder auf teure Schulen oder verschleuderten ihr Geld in Aktien. Auf einmal hatte jeder vergessen, wie großzügig Samuele Fusco all die Jahre gewesen war.« Der Mönch bückte sich, um einen dahergeflatterten Fetzen Zeitungspapier aufzuheben, und knüllte ihn zu einer winzigen Kugel zusammen.

»Warum erzählen Sie mir das alles, Pater?«

»Samuele Fusco war immer eine reine Seele, sein ganzes Leben lang. Und wenn er einmal nicht weiterwusste, vertraute er auf meinen Rat.« Plötzlich hob er den Zeigefinger und setzte eine finstere Miene auf. »Nur zweimal konnte ich Samuele nicht vor einem großen Fehler bewahren. Auf einer Landwirtschaftsmesse lief ihm Ianus Capuano über den Weg. Dottore Ianus Capuano. Samuele stand das Wasser bereits bis zum Hals, und Capuano muss ihm wie der Prinz aus einem Märchen vorgekommen sein.«

»Ich kann Ihnen nicht folgen. Welches Interesse sollte Capuano gehabt haben, den Fuscos zu helfen?«

»Um die Jahrtausendwende wurde Italiens Norden mit EU-Geldern vollgepumpt. Man brauchte nur eine pfiffige Idee, und schon flossen die Millionen. Vorausgesetzt natürlich, man griff dabei dem wirtschaftlich zurückgebliebenen Mezzogiorno unter die Arme. Und Capuano winkte fleißig mit den EU-Millionen und schwärmte von der Schokoladenfabrik seines Vaters. Alles erstunken und erlogen natürlich. Die Fabrik seines Vaters in Turin stand kurz vor dem Ruin, aber jetzt sollte ein neues Produkt sie retten: Schokolade aus Büffelmilch. Das war Capuanos Vision, jedenfalls tat er so, und die Fuscos sollten als Partner einsteigen. Können Sie sich das vorstellen, Commissario? Schokolade aus Büffelmilch? Glauben Sie wirklich, jemand würde so etwas essen?« Pater Ambrosio schüttelte sich angewidert. Er war noch kleiner geworden, während er sprach, als hätte die Last der Erinnerung seinen Rücken gebeugt.

Langsam ahnte Gaetano, worum es ging, und eine Mischung aus Zorn und Melancholie kroch in seinen Magen. Er flüsterte, als wolle er es selbst nicht hören: »Capuanos Subventionen gab es nicht umsonst.«

»Um im Jargon zu bleiben: Der ganze Deal wurde zu einem Kuhhandel übelster Sorte. Anna und Emanuele waren auf dieser Landwirtschaftsmesse mit dabei. Samuele hatte seine Kinder eigentlich immer überall mit dabei. Später erzählte Samuele mir, Ianus Capuano habe dagestanden wie vom Blitz getroffen, als er Anna auf der Messe erblickte.« Der Pater wandte sich Annas Porträt auf dem Kreuz zu. »Sie ist wunderschön, nicht wahr? Und wenn ich als Geistlicher mir schon erlaube, das zu sagen … Sie muss Capuano auf einen Schlag den Verstand geraubt haben. Signor Fusco meinte hinterher, er hätte alles von ihm bekommen können, so versessen war der Turiner auf seine Tochter.«

»Wollen Sie damit sagen, er hat Anna verkauft? Das ist nicht Ihr Ernst. Wir leben im 21. Jahrhundert.«

»Für Capuano waren alle Süditaliener gestrig, und bei Samuele Fusco hatte er wahrscheinlich sogar recht damit. Soweit ich weiß, kam es noch in der Messehalle zum Handschlag. Samuele Fusco versprach, Capuano seine Tochter zur Frau zu geben. Capuano sicherte seinerseits Fusco einen Teil der EU-Millionen und eine Partnerschaft zwischen den Firmen zu.«

Gaetano verzog angewidert den Mund. »Im Mittelalter wäre es nicht anders abgelaufen.«

»Für Samuele rochen Capuanos Millionen nach dem Beginn eines neuen Zeitalters. Das treulose Verhalten seiner Angestellten, des ganzen Dorfes, hatte ihn verbittert. Alle hatten ihn verraten und sich auf seine Kosten bereichert. In diesem Moment genügte Capuanos sündiger Atem, ihn auf den falschen Pfad zu hauchen.« Die anklagenden Worte schossen wie Giftpfeile aus dem Mund des Mönchs. »Anfangs hatten wir geglaubt, Ianus Capuano würde es sich anders überlegen, aber meine Gebete blieben ungehört. Capuano war wie verhext, wollte lieber heute als morgen nach Neapel ziehen und Anna heiraten. Unendliche Male habe ich an Samuele hingeredet, von dem Vertrag zurückzutreten, doch das kam für ihn nicht infrage, auch wenn er selbst einsah, dass es ein Fehler gewesen war. Er hatte Ianus Capuano sein Wort gegeben, und dabei blieb es. Nie habe ich ihn so unbarmherzig über seine Tochter sprechen hören wie in jenen Tagen. Sie habe eine Verantwortung der Familie gegenüber. Sie sei auserwählt, die Arbeit von Generationen zu retten, einem ganzen Dorf zu Glück und Wohlstand zu verhelfen. Er war wie besessen.«

»Und Anna?«

»Sie war ein Engel. Sie hätte nie gegen ihren Vater rebelliert. Und wenn, dann im Stillen. Zu still, als dass ihr Vater sie erhört hätte. Aber natürlich war sie unglücklich, auch wenn ich nicht sicher bin, ob sie die Tragweite dessen, was mit ihr geschah, überhaupt begriff. Sie glaubte an ihre Kraft, die Dinge um sie herum zum Besseren zu wenden. Ein fünfzehnjähriges Bauernmädchen, ein Kind, wenn Sie so wollen.«

»Fünfzehn?« Gaetano schoss von seinem Grabstein hoch.

»Ja, als Capuano sie kennenlernte. Kurz nach ihrem sechzehnten Geburtstag gab man sie ihm zur Frau.«

»Welcher skrupellose Priester hat sich bitte zu einer derart geschmacklosen Eheschließung bereit erklärt?«, versetzte Gaetano.

Pater Ambrosio hob schuldbewusst den Kopf und sah ihn aus traurigen Augen an. »Manchmal vermag ein kirchlicher

Segen sehr viel zu bewirken. Ich tat alles, um diese Ehe … in ein günstigeres Fahrwasser zu lotsen.«

»Und, hat es sich wenigstens rentiert?« Gaetano knirschte mit den Zähnen. »Gab's für die katholische Kirche auch etwas vom europäischen Kuchen ab? Als Dankeschön für die Vereinigung des reichen Nordens mit dem armen Süden? Und Capuanos EU-Millionen? Wo sind die hingeflossen? Die Fuscos sind doch seit Jahren arm wie die Kirchenmäuse. Hat Capuano sie gelinkt?«

»Samuele Fusco ist kein Geschäftsmann, sondern ein naiver Bauer. Er verließ sich auf das Ehrenwort eines Mannes, so wie er es immer gehalten hatte. Und bis er den ganzen Betrug witterte, waren Anna und Ianus Capuano längst verheiratet. Seinen letzten Groschen steckte er in die Mitgift.«

»Die Familie muss Capuano gehasst haben. Erst zerrt er die minderjährige Tochter ins Bett, dann prellt er sie um zugesagte Fördermittel. Für mich klingt das eindeutig nach einem Mordmotiv.«

»Aber das ist zwanzig Jahre her. Wieso sollten sie Capuano ausgerechnet jetzt dafür zur Rechenschaft ziehen? Ich sagte Ihnen doch, Commissario, kurz nach Annas Tod, ja, da wäre den Fuscos alles zuzutrauen gewesen. Vor allem Vittoria, Annas Tante, witterte ein Verbrechen, glaubte, ihre Nichte sei keines natürlichen Todes gestorben. Sie hetzte alle auf. Aber das waren doch alles Wahnvorstellungen, Hirngespinste einer trauenden Familie.«

»Wäre Annas Tod untersucht worden, würde Ianus Capuano jetzt vielleicht noch leben. So aber glaubt die Familie heute noch, Capuano hätte Anna umgebracht.«

»Im Grunde wissen alle, dass das nicht stimmt. Anna hatte Krebs. Als man ihn entdeckte, konnten ihr die Ärzte nicht mehr helfen, auch wenn …« Der Pater verstummte und sah zu Boden, wo ein paar welke Blütenblätter vom Wind durcheinandergewirbelt wurden. Die Banderolen an den Kränzen stoben auf und tanzten für einige Sekunden in der Luft, bis sie verheddert zu Boden sanken. Aus dem Augenwinkel las Gaetano ein paar abgeschnittene Wortfetzen. Ein verschwommenes Gefühl der Unordnung überkam ihn, eine Irritation, aber er konnte nicht deuten, was ihn störte, denn als er den Gedanken fangen wollte, war der bereits verflogen.

»Was wollten Sie eben noch sagen, Pater? Was stimmt an Annas Tod nicht? Hat man sie falsch behandelt, hat Capuano eine Therapie verweigert?«

»Anna Fusco starb trotz ihrer schweren Krankheit für alle … überraschend. Laut ihres Arztes hätte sie durchaus noch ein paar Wochen zu leben gehabt. Mit viel Glück vielleicht sogar ein paar Monate.« Der Pater begann, mit den Zehenspitzen im Kies hin und her zu scharren. Am Ende hatte er die Spur eines Kreises gezogen. »Aber was spielt das heute noch für eine Rolle?«, sagte er mehr zu sich selbst.

Nach einer Weile richtete Pater Ambrosio sich auf. »Ich denke, Sie wissen jetzt, was Sie wissen wollten.« Er setzte sich in Bewegung und spazierte langsam in Richtung Ausgang. Zumindest vermutete Gaetano es. Er hatte vollkommen die Orientierung verloren.

Gaetano heftete sich ihm an die Fersen. »Ianus Capuano hatte vor, sich in Kürze wieder zu verheiraten, wussten Sie davon?« Noch bevor er zu Ende gesprochen hatte, fuhr Ambrosio mit wehender Soutane herum. Erschrocken sah er Gaetano an, sein Gesicht wurde bleich, er schwankte, doch als er Gaetanos besorgten Gesichtsausdruck sah, fing er sich. Verdutzt musterte Gaetano ihn.

»Nur ein kurzer Schwindel. Das Herz, Commissario. Und die Vergangenheit … es geht schon wieder.«

»Wir gehen davon aus, dass Emanuele von Capuanos Heiratsplänen wusste und ihn deshalb unter Druck setzen wollte. Der Rest geschah im Affekt. Hat Emanuele jemals Ihnen gegenüber die anstehende Hochzeit erwähnt? Von einer Verlobten in Turin erzählt?«

Pater Ambrosio entspannte sich. Seine Gesichtsfarbe kehrte zurück. »Zu all dem kann ich nichts sagen, aber ich werde für das arme Geschöpf beten.«

»Aus Mitleid oder aus Dankbarkeit, Pater? Das arme Geschöpf ist noch sehr jung, müssen Sie wissen.« Gaetano sah den Mönch durchdringend an, doch Ambrosios zuckende Augen wichen aus und suchten einen Punkt in der Ferne.

»Sie müssen erleichtert sein, dass im Hafen der Ehe wenigstens keine weiteren armen jungen Geschöpfe in Capuanos sündige Fänge geraten«, versetzte Gaetano, doch als der Pater auch nach einer kurzen Pause nichts auf die Provokation erwiderte, fuhr er fort: »Die Ehe zwischen ihm und Anna kann jedenfalls kaum glücklich gewesen sein, wenn man bedenkt, wie er sie in den letzten Momenten ihres Lebens behandelt hat. Sie hauste in einem kleinen spartanischen Zimmer, ein Loch, verglichen mit Capuanos Palast.«

Ambrosio nickte traurig. »Ich habe Anna dort mehrfach besucht, als sie nicht mehr die Kraft besaß, zur Beichte zu kommen.«

»Wie konnte Anna mit diesem viel älteren, schlüpfrigen Kerl zusammenleben, von dem sie noch dazu wusste, dass er sie aus einer Laune heraus gekauft hatte – und dann nicht einmal bezahlt?«

»Eine Scheidung kam für die Fuscos jedenfalls nicht infrage wenn Sie das meinen. Sie waren gläubige Christen. Aber ich habe jetzt wirklich zu tun, Commissario.« Der Priester beschleunigte seine Schritte.

»Sie wollen mir doch nicht erzählen, dass es keine Probleme gab?«, rief Gaetano ihm nach, machte flink einen Bogen um ein paar Gräber herum und trat dem Pater in den Weg. »Ängste, Hilferufe? Anna war ein halbes Kind, das sagten Sie ja selbst. Unwissend, naiv, ihrem Ehemann ausgeliefert. Die Fuscos sollen das jahrelang mitangesehen haben?«

»Von mir werden Sie dazu nichts hören. Das ist Bestandteil des Beichtgeheimnisses. Anna hat sich mir im Schutz der Kirche anvertraut.«

»Also hat sie Andeutungen gemacht, *vero*?« Er fasste ihn an der Schulter, um ihn am Weitergehen zu hindern. Im Hintergrund legte ein kleines Mädchen gerade Blumen auf ein Grab. Gaetano kam es vor, als sähe er Carla als Kind. Er schüttelte sich.

»Nur Gott hat darüber zu richten, was mir Anna anvertraut hat.«

»Manche Dinge gehen auch einen irdischen Richter etwas an.«

Ambrosio schwieg.

Gaetano sah ihm in die Augen. »Sie wissen, was ich damit sagen möchte, Pater. Wenn Capuano Anna misshandelt hat und Emanuele davon wusste, dann spricht noch viel mehr dafür, dass er durchgedreht ist. Gerade jetzt, als er Wind davon bekam, dass Capuano wieder heiraten wollte, wieder ein junges Mädchen. Dann geht es hier um viel mehr als um vorenthaltene EU-Millionen.«

Der Priester wollte etwas sagen, doch die durchdringenden Kirchenglocken der nahen Friedhofskapelle schnitten ihm das Wort ab. Als sie nach endlos langen Sekunden ausgeläutet hatten, schien ihn der Mut verlassen zu haben. »Sie müssen mich jetzt entschuldigen, Commissario«, flüsterte er und streckte Gaetano die runzlige Hand entgegen. »Ich kann Ihnen nicht weiterhelfen.«

»Vielleicht sollte ich mich an Fernando wenden«, entgegnete Gaetano, und als der Priester ihn fragend ansah: »Der versteht sich auf die Sprache der Toten. Vielleicht hat ihm Anna etwas zugeflüstert.«

Pater Ambrosio lächelte spöttisch. »Anna war ein leises Kind. Im Jubel und in der Klage. Manchmal musste ich im Beichtstuhl nahe an sie heranrücken, um sie überhaupt zu verstehen. Ich denke nicht, dass ihr Flüstern jemals bis zum schwerhörigen Fernando durchgedrungen ist.« Er wandte sich ab. Nach ein paar Schritten drehte er sich noch einmal bedächtig um. »Commissario, vielleicht hilft es Ihnen, wenn ich sage, dass es vielleicht kein Zufall ist, dass Ianus Capuano gerade an San Gennaro ermordet wurde. Haben Sie darüber schon einmal nachgedacht? Gott behüte Sie, Commissario.«

Ratlos blieb Gaetano zurück. Der Pater hatte ihn zum Eingangsportal geführt, ohne dass er es gemerkt hatte. Eine Handvoll Trauergäste folgte den Rufen der Kirchenglocken und schlenderte andächtig zur Kapelle, deren ockerfarbenes Türmchen sich in einiger Entfernung in den diesigen Himmel reckte.

Irgendetwas zog ihn zurück zu Annas Grab. Und wenn es nur ein Gedanke war, den er wieder aufzuklauben hoffte. Er gehorchte.

Der Spatz von vorhin hatte sich in die Getreidehalme eines Kranzes vorgearbeitet. Für eine Weile beobachtete Gaetano das Schauspiel und bückte sich dann, um die Banderolen zu ordnen, die der Wind verknotet hatte. Da verstand er, was ihn hierher zurückgetrieben hatte. Verblüfft musterte er das seidene Spruchband, das zwischen seinen Fingern zuckte: *Paolo Tirillio – Tuoi Cari.* Der Name sagte ihm nichts. Jemand musste den Kranz am falschen Grab abgelegt haben. Er erhob sich und überprüfte die Inschriften rechts und links. Auch dort kein Paolo Tirillio. Dann ordnete er die Banderolen der übrigen Kränze: Raffaele Russo, Sophia Cardone, Michele DiMaggio, Nicolò Lombardi. Kein einziger Kranz passte, auch die Trauerkarten an den frisch gebundenen Nelken- und Margeriten-Sträußchen trugen nicht Annas Namen. »Seltsam«, murmelte er. Hatte jemand absichtlich falsche Kränze auf Annas Grab gelegt? Vielleicht Jugendliche, die an San Gennaro ihr Unwesen trieben.

Sein Blick fiel auf das Porträt der Toten, das er zuvor aus den Efeuranken geborgen hatte. Anna sah ihn unschuldig an. Ein schelmisches, kaum wahrnehmbares Lächeln umspielte ihre Mundwinkel. Zorn fand er nicht. Warum hatte man das Bild in das Blumenmeer geworfen? Hatten Annas große Augen den Vandalen Angst gemacht?

Das Wirrwarr musste schleunigst in Ordnung gebracht

werden. Nicht dass in der Nacht die zornigen Toten vom Poggioreale in die Stadt hinunterstiegen, weil man ihnen keine Blumen brachte. Gaetano zog ein Taschenmesser aus seiner Jacke und schraubte Annas Porträt wieder auf das Kreuz.

Plötzlich vibrierte sein Cellulare. »Ciao Gabriele, du kannst Emanueles Anwälte nach Hause schicken. Sein Alibi ist gerade geplatzt.«

»Wird auch Zeit, dass du was Belastbares lieferst«, sagte der Primo Dirigente, von Dankbarkeit in der Stimme keine Spur.

Gaetano knirschte mit den Zähnen. »Auf diesem Friedhof braucht alles seine Zeit. Alle verrückt hier oben!«

»Davide ist schon vor einer Stunde in der Questura aufgekreuzt. Mit dem Bausatz von Capuanos Wanduhr unter dem Arm. Der tut was für sein Geld. Davide hat …«

»Dann ist der Fall ja jetzt abgeschlossen.«

»Der Fall ist abgeschlossen, wenn ich es sage, klar?«, versetzte Gabriele. »Nämlich dann, wenn ich genug Material zusammenhabe, damit der Staatsanwalt Anklage erheben kann. Morgen um acht in der Questura, und keine Minute später, *capisc'*, sonst kannst du …«

Gaetano legte auf. Noch einmal drehte er sich zum Grab, wo Anna Fusco alles belauscht zu haben schien. Verbitterung war in ihren Blick gekrochen. Immerhin hatte er eben ihren Bruder des Mordes angeklagt. Entschuldigend hob er die Schultern, murmelte ein leises *mi dispiace* und ging dann schnellen Schrittes Richtung Ausgang.

Fernando las noch in seinen Büchern, und Gaetano berichtete ihm vom Vandalismus an Annas Grab. Der Pförtner beteuerte mit erhobenem Zeigefinger, der Poggioreale sei der sicherste Friedhof von ganz Neapel, bemerkte aber auch, er könne zu all dem nichts sagen, weil er nur sonntags da sei. Er versprach aber, Pater Ambrosio von der Sache in Kenntnis zu setzen.

»Wissen Sie, von welchem Grab ich spreche?«, fragte Gaetano.

»Das Grab von Anna Fusco, *ciérto*, das finde ich blind!«

# LUNEDI

## 17.

Gaetano brummte schon wieder der Schädel. Domenica hatte er schlussendlich allein verbracht – wie so oft – und bereits am Nachmittag begonnen, seine Einsamkeit mit Aglianico hinunterzuspülen, da weder Carla sich rührte noch – was ihn mehr erstaunte – Antonella auf seine Anrufe reagierte. Gerade hatte er sich in den dritten Stock der Questura hinaufgequält, da fing ihn Emilia vor seinem Büro ab. Sie wirkte gehetzt und merkwürdig aufgebracht, was um diese frühe Uhrzeit sonst nicht ihre Art war. Zur üblichen Kurzatmigkeit, die sich seit ihrer Schwangerschaft eingestellt hatte, waren rote Bäckchen gekommen. Schweißtröpfchen rannen aus ihren verwuschelten kurzen Haaren die Stirn herab.

»Was hast du?«, fragte Gaetano verwundert, während er seinen Schlüssel ins Schlüsselloch pfriemelte.

»Am besten, du setzt dich erst mal.«

»Was ist? Ist was mit Carla? Mit Aniello?« Gaetano hielt die Luft an.

»Quatsch, wieso denn? Wir mussten Emanuele laufen lassen!«

Das durfte nicht wahr sein. Gaetano ließ sich auf den Schreibtisch sinken, zerrte einen Blister Baldriantabletten aus seiner Sakkotasche und spülte eine davon mit einem Schluck Leitungswasser hinunter. Dem Geschmack nach zu urteilen, schwappte es schon mindestens eine Woche lang in dem Glas auf seinem Schreibtisch herum. Als die erste Wut verraucht war, sagte er: »Wenn Emanuele rauskommt, verschwindet er über alle Berge. Den sehen wir nie wieder. Wer hat denn diesen Schwachsinn angeordnet?«

Emilia setzte sich auf den Besucherstuhl und überschlug die Beine. Gaetano kam es vor, als wäre ihr Bäuchlein über Nacht schon wieder gewachsen. »Dem Staatsanwalt blieb nichts anderes übrig. Emanueles Anwalt, dieser Pavese ...«

»Bitte wer? Pavese? Dottore Filippo Pavese? Der Hüter der Falschspieler? Wie haben die Fuscos den denn bekommen? Dem gehen wohl die Klienten aus, seit wir den Alfieri-Clan eingebuchtet haben.«

Emilia drückte den Rücken durch, hielt sich Daumen und Zeigefinger auf die Nasenflügel und näselte affektiert: »Aber Salvatore, was redest du? Du vergisst, dass Pavese immer ehrenamtlich gehandelt hat, wenn er einen Camorrista vertrat. Er hat niemals für gewaschenes Geld gearbeitet.«

»Wen hat er geschmiert, eh? Wer war's diesmal?« Gaetano schüttelte den Kopf. Die Wirkung der Baldriantablette ließ auf sich warten.

»Er hat ein paar marokkanische Hafenarbeiter aufgetrieben, die aussagen, Emanuele wäre zur Tatzeit im Parco Nelson Mandela mit ihnen zusammen gewesen. Halbe Kinder.«

»Schmuggler?«

»Exakt! Kleine Fische. Sie haben mit Emanuele ein paar Paletten gepanschten Grappa verladen, übrigens nicht nur diesen Freitag. Angeblich jede Freitagnacht in den vergangenen Wochen.«

Gaetano schlug mit der flachen Hand auf den Tisch. »Erstunken und erlogen. Die hat Pavese doch gekauft!« Den armen Teufeln war es egal, wofür man sie bezahlte. Schnaps,

Drogen oder Alibis. Die wanderten jetzt für ein halbes Jahr in den Knast, dann ging der Mist wieder von vorn los. »Wie sind sie aufgeflogen?«

»Pavese hat eine Razzia organisiert, rein zufällig natürlich. Und rein zufällig gehen ihm dabei ein paar arme Würstchen ins Netz, die seit Wochen mit Emanuele krumme Dinger schieben.«

»Aber die Sache mit dem Hofhund. Und Emanueles Fluchtversuch. Ist doch wohl offensichtlich, dass er der Täter ist. Ist der Staatanwalt blind?«

»Ganz blöd ist die Idee mit der Schnapsschmuggelei aber nicht. Die Spusi hat die Brennerei auf der Fusco-Farm untersucht. Mit der kannst du halb Kampanien versorgen.«

»Du glaubst das Märchen doch nicht etwa, Emilia?«

»Natürlich nicht! Aber Dottore Pavese hat's geschickt eingefädelt, und der Staatsanwalt ist drauf reingefallen. Emanuele bekommt eine Anzeige wegen Schmuggels, dann buchten sie ihn für ein paar Monate ein. Wegen der Sache mit dem abgeschnittenen Finger damals dürfte der Richter diesmal kein Erbarmen ...«

»Einbuchten! Der ist morgen über alle Berge. Wird er wenigsten observiert?«

»Wegen Alkoholpanscherei? Mach dich nicht lächerlich, Salvatore.«

Gabriele dürfte getobt haben, dachte Gaetano. Das konnte er sich nicht gefallen lassen.

Emilias Blick wanderte zum Fenster. Irgendetwas sagte ihm, dass hier etwas nicht stimmte. Dann flüsterte sie: »Pavese ... Er ... er ist ein Freund vom Staatssekretär.« Sie schloss die Augen.

Gaetano sah sie entgeistert an. Daher wehte der Wind. Emanuele bekam seine Freiheit, Gabriele seine Beförderung und die Fratelli d'Italia ihre Publicity für ein paar eingebuchtete Marokkaner. »Na dann, willkommen in Bella Napoli!« Er trat gegen den Mülleimer. »So nicht, mein Freund!«

Das würde er Gabriele nicht durchgehen lassen. Der Primo Dirigente opferte Unschuldige für seine Beförderung. Schlimmer noch. Er ließ Schuldige davonkommen. Der konnte was erleben. Gaetano wollte schon aufstehen, aber Emilia war offenbar noch nicht fertig. Unentschlossen schob sie Tacker und Locher hin und her. Ihr Lächeln zitterte. Irritiert betrachtete Gaetano das Schauspiel. Nach einer Weile zog sie einen Zettel aus der Hosentasche und legte ihn auf den Tisch. Als er ihn aufklappte, erkannte Gaetano Gabrieles Handschrift. Es war ein Sitzungsplan für den heutigen Tag, und ausschließlich Emilia war als Teamleiterin vermerkt. Während er den Wisch überflog, spürte er Emilias vorsichtig musternde Augen auf sich.

»Hast du was einzuwenden, Salvatore?«, fragte sie zögerlich.

»Wieso sollte ich?«, log er. Er war wie gelähmt. »Du kannst das alles genauso gut wie ich. Wenn es nach Gabriele geht, wahrscheinlich noch besser.«

»Er hat das Gefühl, du könntest etwas Entlastung gebrauchen.«

»Und welches Gefühl hast du?« Gaetano holte ein süßes Teilchen, das ihm Mauro eingepackt hatte, aus einer Papiertüte und bot es Emilia an, doch sie winkte ab und sackte förmlich im Besucherstuhl zusammen. Ihre Anspannung löste sich.

»Vielleicht bist du mit deinen Gedanken nicht immer ganz bei der Sache. Und wer könnte es dir verübeln? Dein Bruder ist im Pflegeheim, und …«

»Was soll der Quatsch, Emilia? Aniello ist seit zehn Jahren im Pflegeheim!« Er stopfte sich ein Sfogliatella komplett in den Mund und kaute beleidigt.

»Gabriele glaubt, es ist wegen Carlas Hochzeit.«

»Bitte was?«

»Er hat mitbekommen, wie du Antonella eingespannt hast. Er … er denkt, du hättest zu viel um die Ohren, und hat Angst, dass … dass …«

»Dass ich diesen Fall hier gegen die Wand fahre, *vero*?«, schmatzte er. »Weil die Presse nur darauf wartet, den Primo Dirigente abzuschlachten, wenn er nicht umgehend den Psychopathen dingfest macht, der diesen Turiner San Gennaro geköpft hat. Tja, hätte er Emanuele wohl besser in Haft gelassen.« Er hob den Telefonhörer hoch und pfefferte ihn dann mit aller Gewalt zurück auf die Gabel, sodass Emilia erschrocken zusammenfuhr und die Hand auf den Bauch legte, nur um im nächsten Augenblick wieder in ihr frisches Lächeln zu finden. Manchmal wünschte sich Gaetano ein wenig von ihrer ruhigen Professionalität für sich selbst.

»Aus Turin haben sich wieder Journalisten angemeldet, die nur darauf warten, unsere Arbeit in den Dreck zu ziehen«, sagte sie. »So nach dem Motto: Wir hätten Capuanos Ängste absichtlich nicht ernst genommen. Wenn der Tote Neapolitaner wäre, würde Gabriele nicht so einen Aufstand machen. Aber Stand jetzt haben wir einen betrunkenen Bauern und einen blutverschmierten Zeiger. Die lachen uns doch aus!«

Gaetano erwiderte nichts. Er lümmelte in seinem Schreibtischstuhl und rollte einen Bleistift zwischen den Fingern. Er wurde von vorn bis hinten belogen. Gabriele entzog ihm die Leitung der Ermittlungen, weil er in Emilia keine Gefahr sah. Eine Schwangere, die nach der Elternzeit wieder in ihren alten Job zurückwollte, würde seine korrupten Machenschaften nicht hinterfragen. So einfach war es.

»Salvo, hörst du mir eigentlich zu?«

»Lass gut sein, ja?«, versetzte er.

Emilia verdrehte die Augen, schnappte sich eine Packung Baldriantabletten vom Waschbecken und warf sie auf den Schreibtisch. Gaetano starrte stur geradeaus. Aus dem Augenwinkel bemerkte er einen Notizzettel, den ihm Antonella auf den Bildschirm geklebt hatte. Pater Ambrosio bat um Rückruf. Er griff die Notiz und hielt sie Emilia vor die Nase. »Glaubst du, es belastet mich zu sehr, mich selbst darum zu kümmern, oder sollte ich das Risiko auf mich nehmen? Nicht, dass ich mich überarbeite.«

Emilia stand auf und sprach ohne jegliche Emotion. »Den Priester übernimmst du.« Dann schlug sie die Tür mit einem Knall hinter sich zu.

Draußen wehte Gabriele D'Annunzios sonore Baritonstimme über den Gang und wünschte seinen Mitarbeitern einen guten Wochenstart. Der Primo Dirigente besaß die Gabe, seine Stimme innerhalb eines Sekundenbruchteils in einen Goldregen zu verwandeln, von dem sich jeder gerne benetzen ließ. Doch wer nicht gut auf ihn zu sprechen war, dem stieß das Süßliche sauer auf. Gaetano hoffte, dass der Chef nicht bei ihm reinschauen würde.

Mit der Rückseite seines Bleistiftes tippte Gaetano Pater Ambrosios Nummer in den Dienstapparat. Er hob nach dem ersten Klingen ab. Gaetano stellte ihn sich in einer kleinen kargen Zelle sitzend vor, auf der einen Seite eine Bibel, auf der anderen ein Telefonapparat neben ihm und über ihm an der Wand ein Kreuz.

»Dass Sie so bald zurückrufen, Commissario, dafür bin ich dankbar. Ungeheuerlich ist das! Die Blumenkränze, Commissario, sie gehören nicht Anna!«

Gaetano musste lächeln. »Das wusste ich bereits, deshalb habe ich ja Fernando gebeten nachzuforschen, wer auf dem Poggioreale sein Unwesen treibt.«

»Unwesen?«, rief der Pater plötzlich so laut, dass Gaetano den Hörer vom Ohr nahm. »Frevel ist das. Eine Sünde. Gotteslästerung.«

»Beruhigen Sie sich doch. Wahrscheinlich nur ein Dummejungenstreich, jemand, der an San Gennaro zu viel getrunken hat. Ich hätte Sie gar nicht darauf stoßen sollen …«

»Die ganze Sache ist viel schlimmer. Als unser Friedhofsgärtner heute seinen Laden aufsperrte, traf ihn fast der Schlag. Die Tür zum Gewächshaus war aufgebrochen und ein Großteil seiner Kranzgebinde gestohlen. Dazu noch etliche Sträuße und einzelne Grabblumen.«

Gaetano stutzte. Dann war es doch kein einfacher Jungenstreich. »Das heißt, die Kränze auf Annas Grab wurden nicht einfach vertauscht? Sind es die, die der Gärtner vermisst? Gestohlene Blumen?«

»Ja, ganz sicher. Wir sind sofort zu Annas Grab geeilt und haben die Namen auf den Kränzen mit den Auftragslisten des Gärtners verglichen. Es sind exakt die gestohlenen Kränze.«

»Sind noch andere Gräber betroffen? Oder fragen wir umgekehrt: Befinden sich alle gestohlenen Kränze auf Annas Grab?«

»Ausnahmslos.«

In der Leitung wurde es still. Nachdenklich kratzte sich Gaetano mit der Rückseite seines Bleistiftes am Hals.

»Sind Sie noch dran, Commissario?«

»Haben Sie eine Vermutung, wer das getan hat?«

»Sie verdächtigen Annas Bruder, Emanuele?«

»Er nahm immerhin nicht am Gedenkgottesdienst teil. Vielleicht wollte er sein schlechtes Gewissen mit einem Haufen Grabschmuck erleichtern.«

»Sie kennen ihn wirklich nicht, Commissario. Emanuele trägt seine tote Schwester im Herzen. Er hat es nicht nötig, Blumen zu stehlen.«

»Aber wer dann? Und wieso liegen überhaupt falsche Blumenkränze auf dem Grab, ohne dass die Familie etwas davon mitbekommt? Es muss die Fuscos doch stutzig gemacht haben, dass jemand das Grab ihrer Tochter mit einem Blütenmeer überhäuft.«

»Die Gedanken der Eltern waren bei Annas Seele, nicht bei irgendwelchen irdischen Verhängnissen. Und ich bin froh, dass es so war!« Pater Ambrosio klang gereizt, als hätte Gaetano ein Sakrileg begangen, von Annas Angehörigen in ihrer schweren Stunde Rationalität zu erwarten.

»Was wollen Sie damit sagen, irdische Verhängnisse?«

Der Priester schwieg, im Hintergrund läutete eine Glocke. »Natürlich habe ich bemerkt, dass mehr Blumen als üblich auf Annas Grab lagen. Auch Samuele und Maria dürften es wahrgenommen haben, aber niemand fand in diesem Augenblick die Kraft, darüber zu sprechen. Jeder hat für sich entschieden, diesen Teil der Vergangenheit ruhen zu lassen.«

Gaetanos Herz fing an, wild zu schlagen. »Hören Sie mit Ihren kryptischen Weisheiten auf, Pater. Raus jetzt mit der Sprache. Worum geht's hier eigentlich?«

Sekunden blieb es still. Dann platzte es aus Ambrosio heraus: »Ich dachte, niemand außer Mirabella konnte dafür verantwortlich sein.«

»Wer zum Teuf… Wer, bitte schön, ist Mirabella?« Der Alte machte ihn wahnsinnig.

»Sie erstaunen mich. Mirabella. Mirabella Capuano. Annas Tochter!«

»Tochter!«, rief Gaetano und sprang aus dem Stuhl.

»Mirabella Capuano, ja. Wussten Sie nicht, dass Anna eine Tochter hatte?«

»Nein … äh … doch, natürlich.« Er tobte. Danilo hatte geschlampt. Großspurig hatte er Capuanos Vita präsentiert, nur das Nächstliegende dabei vergessen: die engsten Verwandten. Irgendwo lief eine Mirabella Capuano herum, die schlimmstenfalls durch die Presse vom Ableben ihres Vaters erfuhr. Warum meldete sie sich nicht bei ihnen?

»Haben Sie sie bereits gesprochen?«, fragte Ambrosio listig. Er hatte ihn längst durchschaut.

»Es ist …« Er räusperte sich. »Sie verdächtigen tatsächlich Annas Tochter, die Blumen gestohlen und auf das Grab gelegt zu haben?«

»Also haben Sie noch nicht mit ihr sprechen können?«

»Bitte antworten Sie auf meine Frage, Pater!«

Ambrosio ließ sich Zeit mit seiner Antwort. Gaetano hörte förmlich, wie er mehrfach ansetzte und seine Worte abwägte. »Zunächst, ja, da dachte ich, Mirabella könnte die Blumen geschickt haben. Sie war nicht zur Andacht erschienen. Aber jetzt … da die Sache mit dem Einbruch in der Gärtnerei ans Licht gekommen ist … Fragen Sie mich nicht, wer dafür verantwortlich ist.«

Den Einbruch hatte Gaetano schon ganz vergessen. Ihm erschien das Auffinden der verlorenen Tochter auf einmal deutlich wichtiger. »Pater Ambrosio, es ist leider so, dass wir Mirabella noch nicht befragen konnten. Wir tun uns schwer, sie ausfindig zu machen, da wir weder in unseren Akten noch in Capuanos Wohnung Hinweise auf ihren Aufenthaltsort gefunden haben.«

»Umso weniger wohl Hinweise auf ihre Existenz, nicht wahr, Commissario?«, fragte Ambrosio spitz. »Sie müssen mir nichts vormachen. Ianus Capuano war nicht der Typ Vater, der seine Tochter vergötterte. Mirabella war ihm zutiefst lästig. Wenn ich mich genau erinnere, habe ich sie eigentlich fast nie zusammen gesehen. Natürlich bei Mirabellas Taufe und bei Annas Beerdigung. Das Kind war bis zu deren Tod ganz auf die Mutter fixiert.«

»Woher diese Ablehnung? Sie war doch Capuanos Tochter, oder nicht? War sie doch, oder?« Sofort bereute Gaetano seine Anspielung, aber der Pater ließ sich nicht aus der Ruhe bringen.

»Ich bitte Sie, Commissario. Ich habe Ihnen doch erzählt, dass Anna bei ihrer Hochzeit selbst noch ein halbes Kind war. Gerade sechzehn geworden. Natürlich war Ianus Capuano der Vater.«

»… mit einer Abneigung, die so weit ging, dass er jegliche Erinnerung an sein Kind aus seinem Leben verbannt hat?«

»Bedauerlich, schrecklich, ja. Gott gibt jedem Menschen die Gabe zu lieben, aber niemand kann gezwungen werden, davon Gebrauch zu machen. Doch Mirabella litt bestimmt nicht. Ihre Mutter hat die fehlende Liebe des Vaters mehr als ausgeglichen. Sie hat ihre Tochter vergöttert, und Mirabella sie.«

Gaetano knirschte mit den Zähnen. Ambrosio spielte schon wieder Verstecken mit ihm. Warum sagte er nicht, was wirklich war? »Hat Capuano seine Tochter … ich meine … *Mio Dio*, Sie wissen doch, worauf ich anspiele …«

»Es war Anna, die ihn anzog!«

»Haben Sie eine Erklärung, warum Mirabella nicht an der Andacht für ihre Mutter teilnahm?« Gedankenverloren schrieb Gaetano die Namen Emanuele und Mirabella auf seinen Notizblock und umkringelte sie.

»Ich wünschte, Sie würden mich das nicht fragen.« Ambrosios Stimme zitterte.

»Schluss mit dem Gesülze!«, rief Gaetano. »Was ist jetzt mit Mirabella?«

»Ianus Capuano war nicht der Einzige, dem Mirabellas Anwesenheit lästig fiel.«

»Wie meinen Sie das?« Gaetano hielt die Luft an, als könnte er so verhindern, dass weitere schlimme Nachrichten aus dem Familienleben der Fuscos in ihn hineinkrochen.

»Samuele Fusco … sein erster großer Fehler bestand im Deal mit Capuano – seine Tochter Anna im Tausch gegen die EU-Millionen. Und den zweiten beging er aus Konsequenz … alles war bei Samuele konsequent … Capuano hatte ihn betrogen, und was von Capuano kam, konnte demnach nur Unheil bringen. Noch an Annas offenem Grab verfluchte Samuele seine Enkelin, befahl ihr, ihm nie wieder unter die Augen zu treten. In seinen Augen war sie ein Kind des Teufels. Natürlich war es eine Verwünschung aus Schmerz, Commissario, im Affekt. Aber der Alte ist stur. Er blieb bei seinem Zorn, und wenn er sich auch noch so schwertat, ihn aufrechtzuerhalten.«

Gaetano schwieg betroffen. In der Leitung wurde es erneut still. Nur Ambrosios ruhiges Atmen war zu hören. Gaetano dachte an Carla. Auch sie hatte innerhalb kurzer Zeit ihre Eltern verloren, wenn auch nicht so wie Mirabella. Der Vater verrückt, die Mutter verschwunden, der Großvater ein Trinker und der Patenonkel – ja, was eigentlich? Er wünschte sich auf einmal, Carla bei sich zu haben und sie fest in den Arm zu nehmen. Ganz. Mit all ihrem Zorn, ihren Vorwürfen, ihrer pulsierenden Ader am Scheitelansatz. In diesem Augenblick fühlte Gaetano, dass seine Nichte kein kleines Mädchen mehr war, auch keine junge Frau. Sie war beides, weil sie in jeder Sekunde ihres Lebens das ganze Schicksal ihrer Kindheit mit sich herumtrug. Er strich Mirabellas Namen auf seinem Notizzettel durch und schrieb *Carla* daneben, dann noch einmal *Mirabella*.

Pater Ambrosio rüttelte ihn wach. »Keiner weiß, wo sie steckt. In Neapel bestimmt nicht. Am besten, Sie schicken jemanden in die Gärtnerei, um nach Spuren zu suchen. Vielleicht haben ja die Nachbarn etwas bemerkt. Und was Mirabella anbelangt, so versuchen Sie es am besten in der Schweiz.«

»In der Schweiz?«

»Ihr Vater hat sie nach dem Tod der Mutter sofort in ein Schweizer Internat geschickt. Niemand wollte sich hier um sie kümmern.«

»Sie geht noch zur Schule?«

»Bestimmt nicht, mittlerweile dürfte sie studieren. Sie ist ja schon zwanzig Jahre alt.«

»Hat sie nie versucht, mit ihren Großeltern oder ihrem Onkel Kontakt aufzunehmen?«

»Wenn es so war, dann weiß ich nichts davon.«

Eine fette Fliege hatte sich in Gaetanos Büro verirrt, brummte herum und ließ sich in unregelmäßigen Abständen im Waschbecken an der Wand nieder. Wieder und wieder umkringelte er den Namen *Mirabella*. Ihm war, als könne er Annas Tochter mit seinen Kreisen einfangen und mit ihr all die traurigen Gedanken, die sie mit sich herumtragen musste. Ein Klopfen riss ihn aus seinen Gedanken.

»Kommst du, Salvatore, wir wollen anfangen?« Emilia wirkte gehetzt. Aber sie lächelte, als hätte es nie einen Konflikt zwischen ihnen gegeben. Es traf ihn mitten ins Herz. »Na komm schon!«, drängelte sie.

Gabriele D'Annunzio legte großen Wert auf Pünktlichkeit. Das unterschied ihn von seinem Vorgänger Gaspare Esposito, einem gemütlichen, untersetzten Positanier, der zwar zu jeder Tages- und Nachtzeit in der Lage gewesen war, eine Unzahl an selbst ausgedachten Fischrezepten aufzusagen, aber nicht im Stande, seine Mitarbeiter den einzelnen Abteilungen zuzuordnen. Nervös trat Emilia an Gaetanos Schreibtisch und musterte die Namen auf dem Notizblock. »Wer ist das, Mirabella, und was haben die Kreise zu bedeuten? Steht da *Carla*?«

»Die Tochter des Toten. Mirabella Capuano!«

»Was?« Emilia verlor ihr Lächeln.

»Du hast richtig gehört.« In aller Kürze erzählte er, was er über die Ehe zwischen Anna und Ianus Capuano erfahren hatte und wie es zu den vertauschten Blumenkränzen auf dem Grab gekommen war.

»Wieso erfahren wir erst jetzt von dieser Tochter? Hat Danilo bei seinen Recherchen geschlampt?«

»Wir müssen Mirabella umgehend ausfindig machen, Emilia, bevor sie alles aus der Presse erfährt. Schlimmer noch: Bevor die Presse sie ausfindig macht und sich auf sie stürzt.«

»Dafür dürfte es schon zu spät sein. Warum meldet sie sich nicht bei uns, verdammt!« Emilia massierte ihre Nasenwurzel zwischen Daumen und Zeigefinger. Dann platzte es aus ihr heraus: »Setz Danilo darauf an, Salvatore. Er soll sie suchen, er hat es verbockt. Und sorge dafür, dass die Spurensicherung in diese Friedhofsgärtnerei fährt. Und irgendwer muss die Anwohner dort befragen, ob jemand den Einbrecher gesehen hat. Und besorg dir ein Foto von Mirabella ... über die Meldestelle.«

Entgeistert sah Gaetano sie an. Es war sehr lange her, dass ein Kollege, ausgenommen der Primo Dirigente, in diesem Ton mit ihm gesprochen hatte. Was bildete sich Emilia ein, ihm zu sagen, was er zu tun hatte? Nur weil ihr Gabriele ein paar Kompetenzen für den heutigen Tag übertragen hatte.

Emilia bemerkte den Fauxpas noch im selben Augenblick. Ohne ihm in die Augen zu sehen, grummelte sie: »Natürlich musst du das entscheiden, Salvatore. Es ist dein Fall.«

Wortlos stand er auf. Auf der Türschwelle drehte er sich noch einmal um. »Du sagtest doch, du willst mit deiner Teamsitzung anfangen.«

# 18.

Nachdem er Danilo Instruktionen gegeben hatte, schlich Commissario Gaetano auf Zehenspitzen ins Konferenzzimmer, wo Emilia an einem Whiteboard herumfuchtelte. Er wählte demonstrativ einen Platz in der letzten Reihe, direkt hinter Pietro. Die Luft in dem Raum war bereits verbraucht. Aus dem Augenwinkel sah er, wie Gabriele D'Annunzio versuchte, seinen Blick aufzufangen. Neben seinem Chef saß eine fremde Person, ein gepflegter Mann mittleren Alters mit einer dicken, rot umrandeten Brille. Mit zusammengekniffenen Augen lauschte der Glatzkopf Emilias Ausführungen und machte sich sporadisch Notizen. Er sah wichtig aus und sein dunkelblauer, eng geschnittener Nadelstreifenanzug teuer.

»Wer ist das?«, flüsterte er Pietro von hinten ins Ohr.

Sein Kollege drehte sich belustigt um. »Dottore Freud.«

»Wer?«

»Ein Psychoquacksalber aus Turin. Hat Gabriele angeschleppt. Heute Morgen extra eingeflogen.«

»Und was will der?«

»Nachsehen, ob wir in Neapel verrückt sind.«

»Die Antwort kenne ich auch ohne ihn.« Gaetano lehnte sich zurück. Das Letzte, was ihm noch fehlte, war ein Besserwisser aus dem Norden.

Als Emilia nach einer guten halben Stunde eine kurze Pause anberaumte, stürmte Gabriele mit dem Turiner im Schlepptau zu Gaetanos Platz. »Das hier ist Dottore Francesco Giraudo, forensischer Psychologe von der Universität Turin. Er ist Experte für Ritualmorde.«

Gaetano blieb sitzen und wartete, bis ihm der Glatzkopf die sehnige Hand hinstreckte. Der feste Händedruck des Psychologen strotzte vor Selbstbewusstsein. Gaetano verzog den Mund zu einem spöttischen Lächeln. »Gibt es in Turin so viele – ich meine, Ritualmorde?«

»Bestimmt nicht so viele wie hier, im rauen Süden.« Dottore Giraudo zwinkerte vielsagend. »Aber ich arbeite auf der ganzen Welt. Erst gestern bin ich aus Chicago gekommen. Dort hatten sie einen Pastor erstochen und ihm anschließend die Zunge herausgeschnitten. Die Gemeinde verdächtigte einen pädophilen Katholiken, aber mir war von Beginn an klar, dass das nicht passte.«

»Und wer war's dann?«, fragte Gaetano gelangweilt.

»Oh, tut mir leid, Commissario, darüber darf ich nun wirklich nicht sprechen. Aber ich schicke Ihnen eine Publikation meines Gutachtens. Ich veröffentliche in der *Ricerca sulla criminologia forense*, die Sie hier unten bestimmt auch lesen. Der Norden und der Süden müssen zusammenhalten, was?« Er klopfte Gaetano gönnerhaft auf die Schulter.

»Es macht dir doch nichts aus, dass Francesco uns unterstützt, Salvatore?«, mischte sich Gabriele ein. Gaetano erkannte die gespielte Unterwürfigkeit sofort. »Er ist eine echte Koryphäe. Ich bin mir sicher, sein Profiling hilft uns weiter. Jetzt, wo Emanuele nicht mehr als Täter infrage kommt, müssen wir ganz neue Wege gehen. Wäre doch gelacht, wenn wir nicht in den nächsten achtundvierzig Stunden einen Täter haben. Der Fall Gennaro steht kurz vor dem Abschluss!«

»Dann hoffen wir mal, dass Sie uns raue Südländer nicht in Sippenhaft nehmen, wie, Dottore?«, nuschelte Gaetano.

Als Emilia wieder nach vorn trat, auffordernd in die Hände klatschte und Davide das Wort erteilte, zog Gabriele seinen neuen Freund hastig zurück auf ihre Plätze.

Dieser Turiner Fatzke sollte den Fall lösen? Dass er nicht lachte. Gabriele war so ein Waschlappen. Aus Angst, die italienische Presse werde ihn zerfleischen, legte er die Verantwortung in die manikürten Hände eines aufgeblasenen Psychofritzen. Vertraute Gabriele ihnen so wenig? Gaetano wäre am liebsten aufgestanden und gegangen, aber Davide hatte bereits mit seinen Ausführungen begonnen. Und seinem Charme konnte keiner widerstehen.

»Fangen wir mit der Leiche an.« Der Spurensicherer reichte Kopien des Obduktionsberichts in die Runde. »Am besten von unten nach oben, das Beste kommt zum Schluss.«

Alle lachten, nur Gabriele murrte, er solle bei der Sache bleiben.

»Bissspuren an Unter- und Oberschenkeln des Opfers stammen definitiv von einem Hund. Wenn wir die Überreste des Hofhundes auf der Fusco-Farm untersuchen würden, gäbe es mit Sicherheit eine Übereinstimmung, aber wir wissen ja auch so mit Gewissheit vom Streit mit den Fuscos. Außerdem ... na ja, ähm, mittlerweile bin ich mehr oder weniger ein Ein-Mann-Betrieb.« Er sah vielsagend zum Primo Dirigente, der wütend die Augen zusammenkniff. »*Allora*, lassen wir das ... So viel erst mal zum Warmwerden. Wandern wir nun ein Stückchen aufwärts, in die Genitalregion des Toten. Hier ist etwas, das wir vielleicht nicht vermutet hätten: Ianus Capuano hatte unmittelbar vor seinem Tod noch Geschlechtsverkehr. Er hat ...«

»Moment, nicht so schnell«, fiel ihm Dottore Giraudo ins Wort. »Was heißt unmittelbar? Können Sie das präzisieren? Bitte!« Sein gewinnendes Lächeln passte nicht zu dem barschen Ton seiner Frage.

»Wie genau brauchen Sie's? Also, ich war nicht dabei, aber …«, allgemeines Gelächter, »… aber die Rechtsmedizin kann mit Sicherheit sagen, dass sich der Tote nach dem Akt nicht gereinigt hat. Frische Sekretrückstände finden sich im Genitalbereich und in der Unterhose des Toten. Vielleicht also am frühen Nachmittag.«

Dottore Giraudo stand auf. Es sah aus, als beträte er eine Bühne. »Also, dann ist *unmittelbar vor dem Tod* wohl nicht der richtige Ausdruck. Wir müssen da schon genau sein. Sagen wir, er hatte *kurze Zeit vor dem Tod – eventuell früher* noch Geschlechtsverkehr.«

Was für ein Arschloch, dachte Gaetano und stellte befriedigt fest, wie sich Emilia und Pietro kichernd die Hände vor den Mund hielten. Giraudo setzte seinen Vortrag jedoch unbehelligt fort.

»*Unmittelbar vor dem Tod* würde bedeuten, dass der Tote quasi noch im Zustand sexueller Ekstase auf seinen Mörder traf. Besser noch: eine Art Restzustand. Sexuelle Balance, Ausgeglichenheit, befriedigt, aber mannhaft. Ein Torero, der eine Prostituierte aufsucht, kurz bevor er die Arena betritt, um das Auge zu schärfen, und sich dann fokussiert seinem Gegner, dem aufgebrachten, schäumenden, hufscharrenden Stier, stellt. Symbolisch gesprochen, natürlich. Sind Sie noch bei mir?« Alle schüttelten gelangweilt den Kopf, nur Gabriele nickte begeistert. »Wir gehen schließlich von der Theorie aus, das Mordopfer habe sich auf das Treffen mit seinem Erpresser vorbereitet. Er erwartete wahrscheinlich Emanuele Fusco. Denken Sie an das viele Geld! Ianus Capuano wollte sich freikaufen von Schuld. Dazu brachte er sich vorher in einen Zustand seelischer und sexueller Balance. Das alles jedenfalls könnte auf den Täter provozierend gewirkt haben. Ich meine damit aber nicht, dass es das Opfer darauf angelegt hat zu provozieren. Ianus Capuano war Witwer, seit zehn Jahren, es war sein gutes Recht, sich eine Frau, Geliebte oder was auch immer zu suchen. Aber ihr Süditaliener wittert bei so etwas ja immer gleich Verrat an Ehre und Familie. Der Täter stammt aus einem Milieu mit hohen moralischen Ansprüchen, ganz klar! Diese Annahme sollte die Basis unseres Profilings sein.«

Pietro fing an, nervös hin und her zu rutschen. Sein Hemd war am Rücken klatschnass geschwitzt. Die Vorboten eines Unwetters, dachte Gaetano.

»Wir wissen, dass es nicht Emanuele war.« Giraudo nickte Gabriele kurz zu. »Aber das ist einerlei, diese Moralapostel sind doch alle gleich. Der Täter war einer, der sich an den Hochzeitsplänen des Witwers Capuano störte, Signori. Ein völlig überzogener Charakterzug. Beinahe pathologisch. Aber gut. Vielleicht ist dem Täter das neapolitanische Temperament durchgegangen, als er Capuano in seinem befriedigten Zustand antraf.« Giraudo ließ ein anzügliches Rrrrrr vernehmen, setzte sich behäbig und bedeutete Davide, fortzufahren.

Gabriele D'Annunzio sagte begeistert: »Genial, wie du das so schnell siehst, Francesco.«

Gaetano fiel die Kinnlade herunter. Die Ermittlung lief in eine völlig falsche Richtung, und alle sahen tatenlos zu. Innerhalb weniger Augenblicke hatte Dottore Giraudo in kühler Sophisterei einen neapolitanischen Psychopathen aus dem Hut gezaubert. Die Fuscos litten seit Jahren unter dem frühen Verlust der Tochter, der Krankheit, Alkoholsucht und wirtschaftliche Not über sie gestülpt hatte. Und Giraudo ließ die Polizei nach einem seelenlosen Moralisten suchen.

Capuano war allerdings nicht einfach ein Casanova, er bewarf Kinder vom Fenster aus mit Dreck, demütigte seine Nachbarn, machte sich über ihre Sprache lustig, vergriff sich an Mädchen. Aber all das sah Dottore Giraudo nicht. Gaetano hatte nur wenige Minuten gebraucht, um zu wissen, dass er Capuano niemals würde leiden können und dass es dem Rest der Stadt mit Sicherheit genauso ging. Emanuele hatte aus persönlichem Hass getötet, nicht, weil er die katholische Kirche hatte retten wollen.

Davide brauchte einen Augenblick, um seine zuckenden Mundwinkel zu zähmen. »*Allora*, Ianus Capuano hatte kurze Zeit vor seinem Tod, eventuell früher, noch Geschlechtsverkehr.«

Giraudo nickte zufrieden.

»Es gibt keine Spuren in der Wohnung, die auf Besuch schließen lassen. Der Geschlechtsakt hat also mit Sicherheit nicht dort stattgefunden.«

»Eine Prostituierte also«, warf Giraudo ein. »Wie ich's vermutet habe. Das Mordopfer ging zu einer Prostituierten, um seinen überschüssigen Trieb abzuarbeiten, bevor er in die Arena zurückkehrte, um sich seinem Gegner zu stellen.«

Davide verdrehte die Augen und sah zu Gaetano. Dann schüttelte er vielsagend den Kopf. »Ein Besuch bei einer Prostituierten ist zwar möglich, aber unwahrscheinlich, denn es fand mit großer Sicherheit ungeschützter Geschlechtsverkehr statt.«

»Dann also eine Geliebte. Da haben wir es. Ianus Capuano hatte eine Geliebte, obwohl er kurz davor stand zu heiraten. Ein gefundenes Fressen für den Mörder. Er hat ein Exempel statuiert. Er ist ein Verfechter Ihrer mittelalterlichen Moral, Signori. Es passt alles zusammen. Scannen Sie Capuanos Umfeld. Unter denen, die von seinen Hochzeitsplänen und Seitensprüngen wussten, wird sich schon ein fanatischer Katholik finden.«

Gaetano erstarrte. Francesca. Das Mädchen, der Ianus Capuano Nachhilfe gegeben und der er nachgestellt hatte. Er hatte ganz vergessen, die Familie zu überprüfen. Hatte er nicht Danilo auf sie angesetzt? War es Francesca, die Capuano kurz vor seinem Tod aufgesucht hatte? Pepe, der kleine Bengel mit dem keuchenden Mops, hatte doch erzählt, seine Schwester habe Capuano für irgendetwas Geld geschuldet. Geld, das Capuano sich jetzt in Form von Sex zurückzahlen ließ? Würde sich ein fünfzehnjähriges Mädchen auf so etwas einlassen? Doch Gaetano schwieg, denn Dottore Giraudo würde darauf bestehen, das Mädchen sofort herzuholen, sich auf sie stürzen und in seinem Psychowahn aus dem Kind innerhalb weniger Sekunden eine neapolitanische Hure machen. Und später würde er einen Artikel über die neapolitanische Sünde in einem seiner Käseblätter veröffentlichen.

Im Konferenzzimmer wurde es immer stickiger und der Psychologe aus Turin zunehmend penetranter. Er störte sich an jeder Wendung, jeder Silbe. »Also das mit dem ungeschützten Verkehr ist sicher, ja? Oder ist das auch wieder nur so dahininterpretiert?«

Davide kniff die Lippen zusammen. »Am Glied des Toten finden sich die üblichen Rückstände von Sperma und Vaginalsekret, aber auch Blut.« Das Letzte flüsterte er.

Die anderen senkten beschämt den Kopf, nur Giraudo sah Davide durchdringend an. »Blut, interessant. Die Art, wie wir penetrieren, verrät eine Menge über unseren Charakter, wissen Sie. Was ist mit dem Blut, Signore? Stammt es vom Opfer oder von der Frau? Wenn wir …«

»Das Blut stammt von der Frau«, fiel ihm Davide ins Wort. »Die DNA haben wir natürlich noch nicht, aber die Blutgruppe stimmt nicht mit Capuanos überein. Und … wahrscheinlich ist es Menstruationsblut.«

»Aha!« Giraudo schlug auf den Tisch. »Ganz klar eine Form ritueller Penetration. Ianus Capuano liebte es, Macht auszuüben. Er suchte sich eine devote Hure und er fand sie. Symbolisch gesprochen, natürlich. Jetzt weiter, bitte.«

Davide knallte seinen Laptop zu. »Ich beschränke mich ab jetzt auf die nackten Ergebnisse der Rechtsmedizin. Es bleibt also jedem selbst überlassen, wie er die Fakten interpretiert.«

Fassungslos schüttelte Giraudo den Kopf.

»Das Mordopfer weist bis auf den fehlenden Kopf keinerlei Verletzungen auf. Keine Spuren, die auf einen Kampf hindeuten. Capuano hat sich nicht – pardon –, scheint sich nicht gewehrt zu haben.« Als er bemerkte, dass ihn Giraudo erneut unterbrechen wollte, hob er die Stimme: »Die Kollegen der Rechtsmedizin haben keine Rückstände eines Betäubungsmittels gefunden, zumindest keine der gängigen uns bekannten Substanzen. Für ausführlichere toxikologische Untersuchungen reichte freilich die Zeit bisher nicht.«

Gaetano sprang auf und riss eines der Fenster auf. Herein drang Geschnatter, draußen wütete der Spätsommer. Von der Trattoria an der Ecke drückte der Geruch nach frischen

Melanzane Arrosto und deftiger Zuppa di Fagioli herein. Er sah sich plötzlich mit einem Falanghina am langen Holztisch zwischen den Rosmarinsträuchern auf der Terrasse der Tenuta sitzen. Unter seinen Achseln kroch Schweißgeruch hervor.

Er entschuldigte sich, sprintete ins Büro, zog ein frisches Hemd an und sah dann schnell bei Danilo vorbei. Er fand ihn in mieser Laune. »Die Schweizer verlangen eine richterliche Verfügung, sonst rücken die keine Daten über ihre Schüler raus.«

»Lass dich nicht abwimmeln, Danilo. Mirabella hat das Internat längst verlassen, sie ist zwanzig.«

»Keine Daten. Nicht über aktuelle Schüler, nicht über ehemalige. Ich will doch nicht ihr Abschlusszeugnis, verdammt.«

»Check Capuanos Kontobewegungen. Vielleicht überweist er seiner Tochter regelmäßig Geld. Dann bekommen wir Mirabellas Adresse über ihre Bank. Mach Druck!«

»Wie läuft's bei eurer Sitzung?«

»Frag nicht. Gabriele hat einen Forensiker aus Turin angeschleppt, einen arroganten Psychologen, der Morde schon lesen kann, bevor sie begangen werden.«

»Da hab ich was Handfesteres.« Er zog einen grünen Aktenbogen aus einem Papierstapel. »Eine Zeugin hat den Einbruch in die Friedhofsgärtnerei beobachtet. Sie wird gerade in die Questura gefahren.«

Gaetano klatschte in die Hände. »*Vabbè*. Die Schlinge zieht sich wieder zu. Gib sofort Bescheid, Danilo, sobald wir eine Täterbeschreibung von Emanuele haben. Ich freu mich schon auf Gabrieles Gesicht.« Bevor er das Büro verließ, musterte er Danilo eindringlich.

»Was ist?«, fragte sein Kollege verdutzt.

»Dir geht's wieder besser, *vero*?«

Danilo grinste. »Wieso? War was?«

Gaetano sprintete zurück ins Konferenzzimmer. Obwohl laut Tagesordnung weiter Davide an der Reihe war, baute sich Gaetano wie selbstverständlich vor seinen Kollegen auf. Emilia musterte ihn grimmig.

»*Allora, ragazzi*. Wieder alles auf Anfang. Wir haben eine Zeugin vom Friedhof. Sie wird bestätigen, dass Emanuele das mit den geklauten Blumen war. Und dann ist ihm alles zuzutrauen. Ich denke, uns ist allen klar, dass Emanueles Alibi nur … arrangiert ist.« Er blinzelte Gabriele zu, doch der wich seinem Blick aus. »Jemand erhofft sich Vorteile von einem Deal mit der Staatsanwaltschaft. Ich … Wir waren von Anfang an auf der richtigen Spur. Wir werden …«

»Rein gar nichts werden wir!«, rief Gabriele. »Du lässt die Finger von den Fuscos. Der Staatsanwalt hat die Ermittlungen in diese Richtung eingestellt, und daran halten wir uns, *basta*! Ich mache mich nicht noch einmal zum Narren.«

Gaetano überging ihn einfach. »Emanuele ist der plausibelste Täter. Totschlag im Affekt, aus persönlichem Hass. Kein kühl kalkulierender Moralist. Um das zu verstehen, brauche ich keinen Profiler.«

»Sag mal, hast du Francesco nicht zugehört, Salvatore?« Gabriele war aufgesprungen. »Wir suchen keinen minderbemittelten Alkoholiker. Du setzt dich jetzt, damit wir hier fertig werden.«

»Lass ihn ruhig, Gabriele.« Der Psychologe bleckte die gebleichten Zähne. »Aus Reibung entsteht Wärme, *vero*? Trauen

Sie sich, Commissario, wir sind gespannt, was Sie zu berichten haben.« Giraudo zog Zettel und Stift heran und sah ihn herausfordernd an.

Plötzlich spürte Gaetano die Blicke des gesamten Plenums auf sich. Er fühlte sich wie ein Schuljunge. Dann legte er kurz die Hand an den Kopf. Vor sein inneres Auge trat das Bild von Annas Grab, das Foto zwischen den Blüten. Er roch Nelken und Margeriten. »Was würde es für Ihr Profiling bedeuten, Dottore, wenn der Täter überhaupt keine Billigung für seine Tat hatte?«

Giraudo hob spöttisch die Augenbrauen.

»Als Emanuele das Grab seiner Schwester verließ und sich zu Capuanos Wohnung aufmachte, hatte er eben erst beschlossen, ihn zu ermorden. Wenn überhaupt. Vielleicht ging es nur wieder um seine perfiden Erpresserspielchen oder er wollte Capuano eine Abreibung verpassen. Doch er spürte, dass er bei all dem gegen Annas Willen handelte. Deshalb konnte er ihr auch nicht in die Augen sehen. Erst Capuanos Geldhaufen brachte das Fass zum Überlaufen.«

Giraudo warf seinen Stift auf die Tischplatte und grinste. »Wie hätte Emanuele einer Toten in die Augen sehen können? Und woher wollen Sie wissen, dass Anna die Tat nicht gebilligt hätte? Gibt es einen Brief oder was?«

Gaetano zog sich einen Stuhl heran und berichtete in aller Ausführlichkeit von Annas abgeschraubtem Grabporträt, ihren mahnenden Augen, aber auch von den Geschichten über die klagenden Toten des Poggioreale, die des Nachts in die Stadt zogen und Widersacher aufsuchten, um alte Fehden auszufechten. Flüsternde Seelen. Und er erzählte vom Pförtner Fernando, der die Geheimnisse jedes einzelnen Friedhofsbewohners in seinem Herzen trage, weil die Toten in ihm einen geduldigen Zuhörer gefunden hätten. Und dass Anna Fusco niemals über ihre Krankheit und ihre leidvolle Ehe geklagt habe. Still sei sie gewesen. Scheu. Nicht rachsüchtig. Geduldig leidend. Während Gaetano sprach, wippte er unablässig vor und zurück, als säße er im knarzenden Lehnstuhl seiner Nonna, die ihm als Kind in krächzigem Napulitano schöne Schauergeschichten erzählt hatte.

Doch Dottore Giraudo schüttelte seinen kahlen Kopf. »Und Sie wollen ernsthaft, dass ich Ihnen diese Gruselmärchen abnehme?«

»Aber überhaupt nicht!«, entgegnete Gaetano. »Sie sind Turiner, Emanuele ist Neapolitaner. Entscheidend ist doch, dass er für diese Geschichten … empfänglich ist.«

»Und deshalb spricht er mit Toten?« Giraudo tippte sich an die Stirn.

»Nein. Aber er hört ihnen gewiss zu. Und Anna hätte nicht von ihm verlangt, dass er tötet, das spürte er.«

Der Forensiker verschränkte die Arme vor der durchtrainierten Brust. »Ich befürchte, dieser Hokuspokus ist der Staatsanwaltschaft zu wenig. Wenn das Ihre Methoden sind, Commissario, dann … na ja, lassen wir das.«

»Immer noch glaubwürdiger als ein Torero, der sein Auge an einer Prostituierten schärft«, murmelte Gaetano.

»*Basta*, Salvatore!« Gabriele war aufgesprungen und schubste Davide zum Laptop. »Wir machen jetzt mit der Spurensicherung weiter. Emanuele ist raus, klar? Francesco hat ganz recht. Verplempere unsere Zeit nicht mit diesen neapolitanischen Ammenmärchen. Wir sind schließlich keine Wilden.«

»Du spielst Blindekuh mit den Fratelli d'Italia, Gabriele, oder kennst du deine Landsleute wirklich so wenig? Nichts spricht für einen geplanten Mord. Das war eine aus dem Ruder gelaufene Erpressung, für die Emanuele verantwortlich ist, *basta*.«

Gabriele überging ihn. »Davide?«

Der Spurensicherer war bleich geworden und haspelte, was nicht seine Art war. »Also … äh … das Opfer war zum Zeitpunkt, als ihm die Kehle durchgeschnitten wurde, noch am Leben. Der Tod trat durch Verbluten ein. Die Position, in der wir den Toten gefunden haben, entspricht nicht jener, in welcher der Kehlenschnitt erfolgte. Zumindest muss der Sterbende eine Zeit lang in der Horizontalen gelegen haben, was das vollständige Ausbluten des Körpers erklärt. Der Kopf wurde erst nach Erliegen der Herzfunktion vom Rumpf getrennt. Dies geschah auf Höhe des Hypopharynx.«

»Hypopharynx, sehr richtig. Das ist der untere Rachen.« Giraudo nickte besserwisserisch und fuhr sich mit dem Zeigefinger einmal quer über den Hals. Alle verzogen angewidert das Gesicht. Er blickte zu Gaetano. »Also, ich denke, Ihre Gruselmärchen hätten wir uns sparen können. Was sagt uns das alles, Signori?« Der Turiner stand auf und postierte sich vor Davide. »Der Täter ließ das Opfer leiden. Ausbluten. Er tötete ihn nicht mit einem Hieb, sondern ließ ihn fühlen, wie das Leben aus ihm kroch, ließ ihn den erlösenden Tod herbeisehnen. Hohe Folterkunst. Der Täter hat sich penibel auf diese Exekution vorbereitet. Es bedarf medizinischer Kenntnisse, um eine solche … äh … Schächtung durchzuführen. Wir suchen einen berechnenden Henker. Niemanden, der säuft, mit Toten spricht und sich von ein paar Geldbündeln provozieren lässt.« Nach einer angedeuteten Verbeugung ging er zu seinem Platz zurück.

Gaetano schäumte. »Der Täter ist kein kühl kalkulierendes Monster, verdammt, sondern einer von tausend einfühlsamen Neapolitanern, der sich vor Leuten wie Capuano ekelte. Emanuele war von Gewissensbissen zerfressen. Eingeflüstert von Anna. Im Affekt schlug er Capuano erst k. o., dann riss er im Wahn den Minutenzeiger aus der Wanduhr und schnitt ihm die Kehle durch. Er bekam Panik und trennte den Schädel ab.«

Davide wedelte wild mit den Händen, aber weder Gaetano noch Dottore Giraudo ließen ihn zu Wort kommen.

»Wollen Sie die Tat verharmlosen? Weil das Opfer Turiner ist, oder wie?«, schnaubte der Psychologe.

»Wollen Sie den Täter aus der Gefriertruhe zaubern, weil der Turiner kalt wie eine Hundeschnauze war?«

Da ging Davide dazwischen: »Der Zeiger ist nicht die Mordwaffe.«

»Was sagst du?«

»Der Täter hat ein Messer benutzt. Und wie es aussieht, hat er es selbst mitgebracht.«

Gaetano sah den Spurensicherer kreidebleich an, während Dottore Giraudo genüsslich lächelnd den Obduktionsbericht durchblätterte. »Und das sagst du mir erst jetzt?«

»Hier lässt einen ja keiner zu Wort kommen.«

Davide drückte auf eine Taste an seinem Notebook und ließ ein Foto der zerfurchten Kehle des Toten aus dem Beamer schießen. Giraudo sah fasziniert hin.

»Am Hals des Toten finden sich zwei verschiedene Schnittspuren. Der Schnitt, der die Halsschlagader durchtrennte und zum Verbluten führte, wurde mit einem scharfen Messer gesetzt. Die Wundränder verlaufen an dieser Stelle so glatt, als hätte die Hand eines Chirurgen ein Skalpell geführt. Der Täter hatte profunde anatomische Kenntnisse und eine ruhige Hand. Triffst du die Luftröhre oder das Rückenmark, hört das Herz viel schneller auf zu schlagen, und dann blutet der Körper nicht vollständig aus. Das war kein Zufall. Da war jemand klar bei Verstand. Anschließend wurde der Schädel mit viel Kraft und Zug vom Kopf getrennt, fast gerissen. Dazu muss der Täter den Minutenzeiger ruppig durch die Kehle des Toten gezogen haben. Stellt euch ein blutiges Steak vor, das ihr mit einem Schraubenzieher zerschneiden wollt. Man sieht, dass die Wundränder an den meisten Stellen zerfranst und plump aufgerissen sind. Also ganz sicher zwei verschiedene Tatwaffen.«

»Na und, was heißt das schon«, blaffte Gaetano. »Wer sagt, dass der Täter die Waffe selbst mitgebracht hat? Das Messer kann Capuano gehört haben. Bei mir zu Hause liegt immer ein scharfes Messer am Esstisch.«

»Aber nicht bei Capuano«, warf Emilia ein. »Erinnert euch, wie penibel aufgeräumt es dort war. Nichts lag herum.«

»Dann hat Emanuele es halt aus der Küche geholt.«

Davide schüttelte den Kopf. »Bisher nur Capuanos Fingerabdrücke in der Küche. Wir sind zwar noch nicht ganz durch, aber ...«

»Pfff!« Gaetano verschränkte die Arme.

»Und noch was: Wir haben alle Messer überprüft. Sie stecken im Messerblock in der Küche. Nicht eines fehlt. Und sie haben einen ganz einzigartigen Schliff. Hohe asiatische Schmiedekunst. Die Schnittwunden am Toten passen nicht dazu. Das sind Spuren eines einfachen Schlachtermessers. Nichts, was zu Capuanos Einrichtung passt.«

»Sie sehen«, triumphierte Giraudo. »Ihr Spurensicherer ist auf meiner Seite. Bravo, Signore, hervorragende Arbeit.« Giraudo deutete einen zarten Applaus an, was Pietro zu einem Schnauben animierte.

»*Munnezza*«, maulte Gaetano, »alles Spekulation. Ohne diese blöde Putzfrau kommen wir nicht weiter. Sie muss her und uns sagen, ob ein Messer fehlt. Und wenn nicht, heißt das immer noch nicht, dass Emanuele nicht doch nur im Affekt gehandelt hat. Die Sache mit Annas Grab spricht eine andere Sprache.«

»Was hängst du dich daran auf, Salvatore?«, warf Emilia ein. »Das mit den Blumen muss nicht der Mörder gewesen sein. Und das Grabfoto kann sich schon Tage vorher vom Kreuz gelöst haben, vielleicht Wochen.«

»Es ist doch nicht von selbst abgefallen! Es wurde abgeschraubt. Die Schrauben lagen parallel zueinander auf dem Kreuz, ich habe es selbst gesehen. Wenn wir die Zeugin von der Friedhofsgärtnerei vernommen haben, wissen wir mehr. Wir müssen …«

»So lange warten wir nicht.« Gabriele stand auf und bedeutete dem Psychologen, ihm zu folgen. »Wir arbeiten mit Dottore Giraudos Täterprofil. *Basta*!«

»Und was sagst du der Presse?«

»Wir werden schon die richtigen Schlüsse ziehen.«

»Die dein Turiner Experte dir einflüstert«, nuschelte Gaetano durch zusammengepresste Zähne.

Gabriele stampfte auf und schrie, dass Dottore Giraudo hinter ihm in Deckung ging: »Ganz wie du meinst, Salvatore.

Dann wird sich eben Davide den Fragen der Journalisten stellen. Er scheint sich im Gegensatz zu dir an den Fakten zu orientieren. Sieh du lieber zu, dass du Capuanos Tochter ausfindig machst. Und zwar dalli!«

Die Tür knallte zu. Es war mucksmäuschenstill. Keiner rührte sich, nur Pietro wischte sich den Schweiß von der Stirn, kratzte sich verlegen am Kopf und trommelte nervös mit den Fingerkuppen. Abwechselnd sah Davide zwischen Emilia und Gaetano hin und her. Dann fing er langsam an, das Notebook abzustöpseln. Capuanos durchfurchte Kehle verschwand mit einem kurzen Klacken von der Leinwand. Pietro hüpfte rücklings auf ein Fensterbrett und ließ erwartungsvoll die Beine baumeln. »Und was jetzt?«

»Frag Emilia, sie leitet die Sitzung.«

»Ach so, ich dachte, Dottore Freud hat hier das Sagen.«

»Ich jedenfalls nicht!« Gaetano ging zur Tür.

»Wo willst du hin?«, rief ihm Emilia nach.

»Capuanos Tochter suchen, wie Gabriele es angeordnet hat.«

»Und wir?«

»Hast doch gehört, welcher Tätertyp infrage kommt.«

»Versteh ich nicht«

»Dann geh zum Psychologen.« Dann grummelte er leise: »Wir brauchen diese Putzfrau.«

Emilia trat nah an ihn heran. Im Lufthauch ihrer Flüsterstimme zitterten seine Wimpern. »Hör zu, Salvatore, überlege dir gut, was du tust. Gabriele dreht durch, wenn du Alleingänge machst und sich dir Journalisten an die Fersen heften.«

»Hältst du mich für so bekloppt, dass ich mit denen reden würde, Emilia? Und überhaupt …« Er deutete auf Davide.

»Für Presseanfragen ist ab sofort er zuständig. Davide nuschelt am besten Napulitano. Ich werde einen Teufel tun und eine Version verkaufen, von der ich nicht überzeugt bin, nur damit Gabriele sich dafür feiern lassen kann, einen Turiner Quacksalber aus dem Hut zu zaubern, der uns die Welt erklärt.«

»Was mache ich?« Pietro war schwerfällig vom Fensterbrett gerutscht. Der Schweiß lief ihm in Strömen übers Gesicht.

»Fahr noch mal zu Capuanos Wohnung und befrage die Anwohner, auch die Leute in den Bars und Cafés. Nimm ein Foto von Emanuele mit … und von dieser Mirabella, falls es eines gibt.«

Bei Danilo stand die Tür offen. Er telefonierte. Gaetano stellte sich in den Türrahmen und lauschte.

»Was rausgefunden?«, fragte er, als Danilo aufgelegt hatte.

»Capuano überweist seiner Tochter monatlich Geld. Die Banca Popolare di Milano hat uns ihre aktuelle Adresse genannt. Mirabella wohnt in Mailand, ich habe eben jemanden gebeten, zu ihrer Wohnung zu fahren, vielleicht haben wir Glück.«

»Hast du gesagt, worum es geht?«

»Da sind die schon selbst draufgekommen. Die *Neapolitaner Schächtung* bestimmt die Schlagzeilen in ganz Italien.«

»Was ist mit der Zeugin vom Friedhof?«

Danilo schüttelte den Kopf. »Fehlanzeige. Die Nonna ist halb blind. Sie sagt, ein Kind habe die Gärtnerei ausgeräumt.«

»Ein Kind?«

»Ja. Ein Junge, der aus der Schule kam. Sie ist sich sicher, dass er einen Schulrucksack auf dem Rücken trug.«

»Freitag war San Gennaro, Danilo. Da haben die Schulen geschlossen.«

»Weiß ich doch. Aber sie ist sich ganz sicher.«

»Verdammt, das heißt, wir kriegen kein ordentliches Phantombild. *Vabbè*, schick trotzdem einen Zeichner zu ihr.«

Gaetano schlurfte in sein Büro und rief Bellucci an. Die Arme steckte noch immer in Capuanos Wohnung und wartete auf die Putzfrau. Als sie nach endlosem Klingeln ranging, hörte er etwas wie Wellenrauschen im Hintergrund. »Ciao, Monica, was treibst du, drangsalierst du Capuanos Fernseher? Was ziehst du dir rein? Baywatch?« Gaetano hatte keinen blassen Schimmer, was sich junge Erwachsene heutzutage so alles ansahen.

Die Carabiniere zögerte kurz. »Ich bin mit meiner Schwester am Strand. Heute ist mein freier Tag.«

Gaetano blieb die Luft weg. »Bist du des Wahnsinns? Du solltest doch in der Wohnung bleiben und die Putzfrau abfangen?«

»Regen Sie sich ab! Ich hab eine Nachricht hinterlassen. Sie soll Sie anrufen.«

»*Madonna mia*, die Putzfrau kann nicht lesen!«

»Ach so?«

»Herrgott, Monica, du hättest mir Bescheid geben mü...«

»Zum Teufel, jetzt reichts mir aber«, sagte sie so laut, dass Gaetano zusammenzuckte. »Ich heiße Beppa! Warum, verdammt, können Sie sich das nicht merken?«

Gaetano brauchte kurz, um sich zu sammeln. »Was fällt dir ein, mich so anzuschreien. Du weißt wohl nicht, mit wem du sprichst!«

»Na, ist doch wahr. Ich spiele seit Tagen Ihren Privatsheriff, und Sie kennen nicht mal meinen Namen.«

Gaetano dachte nach. Wenn er ehrlich war, hatte die Göre recht. »*Vabbè*, sagen wir, wir sind quitt. Aber … äh … aber du musst jetzt trotzdem zurück in die Wohnung.«

»Keine Chance. Da geh ich nicht mehr hin. Der Zwerg von der Spusi …«

»Davide.«

»… mir gleich. Der hat jedenfalls gesagt, dass da irgendwo vielleicht immer noch dieser Kopf liegt. Das ist mir zu gruselig. Außerdem muss ich auf meine Schwester aufpassen. Meine Eltern sind arbeiten.«

»Dann nimm sie halt mit, verdammt.«

»In die Wohnung mit dem Kopf?«

»Wenn Davide den Kopf bis jetzt nicht gefunden hat, dann ist er dort nicht, keine Sorge. Der Täter hat ihn mitgenommen.«

»Nach Blut und Desinfektionsmittel stinkt es aber trotzdem«, maulte sie.

Gaetano dachte nach. Er presste sich Daumen und Zeigefinger gegen die Augenlider. »*Allora*, ihr geht in die Bar gegenüber und beobachtet bis abends den Hauseingang. Wenn eine kommt, die wie eine Putzfrau aussieht, fangt ihr sie ab. Nachts könnt ihr natürlich nach Hause, da putzt keiner. Aber morgen früh stehst du wieder auf der Matte, *capisc'*?«

»Eis und Getränke auf Sie, *vabbè*?«

Gaetano verdrehte die Augen. »Aber nur, wenn ich dich weiter Monica nennen darf.«

»Auf keinen Fall!«

# 19.

Auf Höhe der Metrostation Duomo durchquerte Gaetano das Hupkonzert des vierspurigen Corso Umberto und schlüpfte zwischen die eng aneinandergeschmiegten Sandsteinfassaden der schattigen Via Sant'Arcangelo a Baiano. Das Meeting und der schleimige Forensiker, vor allem aber der Judas Gabriele, hatten ihn ausgehöhlt. Zeit, sich Neapel wieder einzuverleiben. Er folgte der schmalen, steil ansteigenden Gasse, vorbei an eingemauerten Heiligen-Altärchen und duftenden Basilikumtrögen und unter tropfenden Wäschespinnen hindurch, bis er auf der Via dei Tribunali ans Tageslicht gespült wurde. Gleißendes Sonnenlicht und der Geruch von ranzigem Fett und Schweiß. Das Geschrei der Straßenverkäufer. Er taumelte wehrlos durch die Touristen. Dann huschte er um die nächste dunkle Ecke in die Vico Sedil Capuano, streifte Bars und schäbige Bassi, aus denen Waschweiber lugten. Bei einer kaufte er eine öltriefende Pizza fritta und verschwand nach wenigen Hundert Metern in einem unscheinbaren Torbogen, der Eingeweihte in den Hinterhof der Cattedrale di San Gennaro führte. Gierig verschlang er sein Essen und musste dabei an Pater Ambrosio denken. Das wilde, verruchte Wabern der Eingeborenen, die sich seit Jahrhunderten in die engen Erdgeschosswohnungen quetschten, war nur ein paar Schritte von seinem Refugium entfernt. Das Profane und das Allerheiligste: in Neapel untrennbar miteinander verbunden. Im schmalen Kirchhof, der den Tag über von heruntergekommenen Hausfassaden verdunkelt wurde, fiel die Rastlosigkeit auf einmal von Gaetano ab. Gemächlich aß er zu Ende. Eine schüchterne Andeutung von Weihrauch schlug ihn in den Bann und zog ihn durch eine quietschende Holztür in das südliche Querschiff des Doms. Ein feuchtschwüler Föhn aus Weihrauch blies ihm ins Gesicht. Er fand sich inmitten einer Gruppe amerikanischer Touristen wieder. Ein dicklicher Guide führte sie gerade durch die Cappella di San Gennaro.

Auf Zehenspitzen schlich Gaetano zur nächsten Bankreihe und schloss die Augen, während die italo-amerikanischen Wortfetzen des Fremdenführers von den marmornen Mauern verschwommen hin und her geworfen wurden. Mit vollem Magen lauschte er, wie der Guide San Gennaros Enthauptung so blutrünstig wiedergab, als wäre er vor 1500 Jahren selbst dabei gewesen. Gleich würde er den Kanon an Todeslegenden genüsslich ausbreiten. Januarius und die wilden Tiere, Januarius und der glühende Ofen, Januarius und die Enthauptung.

Als der Fremdenführer geendet hatte, durchschnitt der amerikanische Slang einer Touristin die Stille. »Warum macht die katholische Kirche ein so armseliges Würstchen zum Stadtpatron? Gennaro hat doch als Missionar versagt. Und dann das viele Blut. Vergossen für nichts! Wenn er wenigstens als Sieger aus der ganzen Sache hervorgegangen wäre. Wir in Amerika würden so einen Verlierer niemals als Stadtheiligen akzeptieren.«

Aus dem Augenwinkel sah Gaetano, wie der dicke Guide den Kopf senkte und mit sich kämpfte. Entweder die neapolitanische Ehre verteidigen oder ein Trinkgeld kassieren. »San Gennaro hatte die katholische Kirche gar nicht nötig, Madam. Er und die Neapolitaner, wir haben uns gegenseitig gefunden. Gennaro meint es meistens gut mit uns, und solange wir ihn hätscheln, wird er die Stadt vor Unheil bewahren. Aber glauben Sie bloß nicht, dass es immer leicht ist mit ihm. Manchmal lässt er sich eine Ewigkeit bitten, bis das Miracolo eintritt. Dann sind manche der Ohnmacht nahe.« Der Guide setzte eine verschwörerische Miene auf. »Im Moment schläft der Bucklige – so nennen wir den Vesuv –, aber wenn er sich streckt und gähnt und dabei seinen gelbgoldenen Schwefelatem über die Stadt bläst … in solchen Zeiten brauchen wir San Gennaro, verstehen Sie?« Er zwinkerte verschmitzt.

»Aber er ist doch schließlich ein Heiliger.«

»Für uns Neapolitaner schon, für die katholische Kirche eher nicht.«

»Sie meinen, die Kirche hält das Ganze für Humbug?«

»Sagen wir einfach, sie drückt ein Auge zu. San Gennaro ist kein offizieller Heiliger, wissen Sie?«

»Und wer hat dann hier im Dom das Sagen?«

»San Gennaro natürlich. Bevor ein neuer Bischof sein Amt antreten darf, muss er zunächst San Gennaro um Erlaubnis bitten. Er betet dann so lange, bis sich das Blut verflüssigt.«

»Und wenn es das nicht tut?«

»Dann haben wir ein Problem! Aber das ist fast noch nie vorgekommen.«

Die Amerikanerin schüttelte den Kopf, kramte einen giftgrünen Prospekt aus ihrer Handtasche und wedelte dem Guide damit vor der Nase herum. »In meiner Broschüre hier steht, dass Gennaro auch bei Menstruationsproblemen hilft. Stimmt das?«

Der Guide manövrierte die Gruppe langsam Richtung Ausgang. »Wo haben Sie das her?«, flüsterte er beschämt.

»Unser Priester aus Frisco hat mir das gesagt. Ich bin eigentlich wegen meiner Tochter hier«, entgegnete sie und sah sich um. »Sie ist schon sechzehn, aber untenrum tut sich nichts, verstehen Sie? Und unser Priester meinte, wenn ich schon mal hier bin, könnte ich ja nach diesem Gennaro fragen. In der Broschüre steht, dass er bei Zyklusstörungen und Menstruationsbeschwerden hilft. Zu wem muss ich denn nun? Zum Bischof? Oder soll ich zu diesem Tresor mit dem flüssigen Blut? Hier ist ja niemand richtig zuständig, und …«

»Draußen gibt es einen Stand mit Souvenirs. Vielleicht versuchen Sie es dort mal.« Der Guide schob die Amerikanerin sachte ins Hauptschiff.

San Gennaro ein Frauenversteher?, wunderte sich Gaetano. Lächerlich. Die Vorstellung, dass Carla, die Halbwaise mit zwei lebenden Eltern, in den Dom gegangen wäre, um den Stadtpatron über das Mysterium der Menstruation auszufragen, war einfach albern. San Gennaro war ein Hüne, ein Heißsporn, aber mit einer Bärenruhe, wenn die Erde unter den Phlegräischen Feldern wackelte. Und das tat sie oft. Wenig Zeit also, sich auch noch um die Zipperlein von Mädchen und Frauen zu kümmern. Die Existenz einer ganzen Stadt hing von ihm ab, nicht etwas so Banales wie der verzögerte Eisprung eines Teenagers.

Ein schrilles Klingeln riss ihn aus seinen Gedanken. Hastig griff er nach seinem Cellulare und schlich leise zum Hauptausgang. »*Pronto*?«

»Sie ist hier!«

»Wer spricht denn da?«

»Pater Ambrosio.« Es klang gespenstisch.

»Ist etwas nicht in Ordnung?« Vor dem Hauptportal schlug Gaetano der geballte Lärm der Altstadt entgegen. Kleine Jungen in zerrissenen Kleidern bolzten gegen die Kirchenmauern, im Ausgang fläzte ein Bettler und hielt ihm scheppernd ein Schüsselchen hin. Gaetano schrie: »Können Sie mich hören?«

»Mirabella, Mirabella Fusco … Capuano, am Grab ihrer Mutter.«

Gaetano stand da wie vom Blitz getroffen. Vor seinem inneren Auge erhob sich Mirabella vom Grab, verschwand zwischen den schiefen, verwunschenen Kreuzen und löste sich für immer in Luft auf. »Halten Sie sie fest, Pater!«

»Wie meinen Sie das?«

»Ich bin in dreißig Minuten da, in zwanzig.«

Emilias Streifenwagen schoss nach fünf Minuten um die Ecke, und in Windeseile schlängelten sie sich durch die hügelige Altstadt den Poggioreale hinauf. Als die ersten Totentempel in Sichtweite kamen, schaltete Gaetano die Sirene ab und bat Emilia, vor dem Eingang zu warten. Mirabella sollte nicht das Gefühl bekommen, sie würde verhaftet. Und er wusste auch nicht, was der Anblick einer Schwangeren in Mirabella auslösen könnte.

Diesmal fand er den Weg auf Anhieb. Schon von Weitem erblickte er Pater Ambrosios im Wind flatternde Soutane. Eine junge Frau kniete vor dem Grabkreuz. Er verlangsamte seine Schritte. Er hatte sich keine passenden Worte zurechtgelegt. Ambrosio musste ihn gehört haben, denn er drehte sich um, nickte und trat dann leise ein paar Schritte zurück. Gaetanos Kehle war wie zugeschnürt. Behutsam näherte er sich, denn er wollte die Andacht nicht stören, doch Mirabella hatte ihn bereits bemerkt und wandte leicht den Kopf in seine Richtung.

Sie war wunderschön. Um ihre Mundwinkel deutete sich ein zartes Lächeln an, aber die vollen Lippen verharrten in ihrer strengen Position, und die feuchten Flecken unter ihren blauen Augen verrieten ihre tiefe Traurigkeit. Mirabellas leicht eckiges Gesicht erinnerte an den quadratischen, unbarmherzigen Schädel ihres Vaters, doch hatten sich Capuanos harte Züge bei seiner Tochter verloren.

Sie schlug ein Kreuzzeichen und erhob sich beinahe lautlos vom Boden. Sie trug ein tailliertes, olivgrünes Baumwollkleid, dessen knielanger Rock ihre sportlichen Oberschenkel umwehte. Gaetano konnte nicht anders, als sie ansehen. Sie trainiert, dachte er, aber bestimmt nicht verbissen. Die Arme konturiert, aber nicht sehnig, ihre Taille schlank, aber nicht eingefallen. Sie ist groß, wie ihr Vater. Gaetano musterte verstohlen, wie sie sich beiläufig mit der linken Hand übers Gesicht strich, um eine dunkelbraune Strähne zu ordnen, die die freche Tramontana auf ihre feuchte Wange geweht und in einer getrockneten Träne festgeklebt hatte. Sofort roch er das algige Salz aus dem Golf und sog den Geruch gierig ein.

In ihrer Trauer wirkte sie auf eine magische Weise echt, so in sich ruhend und mit sich zufrieden, dass ein Unwissender nichts von ihrer schrecklichen Kindheit vermuten würde. Nur ihr trauriges Gesicht verriet das Gegenteil.

Als sie sich zu Gaetano umdrehte und ihm ihre zartgliedrige Hand hinstreckte, schwankte sie, dass Gaetano sie stützen wollte, aber ihre Schwäche kam wohl vom langen Knien. Schon im nächsten Augenblick hatte sie sich wieder in der

Gewalt. Mirabellas klare blaue Augen, die auf seinem Gesicht ruhten, verunsicherten ihn.

Vorsichtig ergriff er ihre leicht gebräunte Hand und sagte dann leise auf Napulitano: »Es tut mir unendlich leid, Signorina Capuano.« Doch Mirabella reagierte nicht, und so wiederholte er die Phrase noch einmal auf Italienisch. Sie ist in der Schweiz aufgewachsen, dachte er.

Nach einer Weile rührte sie sich, als ob die goldene Herbstsonne das Eis um sie herum vollends geschmolzen hätte, und hauchte ein »*Graziassàje*, Commissario«. Sie sprach ein warmes Napulitano, dessen Timbre Gaetanos Brust vibrieren ließ. »Wenn ich hier herkomme, ist es immer, als wäre ich noch ein kleines Mädchen … wahrscheinlich bin ich zu selten in Neapel, um mich daran zu gewöhnen, dass die Stadt auch ohne meine Mutter … existiert. Aber ihre Sprache spreche ich noch.« Sie verstummte kurz. »Als würde meine Mutter darin weiterleben – im Napulitano, meine ich.« Sie sagte es mehr zu sich selbst, und Gaetano wusste nichts zu erwidern.

Nervös sah er zum Horizont. Nach einer Ewigkeit sagte er: »Sie müssen sich für Ihre Trauer nicht entschuldigen, Signorina.«

Sie lächelte dankbar. »*Sto bbòna!* Solange ich in Mailand bin, denke ich eigentlich nie an Màmma. Vielleicht geht das in einer fremden Sprache nicht. Aber wenn ich nach Neapel zurückkomme … dann fühle ich mich schuldig. Können Sie das verstehen, Commissario?« Sie sah ihn beinahe flehend an, als ob sie von ihm erwartete, ihr die Absolution zu erteilen. Mit der rechten Spitze ihrer ockerfarbenen Wildlederpumps begann sie gedankenverloren, Kreise in den Kies zu zeichnen. »Ich habe lange gebraucht, um zu verstehen, dass nicht ich das Problem bin, sondern die fremde Sprache. Als mich Ianus in die Schweiz schickte, sprach ich nur eine Handvoll Brocken Italienisch. Je mehr mein Wortschatz wuchs, umso blasser wurde Màmma. Seltsam, nicht? So viele schöne Worte, und keines, das ihr gerecht würde.« Sie schüttelte leicht den Kopf und ihre braunen Locken, die in der Sonne glänzten, schwangen mit. »Als ich zum ersten Mal zurückkam, hatte ich schon beinahe vergessen, wie ihre Stimme klang. Erst hier am Grab …« Mirabella begann zu weinen. Sie zog ein Taschentuch aus ihrer Handtasche und schnäuzte sich leise. Nichts an ihr war gestellt.

Gaetano ertappte sich dabei, sie einfach nur ansehen, ihr einfach nur zuhören zu wollen. Mirabella war bezaubernd, und er fühlte sich trotz oder gerade wegen der Traurigkeit, die sie umgab und über die sie so warm und verwirrt sprach, von ihr vereinnahmt. Ein kleiner Spatz, vielleicht derselbe wie gestern, hüpfte über den Kiesweg. Die Worte, mit denen sie das langsame Verblassen ihrer Mutter umschrieb, waren jene, nach denen er seit zehn Jahren immer wieder gesucht hatte, sobald ihn Aniello ratlos ansah. Es kam ihm vor, als sei Mirabella bereits am Ende eines Pfades angelangt, von dem er selbst noch nicht einmal den Ursprung gefunden hatte. Selig lächelnd betrachtete er sie, wie sie sich hinkniete und versuchte, den Spatz mit ein paar Blumensamen anzulocken. Als der Vogel davongestoben war, erhob sich Mirabella, doch Gaetano starrte weiter auf den Platz, wo sie eben noch gekniet hatte, und fragte sich, ob ihr Körper genauso weich und zerbrechlich war wie ihre Worte.

»Pater Ambrosio sagte, Sie wollten mit mir sprechen, Commissario?«

Er fuhr zusammen. »Was ... ja natürlich«, murmelte er und sah verlegen zu Boden. »Ich bin hier wegen Ihres Vaters, Signorina. Ich kann Ihnen gar nicht sagen, wie leid mir das tut. Es muss jetzt schrecklich ...«

Mirabellas Lächeln ließ ihn verstummen. »Komisch, wie Sie das sagen. *Vater*. Ich habe Ianus nie so bezeichnet.« Sie blickte in die Ferne.

»Aber er ist ... war doch Ihr Vater.«

»Sie erwarten von mir jetzt eine Reaktion, Trauer, Schmerz ... Es ist nur ... wir hatten keinerlei Kontakt. Ich lebe mein Leben und er seins ... auf seine Weise.«

»Sie meinen, Sie haben sich auseinandergelebt?«

Ihr Lächeln verschwand wie die Herbstwärme, wenn sich eine Wolke vor die Sonne schob. »Ich meine, dass es nichts gab, was sich hätte auseinanderleben können. Ianus und ich hatten nie ein Vater-Tochter-Verhältnis. Genau genommen hatten wir gar kein Verhältnis.« Sie sah kurz zu Pater Ambrosio. »Sie werden wissen, dass die Ehe meiner Eltern ... meine ganze Kindheit nie dem entsprach, was man eine glückliche Familie nennt. Schon vor dem Tod meiner Mutter nicht. Ianus hat mich ignoriert. Er hat in seinem ganzen Leben vielleicht hundert Worte mit mir gewechselt. An manchen Tagen reichte es noch für ein gemaultes *Sloggia!,* wenn ich ihm nicht schnell genug aus den Augen war. Aber ich kann nicht behaupten, dass mir irgendetwas gefehlt hätte. Meine Mutter war immer für mich da. Meinen Schulfreundinnen habe ich oft erzählt, mein Vater sei tot. Aber jetzt, wo er es wirklich ist, kann man schlecht von mir erwarten, dass ich um ihn weine.« Sie sah Gaetano traurig an, als hoffte sie, er möge nicht zu streng mit ihr sein. »Halten Sie mich jetzt für einen herzlosen Menschen, Commissario?«

Am liebsten hätte er ihr gestanden, dass er Ianus Capuano für einen verabscheuungswürdigen Menschen hielt, aber er musste sich zurückhalten. Vielleicht stellte sie ihn nur auf die Probe. Wusste Mirabella, dass ihr Vater jungen Frauen nachgestellt hatte?

»Signora Capuano …«

»Fusco, bitte sagen Sie Fusco.«

»Signora Fusco, ich bin nicht hier, um über Sie zu urteilen, sondern nur, um Ihnen persönlich zu sagen, dass es mir leidtut. Ihr Vater war wenige Stunden vor seinem Tod noch bei mir in der Questura. Er hatte Angst und bat um unsere Hilfe. Wir sind zu spät gekommen.«

»Ich mache der Polizei keine Vorwürfe.« Sie verschränkte die Arme vor der Brust. »Nicht für das, was mit meinem Vater geschehen ist. Sein Tod macht meine Familie nicht wieder lebendig. Dafür hätte er sterben müssen, als meine Mutter litt – oder zumindest für ihren Tod zur Rechenschaft gezogen werden.« Sie schloss kurz die Augen.

Gaetano verstand sie. Der rätselhafte, am Ende überraschend schnelle Tod ihrer krebskranken Mutter war niemals polizeilich untersucht worden. Für Mirabella stand Gaetano auf der falschen Seite. »Eigentlich bin ich auch hier, um Sie zu warnen, Signorina«, lenkte er ab.

»Warnen, mich? Wovor?« Sie zog an einer Locke und ließ sie wieder zurückschnallen. Es war die Geste seiner Nichte.

Verwirrt sah Gaetano weg. »Die Polizei hat viel zu spät von Ihrer … Existenz erfahren. Es wird wohl eine Pressekonferenz geben, in der Details aus dem Leben Ihrer Eltern … aus Ihrem Leben zur Sprache kommen werden.«

Mirabella Fusco kniff ihre vollen Lippen zusammen. Ihre blauen Augen schimmerten hart und undurchdringlich.

»Tun Sie mir einen Gefallen und reden Sie in den nächsten Tagen mit niemandem. Und lesen Sie bitte keine Zeitungen.«

»So schlimm, Commissario? Es ist schon seltsam. Vor zehn Jahren hätte ich mir ein wenig mehr Aufmerksamkeit und Beistand gewünscht, als meine Mutter starb. Aber der Tod einer kranken Frau aus einer bankrotten Bauernfamilie ist wohl nicht spektakulär genug. Jetzt ist der Mann tot, den man meinen Vater nennt. Ein reicher Turiner. Und da wird die Geschichte auf einmal interessant?«

»Ihre Mutter starb an einer Krankheit, Ihr Vater wurde ermordet.«

Mirabellas Lippen waren nicht mehr als ein Strich, so fest presste sie sie zusammen. Der über Jahre zementierte Hass eines kleinen Mädchens, das den Verlust der Mutter nie richtig verarbeitet hatte, dachte Gaetano. Sie redete ihren Großeltern das Wort, die sie – und das war das eigentlich Tragische der Geschichte – grundlos verstoßen hatten. Einfach deshalb, weil Ianus Capuano sie gezeugt hatte.

»Ich möchte jetzt gehen«, sagte sie, drehte sich noch einmal zum Grab ihrer Mutter und murmelte: »Dieser Tod … hat nicht die Kraft, mein Leben zu zerstören …« Sie hielt die Luft an.

Gaetano legte die Hand sachte auf ihre Schulter. Ihre Haut war weich und vom Sonnenlicht erwärmt. Er drehte sie zu sich. Anstandslos ließ sie es zu. Nur wenige Zentimeter trennten ihre Gesichter. Plötzlich spürte er, wie feuchtwarmer Atem zwischen ihren Lippen hervorstieß und über seine Nasenspitze zog. Es roch nach lange eingeschlossener Luft, abgestanden, nach ständig hin und her gemalmter Traurigkeit. Hastig wich er zurück. »Emanuele, Ihr Onkel …«

Wieder umspielte ein Lächeln Mirabellas Mundwinkel. Jetzt, aus unmittelbarer Nähe, wirkten ihre Lippen noch weicher. Sie waren ungeschminkt. Ein zarter, kaum merklicher Flaum brauner Härchen verriet ihre süditalienische Herkunft und warf einen Schatten zwischen Nase und Oberlippe, an deren Rand sich eine weiße Spur winziger Salzkristalle geheftet hatte. Wie aus dem Nichts öffnete sich ihr Mund: »Mein Onkel, ja, wenn Sie ihn so nennen wollen.« Sie fuhr sich mit gespreizten Fingern durch die Haare. »Emanuele ist wohl auf die gleiche seltsame Weise mein Onkel wie Ianus mein Vater und wie Samuele mein Großvater.« Ihr Blick wanderte zu Pater Ambrosio, der noch immer im Hintergrund wartete. »Ich nehme an, Sie kennen meine Familienverhältnisse. Man kann sich seine Verwandtschaft leider nicht aussuchen, aber wenn ich mich auf eine Seite schlagen müsste …« Erneut fuhr sie sich durchs Haar und schloss dabei gequält die Augen. Wie eine Statue stand sie da. Ein dünner Schweißtropfen bahnte sich seinen Weg aus ihrer stoppeligen Achselhöhle die Flanke entlang, zog eine glänzende Spur durch den feinen Staub, den die Stadt auf ihre Haut gelegt hatte, und verschwand dann unter ihrem Kleid. Ein Windstoß bauschte ihren Rock, den sie gekonnt zurechtzupfte, und warf eine zarte Gänsehaut auf ihren schmalen Unterarm, wo sich für einen Bruchteil von Sekunden einzelne schwarze Härchen aufstellten. »Ich wünsche Ihnen alles Gute für Ihre Arbeit, Commissario«, flüsterte sie plötzlich, drehte sich weg und ging, doch Gaetano eilte ihr nach.

»Wir tappen im Dunkeln, Signorina. Ihr Onkel ist verdächtig, aber er hat ein Alibi und … mit Ihrer Hilfe könnte ich vielleicht …«

Da wandte sie sich um und verschränkte erneut die Arme, im Blick die Härte, die er zuvor bereits bemerkt hatte. Es war der Zauberbann ihres Großvaters, des alten, kauzigen Bauern. Mirabella atmete schnell. Schweißperlen rannen im Zickzack den Hals hinab, wo ihre Halsschlagader kräftig pulsierte.

»Warum sollte ich jemandem helfen? Für mich war noch nie ein Mensch da. Nur meine Mutter, und die ist tot«, schrie sie in derbstem Napulitano und schleuderte dabei Spucketröpfchen in Gaetanos Gesicht. Sekundenlang standen sie sich reglos gegenüber, bis Mirabellas Atem zur Ruhe kam. »Entschuldigen Sie, Commissario. Selbst wenn ich wollte, … ich … ich weiß von nichts. Ich habe Emanuele seit zehn Jahren nicht gesehen.«

Gaetano forschte in ihren Augen nach einer Lüge. Dann fragte er ruhig: »Wann waren Sie zuletzt in der Wohnung Ihres Vaters, Signorina?«

»Warum wollen Sie das wissen?«

Gaetano nahm sie wieder an der Schulter und setzte sie beiläufig in Bewegung. »Ihr Vater wurde in seinem Esszimmer ermordet, vielleicht sitzend, als wäre er von hinten überrascht worden. Er muss seinen Mörder gekannt haben. Zumindest hatte er keine Angst vor ihm.«

Mirabella drehte sich angeekelt weg. »Wieso erzählen Sie mir das?«

Sie waren beim großen Portal angekommen, wo Emilia vor dem Streifenwagen wartete und mit der Hand über ihren Bauch streichelte. Sie nickte Mirabella zu.

»Ich möchte Sie bitten, mit mir in die Wohnung Ihres Vaters zu gehen – nicht jetzt, nicht heute. Aber in den nächsten Tagen.«

Mirabella schrak zurück. »Was soll das bringen?«

»Als ich das erste Mal den … Tatort betrat, wirkte alles auf mich wie eine große Inszenierung. Ein Theaterstück, eine diabolische Maskerade. Aber vielleicht täusche ich mich. Wir sind immer noch auf der Suche nach der Putzfrau Ihres Vaters, damit sie uns erzählt, was wie verändert wurde. Wir wissen nicht einmal, ob der Täter die Tatwaffe selbst mitgebracht oder sich im Affekt ein Messer aus dem Bestand Ihres Vaters gegriffen hat, solche Dinge …«

»Sie glauben ernsthaft, ich könnte mich an die Anzahl der Messer erinnern, die sich in der Küche meines Vaters befinden?« Mirabella lachte verächtlich. Doch Gaetano ließ sich nicht beirren.

»Wann waren Sie zuletzt in der Wohnung Ihres Vaters?«

»Vor fünf Jahren«, platzte die Antwort aus ihr heraus, noch bevor sie ihre Augen hinter aggressiven Schlitzen verstecken konnte. »Ich werde in der Wohnung meines Vaters kaum Geheimnisse lüften. Und ob ich Ihnen überhaupt helfen will, den Täter zu finden, weiß ich auch nicht. Ianus hat meine Mutter auf dem Gewissen. Irgendjemand hat Ianus auf dem Gewissen. *E tirittitti*, dann verreckt er halt im Knast!« Sie trat unruhig in das gleißende Sonnenlicht vor dem Friedhofsportal.

Gaetano stellte sich ihr in den Weg. »Sie müssen das nicht heute entscheiden, Signorina. Wo sind Sie untergebracht?«

»Ich werde nicht mit Ihnen in die Wohnung meines Vaters gehen«, flüsterte sie kaum hörbar. Jetzt ist sie wieder ein kleines Kind, dachte Gaetano, ein unglückliches Mädchen, das seine Eltern verloren hatte.

»Beruhigen Sie sich«, sagte er sanft und wollte erneut seine Hand auf ihre Schulter legen. Doch als er Emilias Blick bemerkte, besann er sich eines Besseren. »Wie lange bleiben Sie in Neapel?«

Sie zog ein Taschentuch hervor und schnäuzte sich. »Für die nächsten Tage wohne ich bei einer Schulfreundin von früher – ganz früher. Piazzetta San Giovanni in Porta, Hausnummer weiß ich nicht. Es ist das rot gestrichene Haus am Eck.«

Gaetano zog eilig einen Notizblock hervor. »Und Ihre Telefonnummer?« Mirabella warf ihm ein paar Zahlen hin. Instinktiv zählte er nach. Schon zu oft hatten ihm dubiose Zeugen unvollständige Telefonnummern genannt und waren dann nie wieder aufgetaucht. Diesmal landete er einen Treffer: »Da fehlt was!«, triumphierte er. »Italienische Telefonnummern haben elf Ziffern, Ihre hat nur zehn. Verkaufen Sie mich nicht für dumm, Signorina!«

In einer Mischung aus Trauer und Güte flüsterte Mirabella: »Die Nummer ist, wie sie ist. Es ist die alte Handynummer meiner Mutter. Früher haben sie kürzere Nummern ausgegeben.«

Betroffen sah Gaetano zu Boden. »Das wusste ich nicht. Also, dann … zehnstellig.« Er überlegte, dass Mirabella noch einen schwierigen Weg vor sich hatte. Sie war jung und kämpfte dagegen an, von ihrer langen Vergangenheit bestimmt zu werden. »Und Sie wohnen bei Ihrer Freundin, ja? Wohnen Sie immer bei Ihrer Freundin, wenn Sie in Neapel sind?«

Mirabella zog ihre schönen Augen zusammen. »Lassen Sie Ihre Spielchen. Ich habe Ihnen schon gesagt, dass ich seit Jahren nicht in der Stadt war. Paola hat das von Ianus in der Zeitung gelesen. Da hat sie sich an mich erinnert und mich ausfindig gemacht.«

»Das ist schön.« Gaetano lächelte.

»Ich werde nicht lange bleiben. Ich bin es nicht gewöhnt, anderen zur Last zu fallen.«

Gaetano überging den melancholischen Kommentar. »Wir können Sie hinbringen.« Er deutete auf den Streifenwagen, wo Emilia nicht länger unbeteiligt herumstand, sondern zur Fondtür trat und ihre Hand an den Griff legte.

»Sie trauen mir nicht, stimmt's?« Mirabella ging langsam rückwärts davon und lächelte wie ein freches Mädchen. »Ich wohne wirklich bei meiner Freundin.« Die Tramontana wehte ihr die dunkelbraunen Haare ins Gesicht. Diesmal ließ sie es geschehen. Sie wirkte so leicht in ihrem aufbauschenden Kleid, dass Gaetano glaubte, sie könnte jeden Moment davongeblasen und ihm in die Arme getrieben werden.

»An der Ecke stehen Taxis, Commissario. Ich kann selbst auf mich aufpassen. *Ce verimmo*!« Sie drehte sich um und lief schnell davon. Gaetano sah ihr nach und wartete, ob die Tramontana noch einmal zuschlug. Aber diesmal blieb Mirabellas Kleid still.

# 20.

Auf dem Weg in die Stadt sprach Commissario Gaetano für eine Weile kein Wort. Mirabella hatte sich tief in seinen Kopf gegraben. »Mein Gott, sie ist halb so alt wie ich«, murmelte er leise.

Emilia hatte es gehört. »Sie ist ihrer Mutter wie aus dem Gesicht geschnitten. Als ich euch beide aus dem Friedhof kommen sah, war es wie früher ... als ob Anna durch die Tribüne des FC Pantano spazierte.«

Gaetano erwiderte nichts. Als sie an einer Ampel hielten, sah Emilia ihn herausfordernd an.

»Was ist?«

»Na, was hat sie gesagt?«

Gaetano schloss die Augen. »Also ... wenn ich ehrlich bin ... gar nichts. Eigentlich ging es die ganze Zeit nur um ihre tote Mutter. Mirabella ... sie ... es ist schrecklich, was sie erleben musste ... ihre ganze Kindheit. Aber sie ... hat das alles hinter sich gelassen. Sie hat Neapel hinter sich gelassen.«

Es wurde grün. Emilia fuhr wieder an. »Wo war Mirabella die ganze Zeit? Warum hat sie sich nicht gemeldet? Hat sie ein Alibi für Freitagabend?«

»Denke schon«, murmelte Gaetano.

Emilia verlangsamte das Tempo wieder und hielt nach gut hundert Metern vor einem Obststand. Dann stieg sie aus und kam nach wenigen Minuten mit einer Papiertüte voller Amalfizitronen zurück. Sie warf Gaetano eine in den Schoß. Sofort roch es nach Sommerfrische. Gaetano sah seine Kollegin verständnislos an.

»Du musst die Schale entfernen, Salvo!«

»Was wird das hier? Wir haben Arbeit.«

»Du vor allem.«

»Hä?«

»Ich habe lange nichts gesagt, Salvo, aber irgendwann reichts. Gabriele hat recht: Du bist wirklich nicht bei der Sache.« Gaetano wollte etwas erwidern, aber Emilia sprach einfach weiter. Sie deutete auf sein Gesicht. »Was ist das da unter deinem Auge? Wird das ein Veilchen?«

Verdutzt sah Gaetano in den Rückspiegel und registrierte einen blassen lila Schatten unter dem rechten Auge.

»War das Carla? Ihr habt euch wieder gestritten, *vero*?«

»Woher weißt …«

»Wenn du dich mit einem Mann geprügelt hättest, sähest du jetzt anders aus. Und ich weiß von keiner Frau außer Carla, mit der du dich regelmäßig triffst, seit das mit Antonella vorbei ist. Verdammt, Salvo, rede mit jemandem. Rede mit mir, wenn dir das hilft, und vor allem mit Carla. Sie heiratet. Sie wird … ist erwachsen. Wollt ihr für alle Ewigkeit eure Vergangenheit vor euch herschieben?«

Gaetano verschränkte die Arme. »An mir liegt's nicht. Ich habe Carla großgezogen. Florinda hat sich einen Scheißdreck gekümmert. Aber Carla tut so, als hätte ich sie bei Wasser und Brot darben lassen. Ich weiß einfach nicht, was sie von mir erwartet.«

»Du hast sie nicht großgezogen, Salvo. Du hast dafür gesorgt, dass sie etwas zu essen hat, hast sie in die Schule gefahren, nachmittags im Pflegeheim abgeliefert und abends deinem betrunkenen Vater vor die Haustür gestellt. Das ist nicht dasselbe.«

»Ich habe mehr getan als Florinda und Aniello zusammen. Aber Carla liebt nur ihren Papà. Obwohl der nichts für sie tut.« Gaetano kniff die Lippen zusammen und fing an, seine Zitrone zu schälen. Der Duft wurde immer betörender.

»Aniello hört ihr zu, Salvo. Und das solltest du auch tun. Sie ist nicht abgehauen wie deine Mirabella.«

»Pfff … meine Mirabella.« Er stopfte sich eine Scheibe der Frucht in den Mund.

»Ihr seid alle drei hier in Neapel. Du, Carla, Aniello. Eine unversehrte Familie werdet ihr nicht mehr werden. Aber was der eine nicht schafft, kann der andere übernehmen. Aniello kann zuhören. Du kannst Fragen stellen, Salvo. Frag Carla, wie es ihr geht. Erzähle Aniello, wie es dir geht.« Auf einmal lächelte sie. »Erzähl ihnen von deiner Arbeit. Vielleicht löst ihr einen Fall zusammen.«

Gaetano spürte, wie es hinter seinen Augäpfeln warm wurde und zu pochen begann. Er konnte jetzt nichts sagen und kaute umso wütender auf dem saftigen Fruchtfleisch herum. Emilia schien seine Überforderung zu fühlen und ließ ihn in Frieden. Sie fuhr wieder los.

Nach einigen Minuten sagte sie: »Und was Mirabella betrifft, Salvo … also, wenn du willst, dass ich sie übernehme … Gib Acht, dass sie dich nicht hinters Licht führt. Du hast wenig Erfahrung mit Frauen – und keine mit Mailänderinnen.«

Auf seinem Schreibtisch fand Gaetano die Phantomzeichnung eines Schuljungen und seufzte. Es hätte jedes x-beliebige zehnjährige neapolitanische Kind sein können. Aber auf keinen Fall zeigte es Emanuele. Erschöpft schloss er die Augen. Von draußen drang Mauros betörendes Karamellaroma herein. Irgendwer plärrte auf der Straße: »Eh, Mauro! Du warst schon wieder im Fernsehen. Im Abspann nach der Pressekonferenz.« Plötzlich durchzuckte es Gaetano: Kameras! An den Geschäften und Bars musste es Kameras geben. Er sprintete zu seinen Kollegen und hetzte sie ins verwaiste Konferenzzimmer.

»Wir müssen alle Kameras in der Via Salvatore Tommasi untersuchen, am besten auch die der angrenzenden Straßen. Wenn Emanuele drauf ist, haben wir ihn. Und in der Bar gegenüber vom Tatort fangen wir an.«

»Die Kamera aus der Bar haben wir doch längst überprüft«, antwortete Danilo. »Kaputt. Und die in den Läden daneben zeichnen nicht auf, falls sie überhaupt funktionieren.«

»Dann nehmen wir uns jetzt die übrigen vor!«

»Weißt du, was du da verlangst, Salvatore?«, rief Pietro. »Das sind Hunderte Kameras, und die Straßen waren voller Feiernder. Das ist wie mit der Nadel im Heuhaufen. Wenn wir Pech haben, dann ist Emanuele drauf und wir erkennen ihn nicht einmal.«

»Dann sorg gefälligst dafür, dass du ihn erkennst, verdammt«, versetzte Gaetano. »Durch den Brand können wir die Tatzeit perfekt eingrenzen. Kurz vorher oder nachher wird Emanuele in die Falle getappt sein. Vielleicht sogar bei der Vigili del Fuoco. Frag bei der Feuerwehr nach, ob sie den Einsatz gefilmt haben.«

»Sollen wir vielleicht auch noch die Cellulari der Gaffer beschlagnahmen?« Pietro tippte sich an die Stirn.

Der Primo Dirigente steckte den Kopf durch die angelehnte Tür. »Ihr lasst die Finger von den Fuscos, klar? Wer sich widersetzt, hat sich zu verantworten. Es gibt etliche Leute, mit denen Capuano auf Kriegsfuß stand. Und von seiner Turiner Braut wissen wir noch überhaupt nichts. Die da oben …«

»Sind alle sauber«, triumphierte Danilo. »Ich hab sie überprüfen lassen. Alles ehrbare Leute. Reiche Pinkel. Und die ganze Sippe hat Alibis. Die sind so harmlos, die würden Neapel nicht mal im Fernsehen ertragen.«

Gabriele kam herein und trat von einem Bein aufs andere. »Und was ist mit dieser Familie im ersten Stock, der Nachhilfeschülerin? Kriegt raus, was da los war und wo sich ihr Vater zur Tatzeit aufgehalten hat! Außerdem verlangt die Staatsanwaltschaft ein umfassendes Dossier über Capuanos Geschäftsbeziehungen in Neapel. Fragt nach, was er in seiner Klinik getrieben hat. Mit wem geriet er aneinander? Das volle Programm.«

»So ein Schwachsinn, Gabriele«, sagte Gaetano, ohne seinen Chef überhaupt anzusehen. »Capuano wurde erpresst, weil er heiraten wollte. Wieso sollte jemand aus der Klinik so etwas tun?«

»Francesco meint, das passt. Wir haben es mit einem intelligenten Täter zu tun. Er hat die Liste absichtlich am Tatort gelassen, um die Polizei auf Capuanos moralische Verfehlungen zu stoßen. Und er hatte medizinisches Wissen. Francesco hat den Täter von Anfang an durchschaut.«

»Gabriele, du bist blind. Du …«

»Tut einfach was und hört auf, hier blöd rumzusitzen, klar?«, donnerte der Primo Dirigente und war im nächsten Augenblick verschwunden.

Nur der Deckenventilator durchbrach die Stille. Wie oft hatte Gaetano dieses Schweigen schon erlebt. Und meistens war es das Ergebnis irgendeiner hirnverbrannten Anordnung ihres Primo Dirigente gewesen. Nach einer endlosen Weile klatschte er mit den Handflächen auf den Tisch. »*Allora*, ihr wisst, was ihr zu tun habt. Machen wir dem Chef eine Freude. Pietro, du sichtest das Videomaterial aller Kameras, die im Umkreis von hundert Metern um Capuanos Wohnung zur Tatzeit aufgezeichnet haben. Konfisziere alle Speicherkarten und verschaff dir Zugang zu den Servern.«

»Aber Gabriele hat doch gesagt ...«

»Du suchst ja nicht nach Emanuele, nicht wahr?« Gaetano zwinkerte.

»Du spinnst, Salvatore. Außerdem dauert das Monate.«

»Danilo hilft dir. Emilia, du fährst in Capuanos Klinik. Hör dich ein bisschen um. Erfinde ein paar Fakten für die Staatsanwaltschaft, dass sie die Spur fallen lässt ...«

»Was machst du?« Emilia verschränkte die Arme über ihrem Bäuchlein.

Gaetano spürte, dass sie sauer war. Er bekam wieder Oberwasser. »Ich fahre zu dieser Familie Miglio. In einem muss ich Gabriele recht geben: Da stinkt was zum Himmel. Ich möchte zu gern wissen, wofür Francesca Capuano so viel Geld schuldete.«

»Ich habe die Familie gescannt.« Danilo warf ihm einen Schnellhefter hin. »Viel ist es aber nicht. Der Vater ist alleinerziehend, hütet seine Kinder wie einen Augapfel, muss aber ein richtiger Tyrann sein. Schickt die Kinder auf die American International School of Naples, schweineteuer, sage ich euch, und die Nachbarn behaupten, der prügelt sie bis zur Maturità, wenn's sein muss.«

»Vorstrafen?«

»Alles sauber, aber ein paar Mal musste die Polizei anrücken. Vor allem die Tochter kriegt's ab. Die Nachbarn meinen, sie provoziert's aber auch. Frühreifes Gör.«

Gaetano musste an den kleinen Jungen mit dem Mops denken, dem er versprochen hatte, seinem Vater nichts von der Waffe zu erzählen. Pepe tat ihm leid, aber es wäre besser, ihm schleunigst die Pistole abzunehmen, bevor er sie gegen den Vater richtete.

Gaetano klemmte sich Danilos Ordner unter den Arm. »Morgen um zehn wieder hier, *ragazzi*!«

»Was ist mit Capuanos Tochter, dieser Mirabella?«, fragte Emilia im Gehen. »Sollten wir sie nicht einmal offiziell ... befragen?«

»Das mache ich«, sagte Gaetano schnell und spürte, wie er rot wurde.

Als alle gegangen waren, trieb ihn eine Ahnung zu Davide. Der Spurensicherer saß gelangweilt in seinem winzigen Labor, das er sich im obersten Stockwerk der Questura eingerichtet hatte. Manchmal kam es Gaetano vor, als müsste ein Kriminalfall erst jede einzelne Etage des Gebäudes durchlaufen haben, bis er gelöst würde. In Gang gebracht von einer Telefonistin im Erdgeschoss, durch die Mangel genommen von den Journalisten im Presseraum des zweiten Stocks, endlos durchdiskutiert in den Konferenzzimmern im dritten, frühzeitig ad acta gelegt vom Primo Dirigente im vierten und schlussendlich doch noch gelöst vom genialen Davide im Obergeschoss, wo er an der Schwelle zwischen Himmel und Hölle logierte.

Der Spurensicherer bastelte gerade an Capuanos Wanduhr, die in alle Einzelteile zerlegt vor ihm auf der penibel aufgeräumten Arbeitsplatte lag. Davide war ein Pedant, auch was seine Ordnung betraf. Das machte einen Großteil seines Erfolges aus. Nur seine zerzausten Haare verrieten das Geniale in ihm.

»Was treibst du da?«

»Ich versuche, die Wanduhr zu reparieren. Das gehört zu meinem Arbeitsethos. Wenn ich alle Spuren habe, schraube ich die Dinge wieder zusammen. Das bin ich ihnen schuldig.«

»Klappt's?«, fragte Gaetano eher aus Höflichkeit.

»Nicht wirklich. Diese Uhr ist was ganz Spezielles. Tu mir einen Gefallen und bring sie zu einem Uhrmacher. Hier auf der Gehäuserückseite klebt das Etikett mit der Adresse, ist ganz in der Nähe des Tatorts.«

»Fingerabdrücke? Fasern?«

»So sauber wie die Cucina deiner Mutter.«

Gaetano beugte sich über den Schreibtisch und musterte die unzähligen kleinen messingfarbenen Rädchen, Federn und Pendel, die für gewöhnlich unsichtbar im Inneren der Uhr arbeiteten.

Davide tat es ihm gleich. »Kaum zu glauben, dass der Mörder imstande war, die Uhr zu manipulieren und dann wieder so einzustellen, dass sie die Woche über verlässlich weiterlief. Das grenzt an ein Hexenwerk.«

»Was willst du damit sagen, Davide?«

»Genau das, was ich gesagt habe. Der Mörder muss handwerklich sehr geschickt gewesen sein. Vielleicht sogar vom Fach.«

»Und kein zittriger Alkoholiker, meinst du?«

»Nimm die Uhr mit.« Davide begann, die winzigen Teilchen behutsam in einen Karton zu legen. Gaetano sah ihm geistesabwesend dabei zu. »War noch was?«

»Irgendwas wollte ich dich fragen.« Er griff sich an die Schläfe.

»Wichtig?«

»Weiß ich eben nicht.« Gedankenverloren schlenderte er zur Tür. Dort drehte er sich noch einmal um. »Seltsamer Täter. Macht alles sauber und nimmt sogar den Schädel mit.«

»Also … ähm, das ist noch nicht raus. Der Kopf könnte …«

»Ihr seid noch nicht durch mit der Wohnung?« Gaetano ging zurück ins Labor und baute sich vor Davide auf. »Wieso seid ihr noch nicht fertig? Und was stehst du dann hier rum und sortierst Zahnräder, verdammt?«

»Reg dich ab! Morgen früh geh ich wieder hin.«

»Warum erst morgen früh?«, schrie Gaetano.

Der Spurensicherer kniff die Augen zusammen. »Hast du's immer noch nicht kapiert, Salvatore? Ich bin mittlerweile der Einzige, der am Fall Gennaro arbeitet. Es gibt noch andere Morde in Neapel. Meine ganze Truppe ist im San Paolo, die brauchen auch jemanden, der sie koordiniert, die …«

»Die sind im Stadion? Also für so was habt ihr Zeit, ja?«

»Einer von der Security wurde umgebracht. Und jemand hat das Trikot von Maradona gestohlen – das aus der Meistersaison.«

Gaetano tippte sich an die Stirn und dann gegen die Brust. »Aber bei mir geht's um San Gennaro.«

Davide setzte ein spöttisches Lächeln auf. »Salvo, und wenn es um *il Papa* persönlich ginge. In Neapel gibt es nur einen Gott. Und der heißt Diego Maradona.«

# 21.

Als Commissario Gaetano die Via Salvatore Tommasi erreichte, dämmerte es bereits. In den benachbarten Bassi, in die sich Anwaltsbüros, Tabakläden, hippe Boutiquen und jahrhundertealte Holzschnitzereien pressten, gingen nach und nach die Lichter aus. Wenig später traten geschniegelte Anzugträger und von Holzstaub bepuderte Greise heraus, huschten über die Straße in die nächste Bar und drängten sich an die Tresen. Vor den Türen duftete es nach Melanzane fritte mit Knoblauch. Die enge Straße füllte sich mit Leben. Im Café des glatzköpfigen Barista saß Beppa Bellucci mit ihrer eislöffelnden kleinen Schwester und starrte auf Capuanos Haus. Eine Bedienung servierte ihr Weißwein in einer eistränenbeschlagenen Karaffe. Gaetano sah neidisch hin. Neapels schönste Stunde, dachte er, in der zwischen Licht und Dunkelheit Unentschieden herrschte. In der sich die Erschöpfung nach einem wilden, bunten Tag in die Gassen ergoss und sich die nächtliche Kriminalität noch nicht Bahn gebrochen hatte. Beschwingt bot man ihr gemeinsam die Stirn und huschte dann auf unheimlichen, verschlungenen Pfaden nach Hause, gerade rechtzeitig, bevor die Altstadt unpassierbar würde.

Bei den Miglios machte auch nach mehrmaligem Klingeln niemand auf, und Gaetano beschloss, zunächst den Uhrmacher aufzusuchen. Federico Salvini hatte seine Werkstatt gleich um die Ecke in der Via Santa Monica. Im Basso eines schmalen, gelb gestrichenen Hauses, dessen Fassade mit Traueranzeigen, Konzertankündigungen und Fahndungsaufrufen beklebt war, prangte über einer türkisfarbenen Holztür eine verwitterte Tontafel mit der Aufschrift *L'orologiaio Salvini.* Das Fensterchen daneben war mit morschen Läden verriegelt. Zwischen den rostroten Lamellen spitzte Licht heraus und floh in die Dämmerung des Feierabends. Unter den misstrauischen Blicken einer zahnlosen Alten, die neben Salvinis Tür auf einem Holzstühlchen saß und an einer Sorrentiner Zitrone lutschte, klopfte Gaetano gegen den Fensterladen, der dabei beinahe aus seinen Angeln fiel.

Wenige Sekunden später kam ein Glatzköpfchen heraus. Der Uhrmacher trug eine Lupenbrille auf der Nase und stierte orientierungslos in die Dämmerung. Als er Gaetano entdeckte, nahm er das Ungetüm ab, ließ es an einem speckigen Lederband den faltigen Hals hinabhängen und warf aus kleinen, stechenden Äuglein einen prüfenden Blick auf die geöffnete Pappschachtel in Gaetanos Händen. »Wird aber auch Zeit«, krächzte er. »Sie kommen wegen Capuano?«

Verdutzt antwortete Gaetano: »Woher wissen Sie das?«

»Von solchen Uhren gibt es in Neapel vielleicht ein Dutzend. Capuanos erkenne ich auf hundert Meter.«

Er ließ den Fensterladen zurückfallen, wobei sein Kopf gerade noch rechtzeitig aus dem Rahmen verschwand, und entriegelte kurz darauf die Eingangstür. Als sie schwerfällig aufschwang, stand ein aufrechtes, aber winziges drahtiges Männlein in Lederschürze vor dem Commissario, kaum größer als ein ausgewachsenes Pony. Gegen den Uhrenmacher war sogar Davide ein Riese. Mit ölglänzenden Fingerchen deutete Salvini ins Innere und bat ihn wortlos, einzutreten. Drinnen roch es feucht und muffig und ein wenig wie in einer

Autowerkstatt, nur dass über allem etwas Elegantes, Erhabenes schwebte. An jedem Fleckchen der holzvertäfelten Wände hingen Wanduhren verschiedenster Größen, manche klein wie eine Espressotasse, andere mannshoch und bestimmt schwerer als der kleine Uhrmacher. Gaetano stellte sich vor, wie der schmale Salvini nach Feierabend mit einem Gläschen Aglianico in eins der riesigen Gehäuse schlüpfte und einschlief, bis ihn am nächsten Morgen eine der unzähligen Uhrenglocken aus seinen Träumen riss. Es tickte und klackte ohrenbetäubend, und Gaetano versuchte vergeblich auszumachen, welche Uhr welches Geräusch von sich gab. Es war wie in einem Albtraum. »*Che Dio mi assista*!« Gaetano verzog schmerzverzerrt das Gesicht und floh ins Hinterzimmer. Salvini folgte ihm, setzte sich geduldig auf einen Stuhl an der mit Lupen, Schraubendrehern und Rädchen übersäten Arbeitsplatte und starrte Gaetano aus müden Äuglein an.

»Das ist ja wie in einem Museum, Signor Salvini.«

»Die größte Uhrensammlung Kampaniens, wenn nicht sogar ganz Italiens, und alle Exemplare in Privatbesitz, wohlgemerkt.« Salvini strahlte. »Manche Uhren sind über dreihundert Jahre alt. Wer zu mir kommt, sagt, hier sei die Zeit stehen geblieben, dabei ist es genau umgekehrt. Wenn es einen Ort in Neapel gibt, an denen Ihnen die Zeit zwischen den Fingern zerrinnt, dann hier.« Er kicherte. »Tick, tack, tick tack. Manche macht das ganz verrückt, man kann einfach nichts dagegen tun. Tick, tack, tick, tack.« Salvini deutete mit seinem dürren Zeigefingerchen eine Pendelbewegung an.

Gaetano runzelte die Stirn. »Ich bin Commissario Gaetano, von der neapolitanischen …«

»Ich weiß, wer Sie sind, Ihr Bild war in der Zeitung.«

Für einen kurzen Augenblick fühlte sich Gaetano wichtig, erinnerte sich dann aber an die gramvolle Pressekonferenz. Er wusste nicht, was man über ihn berichtet hatte. »Sie sagten eben, Sie hätten mit meinem Besuch gerechnet.«

»Neapel ist ein Dorf. An jeder Ecke erzählt man sich, dass Capuanos Wanduhr die Tatwaffe war. Und ich bin schließlich sein Uhrmacher. Immer schon gewesen.« Salvini streckte seinen Rücken durch, wurde aber kaum größer.

Gaetano ließ die Schultern hängen und schüttelte den Kopf. Neapel, wie es leibte und lebte. Auf der Pressekonferenz hatten sie keine Details über die Tatwaffe erwähnt, und trotzdem zerriss sich die gesamte Stadt schon das Maul darüber. Irgendwer im Team hatte sich mal wieder verplappert. Gaetano schloss kurz die Augen und setzte dann von Neuem an: »Wir haben einige Probleme mit der Uhr, Signore.«

»Das sehe ich«, entgegnete Salvini und ließ seinen skeptischen Blick auf den Pappkarton fallen. »Ist nicht mehr viel übrig von dem Schmuckstück. Barbarisch, wie man ein solches Kunstwerk dermaßen ungehobelt behandeln kann. Wer hat sie auseinandergebaut, Ihr Hausmeister?« Salvini rümpfte die Nase, nahm Gaetano den Karton aus den Händen und setzte ihn andächtig auf der Arbeitsplatte ab. Gaetano sah ihm an, dass er am liebsten sofort begonnen hätte, das Uhrwerk wieder zusammenzubauen. Nicht einmal das Ziffernblatt war intakt geblieben. Ein riesengroßer, rätselhafter Haufen Metall. »Der Minutenzeiger fehlt. Doch nicht etwa die Tatwaffe, Commissario?« Gaetano stutze. Salvini war clever, aber wie konnte der Alte so schnell das Fehlen eines einzigen Puzzleteiles unter Tausenden erkennen? »Wissen Sie eigentlich, dass es Unglück bringt, in einem Uhrwerk herumzufuhrwerken? Eigentlich sollte man es überhaupt nicht anrühren. Die Zeit hat ihren eigenen Rhythmus. Der ist empfindlich. Da mischt man sich nicht ein.«

»Wie reparieren Sie die Uhren, wenn Sie sie nicht anfassen dürfen, Signor Salvini?« Gaetano lächelte. Der Alte fing an, ihm Spaß zu machen.

»Das ist etwas anderes. Ein Uhrmacher ist kein Monteur. Ich manipuliere nicht grob herum, sondern helfe den Uhren nur dabei, wieder in Takt zu kommen. Ich arbeite im Verborgenen. Dann finden die Uhren wieder ganz von selbst in ihren Rhythmus. Wenn Sie gegen die Zeit arbeiten, kann ich Ihnen von vornherein sagen, wer gewinnt.«

»Ich weiß nicht, ob ich Sie verstehe, Signore.«

»Wissen Sie, was meinem Großvater passiert ist? Der war auch Uhrmacher. Hatte sein Geschäft genau hier in dieser Werkstatt. Eines Tages im Herbst schlug die Tramontana zu. Keine Ahnung, wie es der Sturm in diese kleine Gasse geschafft hatte, jedenfalls hatte mein Großvater an diesem Tag alle Fenster geöffnet, und die Tramontana fuhr herein wie eine zornige Hexe und wollte gar nicht mehr gehen. Sie riss und zog an jedem Schraubenzieher, wirbelte die Pendel der Uhren wild umeinander. Unsere Familie hatte schon damals eine große Uhrensammlung, wissen Sie. Nach fünf Minuten war der Spuk vorbei. Aber aufgeregt waren die Uhren, das sage ich Ihnen. Sie schnatterten alle wild durcheinander, jede tickte wie verrückt, unrhythmisch, panisch. Die Tramontana hatte sie heftig verwirrt.« Salvini sah ihn mit weit aufgerissenen Augen an. »Und dann passierte es«, flüsterte er plötzlich geheimnisvoll.

»Was?«, gab Gaetano zurück.

»Nonno wurde ganz nervös von dem tickenden Casino, und eines Morgens beschloss er, die Uhren wieder zur Ruhe zu bringen. Ich war dabei, ein kleiner Junge, und ich erinnere mich noch ganz genau, Commissario. Entschlossen nahm Nonno die da, die dort über dem Türstock hängt, von der Wand, brachte behutsam die Pendelbewegungen wieder in ihren Rhythmus und stellte die Zeiger ein. Aber als er mit ihr fertig war, zitterte er plötzlich am ganzen Körper. Ich bekam es mit der Angst und floh aus der Werkstatt, und Nonna erzählte mir später, Nonno schämte sich, weil er gegen das Arbeitsethos jeden Uhrmachers verstoßen hatte: Er war ungeduldig geworden, hatte der Uhr nicht genügend Zeit gegeben, sich von selbst zu beruhigen. Er ließ die anderen Uhren in Ruhe.« Salvini machte eine vielsagende Pause.

»Was geschah dann?«

»Lange nichts. Die Uhr funktionierte einwandfrei, alle anderen fanden von selbst wieder in ihren Rhythmus. Aber Jahre später fand ich meinen Großvater hier im Türbogen auf dem Boden. Blutüberströmt. Die Uhr war heruntergekracht.«

»Tot?«, fragte Gaetano ungläubig.

»Ja. Die Zeit hatte zurückgeschlagen!« Nachdenklich starrte er in die dämmrig beleuchtete Werkstatt. »Verstehen Sie jetzt, was ich sagen will, Commissario?«

»Ich kann doch bei einer kaputten Uhr nicht warten, bis sie sich selbst repariert. Wie soll ich die korrekte Zeit herausfinden, wenn meine Uhr falsch geht?«

»Die Uhr meines Großvaters war nicht kaputt. Sie ging nicht einmal falsch, zumindest nicht in dem Sinne, wie Sie es meinen. Die Tramontana, diese kleine Windhexe, hatte sie nur ein wenig geärgert, retardiert oder beschleunigt, was auch immer. Wenn die Tramontana die Uhr verstellt, dann, Teufel noch mal, ist das in Neapel die Zeit, nach der Sie sich zu richten haben.«

»Hm«, grunzte Gaetano.

»In unserer Sprache, und ich rede von Napulitano, nicht von Italienisch, wer will schon Italienisch sprechen, im Napulitano gibt es ebenso viele Worte für Tod wie für Zeit, wussten Sie das? Erst dann kommen Worte wie Liebe, Mord, Wein, Meer, Ehre oder Hass. Zeit und Tod sind im Napulitano untrennbar miteinander verbunden. Hier bestimmt Neapel darüber, wann Ihr Stündchen schlägt. Mischen Sie sich bloß nicht ein. Es rächt sich, glauben Sie mir, Commissario.«

»Ich weiß nicht recht …«

»Denken Sie darüber nach, Commissario. Sie sprechen Napulitano, Ihr Herz tickt nach dem Rhythmus der Stadt. Den ganzen Bengeln mit ihren Digitaluhren, die ich nicht verstehe und die mich nicht verstehen, brauche ich das nicht zu erzählen. Da reißt es mich immer, wenn so ein geschniegeltes Äffchen hier reinschneit und sein gestelztes *Ciao* plärrt. Wer kein Napulitano spricht, darf hier gar nicht erst rein.«

Gaetano kratzte sich am Kopf. »Ianus Capuano sprach kein Napulitano. Seine Uhr haben Sie trotzdem repariert.«

Salvini hob den Finger. »Aber nur im Andenken an seine verstorbene Frau. Anna kam früher regelmäßig hierher. Bei solchen Uhren, wie Capuano eine hatte, empfehle ich zwei Mal jährlich eine Wartung. Abgeschleppt hat sich das junge Ding. Für Capuano hätte ich keinen Finger gerührt. Aber Anna, ja, das war eine von uns. Eine Perle von Mensch. Und wunderschön, selbst als sie krank wurde. Und sie hatte so einen Blick, als ob man durch ihre schönen blauen Augen in sie hineinsehen konnte.« Der alte Mann hatte sich mit geschlossenen Lidern auf seinen Stuhl zurückfallen lassen und sprach nun zu sich selbst. »Ja, diese durchdringenden Augen … Wenn Anna meine Werkstatt verließ, hatte ich immer gute Laune, obwohl sie gar nicht gesprochen hat, nie, sie hat nie viel gesprochen. Aber ein ganz feiner Mensch war sie. Viel zu fein für den Turiner Lackaffen.« Salvini schwieg, und Gaetano spürte die Wehmut darin. Nur das tickende Getöse von nebenan durchschnitt die Stille.

»War Annas Tochter auch mal hier?«, flüsterte Gaetano.

Salvini schlug schläfrig die Augen auf und säuselte: »Die kleine Mirabella? Ja, natürlich. Sie war immer dabei. Anfangs noch im Kinderwagen, von der schweren Wanduhr fast erdrückt. Später an Annas Hand. Die Kleine wich ihrer Mutter nicht von der Seite. Schüchtern war sie, ängstlich. Und genauso stumm wie ihre Mutter.«

Gaetano horchte auf. »Wovor hatte sie Angst?«

»Was weiß ich?« Salvini zog seine Schultern hoch. »Kleine Mädchen sind oft schüchtern, was ist daran ungewöhnlich?«

»Hat sie nie etwas gesagt, über ihren Vater, meine ich? Hatten Sie mal das Gefühl, dass es Ianus Capuano war, vor dem sie sich fürchtete?«

Salvini musterte ihn. »Was meinen Sie damit, Commissario? Ich dachte, Sie seien wegen der Uhr hier und nicht wegen dieser alten Kamellen.« Hastig stand er auf und begann in aller Ruhe, ein Zahnrädchen nach dem anderen aus dem Pappkarton auf den Arbeitstisch zu legen.

Gaetano betrachtete ihn aufmerksam. »Was für Kamellen?«

»Na, diese Gerüchte, Capuano hätte … seine Frau umgebracht, dass das alles mit dem Krebs nicht stimmen würde. War doch offensichtlich, dass Anna krank war.«

»Mirabella hat nie etwas über die Ehe ihrer Eltern gesagt?«

»*Dio santo*, nein«, murrte Salvini und hielt inne. »Ein kleines Mädchen, Commissario, fünf, sechs, sieben Jahre alt, was weiß das schon über das Leben? Sind Sie hergekommen, um mich über die Vergangenheit auszufragen? Dann sind Sie bei einem Uhrmacher falsch. Ich bewerte nie, was gewesen ist. Da käme ich nicht hinterher, hören Sie, wie es überall tickt, tick, tack, tick, tack, tick, tack, tick, tack.«

»Ist ja schon gut, ist ja schon gut. Was war nun mit der Uhr? Capuano hat Sie in den Wochen vor seinem Tod mehrfach aufgesucht, *vero*?«

»Nichts war mit seiner Uhr«, erwiderte Salvini. »Sie lief tadellos. Keine Ahnung, was der Spinner wollte.«

»Capuano hat mir erklärt, die Uhr würde mal falsch gehen und dann wieder richtig. Die Anzahl der Glockenschläge stimmte nicht.«

»Unsinn. Entweder eine Uhr funktioniert oder sie funktioniert nicht. Natürlich kann ein Uhrwerk mal ins Stocken geraten und sich dann von selbst wieder regulieren, aber nicht innerhalb weniger Tage. Zeit ist geduldig, die hats nicht eilig. Was glauben Sie, was in der Stadt los wäre, wenn die Uhren solche Mätzchen machen würden? Die Menschheit ist ja schon überfordert, wenn sie mal eine Stunde vor- oder zurückgestellt werden.«

»Ich dachte eher daran, dass jemand nachgeholfen haben könnte. Jemand, der Capuanos Uhr für ein paar Stunden verstellt und dann wieder korrigiert hat.«

»Nicht möglich«, polterte Salvini und stampfte dabei mit dem Fuß auf. »Die Uhr wurde nicht verändert. Das hab ich auch Capuano erklärt, aber der hatte Wahnvorstellungen, kam jeden Dienstag vorbei und behauptete, jemand müsse daran herumgefummelt haben. Absolut unmöglich!«

»Was macht Sie da so sicher?«

»Ich hätte es gemerkt.« Salvini verschränkte die Arme wie ein trotziges Kind vor der Brust.

»Das klingt mir ein wenig dünn. Es kann doch jemand die Zeiger der Uhr verstellt und hinterher wieder in die richtige Position gebracht haben. So etwas merkt doch keiner!« Gaetano ging zielstrebig auf eine Wanduhr zu und hob den Zeigefinger zum Ziffernblatt.

»Finger weg!«, schrie Salvini. »Verdammt, das bringt Unglück. Nehmen Sie Ihre Pratzen da weg, Commissario!« Salvini zog ihn am Jackenzipfel zurück zur Arbeitsplatte und drückte ihn auf einen Hocker. »Ich zeige Ihnen was.« Er reichte Gaetano seine überdimensionale Lupenbrille und hielt ihm ein Rädchen vor die Augen. »Von solchen Zahnrädern befinden sich in einer klassischen Wanduhr mindestens ein Dutzend. In Capuanos Sondermodell exakt achtzehn Stück. Erkennen Sie die Ziffern auf den einzelnen Zähnchen des Rads? Sie sind durchnummeriert.«

Gaetano setzte die Lupenbrille auf, hielt die Luft an und stierte angestrengt auf das winzige Rädchen. »Ich sehe nichts.«

»Sie müssen genauer hinsehen, Commissario. Die Ziffern am äußersten Rand jedes einzelnen Zähnchens.«

»Bedaure.«

»*Mio Dio*, sind Sie blind?« Salvini ergriff Gaetanos Hand und legte ihm behutsam das goldglänzende, kalte Rädchen hinein. »Dann fühlen Sie, Commissario. Mit den Finger-spitzen. Kratzen Sie vorsichtig mit den Nägeln. Spüren Sie die kleinen Nummern?«

Gaetano ließ das Rädchen mehrfach durch die Finger glei-ten. »Da ist nichts, was wollen Sie eigentlich?«

»Wo haben Sie Ihre Pratzen her, Commissario? Aus dem Kuhstall? Wie kann ein Polizist nur solche Schwielen haben. Mit diesen Händen dürften Sie bei mir nicht einmal das Klin-gelschild putzen.«

Beleidigt warf Gaetano das Rädchen zurück in den Papp-karton und riss sich die Uhrenlupe von der Nase. »Jetzt hexen Sie nicht rum, Salvini. Was ist mit diesen Nummern?«

Salvini nahm zwei Rädchen zur Hand, ließ die Zähnchen ineinander haken und dann vor Gaetanos Augen umeinander kreisen. »Ein Uhrwerk ist aufgebaut wie eine kleine Stadt, in der jedes Zähnchen seine Aufgabe hat. Eine Demokratie, nur ohne Bürgermeister. Die einzelnen Teile wissen selbst, was sie zu tun haben. Solange wir uns nicht einmischen, funktioniert das Gewusel ganz von selbst.«

»Und?«

»Nachdem ich eine Uhr gewartet oder repariert habe, bringe ich alles in eine bestimmte Position. Nehmen wir der Einfachheit halber an, in dieser Null-Position würde bei je-dem Rädchen der Zahn mit der Ziffer 1 exakt senkrecht nach oben zeigen. Also Startposition: Ziffer 1 bei allen Rädchen nach Norden. *Capisce*? Nehmen wir weiter an, ich setze das Uhrwerk exakt um zwölf Uhr mittags in Bewegung. Die Ma-schine läuft jetzt von selbst weiter. Läuft und läuft und läuft. Die Rädchen drehen sich, greifen ineinander und so weiter und so weiter, Stunde um Stunde. Welche Ziffern, glauben

Sie, zeigen nach Norden, wenn ich das Gehäuse am nächsten Tag exakt um zwölf Uhr wieder öffne, Commissario?«

»Überall das Zähnchen mit der Eins?«

»Ich sehe, Sie haben verstanden.«

»Und?«

»Als mir Capuano die Uhr brachte, standen alle Rädchen in derselben Beziehung zueinander wie in der Woche zuvor, als ich ihm die Uhr nach meiner Wartung zurückgegeben hatte. Ein Blick ins Gehäuse verrät mir zu jeder Uhrzeit, ob in der Vergangenheit eine Störung auf das Uhrwerk eingewirkt hat. Aber da war nichts. Nie! Keine Störung.«

»Was beweist das? Wenn jemand am Zifferblatt die Uhr vor- und zurückstellt, drehen sich die Rädchen doch wieder in die Ausgangsposition.«

»Einfühlsam sind Sie nicht gerade, Commissario.« Salvini verdrehte die Augen. »So ein Szenario ist absolut unmöglich, denn wenn Sie an den Zeigern rummanipulieren, mögen das die Rädchen gar nicht. Sie hüpfen dann schon aus Prinzip hin und her, einzelne Zähnchen werden übergangen, andere galoppieren davon, es gibt Streit, ein absolutes Chaos, sage ich Ihnen. Nicht einmal ich könnte an den Zeigern drehen, ohne das Uhrwerk zu stören. Denken Sie an die Geschichte mit meinem Großvater. Die Zeit hat ihren eigenen Rhythmus.«

»Wer sich auskennt, könnte doch, nachdem er die Zeiger vor- und zurückgestellt hat, das Gehäuse geöffnet und die Rädchen kontrolliert haben. Damit alles wieder seine Ordnung hat.«

»Nicht bei Capuanos Uhr. Absolutes Hexenwerk. Ich glaube nicht, dass es in Neapel mehr als ein halbes Dutzend Uhrmacher gibt, die sich da rantrauen.«

Gaetano dachte lange nach. »Sie hatten also nie das Gefühl, jemand könnte das Gehäuse geöffnet haben.«

»Ich verrate Ihnen jetzt noch etwas.« Salvini zog einen kleinen Gummischlauch unter der Arbeitsplatte hervor, an dessen Ende eine winzige Düse saß. Dann trat er auf ein Pedal, und ein leises Schlürfen und Zischen ertönte. »Wenn ich mit einer Reparatur fertig bin, sauge ich jedes noch so winzige Staubkörnchen aus den Uhrwerken. Bei Capuano war immer alles blitzblank. Nein, Commissario«, Salvini schüttelte den Kopf, »in den Wochen vor Capuanos Tod hat niemand außer mir selbst die Uhr berührt. Und das Gehäuse geöffnet schon gleich dreimal nicht.«

Gaetano seufzte. Capuano hatte akribisch die fehlerhaften Glockenschläge aufgelistet. Die Uhr war ganz sicher falsch gegangen, wenn er aus Turin anrief. Warum sollte er sich das ausdenken? Ratlos starrte Gaetano in die dämmrig beleuchtete Werkstatt. Salvini hatte das grelle Licht über der Arbeitsplatte gelöscht. Alles erschien ihm auf einmal konturlos, wie ein riesengroßes Rätsel. Selbst der winzige Salvini.

»Wenn Sie erlauben, Commissario, würde ich jetzt gern Feierabend machen.« Er deutete mit der Hand freundlich in Richtung Ausgang. »Die Augen eines Uhrmachers brauchen viel Schlaf, sonst tanzen mir morgen die Zeiger auf der Nase herum.«

Sie trotteten durch das rumorende Vorzimmer zum Ausgang.

»Wenn Ihnen noch etwas einfällt, Signor Salvini, melden Sie sich bitte sofort bei mir.« Gaetano reichte ihm seine Visitenkarte. »Auch was Mirabella oder Anna betrifft. Wir sind dankbar für jeden Hinweis.«

»Wieso machen Sie sich überhaupt so viel Mühe, Commissario? Die Zeit hat entschieden, dass Capuano sterben muss. Hätte er sich ein bisschen mehr auf die Stadt eingelassen, wären wir vielleicht geduldiger mit ihm umgegangen.« Der Kauz schloss seine Werkstatt ab und schlurfte davon. Nach wenigen Augenblicken hatte ihn eine Gasse verschluckt.

Bei den Miglios brannte Licht, doch erst nach mehrmaligem Klingeln hörte Gaetano hinter der hölzernen Wohnungstür jemanden heranschleichen. Dann öffnete ein Glatzkopf von der Statur eines gealterten, verfetteten Boxers. Aus dicken Wülsten musterten ihn zwei blutunterlaufene Augäpfel. Signor Miglio wirkte, als hätte er Tranquilizer geschluckt.

»Schon wieder Polizei? Hab alles gesagt, *capisc*?«, brummte er aus einem schwulstigen Fischmaul. Dann schlug Miglio die Tür zu, aber Gaetano brachte einen Fuß dazwischen.

»Ich muss mit Ihrer Tochter sprechen.«

Miglio spuckte aus. »Mit der spricht niemand ohne meine Erlaubnis, *capisc*!«

»Dann erlauben Sie es mir.« Gaetano zog seine Dienstmarke hervor, um zu verdeutlichen, dass Miglio keinen einfachen Carabiniere vor sich hatte, sondern einen leitenden Kriminalbeamten.

»Die Hundemarke kannst du wegstecken, Francesca hatte mit Capuano nichts zu schaffen.«

»Ich dachte, er sei ihr Nachhilfelehrer gewesen.« Gaetano sagte es so neutral wie möglich.

Miglios Augen blitzten hinter den zusammengezogenen Wülsten. »Nachhilfelehrer, eh?«

»Vielleicht kann Francesca uns weiterhelfen. Wir versuchen, uns ein Bild von Capuanos Leben und Kontakten zu machen.«

»Kontakte, eh? Hältst du mich für blöd? Über die Schweinereien willste mit ihr reden. Da war nichts, *capisc'*, und wenn, dann haben wir's geklärt.«

»Vergangenen Freitag vielleicht?«

»*Sciò sciò*, Signore *pulizziòtto*!«

»Entweder ich spreche hier unter Ihrer Aufsicht mit Francesca oder in der Questura im Beisein eines Psychologen – nachdem wir sie mit Blaulicht abtransportiert haben. Es liegt ganz bei Ihnen, Signore.«

Das Fischgesicht dachte angestrengt nach. Schweiß stand ihm auf der Stirn, und der korpulente Oberkörper hob und senkte sich schwer. Wie aus dem Nichts schrie der Mann plötzlich in die Wohnung: »Francesca, schon wieder ein Bulle! Setz dich in die Küche, wir haben mit dir zu reden. Und zieh dir verdammt noch mal was über.«

Gaetano eskortierte den Glatzkopf durch die stinkende Wohnung, durch einen Türspalt winkte ihm Francescas kleiner Bruder verschüchtert zu. Gaetano glaubte, den Mops röcheln zu hören.

Nach einer Weile tippelte eine kurvige Rothaarige im eng anliegenden, cremefarbenen Spaghetti-Top und Minirock herein und fläzte sich auf die durchgesessene Couch, ihre bis über die Knie entblößten Beine auf der Armlehne. Den Kopf ließ sie in den Nacken fallen, wo ihr gelocktes Haar in einem lockeren Knoten saß. Mit der rechten Hand griff sie sich umständlich an die Schläfe. Genervt beobachtete Gaetano das Schauspiel. Pepe, der Bruder des Mädchens, hatte recht gehabt: Seine Schwester kokettierte mit ihrer Weiblichkeit, obwohl sie kaum dem Kindesalter entwachsen war. Nach einer Weile drehte Francesca in aufreizender Langsamkeit den Kopf in Gaetanos Richtung und blinzelte ihn aus haselnussbraunen Augen an. Ihre Pupillen glichen dem Krater eines erloschenen Vulkans. Durchaus vorstellbar, dass Capuano sofort darauf angesprungen war. Sie war wirklich schön. Doch als Francesca zu sprechen begann, entblößten ihre geöffneten Lippen ein wildes Durcheinander an schiefen, teils gebrochenen Zähnen. Gaetanos Blick blieb auf der schroffen Karstlandschaft kleben.

»Deck deine verdammten Beine zu«, brüllte Signor Miglio. »Musst dich ja nicht gleich vor jedem ausziehen!«

Francesca zog eine karierte Stoffdecke von der Lehne und warf sie mit einem Augenrollen über ihre Schenkel.

»*Allora, pulizziòtto*, das ist meine Tochter Francesca, und jetzt stell gefälligst deine Fragen. Aber dalli. Das Gör hat noch zu tun.« Vielsagend deutete Miglio auf das dreckige Geschirr, das sich in der Spüle stapelte. Fettgestank stach Gaetano in die Nase. Unwillkürlich griff er sich in die Magengegend.

Dann drehte er seinen Stuhl, sodass er Vater und Tochter gleichermaßen im Blick behielt, und begann: »Es dauert nicht lange, wenn Sie kooperativ sind. Nur ein paar Fragen über den Abend, als Ianus Capuano ermordet wurde.«

»Da waren wir hier, das habe ich schon den anderen Bullen gesagt.«

»Kann das jemand bezeugen außer Ihre Kinder?«

»In diese Wohnung lasse ich niemanden rein. Dem Gesindel kann man nicht trauen!«

»Galt das auch für Dottore Capuano?«

»Für den ganz besonders. Das Aas hatte hier nichts verloren!« Dieses Mal spuckte Miglio auf den Küchenboden.

»Er war dein Nachhilfelehrer, Francesca?« Die Rothaarige nickte schüchtern. Gaetano konnte nicht deuten, ob es gespielt war.

»Aber das war schnell vorbei«, ging Miglio dazwischen. »Der sabbernde Sack kann froh sein, dass er seine hechelnde Zunge noch hat.«

Gaetano sah sich beiläufig im Zimmer um. »Warst du nicht zufrieden mit dem Nachhilfeunterricht, Francesca?«

Miglio sprang auf. »Der Typ hatte es von Anfang an nur auf eines abgesehen, aber so etwas gibt's bei mir nicht. Hat sich für seine Nachhilfestunden bezahlen lassen und dann unter dem Tisch meine Tochter befummelt.« Er torkelte zum Küchenschrank und zog eine halb leere Flasche Grappa hervor. Mit dem zweiten Glas stürzte er eine neongrüne Tablette hinunter.

»Wieso haben Sie ihn nicht angezeigt, Ihre Tochter ist doch erst fünfzehn?«

Miglio sprang zur Couch. »Weil dieses Fräulein hier sich weigert, eine Aussage zu machen, und lieber überall herumposaunt, dass halb Neapel hinter ihr her ist.« Dann griff er ihr mit beiden Händen an den Kiefer, zerrte Unter- und Oberlippe seiner Tochter auseinander und schrie: »Zumindest, solange sie beim Sprechen ihr Maul nicht aufmacht.« Francesca biss zu, dass ihr Vater aufschrie und zurückwich.

Gaetano ließ das Spiel laufen. »Haben Sie Capuano erwischt, wie er Ihre Tochter bedrängte?« Francesca setzte sich auf, wischte sich über den Mund und rutschte unruhig hin und her.

»Solche schlüpfrigen Geschichten interessieren den *pulizziòtto, vero?«* Miglio beugte sich zu Gaetano herunter, bis sich ihre Nasenspitzen fast berührten. »Von uns hörst du nichts. Das Aas ist tot! Wird Zeit, dass wieder Ruhe ins Haus kehrt.«

Gaetano schubste ihn weg und wischte sich die Spucke vom Mund. Dann griff er nach seiner Waffe und legte sie sich auf die Knie. Die Geste wirkte. Miglio schwankte zurück zum Stuhl.

»Glaubst du, ich bin so blöd und gehe wegen Capuano in den Knast? Ich steh kurz vor der Einbuchtung. Bist schließlich nicht der erste *pulizziòtto*, der hier rumschnüffelt. Lieber prügel ich dieses Gör hier grün und blau als diesen Turiner Sack. Sind mir meine Fäuste viel zu schade für.«

»Sie haben ihn nicht zur Rede gestellt?«

»Bin tausendmal zu ihm hoch. Aber die Memme hat sich verschanzt. Sogar seine Stimme hat der Turiner Affe verstellt, auf Napulitano gemacht. Aber dieses piemontesische Gebelle erkenne ich unter tausend Kötern. Selbst Parma spricht besser Napulitano.«

»Wofür schuldeten Sie Capuano Geld, Signor Miglio?«

Der Glatzkopf linste zu seiner Tochter. »Welches Geld?«

»Es geht um siebentausend Euro. Wollte Capuano die nicht zurück?«

Miglio sog Luft durch die Fischlippen ein. »Kein Geld. Hat uns nichts gegeben.« Sein Blick blieb auf Francesca haften.

»Ihre Kinder gehen auf eine Privatschule, Signore, das kostet.«

»Geht dich einen Scheißdreck an, *pulizziòtto*.«

»Capuano war Francescas Nachhilfelehrer, er wusste, auf welche Schule Ihre Kinder gehen. Hat er Ihnen angeboten, Sie finanziell zu unterstützen? Und dann wollte er plötzlich eine … spezielle Gegenleistung für sein Geld? Von Francesca vielleicht? Und …«

»Jetzt halt dein Maul! Ich kann sehr gut selbst für meine Kinder sorgen. Ich brauche keine Almosen.«

»Ihr Alibi für die Mordnacht ist ziemlich dünn, Signore. Wenn wir Ihre Kinder verhören, dann …«

Plötzlich riss sich Miglio einen Hemdsärmel auf und hielt Gaetano einen dick bandagierten Unterarm hin. »Ich lag im Bett, *pulizziòtto*. Hab beim Löschen geholfen, als das halbe Erdgeschoss in Flammen stand und die Vigili del Fuoco noch San Gennaro gefeiert hat. Glaubst du, ich sehe zu, wie meine Wohnung abfackelt? Ein verschmorter Müllsack hat mir den halben Arm weggeätzt. Hab mir den Bauch mit Grappa und Tabletten vollgestopft, dass ich nicht mehr wusste, wo ich war. Reicht das jetzt?«

»Was für Tabletten? Zeigen Sie sie mir!«

»Alles aufgefressen.«

»Dann holen Sie die Schachteln aus dem Müll! Sofort, sonst nehme ich Sie mit aufs Präsidium.«

Miglio schwankte wie Godzilla, der nicht wusste, in welche Richtung seine Beute entwischt war, ließ seinen Kopf von Francesca zu Gaetano und wieder zurück pendeln und stapfte polternd hinaus.

Gaetano und Francesca sahen sich verschwörerisch an. »In zwanzig Minuten gegenüber in der Bar«, flüsterte er. »Da können wir reden, *d'accordo*?«

Francesca schüttelte den Kopf. »Dimitri ist Papàs Freund. Via Giuseppe Baroni, das schmale Gässchen, das an der Piazza abgeht. Die verfallene Kapelle, man muss durchs Seitenfenster rein.«

Gaetano kannte sie. Auf seinen Streifzügen durch die Stadt war er früher mit Aniello oft dort gelandet. Ein Wunder, dass man das alte Ding noch nicht abgerissen hatte. Schon damals war es ein berüchtigter Drogenumschlagplatz gewesen.

»Aber ich weiß nicht, ob es klappt. Papà lässt mich vielleicht nicht raus.«

Miglios Poltern kam näher.

»Sag, du gehst mit dem Hund raus«, warf ihr Gaetano schnell hin.

»Da!« Miglio schleuderte drei zerknüllte Tablettenschachteln auf den Küchentisch. »War's das jetzt?«

»Für den Augenblick. Wir überprüfen, was das für ein Zeug ist. Wie viel davon haben Sie genommen?«

»Was weiß ich?«, grunzte Miglio. »Ne halbe Packung, die anderen in den letzten Tagen.«

Gaetano nickte Francesca zu und ging.

Auf der Straße hörte er Miglio keifen. Er hatte beide Kinder zu sich zitiert, und es erklang das unverkennbare Geräusch von Ohrfeigen. Wenig später schepperte und klirrte es. Francesca musste in die Küche verbannt worden sein.

Gaetano schlenderte in Richtung Via Giuseppe Baroni und wartete vor der heruntergekommenen Kapelle. Ein gelborangener Laternenschein stahl sich aus der Via Santa Monica in die verlassene Dunkelheit und streifte das Gebäude. Das Vicoletto war menschenleer. Müllsäcke, Flaschen und ausrangierte Möbelstücke stapelten sich am Eisentor vor der mickrigen Kirche, im winzigen Kapellenvorhof überwucherten Efeu und Bougainvillea umgestürzte Heiligenstatuen. Gaetano roch Urin. Aus allen Ecken des Viertels schlug es 21 Uhr, und als der Glockenhall in Neapels Gassenlabyrinth verklungen war, hörte er etwas durch die Dunkelheit hecheln. Parmas hibbeliger Schatten huschte über verschmierte Wände, im nächsten Augenblick war der überdrehte Köter da und zerrte Francesca mit sich. Daneben ihr kleiner Bruder. Vor der Kapelle tuschelten sie, dann lief Pepe mit Parma im Schlepptau davon.

Francesca hatte sich nichts übergezogen, obwohl die Herbstnacht kühle Luft durch die Altstadt blies. Noch immer trug sie das ärmellose, cremefarbene Oberteil, das ihren Busen betonte, und den kurzen blauen Rock. Hastig drängte sie sich an ihm vorbei, schlüpfte durch das handbreit geöffnete, schmiedeeiserne Tor in den vermüllten Kapellenvorhof und stellte sich ungeduldig unter ein aufgebrochenes Kirchenfenster.

»Na, was ist? Sie müssen mir helfen, *pulizziòtto*. Räuberleiter.«

Unschlüssig trottete Gaetano hinterher, fächerte seine ineinander gefalteten Hände für sie auf und erwartete die Last ihres Körpers. Sie war leicht wie eine Feder. Als Francesca nach zwei vergeblichen Anläufen die Beine über den Fenstersims schwang, schaute er höflich weg.

»Nicht daran interessiert, welche Farbe mein Slip hat?«, fragte Francesca. »Ich verrate es Ihnen: Ich trage nichts drunter.«

Kopfschüttelnd stieg Gaetano ihr nach.

Drinnen stank es bestialisch nach Erbrochenem. Es war stockduster, nach einigen Sekunden schälten sich Francescas Konturen aus dem Dunkel. Sie saß auf einer lehnenlosen Kirchenbank, die Beine rechts und links herabbaumelnd. Von irgendwo hatte sie eine Zigarette hergezaubert. Ein kurzes

Aufflackern, dann sah er nur noch ein rotes Glimmen und ab und an das Spiegeln der Glut in Francescas Augen.

Vorsichtig ging er zu ihr. Unter seinen Schuhen knarzte und splitterte etwas. Wahrscheinlich Spritzen, dachte er. Er setzte sich Francesca gegenüber. Ihr Gesicht lag komplett im Dunkeln. Vielleicht tat sie sich so leichter zu sprechen.

»Bist du oft hier?« Er beugte sich vor und tastete mit einer Hand die Unterseite der Kirchenbank ab. Schnell fand er, wonach er suchte. Vor zig Jahren hatten er und Aniello ihre Initialen von unten in das dunkle Holz geritzt. Er fuhr sie mit dem Fingernagel nach. Aniellos *A* war noch deutlich zu spüren, viel tiefer als sein *S*. »Danke, dass wir sprechen können.«

»Ich hab nicht viel Zeit. Papà wird misstrauisch.«

»Was kannst du mir sagen?«

»Dass Papàs Geschichte stimmt. Er lag im Bett. Wir haben geglaubt, er stirbt.« Sie sagte es völlig gleichgültig.

»Was lief da zwischen dir und Capuano? Er hat dir Geld geboten, *vero*? Wofür hat er dich bezahlt?«

Francesca ließ sich Zeit mit ihrer Antwort, dann legte sie in einem Affentempo los, als ob die Geschwindigkeit ihr das Erzählen leichter machte. »Ianus war besessen von mir. Wenn Papà mal kurz raus ist, hat er mit seinem Gesülze angefangen. Ob ich wüsste, wie schön ich bin, wie sehr ich ihn errege. Dass ich in einem faszinierenden Alter bin, dem Schönsten, in dem sich ein Mädchen befinden kann. Rumlaufen sollte ich, weil ihm gefiel, wie sich meine Brüste bewegen. Der Kerl ist fast verrückt geworden.«

Gaetano lief es kalt den Rücken herunter. Was war Capuano nur für ein perverses Schwein. »Das hat er dir einfach so gesagt?«

»Hm.«

»Und dann wollte er plötzlich mehr, als dich nur anschauen, richtig? Was ist passiert?«

»Ich entscheide, was ich erzähle, klar?«, fauchte sie. Das Knistern der Zigarette ließ die Zeit verstreichen. Wenn Francesca an ihr zog, schloss sie die Augen, wie um sich die Vergangenheit ins Gedächtnis zu rufen. »Er sagte, er hätte noch nie ein so schönes Mädchen gesehen. Aber ich könnte noch perfekter werden.«

»Was meinte er damit?«

»Na was schon? Tun Sie doch nicht so«, versetzte sie. »Meine Zähne sind potthässlich. Mit denen bräuchte ich mich außerhalb Neapels nicht sehen lassen, meinte Ianus. Ich sähe damit aus wie ein Bauerntrampel. Und meine Haut gefiel ihm nicht. Im Gesicht war ich ihm zu dunkel. Zu roten Haaren gehört eine helle Haut, meinte er.«

»Das hast du dir gefallen lassen?« Gaetano wollte ihr sagen, dass er sie schön fand, wie sie war, hatte aber Angst, sie könnte es missverstehen.

»Er hat mir siebentausend Euro geboten, damit ich es richten lasse. Der Kieferchirurg hätte fünftausend verlangt. Und dann noch zweitausend für zig Cremes und Tabletten, die er mir besorgt hat.«

»Siebentausend Euro? Einfach so?«

»Natürlich nicht. Er wollte mich dafür ansehen, wann immer es ihm passte. Ich meine … auch nackt. Sehen, wie ich mich verändere, wie ich schöner werde, meinte er. Wie aus mir eine Frau wird.«

»Einfach nur ansehen?«

»Das hat mich auch gewundert. Er hat nie versucht, mich

zu begrapschen oder … na ja … Sie wissen schon … aber er hatte immer so einen Blick. Wollte mich ganz genau betrachten, jeden Zentimeter. Hat mir gesagt, an welchen Stellen ich mich rasieren soll. Und …«

»Und was?« Gaetano spürte, wie sich Francescas Körper verkrampfte. Sie atmete schnell, aber sie schluchzte nicht. Die Zigarette fiel ihr aus der Hand und erlosch nach wenigen Augenblicken im Staub des Kirchenbodens. Der Rauch stand noch eine Weile in der Luft. Gaetano prägte sich ein, wohin sie gefallen war.

»Na ja, er … Ianus wollte, dass ich ihm sage, wenn … wenn ich meine Tage habe. Und dass ich mich dann ganz nackt vor ihm ausziehe. Er hat dann an mir gerochen, zwischen meinen Beinen, zwischen meinen Brüsten, meine Pobacken angestarrt … meine Scham, die Achseln.«

»Du hättest ihn anzeigen müssen. Das ist Kindesmissbrauch«, entfuhr es Gaetano, aber seine Wut verhallte in der Dunkelheit der Kapelle. »Du hast das Geld also genommen? Die ganzen siebentausend Euro?«

»Er gab mir nur fünftausend für den Zahnarzt. Die restlichen zweitausend investierte er in die Cremes und Pillen, die er mir gegeben hat. Aber er hat gesagt, er wird mich irgendwann fragen, ob ich mit ihm … na, Sie wissen schon, und hat mir eine Menge Geld dafür geboten. Unter der Bedingung, dass kein anderer vorher, also dass er … er wollte unbedingt der Erste sein, der …«

»Schon gut, ich verstehe … Was hast du mit den fünftausend Euro gemacht?«

Draußen rührte sich etwas, vielleicht nur ein streunender Hund oder die Tramontana, die durch das offene Kirchenfenster pfiff. Der Wind riss an der Laterne an der Via Santa Monica und ließ einen gelben Lichtschein durch das kleine Kapellenschiff huschen. Francesca hatte Tränen in den Augen. »Die Präparate habe ich verkauft. Hier in der Kapelle. Den Erlös habe ich Papà gegeben. Der hatte mich ja erwischt, wie ich mich vor Capuano ausgezogen hab. Wollte wissen, für wie viel ich mich kaufen lasse.«

»Und das restliche Geld? Die fünftausend Euro?«

»Erzählen Sie bitte nichts meinem Vater«, flüsterte sie. Ihre Stimme brach.

»Drogen?«

»Quatsch!«

»Lass bloß die Hände von den Drogen, Francesca, du weißt nicht, was ich jeden Tag zu sehen bekomme.«

»*Strunzata*, ich nehme keine Drogen.«

»Wo ist das Geld?«

»Ich spare für einen Hund.«

Gaetano pustete verblüfft. »Einen Hund für fünftausend Euro? Ihr habt doch schon einen.«

Auf einmal schluchzte Francesca. »Ein besonderer. Ein Blindenhund. Für Màmma … sie lebt im Heim … sie … Es war in der Tribunali … letztes Jahr. Die Kugel traf sie in die Schläfe. Sie wollte nur schnell was einkaufen, dann rief das Krankenhaus an. Sie wird nie wieder was sehen können.«

Gaetano sagte nichts. Ein Kloß im Hals brachte ihn zum Schweigen. Francescas Schluchzen hallte von den Kirchenwänden wider.

»Mit einem Blindenhund könnten wir Màmma nach Hause holen. Aber Papà ist dagegen. Zu teuer. Er … er denkt nur an die Schule … Für Màmma ist kein Geld da. An den Wochenenden sperrt er mich ein, damit ich lerne, dann muss ich noch den Haushalt machen, und dann ist im Heim die Besuchszeit zu Ende. Meistens geht er allein. Mit Pepe.«

Gaetano schluckte. Francesca hatte sich vor Ianus Capuano ausgezogen, um ihre Mutter nach Hause zu holen. Für ein bisschen Normalität. Aber was war in Neapel schon normal? Lange schwieg er, bis das Mädchen sich beruhigt hatte. »Und Capuano hat nichts gemerkt? Ich meine, dass du sein Geld anders verwendest ... dass du gar nicht vorhast, deine Zähne richten zu lassen?«

»Er ist völlig ausgetickt. Wollte sofort sein Geld zurück, wenn ich nicht mit ihm ins Bett gehe, oder er würde alles überall rumerzählen. Die hätten mich von der Schule geschmissen.«

»Was hast du gemacht?«

»Ianus ... er ... er hatte sich meinen Zyklus notiert ... am Freitag, ich meine, als er umgebracht wurde, sollte ich mit ihm ... na, Sie wissen schon.«

Gaetano dachte an den Obduktionsbericht. Capuano hatte vor seinem Tod Geschlechtsverkehr gehabt. An seinem Glied hatte die Gerichtsmedizin Blut gefunden.

»Hab ihm gleich gesagt, dass ich's nicht mache, aber dann hab ich doch dran gedacht. Das Geld brauche ich unbedingt. Nach der Schule bin ich zu ihm hoch, aber Ianus war nicht da.« Sie schwieg. »Ich weiß nicht, ob ich es wirklich gemacht hätte ... ich glaube nicht ... oder doch ... wahrscheinlich nicht. Jetzt ist er tot.« Francesca stemmte sich hoch und tappte durch die Dunkelheit zum Fenster. »Ich muss jetzt nach Hause.«

Er begleitete sie bis zum Ende der Via Giuseppe Baroni, wo Pepe im Laternenschein an einer Hauswand lehnte. Er sah müde aus. Nur Parma war aufgeregt und grunzte vor Freude, als sie Francesca sah.

»Muss ich das Geld zurückgeben, Commissario?«

Gaetano sah in ihre traurigen Augen. »Welches Geld?«

Als sie verschwunden waren, stieg er zurück in die Kapelle und las vier Zigarettenstummel aus dem Dreck unter der Kirchenbank. Davide sollte untersuchen, ob an einem von ihnen die gleiche DNA haftete wie an Capuanos Glied. Als er die Kippen eintütete, beschlich ihn das Gefühl, Davide etwas fragen zu müssen, doch es wollte ihm einfach nicht einfallen.

Gaetano schloss gerade seine Wohnungstür auf, da brummte sein Cellulare. Eine unbekannte Nummer. Er sah auf die Uhr. Es war kurz vor zehn.

»Commissario? Salvini hier, der Uhrmacher.«

»Sì?« Gaetano schloss die Tür hinter sich und tappte zum Küchentisch, wo sein Notizblock lag.

»Ich habe Sie vorhin mit diesem Mädchen gesehen und dem Hund, da ist es mir eingefallen.«

»Was ist Ihnen eingefallen?«

»Die kleine Mirabella, sie hatte auch einen Hund. Anna war da schon krank. Ich erinnere mich, wie aufgebläht und gelb sie war, so schwach, dass sie kaum Capuanos Uhr tragen konnte. Und Mirabella hatte diesen Hund dabei.«

»Und deshalb rufen Sie mich an?«

»Sie haben mich doch gefragt, ob Mirabella jemals etwas über ihren Vater gesagt hat, und … Es war ein riesengroßer, schöner Hund … und als ich Mirabella fragte, ob sie keine Angst vor so einem Tier habe, da hat sie es gesagt.«

»Was hat sie gesagt? Kommen Sie zum Punkt, Salvini.«
Gaetano war auf dem Küchenstuhl zusammengesackt.

»Dass der Hund ihr nichts tun werde, dass er da sei, um sie zu beschützen. Und als ich sie fragte, ob das nicht eigentlich ihre Màmma täte, sagte sie, die wäre ja bald tot.«

Er zuckte zusammen. »Und davor hatte sie Angst?« Ihm kam ein schauriger Gedanke.

»Sie … äh … sie sagte, sie fürchte sich vor Ianus.« In der Leitung wurde es still. »Commissario, sind Sie noch dran?«

»Ja … ja … danke, dass Sie sich gemeldet haben.«

»Glauben Sie, das hat etwas zu bedeuten?«, fragte Salvini traurig.

»Kleine Mädchen reden viel, Signore.«

Die Stunden nach diesem Telefonat glichen jenen Nächten, die Gaetano als Jugendlicher halb schlafend im Weinberg seines Vaters verbracht hatte. Sobald er damals die Hände hinter dem Kopf verschränkt und die Augen gen Himmel gerichtet hatte, hatten Sternschnuppen die tiefe Finsternis durchblitzt und ihn in den Tag zurückgeworfen. Und auch jetzt kreisten seine Gedanken immer wieder um dieses Unaussprechliche, das ungeklärt im Raum schwebte. Mirabella musste ihren Vater abgrundtief hassen, doch über ihre Lippen kam kein Wort der Anklage. Für einen kurzen Moment überlegte er, ob sie als Mörderin ihres Vaters in Betracht kam, zumindest als Komplizin. Doch auf dem Poggioreale war sie ihm so leb- und kraftlos erschienen, so erdrückt von der Trauer um ihre Mutter. Alles in ihr war abgestorben. Eine wunderschöne, traurige, tote junge Frau. Gaetano musste an das Gespräch mit Emilia denken. Seine Kollegin hatte recht: Als Mirabella Neapel hinter sich gelassen hatte, hatte sie auch ihr ganzes Leben aufgegeben. Aber Carla und er, sie waren hier. Sie konnten leben, wenn sie wollten. Doch dazu mussten sie sich einigen, ob sie Aniellos Unfall – ihr gemeinsames Schicksal – weiter verteufeln würden oder einen Punkt in der Vergangenheit suchen, ab dem es ihre Zukunft eigentlich gar nicht so schlecht mit ihnen gemeint hatte. Carla hatte ihren Vater verloren und einen wunderbaren Bräutigam dafür gewonnen. Und er, Gaetano, er würde nie wieder mit aufgerissenen Fingerkuppen in staubtrockener Erde nach einem Hungerlohn graben.

Er stand auf, nahm eine Baldriantablette und schlief wenig später ein.

# MARTEDÌ

# 22.

Am nächsten Morgen quälte er sich schon um 7 Uhr 30 aus dem Bett, rasierte sich ausgiebig und bügelte ein Hemd. Kein einziges Fältchen sollte seine Erscheinung trüben. Er bespritzte sich mit Parfum, hoffte, das Aroma würde den Spaziergang durch die verstunkene Stadt überstehen, und schlenderte beschwingt hinaus.

Um kurz vor neun stand er auf der Piazzetta San Giovanni in Porta. Gern hätte er Mirabella eine Kleinigkeit mitgebracht, Blumen oder ein Zimtsfogliatella, aber er wusste nicht, ob sie es missverstehen würde. Also kaufte er an einem kleinen Obststand vor ihrem Haus ein paar Pfirsiche. Sie dufteten herrlich.

Mit der braunen Papiertüte in der Hand stapfte er durch den offenen, vom Morgenlicht durchfluteten Treppenaufgang. Das Haus machte einen gepflegten Eindruck. Nirgendwo lag Müll herum. In jedem Stockwerk blieb er stehen, während er auf den Klingelschildern nach Hinweisen suchte, in welcher Wohnung Mirabella wohnte. Sie hatte ihm nur den Vornamen ihrer Freundin genannt.

Die einzige Paola wohnte im vierten Stock links. Schweiß stand ihm auf der Stirn und er lauschte, ob sich in der Wohnung etwas rührte. Zögerlich klopfte er gegen die grüne Holztür. Wenige Sekunden später vernahm er das Schlagen einer Tür und Schritte, die sich langsam näherten. Rasch wischte er sich über Stirn und Kinnpartie. Im schmalen Türspalt erschien Mirabellas schönes Gesicht. Es dauerte nur wenige Sekunden, bis sie Gaetano erkannte. Ihre Lippen deuteten ein Lächeln an.

»Sie?«

»Ich hoffe, ich … es tut mir leid, dass ich Sie so überfalle«, haspelte Gaetano. »Ich … wenn es passt, würde ich gern für ein paar Augenblicke mit Ihnen sprechen.« Gaetano kam sich lächerlich vor. Er war Polizist. Er musste sich nicht rechtfertigen.

»Ich habe schon gestern gesagt, dass ich Ihnen nicht helfen kann.«

»Nur noch ein paar Fragen, bitte, es dauert nicht lange.«

Mirabella überlegte kurz, entriegelte dann wortlos die Türkette und verschwand in der Wohnung. Sie trug einen türkisfarbenen Satinbademantel, wie Carla einen besaß.

Der Gang war hell und geräumig, obwohl ein Dutzend Umzugskisten herumstanden. Die Fenster führten zum Innenhof, der in friedliches, milchig-gelbes Licht getaucht dalag. Links gingen zwei Zimmer ab, ein Wohn-Schlafzimmer, ebenfalls mit Kartons zugestellt, dann die Küche. Am Ende des Flures lag das Bad, auf einem Stuhl davor ordentlich zusammengefaltet das olivgrüne Kleid, das Mirabella auf dem Friedhof getragen hatte. Obenauf ein schwarzer BH.

Mirabella öffnete ein Fenster, um den feuchten Dunst, der unter der hohen Decke der Altbauwohnung hing, ins Freie zu lassen. Gierig sog Gaetano den Duft von reifen Aprikosen ein. Von draußen drang ein kühler Lufthauch in die Wohnung. Aus ihren Haaren tropfte das Wasser auf Rücken, Flanken und Busen und färbte ihren Bademantel dunkel, aber Mirabella machte keine Anstalten, ein Handtuch zu holen.

»Sie erkälten sich noch, Signorina.«

Sie sah unentschlossen zum geöffneten Fenster und schwebte dann weiter in die Küche, wo sie sich gegen die Arbeitsfläche lehnte. Teilnahmslos sah sie Gaetano an.

»Wollen Sie sich nicht abtrocknen? Ich kann warten.«

»In Neapel kann man sich gar nicht erkälten. Ich vergesse immer, wie heiß es hier unten ist«, sagte sie und wischte sich einen Tropfen von der Nasenspitze. »Das bin ich nicht mehr gewöhnt. In ein paar Minuten bin ich trocken und wenig später schon wieder nass, vor Schweiß.«

»Es wird Herbst, Signorina.«

»Ja.«

Durchs Küchenfenster drängte der Lärm von der Piazza herein. Fluchen und Schimpfen und das Knattern der Api, die Obst und Gemüse anlieferten. Die Bauern bauten gerade ihre Stände für den Wochenmarkt auf. Gaetano fiel die Tüte mit den Pfirsichen wieder ein, die er noch immer in der Hand hielt.

»Ich habe Ihnen etwas mitgebracht. Damit Sie Neapel wieder lieben lernen.« Gaetano holte einen der Pfirsiche aus der Tüte und hielt ihn ihr hin. »Sie riechen hervorragend.«

»Doch nicht etwa von Fredo an der Ecke?«, sagte sie entsetzt.

Gaetano blickte unsicher auf die Obsttüte, las den Schriftzug ›FRUTTA FRESCA FREDO‹ und gab dann reumütig zu: »Ich befürchte schon, wieso?«

»Bei dem dürfen Sie nicht kaufen, Commissario. Fredo schnappt sich das Billigobst aus dem Großmarkt und verhökert es dann zu Wucherpreisen an die Touristen. Das weiß doch jeder.« Sie nahm ihm die Tüte mit den Pfirsichen aus der

Hand und bückte sich zu einem Küchenunterschrank, wo sie geduldig getöpferte Schälchen auseinanderstapelte. Verstohlen schielte Gaetano auf den weiten Ausschnitt ihres Bademantels. Ein goldgelber Sonnenstreifen hatte sich auf ihre Brüste gelegt.

Als Mirabella eine Schale in der passenden Größe gefunden hatte, drapierte sie sie auf dem Küchentisch und baute die vier Pfirsiche zu einer kleinen Pyramide auf. Mit einem Wink lud sie Gaetano ein, Platz zu nehmen. »Sie sehen saftig aus, aber ich habe keine Lust auf Pfirsiche. Ich mache uns einen Espresso.« Zielsicher streckte sie sich zu einem Schränkchen, in dem sie Caffettiera und Espressopulver fand. Gaetano bemerkte, wie der Deckel der kleinen Bialetti hin und her rutschte, sein Scharnier war gebrochen, aber Mirabella behandelte das Kännchen so behutsam, dass es nicht einmal klackerte. Du kochst hier nicht zum ersten Mal Espresso, dachte er. Du kennst dich in dieser Küche bestens aus!

»Was gucken Sie so?«

»Es sieht schön aus, wie Sie das machen.«

»Was wollten Sie mit mir besprechen?«

»Ist Ihre Freundin gar nicht da? Sie wohnt noch nicht lange hier, *vero*? Ich meine, wegen der Umzugskisten.«

»In der Uni. Paola studiert Medizin. Sie steht schon seit fünf Uhr am Corso Umberto. Wer nicht rechtzeitig kommt, ergattert keinen Platz in den Kursen. Vielleicht helfe ich ihr ein wenig beim Auspacken.«

»Und Sie? Was studieren Sie?«

»Raten Sie!« Mirabella blinzelte verführerisch. Es war das erste Mal, dass er sie wirklich lächeln sah.

Ein kleines Grübchen grub sich unter ihr rechtes Auge. Doch das Lächeln verschwand sofort wieder hinter einem ernsten Schleier, als habe jemand es ihr verboten. Oder sie es sich selbst.

»Vielleicht rate ich später, wenn ich ein wenig nachdenken konnte.« Er kratzte sich am Hinterkopf. »Nachdem Dottore Pavese Emanuele aus der U-Haft geboxt hat, stehen wir immer noch am Anfang. Wir …«

»Pavese, eh?« Sie verzog verächtlich den Mund.

»Sie kennen ihn?«

»Wenn mir Ianus mit den Unterhaltszahlungen blöd kam, sollte ich mich an ihn wenden. Die einzige Unterstützung, die mir Màmmas Verwandte zugestanden haben, nachdem sie mich verstoßen hatten. Die Paveses … arbeiten seit Generationen für die Fuscos. Er ist ein richtiges Aas, aber für Neapel genau der Richtige.«

»Wie meinen Sie das?«

»Loyal, skrupellos und verlogen. Die Wahrheit interessiert ihn nicht. Er macht, dass alles wahr wird.«

»*Non è vero, ma ci credo*, eh?«

»*Ciérto*, nur dass Pavese dafür über Leichen geht.«

»Sie glauben also nicht an die Unschuld Ihres Onkels?«

»Ich habe mir noch nicht einmal Gedanken darüber gemacht, was ich überhaupt glauben soll. Morgen oder übermorgen verlasse ich die Stadt, dann ist die Sache für mich erledigt. Vielleicht komme ich nie wieder nach Neapel zurück.« Sie drehte sich weg. Vorsichtig hob sie den Deckel von der Caffettiera und kicherte.

»Was haben Sie?«

»Das Gas. Ich habe ganz vergessen, den Herd anzuzünden.« Sie nahm ein Feuerzeug, und als es kein Flämmchen schlug, öffnete sie eine Schublade, holte ein langes Streichholz heraus, zündete es an und hielt es unter die Bialetti. Sofort loderte die Flamme auf. Nur wenige Sekunden später schoss eine weiße Katze herein und postierte sich miauend unter dem Herd. Das zischende Geräusch der Zündung musste ihre Lust auf warme Milch geweckt haben. Mirabella bückte sich zu ihr hinunter und hob sie sanft auf den Arm, doch die Katze fischte frech nach einer tropfenden Haarsträhne, sprang zu Boden und tigerte laut protestierend hin und her. Als Mirabella sie ignorierte, fing sie an, um ihre Beine zu schleichen. Gaetano sah lächelnd zu.

»Wer könnte Ihren Vater ermordet haben, wenn nicht Emanuele? Der Mörder kannte die Hochzeitspläne Ihres Vaters.« Prüfend betrachtete er sie, wie sie geschäftig die blitzblanke Spüle putzte. »Wann haben Sie von der Partnerin Ihres Vaters erfahren, Mirabella? Wussten Sie, dass er wieder heiraten wollte?«

»Ianus konnte tun und lassen, was er wollte«, versetzte sie.

»Kannten Sie seine Verlobte?«

Sie schüttelte leicht den Kopf.

»Sie ist noch sehr jung. Sie … sie könnte Ihre Schwester sein.«

Mirabella putzte weiter. »Jeder wie er mag. Was geht mich das an?«

Die Bialetti fing an zu gluckern. Als das Blubbern verstummte, stellte Mirabella das Gas ab, verteilte den Espresso auf zwei dickwandige Tässchen und servierte sie zusammen mit einem kleinen Mandelbiscotto. Die Katze, die bis zuletzt vergeblich auf ein Tröpfchen warme Milch gehofft hatte, huschte miauend hin und her. Sie schlüpfte zwischen Mirabellas Beinen hindurch, verschwand unter dem Bademantel und sprang mit erhobenem Schwanz seitlich wieder hinaus. Gaetano nippte nervös an seinem Espresso. Er hatte den Faden verloren.

»Ein Glas Wasser?« Mirabella lächelte.

»Jemand wollte um jeden Preis verhindern, dass diese Hochzeit stattfindet.«

Mirabella drehte sich zum Fenster.

»Fällt Ihnen jemand hier in Neapel ein, Mirabella, der sich an den Plänen Ihres Vaters gestört haben könnte?«

Sie fuhr herum. »Was soll das? Sie wissen, dass ich seit Jahren nicht in der Stadt war.«

Gaetano stellte die Espressotasse mit einem Klackern ab. Es war Zeit, die Daumenschrauben anzuziehen. »Es ist doch offensichtlich, dass Sie nicht zum ersten Mal in dieser Wohnung sind. Sie wissen, wo Fredo sein Obst kauft, finden mit einem Griff Espressopulver, Streichhölzer und was weiß ich was und behaupten ernsthaft, noch nie hier gewesen zu sein?«

»Was tut das zur Sache?«

»Sie lügen mich an, und ich möchte wissen, warum.«

»Zur Tatzeit war ich in Mailand.«

»Ich verdächtige Sie nicht des Mordes, Mirabella.«

»Sondern?«

»Warum verschweigen Sie mir, dass Sie in letzter Zeit in Neapel waren, in dieser Wohnung? Oder ist das vielleicht sogar Ihre Wohnung, Mirabella? Angemietet, um vor Ort zu sein, wenn … wenn Sie hier gebraucht werden?«

»In Neapel braucht mich niemand.« Sie verschränkte die Arme vor der Brust.

»Haben Sie diese Erpresserspielchen angeleiert, vielleicht sogar Schmiere gestanden, wenn Ihr Komplize jeden Freitag bei Ihrem Vater einbrach? Warum? Weil Sie Ihrem Vater eins auswischen wollten? Ihm die Feier verderben? Verhindern, dass alles wieder von vorn anfängt? Sie konnten ja nicht ahnen, dass die Sache so ausgeht. Nennen Sie Ihren Komplizen. Er ist der Mörder, nicht Sie.«

Sie stand auf. »Sie verschwenden Ihre Zeit, Commissario.«

»Die Ehe Ihrer Eltern, Ihre ganze Kindheit war erniedrigend. Und wieder hat sich Ihr Vater eine blutjunge Frau geangelt, nicht ganz so jung und unerfahren wie Ihre Mutter damals, aber …«

»Lassen Sie das«, schrie sie und fing an zu zittern.

»Ihr Vater hat nie aufgehört mit dem, was er in Ihrer Kindheit tat. Er hat …«

Mirabella hielt sich beide Hände auf die Ohren. »Bitte! Bitte lassen Sie das! Gehen Sie!« Ihr Beben wurde stärker. »Gefällt Ihnen das? Macht Sie das an, sich auszumalen, was Ianus mit meiner Mutter gemacht hat, während Sie mich anstarren?« Sie schluchzte und sank auf den Stuhl. »Hauen Sie ab, Commissario, und nehmen Sie Ihre beschissenen Pfirsiche mit.« Sie nahm einen aus der Schale und schleuderte ihn blindlings in Gaetanos Richtung, traf aber nur die Küchentür. Sofort sprang die Katze heran und schlabberte das saftige Fruchtfleisch auf.

Betroffen starrte Gaetano sie an. Plötzlich vibrierte sein Cellulare.

»Mo… Beppa, was gibt's?«

»Sie müssen sofort herkommen. Man hat sie in die Psychiatrische gebracht.«

»Carla? In die Psychiatrische?« Ihm stockte der Atem.

»Was? Wer ist Carla? Ich rede von Donna Sofia.«

»Donna wer?«

»Die Putzfrau. Sie hat Gennaros glühenden Schädel in seinem Ofen gesehen.«

»Die Pu… seinen glühenden Schädel?«, flüsterte Gaetano.

»Die Alte ist schreiend auf der Straße herumgerannt, die Arme zu einem Kreuz erhoben, und hat vor Gennaros Rache gewarnt. Da hab ich den Notarzt gerufen.«

»Was denn für eine Rache?« Er blickte kurz zu Mirabella und sah, dass sie nicht mehr schluchzte. Hörte sie zu? Eilig verließ er die Küche. »Was für eine Rache?«

»Keine Ahnung. Sie hat immerzu geschrien: ›*Mio Dio*, ich wollt's nicht stehlen.‹ Die Sanitäter haben ihr dann was gespritzt.«

»Ich verstehe kein Wort.« Gaetano legte sich die Hand an die Stirn. Wie hatte die Putzfrau überhaupt irgendetwas in der Wohnung tun können? »Ruf Verstärkung. Pietro Santoro soll in die Wohnung«, kommandierte er. »Du wartest vor dem Haus auf ihn. Und Emilia Maio schickst du in die Psychiatrische. Sag ihr, ich komme nach, so schnell ich kann.« Er ging zurück in die Küche, wo Mirabella vornübergebeugt auf dem Tisch lag. Nachdenklich betrachtete er ihren stillen Körper. »Wir haben die Putzfrau Ihres Vaters gefunden.« Sie reagierte nicht. »Verstehen Sie mich, Mirabella?«

Ohne den Kopf zu heben, sagte sie mit dumpfer Stimme: »Bitte gehen Sie jetzt.«

»Ich wollte Sie nicht verletzen, Mirabella … Es tut mir leid, was Ihnen passiert ist, aber der Tod Ihres Vaters ändert nichts daran. Nicht an Ihrem Leid und nicht an dem der wahrscheinlich vielen anderen … jungen Frauen, die Ianus Capuano … gedemütigt hat.«

»Verschwinden Sie!«

»Neapel ist ein Ort der Selbstjustiz, wir regeln das meiste untereinander. Manchmal glaube ich sogar, die Polizei macht alles nur noch schlimmer.« Das Letzte flüsterte er zu sich selbst. »Aber Sie waren lange weg, Mirabella. Capuano hat seine Triebe nach dem Tod Ihrer Mutter weiter unbehelligt ausgelebt. Mitten im Viertel, mitten vor … seiner Haustür.«

Sie hob ihren Kopf und sah Gaetano erschrocken an. »Was meinen Sie … aber nicht Francesca, oder? Bitte nicht Francesca!« Sofort schossen ihr Tränen in die Augen.

Gaetano kniete sich vor ihren Stuhl und sah ihr von unten ins Gesicht. »Sie kennen sie?« Er begann zu rechnen. Mirabella hatte vor zehn Jahren die Stadt verlassen. Da war sie neun oder zehn Jahre alt gewesen – und Francesca wahrscheinlich fünf oder sechs. »Sie kennen …«

»Ich war so oft unten Babysitten«, schluchzte Mirabella. »Wenn es Màmma schlecht ging, hat sie mich runtergeschickt.« Plötzlich schrie sie: »Nicht Francesca! Das hätte ihre Mutter nicht zugelassen.«

»Sie wohnt nicht mehr dort. Signora Miglio lebt im Pflegeheim.«

»Valeria … im Pflegeheim.« Mirabella starrte apathisch auf den Küchentisch. Dann flüsterte sie: »Die Schutzlosen … sie brauchen eine Zukunft.«

Gaetano stand auf und legte ihr sanft die Hand auf die Schulter. »Hätten Sie nur ein bisschen Vertrauen in die Justiz gehabt …«

»Vertrauen?«

»Ihr Zögern hat …«

Auf einmal sprang sie wie eine Furie auf. Sie zitterte am ganzen Körper. In ihren Mundwinkeln blähten sich Schaumbläschen. »Hauen Sie ab, oder ich rufe Dottore Pavese. Dem können Sie Ihre Schauermärchen erzählen.«

»Ja, Dottore Pavese, der die Unwahrheit zur Wahrheit macht«, sagte Gaetano kalt. Sie nahm einen neuen Pfirsich und setzte zum Wurf an, die eisblauen Augen zornig auf ihn gerichtet. Langsam ging er rückwärts aus der Küche. An der Wohnungstür hielt er noch einmal inne und sagte in strengem Ton: »Sie stehen unter Beobachtung!«

Unten auf der Piazza kaufte halb Neapel Gemüse ein. Fluchende Matronen schubsten ihn hin und her. Benommen schaute Gaetano noch einmal hoch zum Fenster. Mirabella stand still wie eine Statue und starrte teilnahmslos hinaus. In der Hand einen Pfirsich.

# 23.

Gaetano war bereits auf halbem Weg zur Stazione Montesanto, um die Seilbahn auf den Vomero zu nehmen, wo die Casa di Cura über der Stadt schwebte, als er es sich anders überlegte. Er rief Emilia an. Sie sollte allein mit der verrückten Putzfrau sprechen, denn sein eigener Bedarf an wirren Gestalten, die nur unter Flehen und Bitten den Mund auftaten, um dann doch nur Sinnloses von sich zu geben, war seit Aniellos Unfall gedeckt. Dann wählte er Belluccis Nummer.

»Was hast du an?«

»Äh ... bitte was?«

»Herrgott, du bist in Uniform, oder?«

»Was denken Sie denn?«

»Zieh dich um. Zivil, unauffällig. Und dann gehst du zur Piazzetta San Giovanni in Porta. Rotes Haus. Du beschattest Mirabella Fusco. Ich will wissen, was sie so treibt.«

»Ist das auch 'ne Putzfrau?«

»Nein, verdammt. Ruf bei Danilo Paese an. Er kann dir bestimmt ein Foto von ihr besorgen. Meldestelle oder so.«

»Sonst noch was?«

»Ja«, sagte Gaetano ernst. »Wenn wir uns das nächste Mal sprechen, erklärst du mir, wie das mit der Putzfrau passieren konnte. Überleg dir eine gute Ausrede.«

Gaetano legte auf und beschleunigte seine Schritte. Er konnte noch immer nicht glauben, was ihn in Capuanos Wohnung erwarten sollte. Ein glühender Schädel im Ofen?

Vielleicht ein schlechter Scherz einer abergläubischen, alten Mammarèlla. In Neapel wusste man nie.

In der Via Salvatore Tommasi wirkte alles wie immer. Bars und Cafés verkostigten die Touristen. Buch- und Souvenirhändler rangierten Stände auf den Gehsteigen herum. Von den Balkonen tropfte chlorstinkende Wäsche auf Bücher und Postkarten, und die Waschfrauen aus dem ersten Stock fluchten über die Waschfrauen über ihnen, die an den Leinen zogen und ihre Wäsche im sonnenverwöhnten zweiten Stock bereits wieder einholten und jetzt nichts Besseres zu tun hatten, als den Dreck der vergangenen Nacht mit einem Reisigbesen nach unten zu kehren. Mehr Patina konnten die Buchhändler im Erdgeschoss wirklich nicht verlangen. Auf Mussolinis Biografien schimmelten die Ablagerungen eines halben neapolitanischen Jahrhunderts, und wenn ab Mittag die Sonne unbarmherzig herunterknallte, würde aus Zeitschriften, vergilbten Kochbüchern und veralteten Reiseführern das typisch neapolitanische Aroma von Waschmittel, Staub und Fett dampfen – aber da hielt man Siesta und kein Kunde kam. Gaetano liebte seine Stadt.

Vor Capuanos Haus deutete nichts auf einen verkohlten Schädel hin, nur Pietros Streifenwagen, der zwischen zwei Blumenkübeln zentimetergenau gegen die Hauswand gequetscht dastand und von schattensuchenden Hunden belagert wurde, verriet, dass irgendwo im Viertel der Schuh drückte. Wenn du jeden Millimeter mit dem Auto fährst, Pietro, musst du dir für die SSC demnächst zwei Stehkarten kaufen, dachte Gaetano, wischte sich einen Tropfen Waschmittel von der Stirn und schnaufte das Treppenhaus hinauf.

Schon im ersten Stock roch er es. Verbranntes Fleisch. Ihm wurde übel. Schnell rannte er zum Fenster, riss es auf und holte tief Luft. Dann pulte er ein Taschentuch aus der Hosentasche und hielt es sich vor die Nase. Im dritten Stock kauerte Pietro in ähnlicher Pose auf dem Treppenabsatz wie Danilo am Mordabend. Grün, hohlwangig, den Blick in die Ferne gerichtet. Als er Gaetano erkannte, kam er schnell auf die Beine. Pietro durfte nichts umhauen.

»Sieht übel aus, Salvatore.« Er hielt sich ebenfalls ein Taschentuch vor den Mund.

»Ist es, wie ich fürchte?«

»Schlimmer. Die Haushälterin muss den Ofen vorgeheizt haben, während sie das Essen zubereitete. Auf der Küchenanrichte liegen ein gehäutetes Kaninchen, Tomaten, Petersilie und Knoblauch. Sollte wohl Coniglio all'ischitana werden.«

»Ist gut, Pietro.« Gaetano legte ihm die Hand auf die Schulter.

»Davide soll sich das antun. Er ist's gewöhnt. Und er hat's verkackt. Der Schädel liegt doch nicht erst seit gestern da drin!«

»Geh runter in die Bar und trink einen Grappa. Ich warte hier auf Davide.«

Pietro kramte umständlich einen Zettel aus der Hosentasche. »Hier, das lag auf dem Esstisch.«

Gaetano las: *Sehr geehrte Putzfrau. Bitte melden Sie sich umgehend bei der Polizei. gez. Agente Bellucci*

Er verdrehte die Augen, zerknüllte den Wisch und warf ihn aus dem Fenster. Dann lehnte er sich gegen die Fensterbank und wartete.

Nach wenigen Minuten fuhr auf der Straße ein Wagen der

Spurensicherung vor. Davide sprang heraus, schulterte einen Rucksack und zerrte, eine Art Katzentransportbox unter dem Arm, einen Techniktrolley hinter sich her. Als er um den letzten Treppenabsatz bog, erwartete ihn Gaetano schon.

»Dicke Luft, wie?«

»Das kannst du laut sagen, Davide, und dann erst der Gestank!«

Davide baute sich vor ihm auf. »Was meinst du?«

»Das weißt du genau«, polterte Gaetano. »Verdammt noch mal, wie viele Stunden wart ihr in der Wohnung, eh? Bestimmt zwei Tage! Und da kommt keiner mal auf die Idee, in der Küche nachzusehen? Wir haben einen verkohlten Kopf und eine verrückte Putzfrau. Das hast du zu verantworten. Du und dein blöder Diego Maradona.«

»*Che vvuò*, Spuren gab's nur im Esszimmer. Schon am Übergang zur Küche war Schluss. Alles blitzblank. Glaubst du, da sehe ich in einem Backofen nach, ob ein abgehackter Schädel drin liegt, eh?«

»Wenn der Enthauptete Gennaro heißt, ja.«

»Ah, daher weht der Wind.« Davide tippte sich an die Stirn. »Mal wieder die neapolitanische Trinitas: von Tieren angefallen, glühenden Öfen entkommen, enthauptet. Warum hast du nicht selbst nachgesehen, Salvatore, wenn du's eh schon wusstest?« Missmutig nahm er seinen Rucksack ab und zog zwei Atemschutzmasken heraus. Eine streifte er sich selbst über, sodass er aussah wie ein Kampfzwerg in einem schlechten Science-Fiction-Film, die andere hielt er Gaetano hin. Der winkte ab.

»Es reicht, wenn sich einer den Magen verdirbt.« Auf den letzten Metern hatte ihn der Mut verlassen. Vor seinem inneren Auge erschienen die verkohlten Opfer der Camorra, durch Autobomben in die Luft gesprengt oder unter Wellblechdächern einer plattgemachten Roma-Siedlung vor sich hin kokelnd. Keiner Baldriantablette der Welt wohnte die Kraft inne, diese Bilder zu verdrängen.

»*Stronzo*«, versetzte Davide und stiefelte los. Als er die Tür aufstieß, dampfte es bitter-süß heraus. Nach zehn Minuten kam er zurück und griff nach der Transportbox.

»Wie sieht's aus?«

»Noch vierzig Minuten bei 180 °C, und er wäre gar gewesen«, grummelte es unter der Maske.

Gaetano fing an zu würgen. »Verletzungen?«

»Nichts, was darauf hindeutet, er könnte vor seiner Enthauptung niedergeschlagen worden sein, wenn du das meinst.«

»Spuren eines Kinnhakens? Könntest du die rekonstruieren?«

»Kann ich noch nicht sagen. Die Lippen sind komplett verschmort. Capuanos Gesicht sieht aus, als wäre es geschmolzen. Liegt wohl am Kollagen.«

»An was?«

Davide zog sich die Maske runter. »Kollagen! Aufgespritzte Gesichter von Schönheitsfanatikern bilden Kollagenpölsterchen. Und davon muss Capuano eine Menge gehabt haben. Du könntest seinen Kopf für Stunden schmoren und er wäre trotzdem noch zart – quasi ein Ossobuco. Ist mir gleich aufgefallen, dass es hier stark nach Eiweiß riecht.«

»Seine Verlobte ist dreißig Jahre jünger als er. Hat sich wahrscheinlich regelmäßig in seiner Klinik unters Messer gelegt.«

»So was ist kein großer Eingriff. Kollagen-Behandlung bekommst du in Neapel an jeder Ecke.«

»So ein Quatsch, wer will das hier schon?«

»Du lebst hinterm Mond, Salvatore. Neapel ist der größte Umschlagplatz für Schönheitsprodukte in ganz Europa. Hier bekommst du alles, gefälscht, gepanscht oder original.«

»Du machst dich lustig über mich. Warum sollten wir uns in Neapel schönspritzen lassen? Neapolitaner waren schon immer hässlich.«

»Hässlich, dumm und arm, exakt. Eine Woche in Neapel, und dein Gesicht ist übersät mit Pusteln und Furunkeln. Aber wir müssen nicht hässlich bleiben. Geh mal durchs Quartiere Chiaia, dann weißt du, was ich meine: Pillen gegen Falten, Pickel, Glatze und Kurzsichtigkeit. Sogar Danilos Wunder-algen.«

»Danach bin ich also schön.«

»Wer schön ist, wird schnell reich.«

»Und was mach ich dann?«

»Dann ziehst du in den Norden. Dumm bist du dann zwar immer noch, aber solange du schön und reich bist, merkt das ja keiner.« Davide zog die Maske wieder übers Gesicht und verschwand.


Pietro saß in einem Sonnenfleck vor der Bar, auf dem Tisch eine Grappaflasche. Gierig griff sich Gaetano Pietros Glas und schenkte sich zweimal voll.

»Warst du drin?«

Er schüttelte den Kopf. »Sag mal, hast du schon mal was an dir machen lassen?« Gaetano musterte seinen Kollegen miss-trauisch von oben bis unten.

»Hä?« Pietro sah ihn angriffslustig an.

»Ach, vergiss es.« Er schenkte sich nach. »Hat sich Emilia gemeldet?«

»Dauert noch. Die Putzfrau ziert sich. Wahrscheinlich fürchtet sie Gennaros Rache.«

»Seltsame Geschichte.« Gegenüber erschien Davide mit Atemschutzmaske im dritten Stock und schwang beherzt die Fensterflügel auf und zu. Anscheinend streikte sein Atemschutz. Was sich die Leute wohl denken, dachte Gaetano. Mit den Augen verfolgte er eine Biene, die in einer vertrockneten Oleanderblüte im Strauch neben ihm herumstupste und nach einer Weile mit einem buschigen Pollenflaum auf dem Rücken davonbrummte. Unvermittelt atmete Gaetano süßlichen Duft ein. »Jedes Mal, wenn ich Davide sehe, weiß ich, dass ich ihn etwas fragen will.«

Pietro gähnte. »Hör auf zu suchen, dann kommt's von allein.«

Der glatzköpfige Barista trat an den Tisch und sah Gaetano herausfordernd an.

»Für mich nichts, danke.« Gaetano zwinkerte und hob fröhlich Pietros Grappaglas in die Höhe. Der Schnaps auf nüchternen Magen stieg ihm bereits zu Kopf.

»Hier sitzt keiner umsonst. Vor allem nicht, wenn ihr dauernd meine Gäste nervt, meine Kameras beschlagnahmt und meine Angestellten von der Arbeit abhaltet.« Er warf Pietro einen bösen Blick zu.

»Womit wir gleich beim Thema wären. Ich hätte noch einige Fragen zu vergangenem Freitag.«

»Was denn noch?«, erwiderte der Barista und fluchte.

»Hat sich irgendeiner Ihrer Gäste auffällig verhalten?«

»Auffällig? Ihr seid wohl nicht von hier, wie? Nennt mir einen, der an San Gennaro nicht spinnt. Der Laden war gerammelt voll. Und nüchtern war sowieso keiner. Inklusive mir.«

»Denken Sie nach, verdammt!«

»*Cazzarola*, jetzt reicht's aber. Ich stand hinter dem Tresen, *vabbè*? Und vor mir ein Haufen Besoffener. Fragen Sie Carola. Die hat draußen bedient.«

»Dann holen Sie sie.«

»Die hat zu arbeiten.«

Auf einmal platzte es aus Pietro heraus: »*Mannàggià*, los jetzt. Wenn du nicht bei drei deine Angestellten herholst, knallt's, klar? Dann mache ich dir deine Bude hier dicht, wegen … wegen … verdorbenem Fraß. Bis auf die Straße stinkt dein verfaultes Ei!«

Der Barista guckte finster und plärrte dann mit verschränkten Armen nach Carola. Als er abzog, trat er einen streunenden Hund, der gerade gegen einen Blumenkübel urinierte.

Die blonde Bedienung war krebsrot im Gesicht und trug einen großen goldenen Ring in der Nasenscheidewand. Wenn sie sprach, plusterte sie ihre Nüstern auf und bewegte ungelenk den Unterkiefer. Sie sah aus wie eine gelangweilte Kuh. Aber sie war freundlich, und obwohl die Österreicherin erst seit ein paar Wochen in Neapel lebte und nur gebrochen Italienisch sprach, bemühte sie sich, alle Fragen gewissenhaft zu beantworten.

»Nein, nichts Auffälliges. Aber war es so voll hier an diesem Nachmittag. Vielleicht drinnen was, aber ich habe hier serviert draußen. Kann ich euch nicht besser sagen.«

»Wann genau bist du von hier fort?«

»Zu einem Supermarkt ich bin gegangen nach der Arbeit. Wieso ihr wollt das wissen? Bin ich verdächtigt?«

»*Con calma*! Nicht *wo* du hingegangen bist, möchten wir wissen, sondern *wann* genau.«

»Ah. Genau um 17 Uhr. Habe die ganzen allen Kirchen schlagen gehört. Dann bin ich weg.«

»Und du hast drinnen und draußen bedient, *vero*? Nur du und der Chef?«

»Drinnen und draußen. Überall draußen ... äh ... vor allem draußen.«

»Und einen Mann mit einem Rucksack, einem blauen, hast du nicht gesehen?«

»Nein, mir tut das leid.«

»Ist schon in Ordnung.« Gaetano lächelte gutmütig.

»Ich muss baldig mehr Italienisch lernen.«

»Besser noch Napulitano!«

»An der Schule gab es nur Englisch, Französisch und Blindisch.«

Gaetano lachte. Er kannte den tückischen Aussprachefehler: »Du meinst Tschechisch, nicht wahr?«

»Ja, was habe ich gesagt?«

»*Cieco*.« Gaetano hielt sich beide Hände vor die Augen. »... nichts sehen, aber du meinst *ceco*, das bedeutet ... na, was man halt in Tschechien spricht.«

»Ja, Tschechisch. Ich wohne in Österreich Norden, da lernen wir das in der Schule oft.«

»Damit kommst du hier nicht weit.«

»Doch, schon. Hier in die Bar kommen viele Slawen.« Plötzlich hielt die rotbackige Blonde die Luft an, als hätte sie sich verplappert.

Gaetano sah sie entgeistert an. »Was ist mit dir?«

»Ich weiß nicht. Es waren Polen gesessen hier am Tisch neben euch. Oder Russen. Betrunken. Am Freitagnachmittag, ich meine.« Sie schwieg und schloss die Augen. Gaetano beobachtete sie aufmerksam. Nervös zerknickte er die Speisekarte. Irgendetwas schien sie auszubrüten. Auch Pietro starrte wie gebannt auf die Lippen der Bedienung. Plötzlich sagte sie klar und deutlich: »Hier, an eurem Tisch ein Junge saß, mit dem stimmte etwas nicht.«

Gaetano bedeutete ihr, sich zu setzen. »Was war mit dem Jungen?«

»Jetzt ich mich erinnere, exakt. Zu Beginn ich dachte, es ist ein Junge. Weil er hatte geweint, glaube ich. Er sah so traurig aus. Und er hat nur Wasser bestellt. Nicht Bier oder Aperol wie alle anderen.«

»Und weiter!«

»Später ich wollte ihn vertreiben, weil er belegte einen Tisch allein und bestellte nach dem Wasser nichts, für Ewigkeit nichts. Er hat gestarrt auf das Haus. Die ganze Zeit. So wie ihr.«

»Ein Junge, ein Kind?«

»Zu Beginn, das dachte ich, ja, dass es so ist. Aber dann er hat geredet mit mir. Ein erwachsener Mann. Nur winzig klein. Winzig. Eben wie ein Kind. Und ich glaube wirklich, dass er hat geweint. Obwohl er geschaut hat immer weg. Er hat mir gegeben fünfzig Euro, schnell. Und das nur für die Flasche Wasser. Er wollte seine Ruhe, ganz sicher.«

»Ein kleiner Mann, der traurig ausgesehen, geweint und auf das Haus gestarrt hat. Ist das so richtig?«

»Ja.«

»Ist er in das Haus gegenüber?« Gaetano schlug das Herz bis zum Hals. Mit den Füßen scharrte er Kies herum.

»Mir tut das leid, auf einmal er war gegangen.«

»Hat es drüben da schon gebrannt?«

»Mir tut das leid, sehr, aber ich weiß nicht das. Den Brand haben wir nicht gemerkt hier. Und als ich bin fortgegangen, war keine Feuerwehr da. Kam erst danach. Mir tut das leid.« Carola sah auf einmal erschöpft aus.

Enttäuscht sank Gaetano auf seinem Stuhl zusammen. Dann sagte er: »Das macht nichts, Carola, du hast uns sehr geholfen. Wir schicken dir einen Kollegen für ein Phantombild.«

Die Blonde sah ihn verständnislos an, und Gaetano wiederholte seine Worte, während er einen imaginären Bilderrahmen in die Luft zeichnete. Pietro hatte sein Cellulare hervorgekramt und wischte wie wild darauf herum. »Rufst du in der Questura an, dass sie jemanden herschicken?«, fragte Gaetano.

»Zeig ihr erst mal das hier!« Nervös stellte Pietro die Displayhelligkeit höher und hielt Gaetano das Cellulare vors Gesicht.

»Erkennst du's, Salvatore?«

»Was ist das?«

»Das Phantombild eines Schulkinds. Das wir mit der halb blinden Zeugin vom Friedhof angefertigt haben. Die behauptet, ein Schuljunge sei in die Gärtnerei eingebrochen.«

Verschwörerisch sahen sie sich in die Augen.

»Du bist genial, Pietro! Jetzt haben wir ihn.« Mit schwitzigen Händen griff er nach dem Cellulare und drehte es in Zeitlupentempo, bis Carola einen spiegelfreien Blick darauf werfen konnte. »Sieh es dir in Ruhe an, Carola. Erkennst du ihn?«

Er hörte, wie Pietro heftig schnaufte. Ewige Sekunden lang musterte Carola das Bild. Sie schloss noch einmal die Augen und sah dann wieder hin. Der Ring in ihrer Nase zuckte.

»Also … nicht ganz sicher ich bin. Ja, doch … aber etwas anders … Haare länger. Und er ist gewesen winzig klein.«

»Der hier mit längeren Haaren, ja?«

»Ja.«

»Tausend, tausend Dank, Carola.« Gaetano holte tief Luft. Er fühlte sich, als würde er jeden Moment hintenüberkippen. »Ein Durchbruch, Pietro! Das ist unser Mörder. Er war am Friedhof, er und der Rucksack, und dann hier bei Capuano, das kann kein Zufall sein. Aber wer ist der Typ?«

»Ich ruf die vom Erkennungsdienst. Das neue Phantombild geb ich an die Presse. In einer Stunde jagt den Kerl die ganze Stadt.«

# 24.

Commissario Gaetano ließ sich vom Barista ein Tramezzino mit Thunfisch und Ei bringen, um die Wirkung des Grappa abzumildern, und lieferte anschließend Pietro, der nicht mehr fahren konnte, in dessen Streifenwagen in der Questura ab. Wegen der Reisebusse brauchten sie fast eine Stunde, und er fragte sich, auf welchen geheimen Pfaden sich Davides Technik-Van, der bereits vor dem Gebäude stand, durch die Altstadt geschlängelt hatte. Von der Questura aus spazierte Gaetano zur Piazzetta San Giovanni in Porta, um zu überprüfen, ob Monica Bellucci klarkam. Beim Observieren hatte die sich bisher nicht mit Ruhm bekleckert, und fast erwartete er, die Göre inmitten der Piazza und mit einem Fernglas bewaffnet vorzufinden. Aber als er, in einer dunklen Gasse hinter einer riesengroßen Plastikeistüte stehend, den Platz überflog, war Bellucci nirgends zu sehen. »Verdammt, wo steckt die schon wieder?«, murmelte er, als ihm jemand von hinten auf die Schulter tippte.

»Spionieren Sie mir nach?« Bellucci trug ein trägerloses knallgelbes Strandkleid.

»Soll das etwa unauffällig sein?«

»Ich habe mich als Touristin verkleidet.«

Gaetano verdrehte die Augen. »Du bleibst in Position, bis du was anderes hörst, *capisc'*? Notier dir, wer kommt und wer geht. Und wenn Mirabella das Haus verlässt, heftest du dich an ihre Fersen und gibst sofort Bescheid. In deinem Outfit kannst du sie höchstens über zwei Gassen verfolgen, bis du auffliegst. Foto hast du?«

Bellucci nickte, während sie konzentriert das Haus beobachtete.

»*Allora, in bocca al lupo*!« Er klopfte ihr auf die Schulter und ging.

Zurück in der Questura hetzte Gaetano schweißgebadet hoch in Davides Hexenküche. Der Spurensicherer studierte gerade Obduktionsberichte. Auf dem Tisch stand ein dunkler, duftender Espresso mit haselnussbrauner Crema. Dampf kringelte sich bis unter die Decke.

»Du störst mich bei der schönsten Minute des Tages«, knurrte Davide und hob genüsslich die Espressotasse zum Mund.

»Weiß Alessio, dass du das so siehst?«

»Alessio versüßt mir die Nacht.«

»Dauert nicht lange.« Gaetano warf ihm eine leere Tablettenschachtel hin. »Miglio hat sich am Tatabend beim Löschen verbrannt und behauptet, sich damit vollgepumpt zu haben. War er danach noch in der Lage, jemanden zu köpfen?«

»Wozu ist das wichtig? Ich dachte, ihr habt den Mörder, das Phantom.«

»Irgendetwas sagt mir, dass das Phantom nur die halbe Lösung ist. Capuano zog den Hass nur so an. Miglio, Emanuele … da gab's viele mit einer Mordswut.«

Davide nahm das Tablettenpäckchen und las die zerknüllte Packungsbeilage. »Ganz schöne Hämmer. Wenn du davon mehr als drei nimmst, stehst du kurz vor dem Delirium.«

»Okay, danke.« Gaetano sah verstohlen zur Tür. Dann zog

er ein Asservatentütchen mit Kippen aus der Hostentasche. »Muss aber unter uns bleiben!«

Davide musterte ihn skeptisch. »Was soll ich damit?«

»Vielleicht findest du die gleiche DNA wie an Capuanos Penis.«

»Die Zigaretten sind nicht vom Tatort?«, fragte der Spurensicherer misstrauisch.

»Nein.«

»Und niemand darf wissen, wo du sie gefunden hast, *vero?*«

»So in etwa, wahrscheinlich hat's sowieso nichts zu bedeuten.«

»Zum Teufel mit deiner Heimlichtuerei!« Davide beschriftete das Tütchen und steckte es in ein Kuvert. Dabei linste er beiläufig zu Gaetano. »Bist so schick heut. Warst du im Bordell, oder was?«

»Hä?«

»Na ja, wegen dem Artikel im *Mattino*. War die Presse wieder mal schneller als ihr, eh?«

»Wovon, zum Teufel, sprichst du?«

Davide rollte seelenruhig zum PC und bewegte die Maus. Als der Bildschirm erwachte, fiel Gaetano beinahe in Ohnmacht. Auf der Homepage von *Il Mattino* prangte eine verräterische Trinitas: ein Phantombild des Zwerges, ein Foto von Ianus Capuano und ein Scan des streng geheimen Berichts der Spurensicherung.

### Mille Grazie – Zwerg, du hast uns von dem Bösen erlöst

*Der am Hochfest geköpfte Turiner Ianus Capuano verkörperte die Frucht des Bösen. Was vor fünfzig Jahren in einem blutbesudelten Turiner Palazzo das Licht der Welt erblickte, stieß*

*Neapel in die Sünde. Ianus Capuano, Spross einer Turiner Industriellenfamilie, entehrte unsere Mädchen. Geboren von einer fünfzehnjährigen Jungfrau, die im Kindbett starb, zog er gen Süden, um uns zu beschmutzen. In Neapel kaufte sich der reiche Schönheitschirurg das Bauernmädchen Anna Fusco aus Pantano – fünfzehnjährig, wie einst seine Mutter. Er schwängerte sie und quälte sie zu Tode. Doch sein Trieb erlosch nicht. Er hurte und hurte und hurte. Erst ein Zwerg konnte ihn stoppen.*

*Tut etwas gegen dieses Gesindel in unserer Stadt! Brennen sollen sie, die Kinderbordelle in Castelvolturno, in denen Perverse wie Capuano Mädchen aus aller Welt zu Nutten machen. Jungfrauen, Capuano zum Fraß vorgeworfen. An seinem Penis fand sich Blut. Das Blut der Neapolitanerinnen. Das Blut der Jungfrauen.*

*Nein, pulizzìa, wir werden den Zwerg nicht ausliefern. Und wenn ihr 50 000 € bietet.*

*Mille grazie – Zwerg, du hast uns von dem Bösen erlöst!*

Gabriele D'Annunzio hatte getobt, den Ausdruck des *Il-Mattino*-Artikels zusammengeknüllt und durch das Konferenzzimmer geschleudert, tausend Verwünschungen gegen seine korrupte und inkompetente Truppe ausstoßend. Köpfe sollten rollen. Die Anwesenden hatten das Donnerwetter über sich hinwegfegen lassen, und irgendwann war der schweißnasse Primo Dirigente kommentarlos zur Tagesordnung übergegangen. »*Va bene.* Die Fahndung läuft, in den Nachrichten haben sie die Phantomzeichnung schon gebracht. Es kann sich nur um Stunden handeln, bis der Täter ins Netz geht. Es gibt fünftausend Euro Belohnung und …«

»Nichts wird passieren«, unterbrach ihn Emilia. Alle sahen sie verdutzt an. »Du hast den Artikel doch gelesen. Die Neapolitaner werden das Phantom nicht verraten. Es hat uns von einem Psychopathen erlöst. ›Er schwängerte sie und quälte sie zu Tode.‹«

»Verdammt, das sind Gerüchte«, entgegnete Gabriele, die honiggoldene Stimme kurz vor dem nächsten Wutausbruch. »Alte Geschichten, die sich die Leute aus Fuscos Dorf so zusammengereimt haben. Die Hochzeit war rechtmäßig.«

Gaetano sah ihn mitleidig an. Was war nur aus dem Chef geworden? Davide rollte mit den Augen.

»Gerüchte?«, rief Emilia. »Auch Capuanos Mutter war minderjährig, sie ist bei der Geburt gestorben.«

»Es reicht, Emilia. Das ist fünfzig Jahre her. Willst du uns noch was über seine Nonna erzählen?«

»Capuano war ein Monster, und er hat Anna auf dem Gewissen. Die Neapolitaner werden einen Teufel tun und den Mörder dieses Monsters verraten. Eher verstecken sie ihn, da hat der Artikel völlig recht.«

»Mach dich nicht lächerlich, Emilia. Ein Mann, dessen Frau an Krebs starb und der ab und zu ins Bordell geht? Es gibt Schlimmeres.«

Gaetano und Danilo wechselten einen peinlich berührten Blick. Gabriele war nicht nur Danilos Chef, sondern auch sein Cousin x-ten Grades. In diesen Augenblicken wünschte er sich wohl, die Verwandtschaft mit dieser erbärmlichen Kreatur wäre nicht mehr als eine verblasste Linie in einem dreihundert Jahre alten Stammbaum.

»Liest du eigentlich die Berichte auch, die wir dir schreiben? Du weißt, wie es in Castelvolturno brodelt.«

Gaetano verzog angeekelt den Mund. Er ahnte, worauf Emilia anspielte. Der Contini-Clan zog in Castelvolturno ein Bordell nach dem anderen hoch. Bisher hatte es nur das Übliche gegeben. Ein paar Brandstiftungen, hier und da eine erschossene Prostituierte. Aber jeder in der Stadt wusste, dass das Problem woanders lag.

Emilia stemmte die Hände in die Hüften. »Tu nicht so, Gabriele. Capuano ist dort nicht zu irgendeiner Prostituierten gegangen. Das sind ganz spezielle Etablissements.«

Pietro nickte heftig, doch Gabriele hob mahnend den Finger. »Man konnte den Continis nie etwas nachweisen.«

»Ja, weil die Pässe der Prostituierten gefälscht sind und die von der Guardia Civil die Hand aufhalten oder die Hosenställe aufmachen. Sieht man doch auf hundert Meter, dass das am Straßenrand Kinder sind. *Cazzo*, die Strapse gehen ihnen fast bis unter die Achseln.« Emilia ließ ihren eiskalten Blick auf dem Primo Dirigente ruhen. »Capuano hat sich in Castelvolturno mit einer Minderjährigen vergnügt. Vielleicht mit einem Kind, verdammt.« Sie schlug mit voller Kraft auf den Tisch. Plötzlich zitterte sie, als hätte sie sich selbst bei einem Verbrechen ertappt, das bis vor wenigen Augenblicken außerhalb ihrer Vorstellungskraft gelegen hatte. Gabriele wagte nicht, sie anzusehen. »Die Continis lassen dort Zehn-, Zwölfjährige anschaffen. Und die verkaufen nicht sich, sondern ihre Jungfräulichkeit. An Schweine wie Capuano. Im Darknet gibt es richtige Bestellformulare. Die Continis erfüllen dir jeden Wunsch: Alter, Herkunft, Hautfarbe, Statur, ob Jungfrau oder nicht. Darum geht's hier, verdammt.« Emilia kam gefährlich nahe an Gabrieles Tisch, stützte sich mit blaurot geäderten Fäusten auf und zwang den Primo Dirigente, ihr ins Gesicht zu sehen. »Alle pädophilen Schweine kommen nach Neapel, weil die Mädchen hierhergeschleppt werden. Nicht nach Turin, Mailand oder Rom. Und jetzt wollen wir mal sehen, ob die Neapolitaner einen Mörder verraten, der einen Kinderficker geköpft hat. Das kannst du vergessen, und wenn du hunderttausend als Belohnung aussetzt!«

Gabriele erhob sich langsam, beinahe in Zeitlupe, streckte den Arm aus und deutete mit seinem stilettspitzen Aristokratenfinger auf Emilias Stuhl. Eine Geste, die man im Blut haben muss, dachte Gaetano. Sie trat mit dem Fuß gegen den Tisch, stiefelte zurück auf ihren Platz und schloss die Augen. Dann presste sie die Hände auf ihren Bauch, als ob sie ihr Ungeborenes vor Unmoral beschützen wollte. Gaetano hätte sie am liebsten in den Arm genommen.

Dottore Giraudo räusperte sich betreten.

Gaetano wurde übel. Sollte das Pack ruhig die anderen Sünden der Stadt genießen: gestrecktes Crystal Meth, gezinkte Spielautomaten, bestochene Croupiers oder gefälschtes Geld. Das tat keinem weh. Aber gegen Geld Kinderleben zu zerstören, das schon.

Plötzlich sagte Emilia mit einem Schluchzen: »Capuanos Mutter war erst fünfzehn, Gabriele, Anna auch, und der Albtraum hörte nie auf. Donna Sofia … sie … am Anfang hat noch ihre Enkelin für die Capuanos geputzt. Die war da erst zwölf. Keine zwei Monate ging das gut. Es kam nur durch Zufall raus.«

»So etwas wäre doch sofort angezeigt worden«, murrte Gabriele. »Wir hätten Capuano belangt, wenn er sich an dem Mädchen vergriffen hätte. So etwas gibt es in Neapel nicht. Hat die Putzfrau das erzählt, bevor oder nachdem man ihr was gespritzt hat?«

»Du willst es einfach nicht verstehen, oder?« Emilia stand heulend auf und verließ den Raum.

Man hätte die Luft durchschneiden können, und Gaetano wünschte sich, jemand würde ein Fenster öffnen, um die wilden Geräusche und Gerüche der Straße hereinzulassen. Das Fluchen der Waschweiber, das Protestieren der Api, den Duft nach Fisch und Algen, den die Tramontana brachte. Und wenn es nur darum ging zu beweisen, dass Neapel eine glückliche Stadt war. Nicht so verrucht, wie es die Presse schrieb. Nicht so hoffnungslos, wie es Emilia vorkam. Und nicht so korrupt. Doch niemand ging zum Fenster, und so gruben sich das Brummen des Beamers und das Surren des Ventilators minutenlang ineinander, bis Gaetano das Gefühl verloren hatte, ob dieses alles lähmende Geräusch in ihm oder um ihn entsprang. Es war einfach nur da.

»Ich kann mir vorstellen, wie euch zumute ist«, sagte Gabriele. »Hoffen wir, dass die Gerüchte nicht stimmen. Wir haben einen Mord aufzuklären. Die Selbstjustiz eines Einzelnen darf nicht Schule machen.«

Doch, sie muss es sogar, dachte Gaetano, weil es die einzige Justiz ist, die in Neapel existiert. Er wusste, dass sich nie etwas ändern würde. »*Allora*, wir hoffen auf Hinweise aus der Bevölkerung und scannen weiterhin Capuanos Umfeld«, sagte er. »Nehmt euch noch mal die Kameras vor. Vielleicht bekommen wir ein Bild von dem Kleinwüchsigen. Und … *Allora*, Emanuele würde ich auch noch nicht abschreiben, wenigstens nicht als Komplizen. Irgendwo könnte es eine Schnittstelle geben zwischen den Leuten, die Capuano wegen seiner Hochzeit erpresst haben, und den Mädchen, die er mutmaßlich … gekauft hat. Ich sage mutmaßlich, denn wir wissen nichts

Konkretes. Oder ist euch außer Anna Fusco ein anderes Opfer bekannt?« Gaetano blickte wie gelangweilt aus dem Fenster. Auf seiner Wange spürte er Davides bohrenden Blick. Halt dicht, Davide, sonst zerstörst du Francescas Leben, bevor es begonnen hat. Nein, dachte Gaetano, Francesca würde er eine weitere Befragung ersparen. Ein junges Opfer, viel zu jung, als dass es sich derart brutale Mordfantasien hätte ausdenken können, und ihr Vater war ausgeknockt gewesen. »Was ist mit Mirabella Fusco?«, fuhr Gaetano fort. »Sie lügt. Sie war in letzter Zeit in der Stadt. Das ist offensichtlich.«

Gabriele wischte sich den Schweiß von der Stirn. »Eine verkorkste Kindheit und eine Verbannung in ein Schweizer Edelinternat sind noch lange kein Mordmotiv.«

»Aber in ihren Augen ist Capuano der pädophile Mörder ihrer Mutter, ob die nun an Krebs gestorben ist oder nicht. Die Hochzeitspläne können wer weiß was in ihr ausgelöst haben. Mit den Drohspielchen wollte sie verhindern, dass Capuano wieder eine Familie gründet und in den Abgrund stürzt. Sie wollte anderen ersparen, was sie selbst erlitt, und heuerte einen Auftragsmörder an.«

»Für mich etwas dünn. Beim Phantom dürfte es sich kaum um einen Söldner handeln. Denk an die Sache mit den Grabblumen. Hast du sonst noch was Verdächtiges? Irgendwelche Konflikte mit dem Vater in der Vergangenheit? Drohungen? Was hat sie die ganze Zeit getrieben, seit sie aus Neapel weg ist? Was studiert sie?«

Die Blicke der Kollegen lasteten auf Gaetano, und er gestand sich beschämt ein, dass er Mirabella all diese Fragen nicht gestellt hatte. Im Ohr hallten ihre süßen Worte wider: »Raten Sie, was ich studiere, Commissario.« Schweiß trat ihm auf die Stirn. »Ich … ähm … wir sollten sie vorladen. Sie hat einen Pfirsich nach mir geworfen.«

Danilo und Pietro hielten sich die Hand vor den Mund, während Gabriele tadelnd den Kopf schüttelte und dem Dottore einen entschuldigenden Blick zuwarf. »*Allora*, bleib an ihr dran, Salvatore. Mach deine Hausaufgaben.« Er sah zu Davide. »Hat die Spurensicherung etwas?«

Davide klappte sein Notebook auf. »Nur ein paar Details. Keine Verletzungen am Schädel, die auf einen Schlag hindeuten. Ich tippe auf ein Betäubungsmittel. Der Täter konnte einen exakten Kehlenschnitt setzen. Dazu brauchte er Zeit und ein wehrloses Opfer. In Capuanos Blut haben wir aber nichts gefunden. Demnach eine seltene Substanz, was wiederum auf einen medizinisch bewanderten Täter deutet. Einer, der sich mit der Dosierung von Opiaten gut auskennt und Zugang hat.«

»Das war's?«, fragte der Primo Dirigente.

»Ja.« Davide schlug demonstrativ sein Notebook zu und blickte verstohlen zu Gaetano. »Den Bericht lade ich auf den Server, oder soll ich ihn gleich an die Presse verkaufen?«

Keiner reagierte.

Gabriele sah auf die Uhr. »Irgendetwas über Capuanos Klinik? Die Staatsanwaltschaft wollte ein Dossier. Hat sich Emilia drum gekümmert?«

Pietro stand auf. »Ich suche sie.«

Als Emilia in den Raum zurückkehrte, war ihr Make-up verschmiert. Sie hatte sich nicht die Mühe gemacht, die Spuren von Wut und Traurigkeit zu verschleiern. Sie schlich an ihren Platz, ohne jemanden anzusehen. Dann referierte sie monoton. »Capuano leitete die Abteilung für kosmetische Chirurgie und betrieb Forschung. Sein Fachgebiet waren Hauttransplantationen. Allein im vergangenen Jahr haben Hunderte Jugendliche an einer Studie zu einer antiseptischen Creme teilgenommen.«

»Jugendliche?«, grummelte Pietro.

»Ja. Capuanos Sekretärin hat mir erzählt, ihr Chef nehme die Auswahl persönlich vor. Auf eine Teilnehmerin kommen zig Bewerberinnen. Wo bekommt man schon kostenlos Cremes und Tinkturen, die in der Apotheke ein Heidengeld kosten? Und dazu gibt's noch ein aufwendiges Kur-Paket obendrauf. Du kommst als hässliches Entlein und gehst als Prinzessin. Alles gratis.«

»Gratis ist gut«, murrte Gaetano. »Wer weiß, was Capuano von den Mädchen für die Teilnahme verlangt hat?«

»Ich sehe, wir verstehen uns.« Emilia nickte trocken. »Wenn Capuano seine Finger nicht bei sich lassen konnte und ein Vater oder Onkel eines betroffenen Mädchens davon Wind bekam, könnte er Capuano erpresst haben.«

»Aber mit welchem Ziel? Der Geldberg lag nach dem Mord unberührt auf Capuanos Schreibtisch.«

»Ehre und Gerechtigkeit. Und Capuano sollte seine Griffel bei sich behalten. Wenn nicht, würde der Erpresser alles öffentlich machen, vor der Hochzeitsgesellschaft, in der Klinik. Diffamierung.«

Gabriele fing an, sich Notizen zu machen. »Und wie passt Anna Fusco da rein?«

»Vielleicht nehmen wir die Geschichte mit dem Grab viel zu wichtig«, warf Danilo vorsichtig ein. »Vielleicht war es nur ein symbolischer Akt. Ehrerbietung an eine Leidensgenossin.

Gib mal den Namen Ianus Capuano ins Netz ein. Da schwirren noch die Todesanzeigen rum, die für Anna Fusco aufgegeben wurden. Und es gibt einen kurzen Bericht in der Boulevardpresse über die Eskalation bei der Trauerfeier. Nicht ausführlich, aber es reicht, um zu verstehen, dass Capuano junge Mädchen unglücklich macht.«

»*Va bene*, danke, Danilo.« Gabriele deutete ein Lächeln an. »Emilia, noch was von der Putzfrau? Hat sie was Auffälliges bemerkt in den letzten Wochen?«

»Nein, aber sie hat mir ein Taschentuch gegeben … Was sag ich, aufgedrängt hat sie es mir. Sie war fix und fertig. San Gennaro sei ihr glühend im Ofen erschienen, um sie zu warnen.«

»Zu warnen?« Gaetano kniff die Augen zusammen.

»Na ja, sie hält es nicht so recht mit den Arbeitszeiten. Am Wochenende hätte sie putzen sollen, und auch sonst kommt sie nicht regelmäßig.«

»Hat sie das mit Capuano gar nicht mitbekommen?«

»Sie wohnt in den Quartieri Spagnoli. Die drehen sich da alle nur um sich selbst.«

»Beneidenswert«, murmelte Davide.

»Was ist jetzt mit dem Tuch?«, hakte Gaetano nach.

»Ein Seidentaschentuch, es gehörte Capuano. Donna Sofia hat es neulich im Mülleimer gefunden und mitgehen lassen. Sie behauptet, es sei blutverschmiert gewesen. Zu Hause hat sie es mit Bleichmittel und allem möglichen neapolitanischen Hexenzeug durchgewalkt. Seitdem trägt sie es bei sich.«

»Und?« Gaetano zuckte verständnislos mit den Schultern.

Emilia sah zu Davide.

»Ich hab's oben im Labor. Das wird was Größeres. Ich kümmere mich drum.« Davide stand auf und verließ den Raum.

Der Primo Dirigente sah ihm grimmig nach.

»*Vabbè*«, nutzte Gaetano die Pause. »Emilia, bleib an Capuanos Firma dran. Besorge dir eine Liste der Studienteilnehmerinnen der letzten Monate. Vielleicht findest du Querverbindungen.«

»Was meinst du?«

»Ein Mädchen, das die Studie abrupt abgebrochen hat, eine Wohnadresse in der Nähe der Fusco-Farm, keine Ahnung. Danilo, du hilfst ihr. Und fragt Capuanos Sekretärin nach dem Phantom. Vielleicht erinnert sie sich an einen Kleinwüchsigen. Einen kleinen Mann, der mal seine Tochter oder Nichte in die Klinik gebracht hat, was weiß ich.«

Müde ging er zum Fenster und öffnete die Jalousie. Die erschöpfte Stille der beginnenden Siesta brach herein. Die Luft war salzig.

»*Ragazzi*, die Mittagspause fällt heute aus. Vielleicht meldet sich ja doch jemand auf das Phantombild. Pietro, wir beide hängen uns an Mirabella. Mal sehen, ob sie in den letzten Wochen Flüge nach Neapel gebucht hat. Mehr können wir im Moment nicht tun.«

Gabriele erhob sich schwerfällig aus seinem Stuhl und sah zu Dottore Giraudo, der in sich gekehrt auf seinem Stuhl lümmelte. »Gehen wir essen, Francesco?«

Der Forensiker stand mit gesenktem Kopf auf. Mit der rechten Hand massierte er seine Stirn. »Muss in der Bibliothek was überprüfen«, grummelte er, und schlurfte hinaus.

Gabriele blickte ihm verständnislos nach. »*Allora ragazzi*, in zwei Stunden wieder hier!«

# 25.

Am Nachmittag glich die Luft im Konferenzzimmer bereits der in einem Reptilienhaus. Jemand hatte vergessen, die Jalousien zu schließen und das Fenster zu öffnen. Dottore Giraudo am Kopfende des Raumes transpirierte in Bächen. Schnell machte sich Resignation breit, denn alle Befragungen und Recherchen der vergangenen Stunden hatten nicht den Ansatz einer Spur hervorgebracht. Und der erlösende Anruf eines Carabiniere, dass das Phantom gefasst sei, ließ ebenfalls auf sich warten. Auf einmal schwang die Tür auf. Davide stolzierte herein und triumphierte: »Das Tuch trägt es in sich.« Der Spurensicherer setzte behutsam seinen Aktenkoffer auf dem Tisch ab und begann, verschiedene Sprühfläschchen herauszuholen. »Ich glaube, dass Buchstaben auf dem Taschentuch waren. Machen wir einen Zaubertrick.« Er bat darum, alle Jalousien herunterzulassen und das Licht zu löschen. Dann zog er Capuanos Taschentuch aus einer Schutztüte und präsentierte es von allen Seiten. »Hier habe ich ein ganz gewöhnliches Taschentuch. Wie ihr seht, befindet sich nichts darauf als reinstes Weiß. Bitte näherzutreten.«

Er nahm eine Sprühflasche und benetzte das Tuch großzügig. Wie aus dem Nichts erschienen auf einmal dünne, geschwungene, blaue Linien, magische Buchstaben, eine durcheinandergewürfelte Zauberformel.

»Falschrum!«, raunte Pietro aus der Dunkelheit, worauf Davide das Tuch hektisch wendete und mit ausgebreiteten

Händen über seinen Kopf hielt. Geflüster zischte durch den Raum, bis die Buchstaben wie von Zauberhand wieder verglommen.

Mit einem grellen Blitz sprangen die Neonröhren an. Gabriele hatte dem Theater ein Ende gemacht. »Was ist das für ein Geschmier auf dem Taschentuch?«, herrschte er. »Blut?«

»Zumindest etwas stark Eisenhaltiges, ja, wahrscheinlich Blut. Das Hämoglobin reagiert mit Luminol.« Davide wedelte mit seinem Zauberfläschchen.

»Eine Botschaft aus Blut.« Gaetano rieb sich gedankenverloren das Kinn. »Können wir das noch mal sehen?«

»Stets zu Diensten. Bitte Licht aus!«

Dreimal wiederholten sie das Experiment. Schließlich knipste Gabriele das Licht wieder an, nahm einen roten Marker vom Rednerpult und hielt ihn auffordernd in die Runde. »Hat jemand Notizen gemacht?«

Gaetano war der Erste, der sich traute, und schrieb ein paar von Platzhaltern getrennte Großbuchstaben an das Whiteboard.

»So ungefähr habe ich's auch.« Emilia trat an die Tafel. »Das erste Wort heißt GENNARO, ganz klar, und hier hinten wahrscheinlich BLUT. Also GENNARO L__SE V__ __EIS__ AB SO___ BLUT__ ES!«

Davide kicherte. »Also ich wünsche mir ein A«, worauf Emilia ein paar Platzhalter füllte und dann zurücktrat. Sie nickte. »Ganz klar eine Aufforderung: GENNARO! LASSE.«

Pietro runzelte die Stirn. »Was soll er lassen?«

»Na, zu bluten.«

»Da steht was von EIS!«

»So ein Quatsch, Pietro, da fehlen doch Buchstaben!«

Davide stöhnte. »Donna Sofia hat ganze Arbeit geleistet. Die Neapolitanerin und das Waschmittel. Klingt wie der Titel eines Romans.«

»Ich hab's!« Emilia schnippte mit dem Finger. »*FLEISCH*, es heißt *FLEISCH! GENNARO LASSE V__ FLEISCH AB SO___ BLUT__ ES!*«

»Bist du sicher?«

»Natürlich nicht!«

Plötzlich plärrten alle durcheinander, warfen mit Wortfetzen, Buchstaben und Satzteilen um sich, rissen einander den Marker aus der Hand, strichen Buchstaben oder bauten neue Worte zusammen, bis wie von Zauberhand ein Satz an der Tafel stand.

*GENNARO! LASSE VOM FLEISCH AB SONST BLUTET ES*

»Pffffff«, zischte es aus der Tiefe des Raumes. Dottore Giraudo hatte Luft ausgestoßen.

»*Lasse vom Fleisch ab*«, murmelte Gabriele ungläubig.

»Wohl kaum eine Botschaft der Lega Vegetariana«, versetzte Pietro.

»Dass er solche eindeutigen Drohungen bekommen hat, hat mir Capuano verschwiegen.«

»Logisch, sonst hätte er sich einige unangenehme Fragen gefallen lassen müssen«, sagte Pietro. »Ein Pädophiler wird erpresst und hat nichts Besseres zu tun, als die Polizei um Hilfe zu bitten. Wie dreist ist das denn?«

»Es wird noch schlimmer«, fuhr Gaetano fort. »Capuano hat wahrscheinlich über Jahre junge Mädchen missbraucht. Und irgendwer bekommt davon Wind und hält es nicht für nötig, die Polizei einzuschalten, sondern regelt die Sache lieber selbst. Das Vertrauen in die Justiz ist dermaßen erschüttert.« Er schüttelte den Kopf. Während draußen in der Stadt die kriminelle Anarchie zu einem stinkenden Haufen anwuchs, hockte er tatenlos in der Questura herum. Schweigend betrachtete er seine Kollegen und versuchte, deren Gemütszustand zu deuten.

Nach einigen Sekunden fragte Danilo müde: »Ich verstehe nicht, warum sich der Erpresser so kryptisch ausdrückt. Warum schreibt er nicht, ›Wenn du deine Drecksfinger nicht bei dir lässt, lasse ich deine Hochzeit platzen‹, oder so etwas?«

Im Hintergrund grummelte Dottore Giraudo vor sich hin.

»Was ist los, Francesco?«

Alle drehten sich zu dem Turiner um.

»Ich weiß nicht«, seufzte er. Seine Augen rollten unruhig hin und her. »Es ist dieser Spruch. *Gennaro lasse vom Fleisch ab.* Es hat so etwas Sakrales, finden Sie nicht, Signori?«

Pietro verdrehte genervt die Augen. »Der Erpresser nennt sein Opfer *Gennaro*, na und? Das ist nun mal die alte Form von Ianus. Was stört Sie daran?«

»Aber wieso diese andächtige Sprache? *Lasse vom Fleisch ab*, als ob es ihm um die Einhaltung katholischer Dogmen ginge. Und dann diese Doppeldeutigkeit mit dem blutenden Fleisch, ein verstecktes ›Auge um Auge, Zahn um Zahn‹. Verstehen Sie?« Alle schüttelten den Kopf. »Wenn du die Mädchen berührst, bluten sie. Wenn die Mädchen bluten, wirst auch du bluten.«

»Ist doch eine klare Botschaft, oder? Jedenfalls so eindeutig, dass sich Capuano Geld besorgt und die Polizei eingeschaltet hat.« Pietro zuckte mit den Achseln.

Giraudo stand auf und fing an, murmelnd im Zimmer auf und ab zu gehen. »Gennaro und das Blut.« Auf einmal blieb er stehen und wandte sich blitzschnell seinem Publikum zu. »Haben Sie schon einmal überlegt, Signori, dass es kein Zufall sein könnte, dass Ianus Capuano gerade an San Gennaro ermordet wurde?«

Pietro schüttelte spöttisch den Kopf. »So weit waren wir schon. Anna Fusco ist exakt an San Gennaro vor zehn Jahren beerdigt worden. Das ist die Verbindung. Der Mörder bezieht sich auf diesen Termin. Aber danke für den Hinweis, Dottore Superhirn.«

»Das meine ich nicht!«, sagte Giraudo gebieterisch. »Ich spreche von der symbolischen Bedeutung Ihres Stadtheiligen.« Er setzte eine verschwörerische Miene auf. »Erlauben Sie, auch wenn ich kein Neapolitaner bin, Ihnen einige Gedankenansätze zu Ihrem Patron zu geben.« Schnell drehte er sich zum Whiteboard und wischte das rote Buchstabenpuzzle von der Tafel. Pietro nutzte den Moment und zeigte den Kollegen den Vogel. »Wilde Tiere gezähmt, glühenden Öfen ausgesetzt, enthauptet. Sie müssen zugeben, dass Ianus Capuano und San Gennaro mehr gemeinsam haben als nur den Namen. Natürlich ist ein Hofhund keine Bestie und Dottore Capuano wurde, anders als sein Namenspatron, zunächst enthauptet und erst danach in den Ofen gesteckt, aber die Parallelen sind doch unübersehbar.«

»Wollen Sie uns Capuano als Heiligen verkaufen?«, murrte Emilia.

»Immer mit der Ruhe. Lassen wir uns den Gedanken entwickeln.« Er schloss kurz die Augen. »Ich habe mich vorhin ein wenig schlau gemacht. Egal, welche Zeitung Sie aufschlagen, überall nichts als Aberglaube, nichts als die romantische Gewissheit, die Stadt schaue auf ein segensvolles Jahr ohne Erdbeben, ohne Vulkanausbrüche, und San Gennaro werde Reichtum in Neapels Kassen spülen.« Giraudo lächelte spöttisch, aber als er Pietros grimmiges Gesicht entdeckte, riss er sich sofort zusammen. »Ich möchte Ihnen Ihren gelbgesichtigen Heiligen nicht madig machen, Signori, Sie alle trifft überhaupt keine Schuld, denn Neapel und San Gennaro kleben seit Jahrhunderten aneinander wie Mehl und Wasser in einem zähen, schier unzerreißbaren Pizzateig. Nicht einmal die katholische Kirche kann einen Keil zwischen sie treiben.«

»San Gennaro tut, was nun einmal jeder Stadtheilige tut.« Pietro ließ die flache Hand auf den Tisch sausen. »Er bewahrt Neapel vor Unglück. Und das zuverlässig seit Jahrhunderten. Was ist verkehrt daran, ihn deswegen ein paar Mal im Jahr bei Laune zu halten? Natürlich wissen wir, dass er uns nur aus der Patsche hilft, solange auch wir uns benehmen.«

»Sie brauchen einander, wie? Aber das ist nicht die Antwort auf meine Frage. Es muss eine ganz besondere Verbundenheit geben zwischen den Bewohnern dieser Stadt und Ihrem Blutheiligen. Ein gemeinsames Schicksal, eine ähnliche Mentalität, einen Charakterzug, der auf die Neapolitaner ebenso zutrifft wie auf Ihren Patron. Man sucht sich doch nicht jemanden, der überhaupt nicht zu einem passt.«

»Pfff«, machte Pietro, schloss die Augen und verfiel erwartungsgemäß in seine tischtrommelnde Lethargie.

»Die Antwort fand ich in der Bibliothek, Signori.«

»Welche Antwort? Ich kenne noch nicht einmal die Frage«, flüsterte Danilo.

»Die Biblioteca dei Girolamini ist eine ganz fantastische Bibliothek, Signori, etwas angestaubt vielleicht, aber für süditalienische Kirchengeschichte eine wahre Fundgrube. Pater Edoardo hat mich innerhalb weniger Minuten genau zu dem Buch geführt, das ich brauchte, eine ideengeschichtliche Abhandlung über San Gennaro. Natürlich nicht ganz unvoreingenommen, um nicht zu sagen despektierlich – welcher papsttreue Theologe hat schon Interesse, einen einfachen Stadtheiligen zur Erlöserfigur aufzubauen –, aber insgesamt macht die Studie einen passablen Eindruck.«

Gaetano sah nervös auf die Uhr. Dottore Giraudo schien ernsthaft vorzuhaben, in diesem stickigen Konferenzzimmer und vor den erschöpften Kollegen eine eineinhalbstündige Vorlesung zu halten.

»Um es kurz zu machen«, rief Giraudo plötzlich. »Sie sind alle Unvollendete, Signori! Sie und Ihr San Gennaro!« Wieder sah er gewichtig in den Raum. »Blut! Blut! Blut! Von Anfang an ging es nur darum. Dass es blutet, immer aufs Neue. Fließendes Blut! Wofür steht fließendes Blut? San Gennaro, der emsige Bekehrer, hat zwei Hinrichtungskommandos überlebt, den Kampf gegen wilde Tiere, die Kaiser Diokletian in irgendeiner Provinzarena bei Benevent auf ihn hetzte, und den Gang durch einen glühenden Ofen. Ein zäher Bursche, Ihr Patron, doch es half alles nichts. Er starb unvollendet. Seine Enthauptung brachte ihn endgültig zur Strecke. Dachte man zumindest, wie? Aber dann kam dieses alte Mütterchen und fing sein Blut auf, und siehe da: Auch nach Jahrhunderten verflüssigt sich das längst staubtrockene Elixier. Wieder und wieder. San Gennaro bleibt ein Unvollendeter, ein Mann zwischen den Zeiten. Nicht einmal sterben kann er, sein Blut erwacht regelmäßig und steht damit sinnbildlich für …«

Giraudo blickte in müde Gesichter. »Na wofür? Für einen Zwischenzustand, Orientierungslosigkeit, fehlende Vollkommenheit, nennen Sie es, wie Sie wollen, Signori. Und die Bewohner dieser Stadt haben ihn zu ihrem Patron ernannt, weil sie sich in ihm wiedererkennen, weil er einer von ihnen ist. Weil sie, genau wie er, nicht so recht wissen, wo sie hingehören. Sehen Sie sich doch einmal das letzte Jahrtausend an.«

Gaetano blickte fragend zu Garbiele D'Annunzio, doch der zuckte nur mit den Schultern, offenbar selbst ratlos, wie man Giraudo stoppen konnte.

Der referierte munter weiter: »Unter den Normannen behauptete Neapel noch seine städtische Autonomie, aber dann kamen die Staufer mit ihren königsergebenen Stadtbeamten, danach das opulente französische Haus Anjou mit seinem ausschweifenden internationalen Handel, dann die Habsburger mit ihren zigtausend spanischen Soldaten. Natürlich ging diese Verwässerung nicht spurlos an den Neapolitanern vorbei. Aber irgendwann reichte es ihnen: Als es die Spanier allzu bunt trieben, erinnerten sich einige Neapolitaner an jemand ganz bestimmten: San Gennaro! Und, was geschieht? Gennaros Reliquien werden 1497 aus Avellino nach Neapel zurückgebracht. Und nun raten Sie mal, Signori, wer zu seinen glühendsten Verehrern wurde? Wer, glauben Sie, betete Tag ein, Tag aus an seinem Schrein?« Giraudo sah erneut oberlehrerhaft in die Runde, ob sich jemand meldete, aber die Anwesenden versteckten sich hinter abwehrenden Gesten. »Es waren nicht die Adeligen, die hatten sich längst in die schicken neuen Paläste eingemietet und ihre Seele an die fremden Herren verkauft. Es waren auch nicht die Handwerker und Händler, denn die verdienten sich ja mit Importen für die neuen Herren eine goldene Nase, ergatterten im Hafen Schmuck und Pipapo und kutschierten das Zeug in die spanischen Paläste. Nein, Signori, es waren die stolzen Neapolitanerinnen, die einheimischen Frauen und Mädchen. Denn die sahen sich plötzlich von hypertrophen Spaniern und arschkriechenden Landsleuten umgeben. Sie wollten Neapel nicht vor die Hunde gehen lassen. Also pilgerten sie zu San Gennaro. Und hier schließt sich der Kreis, Signori. San Gennaro, Neapel, die Frauen und …« Giraudo trat an das Whiteboard und schrieb ein paar Worte darauf, die er nach einem übertriebenen Räuspern laut vorlas: »… das Blut der Neapolitanerinnen!«

In diesem Augenblick sprang die Tür auf, und alle zuckten zusammen. Antonella stakste mit einem Tablett voll dampfender und duftender Espressotässchen herein. Peinliche Stille empfing sie. Als sie Giraudos Slogan auf dem Whiteboard entdeckte, lief ihr Gesicht in Sekundenbruchteilen rot an. Eilig klackernd verließ sie den Raum.

Giraudo wartete, bis die Tür ins Schloss gefallen war, nahm sich ein Espressotässchen, kippte den Inhalt in einem Zug hinunter und setzte wieder an: »Das Blut der Neapolitanerinnen! Frauen baten San Gennaro um Hilfe für ihre Stadt, ihre sich immer mehr zur Unkenntlichkeit verwässernde Identität. Sie flehten um Blut. Ihr Blut sollte sich verflüssigen, wie sich Gennaros Blut verflüssigte. Regelmäßiger Blutfluss, Signori, wir reden von Menstruation. Und Menstruation ist nun einmal die Voraussetzung für Fruchtbarkeit. Töchter baten darum, ihre Regel zu bekommen, zur Frau zu werden. Sie beteten, Gennaro möge die Schmerzen bei ihrer Defloration tilgen, sie mögen vollendet werden, Mutter werden, das ganze

Programm, verstehen Sie, Signori? Alte Waschweiber baten darum, ihr erloschener Zyklus möge wieder einsetzen und die Fertilität noch lange erhalten bleiben. Erwachsene Frauen in einem Zwischenzustand zwischen Frausein und dem sinnlosen Dahinsiechen im Alter. Schwangere baten um das Blut der Niederkunft. Niederkunft, Beendung ihres Zwischenzustands, Vollkommenheit. Nachwuchs für die Familie, für die Stadt. Eines greift ins andere. Verstehen Sie, Signori? San Gennaro verkörpert Kraft seines Ursprungs die Unvollkommenheit und fungiert Kraft seiner eigenen Menstruation als Hoffnungsträger all jener Mädchen und Frauen, die ihre Bestimmung des Mutterseins noch nicht erfüllt haben oder nicht mehr erfüllen können. Was ist eine hormongeplusterte Jugendliche anderes als orientierungslos, weltenlos zwischen Vergangenheit und Zukunft?«

Giraudo zeichnete ein Diagramm mit einer steil ansteigenden Kurve ans Whiteboard. »Demografische Studien zeigen, dass nach der Heimholung von San Gennaros Reliquien die indigene Bevölkerung Neapels rasant wuchs. Unter spanischer Herrschaft wurde aus einer mittelgroßen Kleinstadt die größte Metropole Italiens, noch vor Rom, Mailand oder Venedig. Natürlich waren das nicht alles Neapolitaner, sondern zum großen Teil Spanier und verarmte Landbevölkerung aus ganz Kampanien. Aber mittendrin eben auch eine beachtliche Zahl stolzer Neapolitanerinnen auf der Suche nach ihrer verloren gegangenen Identität.« Er breitete die Arme wie ein Priester aus. »Und so ist San Gennaro zum Symbol für die Rettung der Bedrohten, Undefinierten, Unvollendeten geworden. San Gennaro rettet die Frauen und die Frauen erretten Neapel. San Gennaro, ein menstruierendes

Zwitterwesen, das selbst blutet und anderen zum Bluten verhilft. ›San Gennaro, lasse ab vom Fleisch, sonst blutet es!‹«

Gaetano fiel es wie Schuppen von den Augen. Das war es, was er mit Davide hatte besprechen wollen. Diese seltsame Anekdote im Duomo, als eine amerikanische Touristin den Fremdenführer gefragt hatte, wo man in Neapel Hilfe für ihre Tochter bekommen könne, deren Regel ausblieb. Also war doch etwas dran an der Geschichte. Und hatte Pater Ambrosio nicht auch auf einen Zusammenhang hingewiesen zwischen Capuanos Todesdatum und dem Stadtheiligen?

Dottore Giraudo blickte noch immer in die Ferne, als erwarte er einen Mann im Talar aus dem Himmel herabfahren, der ihm im Namen der Accademia Nazionale dei Lincei die allerherzlichsten Komplimente für seinen vortrefflichen, bahnbrechenden Vortrag überbrächte. Aber nichts passierte.

Gabriele räusperte sich. »Du beschreibst das alles, als wäre es gestern geschehen, Francesco. Nur weil einige Neapolitanerinnen mal an einer Identitätskrise gelitten und San Gennaro zu ihrer Erlöserfigur aufgebaut haben, heißt das doch nicht, dass wir heute noch Minderwertigkeitskomplexe haben. Neapel gilt als einer der ursprünglichsten Orte Italiens. Unsere Altstadt und unsere Pizza sind Weltkulturerbe.«

»Das ist der Portwein auch, und trotzdem befällt mich in Portugal immer das Gefühl, die Portugiesen könnten sich jeden Augenblick Fado-säuselnd in ihrer Saudade ertränken. Die haben es auch noch nicht verschmerzt, dass ihr Weltreich untergegangen ist. Ihr Neapolitaner tickt da ähnlich. Gängelung aus Rom, Migrantenflut, Camorra, der schwefelnde Vesuv. Klar sorgt ihr euch da um eure Identität. Der Friseur meiner Frau, ja, der ist Neapolitaner. Und weißt du, was der mir kürzlich erklärt hat? Eine gute Frisur müsse makelhaft sein, einen Fehler haben, den es noch zu beheben gilt, sonst sei der Haarschnitt wie tot. Aus diesem Grund verunstalte er bei jedem Kunden eine Stelle am Kopf, damit zumindest er selbst das Gefühl habe, es sei noch etwas zu tun. Vollendung liege ihm nicht, denn nach Vollendung komme der Tod.«

»Ein Neapolitaner, der in Turin lebt, ist wohl kaum ein echter Neapolitaner«, motzte Pietro.

»Ich finde, du übertreibst, Francesco. Wir glauben doch nicht wirklich daran, dass San Gennaro uns vor dem Untergang bewahrt.« Gabriele sah sich vorsichtig um, und Gaetano deutete einen erhobenen Daumen an.

Dottore Giraudo winkte ab. »Sinnkrise, Haltlosigkeit, Zugehörigkeitsverlust … Die Suche nach Orientierung lebt in dieser Stadt, seit jeher, und sie findet direkt vor deiner Haustür statt. Den Pizzaiolo aus meinem Hotel habe ich vorgestern noch im San Carlo auf der Bühne trällern hören. Er meint, den Luxus einer Karriere als Opernsänger könne er sich in Neapel nicht erlauben. Was, wenn morgen jemand den Intendanten schmiert? Dann säße er wieder auf der Straße. Also dann lieber jeden Tag ein mittelmäßiger Tenor und ein ehrlicher Pizzabäcker als einen Tag lang ein Caruso und am nächsten arbeitslos. Rituelle Erneuerung des Scheiterns, wenn Sie so wollen. Und Gennaro lebt es Ihnen vor.«

»Also ich weiß nicht.«

Giraudo gestikulierte wild, schrieb dann in Rot ein Wort ans Whiteboard und umrandete es mehrfach. »Femminielli, Signori! Denken Sie an die Femminielli, die homosexuellen … äh … Mannweiber. Seit Jahrhunderten bringen Neapels dunkle Gassen diese … Wesen hervor. Sie gehören zur Kultur, zum

Stadtbild. Und an wen, glauben Sie, wenden sie sich in ihrer Orientierungslosigkeit? An einen von ihnen, einen doppelgesichtigen Janus, männlich, aber menstruierend: San Gennaro. Generell ist die Schwulen- und Lesbenkultur in Neapel ...«

»Schon gut, schon gut, schon gut«, fiel ihm Gabriele ins Wort. »*Allora*, mir scheint, wir haben uns ein wenig ... verzettelt. Mag sein, dass du in vielem recht hast, vielleicht wirken wir Neapolitaner aus Sicht eines Psychologen, noch dazu eines Turiner Psychologen, nicht ganz souverän, wenn es um die etwas holprige Genese unseres Kulturbewusstseins geht.« Gaetano bemerkte genüsslich, wie der Primo Dirigente dabei ins Schwitzen geriet, eine gestelzte Floskel nach der anderen herauszupressen. »Bei all deinen Ausführungen wird mir allerdings nicht klar, was sie mit unserem Fall zu tun haben.«

Emilia verschränkte die Hände vor der Brust. »Sagen Sie bloß, Sie denken, der pädophile Capuano hätte sich als fleischgewordener San Gennaro gefühlt und sich deshalb um junge Mädchen ... gekümmert? Ist es das, was Sie meinen?«

Giraudo legte wieder die Hand an den Kopf. »Pädophilie ist ein schwieriger Begriff. Ich störe mich schon die ganze Zeit daran, wie schludrig man hier damit umgeht.« Emilia wollte etwas erwidern, aber der Psychologe hob die Hand und brachte sie zum Schweigen. »Ich bin mir sicher, dass Capuanos Verlangen nicht auf Kinder, sondern auf Jugendliche abzielte. Und wahrscheinlich folgte er bei seinen Taten nicht oder nicht ausschließlich sexuellen Trieben. Ich weiß, was Sie sagen wollen, Signori: Warum zieht es einen Mann in ein Bordell, wo sich Teenager anbieten, wenn es ihm nicht um sexuelle Befriedigung geht? Aber das ist nur die eine Seite seiner krankhaften Störung. Capuano fühlte sich, wie wohl schon sein Vater, zu Mädchen in einem bestimmten Entwicklungsstadium hingezogen. Es muss Capuano fasziniert haben, an diesem Veränderungsprozess des weiblichen Körpers teilzuhaben, und ich meine körperlich wie seelisch. Offenbar erregte es ihn, mit sexuell unerfahrenen Mädchen zu schlafen. Aus Vernehmungen wissen wir, dass eine Mischung aus mangelnder Reife und angedeuteter Koketterie auf solche Täter anziehend wirkt. Capuano hatte genaue Vorstellungen davon, was er wollte, und sobald in der Klinik, auf der Straße, auf einem Parkplatz, vor einer Schule et cetera eine entsprechende Jugendliche seine Aufmerksamkeit erregt hatte, war er ihr verfallen. Das Stadium der späten Kindheit durfte noch nicht abgeschlossen sein. Doch wenn Capuano erst mit dem Mädchen geschlafen hatte, kam die große Enttäuschung. Er verlor das Interesse, und die Suche ging von Neuem los.«

Was für ein Hohn. Gaetano fühlte sich wie in einem Horrorfilm. Wie viele Täter redeten sich mit dieser ekelhaften Logik ein, ihre Opfer hätten dem Verbrechen, das an ihnen begangen worden war, zugestimmt. Er musste plötzlich an Carla und Michele denken. Er wünschte sich, dass sie schnell heirateten. So schnell es ging.

Dottore Giraudo war zum Fenster getreten und hatte eine Jalousie geöffnet. Er schien nach Worten zu suchen. Gedankenverloren blickte er hinaus, wo sich hinter einer Handvoll zusammengequetschter, bunter Straßenzüge der Golf von Neapel in die Unendlichkeit öffnete. »Ein seltsamer Zufall. In der Wissenschaft nennen wir die Neigung, der Ianus Capuano nachgab, Parthenophilie, die Sirenenkrankheit. Sie ahnen, was ich meine. Parthenope, die wohl bekannteste Jungfrau der griechischen Mythologie, starb nicht unweit von hier. Sie stürzte sich aus Gram über Odysseus' Zurückweisung ins Meer. Neapel ist als griechische Siedlung Parthenope genau an der Stelle gegründet worden, wo heute das Castel dell'Ovo steht. Dort wurde die Nixe vor dreitausend Jahren an Land gespült. Sie sehen, Signori, Neapel ist sogar dem Namen nach die Stadt der Jungfrauen!«

Lange sprach niemand. Ob Giraudos Ausführungen sie ein Stück näher an die Lösung des Falles gebracht oder die Arbeit der letzten Tage in den Dreck gezogen hatten, stand für Gaetano in den Sternen, und ein Blick in die Gesichter der Kollegen verriet auch deren Skepsis. Das Team schien erschlagen, und so grenzte es an ein Wunder, dass sich ausgerechnet der schläfrige Pietro an eine Zusammenfassung wagte.

»Jetzt noch mal zum Mitschreiben, Dottore. Eine griechische Jungfrau namens Parthenope nimmt sich vor der neapolitanischen Küste das Leben, weil sie keinen Bräutigam findet. An der Stelle, wo sie begraben liegt, gründet man später Neapel, wo wiederum einige Jahrhunderte später die neapolitanischen Jungfrauen den Chef-Menstruierer der Stadt, San Gennaro, darum bitten, sie vor dem gleichen elenden Schicksal zu bewahren, nämlich auf ewig ein Leben als kinderlose Jungfrau zu fristen.« Das »elende Schicksal« untermalte er mit angedeuteten Gänsefüßchen und verdrehte die Augen, was ihm ein Grinsen von Emilia einbrachte, die leise hinzufügte: »Als wären alle kinderlosen Frauen unvollendet.«

»Wir haben uns also heute hier versammelt«, fuhr Pietro fort, »weil jemand, der sich Gennaro nennt, es krankhaft auf Jungfrauen abgesehen hatte und deshalb umgebracht wurde. Ist das so ungefähr richtig?«

Dottore Giraudo lächelte. »Ja, ich denke, das haben Sie sehr gut zusammengefasst. Etwas knapp vielleicht, aber ja. So etwas nennt man kollektives Bewusstsein.«

»Dann löst diesen dreckigen Fall gefälligst kollektiv ohne mich«, flüsterte Pietro, stand auf und schlurfte hinaus.

Keiner hielt ihn auf.

»Du glaubst doch nicht, dass Capuano umgebracht wurde, weil er unseren Stadtheiligen verunglimpft hat, oder?«, fragte Gabriele.

Der Psychologe kratzte sich am Kopf. »Religiöser Wahn kann ein starkes Motiv sein, da haben schon Leute für viel weniger gemordet. In München hatte ich letztes Jahr einen Täter, der reihenweise Prostituierte abschlachtete. Wir haben sein ganzes Leben auseinandergenommen. Eine normale Kindheit, glücklich verheiratet, selbst Kinder, erfolgreich im Beruf, rein gar nichts Auffälliges. Doch dann fiel es mir wie Schuppen von den Augen: Alle Opfer hießen Maria mit Vornamen. Da hab ich's kapiert.«

»Religiöser Eifer?«

»Noch nicht einmal das. Der Täter hatte lediglich ein enorm stilisiertes Rechtsempfinden, krankhaft natürlich, er war Sachbearbeiter beim Meldeamt. Ein richtiger Pedant. Es wollte ihm einfach nicht in den Kram passen, dass sich eine Frau, die den Namen der Mutter Gottes trägt, prostituiert. Das war alles. Wer weiß? Wenn wir ihn nicht geschnappt hätten, hätte er vielleicht irgendwann angefangen, Puppenspieler abzuschlachten, die sich als Pinocchio ausgeben, aber keine lange Nase haben.«

»Sie meinen, Capuanos Mörder könnte ein völlig Unbeteiligter sein?«, fragte Emilia. »Kein Vater, Bruder oder Onkel eines missbrauchten Mädchens? Keiner, der etwas mit Anna Fusco zu tun hat? Wo sollen wir da anfangen?«

»Nun, aus Sicht des Mörders trieb Capuano wohl Schindluder an San Gennaros Erbe. Ihr Patron soll Neapolitanerinnen schließlich Orientierung geben und sie nicht verführen. Als Schönheitschirurg hat Capuano noch dazu die Mädchen zu seelenlosen Teenagern degradiert. Hatte sie entwürdigt und mit ihnen die Stadt. Genau das Gegenteil, was San Gennaro gewollt hätte.«

»Weil sich jemand operieren lässt, ist er doch nicht gleich seelenlos, Francesco.«

»Natürlich nicht, Gabriele, aber der Täter könnte so denken. Eitelkeit ist eine Todsünde. Da wirkt ein Schönheitschirurg wie der Teufel persönlich.«

Gabriele notierte sich wie ein eifriger Student etwas auf seinem Collegeblock. »Aber wo sollen wir ihn suchen? Es gibt tausende religiöse Fanatiker in der Stadt.«

Zum ersten Mal sah Gaetano Verlegenheit in Giraudo aufblitzen. »Also, nun … Also ich kann nur Gedankenansätze geben … Das ist alles nur Theorie, ich …«

Gabriele winkte ab. »Wir machen dich für nichts verantwortlich.«

»Gut … wenn ihr die Teilnehmerinnen der Klinikstudien scannt, sucht vor allem nach alteingesessenen Familien. Wir suchen nach einem aufgeklärten Gläubigen aus einem gebildeten Umfeld. Solides kirchenhistorisches Wissen. Und vergesst nicht die Ergebnisse der Gerichtsmedizin. Der Täter hat fundierte medizinische Kenntnisse. Ein Arzt, Krankenpfleger, Präparator, was weiß ich. Ein Angestellter eines Ordenskrankenhauses, so etwas, jemand der …«

Gabriele schwang sich aus seinem Stuhl und klatschte in die Hände. »*Ragazzi*, ihr wisst, was ihr zu tun habt. Salvatore, du bleibst weiter an Mirabella dran, Emilia und Danilo, ihr beide durchleuchtet sämtliche Studienteilnehmerinnen, die in das genannte Raster passen.«

Giraudo schlenderte zu seinem Platz zurück. »Ich bräuchte Zugang zum Archiv. Ich werde mir ein wenig die Akten ungeklärter Fälle ansehen, ob es Hinweise auf Ritualmorde gibt.«

Alle in der Runde lachten, und Gaetano klärte ihn auf. »In Neapel ist so gut wie jeder Mord ein Ritualmord.«

»Ja, ich weiß«, sagte Giraudo stolz, »aber ich rede nicht von Clan-Religion, sondern von tiefer Gläubigkeit.«

Gaetano wollte allein sein, um nachzudenken. Während er sich bei Mauro gerade eins der letzten Sfogliatelle des Tages in den Mund schob, rief ihn Belluci an, um zu berichten, dass Mirabella das Haus kurz verlassen habe, dann aber wieder zurückgekommen sei. Von ihrer Freundin keine Spur.

»*Vabbè*, gut gemacht. Ruf bei Davide an. Er soll Leute in der Nähe postieren, denen du dann sofort Bescheid gibst, sobald Mirabella wieder ausgeht. Die sollen sich in der Wohnung umsehen, Dokumente fotografieren, das volle Programm. Bleib dran.«

»Haben wir …?«

»Nein! Durchsuchungsbeschluss reichen wir nach.« Oder auch nicht, dachte Gaetano.

»Ich … äh … ich hab noch was rausgefunden.«

Gaetano musste lächeln. Sie spielte schon wieder Kriminalpolizistin. »Schieß los.«

»Mirabella war in der Salumeria gegenüber …«

»Aha. Sie ist also keine Vegetarierin, sehr gut.«

»Quatsch. Als sie wieder in ihrer Wohnung war, habe ich so getan, als hätte sie ihre Handtasche im Laden vergessen und den Macellaio gefragt, ob er wisse, wo die junge Signorina von eben wohnt.«

»Und?« Gaetano horchte auf.

»Na nichts. Er hat gesagt, er habe Mirabella noch nie vorher gesehen. Wir können also davon ausgehen, dass …«

»Ja, ja, schon gut.« Verdammt, dachte er, aber sei's drum. Mirabella wird nicht so blöd gewesen sein und in den letzten Wochen mehrfach dieselben Läden aufgesucht haben. »Du machst dich, Monica. Bleib auf deinem Posten.« Schnell legte er auf, bevor sie ihn zurechtweisen konnte.

Er war noch nicht wieder bereit für die Questura, ging an der Pforte vorbei und schwenkte ein paar Meter die Gasse hinauf in einen Buchladen. Giraudos Sophisterei hatte ihn verwirrt. Wo er vor wenigen Tagen noch einen kleinen Riss zwischen sich und seiner Heimatstadt wahrgenommen hatte, während er vergeblich nach einem passenden Sonntagsziel für sich und Aniello googelte, klaffte nun eine unüberwindbare Schlucht. Giraudos Neapel hatte nichts mit der Stadt zu tun, die Aniello und er kannten.

Lustlos durchblätterte er einige Reiseführer. Dann verließ er den Buchladen und rief noch im Gehen im Pflegeheim an, um Aniello von allen Aktivitäten abzumelden, die sie im Pace dell'anima für kommenden Samstag mit ihm planten. Er kündigte an, seinen Bruder den Tag über auswärts zu betreuen. Als er in der Questura ankam, hatte er sich bereits eine Reihe von Orten überlegt, die er mit Aniello abklappern würde. Und er nahm sich vor, ihm von Mirabella zu erzählen.

# 26.

Auf einem Monitor flimmerte eine Zeichnung von ihm. Er hielt die Luft an. Seine Beine wurden taub, in den Ohren dröhnte es. Neapels Farben flossen ineinander, verknoteten sich zu einem ellenlangen, bunten, nassen Tau.

Die Zeichnung verschwand. 18 Uhr. In fünfzehn Minuten würde sein Phantombild erneut über den Bildschirm huschen, dann wieder in dreißig Minuten, fünfundvierzig, dann in einer Stunde. Wo sollte er hin? Würde man ihn verpfeifen? Fünftausend Euro. War er so viel wert?

Unauffällig bog er in ein Vicoletto und stellte sich am Hinterausgang einer Trattoria zwischen zwei versiffte Müllcontainer. Es stank bestialisch. Eine fette Ratte kletterte heraus und setzte zum Sprung in die nächste Tonne an. Er drückte sich gegen die Wand. Dann zog er sein Cellulare aus der Hosentasche, hielt die Luft an und gab mit zittrigen Fingern seinen Namen bei Google ein. Nichts kam. Kein einziger Treffer. Sie kannten ihn noch nicht. Erleichtert schnaufte er aus.

Auf der Homepage von Il Mattino starrte ihn sein verzerrtes Gesicht an. Sie hatten seinen Schmerz nachgezeichnet. Drum herum lieblos hingepinselte Locken. Man hatte ihn Phantom getauft. Er war zur Fahndung ausgeschrieben. Das war alles. Dann ließ sich der Journalist über Capuano aus. Er wusste von den Bordellbesuchen, schrieb, dass sich das Turiner Monster die schöne junge Anna aus Pantano gekauft hatte. Aber über Annas Qualen schrieb er nichts. Das Schicksal ihrer ganzen Familie hatte sie auf den Schultern getragen. Er biss sich auf die Lippe. Neapel würde es erfahren, die ganzen Qualen, die Anna hatte ausstehen müssen. Neapel würde bald lesen, wie Anna Übermenschliches erduldet hatte, um des Glückes anderer willen. Bis zum Schluss, bis sie es nicht mehr ausgehalten hatte.

Ihm stiegen Tränen hoch. Sollte er sich stellen? Gestehen? Sich brüsten, wie er Anna gerächt hatte? Nein. Nicht, solange er nicht wusste, was in der Nacht vorgefallen war. Er stampfte auf, ging wieder alles durch, wie er es seit Tagen tat. Er hatte an Capuanos Türstock gelehnt, ins Esszimmer geblickt, hatte das Blut kommen sehen, war einen Schritt zurückgetreten und in einen Brunnen gefallen.

Nein, er musste das fehlende Teilchen finden. Vorher würde er nicht verstehen, dass er ihn tatsächlich umgebracht hatte.

Er sah auf die Uhr. 18 Uhr 15. Jetzt flimmerte wieder sein Phantombild über die Fernseher dieser Stadt.

Er wartete ein paar Minuten. Dann ging er langsam los. Die Via Nicolini entlang und hinein in die finsteren Gassen des Centro Storico, das sein Maul an der nächsten Ecke auftat. Immer tiefer in Neapels schützendes Herz. Die Stadt würde ihn nicht verraten. Er hatte für Neapel gemordet. Eher verschluckte die Stadt ihn, wälzte ihn für Jahre in ihrem Magen hin und her, und wenn die Zeit gekommen wäre, schiss sie ihn wieder raus.

Da vorn war das rote Haus. Ein einziges Mal hatten sie sich hier getroffen. Sie war es gewesen, die den Unterschlupf organisiert und den Zeitpunkt genannt hatte. An dem Abend hatte er lange dagestanden, so wie jetzt, an derselben Stelle, und hatte dem Treiben zugesehen, um sich abzulenken, weil er es nicht hatte erwarten können, sie nach all den Jahren wiederzusehen. Er hatte Trauben gekauft und eine nach der anderen ausge-

*spuckt, weil sie gammlig schmeckten. Dann war sie plötzlich vor ihm gestanden, hatte schüchtern an ihren Haaren genestelt. Sie war es gewesen, die seine Tränen weggewischt hatte. »Nicht jetzt, später, später«, hatte sie heiser geflüstert und ihn ins Haus gezogen. Und dann hatten sie sich verschworen. Sie war viel stärker als er.*

*Verstohlen sah er zu den Fenstern, er hatte Zeit. Die Dämmerung brach herein und lockte die Neapolitaner aus ihren Geschäften und Wohnungen. Bastkörbe schlitterten wie von Zauberhand zwischen Wäscheleinen und Kabeln die Hauswände herab. Das Ratschen der Seile auf den abblätternden Fensterstöcken knisterte durch den Abend.*

*Plötzlich flammte ein Licht vor dem roten Haus auf.*

*Es war wie ein Aufschrei in der Nacht.*

*Sie trat heraus, leicht, energisch, in einem Gang, der die Dämmerung in zwei Hälften teilte. An einer Laterne hielt sie inne und überblickte misstrauisch den Platz. Ihr safranfarbener Jumpsuit flatterte im wütenden Wind. Braune Haarbüschel tanzten wild um ihr trauriges Gesicht. Wie ein Feuer unter Glas, dachte er. Eine rotgoldene, kaum flackernde Flamme, die auf ihrem Weg jeden erwärmt, ohne etwas von ihrer unerschöpflichen Energie zu verlieren. Und weil es aus einer geheimnisvollen Arglosigkeit heraus geschah, hätte man sich aus Angst, sich zu verbrennen, niemals an sie herangewagt.*

*Wie geblendet starrte er sie an. Sie schritt quer über die Piazza, direkt auf ihn zu. Sein Herz klopfte wild. Noch zehn Meter, fünf, jetzt musste sie ihn doch erkennen. Er schloss die Augen, da glaubte er zu spüren, wie sie abbog und sich die Wärme entfernte. Er hatte es nicht verdient. Er hatte sie verraten.*

# 27.

Der restliche Nachmittag war ergebnislos verlaufen. Keine Neuigkeiten vom Phantom. Und weder waren Emilia und Danilo in den Klinikakten fündig geworden, noch hatte Dottore Giraudo Hinweise auf einen mit Capuanos Schicksal vergleichbaren Ritualmord gefunden. Gaetano selbst hatte sich die Finger wund telefoniert, um herauszufinden, ob Mirabella in den letzten Wochen nach Neapel geflogen war, aber Fehlanzeige. Allerdings konnte sie genauso gut den Nachtzug genommen haben, wenn sie unerkannt bleiben wollte.

Gegen 19 Uhr war er so müde, dass die Zeilen auf dem Bildschirm verschwammen, und er beschloss, nach Hause zu gehen. Als er gerade durch die geplünderten Regalreihen seines heimatlichen Negozietto schlenderte und den Tag Revue passieren ließ, läutete sein Cellulare. »Monica, sag es nicht!«

»Doch, äh … ich hab Mirabella verloren. Neapel hat sie einfach verschluckt.«

»Verdammt. Gib den Kollegen in der Wohnung Bescheid. Die müssen sofort da raus!«

»Nennen Sie mich nicht …«

Wütend legte er auf.

Der Tag hatte so verheißungsvoll begonnen. Mirabella, die ihn am Morgen um den Finger wickelte, bis sie zornig einen Pfirsich nach ihm warf. Der wiedergefundene Schädel und die verrückte Putzfrau, die Kellnerin, die ihnen den Mörder auf dem Silbertablett servierte. Sie waren kurz davor gewesen, den Fall zu lösen. Und dann hatten ein Presseleak, ein blutiges Taschentuch und schließlich Dottore Giraudo mit seinen mythischen Geschichten über Neapels Seele ihre Überlegungen ad absurdum geführt. Gaetano hatte das Gefühl, weiter denn je von der Lösung des Falles entfernt zu sein.

Er musterte den rotgesichtigen Macellaio, wie er einen speckmarmorierten Klumpen Pancetta in abertausend durchwachsene Scheiben zerteilte. Die schwüle Luft, die aus der Wursttheke aufstieg, roch fettig und würzig, vor dem Geschäft kickten Kinder mit einer zerbeulten Coladose. Wenn es eine neapolitanische Seele gibt, dachte Gaetano, dann trägt jeder von uns ein Würfelchen davon in sich. Jeder Würfel sieht ein wenig anders aus, weil auch die Seele nicht ebenmäßig ist, sondern rau, manchmal glatt, anderswo erhaben, bisweilen löchrig. Und wenn man sein Teilchen aus Fuorigrotta zu dem Teilchen eines anderen legt, der aus Ponticelli stammt, dann sieht es schon ähnlich aus, aber irgendwie auch nicht. Und so konnte es passieren, dass man Neapel an ein und demselben Tag auf zigtausend verschiedene Weisen erlebte. Vielleicht sprach das Phantom, ohne es zu wissen, ja wirklich einer Unzahl von Neapolitanern aus der Seele.

»*E po'*?«, fragte der Macellaio ungeduldig, Gaetano war der Letzte im Laden. Er kaufte noch ein wenig Käse, Ciabatta, zwei Packungen Pasta und eine Flasche Aglianico. Dann trabte er mit zwei prall gefüllten Plastiktüten nach Hause.

Als er seinen Schlüssel ins Schlüsselloch steckte, fuhr er zusammen. Jemand, der hinter ihm im Halbdunkel auf dem Treppenabsatz saß, raunte: »Sag mal, Salvatore, was planst du eigentlich für eine Scheiße?«

Es war Michele. Gaetano stutzte. Mit ihm hatte er am allerwenigsten gerechnet. Grimmig starrten sie sich an, doch Carlas Bräutigam hielt eine Flasche in der Hand. Den Aglaia tranken sie nur, wenn es etwas zu feiern oder zu klären gab. Bisher war mit einer gemeinsamen Flasche Grappa noch jedes Problem aus der Welt geschafft worden. Viele hatte es nicht gegeben, Michele war wie ein Sohn für ihn, war ebenso gut Carlas Verlobter wie sein Freund.

»Du bringst Geschenke?«, murmelte er seinem Schwiegerneffen zu.

»Die musst du dir erarbeiten! Deine letzte Chance, Salvatore.« Er sagte es ohne das geringste Lächeln, stand mit einem Ruck auf und positionierte sich, ohne ihn anzusehen, vor der Wohnungstür. Schon allein, dass er ihn *Salvatore* und nicht *Salvo* nannte! Gaetano fing an zu schwitzen. Welche Geschichte über ihre Begegnung am Sonntag mochte Carla ihrem Verlobten wohl erzählt haben? Michele trug keine Arbeitskleidung. Er kam nicht von der Tenuta, sondern direkt von Carla, und hatte ihren ganzen Zorn durch die halbe Stadt getragen.

»Mach schon, schließ auf.« Michele klang wie ein Bankräuber.

Während Gaetano seine Einkäufe verstaute, kramte Michele in der unaufgeräumten Küche herum, befreite zwei Grappagläser von einer dicken Staubschicht und drapierte sie wie zwei todgeweihte Duellanten auf dem Esstisch. Er wartete, bis Gaetano sich setzte, schenkte ein und kippte sein Glas, ohne ihm zuzuprosten, in einem Zug hinunter. Schon nach der zweiten Runde spürte Gaetano die Wirkung des Alkohols. Die Waffen eines Mannes, dachte er, während Mi-

chele ihm still zum dritten Mal einschenkte. An den Fensterläden rüttelte der Wind.

Gaetano stand auf und begann, Spüle und Schränke nach
einem sauberen Nudeltopf zu durchsuchen. »Isst du mit?«,
fragte er. Als er keinen Topf fand, riss er das Ciabatta auseinander, höhlte eine Hälfte aus und stopfte Pancetta und Oliven
hinein. Fett, er brauchte dringend etwas Fettiges, wenn er gegen seinen Schwiegerneffen bestehen wollte.

Michele sah ihn grimmig an. »In deiner Küche sieht's aus
wie in deinem Leben. Räumst du nie auf?«

»Keine Zeit«, schmatzte Gaetano.

Michele hob sein Glas und schwieg eine Weile. »Gibt 'ne
Menge Sachen, für die du keine Zeit hast, *vero*?« Er schlug auf
den Tisch. Die Grappagläser hoben ab wie zwei dressierte
Hunde, die nach Wurst schnappten.

Micheles Schimpftirade dauerte endlos. Gaetano erkannte
die üblichen Phrasen, die ihm Carla in regelmäßigen Abständen hinwarf. Wie wenig er sich um Aniello kümmere,
dass er das Weingut zugrunde richte. Warum er sich keine
Frau suche wie jeder normale Mann in seinem Alter? Und
dass man sich Herrgott noch mal nie auf ihn verlassen
könne.

Die Hälfte der Flasche war leer, und Gaetano fürchtete den
Augenblick, wenn Michele aufhören würde zu schimpfen und
er sich verteidigen müsste. Weder Zunge noch Lippen würden ihm gehorchen.

»Es gibt doch noch was anderes als Mord und Totschlag im
Leben.« Gaetano griff zu einem Glas Wasser, aber der Heißsporn schlug seine Hand weg und stierte ihn aus rot geäderten Augen an. »Carla ist so naiv, dass sie das glaubt … dass es

an deiner Arbeit liegt, meine ich. Sie muss es glauben, sonst überlebt sie ihre Scheißfamilie nicht. Deine Scheißfamilie.« Er drehte sich zum Fenster. Innerhalb weniger Minuten stürzte er drei weitere Gläser herunter. »Wenn du dir dein Leben kaputt machst, Salvatore, ist das dein Bier, aber Carla hat was Besseres verdient, und – ganz nebenbei – ich auch. Ich warne dich, wenn du irgendein krummes Ding drehst, das Carla unglücklich macht, bringe ich dich um.«

Gaetano zog die Augenbrauen zusammen. Was zum Teufel ging in Micheles Hirnwindungen vor? Wovon, bitte, sprach er? Aber der Alkohol hatte ihn träge gemacht. »Keine Ahnung, was du meinst«, lallte er.

»Jetzt tu gefälligst nicht so, Salvatore«, schrie Michele. »Erst kümmerst du dich einen Dreck um Aniello und euren Vater, lässt alles vor die Hunde gehen, und dann auf einmal, als Carla und ich heiraten wollen, da drehst du durch. Warum zum Teufel willst du verhindern, dass Carla ihren Vater nach Hause holt? Aniello gehört die Tenuta genauso wie dir. Und Carla hat verdammt noch mal das Recht, dort zu wohnen, mit Aniello, wie eine ganz normale Familie.«

»Michele, seid ihr wahnsinnig?« Gaetano wollte aufspringen, aber seine Beine gehorchten nicht.

»Carla braucht eine Zukunft, wenn sie schon keine Kindheit hatte. Der Vater versickert irgendwo im Schwachsinn, die Mutter verschwindet, die Großmutter stirbt aus Gram und der Großvater spült täglich seine Schuld mit Schnaps runter. Und der Onkel … ach was!«

»Ich wusste nicht, dass es so schlimm ist, Michele.«

»Das glaube ich dir sogar. Weil du nicht hinsiehst, weil du nicht zuhörst. Als sie zehn war, brach Carlas Familie auseinander. Nur ich bin irgendwie übriggeblieben. Wenn wir alle zusammen auf die Tenuta zurückkehren, führen wir das weiter, was an diesem Scheißtag im Weinberg zum Erliegen gekommen ist. Manchmal denke ich, Carla ist an diesem Tag einfach zehn Jahre älter geworden. Vom Mädchen zur Frau, einfach so. Ohne einen Vater an ihrer Seite, ohne eine Mutter, der sie ihre Sorgen erzählen konnte, die sie in den Arm nahm. Aber die Jahre, die sie übersprungen hat, die holen wir ihr jetzt zurück. Ohne dieses Steinchen wird das Puzzle nie fertig, es fehlt etwas, Carla fühlt sich …«

»Unvollendet?«, platzte es aus Gaetano heraus.

Michele sah ihn kraftlos an. »Wenn du's eh kapierst, Salvatore, dann verstehe ich nicht, wie du so boshaft sein kannst.«

»Boshaft?«

»Warum willst du nicht, dass wir mit Aniello auf den Hof ziehen, überhaupt, dass wir heiraten? Die ganze Zeit grätschst du uns dazwischen. Bin ich dir auf einmal nicht mehr gut genug für deine Nichte, ist es das? Das hättest du dir früher überlegen sollen. Carla und mich kriegst du nicht wieder auseinander, Salvo.«

»Was redest du da?«

»Und was machst du für krumme Dinger, dass du Aniello am Samstag aus dem Pflegeheim holen willst? Die haben bei uns angerufen. Was da los ist, ob Carla Bescheid weiß. Was hast du vor? Soll er dir seinen Anteil vermachen, still und heimlich? Welchen Notar hast du geschmiert, Salvatore, hä? Reißt dir die Tenuta unter den Nagel, verscherbelst sie und haust ab!«

Gaetano fiel die Kinnlade herunter. »Das denkst du von mir?«

Michele ließ sich erschöpft in die Lehne sinken und schloss die Augen. »Ich hab mein halbes Leben für deine Familie geopfert, mein ganzes Leben. Seit ich dreizehn war, habe ich dafür geschuftet, dass es irgendwie weitergeht, dass dein Vater morgens aus dem Bett steigt und nicht einfach weitersäuft. Dass das, was wir gemeinsam begonnen haben, irgendeinen Sinn hat, Carla später ein Auskommen hat. Und klar, meine Zukunft hängt auch an der Tenuta. Was kann ich schon, außer Trauben pflücken?« Er stürzte ein weiteres Glas runter, wurde immer lauter. »Ich hätte genauso gut hinschmeißen können nach dem Unfall, auf einem anderen Weingut aushelfen. Hab ich aber nicht. Ich habe deine Nichte umsorgt, Salvatore. Das, was du hättest machen müssen. Oder Florinda, aber die hat sich ja einen Scheißdreck gekümmert. Ich war Vater, Mutter und Onkel zugleich. Und geliebt habe ich Carla sowieso, auch wenn ich das am Anfang nicht verstanden habe. Aber wer tröstet, immer wieder aufrichtet, alles aushält, obwohl er selbst am Ende ist, der liebt irgendwann und fühlt auf einmal, dass es schon immer so gewesen sein muss.«

Wie aus einem Beziehungsratgeber, dachte Gaetano, aber er spürte, dass das, was sein Neffe sagte, von innen kam. Plötzlich sah er die beiden am Morgen nach Carlas Verlobungsfeier vor sich. Wie sie dagelegen hatten. Im Bett ineinander verdreht wie zwei Korkenzieher, die sich in einer Schublade, in die man sie achtlos hineingeworfen hatte, verhakt hatten. Und seltsamerweise wusste er auch noch, was er in diesem Moment gedacht hatte. Dass sie untrennbar wären, dass man schon etwas herausbrechen müsste aus dem einen Korkenzieher, wenn man den anderen aus seinen Fängen befreien wollte.

»Morgens Schule, nachmittags Weinberg, abends Carlas Verzweiflung. Danach noch mal in den Keller. Und am nächsten Tag das Gleiche von vorn, während du in der Questura kleine Ganoven jagst, die für nichts was können und sowieso am nächsten Morgen wieder draußen sind. Deinem Bruder habe ich den Arsch ausgeputzt, Salvo, damit er in diesem verkackten Pflegeheim nicht in seiner Scheiße liegen muss. Und irgendwann wusste ich, dass sein Lächeln echt war, wirklich echt. Dass ich ihn tatsächlich glücklich gemacht hatte, auch wenn er genauso lächelt, wenn man ihm hinknallt, dass seine verdammte Sauferei das Leben einer ganzen Familie kaputt gemacht hat.« Michele stand auf und stützte die Hände auf die Tischplatte. »Alles habe ich getan für Carla und den Hof«, schrie er, dass Gaetano zurückwich. »Euch alle gäbe es überhaupt nicht ohne mich. Wir werden heiraten, Carla wird glücklich sein, Kinder werden wir haben, die später das Weingut weiterführen. Ich warne dich, Salvatore …« Michele griff nach einem Buttermesser auf dem Tisch und hob es zitternd in die Höhe. »Wenn du mir meine Zukunft versaust, Salvatore, wenn du mir alles nimmst, was ich mir aufgebaut habe, dann … dann schneide ich dir die Kehle durch. Ich reiß dir den Kopf ab, hörst du!«

Plötzlich war es mucksmäuschenstill. Michele bebte. In Gaetanos vernebelten Blick schob sich das Bild einer bunten Menschengruppe. Verschwommene Silhouetten einer Familie, die in seinem Kopf fröhlich umhertanzten. Er sah Capuanos durchgeschnittene Kehle, Carlas Kinder, die es nicht gab, die Hochzeit, um die sich alles drehte. Auf einmal stand Carla dort. Ein Hochzeitstanz. Er sah blaue Augen, panische Augen, Aniellos Augen im Weinberg, die sich aus einem stillen Porträt in ihn bohrten. Annas Augen. Anna Fusco.

Wie ein Thoraschüler wippte er vor und zurück. Schlief er? Müde rollte die Zunge Richtung Gaumen, wollte sich lösen, schmeckte salzig. Da schüttelte er sich, wie um die Steinchen in einem Kaleidoskop zu mischen und ein neues Bild entstehen zu lassen. »Sag noch einmal, was du eben gesagt hast, Michele!«, lallte er.

Micheles Augen zuckten. Es sah aus, als würden sie jeden Moment aus den Höhlen treten. Noch immer krampfte sich seine Hand um das Messer. »Ich schneide dir die Kehle durch!«

»Du schneidest mir die Kehle durch?«

»Carla und der Hof ... alles, was ich habe, das nimmst du mir nicht. Eher bringe ich dich um.«

Langsam stand Gaetano auf, torkelte auf die andere Seite des Tisches und legte Michele die Hand auf die Schulter.

»Was soll das?« Er schüttelte die Hand ab.

»Du bist genial!«

»Du bist besoffen, Salvo.«

»Jetzt sehe ich klar.«

»Und ... was ... siehst du?«

»Wie sehr jemand hassen kann ... der ... alles verliert, was vor ihm liegt.«

»Ach, leck mich doch, Salvatore!« Michele ließ sich zurück in den Stuhl fallen und goss sich Grappa ein.

Gaetano prustete los, schüttelte wie verrückt den Kopf und ließ sich grölend auf die Küchencouch plumpsen. Dann schnappte er sich sein Cellulare und begann, wild darauf herumzudrücken. Sein Herz donnerte, ihm stockte der Atem. Die Zeit zerrann ihm zwischen den Fingern. Schweiß lief ihm über die Stirn.

»Was tust du?«

»*Zitto*!«

»*Pronto*?«

»Emilia, du musst mich abholen«, lallte er. Seine Lippen waren wie zugeklebt. »Ich kann nicht mehr fahren!«

»Das höre ich. Weißt du, wie spät es ist?«

Gaetano sah auf die Uhr. Es war kurz vor zehn. »Wir müssen zur Fusco-Farm!«

»Jetzt? Du spinnst!«

»Hol mich hier ab, so schnell es geht, zu Hause.«

»Bist du betrunken?«

»Erklär ich dir auf dem Weg.«

»Hast du einen Durchsuchungsbefehl? Ich kann doch nicht …«

»Du tust, was ich sage!«, schnauzte Gaetano. »Es ist mein Fall.«

Als er aufgelegt hatte, trat Michele breitbeinig und mit verschränkten Armen vor ihn. Es sah aus, als würde er jeden Augenblick ausholen und ihm eine donnern. »Du gehst nirgendwo hin, *capisc'*?«

»Bleib hier und schlaf deinen Rausch aus.« Gaetano warf seine Jacke über.

»Wenn ich ohne eine Antwort nach Hause komme, dreht Carla völlig durch.«

»Eine Antwort?«

»Was zum Teufel du vorhast!«

Gaetano sank erschöpft auf den Stuhl und blickte Michele von unten an. Er war immer auch sein Schwiegersohn gewesen und das würde er immer bleiben, obwohl Carla Aniellos Tochter war. Für einen kurzen Augenblick stellte er sich vor, ihn wie einen kleinen Jungen auf seinen Schoß zu ziehen. Dann flüsterte er: »Michele, ich … ich kann mir keinen besseren Ehemann als dich für Carla vorstellen. Der Teufel soll mich holen, wenn ich lüge. Ich würde nie etwas tun, um euch auseinanderzubringen, aber es ist euer Leben.«

»Was meinst du damit?«

»Es ist blanker Selbstmord, Aniello zurück auf die Tenuta zu holen, aber wenn ihr das braucht: bitte!« Er zog die Schultern bis unter die Ohren.

»Du hast nichts dagegen?«

»Doch, eine ganze Menge, aber es ist eure Entscheidung.«

Michele setzte sich zu ihm an den Tisch und begann, Brotkrümelchen plattzudrücken. »Carla … sie … ich dachte wirklich … ich … Ich hab sie noch nie so erlebt. Fast hätte ich gedacht, dass sie, ich meine, dass sie alles hinschmeißt. Um es dir recht zu machen.«

»Ich wollte ihr nie wehtun, Michele, ich … sag ihr, es tut mir leid … oder nein, halt … ich sage es ihr selbst. Sobald dieser beschissene Fall vorbei ist, sage ich es ihr selbst.«

# 28.

Emilia brauste mit eingeschalteter Sirene über die Land-
straße, während Commissario Gaetano langsam wieder
einen klaren Kopf bekam. Er hatte die Lösung des Falls die
ganze Zeit vor der Nase gehabt. Hätte er sich doch nur ein
einziges Mal in seine Nichte hineinversetzt! Annas Ehe mit
Capuano hatte nicht nur unter den Fuscos für Opfer gesorgt,
sondern auch all jene in die Verzweiflung gestoßen, die aus
Anna und der Farm Hoffnung geschöpft hatten. Doch der
ekelhafte Umstand, dass Anna noch ein halbes Kind war, als
sie in Capuanos Fänge geriet, hatte Gaetano geblendet. Carla
und Michele waren seit frühester Kindheit untrennbar gewesen. Auch Anna musste junge Verehrer gehabt haben,
denen das, was sie liebten und auf das sie ihre Zukunfts-
hoffnung stützten, in dem Moment entrissen wurde, als der
alte Fusco seine Tochter an Capuano verkaufte. Einer von
denen musste das Phantom gewesen sein. Der kleine Mann
musste daran zerbrochen sein, Anna leiden und sterben zu
sehen.

Kurz vor der Abzweigung schaltete Emilia Scheinwerfer
und Sirenen aus. Die Farm lag beinahe schwarz zwischen den
Koppeln. Gaetano bat Emilia, auf dem Weg zu parken und zu
warten, und ignorierte ihre Warnung, dass er, wenn er sich
ohne Durchsuchungsbeschluss Zugang zum Haus verschaffte,
die Ermittlungen gefährden würde, dann öffnete er geräuschlos die Autotür, durchquerte den Hof, pirschte sich an das

einzige erleuchtete Fenster heran und warf im Schutze der Dunkelheit einen vorsichtigen Blick in das diesige Gelb.

Eine ganze Armada hatte sich versammelt. Am langen Esstisch saß mit dem Rücken zu ihm der alte Samuele Fusco und ließ den Kopf hängen. Emanuele flankierte ihn. Der Junge sah ramponiert aus. Tiefe, schorfige Furchen durchzogen sein Gesicht, und der rechte Arm war in Gips gelegt. Neben ihm und von ihm halb verdeckt saß Tante Vittoria. Links vom Vater thronte Pater Ambrosio, gehüllt in ein faltenfreies, dunkelschwarzes Priesterornat. Still, aber wachsam saß er da. Sein Blick war ernst und auf eine Person gerichtet, die von der offenen Stubentür verdeckt an einer Vitrine stand und dem Anschein nach gerade sprach. Vielleicht der kleine Mörder, überlegte Gaetano. Er musste es sein. Für eine Verhaftung brauchte er keinen Durchsuchungsbeschluss. Zittrig griff er nach seiner Waffe und wartete darauf, dass die Person sich zeigte. In einer knappen Stunde würde er Gabriele das Phantom präsentieren, und der Primo Dirigente würde eingestehen müssen, dass Gaetano von Anfang an recht gehabt hatte. Zwar war es nicht Emanuele, der gemordet hatte, aber immerhin einer aus dem Dunstkreis der Fuscos. Hätte Gabriele ihn nicht so schnell von der Farm abgezogen, wäre der Fall längst gelöst gewesen.

Er schrak zurück. Mirabella blickte ihm plötzlich direkt ins Gesicht. Sie war wie aus dem Nichts gekommen. Schnell kauerte er sich in die Dunkelheit. Nach einigen Sekunden schob er sich wieder vorsichtig vor das Fenster. Mirabella trug einen dotterfarbenen Hosenanzug. In der Hand hielt sie eine Rotweinkaraffe. Schön und ehrfurchtseinflößend erleuchtete sie den schummrigen Raum. Sie durchschritt die Stube und beugte sich über den Tisch, um Weingläser zu füllen. Zuletzt schenkte sie ihrem Großvater Samuele ein, legte ihm zärtlich die Hand in den Nacken und kraulte den Haaransatz.

Dann setzte sie sich an das gegenüberliegende Tischende, schlug die Beine übereinander und nippte an ihrem Glas. Innerhalb weniger Sekunden hatte sie ein Puzzle auseinandergeworfen und neu zusammengesetzt. Denn Samuele löste sich auf einmal wie von einem Bann befreit aus seiner Lethargie und blickte erwartungsvoll auf seine Enkelin, und auch Emanuele und Pater Ambrosio schienen auf Mirabellas Worte zu warten. Der verlorene Engel kehrt zurück, dachte Gaetano und konnte seinen Blick nicht von ihr abwenden. Für einen Augenblick kam er sich geblendet vor, als flutete alles Licht des Raumes allein aus Mirabella heraus. Als hätte ihr Erscheinen auf der Farm nach zehn dunklen Jahren plötzlich die Wolken von der Sonne geschoben und die Fuscos mit neuem Leben beschenkt.

Die Stubentür fiel zu und gab den Blick auf eine dunkle Gestalt frei. Gaetano fluchte. Es war nicht der kleine Mann, sondern Dottore Pavese in geschniegeltem Anzug, der aalglatte Anwalt, der Emanuele das falsche Alibi verschafft hatte. Selbstzufrieden stand er an der Vitrine, fuhr sich mit einer Hand durch sein schmieriges, schwarzes Haar, während er mit der anderen ein Grappaglas zum Mund führte und genüsslich Mirabellas Profil musterte.

Enttäuscht sicherte Gaetano seine Waffe und steckte sie zurück ins Halfter. »Was treibt dieses Aas hier?«, zischte er. »Die planen, wie sie den mordenden Zwerg rausschleusen.« Er schlich auf Zehenspitzen die Fassade entlang. Die morsche Eingangstür öffnete sich quietschend, im gefliesten Gang roch es muffig. Der Geruch nach Bettlägerigkeit, der aus dem Zimmer kam, in dem Mirabellas vom Leben gezeichnete Großmutter auf den Tod wartete. Ihn schauderte. Hinter der Stubentür sprach Mirabella, aber er konnte nicht verstehen, was sie sagte, nur, dass sie ihr Napulitano sang. Er atmete noch einmal tief durch und öffnete die Tür mit einem Ruck.

Für einen Moment blinzelten ihn alle wie ertappt an, aber dann sah er, wie Pavese rechts neben ihm gestikulierte und aus jedem Gesicht der illustren Runde die Überraschung wich, um einem gelangweilten, künstlichen Grinsen Platz zu machen. Nur Pater Ambrosio wirkte ehrlich gemartert. Mirabella starrte den Priester an, als wollte sie ihn mit ihren blauen Augen verhexen. Emanuele schnappte nach der Zeitung vor sich und drehte sie um, aber Gaetano hatte das Phantombild auf der Vorderseite bereits erkannt.

»Was ist das hier?«, fragte Gaetano zynisch. »Ein Tribunal oder eine Verschwörung?« Er bedeutete Dottore Pavese, sich an den Tisch zu setzen.

Pater Ambrosio schnappte nach Luft, aber der alte Fusco raunte dazwischen: »Schweigen Sie, Hochwürden! Wir haben nichts zu sagen. Und Sie, Commissario, machen Sie, dass Sie verschwinden. Die Ermittlungen gegen Emanuele sind eingestellt, stimmt doch, Filippo?« Er sah unsicher zu seinem Anwalt.

»Das ist richtig.« Pavese grinste. »Meiner Unterlassungsklage wurde stattgegeben. Gehen Sie, sonst bekommen Sie große Schwierigkeiten.«

»Wer sagt, dass ich gegen ein Mitglied der Familie Fusco ermittele?« Gaetano trat hinter Emanuele und schnappte sich blitzschnell die Zeitung. »Ich suche nach diesem Mann!«

Mirabella zuckte zusammen.

»Wer soll das sein?«, fauchte Pavese. »Wir haben ihn noch nie gesehen, keiner von uns.«

Pater Ambrosio schnappte wieder nach Luft.

»Sie wollten etwas sagen, Pater?«

Der schüttelte traurig den Kopf.

»Signor Fusco, Sie wissen, wer dieser Mann ist, und warum er Ianus Capuano umgebracht hat. Und Sie wollen ihn decken, mehr noch, vielleicht wollen Sie ihn sogar abtauchen lassen, weil er Ihnen mit dem Mord einen Dienst erwiesen hat.«

Das Schweigen der Versammlung wurde dichter. Von draußen drang ein unzufriedenes Muhen herein. Pater Ambrosio rutschte nervös auf seinem Stuhl hin und her.

»Ihre Anschuldigungen dürften Gabriele nicht gefallen.« Pavese hob den Zeigefinger. »Weiß Ihr Primo Dirigente überhaupt, dass Sie hier sind, Commissario?« Er zog demonstrativ sein Cellulare aus der Tasche.

»In welcher Beziehung steht die Familie Fusco zu diesem Phantom?«

»In keiner, und jetzt gehen Sie!«

»Pater Ambrosio scheint da anderer Meinung zu sein.« Gaetano sah den Priester durchdringend an. »Als Sie der Ehe zwischen der jungen Anna und dem viel älteren Ianus Capuano Ihren kirchlichen Segen gaben, da haben Sie nicht nur die Seele der Braut zerstört, *vero*? Diesem Mann hier, dem haben Sie etwas entrissen. Seine ganze Zukunft. Er hat …«

»Jetzt lassen Sie uns endlich in Frieden, Commissario«, brüllte Pavese. »Sie sehen Gespenster. Verschwinden Sie. Signora Fusco geht es sehr schlecht.«

»Was hat sie so erschreckt? Die Rückkehr der Enkelin oder die Rückkehr eines Phantoms?«

»Ich selbst habe Mirabella gebeten hierherzukommen. In den Schoß ihrer Familie.«

»Der gleiche Schoß, der sie vor zehn Jahren verstoßen hat?«

»Der Mord an ihrem perversen Vater ist mehr als nur der Tod eines abscheulichen Menschen. Für die Fuscos bedeutet er Frieden.«

Gaetano horchte auf. Hatte sich Mirabella das Wohlwollen ihrer Verwandten mit einem Mord erkauft? »Warum Frieden, Dottore? Den Vater ermorden lassen, um den Großvater zu versöhnen?« Gaetano dachte daran, was Michele ihm vor nicht einmal zwei Stunden offenbart hatte. Dass Carla tatsächlich vorhatte, die Hochzeit abzublasen, alles hinzuschmeißen, weil sie glaubte, damit ihrem Patenonkel genügen zu können. Er schämte sich, aber er kam nicht dazu, den Gedanken zu Ende zu denken, denn plötzlich starrten ihn alle in der Runde entgeistert an. Sogar Mirabella hatte von einer Sekunde auf die andere etwas von ihrer Aura verloren. Einer nach dem anderen fiel demütig in sich zusammen. Niemand wagte zu atmen. Gaetano kam sich vor wie ein Heiliger, bis er verstand, dass die Gruppe nicht ihn ansah, sondern an ihm vorbei. Da hatte ihn schon ein drahtiges Fingerchen von hinten auf die Schulter getippt. Erschrocken fuhr er herum. Die stumme Alte aus dem Sterbezimmer hatte sich lautlos hinter ihm postiert. Sie atmete nicht einmal. Ihr versteinertes Gesicht blickte ihn müde von unten an, doch in ihren Augen lag Frische. Die letzte Kraft des ausgemergelten Körpers schien sich dort gesammelt zu haben. Erst sah sie ihn an, dann, nach einer ruhigen, weichen Kopfbewegung, Pater Ambrosio, und gab beiden nur durch ihren klaren Blick zu verstehen, ihr zu folgen.

In dem aufgeheizten Zimmer nebenan empfing ihn der süße Geruch des Todes. Die Alte sank in ihren Sessel, wartete, bis Pater Ambrosio eingetroffen war, und zeigte wortlos auf ein Bücherregal an der gegenüberliegenden Wand. Demütig ging Ambrosio hin und zog ein Buch nach dem anderen heraus, bis ihm Signora Fusco mit einem gnädigen Kopfnicken zu verstehen gab, dass er das richtige gefunden hatte.

Dichte Staubflocken und Stockflecken zierten das in brüchiges, blaues Leder gebundene Fotoalbum, und obgleich es wohl zuletzt vor Jahren hervorgeholt worden war, blätterte Signora Fusco zielsicher eine Seite nach der anderen um. Ihr immer heftiger und schneller werdendes Röcheln verriet die große Unruhe, die zwischen den Seiten geschlafen hatte und in diesem Augenblick auf sie übersprang. Sie brauchte nur wenige Minuten, um zu finden, was sie suchte. Ein Hochzeitsfoto, und noch bevor sie ihr dürres Fingerchen auf ein Gesicht gelegt hatte, das abseits der Hochzeitsgesellschaft stand und das bunte Treiben traurig verfolgte, hatte Gaetano ihn bereits erkannt.

Sein Atem stockte. Dort stand es. Das Phantom. Klein, an einen Palmentrog gelehnt. Sein Blick ging starr geradeaus, sein Mund war zu einem Strich zusammengepresst. Und dennoch wirkte es, als würde der Mann jeden Augenblick losschreien, sich ein Messer vom Buffet greifen und den Bräutigam niederstrecken wollen. Annas Hochzeit. Gaetano musterte die einzelnen Personen auf dem Bild, da sprang ihm die seltsame Traurigkeit ins Auge, die hinter jedem Lächeln flackerte. Die meisten Gäste saßen angespannt an einer langen, weiß gedeckten Tafel, die unter einem schattigen Baldachin im kiesigen Hof der Farm angerichtet worden war, und sahen dem Brautpaar zu, wie es in der gleißenden Sommerhitze die Glückwünsche betretener Gratulanten entgegennahm. Auf den Tellern vor ihnen lag etwas wie Rindercarpaccio, garniert mit kleinen, zerrinnenden Bällchen Mozzarella di Bufala.

Annas Augen wirkten blind und kraftlos, ihr Blick in sich gekehrt. Sie war wunderschön, aber ein junges Mädchen im falschen Kleid. Eine anmutige Brautjungfer, die den Strauß fangen und in ein paar Jahren selbst heiraten sollte. Aber nicht jetzt, dachte Gaetano. Capuano hatte seinen fleischigen Arm um Annas schmale, mädchenhafte Taille gelegt. Die Braut sah verstört aus, ihr Kopf merkwürdig in Richtung des kleinen Phantoms gedreht.

Gaetano spürte, wie ihm die Galle hochkroch und seinen Mund mit Bitterkeit füllte. Am liebsten wäre er hinüber in die Bauernstube gelaufen und hätte den alten Fusco gewürgt, bis der sich fühlte wie seine Tochter, hilflos erstickt, die Kehle zugestopft mit gut gemeinten Ratschlägen und verlogenen Glückwünschen.

»Ich habe das nicht gewollt«, flüsterte Pater Ambrosio, der neben ihn getreten war und betroffen in das Fotoalbum starrte. Es waren seine ersten Worte an diesem Abend und für Gaetano die ersten ehrlichen überhaupt. »Bereut habe ich es. Alle haben es bereut«, winselte er.

Signora Fusco war mit der Hand auf dem Hochzeitsbild eingeschlafen, die Augen halb geschlossen.

Wütend zog Gaetano den Pater in den Flur.

»Sie haben das zu verantworten. Sie haben von Anfang an gewusst, wer der Mörder ist. Sie und die ganze Sippe.«

»Nie für möglich gehalten hätte ich, dass Rafaele dazu fähig ist.«

»Rafaele? Der kleine Mann? Wie heißt er weiter, schnell!« Gaetanos Herz schlug so heftig, dass er kaum atmen konnte. Nur noch einen Schritt, dachte er.

»Varricchio. Rafaele Varricchio.«

»Wo wohnt er? Hier auf der Farm? Versteckt er sich hier?«

Ambrosio zuckte leicht mit den Schultern.

Hektisch zog Gaetano sein Cellulare aus der Tasche. »Emilia, das Phantom heißt Rafaele Varricchio. Lass feststellen, wo er wohnt, und schick Zivilstreifen hin! Aber ich will selbst reingehen. Und fordere Verstärkung an. Wir durchsuchen die Farm. Verdacht auf Strafvereitelung, Gefahr im Verzug. Und, *che cazzo*, lass Monica Bellucci hier antanzen. Ich habe etwas gefunden, was sie verloren hat.« Dann wandte er sich dem zur Salzsäule erstarrten Pater zu. »*Sùbbeto!* Erzählen Sie alles, was Sie wissen. Rafaele. Der kleine Mann. Er war ... Annas Liebhaber?«

Der Priester verzog angewidert den Mund. »Das trifft es wohl kaum. Wir sprechen hier von einem jungen Mädchen. Was sie verband ... Als ich sie zum ersten Mal miteinander sah, da hielt ich sie für Bruder und Schwester ...«

»Keine Predigten jetzt«, sagte Gaetano. Er spurtete zur Haustür, schloss von innen ab und nahm den Schlüssel an sich. Ebenso verfuhr er mit der Tür der Bauernstube. Innen ertönten derbste Verwünschungen. Dann zog er seine Waffe, entsicherte sie und begann, Zimmer für Zimmer zu durchsuchen. Pater Ambrosio heftete sich ihm an die Fersen. Er sang das Lied von Liebe und Verrat.

»Ich kam einige Tage vor Emanueles Erstkommunion auf die Farm, da saß die kleine Anna gerade in einem Zinkbottich im Schatten vor dem Haus und plantschte, vielleicht vier oder fünf Jahre alt. Sie fror, aber sie lachte, während ihre kleinen blauen Lippen bibberten.« Ambrosio blickte zur Eingangstür, als ob er durch deren Milchglasfenster Anna in der Dunkelheit sitzen und plantschen sähe. »Und auf einmal kam dieser kleine Kerl hinter dem Haus hervor, Rafaele, und schleppte eine Gießkanne nach der anderen heran. Er hatte sie an der Hausmauer in der Sonne erwärmt und übergoss das kleine lachende Mädchen. Sie können sich das vielleicht nicht vorstellen, aber diese Szene ist mir bis heute in Erinnerung geblieben.«

Gaetano verdrehte die Augen und stapfte in den nächsten Raum. Die Küche war klein. Kein Rafaele. Gaetano hetzte Richtung Treppe. Sein Herzschlag beschleunigte sich. »Weiter! Los jetzt, Pater!«

»Täglich waren sie zusammen, auf den Wiesen zwischen den Büffeln, im Stall ...«

Gaetano wirbelte auf dem Treppenabsatz herum. »Und die Hochzeit zwischen Capuano und Anna hat die beiden von einem Tag auf den anderen auseinandergerissen, *vero*?«

»Nicht nur die beiden. Bis sich Capuano in die Familie drängte, war Rafaele wie ein zweiter Sohn für Samuele. Und er konnte zupacken, trotz seiner Größe. Er hat mitgearbeitet, als gehöre die Farm ein Stück weit ihm selbst.«

»Rafaeles Kleinwüchsigkeit war nie ein Problem für Samuele?«

»Samuele hätte nie gegen die Beziehung interveniert, wenn nicht Capuano gekommen wäre.«

»Der Turiner Teufel also! Erzählen Sie mir keine Märchen, Pater. Rafaele musste nach der Hochzeit doch wohl die Farm verlassen.« Er trabte in den ersten Stock.

»Nein, Sie irren sich«, rief ihm Ambrosio nach. »Rafaele ging freiwillig, als ihn die Fuscos nicht an die neuen Maschinen ließen. Wieder Milchwannen putzen wie als kleiner Junge, das wollte er nicht. Von einem Tag auf den anderen war er verschwunden.«

»Sie hätten das nicht zulassen dürfen, Pater.«

Ambrosio schlurfte keuchend Stufe um Stufe hinauf. Als er oben angekommen war, sah er Gaetano traurig an. Jeder Lidschlag schien eine Ewigkeit zu dauern. »Nach den Gesetzen der Sturheit handelt Samuele – wie seine Büffel.«

»Capuano mit seinen versprochenen EU-Millionen hat ihm dann aber ganz schön Beine gemacht.«

»Seinen Schritt hat Samuele bereut, jeden einzelnen Tag bereut, Commissario.«

Gaetano riss die Tür zu einer winzigen Abstellkammer auf. Auch hier war das Phantom nicht. »Und Rafaele? Sann er nie nach Rache?«

»Wie vom Erdboden verschluckt. Er hatte kein Zuhause, nie gehabt. Die Mutter verstarb früh. Man hatte die Familie aus der Stadt vertrieben, als klar war, dass … dass Rafaele ein Kleinwüchsiger sein würde … wie seine Großmutter.« Pater Ambrosio sah beschämt zu Boden.

Gaetano wusste, wovon er sprach. Neapels Ursünde. »Eine von den Kleinwüchsigen vom Pendino Santa Barbara?«

»Ja. Rafaeles Großmutter hatte sich den amerikanischen Befreiern angeboten, um ihre Familie durchzubringen.«

Gaetano schüttelte den Kopf. Er hatte das Problem nie verstanden. Die Frauen hatten sich prostituiert, um zu überleben. Aber irgendeinem notgeilen GI war das nicht originell genug. Er behauptete, er schlafe mit den letzten Vertretern einer süditalienischen Ur-Rasse, die dort in den feuchtmuffigen Bassi mitten in der Altstadt wohne. Und so verkauften die Kleinwüchsigen bald nicht mehr nur Süßgebäck und sexuelle Dienstleistungen, sondern ein rassistisches Klischee, das sich irgendein primitiver Amerikaner ausgedacht hatte.

»Das ist siebzig Jahre her, Pater.«

»Wenn Sie davon betroffen sind, nicht. Ein paar Monate nach Annas Hochzeit stand Rafaele bei mir auf dem Poggioreale. Ich hätte ihn beinahe nicht erkannt, bis auf die Knochen abgemagert, dreckig, verwirrt war er. Er hatte lange draußen gelebt, und Arbeit wollte ihm niemand geben.«

»Haben Sie ihm geholfen?«

»Ich habe ihm Arbeit besorgt, im Hospiz der Don-Bosco-Salesianer. Es stand für mich außer Frage, dass Rafaele mit seiner zurückhaltenden, aufopfernden Art dort seine Aufgabe finden würde. Meine Brüder haben ihn von Anfang an gut aufgenommen, und er dankt es ihnen jeden Tag, indem er sie auf ihrem letzten Weg begleitet.«

Gaetano dachte an Giraudos nervenzehrendes Profiling. Der gewiefte Psychofritze hatte tatsächlich recht behalten. Ein Mörder, der sein Motiv mit religiösen Wahnvorstellungen unterfüttert. Auf einmal passte alles zusammen.

»Wer dort arbeitet, dürfte kaum Atheist sein, oder?«

Der Mönch rümpfte die Nase. »Natürlich erwartet man von allen, die im Sanatorium Dienst tun, eine gewisse Demut vor dem Herrn. Rafaele hat sich gut eingefügt. Manchmal begleitete er die Sterbenden über Monate in den Tod. In endlosen Gesprächen nahm er ihnen die Schmerzen und empfing von ihnen das Wort Gottes in seiner reinsten Form.«

»Das Wort Gottes oder das San Gennaros?«

»Wie meinen Sie das?« Ambrosio blickte zu Boden.

»Das wissen Sie ganz genau, Pater!«, zischte Gaetano. »San Gennaro ist mehr als irgendein Heiliger. In seinem Scheitern verkörpert er unsere jämmerliche neapolitanische Seele. Wer sich San Gennaro zum Vorbild nimmt, hadert nicht mit seinen Fehlern, sondern liebt sich, auch wenn er arm, hässlich oder dumm ist – oder kleinwüchsig. Und er kümmert sich um die Mädchen und Frauen unserer Stadt. Wer Schindluder mit seinem Namen treibt, dem ergeht's wie unserem Signor Capuano.« Gaetano wunderte sich, dass er imstande war, aus seinen betrunkenen Hirnwindungen derart hochgeistige Formulierungen hervorzukramen. Giraudos Ausführungen purzelten auf einmal wie selbstverständlich aus ihm heraus.

»Ich sehe, Sie haben Ihre Hausaufgaben gemacht.«

Gaetano knirschte mit den Zähnen. Dann überflog er den Flur des ersten Stocks. Zahlreiche Türen gingen ab. Es gab dutzende Versteckmöglichkeiten. Es war sinnlos, das Haus allein zu durchsuchen. Er stieg zurück ins Erdgeschoss. Ambrosio trottete kurzatmig hinterher. »Rafaele hat sich im Hospiz zu Neapels Märtyrer radikalisiert. Sie selbst hatten ihn von Anfang an im Verdacht, Pater. Jedenfalls wussten Sie schon bei unserer ersten Begegnung, nach wem wir suchen sollten.«

»Wo reden Sie hin? Dieser Zeitungsartikel macht mich fassungslos.«

»Das glaube ich Ihnen nicht, Pater«, fauchte Gaetano und fuhr herum. »Sie meinten damals, es sei kein Zufall, dass Capuano gerade an San Gennaro ermordet wurde.«

»Wegen Annas Sterbedatum, ja. Sie starb in der Festwoche, wurde an San Gennaro beerdigt.«

»Das war es nicht.« Gaetano umgriff die Schultern des Mönches und zwang ihn, ihm ins Gesicht zu sehen. »Sie wussten, dass Rafaele für seinen schwelenden Hass auf Capuano Rechtfertigung in Neapels Stadtreligion gefunden hatte. Weil Capuano seit Jahren wie ein teufelsgehörnter San Gennaro die jungen Mädchen der Stadt missbrauchte, wie er es mit Anna getan hatte. Rafaele wollte Rache, vielleicht schon lange nicht mehr nur für Anna und sein eigenes Schicksal, sondern für die Verführung Jugendlicher und die Verunglimpfung der neapolitanischen Seele. Und diesen Hass haben Ihre geistlichen Brüder zu verantworten, Pater. Im Sanatorium haben sie Rafaele radikalisiert.«

Pater Ambrosio riss erschrocken die Augen auf.

»Wann hat er sich Ihnen offenbart?« Er sah auf seine Armbanduhr. Verdammt, wo blieb die Verstärkung? »Wo ist Rafaele jetzt? Verstecken Sie ihn hier oder … auf dem Poggioreale?« Gaetano brüllte und war kurz davor, die Wahrheit aus Ambrosio herauszuschütteln. Zornig taxierte er das Männchen im schwarzen Habit, doch der Priester schien seine letzten Kräfte gesammelt zu haben und hielt seinem Blick stand.

Gaetano pfriemelte den Schlüssel der Bauernstube aus der Jackentasche, schob die quietschende Tür auf und schubste den Pater hinein. Die restlichen Verbündeten saßen ohne den leisesten Anflug von Nervosität um den schweren Holztisch herum. Sie beschwerten sich noch nicht einmal über ihre Gefangenschaft, sondern aßen seelenruhig. Auf dem Esstisch lag ein bekrümeltes Holzbrett mit birnenförmigen Kugeln Provolone, Pancetta, Olivenschälchen und tiefroten Tomaten.

Auch auf Ambrosio wartete schon ein Teller für das seltsame Nachtmahl. Wann, zum Teufel, hatten sie die Tafel gedeckt? Als Gaetano und der Pater drüben bei der Matrona Trauzeugen gespielt hatten?

Mirabella lutschte an einer grau-gelb geräucherten Käserinde, während sie mit einer elastischen, tiefdunklen Locke spielte, die ihr über die Stirn fiel. Sie musterte Gaetano in einer Mischung aus Mitleid und Verachtung. Wie eine Königin saß sie aufrecht am Kopf der Tafel. In ihren blauen Augen spiegelte sich das Flackern des Kerzenleuchters, während sich ihre ockerroten Lippen geschmeidig um die Käserinde schlossen. Dahinter sitzt deine gespaltene Zunge, dachte Gaetano. Auf dem Poggioreale hatten noch Zerbrechlichkeit und Verzweiflung von ihr Besitz ergriffen. Aber hier auf der Farm, im Kreis ihrer Familie, war sie zu einer marmorkalten Statue geworden, die den Eingang zu einer Art Paradies oder Hades allein mit ihrem betörenden Blick zu versperren verstand. Lange sahen sie einander in die Augen, und Gaetano war der Erste, der sie schloss.

# 29.

Nachdem die Carabiniere Bellucci eingetroffen war und die Bewachung der Fuscos übernommen hatte, stiefelte Salvatore Gaetano zu Emilias Wagen. Seine Kollegin blinzelte müde in die Nacht.

»Ist die Verstärkung noch nicht da?«, fragte er.

»Die müssten jeden Augenblick kommen.« Sie gähnte.

»Wieso stehst du nicht am Tor und behältst die Umgebung im Blick?«

»Ich … ähm … Mir ging's heute nicht so gut … ich bin im fünften Monat …«

»Dann hast du ja noch vier Monate Zeit«, zischte Gaetano. Im nächsten Augenblick tat es ihm leid. Er war auf dem Weg, nüchtern zu werden, und so müde, dass nach jedem Blinzeln die Sterne zwischen den Wolken über der Farm vom Himmel purzelten. Die Uhr am Armaturenbrett zeigte Viertel vor zwei.

»Wenn die Kollegen hier sind, kannst du zurück in die Stadt, *d'accordo*?«, sagte er.

Emilia zuckte mit den Schultern. »Die letzte Meldeadresse von diesem Varricchio lautete Via Filippo Maria Briganti 482.«

»Sind die Zivilstreifen unterwegs?«

»Die Adresse gibt's nicht mehr. Der komplette Wohnblock wurde abgerissen, als sie die Tangenziale ausgebaut haben. Liegt im Rione Amicizia.«

»*Che cazzo*, übelstes Viertel. Wo wohnt Varricchio jetzt?«

»Woher soll ich das wissen?«, versetzte Emilia.

Vor Gaetanos Augen wuchsen die heruntergekommenen Blechbaracken, Schrottplätze, Autohäuser und vor sich hin rostenden Reklametafeln des Rione Amicizia in die Höhe. Die halbfertigen Betonblöcke der Unterschicht, die Barrikaden aus Autoreifen, Stacheldraht, Mülltonnen und alten Plastikmöbeln, die jede Haustür verrammelten, um das letzte Quäntchen krimineller Privatsphäre einzusperren. Oder um nicht zu zeigen, dass die eigene Armut noch größer war als die des Nachbarn. »Ist er nirgendwo anders gemeldet?«

»Wer aus dem Amicizia verschwindet, taucht meistens nicht wieder auf.«

Er ließ sich neben sie auf den Sitz fallen und hielt ihr das Funkgerät hin. »Schick trotzdem jemanden raus. Die Kollegen sollen nach dem Mann in der Zeitung fragen.«

»So viel Geld hast du nicht, Salvo, dass du eine Streife schmieren kannst, um diese Uhrzeit ins Amicizia zu fahren.« Aus der Funkleitung zuckten Flüche und entzweigerissene Polizeisirenen aus allen Ecken Neapels in den Wagen. Gaetano schnappte sich sein Cellulare und googelte die Telefonnummer des Don-Bosco-Hospiz. Der Pförtner verband ihn ohne Nachfragen mit Varricchios Station.

»Wenn Sie Varricchio gefunden haben, können Sie ihm gleich sagen, dass er nicht mehr zu kommen braucht«, grunzte es aus einer teerverschmierten Lunge. »Ich bin allein auf der Station, wissen Sie, was das heißt? Wir haben die Woche nach San Gennaro, da sterben sie hier wie die Fliegen. Jeder will's noch bis zum Miracolo schaffen, danach geben sie sich auf. Der Leichenbeschauer hat schon gefragt, ob er sich hier einmieten soll.« Im Hintergrund tutete eine Alarmglocke. Ein dumpfer Schlag brachte sie zum Schweigen.

»Lesen Sie keine Zeitung? Rafaele ist tatverdächtig im Mordfall San Gennaro. Ganz Kampanien fahndet nach ihm.«

Es war das falsche Stichwort.

»Zeitung lesen? Zeitung lesen? Ich bin hier ganz allein auf der Station, und ich soll Zeitung lesen?«

»Seine Adresse jetzt, schnell!«

»*Con calma*! Telefonnummer hab ich, Adresse nur die im Personalbüro, und da ist um die Zeit keiner.«

Bevor der Pfleger auflegen konnte, schrie Gaetano in den Hörer: »Halt! Können Sie mir sagen, ob Rafaele an den letzten Freitagen Nachtdienst hatte? Es ist wichtig.«

Der Pfleger fluchte. Im Hintergrund tutete es wieder. Irgendjemand starb und klingelte nach Beistand. »Also, letzten Freitag bestimmt nicht. Normalerweise wechseln wir uns ab an den Feiertagen, aber nicht Rafaele, nicht an San Gennaro. Der arbeitet lieber Natale und Pasqua durch, als dass er an San Gennaro herkommt.«

»Was macht er, geht er in die Messe?«

»Keine Ahnung, eher wegen seiner Freundin.«

»Freundin?«, sagte Gaetano verwirrt.

»Was weiß ich? Hat mal so was erwähnt.«

»Was?«

»Dass seine Freundin nicht allein sein soll an San Gennaro … Muss krank sein oder so … wahrscheinlich eine Ausrede …«

»Und an den anderen Freitagen? Wann hatte er da Dienst?«

»Das steht im Dienstplan, der ist im Personalbüro.« Auf einmal brüllte der Pfleger aus vollem Hals, dass Gaetano beinahe das Cellulare aus der Hand fiel: »*Màmma mia*, jetzt hast du achtundsiebzig Jahre auf den Tod gewartet, Giovanni, da schaffst du die letzten Minuten auch noch! ... War's das jetzt, Commissario? Ich muss wieder an die Arbeit.« Er lachte dreckig.

Als der Pfleger aufgelegt hatte, schoben sich blau-weiße Lichtblitze aus dem Pinienwald in den Hof. Gaetano erwartete, dass sich eines der unschuldigen Fusco-Gesichter am Fester zeigte, wo noch immer das warme, gelbe Kerzenlicht flackerte. Aber niemand erschien.

Bevor er ausstieg, griff er nach dem Mundspray, das Emilia ihm vielsagend hinhielt, und sprühte die letzten Reste seines Besäufnisses in den Rachen. »Fahr nach Hause, Emilia! Und klär das mit Rafaeles Wohnung und den Dienstplänen.« Er schlug die Wagentür zu und wartete, bis sie in der Finsternis verschwunden war. Das Geräusch von knirschendem Kies verebbte. Dann sog er die klare Nachtluft ein, um vollends nüchtern zu werden.

Als ihn Monica Bellucci drei Stunden später nach einer ergebnislosen Durchsuchung verfroren vor seiner Wohnung absetzte, fand er alles vor, wie er es verlassen hatte. Inklusive Michele. Nur dessen Körperhaltung hatte sich verändert. Carlas Verlobter schlief vornübergebeugt auf dem Esstisch und schnarchte. Die Grappaflasche enthielt nur noch einen fingerbreiten Rest bernsteinfarbener Flüssigkeit, aber Gaetano konnte sich nicht erinnern, wie hoch der Pegel bei seiner Abfahrt gewesen war. Er warf eine alte Decke über seinen Neffen, schloss sein Cellulare ans Ladegerät und fiel dann samt Dienstwaffe und Schuhen in sein durchgelegenes Bett.

Das Klingeln des Cellulare riss ihn aus einem traumlosen Schlaf. Er stürzte in die Küche, sah, dass Michele verschwunden war, und griff nach seinem Telefon. Sein Hals kratzte verdächtig. Prüfend tippte er mit dem Zeigefinger gegen den Kehlkopf.

»*Pronto*?«

Eine Stimme wisperte wie durch ein Taschentuch. Schlagartig war er wach.

»Auf dem Poggioreale, Unbefugte. Die Totenruhe stören sie.«

»Rafaele?« Stille. »Rafaele, leg nicht auf! Wo steckst du?«

»Um diese Zeit ist er geschlossen, der Poggioreale. Zu den Gräbern, dort darf man nicht hin.«

Stille.

»Rafaele, was willst du mir sagen?«

»… aber abhalten lässt er sich nicht.«

Kirchenglocken schnitten dem brummenden Mann das Wort ab. Er musste direkt neben einer Kapelle stehen, vielleicht sogar im Glockenturm. Das Läuten war ohrenbetäubend. Benommen trat Gaetano ans Fenster und sah, wie sich die Morgendämmerung an die Stadt heranpirschte. Er zählte sechs Schläge.

»Rafaele, bist du noch da?«

»In das Grab gehört er, aber holen muss man ihn.«

Dann klackte es in der Leitung.

Gaetano erhaschte ein kleines spiegelgraues Fleckchen in der Ferne, eine Reflexion, die das Meer zurückwarf, genau zwischen jenen Häuserspalt, in dessen Verlängerung ein Quadratzentimeterchen seines Küchenfensters lag. Er stand, wo er immer stand, wenn er nachdachte. Den Blick Richtung Meer, als liege die Antwort auf seine Fragen irgendwo zwischen den auf und ab wogenden verrosteten Fischkuttern, die gegen die Zeit lebten und in diesem Augenblick den Fang der Nacht zurück in den Hafen fuhren. Müde ließ er den Blick über den Esstisch gleiten. Eine Notiz sprang ihn an. Michele hatte sie hinterlassen: *Haben uns zurück auf Anfang geredet.*

Da durchfuhr es ihn wie ein Stromschlag, der den ganzen Körper mit einem Wumms zusammendrückte, durch Fußgelenke und Hände rauschte und alle Flüssigkeit innerhalb einer Millisekunde verdampfen ließ.

»Pater Ambrosio. Der Rückwärtsredner!« Der Priester hatte das Phantom mit verstellter Stimme ans Messer geliefert.

Gaetano rannte hinunter auf den vollgeparkten Kirchvorplatz und pochte gegen die Fensterscheibe, hinter der der verrunzelte Parkwächter schlief. Der Alte roch nach Schnaps und Gras, aber er rangierte die Autos mit den Argusaugen eines Malocchio und dem Fingerspitzengefühl eines Pizzaiolo eines nach dem anderen heraus, bis sich eine Gasse für Gaetanos Wagen aufgetan hatte.

Durch die milchige Dämmerung rauschte Gaetano in den Morgen. Das Portal stand offen, als hätte man ihn erwartet. Die Kreuze und marmornen Mausoleen blitzen in den ersten Sonnenstrahlen. Nebel hing noch zwischen den Gräbern. Pater Ambrosio war nirgends zu sehen, aber Gaetano spürte, dass ihn jemand beobachtete. Als er in den Bereich vordrang, in dem er Annas Grab vermutete, verlangsamte er seine knirschenden Schritte, warf unruhige Blicke in die Schluchten zwischen den Totenhäusern und lauschte angestrengt. Die Toten schienen zu tuscheln. Das Morgenlicht schwebte zwischen den Gräbern. Alle Konturen dieser morbiden Wüste waren auf einmal aufgehoben.

Gaetano blieb stehen. Verwirrt drehte er sich im Kreis, legte seine zittrige Hand ans Pistolenhalfter und hielt die Luft an. War es die falsche Gasse? Nein, dort hinten stand der Brunnen, aus dem Ambrosio Wasser geschöpft hatte. Plötzlich ein Säuseln, das geschäftige Scharren einer Katze, die ihre Hinterlassenschaft unter den kümmerlichen Gräsern einer staubtrockenen Steppe zu verbuddeln suchte. Gaetano wandte sich um. Da auf einmal erkannte er Annas Kreuz, davor einen Schatten.

Rafaele. Er lag auf Annas Grab und schlief, während seine Füße in unregelmäßigen Abständen über den Kies rutschten.

Erschöpft schnaufte Gaetano aus. Es war vorbei. Langsam näherte er sich. Rafaele zitterte. Die Nacht war kalt gewesen.

Gaetano ging in die Hocke und beobachtete den schlafenden Jungen. Denn das war er. Nicht das Monster, als das seine abscheuliche Tat ihn erscheinen lassen wollte. Der Mann vor ihm musste um die vierzig sein, aber er sah aus wie ein kleines, müdes Kind, das so lange unter Verletzung und Zurückweisung gelitten haben musste, bis es um sich schlug. Rafaele hatte es nicht geschafft, seinen Schmerz hinunterzuschlucken, ihn aufzuweichen wie ein hartes Stück Weißbrot in einer Ribollita. Er hatte sein Leiden konserviert, Tag für Tag, Jahr für Jahr, während er sich gefragt haben musste, warum sich ein schmieriger Turiner an naiven Mädchen vergreifen konnte und warum in dieser Stadt, die so sehr von Armut und Enttäuschung lebte, immer jene Recht bekamen, die weder das eine noch das andere kannten, und niemals solche wie er oder Anna. Wahrscheinlich hatten ihn die siechenden Geistlichen im Hospiz darin bestärkt, dass San Gennaros Leidensweg nicht als Vorbild für Helden taugte, sondern als Gleichnis für das Scheitern, aus dem die Kraft für neues Scheitern erwuchs. Erst recht im Mezzogiorno. Die neapolitanische Seele, das wusste jeder in der Stadt, lebte nur, solange sie hoffte. Wenn Giraudos Diagnose stimmte und Rafaele seinen Schmerz mit diesem Dogma getränkt hatte, würde er im Himmel Recht bekommen, vor Gericht allerdings nicht.

Rafaele zuckte, und Gaetano überkam der Wunsch, seine Jacke auszuziehen und über den Frierenden zu legen. Aber damit hätte er ihn geweckt, und das wollte er nicht. Rafaele sollte von selbst erwachen und sich von Anna verabschieden. Diesmal wäre es eine Trennung für längere Zeit.

Dann erhob sich Gaetano leise, entfernte sich einige Schritte und rief Emilia an.

Wie aus dem Nichts war es Tag um ihn geworden, er hatte es nicht bemerkt. Als er sich umdrehte und auf die Turmuhr der Friedhofskapelle sah, glaubte er, einen Schatten hinter einem Fenster verschwinden zu sehen.

# MERCOLEDÌ

# 30.

Die Erschöpfung pochte gegen Commissario Gaetanos Augäpfel. Durch seinen Kopf spukten Wortfetzen, die ihm der betrunkene Michele entgegengeschleudert hatte, salbungsvolle Ausreden, in denen Pater Ambrosio honigsüß seine Schuld an Rafaeles Tat kleinredete, und aalglatte Drohungen, die ihm aus Paveses zähnebleckendem Grinsen entgegenquollen. Irgendwo dazwischen spießten ihn Mirabellas schöne Augen auf, von denen er immer noch nicht wusste, ob aus ihnen Häme oder Mitleid sprach.

Doch er hatte gewonnen. Gegen alle Widerstände. Von Anfang an hatte er den doppelten Boden in der Trauer der Fuscos gespürt. Wahrscheinlich steckten sie alle unter einer Decke. Gabriele hatte ihn schon fast vom Fall abgezogen, aber diesen Irrtum würde er den Primo Dirigente umso deutlicher spüren lassen. Jedes Detail würde er der Presse erzählen, wenn er am Abend Capuanos wahren Mörder präsentierte.

Gaetano quälte sich aus seinem Stuhl, um die Morgenluft von der kühlen Straße ins Büro zu lassen. Er ließ das Fenster offen, fläzte sich wieder hin, und als er nach drei Stunden von einem Klopfen an seiner Tür geweckt wurde, fand er sich zwischen Flüchen, Motorenlärm und Hupen wieder und von dem angenehmen Gefühl umspült, dass alles in der Stadt seinen gewohnten Gang nahm. Mauro an der Ecke hatte schon geöffnet. Ein herrlicher Duft.

»*Complimenti, Ispettore Colombo*«, röhrte Pietro. »Wie hast du's rausgefunden, eh? Das mit dem kleinen Zwerg und Anna Fusco, meine ich.«

In Gaetanos vernebeltes Blickfeld schob sich eine verschwommene Silhouette und klarte sich zu Pietros bärenhaftrunder Gestalt auf. »Lange Geschichte …« Sein Rachen war rau. Er musste geschnarcht haben. Sein Unterkiefer fühlte sich an, als hätte jemand mehrere Stunden daran gezogen. »Michele hat mich drauf gebracht.«

»Michele, eh?« Pietro sagte es, als wäre es das Normalste von der Welt.

Gaetano torkelte zum Waschbecken und wusch sich mit eiskaltem Wasser Gesicht und Nacken. Draußen schlug es elf Uhr.

»Gabriele ist ziemlich angefressen. Du hast ihn nicht informiert, bevor du den Zwerg verhaftet hast.«

»Und?« Gaetano verbiss sich einen fiesen Kommentar. »Wie geht's unserem Fang?«

»Schläft immer noch wie ein Baby. Wenn der wüsste, was er vor sich hat. Die Presse scharrt schon mit den Hufen.«

»Seine Vergangenheit wiegt schwerer als seine Zukunft, glaub mir.« Gaetano dachte kurz an seine stille Begegnung mit Rafaele. Der Junge war nur für einen kurzen Moment zu sich gekommen, hatte die Augen aufgeschlagen und die Lippen erleichtert zu einem schmalen Lächeln verzogen, ein Engelslächeln, wie man es von träumenden Kindern kannte. »Sag Danilo, er soll Rafaeles Leben durchleuchten. Alles, was er auf die Schnelle findet. Und dann geht ihr zusammen zu seiner Wohnung und stellt sie auf den Kopf, *capisc*?«

»Rafaele, der kleine Zwerg?«

»Ja, Rafaele, der kleine Zwerg. Rafaele Varricchio. Und nenn ihn nicht Zwerg, verdammt.«

»Danilo ist nicht da. Krank.« Pietro verschränkte die Arme.

Gaetano sah ihn verdutzt an. »Krank?«

»Ja, seit gestern Abend. Hat sich mit irgendwas den Magen verdorben und die ganze Nacht gespien.«

»Ich hätte nicht gedacht, dass Danilo überhaupt einen Magen hat. Eher einen Algenklops.«

»Ich überprüfe Rafaele und schnappe mir jemanden von der Spurensicherung für seine Wohnung. Danilo kommt heute bestimmt nicht mehr. Hab mit seiner Schwiegermutter gesprochen. Junge, ich sag dir, wenn sich Danilo von der pflegen lässt, muss es ihm wirklich dreckig gehen.«

»Ist Emilia schon da?« Gaetano erinnerte sich, dass er sie wieder nach Hause geschickt hatte, nachdem sie Rafaele verhaftet hatten.

»Kommt erst mal nicht«, brummte Pietro und streckte sich. Unter seinen Achseln hatten sich dunkle Halbkreise gebildet.

»*Madonna mia*, was ist heute eigentlich los? Ist die auch krank?«

»Schwanger halt. Übungswehen oder irgendwas, aber wenn du mich fragst, ist es was anderes. Der Bucklige steht in Wolken, da schlafen die Babys. Wetten, dass sie blau macht? Ich setze zehn Euro!« Er hielt Gaetano seine behaarte, fleischige Hand hin.


Eine Stunde später saßen sie Rafaele Varricchio im Vernehmungszimmer gegenüber. Das Phantom, dem sie seit Tagen hinterhergejagt hatten, wippte auf seinem Stuhl vor und zurück, musterte neugierig den Raum und beobachtete jede Regung des Commissario, während Pietro mit dem Diktiergerät kämpfte. Das verbeulte Ding weigerte sich aufzuzeichnen, egal, welchen Knopf Pietro drückte. Vor dem Fenster wirbelten Zeitungsfetzen im Wind und durchschnitten in unregelmäßigen Abständen rautenförmige Gitterschatten, die die Sonne auf die Marmorfliesen warf. Auf der Straße dröhnte das normale Leben, Vespas knatterten benzinröchelnd davon, und auf dem Parkplatz schräg gegenüber verkaufte jemand lauthals Oliven. Gaetano schloss die Augen. Der Duft nach Knoblauch und Rosmarin mischte sich mit Mauros Karamellaroma. Über das Kopfsteinpflaster zischte ein Besen, auf dessen Stiel sich wohl – wie jeden Vormittag – der zottelige Parrurchiere von nebenan stützte und den Platz vor seinem Salon fegte, in dem er noch vor drei Wochen Eisenwaren aller Art feilgeboten hatte. Gleich würde Zigarettenqualm ins Verhörzimmer dringen, wenn er sich, mit einem Schälchen Pistazien im Schoß, in die Herbstsonne setzen, eine Futura blu anzünden und auf Kundschaft warten würde.

Mit jeder Minute, jedem Geräusch, jedem Geruch wurde Rafaeles Grinsen größer, als sauge er für diesen letzten Kampf alles in sich auf, was ihm die Stadt gab, in deren Dienst er gesündigt hatte. Er wirkte ausgeschlafen, erholt. Die olivgrünen Augen wach, das tiefschwarze Haar jungenhaft verstrubbelt. Um seine vollen Lippen spielte ein teilnahmsloses Lächeln, das Gaetano an einen unschuldigen Trickdieb erinnerte. Nur die kräftigen, stark behaarten Oberarme und die fleischigen Finger passten nicht zu seiner Lausbubengestalt.

Plötzlich schlug Pietro mit aller Kraft auf das Diktiergerät. Ein einziger scheppernder Schlag, berstendes Krächzen wie von brechenden Knochen. Im nächsten Moment sprang es an. »*Allora*!« Pietros Blick flackerte. »*Allora*, Pimpf, spuck's aus, wie du's angestellt hast, damit wir hier fertig werden, *capisc'*!«

Rafaeles Lächeln fiel in sich zusammen. Der Glanz in seinen Augen erlosch, und zurück blieb ein dumpfes Matt, das sich, so vermutete Gaetano, traurig zu den abertausend anderen Erniedrigungen gesellte, die ein neapolitanischer Kleinwüchsiger auf sich vereinte. Auf dem Pendino Santa Barbara, gleich neben Gaetanos Wohnung, prangten noch heute die Graffiti, die die Amis und ihre riesigen erigierten Penisse zeigten, wie sie im Stehen in die Rachen der kleinen Frauen ejakulierten. Eine von denen war Rafaeles Großmutter gewesen. Wie nannte es der Turiner Psychofritze gleich noch? Kollektives Bewusstsein? Dann war Rafaele ein ganz harter Hund. Der Verstoßene hatte Neapel von einem Verräter befreit. Chapeau!

»Mach's Maul auf, Zwerg, sonst mach ich dich kürzer, als du eh schon bist!«, schmetterte Pietro, noch bevor Gaetano dazwischengehen konnte.

Schnell trat er ihn gegen das Schienbein und setzte ein versöhnliches Lächeln auf. Dann ging er um den Tisch herum, befreite Rafaele von seinen Handschellen, setzte sich wieder und begann in ruhigem, abgeklärtem Ton. »Sie heißen Rafaele Varricchio?«

Das Phantom fuhr sich durch die Haare, wippte nach vorn, beugte sich leicht in Richtung des Diktiergeräts und sang dann in einem klaren, melodischen Bariton, der den Löffel in Pietros Espressotässchen zum Summen brachte: »Rafaele Varricchio, Verlobter von Anna Fusco, rechtmäßiger Erbe der Manifattura alimentare di Fusco.«

Nach einer kurzen Pause wiederholte er den Spruch und dann noch einmal und noch einmal. Es klang wie ein auswendig gelerntes, über Jahre hinweg eingeübtes Mantra. Während Gaetano noch mit halb offenem Mund auf Rafaeles Gesicht starrte, schlug Pietro zum zweiten Mal krachend auf den Tisch. »Ich bin Aragorn, Arathorns Sohn und Isildurs Erbe! Und wenn du glaubst, hier den Giftzwerg markieren zu müssen, Gollum, dann schneide ich dir mit meinem Schwert den Pimmel ab, hast du das jetzt kapiert? Du sagst jetzt, dass du den Turiner abgeschlachtet hast, und dann sind wir hier fertig!«

Rafaele blickte ihn spöttisch an, beugte sich abermals vor und erwiderte: »Ich verlange einen Anwalt, der dafür sorgt, dass die Vernehmung ohne Aragorns Beisein fortgesetzt wird.«

Pietro sprang auf und bäumte seinen massigen Körper über den Vernehmungstisch, als ob er Rafaele im nächsten Augenblick mit einem Prankenschlag vom Stuhl schleudern wollte, da flog die Tür auf und Dottore Pavese stolzierte herein. In aller Seelenruhe setzte sich der Anwalt, glättete selbstverliebt seine Robe, streckte Rafaele die manikürte Hand hin und lächelte verschwörerisch. »Mein Name ist Dottore Pavese, ich bin gekommen, um Sie zu vertreten.«

Rafaele sah ihn verwirrt an.

Gaetano staunte. Die beiden kannten sich nicht? Er hätte schwören können, der listige Anwalt hätte Rafaeles Versteckspiel organisiert und nun, wo sich die Schlinge enger zog und er die Polizei trotz seiner korrupten Kontakte zur Staatsanwaltschaft nicht länger von der Farm hatte fernhalten können, diese merkwürdige Verhaftung auf dem Friedhof inszeniert. »Die Herren Kommissare können jetzt fortfahren. Die bisherigen Beleidigungen gegen meinen Mandanten nehme ich zu Protokoll. Sie werden sich zu verantworten haben.«

Begleitet von einem knarzenden Geräusch ließ sich Pietro auf den Stuhl zurückfallen, zog seine übliche Schweineschnute und begann, mit den Fingern auf den Tisch zu klopfen.

»Hat man Ihnen etwas zu trinken angeboten, Rafaele?«, legte Pavese nach. »Mein Mandant verlangt etwas zu trinken. Für mich einen Espresso.«

Erst einmal mitspielen, dachte Gaetano und bedeutete Pietro, Getränke zu holen.

»Stellen Sie jetzt bitte Ihre Fragen, Commissario ... Gaetano. Ich bin sicher, Sie gehen die Vernehmung zivilisierter an als Ihr primitiver Kollege.« Er sagte es wie nebenbei und pulte gelangweilt den Dreck unter seinen Fingernägeln heraus. Dann hob er provozierend den Blick.

Gaetano blendete ihn aus. »Signor Varricchio, Sie wurden gesehen, wie Sie am Abend der Feierlichkeiten, der Abend, als Dottore Ianus Capuano zu Tode kam, die Wohnung des Opfers von einer Bar aus über längere Zeit beobachtet haben. Ebenso haben Zeugen beobachtet, wie Sie nur wenige Stunden vor dem Mord die Friedhofsgärtnerei geplündert und die dort gestohlenen Blumen auf das Grab von Anna Fusco, Ihrer Verlobten, wie Sie sagen, gelegt haben. Würden Sie mir bitte schildern, was sich zugetragen hat, nachdem Sie besagte Bar verlassen haben?«

Zunächst passierte lange nichts, dann brach es aus Varricchio heraus. Er hämmerte wild gegen seine Schläfen, presste die Augen zusammen und verzog das Gesicht, als hätte er in eine unreife Limone gebissen. Immer wieder spuckte er undeutliche Wortfetzen aus. Sein Atmen geriet ins Schlingern, verfing sich zwischen bedrohlich langen Aussetzern und Hyperventilation, doch im letzten Augenblick verfiel Rafaele in ein säuglingsgleiches Schnurren, lächelte sein Engelslächeln und starrte auf einen leeren Punkt irgendwo an seinem eigenen Horizont. Dann wieder lachte er wie eine Befana, die den Kindern Geschenke vor der Nase wegschnappte und in den dunklen Nachthimmel davonflog. Gaetano hatte in seiner Laufbahn als Kriminalpolizist unter all den verworrenen, neapolitanischen Seelen nie eine derartige Selbstzerfleischung erlebt. Rafaele schien gefangen zwischen zwei Welten. Gaetano sah hilflos zu, doch Dottore Pavese schritt ein: »Ich muss feststellen, dass mein Mandant nicht vernehmungsfähig ist.«

»*Va fan culo* ... ich war's!«, keifte Rafaele. »Ich war's ... ich war's ... ich war's ...!«

»Commissario, Sie sehen doch, dass mein Mandant einen Arzt braucht. Er fantasiert.« Pavese beugte sich zum Diktiergerät. »Ich gebe zu Protokoll, dass meinem Mandanten ein Arzt verwehrt wird. Antrag auf Abbruch der Vernehmung, da ...«

»Ich war's ... ich war's ... ich war's, ganz allein ich ... allein ich ... hihi ... hihihihi!« Rafaele bekreuzigte sich und sank anschließend in sich zusammen, als hätte man ihn an ein Vakuumiergerät angeschlossen. Das babyhafte Schnurren kehrte zurück. Er starrte apathisch auf einen Punkt auf der Tischplatte.

»Sie haben das Recht, die Vernehmung zu verschieben und im Beisein eines Arztes fortzusetzen.« Ein Geständnis im Wahn würde ihm nichts nützen, dachte Gaetano. Pavese lauerte nur auf seine Fehler.

»*Che cazzo*, kein Arzt … hab gesündigt … gesündigt … hihihi!« Seine Augen huschten wild umher, hoch, runter, links, rechts, als verfolgten sie springende Stimmen im Raum. Gaetano lief es eiskalt den Rücken herunter. Dieser Fall gehörte eher einem Exorzisten als einem Kriminalpolizisten.

In diesem Moment trampelte Pietro herein, schlug die Tür mit der Hacke zu und stellte ein Tablett mit einem Espressotässchen und einer angebrochenen, orange-braun schäumenden Flasche Chinotto auf den Tisch. Neben den Getränken lag der Ausdruck einer E-Mail. Gaetano erkannte aus dem Augenwinkel Dienstpläne des Don-Bosco-Salesianums, darunter eine handschriftliche Notiz. *Jeden Freitag frei genommen.* Alles passt, dachte er.

»Wie steht's?«, flüsterte Pietro.

»Fortsetzung der Vernehmung. Der Verdächtige wurde über sein Recht auf ärztlichen Beistand aufgeklärt. Wie haben Sie gesündigt, Rafaele?«

»Mein Mandant möchte ausdrücken, dass er trotz seiner medizinischen Kenntnisse als Altenpfleger Dottore Capuano nicht helfen konnte. Dottore Capuano war bereits tot. Einem Menschen nicht zu helfen, bedeutet für ihn Sünde.«

»Zum Teufel … halt deine Klappe, Avvocato!«, fuhr Rafaele dazwischen. »Verdient hat er's. Aber sie wollte es nicht so. Sie …«

»Rafaele!« Pavese schlug blitzschnell auf das Diktiergerät, das noch im gleichen Augenblick verstummte, und brüllte: »Abbruch der Vernehmung!«

Pietro sprang wutentbrannt hoch, doch noch bevor er dem zähnefletschenden Robenträger an die Gurgel konnte, griff sich Rafaele die zarte, manikürte Hand seines Anwalts und drückte sie so fest auf die Aufnahmetaste, dass es krachte und sich Paveses Fingerkuppen nach hinten bogen. Als das Surren wieder einsetzte, zischte er: »Fortsetzung der Vernehmung ohne Dottore Pavese. Der Verdächtige verzichtet auf rechtlichen Beistand.« Dann packte Rafaele den Arm des kreidebleichen Anwalts, zerrte den Mann halb über den Tisch und stieß ihn mit voller Wucht zu Boden. Er deutete zum Ausgang: »Mir schneidet niemand das Wort ab, *capisc'*!«

Benommen hievte sich Pavese in den Stand, tätschelte noch im Aufstehen seine bordeauxfarbene Krawatte und raste hinaus.

Gaetano fühlte, dass Rafaele nicht hier saß, um sich zu rechtfertigen. Er bereute den Mord nicht und wollte mit jemandem sprechen, der das auch nicht von ihm verlangte. Mit jeder Sekunde wurde der Mann ruhiger. Er ordnete sein zerzaustes Haar, wischte sich die Schweißtropfen von der Oberlippe und blinzelte zufrieden.

»Wann haben Sie beschlossen, Ianus Capuano umzubringen, Rafaele?«

Der Verdächtige sah ihm kurz ins Gesicht und lenkte dann den Blick auf das vergitterte Fenster. Er schloss die Augen. »Als Anna starb, war Capuanos Schicksal besiegelt.«

»Sie wollten Vergeltung?«

»Nein, aber der Schmerz musste irgendwo hin.«

»Die Wut, dass Capuano Anna ... heiraten durfte und nicht Sie?«

Varricchio lehnte sich zurück und ließ die stämmigen Unterschenkel pendeln. »Als Kind schenkte mir meine Mutter einen Weinstock. Die Trauben waren groß wie Wachteleier. Einige davon ließ ich den ganzen Winter über hängen, sah zu,

426

wie sie schrumpelten. Wenn die Tramontana Fahrt aufnahm, baumelten sie heftig. Sie waren ausgedörrt, aber keine von ihnen ließ sich fallen, bis ich sie abzupfte.« Rafaele machte eine kurze Pause, schielte gedankenverloren auf die geöffnete Flasche Chinotto und blickte dann zuerst zu Gaetano und dann zu Pietro. »Die Trauben, die ich gesammelt habe, die duften heute noch. Wenn ich das Kästchen öffne, riecht es im ganzen Zimmer nach unserer Terrasse.«

Gaetano verstand. Er dachte an die Tonkügelchen, die er und Aniello aus der Erde vor der Scheune geformt hatten. Die schönsten hatten sie aufgehoben, bis Aniellos Frau sie entsorgt hatte. Sie waren wohlgeformt in Florindas Hände geraten und zerbrochen wieder herausgefallen. Wie so vieles.

Rafaele lächelte, nicht breit, nur so, dass für einen kurzen Moment zwei gepflegte Schneidezähne zwischen den vollen Lippen hervorblitzten. »Die Getrockneten, die haben Kraft. Manchmal denke ich, sie halten ewig, weil alles, was die Erde ein Jahr lang in sie hineingeflüstert hat, in den Wintermonaten zu klebrigem Sirup zusammengetrocknet ist. Und wenn ich die Kiste aufmache, erwacht der Duft zum Leben. Miracolo, verstehen Sie?« Dabei nickte er. Dann wisperte er: »Miracolo, Miracolo.«

Gaetano bekam Gänsehaut. »Anna … sie … war eine Ihrer Trauben, *vero*? Ich meine, eine von denen, die Sie niemals zu essen wagten. Anna war jemand, den Sie Ihr Leben lang um sich haben wollten?«

Rafaeles Gesicht verdunkelte sich. Er ballte die Fäuste auf dem Tisch. »Das passt dir nicht, Commissario, eh? So ein mickriger, verwunschener Gossenzwerg wie ich hat in Napoli nichts zu wollen, eh? Der kann froh sein, wenn man ihn nicht

mit Tritten durch die Chiaia aus der Stadt prügelt, eh?«
Rafaele spuckte auf den Boden.

Gaetano hatte Mühe, den wütenden Pietro zurückzuhalten, aber er sprach flüsternd weiter. »Anna hat Sie nie so behandelt. Sie hat Sie geachtet.«

Annas Name wirkte wie eine Zauberformel. Selig lächelte Rafaele, doch dann senkte er den Kopf. »Anna hat jeden geachtet. Das war ja das Schlimme. Wie sie die Arbeiter verhätschelte ... Das waren Taugenichtse, Faulpelze, die den ganzen Tag auf der Weide gesoffen und unter den Bäumen geschnarcht haben. Und Anna, die gibt dem faulen Pack noch einen Fresskorb mit nach Hause. Sie hat nie verstanden, dass die Männer sie nur ausnutzen.«

»Ihnen hat sie auch geholfen. Der alte Fusco hat Ihnen Arbeit gegeben.«

»*Munnezza*! Auf der Farm war ich schon unersetzbar, da hat Samuele noch keinen Pfifferling auf Annas Wort gegeben. Der hat sie sowieso nie verstanden. Für den war sie immer nur der kleine Engel mit den blauen Augen, der jeden glücklich machte. Aber das konnte sie. Wenn ich ihr erzählt hab, wie mich die anderen behandeln, wie sie mich anglotzen mit diesem Gesichtsausdruck voller Ekel, da hab ich ihr immer genau in die Augen geschaut, und dann waren meine Worte schon irgendwo drin verschwunden und obendrauf hat sich was gespiegelt, zittrig, als würde was flimmern wie schwüle Luft oder wie das Wasser, wenn du eine Handvoll Kieselsteine reinwirfst. Nur weicher. Dann war meine Wut weg. Anna hat sie mitgenommen. In ihren Augen.«

Pietro stieß Luft aus, aber Rafaele ließ sich nicht drängen. Er sah eine Weile aus dem Fenster.

»Es war Anna, die mich gefragt hat. Sie … wir waren ja noch Kinder. Aber irgendwann kam sie zu mir auf die Weide, vielleicht zwei, drei Monate, bevor dieses Dreckschwein auftauchte. Aber etwas war anders. Ich glaube, sie hatte Angst davor, dass man sie dazu drängte, dieses Spielchen zu spielen … so zu tun, als sei sie schwach … als müsse man sie beschützen. Sie war zu still und hatte nie gelernt, sich zu wehren. Und irgendwann hat sie verstanden, dass ihr Zauberblick nicht alle Probleme lösen konnte. Im Gegenteil. Irgendwann hat sie gemerkt, dass man sie hasste, weil sie immer alles bekam, was sie wollte, ohne ein Wort zu sagen und obwohl sie so anders war, nicht mit den Augen klimperte. Einfach nur, weil sie lächelte oder sich die Haare verwuschelte, sich hinterm Ohr kratzte oder in ein Stückchen Marinara biss. Dabei wollte sie nie was. Dabei waren es die anderen, die immer was von ihr wollten.«

»War es, weil sie schön war?«, brummte Pietro, zu Gaetanos Überraschung. »Ich meine, haben die anderen Mädchen Anna wegen ihrer Schönheit gehasst?«

Rafaele verzog die Lippen. »Anna war nicht schön. Mira, dieses Teufelskalb, hatte sie mal ins Gesicht getreten. Seitdem lispelte sie, wenn sie überhaupt mal den Mund auftat. Und ihre Zähne standen schief und krumm. Aber wer Anna begegnete, hatte immer einen zufriedenen Menschen vor sich. Erst später habe ich verstanden, dass es das war, was die anderen an ihr hassten. In ihrer Gegenwart war man glücklich, verstehen Sie, auf eine zauberhafte Weise glücklich. Man musste ihr jeden Wunsch erfüllen, aber nachts lag man wach und verteufelte sich, weil man nicht so sein konnte wie sie.«

»Also eine Hassliebe?«, grummelte Pietro.

»Ein Blick in einen schlierigen Spiegel, in dem man sich zu etwas Vollkommenem verzerrt.« Rafaele starrte auf die Flasche Chinotto, rührte sie aber nicht an. Seine Stimme klang nicht durstig, sondern weich, als könne er einen ganzen Tag lang sprechen, ohne Luft zu holen. »An dem Abend auf der Weide, da hatte sie ein kleines Picknick dabei und irgendwann begann sie, aus zwei Strohhalmen Ringe zu basteln. In der Dunkelheit konnte ich sie kaum erkennen, aber ich hab gespürt, wie sie mir einen Ring überstreifte. Und dann hat sie geflüstert: ›Du nutzt mich nicht aus, Rafaele.‹«

Gaetano schüttelte sich. »Haben Sie Ianus Capuano umgebracht, weil er Ihnen Anna weggenommen hatte? Weil Anna für Sie bestimmt war?«

Rafaele schlug auf den Tisch. »Capuano hat Anna gedemütigt. Zugrunde gerichtet. Ausgelutscht und weggeworfen, als er bekommen hatte, was er wollte. Besessen war er von ihr, wie wir alle, besoffen von dieser Zufriedenheit, die sie überall verteilte.« Er schloss die Augen. »Weggeworfen. Wie meine Trauben.«

Er begann wieder, vor und zurück zu wippen, und Gaetano wusste auf einmal nicht, wie er fortfahren sollte. Der Verdächtige hatte gestanden. Einen lange geplanten Mord, ohne den er wohl selbst irgendwann zugrunde gegangen wäre. Doch mit einem guten Anwalt und einem gewieften Psychologen wäre es sicher möglich, Rafaeles Schuldfähigkeit zu widerlegen. Gaetano sah den kleinen Mann lange an. Hatte er wirklich aus eigenem Antrieb gehandelt?

»Sie haben lange gewartet, Rafaele. Anna starb vor zehn Jahren.«

Varricchio kippelte weiter vor sich hin, bis ihm Pietro einen

Klaps auf die linke Schulter gab. »He, mach's Maul auf, Bambino. Schlafen kannste noch lang genug!«

Rafaeles Lider sprangen auf. Mit den Pupillen eines Reptils stierte er Pietro an und lächelte bitter. Gaetanos Kollege hielt dem Blick nicht stand und senkte den Kopf.

»Manche Dinge brauchen ihre Zeit. Und ich habe Anna leiden hören, jeden Tag, wenn ich auf den Friedhof gegangen bin.«

»Sie wussten von Capuanos ... Neigungen, *vero*?«

Rafaele zuckte kurz, dann sah er wieder aus dem Fenster. »Am Anfang hätte ich sie fast nicht erkannt. Sie war aufgedunsen wie ein geblähter Fisch in der Sonne. Ich hatte ja keine Ahnung. Anna saß in ihrem kleinen Zimmerchen im Bett und röchelte. Ich dachte, sie würde jeden Augenblick ersticken. Gelb war sie, und wenn sie ausatmete, klang es, als würde ein Schwall aus ihr herausschießen. Auf ihren Füßen hockte Mirabella im Schlafanzug, spielte mit einer kleinen Puppe und sang, ich glaube *Tammurriata nera*, Sie wissen schon ...« Rafaele spitzte die Lippen und pfiff eine schräge Melodie. Draußen läuteten Kirchenglocken. »Auf einmal krächzte Anna meinen Namen. Von dem Tag an habe ich sie bis in den Tod begleitet. Den alten Pfaffen im Pflegeheim war es wurscht, wer ihnen den Arsch ausputzt, also habe ich Schichten mit meinen Kollegen getauscht und bin jeden Tag in die Wohnung.«

Gaetano fuhr sich betroffen durch die verschwitzten Schläfenhaare, während er darauf wartete, dass Rafaele seine Beichte fortsetzte. Aber es kam nichts mehr. Was er da eben aus der Vergangenheit hervorgekramt hatte, war ihm anscheinend Rechtfertigung genug, einen Sadisten wie Capuano abzuschlachten, der seine kranke Frau in einem kleinen Kämmerlein verkümmern ließ. Und Gaetano verstand ihn. »Hat Pater Ambrosio das mit Annas Pflege organisiert?«

»Ja. Capuano hätte Anna einfach verrecken lassen. Als Pater Ambrosio davon Wind bekam, hat er sich darum gekümmert, dass jemand aus dem Pflegeheim nach ihr sieht. Es war reiner Zufall, dass ich sie gefunden habe.«

Wer's glaubt, dachte Gaetano. Der Pfaffe hat dich in Annas Arme getrieben, um euch beide zu retten. Und du willst das nicht gemerkt haben? Aber Gaetano ließ es auf sich beruhen. »Und Capuano?«

»Hat sich nie blicken lassen. Hat in seinem Palast nebenan gelebt. Ich bin durch den Treppenhauseingang. Hatte sogar einen eigenen Schlüssel. Der passt heute noch, sogar für den Haupteingang, aber das wusste das Aas nicht.«

»Wie lange haben Sie Anna gepflegt?«

»Fast drei Jahre. Wir dachten, sie schafft es. Sie konnte sogar wieder raus, ist durchs Viertel spaziert. Immer mit Mirabella an der Hand. Keiner hat verstanden, warum sie sich von diesem Arschloch einsperren ließ.« Rafaele ballte die Fäuste.

»Und Sie? Wissen Sie, warum?«

Er verdrehte die Augen. »Das hab ich doch schon erklärt. Zu fliehen war für Anna nie eine Option. Sie hat dem Leben die Stirn geboten. Es war der Wunsch ihres Vaters, dass sie Capuano heiratete. Dem hat sie sich nie widersetzt.«

»Aber die Fuscos mussten doch mitbekommen, was vor sich ging. Sie hätten Anna aufgenommen.«

Rafaele sah ihn an, ohne direkt zu antworten. Etwas Trauriges war in seine wilden Augen gezogen. »Anna war es gewohnt, dass sich die Dinge durch sie zum Besseren wenden.

Immer. Einfach so. Darauf hat sie gehofft. Aber Capuano hat sich weggesperrt, verstehen Sie? Nicht Anna hat er eingesperrt, sondern sich selbst. Ausgesperrt aus ihrem Leben, aus ihrem Blick. Sie … es war für sie unerträglich zu sehen, dass ein Mensch so schlecht sein … dass sie ihn nicht bessern kann.«

»Sie wussten, was er tat. Anna, Sie … und Mirabella. O Gott, auch Mirabella?« Gaetano schlug die Hand vor den Mund.

»Daran ging Anna zugrunde. Weil das Aas nicht aufhörte, sich an Mädchen heranzumachen. Viele hat er mit in die Wohnung gebracht. Mädchen aus seiner Schönheitsfabrik, die ihm ausgeliefert waren.«

»Sie hätten ihn anzeigen müssen.«

Varricchio verzog den Mund, als wäre ihm das bittere Aroma einer ranzigen Pistazie in den Gaumen gefahren. »Und was, bitte, hätte das gebracht, hä? Die Mädchen haben sich ihm freiwillig angeboten, und welcher Turiner, der Hunderten von Neapolitanern Arbeit gibt, wird angezeigt? Außerdem haben wir ihm ja gedroht. Gedroht, ihn anzuzeigen, wenn er nicht damit aufhört, anonym natürlich. Dann kamen irgendwann keine Mädchen mehr. Es hatte einfach so aufgehört. Das war die Zeit, in der Anna aufblühte. Natürlich hat er trotzdem weitergemacht. Das wussten wir, aber … *Non è vero, ma ci credo …*«

»Du spinnst wohl!« Pietro knallte die Faust auf den Tisch. »Da fickt einer kleine Mädchen, und du zeigst ihn nicht an. *Va fan culo*, Anna wird ihn schon davon abbringen. Wie viele Mädchen hat Capuano gevögelt, eh? Zwanzig? Hundert?« Pietro stapfte wütend hinaus. Eine Schweißwolke huschte ihm nach.

»Haben Sie gemeinsam mit Anna entschieden, dass er sterben muss? Hat Anna von Ihnen verlangt, Capuano zu töten?«

Rafaele sah ihn traurig an. Tränen traten in seine rot geschwollenen Augen. »Als Capuano mit den ersten Mädchen wieder in die Wohnung kam, dauerte es vielleicht drei Wochen, da fand sie nicht einmal mehr die Kraft aufzustehen. Von ihrem Zimmer aus musste sie mit anhören, was Capuano nebenan trieb, und bei jedem Stöhnen und jedem Wimmern hielt sie die Luft an, die sie ohnehin nicht hatte, zog die Bettdecke über den Kopf und krampfte ihre dürren Fingerchen hinein.« Rafaele ballte die Fäuste. »Manchmal hatte ich Angst, wenn alles vorbei war. Wenn es drüben still wurde und ich langsam die Decke von ihrem Kopf zurückzog. Ich … Wer weiß schon, mit wie wenig Luft ein Mensch auskommt?«

»Und Mirabella? Ist, hat sie …«

»Nein, ich weiß nicht, was sie mitbekommen hat oder verstanden. Wenn Capuano mit seinen Mädchen kam, haben wir sie mit dem Hund runter auf die Straße geschickt.«

»Und Anna starb, während Capuano …«

»Nein!« Rafaele kippte mit dem Stuhl nach vorn und ließ seine Handflächen auf den Tisch klatschten. Es klang, als hätte jemand auf der Straße eine kräftige Ohrfeige bekommen. »Den Todesstoß hat sie ihm verwehrt, dem Aas. Anna ist friedlich eingeschlafen, nachts, während Capuano in Turin war. Mirabella übernachtete bei einer Freundin. Es war ein paar Tage vor San Gennaro. Anna hat mich darum gebeten, und ich habe ihr geholfen …«

Hastig schaltete Gaetano das Diktiergerät ab. »Sie haben ihr … Wie? Wie haben Sie Anna geholfen?«

Rafaele schloss wieder die Augen. »Morphium. Im Salesianum liegt das Zeug überall rum. Wenn die alten Pfaffen merken, dass San Gennaro sich weigert, die Schmerzen zu lindern, dann schreien sie danach. Sie schreien die ganze Zeit, während sie sterben. Bei uns hören Sie öfter *La morfina* als Amen. ›*La morfina, la morfina, la morfina!*‹ Manchmal singen sie es.« Er lächelte.

»Dann haben Sie Anna die Schmerzen genommen und dabei ist sie gestorben?«

»Verdammt, nein.« Er schlug noch einmal auf den Tisch. »Gegen die Schmerzen wollte sie nichts. Aber sterben. Aus freiem Willen, bevor er sie tötet.«

Von der Straße drang der Lärm des Viertels herein, und für Gaetano wurde es unerträglich, Rafaele von so viel Leid und Abgrund sprechen zu hören, während jemand nur ein paar Meter weiter, in derselben Stadt, von seiner Ape aus Orangen verkaufte, ein Mädchen ihren Freund küsste, alte Männer über die Wolken am Vesuv debattierten und ein Kind Möwen fütterte. Mauro ließ gerade die Jalousie für die Siesta herunterrattern. Gaetano sog die Luft tief ein. Er roch Salbei, Benzin und Hundeschiss. All das war Neapel.

Kraftlos ließ sich Rafaele auf seinen Stuhl zurückfallen und vergrub sein trauriges Gesicht in den Händen. »Niemand weiß davon. Als Mirabella ihre Mutter am nächsten Morgen fand, dachten alle, der Krebs hätte sie geholt.«

Gaetano horchte auf. Niemand glaubte damals an eine natürliche Todesursache. Die ganze Fusco-Sippe machte Capuano für Annas Tod verantwortlich. Er schaltete das Diktiergerät wieder ein. »Jeder hat Capuano gehasst, Rafaele. Wer von den Fuscos hat Sie aufgehetzt? Oder waren es die Priester im Salesianum, die Ihnen gepredigt haben, den Frevel an San Gennaro nicht ungesühnt zu lassen?«

Rafaeles Nasenlöcher plusterten sich auf. Mit den Fingernägeln kratzte er über den Tisch und hinterließ winzige Spuren. »Halten Sie mich für einen Auftragsmörder?«

»Sie haben zehn Jahre gewartet.«

»Was spielt das für eine Rolle?«

»Wer hat Sie angestiftet?«

»Niemand, verdammt!«

»Haben Sie es Anna versprochen? Oder Mirabella?«

Rafaele sprang auf und trat gegen das Tischbein, dass die Chinotto-Flasche bedrohlich Richtung Abgrund kippelte.

»Anna wollte nicht, dass es so passiert!«

»Aber Mirabella, *vero*? Sie wollte es. Was hat sie von Ihnen verlangt?«

»Keiner hat was verlangt. Anna wollte, dass er sich selbst richtet, sich zu Tode quält, wie sie es tun musste. Seine perversen Triebe sollten jämmerlich verkümmern, mit ihm verrecken, verstehen Sie? Aus Angst, verstehen Sie, weil ich ihn sonst umbringe. Er sollte spüren, wie das ist. Und er hat es gespürt. Ich habe seine Panik gehört, wenn er aus Turin anrief. Seine Zeit lief ab, das wusste er. Alles in ihm sollte ersticken, bis nichts mehr von seiner Scheiße übrig ist. So wie Anna erstickt ist. Aber dann wollte er dieses Kind aus Turin heiraten. Es musste schnell gehen.«

»*LASSE VOM FLEISCH AB GENNARO SONST BLUTET ES.*«

»Ja!«

»Und dann haben Sie dieses Spielchen mit Capuanos Uhr veranstaltet. Haben Sie ernsthaft geglaubt, mit so einem Schmierentheater könnten Sie ihn zur Vernunft bringen?«

Plötzlich grinste Rafaele. »Dieser Schwachkopf! Hab doch beobachtet, wie er alle naselang zum Uhrmacher ging. Dabei hab ich die Uhr nie angerührt.«

Gaetano zog die Augenbrauen hoch. »Nicht?«

»Schwachsinn. Die Glockenschläge hab ich vorher mit dem Cellulare aufgenommen und dann am Telefonhörer abgespielt.«

»Sie waren vor dem Mord nie an seiner Uhr?«

»Nein, verdammt.«

Gaetano schloss die Augen, um sich die Szenen vorzustellen. »Ihre Rechnung ging nicht auf, Rafaele. Capuano hat nicht vom Fleisch abgelassen, sondern munter weitergemacht. Er hatte diese junge Verlobte und er hat auch in Neapel weiter Mädchen nachgestellt, sie genötigt, mit seinen Schönheitsversprechungen gefügig gemacht. Was ist passiert in der Nacht? Sie wollten Capuano erpressen, dann haben Sie ihn doch getötet?«

»Ich weiß es nicht, verdammt! Überall war nur Blut! Einfach Blut. Blut!« Rafaele schlug die Hände vors Gesicht, als blende ihn eine schreckliche Erinnerung.

»Das Messer, wo hatten Sie es her?«

»'n ganzer See aus Blut ...«

»Woher wussten Sie von Capuanos Hochzeitsplänen?«

»Ich weiß nicht mehr!« Rafaele trommelte sich mit der Faust gegen die Schläfe, hyperventilierte. Spuckefäden spritzen auf den Tisch. Er verdrehte die Augen, die beinahe aus ihren Höhlen traten. »Mein Mord ... es ist mein Mord!« Sein Gesicht triefte vor Schweiß und leuchtete rot wie eine Tomate. Er fletschte die Zähne und schmatzte.

»Gib es zu, dass Mirabella dich angestiftet hat. Und dann

war es das Geld, *vero*? Als du das Geld gesehen hast, bist du durchgedreht, richtig?«

»Überall Blut, Blut, Blut ...«

»Hast dir irgendwo ein Messer geschnappt und ihm die Kehle durchgeschnitten, *vero*, obwohl du es nicht wolltest.«

Gaetano holte weit aus und durchschnitt mit einer imaginären Klinge die Luft. Als er die Hand zurück zum Körper führte, streifte sein Ellbogen die geöffnete Chinottoflasche. Sie ruckelte und fiel eine Millisekunde später in einer eleganten Pirouette zu Boden, noch in der Luft erste Tropfen schleudernd. Rötlich-braune Flüssigkeit ergoss sich gluckernd auf die Fliesen. Die Pfütze wuchs, dehnte sich in alle Richtungen, und innerhalb weniger Sekunden hatte sie Stuhl- und Tischbeine eingeschlossen. Da sprang Rafaele auf und trippelte panisch rückwärts, bis er mit dem Rücken an die Wand prallte und mit zittrigem Arm auf den Boden deutete.

»Blutsee Blutfluss fließt fließt Fleisch ...« Dann zeigte er auf Gaetano, zog eine Teufelsfratze und stieß mit dem Hinterkopf gegen die Wand, so fest, dass sein Körper zitterte wie Espenlaub im Wind.

Wie gelähmt klebte Gaetano auf seinem Stuhl. Schon hatte sich ein Blutfleck an der Wand gebildet, aber Rafaele hörte nicht auf, rollte mit den Augen.

Plötzlich spürte Gaetano eine harte Hand auf seiner Schulter. Zwei Carabiniere stürzten sich auf Rafaele, zerrten ihn unter Stöhnen und Ächzen von der Wand und drückten ihn zu Boden. Einer stellte Rafaele das Knie in den Nacken. Es war mucksmäuschenstill. Nur der Blutfleck an der Wand schrie.

Als sich Gaetano umwandte, blickte er in Giraudos grinsendes Gesicht.

»Interessante Verhörmethode, Commissario. In Turin machen wir so etwas nur unter ärztlicher Aufsicht. Wollen Sie den Verdächtigen traumatisieren?« Der Psychologe bedeutete dem Carabiniere, sein Knie von Rafaeles Nacken zu nehmen. »Verlassen Sie den Raum, Commissario!«

»Einen Dreck tue ich.«

»*Basta*«, fuhr ihn Giraudo an. »Gehen Sie, bevor der Verdächtige zu sich kommt!«

# 31.

Salvatore Gaetanos Schädel brummte. Im Büro stand die Luft. Benommen rollte er vom Fenster zu seinem Schreibtisch und spülte eine Baldriantablette hinunter.

Gabriele, der sich im Türstock aufgebaut hatte, war kreidebleich. »Du hättest Varricchio nicht ohne ärztliche Aufsicht verhören dürfen. Er ist hochgradig psychotisch labil.«

»Es heißt psychisch labil, nicht psychotisch labil, hat dir das dein neuer Freund nicht gesagt?«

»Es reicht«, versetzte Gabriele. »Varricchio liegt mit Platzwunde und einem Nervenzusammenbruch in Emilias Büro. Wir haben Glück, wenn ihn die Staatsanwaltschaft nicht einweisen lässt. Dann wartest du hundert Jahre auf ein Geständnis.«

»Ein Geständnis habe ich schon, es ist aber falsch. Ich will wissen, wer ihn angestiftet hat.«

Gabriele wedelte wie wild mit den Armen, als vertreibe er eine lästige Biene. »Was er bisher fantasiert hat, zerreißt dir jeder Anwalt in der Luft. Francesco bewacht ihn jetzt drüben. Er braucht einen neutralen Raum, um zu sich zu kommen.«

»Wer? Francesco oder Rafaele?«

»Lass das, verdammt!« Gabriele stampfte den Fuß auf den Boden. »Du kannst froh sein, dass Varricchio Pavese vergrault hat. Der hätte dir schon längst eine Dienstaufsichtsbeschwerde aufgebrummt. Du kommst jetzt mit in Danilos Büro.«

»Was soll ich da?«

»Mithören, wie Francesco den Verdächtigen verhört. Er lässt die Sprechanlage laufen.« Gabriele zog ihn am Ärmel hinaus.

In Danilos Büro lauschte Pietro bereits Giraudos sonorer Stimme, die aus der Sprechanlage drang. Gaetano ließ sich auf einen Stuhl plumpsen. Er fühlte sich merkwürdig hilflos, aber zu seiner Freude schwieg Rafaele unter den hypnotischen Beschwörungen des Psychofritzen. Gaetano sah es vor sich, wie der Verrückte nebenan erschöpft auf Emilias Couch lag und schnaufte. Irgendwo zwischen Wahn und Wut.

Der Turiner Psychologe sprach mit Engelszungen und klang dabei so unverfänglich wie ein erfahrener Inquisitor, der mit den immer gleichen Unterstellungen Hexe Nummer 337 dazu bewegen wollte, etwas zu gestehen, was nicht wahr, aber halbwegs überzeugend erschien.

Die Gestaltung, wie Giraudo es nannte, zog sich. Doch irgendwann ließ Rafaele ein kurzes Aufatmen vernehmen, das sich nur unwesentlich von den leisen Schnaufern davor unterschied. Anscheinend genügte es Giraudo, um zu wissen, dass Rafaele einen Schritt vorangekommen war.

»Sie saßen also mehrere Stunden in der Bar gegenüber von Capuanos Wohnung.«

Rafaele seufzte.

»Wie jeden Freitag?«

Gaetano hörte, wie jemand eine Zigarette anzündete und ein gieriger Zug die Glut zum Prasseln brachte.

»Als Sie in die Wohnung gingen, wussten Sie da, dass Ianus Capuano zu Hause ist?«

Jemand blies Rauch aus. »Glaub schon …«

»Aber in den Wochen davor sind Sie nur in die Wohnung, wenn Capuano weg war, *vero*? Nachts.«

»Das letzte Mal ... es sollte das letzte Mal sein ... dann nie wieder ...«

»Der Fisch. Sie wollten Capuano den Fisch bringen mit der Liste. Weil Sie ihm drohen wollten, ihn bloßzustellen, ihn und seine ... Sünden?«

»Ja.«

»Als Sie mit der Liste in die Wohnung gingen, brannte es unten im Treppenhaus.«

»Ich, ja ... nein ...« Emilias Couch quietschte wild.

»Ganz ruhig ... Sie stehen vor dem Haus ... sehen zu Capuanos Fenster ... die Sonne blendet Sie ...«

»Nein ... nein, nein ... die Lichter, sie blinken, sie verschwinden, dann ist es dunkel ...«

»Das war später, Rafaele. Sie haben das Haus verlassen, während die Vigili del Fuoco abgefahren ist ... Das haben Sie gesehen. Die Lichter der Einsatzfahrzeuge verschwinden in der Dunkelheit ... Aber vorher ... Sie sind in das Haus gegangen, als es noch hell war. Sie schließen die Tür zu Capuanos Wohnung auf. Der Schlüssel passt, wie in den Wochen davor, wie vor zehn Jahren, als sie Anna gepflegt haben ...«

»Anna ... ja ...« Gaetano war sich sicher, dass drüben gerade ein Lächeln durch die Stille glitt.

»Aber Anna ist nicht da. Ianus Capuano steht in der Wohnung und ...«

»Nein, nein, nein!« Gaetano hörte, wie Rafaele aufsprang und immer wieder aus Leibeskräften stöhnte wie eine kalbende Kuh. Dinge fielen um. Splitterndes Glas, doch Giraudo ließ den Anfall einfach vorüberziehen.

Nach einigen Minuten sprach er wie zu einem verängstigten Tier: »Ruhig … ganz ruhig …«

Sofort wurde es still. So still, dass Gaetano vernahm, wie Rafaele an einer Zigarette zog. Wenige Sekunden später tauchten Rauchschwädchen in Danilos Büro auf. Grauweiße Fädchen, dachte Gaetano, an deren Ende Rafaeles Schicksal hängt.

»*Con calma*, Rafaele. Als Sie in der Bar sitzen, ist es hell. Sie beobachten das Haus …«

Das Spiel begann von Neuem. Dottore Giraudo entlockte Rafaele Detail für Detail. Das Phantom erinnerte sich an die österreichische Kellnerin, was er trank, dass Hummeln und Bienen in den Trögen um ihn schwirrten, dass die Menschen Tütchen mit karamellisiertem Mais in Händen hielten, woher sie kamen und wohin sie gingen. Dass am Tisch neben ihm Osteuropäer saßen, es nach Zucker und Feuerwerk roch und dass aus allen Ecken des Viertels Musik drang. Dass Sektkorken in den Himmel knallten, Feuerwerkskörper explodierten und der Rauch zwischen den Häusern hing. Aber wenn Rafaele Capuanos Wohnung betreten sollte, kollabierte er.

»Blutsee … Blutbrunnen … Blutflut … Blutaugen … Blutaugen … Blutaugen …!«

»Capuanos Augen, Rafaele? Sie waren voll Blut? Wie ist das Blut dorthin gekommen?«

»Meine Augen … Blutaugen … Blutaugen … Blutaugen … Brunnenaugen … Brunnenblut …«

»Ihre Augen? Voll Blut?«

»Meine Augen … meine Augen … Blutmord … Blutmord … mein Mord …«

Plötzlich ein dumpfer Schlag. Gaetano warf die Hand vor den Mund. Dann blieb es mucksmäuschenstill. Mit einem kurzen Klacken schaltete Giraudo die Sprechanlage aus.

Nach endlosen Minuten öffnete sich die Tür und ein sichtbar mitgenommener Psychologe trat hindurch. Sein weißes Hemd war durchgeschwitzt. Die Brusthaare schimmerten in platt gedrückten Kreisen hindurch. Giraudo ließ sich erschöpft in einen Stuhl fallen und wartete ungeduldig darauf, dass ihn jemand ansprach. Dann setzte er selbst an. »Posttraumatische Amnesie.«

»Du meinst, er kann sich an gar nichts erinnern?«, sagte Gabriele. In seiner Frage lag Panik.

»Ihr habt es ja gehört.« Giraudo deutete auf die Sprechanlage. »Rafaele erinnert sich an jedes Detail der Stunden vor dem Mord. Aber was danach geschah … weg!«

»Ganz weg?«, stöhnte Gabriele.

»Na ja, nicht weg. Eingeschlossen trifft es wohl eher. Wie ein Gehirn in einem geschwärzten Einmachglas. Alles ist da, konserviert. Die Erinnerungen gehen nicht verloren. Wir müssen nur die Farbe runterkratzen und mit einer Taschenlampe ins Gehirn leuchten.«

Pietro sprang auf. »Und worauf warten Sie dann? Der Psycho liegt nebenan auf der Couch, und Sie drehen hier Däumchen. Warum machen Sie nicht weiter? Er muss uns doch nur erzählen, ob das perverse Schwein ihn zuerst provoziert hat oder ob er gleich auf ihn los ist. Und dann pinseln wir das in einen brauchbaren Bericht, *basta*!«

»Wir reden hier von Wochen, Monaten, vielleicht sogar Jahren. Keiner kann sagen, wie viele Therapiesitzungen Rafaele über sich ergehen lassen muss, bis auch nur ein Funken

Erinnerung aus ihm herausspringt. Vielleicht nimmt er das Geheimnis mit ins Grab.«

»Vielleicht simuliert er«, murmelte Gaetano und kratzte sich die unrasierte Wange. Er hatte schweißnasse Hände. »In dem Zustand wird ihn der Richter niemals für schuldfähig erklären, das weiß er. Er wandert auf direktem Weg in die Anstalt, das ist allemal besser als der Knast. Er kann auf diese Weise plausibel machen, warum er nichts von einem Mittäter weiß. Oder einer Mittäterin. Die ist nämlich auch in seinem Einmachglas eingesperrt. Er will jemanden schützen ...«

Giraudo stand auf. »Ich bin mir hundertprozentig sicher, dass Rafaele nicht simuliert, Commissario. Zumindest, was den Tatablauf betrifft. Was mögliche Mittäter anbelangt, kann es durchaus sein, dass er bewusst lügt. Das müssen Sie klären.« Er begann, wie es seine Angewohnheit war, hin und her zu laufen. »Für uns ist es schlicht eine Detailfrage, was in der Mordnacht geschah. Vorsätzlicher Mord oder Totschlag im Affekt. Für Rafaele bedeutet das alles weitaus mehr. Jahrelang hat er sich auf diesen Tag vorbereitet. Dieser eine Tag, wenn sein Erzfeind stirbt, wenn Annas Leid Rache findet und die Verführungen zahlreicher anderer junger Mädchen ein Ende nehmen. Rafaele hat es sich ausgemalt, wie es sein würde, Capuanos Sterben. Wie er leidet, röchelt, sich zu Tode quält, bis sein letzter Atemzug verklungen ist. Die Freude darauf hielt ihn am Leben, gab ihm Sinn. Und nun, wo es vollbracht ist, enthält man ihm den Lohn vor. Er kann sich nicht daran laben, wie viele Qualen Capuano durch seine Hand erlitt, sieht das angstverzerrte Gesicht seines Opfers nicht vor sich, hört nicht das letzte verzweifelte Flehen um Vergebung. Alles, wofür er dieses Verbrechen begangen hat, verbirgt sich unter dem Deckmantel des Vergessens.« Giraudo sah Gaetano tief in die Augen: »Glauben Sie mir, Commissario, Rafaele Varricchio leidet mehr an seiner Amnesie als wir alle zusammen. Wenn einer wissen will, was genau geschehen ist, dann er.«

»Aber wie kann das sein, Francesco?« Gabriele hob die Hand und ließ sie dann schlaff auf seinen Oberschenkel fallen. »Wenn er Capuanos Tod doch so sehr herbeigesehnt hat, warum dreht er dann jetzt dermaßen durch?«

»Betrachte das Sehnen nicht als Lösung, sondern als Urquell seiner Amnesie, Gabriele!«

»Hä?«

»Für Rafaeles Zustand gibt es eigentlich nur eine Erklärung: In seinem Kopf hat er jahrzehntelang einen Fahrplan für seine Rache ausgearbeitet, jedes Detail der letzten Wochen bis zum finalen Abend, dem letzten Freitag der Erpressungsgeschichte. Alles penibel eingeprägt. Geschieht jetzt etwas Unvorhergesehenes, kann das zu einer Art Kollaps im Gehirn führen.«

»Etwas also, was nicht gelaufen ist, wie er wollte, hat ihn verstört«, murmelte Gaetano.

»Exakt. Es gibt Studien, dass Menschen sich noch in hohem Alter daran erinnern, was auf ihrem Wunschzettel zum siebten Geburtstag stand. Allerdings alles unerfüllte Wünsche und gerade deshalb konserviert im Gehirn. Was am Festtag tatsächlich auf dem Gabentisch lag, ist schon nach wenigen Wochen vergessen. Die Enttäuschung über die nicht erfüllten Kinderwünsche führte zu einer Art emotionalem Chaos. Das Gehirn wehrt sich gegen die Trauer, indem es dem eigenen Ich falsche Tatsachen als Realität suggeriert. *Il mondo come volontà e rappresentazione*, um Schopenhauer zu zitieren.«

Pietro sah Gaetano verständnislos an. Und auch Gabriele schien zu überlegen, ob er sich die Blöße geben sollte, nachzufragen, wer Schopenhauer sei.

»Rafaele ist aber kein verzogener siebenjähriger Bengel, der nicht kriegt, was er will«, warf der Primo Dirigente ein.

»Alter schützt vor Torheit nicht!« Giraudo hob den Zeigefinger. »In den fünfziger Jahren gab es reihenweise Nervenzusammenbrüche und posttraumatische Amnesien unter Kriegsheimkehrern. Manche Veteranen, die nach etlichen Jahren im Straflager nach Hause zurückkehrten, kollabierten schon am Bahnsteig. Sie hatten das Bild ihrer Frau am Tage des Abschieds konserviert, erinnerten sich, wie die Ehefrau gut genährt und in einem schönen blau geblümten Kleid am Bahnsteig winkte. Aber darauf, dass das Kleid in den Kriegsjahren längst gegen Kohle oder Mehl eingetauscht worden war, ihre Zähne ausgefallen und ihr Bauch verdächtig angewachsen, noch dazu ein paar kleine Dunkelhäutige um sie herumstanden, die vorher nicht da gewesen waren, darauf hatte man die Veteranen nicht vorbereitet. Manche weigerten sich, die unbekannten Damen als Ehefrauen anzuerkennen, nicht aus Bosheit, sondern einfach, weil sie sich so sehr an die schöne Erinnerung geklammert hatten, dass die brutale Realität unmöglich wahr sein konnte. Einige erblindeten in Folge eines Schlaganfalls.«

Pietro verdrehte die Augen. »Ich krieg auch gleich einen Schlaganfall, wenn Sie nicht endlich zum Punkt ko...«

»Und was bedeutet das in unserem Fall?«, fuhr Gaetano dazwischen. »Ich meine, was konkret könnte der Auslöser für Rafaeles Amnesie sein? Alles hat sich so gefügt, wie er es wollte. Capuano ist tot, und gelitten haben dürfte er auch. Er ist immerhin … ausgeblutet.« Bedrückt stellte er fest, dass sich niemand im Raum mehr ekelte bei der Erinnerung an die Bilder, die das kleine Wörtchen *ausgeblutet* im Bewusstsein hervorrief. In was für einer Welt lebten sie eigentlich? »Kann es sein, dass Rafaele gegen Annas letzten Willen verstoßen hat, ist es das?« Gaetano blickte in die Runde. »Anna wollte, dass Capuano geläutert wird oder aber an seinen Trieben zu Grunde geht. Von Mord im eigentlichen Sinne war nie die Rede. Rafaele hat also gegen die Regeln verstoßen. Und es waren nicht irgendwelche Regeln, sondern die Einflüsterungen der sterbenden Anna, der Liebe seines Lebens.«

Giraudo nickte. »In dem Moment, in dem Rafaele realisierte, dass er zu weit gegangen war, dass er gegen Annas Gesetz verstoßen hat, fiel in ihm der Vorhang, der das eigentliche Geschehen auf der Bühne von nun an verbirgt. Rafaele trat seelenruhig zurück in den Zuschauerraum.«

»Nach Seelenruhe sah mir das Ganze aber nicht aus«, wandte Gaetano ein. »Der Mann braucht eher einen Exorzismus.«

Alle bis auf den Forensiker bekreuzigten sich.

»Von Exorzismus zu sprechen, trifft es sehr gut. Man muss ihm den Würgeengel austreiben und des Pudels Kern befreien.« Giraudo hämmerte die Faust auf den Tisch.

»Und wenn der Würgeengel eine Frau ist?«, grummelte Gaetano.

»Du meinst Mirabella?«, fragte Gabriele mit geschlossenen Augen. Sonnenstrahlen fielen auf sein Gesicht. Seine grau melierten Schläfen glänzten wie ein blecherner Lorbeerkranz.

»Selbst wenn Anna von Mord nichts wissen wollte, tickt Mirabella da anders. Sie hasste ihren Vater. Mir gegenüber spielt sie die aufgeräumte Studentin, die ihr Leben im Griff hat, aber ich spüre den Hass und den Rachedurst in ihr. Mirabella manipuliert uns.«

»Dich«, feixte Pietro.

»Es gibt keinen einzigen Anhaltspunkt, dass sie mit drinsteckt, Salvatore.«

Gaetano zog den Kopf in den Nacken und musterte die dreckige Decke. Gabriele hatte recht. Sie hatten wenig in der Hand. Ich hätte viel mehr Leute auf sie ansetzen müssen, dachte er. »Ich weiß aber, dass sie schon früher in der Wohnung ihrer Freundin war«, sagte er trotzig. »Sie verheimlicht uns etwas. Und wenn sie Rafaele zum Mord angestiftet hat, schützt er sie jetzt. Er spielt den Verrückten, tut so, als ob er sich an nichts erinnert, und verhindert damit, dass wir Mirabella auf die Spur kommen. Außerdem pachtet er auf diese Weise den Mord für sich allein.«

Der Primo Dirigente sah auf seine Armbanduhr. »Was meinst du, Francesco?«

»Rafaele simuliert nicht.«

»Da bist du ganz sicher?«

Der Dottore verschränkte die Arme vor der Brust. »Hundertprozentig!«

»Rafaele hat Capuano ermordet, aber kann sich nicht erinnern?«, hakte Gabriele noch einmal nach.

Gaetano sprang auf und trat vor seinen Primo Dirigente. »Gabriele, hör auf, das ist doch Wahnsinn. Wir können doch nicht auf einen vagen Verdacht hin …«

Sein Chef schob ihn zur Seite. Der Psychologe sah zur Tür und versicherte sich, dass sie geschlossen war. »Du brauchst deinen Mörder, vero?«, flüsterte er zu Gabriele gewandt.

»Wie meinst du das?«, erwiderte der Primo Dirigente.

»Rafaele ist dein Täter. In diesem Zustand – mit dieser Vorgeschichte – wird ihn jedes Gericht für schuldunfähig erklären und in die Psychiatrie stecken. Ermittlungen abgeschlossen. *Basta*!«

»Warum erzählst du mir das, Francesco?«

»Rafaele wird keine Schwierigkeiten machen. In seiner Welt hat er Capuano zur Strecke gebracht … irgendwie.«

»Aber du glaubst nicht daran.«

»Das ist nicht der Punkt.«

»Was dann?«

»Wie du Wahrheit definierst.«

»Du meinst, falls Rafaele nicht der Mörder ist?«

»Die Möglichkeit besteht, ja. Unwahrscheinlich, aber möglich. Aber halten wir uns an das, was wahrscheinlich ist, dann … «

»Nichts als Psychoquatsch«, fuhr ihm Gaetano ins Wort. »Das passt hinten und vorn nicht zusammen. Ein Verrückter, der akribisch alle Spuren beseitigt? Wir müssen Rafaele noch einmal …«

»Er will es gewesen sein«, unterbrach ihn der Primo Dirigente.

Giraudo nickte. »Ja, und du willst einen Täter.«

»Aber ich will die Wahrheit, verdammt«, schrie Gaetano. Er fühlte sich wie in einem Albtraum. Hier wurde womöglich gerade ein Unschuldiger auf dem Altar der Selbstbeweihräucherung geopfert. Giraudo heischte nach Bestätigung und der Primo Dirigente nach seiner Beförderung.

»Wahr ist alles, je nachdem, wen du fragst«, versetzte Gabriele. »Das weißt du so gut wie ich.« In Giraudos Richtung sagte er: »In Neapel sind wir geneigt, Dinge zu glauben, von denen wir wissen, sie sind nicht wahr.«

»*Non è vero, ma ci credo?*«, fragte Gaetano ungläubig.

»Ja!«

Gaetano baute sich breitbeinig auf. »Dann willst du Rafaele jetzt wirklich dem Haftrichter vorführen?«

Noch bevor Gabriele antworten konnte, schwang die Tür mit einem derben Quietschen auf. Im nächsten Moment stand Antonella mit einem Tablett voller Sektgläser im Raum. Sie kreischte wie außer sich: »*Gemelli!* Emilia bekommt Zwillinge.« Niemand reagierte. »Es werden Zwillinge, *ragazzi!* Emilia geht es blendend, morgen darf sie nach Hause …« Sie knallte das Tablett auf den Schreibtisch, drückte jedem ein Glas Sekt in die Hand und rammte dann mit einer Wucht, die verriet, dass sie schon in diversen anderen Büros die frohe Botschaft verkündet hatte, Dottore Giraudo den Ellenbogen in die Seite. Dann stürzten alle mechanisch ihr Glas Spumante hinunter. Antonella verschwand so plötzlich, wie sie gekommen war.

»Emilia, diese Teufelsbraut!«, jauchzte Pietro. »Das hat sie sauber hingekriegt, das …«

»Klappe jetzt«, fuhr Gabriele ihn an. Dann wandte er sich mit einem Schulterzucken an Gaetano: »Ich gebe dir noch einen Versuch, Salvatore, um vier rufe ich den Haftrichter an!«

# 32.

Vor die Sonne hatten sich Wolken geschoben, und ein ungewöhnlich weiches, mandelmilchbraunes Licht fiel durch das vergitterte Fenster des Vernehmungszimmers. Das Stichwort hieß Konfrontationstherapie, und Dottore Giraudo hatte nach einigem Zureden grünes Licht für Gaetanos Idee gegeben, den Tathergang mit Rafaele nachzuspielen. Ohne Risiko war das Unterfangen nicht, denn das Phantom konnte ebenso seine Erinnerung wiedererlangen wie komplett zusammenbrechen und auf ewig in Wahnvorstellungen versinken.

An die Wand hinter dem Vernehmungstisch, der wie die Stühle in einem angetrockneten See aus Chinotto stand, pinnte Gaetano ein Foto von Capuanos Wanduhr, das er sich von der Spurensicherung in Übergröße hatte ausdrucken lassen. Er hängte es exakt auf die Höhe wie im Esszimmer des Opfers. Dann befahl er, die Jalousien zu schließen. Ein gelb glimmendes Dämmerlicht erfüllte den Raum, der konstruierte Tatort wirkte erschreckend echt. Gaetano wollte als Capuano-Double fungieren und hatte sich für diesen Zweck ein hünenhaft auswattiertes Sakko beschafft.

»Willst du dir vielleicht auch noch die Haare blond färben?« Pietro griff ihm in seine graue Mähne.

»Für den Augenblick versuchen wir es so«, antwortete Gaetano trocken. Die Anspannung stand ihm ins Gesicht geschrieben. Er setzte sich auf einen Stuhl vor die Wanduhr und überließ es auf Gabriele D'Annunzios Bitten hin dem Forensiker, das Prozedere anzuleiten.

Rafaele erschien, nachdem er eine halbe Stunde in komatösem Schlaf verbracht hatte, erstaunlich klar. Mehrere Male ließ Giraudo den Verdächtigen ins Vernehmungszimmer schlüpfen, wo Gaetano alias Ianus Capuano im Halbdunkel an einem Tisch voller Falschgeld aus der Asservatenkammer saß. Aber nichts passierte. Bei jedem Durchgang blinzelten sich Rafaele und Gaetano ratlos an und warteten wie zwei Low-Budget-Statisten auf Anweisungen. Und jedes Mal fragte sich Gaetano, ob der Verdächtige nur so ahnungslos tat oder wirklich nichts wusste.

Hinter dem Einwegspiegel standen Gabriele und Pietro und gaben sinnlose Befehle.

»Du siehst aus wie ein Clown, Salvatore«, flüsterte Pietro durch die Sprechanlage. »Mach ihm Angst, beleidige ihn, mach schon!«

»Ich spreche kein Norditalienisch«, zischte Gaetano. »Ihr seht doch, dass er keinen blassen Schimmer hat, wie es abgelaufen ist.«

»Dann guck anders. Du musst ihn provozieren, du …«

»Verdammt, das Theater bringt nichts!« Gaetano lehnte sich erschöpft zurück. Sie kamen nicht weiter.

Nach dem fünften oder sechsten Durchgang verschwand Dottore Giraudo für einige Minuten mit dem Verdächtigen. Wenig später sang seine verschwörerische Stimme aus der Sprechanlage: »Commissario Gaetano? Wir probieren es noch einmal. Ich habe Rafaele einen Bleistift gegeben, quasi als kleine Starthilfe. Er wird Sie damit attackieren … Spielen Sie einfach mit.«

»Was, bitte, soll ich?«

»Ganz ruhig. Wir warten einfach ab, was passiert. Die Attacke mit dem Bleistift könnte Rafaeles Erinnerung freisetzen. Assoziationen! Wir arbeiten über das sogenannte Muskelgedächtnis. Haben Sie das verstanden?«

»Klar und deutlich«, versetzte Gaetano.

»Es kann nichts passieren, wir sind da.«

Wenige Augenblicke später stapfte Rafaele in den Raum, musterte den Geldberg, trat hinter Gaetano, griff ihn an einem Haarbüschel und fuhr mit dem Bleistift einmal um seinen Hals herum, worauf sich Gaetano theatralisch röchelnd nach vorn fallen ließ und so tat, als ob ihm das Blut wie wild aus dem Rachen schäumte. Er hatte große Mühe, keinen Lachanfall zu bekommen. Als er nach einer gefühlten Ewigkeit »verblutet« war und schlaff auf dem Tisch fläzte, vernahm er hinter sich Rafaeles ruhiges Atmen. Lächerlich zierliche Schatten warfen sich pendelnd auf den besudelten Boden. Der Verdächtige trat von einem Fuß auf den anderen und schien auf Anweisungen zu warten.

Gaetano hob den Kopf und drehte sich zu seinem Mörder um. »War's das schon?«

Rafaele sah ihn ratlos an.

»Sie müssen ihm jetzt den Kopf ganz abschneiden«, kam es aus der Sprechanlage. »Bisher haben Sie Capuano nur getötet.«

Gaetano sah entsetzt in Richtung der Einwegscheibe. Was, bitte, war das denn? Giraudo soufflierte Rafaele den Tathergang? Dann konnte man sich das ganze Theater gleich sparen.

Rafaele trat wieder an ihn heran und packte ihn an den

454

Haaren. Da spürte Gaetano die Mine des Bleistifts in seinem Nacken.

»Nicht mit dem Bleistift«, unterbrach Giraudo. »Erinnern Sie sich! Sie haben ein anderes Tatwerkzeug benutzt.«

Rafaele schien kurz zu überlegen. Dann plötzlich setzte sich sein Schatten in Bewegung. Festpappende Schuhe quietschten über die klebrigen Fliesen. Er geht tatsächlich zur Uhr, wunderte sich Gaetano. Aber dass dort die Tatwaffe hing, konnte er sich auch aus den Zeitungsberichten zusammengereimt haben.

»Geht nicht!«, krächzte Rafaele auf einmal, und Gaetano hörte, wie der Mann hochsprang. Nach vier oder fünf Versuchen war es wieder still.

»Was geht nicht?«, sagte Gabriele durch die Sprechanlage.

»Hängt zu hoch. Ich komm nicht an den Zeiger. Sie müssen die Uhr tiefer hängen.«

»Die Uhr hängt auf Originalhöhe«, rief Gaetano.

»Es muss gehen!«, versetzte Gabriele. »In der Mordnacht hat es doch auch funktioniert …«

Irgendwer kicherte. Gaetano glaubte, dass es Pietro war. Jetzt tat sich etwas. Rafaeles Schatten schob sich über den Blutsee. Dann sah Gaetano Rafaeles fleischige Hände, rot geädert. Sie umgriffen die Lehne neben ihm und hoben den Stuhl hoch. Gaetano durchzuckte es. Wo eben noch vier Stuhlbeine gestanden hatten, prangten nun vier klar umrandete, helle Quadrate im schwarz-roten Chinotto-See. Von irgendwo aus diesem grotesken Schauspiel schob sich eine verschwommene Szene vor sein inneres Auge. All das hatte er schon einmal aufblitzen sehen, diese vier klar umrandeten Quadrate in einer Klebepfütze. Und einen Sekundenbruchteil später stand er mit Davide in Capuanos Esszimmer, beobachtete, wie sich der winzige Spurensicherer einen Stuhl griff und auf dem Boden helle Abdrücke erschienen. Wie Davide die Tritthilfe vor die Wanduhr trug, den blutverschmierten Zeiger eintütete und danach die Stuhlbeine exakt in vier unbefleckte Quadrate zurückstellte. Einfach, weil Davide immer alles so hinterließ, wie er es vorgefunden hatte.

»Stopp!«, brüllte Gaetano. Mit einem Rumms ließ Rafaele hinter ihm den Stuhl fallen.

»Was soll denn das jetzt?«, kreischte Giraudo. »Nicht unterbrechen, verdammt!«

»Der war's nicht!«

»Wie bitte?«

»Der Stuhl, verdammt, der war's nicht!«

»Ich verstehe nicht.«

Gaetano schoss hoch, riss dem erschrockenen Rafaele den Stuhl aus der Hand und stellte ihn wieder in die dafür vorgesehenen Quadrataussparungen. »Den Stuhl kann er nicht genommen haben. Unter den Beinen ist kein Blut … ich meine, Chinotto … und wenn er in der Mordnacht diesen Stuhl verwendet hätte, gäbe es keine Abdrücke am Boden.«

Schweigen.

»Wir wissen nicht, was Sie meinen!«

»Verdammt, das Blut ist um die Stuhlbeine herum festgetrocknet. Drunter war keins. Aber wenn der Stuhl hochgehoben worden wäre, dann …«

»Wir sind hier nicht am Originaltatort, Salvatore«, sagte Gabriele.

»*Dio santo*, ich rede doch vom Originaltatort. Ich war neulich dabei, als Davide sich den Stuhl genommen hat, um den

Zeiger aus der Uhr zu lösen. Da waren dieselben Abdrücke auf dem Boden. Also wurde der Stuhl nicht bewegt, solange das Blut flüssig war …«

»Ist doch egal, dann soll er halt einen anderen nehmen.«

Gaetano hechtete um den Vernehmungstisch herum und hob beide Stühle nacheinander vom Boden. Unter jedem fanden sich die gleichen Abdrücke wie unter dem ersten. »Die wurden auch nicht bewegt! Alles fein sauber drum herum getrocknet.«

Gabriele stiefelte herein. »Jetzt geh in Position, Salvatore. Los jetzt, an den Tisch!« Der Primo Dirigente versuchte, ihn am Ärmel zu ziehen, aber Gaetano wich ihm aus.

»Leg dich selbst drauf, wenn's dir Spaß macht. Das bringt alles nichts.«

»Wir probieren es jetzt mit den anderen zwei Stühlen, *basta*. Rafaele hat dann eben einen von denen benutzt.«

»Schau dir doch die Fotos vom Tatort an. Die anderen wurden genauso wenig bewegt, die standen schön in Reih und Glied. Ich sehe es genau vor mir.« Gaetano riss sich das durchgeschwitzte Hünensakko vom Leib, schmiss es in die Ecke und eilte über den Gang in sein Büro. Pietro und Gabriele marschierten hinterher.

Als die Tür ins Schloss gefallen war, legte Gabriele los: »Du glaubst also, Francesco irrt sich, *vero*?«

»Hast du doch gesehen. Rafaele hat nicht den Hauch eines Schimmers, wie der Mord abgelaufen ist. So viel Simulieren geht gar nicht, und dein Psychologe hat ihm den Tathergang ja fast schon buchstabieren müssen. Rafaele war vielleicht mal am Tatort, ja, aber mit dem eigentlichen Mord hat er nichts zu tun. Kann er gar nicht. Er ist einfach zu klein. Wir hätten von Anfang an drauf kommen müssen, verdammt!«

»Sehr viel Spekulation, nicht?« Gabriele seufzte.

»Was ist eigentlich mit dem Fingerabdruck auf dem Zeiger?«, warf Pietro ein.

»Nicht eindeutig zuordenbar. Aber wenn die Stühle jemals auf dem flüssigen Blutsee gestanden hätten, und das müssen sie, wenn sie zur Tatzeit bewegt worden sind, dann müsste es Anhaftungen an den Unterseiten der Stuhlbeine geben.«

»Das schon.« Gabriele seufzte erneut. »Aber ...«

»Nichts ›aber‹. Wir lassen die Spur Rafaele fallen. Oder willst du jetzt ernsthaft Davide zurück an den Tatort schicken und Stuhlbein um Stuhlbein untersuchen lassen? Glaub mir doch einmal was, Gabriele!«

Der Primo Dirigente begann, sich wie wild die verschwitzten Schläfen zu massieren. Erschöpft ließ er sich auf den Schreibtischstuhl sinken und vergrub das Gesicht in den Händen.

»Gibt es keine andere Erklärung?«, fragte Pietro, ein mitleidiges Grinsen im Gesicht. »Es kann alles ganz anders abgelaufen sein.«

»Nein.« Gaetano schüttelte den Kopf. »Der Minutenzeiger kam erst zum Einsatz, als Capuanos Körper ausgeblutet war. Spätestens da standen die Stühle in einer Blutlache. Rafaele hätte den Stuhl unweigerlich auf das flüssige Blut stellen müssen, nachdem er den Zeiger wieder auf dem Zifferblatt fixiert hatte. Nein, der Mörder hat keinen von diesen Stühlen benutzt.«

»Dann eben einen anderen!«

»Ausgeschlossen! Du hast den Bericht der Spurensicherung doch gelesen. Alles clean. Da war niemand. Und es gibt in der Wohnung überhaupt nur diese vier Stühle im Esszimmer. Die Barhocker in der Küche sind fest am Boden verschraubt, und im Wohnzimmer stehen nur schwere Sessel.«

»Eine Leiter oder ein Schemel?«

»Mach dich nicht lächerlich, Pietro. Welcher Mörder bringt seine eigene Leiter mit an den Tatort? Und Rafaele saß stundenlang in der Bar gegenüber. Er hatte nichts dabei außer dem Rucksack mit dem Fisch.«

»Dann kann es Rafaele wirklich nicht gewesen sein«, murmelte Gabriele.

»Sag ich ja, und wir wissen noch mehr: Der Mörder war groß. Herrgott, es ist so einfach! Schon als ich das erste Mal in Capuanos Esszimmer kam, ist mir aufgefallen, wie ungewöhnlich hoch diese Wanduhr hängt.« Er kratzte sich am Hinterkopf. Diese verdammten Querelen mit Carla. Wahrscheinlich war er die ganze Zeit über mit den Gedanken woanders gewesen.

»Vielleicht findet Davide ja doch noch etwas«, grummelte Pietro.

»Unsinn! Ja, die Spurensicherung ist chronisch überlastet, aber nach der Sache mit dem Kopf haben die alles noch mal ganz genau abgesucht. Rafaele ist raus aus der Nummer. Giraudo hat sich getäuscht. Rafaele verdrängt den Tathergang nicht. Der arme Kerl versucht krampfhaft, sich an einen Mord zu erinnern, den ihm jemand vor der Nase weggeschnappt hat. Es ist zum Verrücktwerden!«

»Und was sage ich jetzt der Presse?« Gabriele saß da wie ein Häufchen Elend.

»Na die Wahrheit. Dass wir ganz nah dran sind.«

»Was meinst du?«, fragte Gabriele.

»Na ja, beim Mörder handelt es sich nicht um den Erpresser. Dennoch verhält er sich nach einem ähnlichen Muster. Er hatte Detailkenntnisse.«

»Ich verstehe überhaupt nichts.«

»*Mio Dio*. Zwei erfahrene Kriminaler wollen wirklich noch nie von Trittbrettfahrern gehört haben?« Er trabte zum Waschbecken und spritzte sich kaltes Wasser ins Gesicht. Jetzt nicht nachlassen. Sie waren kurz vor dem Ziel. »Theorie 1: Capuano hat seinem Mörder erzählt, dass er erpresst wird und dass er glaubt, jemand mache sich an seiner Uhr zu schaffen. Und dieses Wissen macht sich der Mörder zunutze. Im Glauben, dass es ins Gesamtschema passt, geht er Freitagabend in die Wohnung, so weit stimmt es noch. Dann aber fingert er an der Wanduhr herum, um die Polizei glauben zu machen, es handle sich bei ihm um den Erpresser aus den Wochen davor. Und das war sein Fehler. Schließlich konnte er nicht ahnen, dass Rafaele die Uhr niemals vorher auch nur angefasst hatte. Capuano hat seinen Mörder mit falschen Vermutungen auf dieses Uhren-Klimbim gestoßen. Nur jemand aus Capuanos engstem Umfeld konnte von diesen falschen Details wissen.«

»Und Theorie 2?«, fragte Gabriele.

»Na, das ist noch einfacher: Ein Handlanger natürlich. Rafaele wurde gelinkt. Sein Komplize hat ihm den Mord geklaut.«

Pietro sah triumphierend drein. »Du denkst an Mirabella.«

Gaetano nickte. Angesichts dieser traurigen Gewissheit zog es ihm den Magen zusammen. »Die Angstmacherei war ihr nicht genug. Sie wollte den Tod ihres Vaters. Und als sie merkte, dass Rafaele nie gegen Annas Willen, den Willen ihrer Mutter, verstoßen würde, hat sie Capuano umgebracht.«

»Na, dann fang mal an, das zu beweisen, mein Lieber!« Gabriele erhob sich schwerfällig und ging hinaus.

»Was war denn das?«, fragte Pietro, als die Tür ins Schloss gefallen war.

»Gabrieles Einsicht, dass ich recht habe. Wenn er unter Druck steht, kann er es nicht so zeigen.«

»Und jetzt?« Pietro sah gedankenverloren zur Decke.

»Besuchen wir Emilia im Krankenhaus. Komische Sache, das mit den Zwillingen. Emilia ist doch nicht erst seit gestern schwanger.«

»Gar nicht komisch. War bei meiner Nichte genauso. Die Krankenkassen zahlen nur ganz wenige Ultraschall-Untersuchungen. Und wenn der Arzt da nicht genau hinsieht, versteckt sich das eine Balg hinter dem anderen. Möchte wetten, dass Emilia sowieso nur zu ihrem Homoepathen geht.«

»Es heißt *Homöopathen*. Und da geht sie hin?« Gaetano runzelte die Stirn. Warum erzählte sie so etwas Pietro und nicht ihm? »Aber noch mal zu deiner Frage: Dummerweise hat der Chef recht, wir haben gegen Mirabella zu wenig in der Hand.«

»Sollen wir sie trotzdem vorladen?«

Gaetano dachte nach. Gegen das Bollwerk namens Pavese würden sie ohne stichhaltige Beweise wohl nicht ankommen, und ihm fehlten gute Argumente, um Mirabella unter Druck zu setzen. Die Frau war glatt und kalt wie Marmor. Aber einen besseren Plan hatte er nicht. »Ja, wir lassen es drauf ankommen. Du besorgst die Vorladung, morgen früh soll eine Streife Mirabella herbringen, und ich kümmere mich darum, dass die Fuscos observiert werden. Jetzt komm schon!« Er ging auf den Flur. »In fünfzehn Minuten unten am Parkplatz.«

»Seit wann verlässt du die Questura, bevor ein Fall gelöst ist, Salvatore? Also irgendwie bist du anders als sonst.« Pietro musterte ihn, als hätte er einen verräterischen Ausschlag im Gesicht.

Gaetano verdrehte die Augen.

# GIOVEDÌ

# 33.

An Carlas zierlichen Händen baumelten zwei selbst genähte Stofftüten voller Einmachgläser, eine Plastiktüte, aus der Lebensmittel spitzten, und ein kleiner quietschrosafarbener Putzeimer, darin eine Flasche Sgrassatore universale. Ohne dass er sie hereingebeten hätte, stapfte sie in die Küche und stellte die schweren Taschen auf dem Tisch ab. Dann musterte sie skeptisch die verwahrloste Wohnung. In ihren Augen blitzten Mitleid und Ekel.

»In der Questura sagen sie, du bist krank.«

Gaetano erschrak. »Du warst in der Questura? Ist ... Was haben sie sonst noch gesagt?« Etwas drehte ihm den Magen um. Es war Jahre her, dass er sich das letzte Mal krankgemeldet hatte.

»Sie versuchen, die Stadt ohne dich zu retten. Keine Angst, sie kommen durch.« Carla lächelte verächtlich und fing an, die dreckigen Töpfe aus der Spüle auf dem Tresen zu stapeln. Dann ließ sie Wasser ein und spülte ab.

Als sie damit fertig war, begann sie, Knoblauch zu schälen und Pasta zu kochen. Während des Essens erzählte sie von ihrer Ausbildung in der Schneiderei, dass sie Aussicht habe, übernommen zu werden, aber dass ihre Mutter es gern sähe, wenn sie und Michele nach der Hochzeit zu ihr nach Bari zögen. Gaetano schluckte schwer, als er hörte, wie teilnahmslos Carla über die Möglichkeit sprach, Neapel zu verlassen. Aber er verstand, dass sie mit ihren Zukunftsvisionen das

Feld für eine Schlacht absteckte. Niemals würde sie ihren Vater verlassen. Aber was, wenn sie Aniello mitnähme, dachte er. Würde sie ihren Patenonkel allein in Neapel zurücklassen? Ihre ganze Kindheit?

Als sie aufstanden, hatte er einen Kloß im Hals. Wortlos deutete Carla auf die Schlafzimmertür. »Ich gehe jetzt für ein paar Stunden weg. Aber wenn du aufwachst, werde ich hier sein.« Zum Abschied umarmte sie ihn.

Als er gegen Abend die Augen aufschlug, stand Carla an seinem Bett. In der Hand hielt sie eine dampfende Tasse Espresso. Irgendetwas sagte ihm, dass sie – nachdem er in einen unruhigen Schlaf gefallen war – in die Wohnung zurückgekehrt war und nur auf diesen einen Augenblick gewartet hatte.

»Bist du fit?« Carla sah ihm tief in die Augen. »Dann gehen wir in die Küche.« Sie stellte die Espressotasse ab und öffnete das Fenster. Die Luft von der Straße trug den Geruch von aufgeweichtem Staub und ehrlichem Moder bis hinauf in den dritten Stock.

Gaetano wälzte sich aus dem Bett, kippte im Sitzen den Espresso hinunter und folgte seiner Nichte mit klopfendem Herzen. Als er über die Küchenschwelle trat, blieb er wie vor den Kopf gestoßen stehen.

»Was soll das denn jetzt, zum Teufel?« Auf dem Stuhl, auf dem sich vor einigen Tagen Michele mit teurem Grappa Mut und Wut eingeflößt hatte, saß Aniello. Still, grinsend, halb schlafend, die kräftigen Weinbauerpranken auf dem Tisch abgelegt wie zwei riesige Tigerpfoten. Beim Luftholen keuchte er leicht.

»Willst du Papà denn nicht begrüßen?« In Carlas Stimme

schwang ein Anflug von Zorn. Unter ihrem prüfenden Blick ging Gaetano in die Knie, küsste seinen Bruder auf die Wange und strich ihm zärtlich über den dunkelbraunen Wuschelkopf. Aniello ergriff dankbar seinen Unterarm und zog ihn zu seiner Backe. »Ist ja gut, Aniello. Ich bring dich rüber ins Schlafzimmer.« Sein Bruder schüttelte bockig den Kopf, ohne seinen Arm loszulassen.

»Papà lädt dich ein, dich zu uns zu setzen.«

Gaetano blickte sie scharf an. Dann zog er sich einen Stuhl heran und flüsterte böse: »Wenn du mich erniedrigen willst, lass gefälligst Aniello aus dem Spiel. Oder glaubst du, ich wehre mich nicht, wenn er dabei ist?«

»Papà gehört zur Familie.«

Ängstlich zog Aniello die Knie zum Brustkorb und umklammerte die Beine. Sofort sprang Carla auf und strich ihrem Vater über die Wange, bis sich seine Anspannung löste.

»Michele meint, du willst dich bei mir entschuldigen«, sagte sie nach einer Weile.

Nervös stand Gaetano auf, ging zum Küchenschränkchen und zog eine angebrochene Flasche Aglianico hervor. Überall glänzte es. Carla hatte kein Krümelchen übersehen. Alles roch nach scharfem Reinigungsmittel. Er winkte schelmisch mit der Flasche und sah seine Nichte fragend an. Sie schüttelte den Kopf.

»Michele hat mir erzählt, wie du dich fühlst … wie du darunter leidest, dass … dass wir nie eine richtige Familie waren. Du, Aniello, Florinda … und ich.«

»Aber du wärst nie auf die Idee gekommen, mich einmal zu fragen, wie es mir geht.«

»Ich bin nicht so einfältig, wie du denkst. Was glaubst du, wie oft ich mich frage, was in den Menschen vorgeht … welche Seelen in ihnen stecken? Glaubst du, ich weiß nicht, dass ein Mörder noch am Morgen vor seiner Tat einer Nonna die Einkaufstüten ins Dachgeschoss getragen hat? Aber er ist trotzdem ein Mörder.« Wütend setzte er sein Weinglas auf dem Tisch ab, mit einem Knall, der ihn selbst erschreckte. Schnell sah er zu seinem Bruder, aber Aniello war eingenickt.

Carla stampfte auf. »Verdammt, ich hatte nie einen richtigen Vater, keine Mutter, die für mich da war. Und du siehst mich lächeln und sagst dir, Carletta geht's ja richtig gut.«

»Irgendwann musst du doch auch mal abschließen mit all dem.«

Carla stand auf, holte sich ein Glas, prüfte es gewissenhaft auf seinen Glanz und goss sich ein. »Muss ich erst zur Mörderin werden, damit du verstehst, dass meine Geschichte mich unglücklich macht? Würdest du dich dann mit mir beschäftigen? Wenn ich in Handschellen vor dir sitze?«

Gaetano sah seine Nichte fassungslos an. »Ich … äh … Es tut mir leid, was dir passiert ist … was uns allen passiert ist. Aber Tausende wachsen in dieser Stadt ohne Vater auf.«

»In Neapel gibt es keine messbare Zeit, Salvo. Es gibt keinen Tod und keine Zukunft. Nur das Hier und Jetzt, durchlöchert wie eine Sandburg aus Kinderträumen. Kapier endlich, dass sich unsere Familie im Kreis dreht wie die Maulesel auf der Plebiscito. Nach jeder Runde der gleiche Blick in dieselbe Stadt.«

Gaetano kippte sich das letzte Tröpfchen Rotwein aus der Flasche in den Mund. Plötzlich hatte Carla Tränen in den Augen.

»Manchmal träume ich das, Salvo. Dass wir alle auf diesen Mauleseln sitzen und im Kreis reiten. Du, Màmma, Michele, ich, Nonno, Nonna und Papà.« Mit dem Finger zog sie kreisförmige Spuren auf dem polierten Holztisch. Daneben schlief ihr Vater auf seinem Stuhl und schnarchte.

»Aniello ist längst runtergefallen, Carla.«

»Nein.« Sie schüttelte heftig den Kopf. »In meinem Traum sitzt Papà auf diesem Esel. Er führt die Reihe an. Mein Esel gehorcht ihm. Alle Esel.«

»Es ist nicht Aniello, der lenkt, Carla. Es ist der Esel, der stur seinen Weg geht. Dein Papà sitzt nur oben drauf.« Gaetano rutschte ganz nah an sie heran und legte ihr den Arm auf den Rücken. Es fühlte sich fremd an, und doch strömte von dort etwas zurück, was ihn hielt. Er spürte ihr Blut rauschen und wie sie atmete. Jetzt flossen ihre Tränen. »Dein Papà sitzt nur oben drauf, Carlina, aber es ist ein schöner Traum. Wenn du willst, möchte ich versuchen, daran zu glauben.«

Sie schluchzte und ergriff Aniellos Hand. »Papà wird irgendwann diesen Esel lenken, wenn wir aufhören, ihm eine verkrüppelte Zukunft anzudichten. Es steckt so viel Leben in ihm.«

»Aber kein Verstand, Carla.«

»Doch, doch, doch!« Sie wollte aufspringen, aber Gaetano hielt sie mit aller Kraft fest.

»Carla, du warst nicht dabei. In diesen Minuten, als ihm der Korken die Luft abpresste, als wir ihm dieses verdammte Loch in den Hals stießen, da floss das alles aus ihm heraus, nahm seinen Verstand mit, und …«

»Warum hast du ihn nicht aufgefangen?«, schrie sie. »Warum hast du seinen verdammten Verstand nicht aufgefangen! Du hättest ihn auffangen müssen!« Sie löste sich aus Gaetanos

Griff, stand auf und schlang die Arme um ihren schlafenden Vater.

Auf einmal schossen Gaetano Tränen in die Augen. Erst wandte er sich ab, dann trat er neben Aniellos Stuhl, legte sich Carlas Arm um seine Schultern und drängte sich in die Mitte zwischen die beiden. Auf seinen Wangen spürte er Tränen. Seine eigenen, die seiner Nichte und die seines Bruders.

# DOMENICA

# 34.

Auch am Freitag war Commissario Gaetano nicht zur Arbeit gegangen. Seine Krankheit hatte ihn ans Bett gefesselt. Er schlief, schwitzte oder starrte an die Decke. Die Gedanken stets bei Carla. Gaetano fühlte sich auf eine eigentümliche Art schuldig, als hätte er in der Osternacht zu viel vom Casatiello genascht und am nächsten Morgen der Nonna vor die Füße gespien. Doch Carlas Vorwürfe hatten auf keinen Kinderstreich abgezielt, sondern auf ein ganzes Leben.

Erst am Samstagvormittag, als ihm Pietro eine ellenlange Sprach-WhatsApp zum aktuellen Ermittlungsstand sendete, fanden die Gedanken an den Fall Gennaro allmählich wieder in sein Bewusstsein. Die Kollegen waren nicht vorangekommen. Im Gegenteil. Pavese hatte seinen Klienten Rafaele rausgehauen. Der kleine Mann war am Morgen entlassen worden. Weder er noch die Fuscos oder Mirabella wurden observiert, denn der Anwalt wusste das durch einen personalrechtlichen Kniff zu verhindern: Das Überstundenkonto der Mordkommission war so prall gefüllt, dass es jeden Augenblick in Gabrieles Büro explodieren konnte. Auch Mirabellas Vorladung war deshalb geplatzt. Immerhin hatte Pietro noch versucht, Paola, Mirabellas Freundin, zu befragen, aber die Nachbarn hatten ausgesagt, dass sie sie schon länger nicht mehr gesehen hätten.

Kraft, die Ermittlungen vom Krankenbett aus wieder anzutreiben, fand Gaetano nicht. Doch den ganzen Tag lang zerbrach er sich den schmerzenden, albtraumgeplagten Kopf über Capuanos Mörder.

Die Nacht zum Sonntag dauerte nur wenige Stunden, da riss ihn das Klingeln seines Cellulare aus einem unruhigen Schlaf. Noch während er nach dem surrenden Quälgeist tastete, wusste er, dass etwas Ernstes passiert sein musste. Sein erster Gedanke galt Carla, sein zweiter Aniello, und als er Emilias Stimme erkannte, begann sein Herz, wie wild gegen die Brust zu trommeln.

»Was ist … ist was mit Aniello?«

»Es ist Rafaele. Oben am Capodimonte.«

»Rafa…? Ich …« Gaetano fühlte kurz in seinen Körper. »Schick mir eine Streife!«

Zwanzig Minuten später chauffierte Beppa Bellucci Gaetano in einem Streifenwagen durch die ausgestorbene Stadt. Es war die Zeit noch vor dem ersten Morgengrauen, in der Neapel tatsächlich für wenige Augenblicke zur Ruhe kam. Hinter den Fenstern war es dunkel, und selbst die Laternen waren in den meisten Gassen, wo ein Trafo in der Hitze des Tages heiß gelaufen war, erloschen.

Gaetano ließ die Scheibe herunter und genoss die kalte Luft. Die Carabiniere schwieg beharrlich. Gaetano fragte sich, warum. Hatte sie etwas ausgefressen? Doch er ließ es auf sich beruhen. Neapel war wunderschön. Je höher sich der Streifenwagen auf den steil geschwungenen Serpentinen in das bewaldete Hinterland fraß, umso klarer zeichnete sich der tiefschwarze Golf am Horizont ab. Die Stadt schlief und schnarchte erschöpft.

Vor dem Museo di Capodimonte tauchte Emilia in den

Lichtkegeln des Streifenwagens auf. Das Gebäude hinter ihr schimmerte grau. Der Mond war dabei zu weichen und seinen Platz am Firmament den Vorboten der Sonne zu überlassen. Seine Kollegin wirkte wie eine Elfe, die jeden Augenblick in den dunklen Park huschen und erst zur nächsten Geisterstunde wieder auftauchen würde. Sie sah mitgenommen aus. Aber als Gaetano und Beppa aus dem Streifenwagen stiegen, nahm sie Haltung an.

»Warum haben sie dich geholt? Du musst dich schonen, Emilia.«

»Rafaele hat sich umgebracht.«

Gaetano zuckte zusammen. Er blieb stehen. In ihm wurde es finster. »Nein! Das kann nicht sein!«

»Er hat sich aufgehängt … Ich bring dich hin.«

Wortlos trotteten sie auf ausgetretenen Pfaden durch den dichten Wald des Parco di Capodimonte, während nach und nach die Dämmerung in die dunklen Nischen zwischen Büschen und Bäumen drang. Ab und zu hüpfte ein Hase in den Lichtkegel ihrer Taschenlampen, schweifte eine Eule geräuschlos über ihre Köpfe in die Baumkronen. Es roch nach Tau und aufgequollenen Piniennadeln. Wer genau hinhörte, konnte ahnen, dass unten in der Stadt das Centro Storico noch nicht für die Vespas freigegeben worden war.

»Warum sollte er sich umbringen?«, flüsterte Gaetano. »Er war noch nicht fertig. Solange Rafaele nicht wusste, wer Capuano umgebracht hat, war er noch nicht fertig. Es war sein Mord. Der knüpft sich nicht einfach auf, Emilia. Der nicht!«

»Hat er aber«, sagte sie trocken. Sie schien mit den Gedanken ganz woanders.

Gaetano blieb stehen und legte die Hand auf ihre Schulter. »Fahr nach Hause, Emilia, du musst nicht ...«

»Nein«, entgegnete sie. »Gib mir was zu tun, Salvatore, gib mir irgendwas zu tun.«

»O Gott, die Zwillinge, hast du ...«

»Oh, *pe ffurtùna*, nein.«

Gaetano seufzte erleichtert. »Was ist los?«

»*Famiglia, vero*?«, schoss es aus Beppa heraus. »Sobald die Brut in Sichtweite ist, drehen die zukünftigen Nonnas durch. Dann bist du für sie nur noch eine Gebärmaschine. Die verfolgen dich auf Schritt und Tritt. Meine Cousine hat sich kurz vor Schluss extra eine neue Telefonnummer ...«

»Beppa, halt die Klap...«

»Sie hat recht, Salvo. Meine Schwiegermutter treibt mich in den Wahnsinn. Was ich mache, ist verkehrt. Den ganzen Tag sperrt sie mich ein. Schlafen und essen muss ich. Sie führt sich auf wie ein Drache. Vor drei Wochen haben wir uns noch blendend verstanden.«

»Du darfst das nicht an dich ranlassen, Emilia«, erwiderte Gaetano, um auch etwas beizutragen.

»Und wie soll ich mich dann wehren?«

»Stell dir einfach vor, sie wäre dieselbe wie immer. Neapolitaner sind immer alles zugleich.«

Emilia starrte ihn mit offenem Mund an. Dann stapfte sie wütend weiter. »Da vorn ist es.«

Auf einem dämmrigen Plateau erhob sich die rot-gelb gestrichene Chiesa di San Gennaro, die versteckt zwischen Palmen, Pinien und Platanen ein Schattendasein abseits des Touristenstroms fristete. Selbst Ortskundige verliefen sich auf dem Weg hierher. Die Chiesa war winzig, glich eher einer Kapelle.

Es musste ewig her sein, dass Gaetano hier gewesen war. Vor dem hölzernen Portal parkten die Wagen der Spurensicherung, aber niemand von Davides Leuten war zu sehen. An einem Krankenwagen lehnte ein Jogger. Er war in eine Aludecke eingehüllt und kreidebleich im Gesicht. Ihm steckte eher ein Schreck als ein Marathon in den Knochen, dachte Gaetano.

»Hat er ihn gefunden?«

Emilia nickte.

Gaetano wandte sich an Beppa. »Monica, zeig, was du kannst.« Sie sah ihn ratlos an. Gaetano stöhnte. »Herrgott, Identität feststellen … fragen, ob er was beobachtet hat … das Übliche halt.«

Sie salutierte und stapfte davon.

»Ist es drinnen, Emilia?«, fragte er dann. »Suizid vor dem Altar. So viel Symbolik? Weil die Kirche einer falschen Ehe ihren Segen gab?«

»Nein.« Emilia ging an der Flanke der Kirche entlang, bis sie auf einer verwunschenen Lichtung aus ineinandergewachsenen Pinien standen, umringt von ehrfürchtig schweigenden Schneehasen, die ihre Taschenlampen schwenkten.

»Man sieht fast nichts, verdammt! Wo ist jetzt Rafaele?«

»Hier oben!«, krächzte eine Stimme, woraufhin wie auf Kommando eine Phalanx von Technikern ihre Taschenlampen in das Dickicht aus Zweigen richtete und den Chef der Spurensicherung in einem Strahlenkranz aus Lichtkegeln einfing. Davide saß auf einem Ast in circa fünf Metern Höhe. Unter ihm, an einem Schiffstau, hing Rafaele.

Es war windstill und der Kleinwüchsige schwebte wie ein zum Stehen gekommenes Pendel zwischen Himmel und Erde. Seine stämmigen Beine endeten gut einen Meter über dem Boden. Einer seiner Schuhe war ihm vom Fuß geglitten und lag etwas abseits neben einem vermoosten Baumstumpf. Gaetano griff Emilias Taschenlampe. Lange ließ er den neblig beigefarbenen Strahl auf dem Toten ruhen. Rafaele lächelte. Sein Gesicht zeigte nicht die zur Fratze verzerrte Maske, wie sie hängende Selbstmörder für gewöhnlich trugen. Er hatte sich auf seinen Tod gefreut, dachte Gaetano, und ihn mit jedem Quäntchen Sauerstoff, das ihm entschwand, dankbarer empfangen. Jetzt war er bei Anna. Traurig wandte er sich ab, suchte sich einen Baumstumpf und setzte sich.

Unmittelbar darauf kam Davide wie ein Koalabär den Baumstamm herabgerutscht. »Genug gesehen?«

»Warum lasst ihr ihn da so hängen?«

»Du willst doch immer einen Originalschauplatz, Salvatore.« Dann formte er aus den Händen einen Trichter und schrie in die Dunkelheit. »Es werde Licht!« Die Flutscheinwerfer donnerten in die Dämmerung. In weniger als drei Sekunden trugen alle Techniker Sonnenbrille. Davide zierte ein grünes Brillengestell, das sich unangenehm grell von seinem rosafarbenen Overall absetzte, den er für diesen Toten gewählt hatte.

»Schon was Handfestes?«

»Bin mir nicht sicher, aber vielleicht erlebst du gleich eine Überraschung«, flüsterte er geheimnisvoll und verschwand. Er war in seinem Element.

»Ich verstehe nicht, warum er das gemacht hat, Emilia.« Im hellen Licht sah seine Kollegin noch erschöpfter aus, als Gaetano befürchtet hatte. »Pavese hat einen Selbstmörder rausgehauen. Den Tod hat der schleimige Avvocato zu verantworten.«

»Rafaele verhielt sich nicht auffällig, Salvo. Er war sogar kooperativ. Hat zwei Tage lang Überwachungsvideos aus der Mordnacht angesehen. Giraudo ... ich meine, Gabriele hat am Ende grünes Licht gegeben. Gestern früh durfte er gehen.«

»Nicht auffällig, wie? Aber warum dann dieser Selbstmord? Rafaele war viel zu stolz, als dass er sich wegen Capuano umgebracht hätte.«

»Dann eben wegen Anna. Ich war ja beim Verhör nicht dabei, aber wenn ich Pietros Zusammenfassung richtig verstanden habe, hätte es diesen Mord an Capuano gar nicht geben dürfen. Rafaele sollte dafür sorgen, dass sich Capuano selbst vernichtet, und das hat er vermasselt, würde ich sagen.«

»Ich hätte Rafaele nicht so eingeschätzt.«

Mittlerweile hatte die Spurensicherung den Toten zu Boden gelassen und bereitete ihn für den Abtransport vor. Neben dem Leichnam lag ein Stück Seil. Es hatte eine tiefe Furche in Rafaeles Hals gegraben.

»*Allora, ragazzi*, Fehlalarm!«, triumphierte Davide.

»Was?«

»Kein Selbstmord!«

»Was? Was dann?«

»Ein Unfall, Rafaele war zum Bäumeschneiden hier.«

Gaetano sah ihn entgeistert an.

»Dummkopf!« Davide rückte seine Sonnenbrille zurecht. »Er ist ermordet worden.«

»Mord?«, flüsterte Gaetano.

»Es war wieder die Größe.«

»Hä?«

»Der Tote hängt zu weit oben. Mit dem Baumstumpf als Tritthilfe hätte er den Kopf niemals in die Schlinge gebracht. Dazu war Rafaele viel zu klein.«

»Bist du sicher?«

»Eindeutig. Der Mörder hat den Baumstumpf hindrapiert, um uns reinzulegen.«

»Aber wie hat er Rafaele da hochbekommen? Rafaele ist stämmig. Den hebt man nicht einfach so ein paar Meter in die Luft und balanciert seinen Kopf in eine Seilschlinge.«

»Ich tippe auf eine Art Seilzug. Seht ihr, wie weit weg der Schuh liegt? Das spricht dafür, dass er nicht einfach nur vom Fuß gerutscht ist. Rafaele wurde mit dem Kopf in der Schlinge nach oben gezogen. Dabei geriet er ins Schlingern und die Schleuderwirkung hat seinen Schuh in die Prärie gepfeffert. Aber da ist noch etwas, kommt mit!« Davide führte sie zu einer großen Asservatentasche. Dann zog er wie ein Schlangenbeschwörer Stück für Stück das Tau heraus. »Seht ihr? Überall dunkle Wetzspuren. Das ist Moos und Rinde. Und auf dem Ast habe ich deutliche Abriebspuren entdeckt. Der Mörder hat Rafaele die Schlinge um den Hals gelegt, das Ende des Seils über den Ast geworfen und den Toten dann wie an einem Flaschenzug in die Höhe gezerrt.«

»Der hat Nerven, das ist hier ein öffentlicher Park«, staunte Emilia.

»War er schon tot, bevor er aufgeknüpft wurde?«

»Zumindest bewusstlos, schätze ich. Die Fingerkuppen weisen keine Quetschungen auf, Rafaele hat also nicht versucht, sich die Schlinge vom Hals zu schieben.« Davide ging zum Leichnam zurück und krempelte Rafaeles Jackenkragen zur Seite. »Hier im Nacken hab ich eine Einstichstelle gefunden. Vielleicht haben wir Glück und können diesmal eine Substanz nachweisen.«

»Du tippst auf die gleiche Methode wie bei Capuano? Erst sedieren und dann ermorden?«

»Ja, wahrscheinlich ist es beim Turiner ähnlich abgelaufen. Aber durch das Ausbluten wurde das Betäubungsmittel vollständig aus dem Körper geschwemmt. Wenn die Einstichstelle auch bei Capuano im Nacken lag, dann ist klar, warum wir sie nicht gefunden haben.«

Gaetano kratzte sich nachdenklich am Kinn. »Könnte eine Frau Rafaele hochgezogen haben? Ich meine, kräftemäßig?«

»*Allora*, das Gewicht halbiert sich durch die Seilzugtechnik, aber dreißig oder fünfunddreißig Kilo werden es schon gewesen sein. Ungewöhnlich, aber natürlich möglich.«

Vor Gaetanos innerem Auge erschienen Mirabellas durchtrainierte Oberarme. »Sie wird eingerissene Handflächen haben«, murmelte er.

Emilia hob den Zeigefinger. »Er oder sie wird Handschuhe getragen haben. Und Mirabella ist Stand jetzt sauber. Danilo hat ihr Umfeld überprüft, während du krank warst. Keine Verbindung zu Rafaele. Rein gar nichts.«

»Was wollte Rafaele hier? Sie müssen sich verabredet haben.«

»Wer?«, fragte Emilia.

»Ruf mal auf der Station im Hospiz an, auf der Rafaele arbeitet. Frag nach, ob er eigentlich Nachtdienst gehabt hätte … ob er vielleicht mit einem Kollegen getauscht hat. Und wenn ja, wann die Dienstpläne geändert wurden.«

Emilia bekam den Pfleger mit der Teerlunge an den Apparat. Sein Husten schälte sich durch das Zirpen der Grillen, das bereits eingesetzt hatte. Zwischendurch tutete eine Alarmglocke. Das Gespräch dauerte nur wenige Augenblicke.

»Du hattest recht, Salvo. Rafaele hat tatsächlich den Dienst für diese Nacht getauscht. Und zwar am Samstagmorgen. Der Pfleger erinnert sich, weil Rafaele gerade anrief, als er seine Nachtschicht beendet hatte und nach Hause wollte.«

»Und Samstagmorgen war es auch, als ihr Rafaele aus der U-Haft entlassen habt.« Gaetano sah sie auffordernd an.

Sie verschränkte die Arme. »Ja.«

»Dann hat Rafaele gleich nach seiner Entlassung diese Verabredung organisiert. Und Mirabella konnte sich einen Tag lang auf diesen Mord hier oben vorbereiten. Rafaele hat sich mit seiner Mörderin verabredet.«

»Hörst du mir nicht zu? Es gibt keine Verbindung. Niemand hat Mirabella in der Stadt gesehen. Und das wird auch so bleiben. Pavese hat sie abgeschottet.«

»*Ma che cazzo*, wir müssen wenigstens an diese Freundin ran, diese … Paola? Vielleicht weiß die was?«

»Pietro hat …«

»Ich weiß. Er hat's versucht. Pietro hat mich informiert. Niemand weiß, wo Paola steckt.«

»Die wird schon wieder zurück in Mailand sein.«

Gaetano runzelte verwirrt die Augenbrauen. »Wie, in Mailand? Die studiert doch hier.«

»Also ein Nachbar hat ausgesagt, die hätte in Neapel nur so eine Art Praktikum gemacht. Hat dir das Pietro nicht mitgeteilt?«

»Sie ist keine Neapolitanerin? Mirabella hat mir erzählt, Paola sei ihre Grundschulfreundin.«

Emilia zuckte mit den Schultern. »Mag ja sein. Aber jetzt lebt sie in Mailand. War in Neapel nur für dieses Klinikpraktikum.«

»Klinik?« Gaetano hielt die Luft an.

»Ja, wieso, was ist de… Scheiße!« Emilia zog eilig ihr Cellulare aus der Tasche.

Gaetano sah irritiert zu. »Was tust du?«

Emilia sah sich um und flüsterte. »Die Kollegen haben in Paolas Wohnung alle möglichen Dokumente fotografiert … also inoffiziell, meine ich. Vielleicht gibt es einen Arbeitsvertrag oder so was.« Hektisch durchscrollte sie die abgespeicherten Dateien. Es dauerte eine Ewigkeit. Plötzlich schrie sie: »Verdammt, es ist Belchiron, Capuanos Klinik!«

»Und das erfahren wir erst jetzt?«

»Wir hatten noch keine Zeit, die ganzen Scans zu …«

»Dann hat Paola Capuano endgültig ans Messer geliefert. Sie hat mitbekommen, was er in der Klinik trieb, und es Mirabella gesteckt. Und dann nahm es seinen Gang.« Er wirbelte herum. »Davide, filze das ganze Dickicht! Hinter irgendeinem Busch muss Mirabella Rafaele aufgelauert haben. Was hatte er bei sich?«

»Das Übliche. Wohnungsschlüssel, Busfahrkarte, Notizzettel …«

»Was für Notizzettel?«

»*Dio*, Einkaufszettel, Papierschnipsel, was man halt so mit sich herumschleppt.«

»Zeig mal.«

Davide ging zu einer Aufbewahrungsbox, holte einen

Asservatenbeutel heraus und reichte ihn Gaetano zusammen mit ein paar Einmalhandschuhen.

Vorsichtig zog Gaetano die Zettel heraus. Plötzlich lachte er. Erst zaghaft, dann immer lauter.

»Was ist so komisch, zum Teufel?« Davide sah ihn verständnislos an.

Gaetano faltete ein braunes Papier auseinander und reichte es ihm. »Was liest du?«

»Prosciutto, Melanzane, Form…«

»Ich meine die Rückseite. Die gedruckten Wörter.«

»*FRUTTA FRESCA FREDO.*«

»Bitte noch mal laut und deutlich!«

»*FRUTTA FRESCA FREDO*, verdammt. Was willst du überhaupt?«

Gaetano prustete. »Und, riecht es noch nach Pfirsichen?«

»Hä?«

»Klärst du uns auf, Salvo?« Emilia nahm Davide das Papier aus der Hand.

Gaetano konnte kaum sprechen vor Herzklopfen. »Also, *mio Dio*, das ist ein Stück von einer Obsttüte. Er war da. Rafaele war vor dem Haus, in dem Mirabella wohnt. Dort verkauft Fredo sein gammliges Obst. Und bestimmt haben sie sich dort getroffen.«

»Salvo«, Emilia lächelte ihn an, »das beweist gar nichts. Rafaele kann wer weiß wann bei Fredo eingekauft haben. Nur, weil er mal vor dem Haus stand, muss er sich nicht …«

»Such weiter, Davide. Mit wem hat Rafaele zuletzt telefoniert?«

»Wir haben kein Cellulare bei ihm gefunden.«

»Kein Cellulare?«

»Nein.«

»Sie hat es mitgehen lassen.« Gaetano sah sich nervös um und begann, das Unkraut mit den Füßen zu durchfurchen. »Ich bin ganz nah dran.«

»Chef, kommst du mal?«, hallte es im Hintergrund.

Gaetano drehte sich um. Ein Spurensicherer kniete auf dem Boden und fummelte am Hosenbund des Toten herum. Davide kam ihm zu Hilfe.

»Salvatore, sieh dir das an.«

Gaetano hätte taub sein müssen, um nicht das Heureka in Davides Stimme zu hören. Im nächsten Augenblick zog der Spurensicherer ein schwarzes Kästchen aus einem eingenähten Geheimfach in Rafaeles Schritt. Es war ein Cellulare, ein Billigteil aus dem Supermarkt.

»Schnell, Davide, mit wem hat Rafaele als Letztes telefoniert!«

Der Spurensicherer drückte ein paar Tasten und verzog dann sauer den Mund. »Pin-geschützt. Ich fahre in die Questura und knacke es dir. In einer Stunde wissen wir ...«

»Hier geblieben.« Gaetano riss ihm das Cellulare aus der Hand. »Wir haben drei Versuche. Emilia, streng dein Hirn an!«

Sie griff sich an den Kopf. »Das Miracolo, versuch's mit dem 19. September, das ist ...«

»Ich weiß, was das ist.« Gaetano tippte. »*Allora* ... 1909 ... falsch, nächster Versuch!« Seine Hände wurden schwitzig. Er hatte Mühe, das Cellulare festzuhalten. Sie zitterten.

»Hm, dann vielleicht die Ziffernfolge für ›Anna‹, also wenn du die Buchstaben auf einem Ziffernblock eintippst ... äh ...« Emilia schloss kurz die Augen »2662.«

»*Allora* … 2662 … Mist, wieder falsch!« Wütend kniff Gaetano die Augen zusammen. Schweiß trat ihm auf die Stirn. »Wie lautet Annas Geburtsdatum, oder nein, ihr Todestag? Sag schon, wann war ihr Todestag?«

»Puh, da muss ich nachschauen.«

»Dann sieh nach, verdammt!«.

Emilia zuckte zusammen und nahm ihr Cellulare. Konzentriert starrte sie aufs Display. Sekundenlang. »Hier, 15. September 2013.«

»1-5-0-9 also.« In Zeitlupentempo tippte Gaetano die Ziffern ein. Alle um ihn herum hielten die Luft an. »*Porca puttana*! Es hat funktioniert.« Er drückte auf *Letzte Anrufe*. Hastig zählte er die Ziffern der angezeigten Telefonnummer. »Zehnstellig. Mirabella, jetzt musst du mir was erklären. Emilia, komm.« Er trabte los. Emilia heftete sich ihm an die Fersen.

»Salvo, das heißt doch nur, dass sie Kontakt hatten. Na und? Rafaele wird ihr mitgeteilt haben, dass er unschuldig ist … und frei. Das macht Mirabella nicht verdächtig.«

Gaetano drückte wie wild auf dem Cellulare herum, während er durch das Dickicht stolperte. »Da haben wir's. Rafaele hat Samstag um 8 Uhr 23 mit ihr telefoniert. Und kurz darauf ruft er im Pflegeheim an, um den Dienst für letzte Nacht zu tauschen. Er hat sich mit ihr hier verabredet.«

»Woher hatte er so schnell Mirabellas Nummer?«

»Ist doch klar. Sie haben die ganze Zeit über gemeinsame Sache gemacht.« Er hielt ihr das Cellulare vor die Nase. »Und das hier ist doch nur ein Billigteil … ein Zweithandy, das er sich extra angeschafft hat. Sein eigentliches hat ihm Mirabella abgenommen, weil sie glaubte, damit Spuren zu verwischen.«

»Und da geht er das Risiko ein und trifft sich kurz nach seiner Freilassung mit seiner Komplizin? Unwahrscheinlich. Warum so schnell?«

Gaetano schloss die Augen. Er suchte nach dem Teilchen, das ihm fehlte. »Er hat die Videos aus der Tatnacht angesehen, *vero*?«

»Ja, und?«

»Er muss Mirabella erkannt haben. In einer dieser Aufnahmen. Dadurch wusste er, dass sie am Tatort war und ihren Vater umgebracht hat. Nicht er hat gegen Annas Regeln verstoßen. Mirabella war es. Rafaele hat sie des Mordes überführt. Und jetzt wollte er sie zur Rede stellen. Wissen, wie es abgelaufen ist. Von ihr hören, wie sein Erzfeind gestorben ist.«

»Wir haben keinen Beweis, Salvo. Nur diese Obsttüte und den Anruf. Lass uns die Videos ansehen. Wenn Mirabella drauf ist, nehmen wir sie fest.«

»Nein. Ich fahr da jetzt hin.«

# 35.

Eine knappe Stunde später bogen sie auf den Feldweg ein, der zur Fusco-Farm führte. Emanueles Vespa lag noch immer dort im Gras. Auf Höhe des Unfallorts bat Gaetano Emilia anzuhalten, stieg aus und instruierte Beppa Bellucci hinter ihnen, ihren Streifenwagen querzustellen, um den Fluchtweg zu blockieren. Mirabella war unberechenbar. Nicht zuletzt deshalb hatte Emilia während der Fahrt bis zuletzt versucht, ihn von der Vernehmung abzuhalten.

»Bisher hast du bei ihr immer auf Granit gebissen«, sagte sie durch das geöffnete Fahrerfenster, als er zurück an ihrem Wagen war. »Warum sollte sie dir jetzt etwas erzählen? Wenn wir sie auf den Videos entdecken, haben wir sie doch. Lass uns umkehren. Noch haben sie uns nicht entdeckt.«

Gaetano ließ das Muhen eines Büffels verklingen, der ihn von der Weide aus begrüßte. »Fahr in den Hof und mach das Blaulicht an. Dann gib mir dreißig Minuten. Wenn ich dann nicht zurück bin, kommst du zum Farmhaus, klopfst und sagst, du müsstest dringend mit mir sprechen. Sag, die Spurensicherung habe neues Material.«

»Was soll ich?«

»Mach's einfach.« Gaetano stiefelte Richtung Farm. Emilias Wagen tuckerte langsam hinterher.

Es windete. In seiner Hand flatterte der Plastikbeutel, darin die Tüte aus Fredos Obststand. Er nahm sie heraus.

Das Farmhaus lag grau-beige unter dem morgendlichen Wolkenhimmel. Ein leichter Nieselregen ging. Der Boden roch feucht und würzig. Gaetano stieß das Tor auf.

Es dauerte nicht lange, bis man ihn entdeckte. Zuerst trat Samuele in verdrecktem Overall in den Türstock. Dann erschien Mirabella und legte ihrem Großvater sanft die Hand auf die Schulter. Sie trug denselben Morgenmantel wie damals in der Wohnung ihrer Freundin. Die zerzausten, braunen Locken bewegten sich leicht im Wind. Als sie langsam auf ihn zu ging, fühlte sich Gaetano wie eingefangen. An Mirabellas Wimpern klebten ein paar Schlafkrümel, und die Oberlippe war von einer dünnen, angetrockneten Schicht aus Salz und Spucke überzogen. Der Nieselregen benetzte ihren Mund mit millimetergroßen Tröpfchen. Noch bevor Gaetano etwas sagen konnte, verzogen sich Mirabellas Lippen zu einem spöttischen Strich. Dabei streifte ihr Blick die Papiertüte.

»Sie lernen es nie, Commissario. Sind Sie gekommen, um sich von mir wieder mit billigen Pfirsichen bewerfen zu lassen?«

Er lächelte. Sie hatte sofort erkannt, woher die Tüte stammte. »Gehen wir ins Haus. Ich habe etwas anderes dabei als Pfirsiche.«

»Ich bin ja so gespannt, Commissario.« Sie drehte sich um und schwebte geräuschlos fort. Sie war barfuß.

In der Bauernstube schloss sie die Tür hinter ihm und zog einen der schweren Holzstühle unter dem Tisch hervor. Dann deutete sie mit dem Finger darauf. Gaetano setzte sich.

»Espresso bekommen Sie heute keinen, Sie fangen ja doch

nur wieder an, mich zu begaffen.« Vielsagend grinste sie und verschränkte die Arme vor der Brust.

Gaetano sah an ihr vorbei. »Sie haben die Tüte wiedererkannt, Signorina?«

»Wollen Sie mich testen?«, spottete sie. »Vor Paolas Haus verkauft jemand, der Fredo heißt, schlechtes Obst, na und?« Jetzt nahm sie sich doch einen Stuhl und setzte sich ans andere Ende des dunklen Holztisches. Wie ein Königspaar, dachte Gaetano.

»Fredo hat nur einen einzigen Obststand in ganz Neapel, ich habe es überprüft«, log Gaetano. »Jeder, der im Besitz einer solchen Tüte ist, muss sich also einmal vor dem Haus Ihrer Freundin aufgehalten haben, *vero*?«

»Sie langweilen mich.« Mirabella begann, mit dem Finger Brotkrümel auf dem Tisch hin und her zu schieben.

»Rafaele, die Jugendliebe Ihrer Mutter, ihr Pfleger, was Sie wollen, er wurde ermordet.«

Abrupt hörte sie mit der Krümelschieberei auf und hielt die Luft an. Auf ihrer Stirn pochte eine Ader.

»Er wurde erdrosselt, als er mit dem Mörder Ihres Vaters sprechen wollte. Er muss ihn in einem der Videos aus der Tatnacht wiedererkannt haben, die wir ihm gezeigt haben. Wahrscheinlich hatte er nichts Böses im Sinn. Nur die Wahrheit wollte er wissen … über den Mord, der eigentlich sein Werk hätte sein sollen.«

»Rafaeles Tod berührt mich.« Ihre Stimme zitterte. »Er stand meiner Mutter so nahe wie ich. Und er hat etwas getan, wofür ich ihm gern gedankt hätte.« Sie war den Tränen nahe. »Hätte er sich mir offenbart … Wir hätten ihn nicht zurückgewiesen … Wir hätten zu ihm gestanden.« Das Zittern war sturer Monotonie gewichen. Gaetano spürte, dass das, was sie erzählte, einer auferlegten Hülle entsprang. Mirabella war selbst nicht überzeugt von ihrer Lüge.

»Die Sache mit der Erpressung wurde ihm eingeredet, bis er dafür brannte. Jemand hat ihn angestachelt, doch als Capuano am Leben blieb, fand Ihr Vater durch eine andere Hand den Tod.«

Mirabella saß starr da wie eine Statue.

»Sie haben Rafaeles Hass neu entflammt, Mirabella. Sie wollten ihn zu Ihrem Mordwerkzeug machen, doch Rafaele gehorchte Ihnen nicht. Die leise Stimme, der er folgte, kam aus dem Grab Ihrer Mutter. Und sie flüsterte: kein Mord. Doch dann war Ihr Vater plötzlich tot. Sie haben gegen die Abmachung verstoßen, gegen den Willen Ihrer Mutter gehandelt. Und nun wollte Rafaele Sie zur Rede stellen.«

»Hauen Sie ab, gehen Sie.«

Gaetano schlug auf den Tisch. »Aus Ihrem Mund will ich es hören, dass Sie Rafaele benutzt haben. Missbraucht wie einen Maulesel, der Sie auf den Vesuv schleppt. Benutzt und weggeworfen, als er versagte.«

Sie sprang hoch und riss die Tür auf. »Rafaele wollte Capuanos Tod und hat ihn bekommen.« Sie wischte sich eilig die Tränen aus dem Gesicht.

»Rafaele war bei Ihnen.« Gaetano griff sich die Obsttüte vom Tisch. »Die hier haben wir bei ihm gefunden.«

»Und deshalb fahren Sie hier raus? Ist ja lächerlich! Verschwinden Sie, oder ich rufe Dottore Pavese.«

»Das sollten Sie auch.«

Unsicher trat Mirabella von einem Bein auf das andere. Dann stürmte sie wie eine Furie hinaus und kehrte wenige

Sekunden später mit ihrem Cellulare zurück. Wie ein gezücktes Kreuz hielt sie es vor sich. »Ich zähle bis drei. Wenn Sie dann nicht verschwunden sind, rufe ich Dottore Pavese. Der macht Ihnen die Hölle heiß.«

Gaetano blieb reglos sitzen. Die rechte Hand hatte er in seiner Jackentasche vergraben. Sein Daumen ruhte auf Rafaeles Cellulare.

»Eins … zwei …«

Noch bevor Mirabella »drei« sagen konnte, klingelte es. Verdutzt sah sie auf ihr Telefon. Erst wurde sie kreidebleich, dann setzte sie ein Lächeln auf. »Spielen Sie neuerdings Poltergeist, Commissario? Glauben Sie, der Anruf eines Toten erschreckt mich? Ich bin Neapolitanerin, ich bitte Sie! Rafaele ist nicht der erste Tote, mit dem ich spreche.«

»Sie haben die Nummer also erkannt?«, sagte Gaetano scharf.

Mirabella ließ ihn auf das Display ihres Cellulare sehen. »Ich habe seine Nummer sogar eingespeichert, sehen Sie? Was wollen Sie eigentlich? *Vabbè*, ich gebe es zu. Rafaele hat mich gestern angerufen. Sind Sie jetzt zufrieden? Vielleicht bin ich rangegangen, vielleicht auch nicht. Welche Version ist Ihnen lieber?«

»Hören Sie auf, sich zu verstecken«, schrie Gaetano plötzlich, dass Mirabella zusammenzuckte. »Sie haben zwei Menschen ermordet. Ihre Mutter hätte keinen einzigen Toten gebilligt. Annas Anklage wird Sie bis ans Lebensende verfolgen. Und ich werde es auch tun. Ich werde Sie auf diesen Videos finden. Die glückliche Zukunft, die Sie sich von diesem Mord erhofft haben, ist vorbei, Mirabella. Sie sind ein gefallener Engel, auch wenn Ihr Niedergang die unzähligen Mädchen rächt, die Ihr Vater missbraucht hat.«

Erst starrte sie ihn an, dann fing sie wieder an zu weinen. Eine Träne nach der anderen rann ihr über das Gesicht und tropfte zu Boden.

Auf einmal ging die Tür auf und Emilia erschien.

»Salvatore, ich muss dich sprechen. Die Spurensicherung hat angerufen.«

Gaetano stand auf und folgte seiner Kollegin in den Flur. Die Tür ließ er nur angelehnt. Wenige Sekunden später sagte er so laut, dass Mirabella es hören musste: »*Va bene*, Emilia, dann schick sofort die volle Besetzung zu Capuanos Wohnung. Lass sie festnehmen. Sie darf uns nicht entwischen.« Dann nickte er seiner Kollegin zu und ging zurück in die Stube.

Mirabella sah ihn unsicher an.

»Glück gehabt, Mirabella. Ein anderer gefallener Engel hat Ihren Job erledigt.«

Mirabella begann, heftig zu schnaufen.

»Die Spurensicherung hat Francescas DNA am Glied Ihres Vaters identifiziert. Jetzt wissen wir, dass sie am Mordtag bei ihm war. Sie hat sich für die Erniedrigung gerächt.«

Mirabella fing an zu hyperventilieren. »Frances… Sie … das glauben Sie doch nicht.«

»Was ich glaube, ist einerlei. Die Kollegen sind schon unterwegs zu ihr. Man wird sie verhaften und abführen. Francesca hat keine Zukunft mehr, ob sie es nun gewesen ist oder nicht. Bis ich Sie auf den Videos gefunden habe, Mirabella, wird Francescas Leben ein anderes sein. Sie wird …«

Plötzlich sank Mirabella in die Knie, immer tiefer, bis sie zur Seite sackte und nach wenigen Sekunden auf dem Fußboden lag. Sie fand nicht einmal mehr die Kraft zu weinen. Dann kam ein Klageschrei: »*Non è vero!*«

Der Brief, den Mirabella ihm aushändigte, nachdem sie Minuten später zu Sinnen kam, trug das Datum des dreizehnten September 2013. Anna hatte ihn zwei Tage vor ihrem Selbstmord verfasst und Rafaele gebeten, ihn Mirabella zu übergeben.

Gaetano legte ihn vor sich auf den Esstisch neben Fredos Obsttüte. Die Schrift war krakelig. Ihn schauderte. *Cara Mira, ich war nicht stark genug. Doch du besitzt die Kraft, Ianus zu läutern. Gebiete ihm Einhalt – und wenn es bedeutet, dass ihn dein Licht in den Tod treibt.*

Mirabella hatte im Auftrag ihrer Mutter gehandelt, als sie beschloss, zusammen mit Rafaele den Suizid ihres Vaters zu provozieren. Capuano sollte ausgeschaltet werden, wenn er nur daran dachte, noch einmal eine Familie zu gründen.

Es war Zufall gewesen, dass Paola gerade in Capuanos Schönheitsklinik einen Praktikumsplatz bekommen hatte. Und schnell hatte sie von den schlüpfrigen Gerüchten erfahren. Capuanos Umgang mit den Studienteilnehmerinnen war dort ebenso ein offenes Geheimnis gewesen wie die anstehende Hochzeit mit seiner viel jüngeren Turiner Verlobten. Als Paola ihrer Jugendfreundin und jetzigen Kommilitonin Mirabella von all dem berichtet hatte, hatte die sich entschlossen, umgehend zu handeln. Rafaele und sie hatten sich nur ein einziges Mal getroffen, vor einigen Wochen. Doch schon als sie den bubenhaften Mann mit der verworrenen Seele vor sich gesehen hatte, hatte sie gewusst, dass er zu schwach war, einen Menschen wie Ianus Capuano zu richten – aber eventuell stark genug, ihren eigenen Mord für immer in sich einzuschließen.

»Rafaele hätte sich nie dem Willen meiner Mutter widersetzt«, flüsterte Mirabella. Sie saß Gaetano gegenüber am Holztisch und hatte ihre gewohnt aufrechte Haltung eingenommen.

»Sie haben ihm sein Lebenswerk gestohlen.«

»Ich habe es vollendet. Der Plan meiner Mutter ging nicht auf: Ianus hatte Angst, aber er hätte nie aufgehört.« Plötzlich lächelte sie. »Meine Mutter konnte zaubern. Aber Ianus war immun gegen neapolitanische Hexerei.«

»Und da haben Sie den Zauberstab gegen ein Messer getauscht.«

»Es war ganz einfach. Ich kam mit dem Nachtzug. Dann bin ich Ianus bis zum Polizeipräsidium gefolgt. Während er bei Ihnen im Büro saß, bin ich in seine Wohnung. Im Zimmer meiner Mutter habe ich mich ins Bett gelegt und gewartet. Ich wusste, dass er erst abends nach Turin fliegen würde. Ianus änderte nie seine Gewohnheiten. Nachmittags klingelte ein Mädchen. Sie sprachen über Geld. Dann verließen sie die Wohnung. Kurz darauf kam er zurück. Als …«

»Allein? Ohne das Mädchen?«

»W… wieso fragen Sie?«

»Das Geld auf dem Esstisch … es war für das Mädchen, *vero*? Sie hat es nicht abgeholt.« Gaetano schloss die Augen. Hatte Capuano nicht bezahlt oder war Francesca nicht käuflich? Hinter seinen Lidern pochte es. Er nahm sich ein Glas von der Mitte des Esstisches, schenkte sich Wasser ein und schluckte eine Baldriantablette. Dann bat er Mirabella, fortzufahren. Sie sah ihn unsicher an.

»Als die Feuerwehr im Haus war, bin ich durch Mamas Tür direkt ins Esszimmer. Dort stand er mit dem Rücken zu mir.

Noch bevor er mich bemerkte, stach ich ihm die Spritze in den Nacken. Er sank auf den Stuhl.« Mirabella schloss die Augen.

»Was haben Sie ihm gespritzt?«

»Selfmade, Commissario. Sie haben ja nicht raten wollen, was ich studiere.« Sie führte die Hand zu einer Haarlocke und zog daran. »Ich hätte Sie so gern angelogen.«

Gaetano verzog den Mund.

»Im Medizinstudium kommt Pharmazie schon im ersten Semester. Ich war Jahrgangsbeste.«

»Und dann haben Sie …« Gaetano sah zu Boden.

»Wissen Sie, was mich wirklich stört? Ich empfand nichts dabei. Keine einzige Sekunde. Nicht einmal Hass. Nur Ekel, als das Blut mich anspritzte.«

»Die Sachen …«

»Schutzkleidung … aus dem OP … längst auf dem Meeresgrund. Ich beseitigte die Spuren im Sterbezimmer meiner Mutter, zog mich um, ging hinaus, als die Feuerwehr weg war, und spazierte zum Hafen. Alles ganz einfach.«

Gaetano schwieg. Nach einigen Sekunden sagte er: »Sie waren sehr gründlich. Wir haben keine Fasern oder DNA von Ihnen entdeckt.«

Mirabella zuckte mit den Schultern. »Wie man klinisch rein arbeitet, weiß ich.«

»Und der Minutenzeiger? Warum …«

»Die Zeit heilt alle Wunden. Die meines Vaters lief ab. Meine begann.«

»Warum diese Inszenierung mit dem Ofen?«

»Rafaeles Wunschtraum. Er hat mir mal erzählt, dass er es so machen würde, wenn er dürfte. Wenn Mama ihm erlaubt hätte, Ianus zu töten, hätte er ihm den Kopf abgerissen und in den Ofen gesteckt.«

»Dann hat er ja doch noch seinen Willen bekommen.« Gaetano hielt einen Augenblick inne. »Wenn Ianus nicht gekommen wäre, wäre Rafaele vielleicht Ihr Vater, Mirabella.«

»Sein Tod ist das einzig Tragische an dieser Geschichte.« Sie sah ihn lange an. Er spürte das Aufrichtige in ihrem Blick.

»Sie werden immer damit leben müssen, was Sie getan haben. Wieso Sie Capuano aus dem Weg geräumt haben, das versteht ganz Neapel. Aber Rafaele hätte es verdient gehabt zu leben, und er war immer an Ihrer Seite. An ihm haben Sie sich schwer versündigt.«

»Ja, und die Trauer darüber wird Teil meiner Zukunft sein.« Sie lächelte ihn an. »Kennen Sie das, Commissario? Dass Sie das Glück in den Händen halten und im selben Augenblick die Last der Vergangenheit spüren, die daran klebt?«

Gaetano sah traurig zu Boden.

»Als mich Rafaele nach seiner Freilassung anrief, musste ich handeln. Sein Seelenleben war unberechenbar. Bei ihm hatte ich mich verzockt. Dass er gegen Màmmas Willen verstoßen und sich zum Mord hatte hinreißen lassen, hätte er wahrscheinlich noch verkraftet. Aber dann kam dieser Artikel, in dem ihn die Presse im Namen des neapolitanischen Volkes dafür feierte. Schön garniert mit ekligen Details aus dem Polizeibericht über Ianus' Schweinereien.« Mirabella stand auf, verließ den Raum und kam mit einem zerknüllten Zeitungsbogen zurück. »Den Artikel hatte er auf dem Capodimonte bei sich.« Sie faltete das Papier auf und legte es vor Gaetano auf den Tisch.

Er tat, als ob er las, dabei hatte sich das Schmachstück schon neulich in Davides Hexenküche in sein Hirn eingebrannt. Plötzlich kam ihm ein böser Verdacht, wer der Maulwurf in der Questura sein könnte. Er ballte die Fäuste.

»Eklig, *vero*?«, zischte Mirabella. Dann fuhr sie ungerührt fort. »Rafaele wollte nicht Neapels Retter sein. Die Stadt war ihm zuwider. Er wollte es für Màmma getan haben. Also ließ er sich mit Ambrosios Hilfe auf dem Poggioreale verhaften ... um seine wahren Motive zu rechtfertigen. Nur, dass ihm in der Questura plötzlich klar wurde, dass er nicht einmal der Mörder war. Dann entdeckte er mich auf den Videos. Er wollte mit mir über den Mord sprechen. Ich habe ihn selten so rational erlebt. Und das machte mir Angst. Er wollte, dass ich mich stelle. Dass mich jemand dafür bestraft, dass ich gegen den Willen meiner Mutter gehandelt hatte. Irgendwann hätte er mich verraten. Und dann hätte Ianus auch mein Leben vernichtet.« Lange schwieg sie. Gaetano tat es ihr gleich. Was Capuano und Rafaele nicht vollbracht hatten, war nun an ihm: Mirabellas Leben zu vernichten. »Rafaele ist jetzt bei Màmma«, flüsterte sie unvermittelt. Dann stand sie auf. »Sie müssen mich jetzt mitnehmen, *vero*?«

Gaetano blieb sitzen und starrte vor sich hin. »Holen wir Ihren Pass.« Er erhob sich.

Nachdem er Mirabella ins Gästezimmer begleitet und ihren Pass entgegengenommen hatte, sagte er, während er an ihr vorbeisah: »Sie dürfen bis morgen bei Ihrer Familie bleiben. Und kommen Sie nicht auf die Idee, sich von Pavese einen gefälschten Pass besorgen zu lassen und zu türmen.« Dann ging er wortlos hinaus.

Emilia fläzte bei heruntergelassener Scheibe in ihrem Dienstwagen und tippte auf ihrem Cellulare herum. Als sie Gaetano neben der Fahrertür bemerkte, hob sie den Blick. Er bedeutete ihr zu warten, und stapfte dann Richtung Feldweg.

Bellucci lehnte gegen die Motorhaube des Streifenwagens und beobachtete das Terrain vor sich. Gaetano musste lächeln. Die Carabiniere Beppa und die Commissaria Emilia ähnelten sich. Beide Frauen hatten ihren eigenen Kopf, und das war gut so. Aber Bellucci musste erst noch lernen, ihn richtig zu benutzen.

Er baute sich breitbeinig vor ihr auf. »Fahr in die Questura, Beppa, und schreib einen Bericht über deine Befragung des Joggers vom Capodimonte. Den stellst du dann umgehend auf den Polizeiserver.« Sie salutierte und stiefelte zur Fahrertür. »Hier geblieben, verdammt«, schrie Gaetano, dass sie zusammenfuhr. In Zeitlupentempo kam sie zu ihm zurück. »Die Zugangsdaten zum Server, die ich dir vor ein paar Tagen genannt habe, die hast du doch wieder vergessen, *vero*?«

Sie senkte den Kopf. »Ich … *Allora*, d… das mit dem Spusibericht, das war ich nicht, ehrlich.«

»Erzähl mir doch nichts!«, schnaubte Gaetano.

»Es war Lucia, meine kleine Schwester. Ich hab nur ab und zu die Ermittlungsergebnisse verfolgt … Ich meine … es war doch mein erster richtiger Fall … und da …« Sie sah ihn reumütig an. »Es tut mir leid, Commissario. Lucia hat sich mein Notebook geschnappt, während ich für Sie … Privatsheriff gespielt habe. Sie war es, die den Bericht an die Presse verhökert hat.«

Eine Weile standen sie sich schweigend gegenüber. Gaetano sah in den Himmel. Er musste eine Entscheidung treffen.

Aber wenn er Beppa oder ihre Schwester auffliegen ließe, war er selbst dran. Er hatte schließlich die Zugangsdaten ausgeplaudert.

»Was passiert jetzt mit mir, Commissario?«

Gaetano blickte sich verstohlen um und rückte dann ganz nah an Beppa heran. »Ich will nicht wissen, wie viel deine Schwester für den Bericht bekommen hat. Aber das Geld können andere besser gebrauchen. Du steckst es in einen Umschlag und gibst es Francesca Miglio. Sie wohnt in der ...«

»Das ist die mit den Nachhilfestunden, *vero*?«

Gaetano stutzte. »Woher weißt du? ... Ach so ...«


»Nehmen wir Mirabella nicht fest?«, fragte Emilia, als sich Gaetano auf den Beifahrersitz fallen ließ.

»Sie streitet alles ab. Lass uns die Videos auswerten. Und wenn es bis nächste Woche dauert. Sobald wir Mirabella entdecken, holen wir uns einen Haftbefehl.«

»Observieren?«

Gaetano wedelte mit Mirabellas Pass. »Sie kommt nicht weit. Fahr los.«

»Aber Salvo, die besorgt sich doch in null Komma nichts einen neuen.«

»Nein. Sie fühlt sich zu sicher. Ich kenne sie.«

»Das ist nicht wahr ...«

»Aber ich glaube es!«

# EPILOG

Als Davide an einem Nachmittag im Oktober in Gaetanos Büro trat, fand er ihn zufrieden auf die abgehefteten Dokumente blicken. »Glücklich, dass es vorbei ist?«

»Ich hatte noch nie einen schlimmeren Fall.«

»Gabriele wohl auch nicht. Wenn Mirabella nicht untergetaucht wäre, hätte er vielleicht seine Beförderung bekommen. Das verzeiht er dir nicht so schnell.«

Gaetano winkte ab.

»Immer noch keine Spur von ihr?«

Er schüttelte den Kopf. »Ich glaube, die sehen wir so schnell nicht wieder.«

»Genauso wie Emilia, *vero*?«

»Im Büro nicht, aber die sitzt wie immer drüben bei Mauro.« Gaetano sah aus dem Fenster. Emilia hatte vorerst die Segel gestrichen. Nach Abschluss des Falles Gennaro waren plötzlich wie ein Mückenschwarm Schwangerschaftsbeschwerden über sie hergefallen. Schwindel hier, Übelkeit dort. Und sie hatte wohl außerdem gespürt, dass ihre Kräfte bald nicht mehr ausreichen würden, ein Tollhaus voller Mauscheleien zu ertragen. Dass sie vor der Geburt der Zwillinge noch einmal ihren Dienst antreten würde, war unwahrscheinlich. Aber sie blieb immerhin in Reichweite. Solange sie von morgens bis abends beim Pasticciere saß, war alles gut. Gaetano konnte sie um Rat fragen, und Emilia musste die Lektionen ihrer Schwiegermutter nicht ertragen.

Aber was war nach der Geburt? Gaetano fühlte sich schon jetzt einsam.

»Schon Ersatz in Aussicht?«

»Wir arbeiten dran.« Gaetano lächelte. Gabriele würde nicht zögern, Beppa Bellucci als Aushilfe einzustellen. Sie konnten jeden brauchen. Aus dem Augenwinkel vernahm er, wie Davide von einem Bein auf das andere trat. »Was ist, hast du was?«

Davide zog einen Umschlag hinter dem Rücken hervor. »Du hattest mir mal eine Probe zum DNA-Vergleich gegeben. Die Zigaretten und das Blut an Capuanos Penis, erinnerst du dich?«

»Oh … ja.« Gaetano wurde rot.

»Ich habe das Ergebnis.« Davide legte den verschlossenen Umschlag auf den Schreibtisch.

Gaetano dachte an Francesca. Hatte sie von Capuanos Anzahlung und Beppas Geld mittlerweile einen Blindenhund für ihre Mutter gekauft?

Als Davide gegangen war, betrachtete er lange den Umschlag, griff ihn und ließ ihn durch die Finger gleiten. Das Sonnenlicht schlug ihm warm und weich ins Gesicht. Er schloss die Augen. Dann warf er den Brief in den Papierkorb.

Eine halbe Stunde später hielt er vor Carlas Wohnung. Seine Nichte manövrierte Aniello auf die Rückbank, vertäute ihn und stieg auf der Beifahrerseite ein. Oben am Capodimonte würde sie Michele mit einem großen Picknick empfangen. Ein letztes Mal hatte der Spätsommer zugeschlagen, aber zaghaft. Die Obstverkäufer am Straßenrand trugen bereits Jacken. Während Gaetano fuhr, griff er mit der linken Hand ins Seitenfach der Fahrertür und zauberte eine Flasche Aglaia hervor. »Den machen wir heute Abend leer, *vero*?« Er lächelte seiner Nichte zu.

»Den müsst ihr drei Männer aber ohne mich trinken.«

»Was? Wieso?«

»Salvo. Ich bin schwanger!«

Gaetano brachte den Wagen quietschend zum Stehen.

Hinter ihnen hupte Neapel.

# GLOSSAR

## Das Napulitano an und für sich

Eine konturlose Sprache wie das Napulitano zu beschreiben, würde bedeuten, aus einem wogenden Nebel ein Gesicht zu modellieren. Napulitano folgt keiner offiziellen Grammatik oder Orthografie, und die Aussprache korreliert mit den Emotionen der Menschen, die es mal traurig, mal fluchend oder lächelnd dahinnuscheln. So kann es passieren, dass ein und dieselbe Person ein Wort morgens so und abends anders betont. Trotz dieser Wandelbarkeit, die dazu führt, dass sich Italiener und Neapolitaner – ja manchmal die Neapolitaner unter sich – nicht immer verstehen, ist Napulitano offiziell als Sprache anerkannt.

Bei meinem ersten Aufenthalt in Neapel stand mir ein treusorgender Tandempartner, Pepe, zur Seite, der sich mühte, mich ins Napulitano einzuführen. Wenn ich nach der Morgenlektion fragte, wann wir uns wiedersähen, antwortete er in den ersten Wochen – ganz hochitalienisch – immer »di pomeriggio« (»nachmittags«), nur um einige Wochen später in ein »di pomeri« und wieder später in ein »dpom« zu wechseln. Als ich wissen wollte, worin die tiefere Bedeutung dieses Wandels bestehe, behauptete er entrüstet, er könne sich überhaupt nicht erinnern, jemals die Wendung »di pomeri« benutzt zu haben.

Möchte man einen grammatikalischen Leitgedanken formulieren, so achten Neapolitaner darauf, Wichtiges zu betonen, indem sie Unwichtiges vernachlässigen. So werden mitunter Vokale oder ganze Silben am Ende des Wortes weggelassen, mancher Wortbeginn lustlos dahingezischt. Im Napulitano möchte man mit wenig Kraftaufwand schnell zur Sache kommen. Eine ganz und gar subjektive Beobachtung offenbart, dass viele Laute mit Lippen gebildet – ja gedoppelt – oder über die Schneidezähne herausmanövriert werden, während gutturale Laute weniger beliebt sind, als ob deren Weg nach draußen zu lang wäre. Es scheint, als trügen die Neapolitaner ein Repertoire wichtiger Worte stets auf der Zungenspitze, um sie immer parat zu haben.

Jedem, der einen Eindruck von dieser – im wahrsten Sinne des Wortes – bezaubernden Sprache gewinnen möchte, sei ein Besuch in der Messe geraten. Ein inbrünstiges neapolitanisches Vaterunser vergisst man nie.

Amen


Im folgenden Glossar sind neapolitanische Ausdrücke mit * gekennzeichnet.

| | |
|---|---|
| *Arrassusìa! | Gott behüte! |
| basso (pl. bassi) | typische neapolitanische einräumige Erdgeschosswohnung |
| capisc'/capisce | verstehst Du/verstehen Sie |
| caro mio | mein Lieber/Bürschchen |
| cazzarola | verdammt/verflixt |
| *Ce verimmo! | Wir sehen uns! |
| cellulare | Handy |
| Che bellezza! | Großartig/Wie aufregend! |

| | |
|---|---|
| Che cazzo! | Mist/Was soll der Scheiß? |
| Che Dio mi assista! | Gott steh mir bei! |
| Che emozione! | Wie aufregend! |
| *Che vvuò? | Was willst du eigentlich? |
| *Ciérto! | Natürlich! |
| *Cómme te chiammè? | Wie heißt du? |
| complimenti | Respekt |
| con calma | Alles mit der Ruhe |
| d'accordo | einverstanden |
| *Dimméllo! | Red schon! |
| Dio santo | Mein Gott |
| Dio mio | Mein Gott |
| *E po'? | Was noch? |
| *e tirittittì | Und wenn schon |
| femminuccia | Heulsuse/Memme |
| Fratelli d'Italia | Fratelli d'Italia (Partei) |
| *fruttaiuólo | Obstverkäufer |
| gemelli | Zwillinge |
| *Graziassàje. | Ich danke Ihnen. |
| Il mondo come volontà | Die Welt als Wille und |
| e rappresentazione | Vorstellung (Hauptwerk von |
| | Arthur Schopenhauer) |
| In bocca al lupo! | Viel Glück! |
| *Jàmmo ja! | Auf geht's, los! |
| macellaio | Fleischer/Metzger |
| *mannàggià | zum Teufel |
| *mmèrda | Mist |
| Mi dispiace. | Tut mir leid. |
| *munnezza | Bullshit |
| negozietto | Tante-Emma-Laden |

| | |
|---|---|
| *Nun 'o ssàccio! | Was weiß ich? |
| pasticceria | Zuckerbäckerei |
| pasticciere | Konditor |
| pasticcini | Süßgebäck |
| per amor del cielo | Gnade uns Gott |
| *pe ffurtùna | zum Glück/Gott sei Dank |
| *pulizzìa | Polizei |
| *pulizziòtto | Polizist |
| Porca puttana! | Heilige Scheiße! |
| *prànzo | Mittagessen |
| Pronto? | Ja, bitte? (am Telefon) |
| questura | Polizeipräsidium |
| ragazzi | Jungs (als Ansprache aller Anwesenden) |
| Ricerca sulla criminologia forense | Fachzeitschrift über forensische Kriminologie |
| salumeria | Metzgerei |
| *sciò sciò | Hau ab/Husch, husch |
| *sciué sciué | bravo/gut gemacht |
| sicuramente | sicherlich |
| Sloggia! | Hau ab! |
| sorpresa | Überraschung |
| *Sto bbòna. | Es geht mir gut. |
| *strunzata | Scheißdreck |
| *sùbbeto | sofort/schnell |
| va bene / *vabbè | Alles klar/Geht in Ordnung |
| Va fan culo! | Fick dich!/Leck mich doch! |
| Vero? | Oder? |
| zitto | Sei still!/Schscht |
| *zùppa 'e làtte | Frühstück |

# LESEPROBE

ISBN der gedruckten Ausgabe 918-3-423-22122-1
eBook ISBN 3-423-44720-1

# 1.

Der Heiland war allgegenwärtig. In jedem noch so engen Vicoletto hing sein Antlitz, gemalt oder geflochten aus Olivenzweigen, und wippte an den von Gallseife verschmierten Wäscheleinen zwischen den Fassaden vor und zurück. Er schien gefangen zwischen Himmel und Erde, bereit hinaufzusteigen, um zu richten über jene, die ehrfürchtig auf den Balkonen bangten und zwischen Fahnen und Palmwedeln auf die erste Prozession des Tages warteten. Die Sonne brannte. Und wer nicht gerade mit geschlossenen Augen betete, konnte womöglich mitverfolgen, wie sich aus einer Krone des Herren ein verdorrtes Zweiglein löste und träge in den dunklen, feuchtschwülen Schatten zwischen den Häusern von Neapels Centro Storico hinabsegelte, gen Boden taumelte, wo es vom Duft der Stadt umspült wurde. Denn tagelang hatten die Neapolitaner gebacken, geputzt und gewaschen, und seit dem ersten Morgentau waberte das Aroma aus Seife, Karamell und Orangenwasser durch die gefegten Gassen, floss wie ein zäher, hoffnungsvoller Film die Via Mezzocanone hinab zum Corso Umberto, wo der Verkehr längst zum Stillstand, Touristen und Einheimische zur Ruhe gekommen waren.

Von dort würden die Kapuzenträger bald kommen und den Olivenzweig zertrampeln, wenn sie den Kreuzträger durchs Storico trieben, ihn peitschten, die Massen in den Quartiere zum Keifen brächten. Doch noch ehe der Zweig das taunasse Kopfsteinpflaster berührte, erbarmte sich eine Möwe seiner, pickte nach ihm und trug ihn mit sich fort, dorthin, wo man Jesu Besuch an diesem Karfreitag nicht erwartete. Ans Meer, wo die Fischer den Heiland wegen ihres mageren Fangs verfluchten, wo Neapel auch heute schmutzig war, wo die tutenden Fähren den Dreck aus aller Welt auf einem Teppich aus Öl und Tang ins Hafenbecken schoben. Dort ließ ihn der Vogel fallen, und er gesellte sich zu den Autoreifen, Cellulari und Liebesbriefen unter den Stegen von Mergellina, zu den Resten menschlicher Schicksale, die sich in den dunklen Wassern in jahrhundertealten Geflechten aus Tauen und Netzen verhedderten. Und dort sank der Zweig hinab, bis ihn eine algenumrankte Stirn willkommen hieß.

Commissario Salvatore Gaetano stand in zu engen Gummistiefeln im Gehege hinter dem terrakottafarbenen Bauernhaus, das seine Eltern ihm und seinem Bruder Aniello zu gleichen Teilen hinterlassen hatten. Während sich ein gutes Dutzend Hühner in einer schattigen Ecke vor ihm in Sicherheit brachten und schüchtern gackerten, bestaunte er ein Baugerüst an der rückwärtigen Fassade. »*Cazzarola*, was wird das hier, ein Anbau?«, murmelte er. Warum wusste er davon nichts? Und wo hatten seine Nichte Carla und ihr Ehemann Michele das Geld dafür her? Das Weingut hatte noch nie mehr als Almosen abgeworfen, und jetzt fingen die hier an, zu renovieren? So ein Anbau kostete doch ein Vermögen! Gaetano konnte nur hoffen, dass seine Nichte nicht erwartete, ihr Patenonkel würde groß investieren, sobald er zurück auf die Tenuta gezogen war. Und dass nicht ausgerechnet das hinter ihrem sehnlichen Wunsch steckte, dass er zurück in den Schoß der Familie kehren sollte.

Der Hahn stand auf seinem Misthaufen, starrte ihn an und scharrte dabei. »Mach schon«, murmelte Gaetano, und im nächsten Moment plusterte sich das Federvieh in einer Inbrunst auf, als hätte es zehn Jahre lang auf diesen Augenblick gewartet, und ließ ein gellendes Krähen los. Gaetano streckte ihm die Zunge raus. Die Hühner hüpften neugierig heran. Beiläufig prüfte er, ob noch eines von früher unter ihnen war. Sie waren Aniellos Metier gewesen. Der hatte sich immer um sie gekümmert. Und irgendwie hatte das auch gepasst. Vor seinem Unfall war sein Bruder mindestens so aufgedreht gewesen wie eine Henne auf der Flucht – und so eitel wie ein Gockel.

Gaetano schloss die Augen und sog den sauren Mief von Hühnerkot in sich ein. Als er wieder aufblickte, hatten sich die Hennen in einer Reihe vor ihm positioniert und guckten ihn erwartungsvoll an. »Was glotzt ihr so blöd, eh? Ich komm jetzt vielleicht öfter, also keine Mätzchen, *capite*!« Er scheuchte die Armada weg, stieß mit der Fußspitze die Tür zum Verschlag auf, sammelte zwei Hände voll Eier ein und stapfte unter dem erneuten Krähen des Hahnes zurück zum Hauseingang.

Als er um die Ecke auf den sonnendurchfluteten Vorhof bog, stieß er mit jemandem zusammen. Verdutzt sah er in ein tiefbraunes, von Falten und Pockennarben übersätes Gesicht mit einer blumenkohlknolligen Nase darin. Dann grinste er. »Adamo, bist du's wirklich?«

Schon hatten ihn die tentakelartigen Arme des Mannes umschlungen. »Salvo …« Der drahtige Riese drückte ihn an sich und zerquetschte ihn fast dabei.

»Vorsicht, die Eier«, wisperte Gaetano, worauf Adamo ihn

losließ, ihn in die Backe kniff und auf das knappe Dutzend Eier in Gaetanos Händen schielte.

»*Dio*, Salvo, du hast noch dieselben Riesenpratzen wie früher. Wird Zeit, dass wieder Dreck dran kommt, eh?« Gaetano sah ihn fragend an. »Carla hat schon verraten, dass du nach Hause kommst.« Noch einmal zwickte Adamo ihn in die Backe. Gaetano lächelte gequält. »Gib Bescheid, wenn es so weit ist. Ich bin zwar nicht mehr so kräftig wie früher, aber beim Umzug aus der Junggesellenwohnung des verlorenen Sohnes kann ich schon noch helfen.«

Gaetano nickte. Ja. Auf Adamo konnte man zählen. Der Alte war der einzige Mensch, dem Gaetano je begegnet war, der nie eine Gegenleistung für einen Gefallen gefordert hätte. Sein Land hatte er den Gaetanos schon vor Jahrzehnten zur Verfügung gestellt. Einzig für Kost und Logis – und weil er nie ein besonderes Interesse daran gehegt hatte, sich vom Regen, der sowieso nie kam, abhängig zu machen. Trotzdem war er tagein, tagaus wie aus dem Nichts immer dort aufgetaucht, wo es etwas zu tun gab. Tonnen von Steinen, die eigentlich Gaetano und sein Bruder aus den Gemüseplantagen hätten herausklauben sollen, waren von Adamos kräftigen Händen zu Mäuerchen entlang der Felder aufgeschichtet worden. Bis heute wusste Gaetano nicht, ob Adamo ihnen die harte Arbeit abgenommen hatte, damit sie Zeit für die Hausaufgaben hätten und in der Schule nicht abgehängt würden, oder ob er einfach gute Landwirte aus ihnen machen wollte.

»*Dimmi*, Salvo, kannst du's noch?« Adamo nahm ihm die Eier ab, kniete sich auf den Boden, drückte mit dem Daumen eine Mulde in den kleinkörnigen Kies und legte ein braunes Ei hinein. »*Allora*, wohin pflanzt du die nächste Tomate, eh?«

Er stemmte sich in den Stand und hielt Gaetano ein weißes Ei vor die Nase.

Gaetano grinste, bückte sich und positionierte es gut einen halben Meter neben dem ersten. Als er aufblickte, hielt ihm Adamo schon das Nächste hin.

»*Va bene*, aber etwas eng, würde ich sagen. Denk an die kampanische Sonne. Die Tomaten wollen sie nicht teilen. Jetzt die zweite Reihe.«

Gaetano legte ein Ei ums andere in den Kies, bis er zwei Reihen im Abstand von einem Meter gebildet hatte. Dann klopfte er sich den Staub von den Knien und erwartete Adamos Lob.

Sein Lehrmeister nickte anerkennend. »*Perfetto*, ich würde sagen, in ein paar Wochen können wir ernten. Bist du dabei?«

Gaetano biss sich auf die Unterlippe und sah an ihm vorbei. »Versteh schon. Nur auf der Durchreise, eh?«, murmelte Adamo traurig und kratzte sich hinter dem Ohr. »Wär gut, wenn du zurückkommst, Salvo. Carla kann jede Unterstützung gebrauchen. Wenn erst mal das Baby da ist, wird sie das mit Aniello nicht mehr schaffen.«

»Warum holt sie sich nicht Hilfe aus dem Dorf oder organisiert eine Pflegekraft?«, fragte Gaetano. Er spürte selbst, wie hart das klang. Wer konnte schon die aufopfernde Liebe einer Tochter ersetzen?

Adamo begann, mit dem Absatz seines linken verdreckten Gummistiefels kleine Schotterwälle zusammenzuschieben. Es hörte sich an wie früher in jenen schlaflosen schwülen Nächten, wenn der alte Kauz seinen unrunden Mühlstein gedreht hatte. »Man merkt, dass du lange weg warst, Salvo. Das Dorf stirbt aus. Die Alten sind tot, die Jungen fort. Und von denen, die noch da sind, kriegst du keinen dazu, Aniello die Windeln zu wechseln.«

»Und eine Assistenza Domiciliare?«

»Wirst keinen Pflegedienst finden, der den Weg nach San Pietro auf sich nimmt. Und wenn, fehlt dir das Geld dazu. Da hilft nur eines, Salvo: Du musst zurückkommen und anpacken.« Eilig kniete er sich auf den Boden, sammelte die Eier zusammen und hielt sie Gaetano hin. »Wasch die Eier, bevor du sie Carla gibst, hörst du? Salmonellen könnten dem Baby schaden. Und jetzt ab mit dir in die Küche. Die Pastiera muss fertig werden, sonst zieht sie bis Domenica nicht mehr durch. Oder willst du fürs Backen eine Haushälterin engagieren?«

Da war es wieder. Das leidige Thema mit dem Geld. Gaetano sah sich verstohlen um, kniete sich zu Adamo auf den Boden und flüsterte: »Was soll das Baugerüst an der Fassade? Was treiben die hier? Baut Carla um? Wozu?«

Der Alte blickte ihm tief in die Augen und zog die rechte Braue hoch. Das konnte er, dachte Gaetano. Mit dem gleichen Gesichtsausdruck hatte Adamo ihn als Kind aufgefordert, die Abstände zwischen den Tomatenpflanzen nachzumessen oder die Auberginen zu drainieren. Früher hatte Gaetano dem Blick nie standhalten können, aber über die Zeit waren die Brauen buschiger geworden und einzelne Horste herausgewachsen, die sich nun wie eine zerfledderte Markise vor seine starken braunen Pupillen schoben. »Junge, hast du nicht gemerkt, wie dein Bruder schwankt und humpelt? Willst du ihn einsperren? In ein paar Monaten schafft er es nicht mehr die Treppe runter.«

»Ein Aufzug?«

»*Dio*, nein, eine Rampe.«

Gaetano kniff die Lider zusammen und stellte sich das Szenario vor. Hinter der Fassade im ersten Stock lag Aniellos Zimmer. Mit einer Rampe hätte er freie Bahn und könnte unkontrolliert raus. Wenn das mal gut ging. Sein Bruder war schon im Pflegeheim ständig getürmt.

»Was kostet sowas?«, fragte er und öffnete die Augen, doch Adamo war verschwunden.

Carla stand in Schürze und quietschgrünen Gummihandschuhen neben der Spüle und wischte sich mit der rechten Hand über die Stirn, um eine rotschwarze Haarlocke hinters Ohr zu klemmen, die sich aus ihrem Pferdeschwanz gelöst hatte. Mit der anderen strich sie sich über ihr Sechsmonatsbäuchlein. »Warum brauchst du so lange, Salvo?« Sie keuchte mehr, als dass sie sprach.

Seine Nichte war kurzatmig geworden in den letzten Wochen. Adamo hatte recht. Allein würde sie den Laden hier nicht mehr lange am Laufen halten können. Doch wenn sie tatsächlich auf ihren Patenonkel hoffte, hätte sie sich geschnitten. Missmutig musterte er die Armada an gebrauchten Tässchen auf der Anrichte neben dem Spülbecken, an deren dickwandigen Rändern angetrockneter Kaffeesatz klebte. Es roch nach Limonenmarmelade und kaltem Espresso. Seine Familie hatte ohne ihn gefrühstückt. Ein toller Morgen. Erst da registrierte er Aniello. Carlas Vater saß, in eine rot-blau karierte Wolldecke gewickelt, auf der Eckbank und gluckste leise. Gaetano ging zu ihm, beugte sich hinunter und küsste das wuschelige Haar. Dann wandte er sich Carla zu. »Was muss ich jetzt tun?«, motzte er.

Seine Nichte baute sich vor ihm auf. Ihre freche Stirnlocke flatterte im Luftstrom ihres Atems. »Das hier ist kein Hotel, *capisci*? Glaubst du, ich bediene dich von vorn bis hinten? Dann geh zurück in die Via Sedile di Porto und verbring Pasqua allein.« Sie hielt kurz inne, strich sich theatralisch über den Bauch und holte tief Luft. »Wir backen jetzt zusammen Pastiera Napoletana, dann kochen wir Muschelsuppe und …«

Gaetano zuckte zusammen. Verdammt, die Muscheln! Er hatte die dämlichen Muscheln in der Stadt vergessen. Bestellt hatte er sie. Bei Luigi, das war Tradition. Der Pescatore hatte ihn sogar noch gestern in der Questura angerufen, um ihn daran zu erinnern, sie abzuholen. Und jetzt das. Carla würde ihn lynchen. Dabei kam die *zuppa di cozze* für gewöhnlich am Gründonnerstag auf den Tisch. Welcher Neapolitaner, bitte schön, aß am Karfreitag Muscheln? Wieder so eine Schnapsidee von Carla. Alles musste in dieses Osterwochenende hineingepresst werden, ob es passte oder nicht.

»Was ist? Was hast du?« Carla verengte die Augen. »Sag bloß, du hast die Muscheln verg…«

In dem Moment piepte Gaetanos Cellulare. Umgehend zog er es aus der Hosentasche und blickte drauf. Beppa Bellucci, seine junge Kollegin, hatte mehrfach versucht, ihn zu erreichen, und ihm dann eine WhatsApp geschrieben. Er lächelte. Sie arbeitete über Pasqua das erste Mal alleinverantwortlich. Vor noch nicht einmal vierundzwanzig Stunden hatte er Neapel verlassen, und schon schien es den Bach hinunterzugehen. Als ob die Stadt ahnte, dass Beppa noch grün hinter den Ohren war. Gaetano entsperrte das Gerät, um zu sehen, wo der Schuh drückte. ›*Scusi*, Capo, es gibt da ein Problem. Sie müssen dringend …‹

Carla schnappte sich das Cellulare und stierte wütend auf das Display. »Beppa, dachte ich's mir.«

»Das ist dienstl…«

»Eben«, fauchte sie. »Über Pasqua keine Morde, *capisci*? Du hast Urlaub.« Sie ließ das Smartphone in den Weiten ihrer Schürzentasche verschwinden.

»Du gibst mir sofort …«

»Nein!« Aus ihrer Schürze klingelte es.

»Carla, das kann wichtig …«

»Basta!«, keifte sie und verschränkte die Arme vor der Brust.

»Ich bin für Beppa verantwortlich, verdammt«, fauchte er.

»*Mi fai schifo*, Onkel Salvo«, fluchte Carla, griff in ihre Schürzentasche und warf Gaetano das Cellulare zu. Dann stiefelte sie hinaus.

Er versuchte es ein halbes Dutzend Mal, doch Beppa Bellucci ging nicht ran. »Dann eben Baustelle Nummer zwei«, murmelte er und rief bei Luigi an. Mal sehen, was der Kauz für eine Muschellieferung nach San Pietro verlangte. Nötig hätte er es nicht. Luigi stand in jedem Reiseführer. Mit dem Nussaroma seiner erlesenen Vongole auf der Zunge überstand man sogar einen Spaziergang durch Neapels Morast aus Frittierfett und Imitatparfum. Wer einen der fünf Tische vor seinem Fischladen ergattern wollte, musste früh aufstehen.

Gaetano ließ es endlos läuten, doch es kam nur die Mailbox. »*Che Dio mi assista!*«, flüsterte er und legte auf. Noch während er sich bekreuzigte, klingelte es. »Ciao Beppa.«

Aus einem Brei aus Möwengeschrei, Motorenlärm und polyglottem Geschnatter schälte sich die Stimme seiner Kollegin: »*Buongiorno Capo, scusi*, ich weiß, Sie haben Urlaub, aber …«

517

»Was ist los, Beppa? Haben sie Jesus das Kreuz gestohlen?«
Er erwartete ihr übliches Gefrotzel, doch etwas war anders als
sonst. Sie schien außer Atem und nervös.

»*Va tutto benissimo*, nur ... ich ... ähm ... *allora*, könnten
Sie kurz bei der Spurensicherung anrufen? Davide Picariello
geht nicht ans Telefon.«

»Wo brennt's denn?« Was wollte sie von Davide, verdammt? Da war doch was faul.

»Sagen Sie ihm bitte, dass er mich nicht wegdrücken soll,
wenn ich ihn anrufe.«

»Und wie soll ich ihm das ausrichten, wenn er nicht rangeht?« Dieses Schlitzohr, dachte Gaetano. Davide war wohl
immer noch beleidigt, dass er über Pasqua nicht frei bekommen hatte. Und jetzt machte der Chef der Spurensicherung
seine Drohung war: Er würde nur ausrücken, wenn es etwas
Wichtiges gäbe. Und wichtige Aufträge bekam man nun einmal nicht von einer zwanzigjährigen Kriminalpolizistin in
Ausbildung. Da konnte Beppa hundertmal anrufen. Davide
war stur. Gaetano begann, mit der freien Hand seine Hosen-
taschen nach den Autoschlüsseln abzuklopfen. Beppas Anruf
rettete ihm gerade das Leben. Er würde in der Stadt nach dem
Rechten sehen und ganz nebenbei bei Luigi Muscheln kaufen.
Bis zum Nachmittag wäre er wieder in San Pietro. »Soll Davide irgendwo hinkommen, Beppa?«, fragte er, während er
seine Gesäßtasche von Quittungen und verknüllten *fazzoletti*
befreite. Wo waren die Dienstwagenschlüssel, zum Teufel?
»Wo bist du gerade, Beppa?«

»Das sag ich Davide dann schon. Sie feiern jetzt mal schön
weiter Pasqua, Chef. Picariello soll einfach ans Telefon gehen.
Er kann mich auch anrufen, aber ... ähm ... *subito*.« Der

Lärm in der Leitung wurde stärker. Beppa schien sich in einer Menschentraube zu befinden. Irgendwer plärrte etwas wie ›*Cazzo*, weg mit ihm‹. Eine Fähre tutete.

»*Dio*, Beppa, was ist da los bei dir?« Plötzlich näherten sich Polizeisirenen.

»*Va bene*, Chef. Verstärkung ist unterwegs. Könnten Sie jetzt trotzdem Picariello anrufen?«

»Und, was soll ich ihm sagen, weswegen du ihn brauchst?«

Belluccis Lachen übertönte den Trubel. »Sie können es einfach nicht lassen, Chef, *vero*? Ich habe in Mergellina eine Wasserleiche aus dem Hafenbecken gezogen.«

# 2.

»Wo, zum Teufel, ist mein Dienstwagen, Carla?« Gaetano hatte auf der Suche nach seinen Autoschlüsseln die halbe Tenuta auf den Kopf gestellt, bis ihm ein Blick in den Hof verriet, dass nicht nur die Schlüssel, sondern auch der Wagen verschwunden waren.

»Michele muss noch eine Lieferung machen. Und beim Scudo bricht jeden Augenblick der Auspuff ab.« Seine Nichte knetete in aller Seelenruhe in einer Teigschüssel herum. Ihre wilden Locken hatte sie unter einem Kopftuch gezähmt. Es duftete herrlich nach geriebenen Zitronenschalen.

»Michele fährt in meinem Dienstwagen Wein spazieren?« Gaetano blieb die Luft weg. »Ballert er vielleicht auch mit meiner Waffe her…«

»Es ist doch nur ein einziger Kunde. Die vom Il Cupolino überlegen, unseren Wein ins Sortiment aufzunehmen. Das ist die Chance, Salvo … absolute Spitzengastronomie. Glaubst du, Michele fährt da mit unserer röhrenden Rostlaube vor?«

Gaetano atmete tief durch und versuchte, sich zu erinnern. Das Il Cupolino lag irgendwo bei Cupa dei Cani. Demnach schruppte Michele gerade den Motor seines Dienstwagens die Serpentinen rauf und runter durchs kampanische Hinterland. Gaetano würde sein Auto – in welchem Zustand auch immer – frühestens in einer Stunde wiedersehen.

Carla hatte aufgehört zu kneten und musterte Gaetano aus zusammengekniffenen Augen. »Wozu brauchst du deinen Wagen, eh?«

Sein Herzschlag beschleunigte sich. »Beppa … sie … es gibt ein Problem«, log er. »Sie hat mich gebeten zu kommen. Es dauert auch nicht lange.« Er spürte, wie er rot wurde. Seine Kollegin hatte ihn angefleht, die Sache mit der Wasserleiche ohne seine Hilfe regeln zu dürfen.

»Beppa, eh?« Carla schnipste ihm einen dottergelben Teigfaden aufs Hemd. »So dreckig kannst du an Pasqua nicht raus. Schon gar nicht zu einer Frau. Du bleibst hier, *basta*.« Sekundenlang sahen sie sich in die Augen. Plötzlich setzte seine Nichte ein Lächeln auf und bespritzte ihn ein weiteres Mal mit Teig. »Aber, um ehrlich zu sein: So einen schmutzigen Onkel möchte ich auch nicht im Haus haben. Na los! Nimm den Lieferwagen und mach, dass du rauskommst. Vorher gibst du ja doch keine Ruhe, Commissario.«

Gaetano grinste, wischte sich mit dem Zeigefinger den Teig vom Hemd und leckte ihn ab. »*Salare*, Carlina!«

Micheles ramponierter Lieferwagen war ein Spiegel des armseligen Zustands der Tenuta, die Gaetanos Vater in den letzten Jahren vor seinem Tod kraft seines Alkoholkonsums heruntergewirtschaftet hatte. Verdreckt und verrostet. In der Fahrerkabine stank es bestialisch nach Öl, und zwischen Gaetanos Oberschenkeln klaffte ein zentimeterlanger Riss im Fahrersitz. Schaumstoff quoll in allen erdenklichen Farben heraus.

Der Mittag rollte bereits heran, die Sonne stand fast senkrecht am Himmel, und die Klimaanlage tat keinen Mucks. Gaetano rang nach Luft. Die Hitze fuhr ihm als brennender Föhn in die Lungen. »*Dio*, es ist noch nicht einmal April.« Er legte den Rückwärtsgang ein und zuckelte langsam über den geschotterten Hof. Als er nach wenigen Minuten das Ortsschild von San Pietro passierte, rann ihm der Schweiß in Strömen in den Hemdkragen.

In Neapel hatten sie die Durchfahrt durchs Centro Storico wegen der zahlreichen Prozessionen gesperrt, und so versuchte Gaetano, über Schleichwege zum Meer vorzudringen. In der Via Croci Santa Lucia Al Monte, am äußersten Zipfel der Spanischen Viertel, wurde er von einem transpirierenden Carabiniere herausgewinkt. Er rangierte den Lieferwagen gegenüber einer Kirche an den Straßenrand. Dicke Nonnas hatten sich dort in weiße Plastikstühle gequetscht und stopften den Kindern auf ihren Schößen bunte Zuckerkügelchen in den Mund. Als Gaetano den röhrenden Motor abgestellt hatte, kündigte sich mit Trompeten und Schellen eine Osterprozession an, und wenige Minuten später schob sich ein lärmendes Farbenmeer aus Standartenträgern, Tamburini und Trombettiste den Berg hinauf Richtung Kirche. Leise summte Gaetano mit. Pasqua hatte er noch nie außerhalb Kampaniens gefeiert. Aber mit Sicherheit war Neapel der einzige Ort auf der Welt, der Jesu Auferstehung bereits vor dessen Kreuzigung feierte. Nirgendwo sonst dürfte man auf die Idee kommen, einen Freudentaumel zu veranstalten, bevor abzusehen war, dass der Heiland drei Tage später die Menschheit erlöste. Doch so waren seine Landsleute. Neapolitaner waren sich ihrer Errettung stets sicher gewesen. Ohne diese Gewissheit konnte man im Umkreis von unzähligen zickigen Supervulkanen nicht leben. Und das war nur das geringste Übel.

Plötzlich verstummte die Musik. Es wurde mucksmäuschenstill. Schwaden von stechendem Weihrauch waberten in die Fahrerkabine. Und dann stand Jesus neben dem Lieferwagen. Mit letzter Kraft schleppte sich der Kreuzträger die Gasse bergan, von der schweren Last auf seiner rechten Schulter zum Buckel gezwungen. Der Rücken voller blutiger Striemen. Schweiß rann ihm über Stirn und Nase. Bei jedem Schritt klackerte das monströse Kreuz über das Kopfsteinpflaster und ließ aus unzähligen Vicoletti gewehrsalvenhaftes Schnattern widerhallen. Gaetano sah gebannt zu. Im Hintergrund senkten die Nonnas die Köpfe, ergriffen die fettigen Hände ihrer Enkel und führten sie zum Kreuzzeichen.

Ihm wurde schwummrig. Er schloss die Augen und ließ sich vornüber aufs Lenkrad sinken. Auf einmal fühlte er den weichen Busen seiner Nonna im Rücken und Aniellos knochigen Hintern auf seinen Oberschenkeln. Sein kleiner Bruder hatte bei den Prozessionen nie Ruhe geben können. Nicht einmal, wenn Jesus persönlich an ihm vorbeigezogen war. Dann, als Jugendlicher, war Aniello einer der Trompeter gewesen, die vorneweg marschierten. Immer von der Gier nach

Leben getrieben. In der gleichen Unersättlichkeit hatte er vor zehn Jahren bei der Traubenernte eine Weinflasche mit den Zähnen entkorkt und sich so sehr am Leben verschluckt, dass ihm der Korken im Hals stecken blieb und ihm beinahe den Tod brachte. Was danach gekommen war, hatte nicht mehr viel mit Leben zu tun. Zehn Jahre Dahinsiechen in einem versifften Pflegeheim, die Mutter aus Gram gestorben, die Ehefrau davongelaufen, der Bruder nach Neapel geflohen, der Vater ständig betrunken. Und als Bonus obendrauf eine traumatisierte Tochter namens Carla, die seit Wochen alles, wirklich alles daran setzte, die Generationen zu versöhnen, indem sie heile Familie spielen ließ. Gaetano schluckte. Sollte er umkehren, mitmachen? Aber ohne Luigis Muscheln brauchte er sowieso nicht nach Hause kommen. Da wäre das Spiel aus, bevor es richtig begonnen hatte. Bei so etwas war Carla unerbittlich. Dafür war sie schließlich Neapolitanerin.

Als er aufblickte, war Jesus über alle Berge. Schwerfällig stemmten sich die schwarz gekleideten Matronen aus ihren Plastikstühlen und torkelten auf geschwollenen Knöcheln hinter dem Heiland her den Kirchberg hinauf. Gaetano startete den grölenden Motor und heulte davon.

Im Hafenviertel angekommen, quetschte er Micheles Lieferwagen zwischen zwei Fiats auf den Randstein der Largo Sermoneta. Von einem Balkon über ihm hingen die Äste eines Pfirsichbäumchens bis auf die Windschutzscheibe herunter. Sie standen in voller Blüte. Als Gaetano ausstieg, schoss ihm das schwer-süße Aroma des neapolitanischen Frühlings in die Nase. Vom Meer flog der Geruch von Salz und Öl heran. Gaetano sog die Melange gierig ein. Einige Hundert Meter weiter stadteinwärts lag der kleine Fischerhafen Mergellina. Für die Einheimischen war er früher einmal das Tor zum Golf gewesen, eine verträumte Idylle. Doch irgendwann hatten Oligarchen aus dem In- und Ausland ihre Minijachten zwischen die rostigen Sardinenbüchsen der Fischer gepresst. Und wenig später war das Chaos vollends über das vollgestopfte Hafenbecken hereingebrochen, als die dickköpfigen Fischer begonnen hatten, ihre Kähne an den Edeljachten zu vertäuen und ihren Fang direkt vom Boot aus zu verkaufen, weil ihnen die Zufahrt ins Hafenbecken zu mühsam wurde. Beinahe wöchentlich gab es seither Randale zwischen sonnengegerbten Fischern und Gucci tragenden Millionären.

Gaetano musste lachen. Wenn der Tote, den Beppa Bellucci aus dem Hafenbecken gezogen hatte, ein aufmüpfiger Jacht-Yuppie war, dann hatte seine Kollegin ein Heimspiel. Sie war in Mergellina aufgewachsen. Ihr Vater war einer der kauzigen Fischer.

Beschwingt schlenderte er Richtung Fischerhafen. Beppa hatte ihm nicht genau beschrieben, wo man den Toten aus dem Wasser gezogen hatte. Sie musste geahnt haben, dass Gaetano sie sonst auf Schritt und Tritt verfolgen würde. Er kam sich ein wenig gemein vor. Beppa und er arbeiteten schon seit letztem Herbst zusammen, seit seine schwangere Kollegin Emilia von einem Tag auf den anderen beschlossen hatte, ihre ungeborenen Zwillinge nicht weiter dem neapolitanischen Moloch auszusetzen. Und Beppa, obwohl sie damals quasi über Nacht ihre Streifenpolizistinnen-Uniform abgelegt und seither noch nicht einmal zwei Trimester an der Scuola Superiore di Polizia hinter sich hatte, machte ihre Sache eigentlich wirklich gut.

Als die Bootsstege in Sichtweite kamen, verlangsamte er seine Schritte und schirmte die Augen mit der Hand ab. Ein Fleckchen Meer, umringt von Hunderten schaukelnden rostigen Kähnen, fing die glitzernde Mittagssonne ein und warf das grelle Licht unbarmherzig auf die pastellfarben herausgeputzten Promenaden-Palazzi. Schwankende Masten und schlaffe Segel verschwammen vor dem schroffen Panorama des Vesuv.

Gaetano blickte sich um. Wo war Beppa Bellucci bloß? In den Fischrestaurants ging es merkwürdig ruhig zu. Nur wenige der Außenplätze waren belegt. Dabei hatte die Siesta noch nicht begonnen. Irgendetwas stimmte hier nicht. Schlagartig wurde er unruhig. Am vierten oder fünften Bootssteg, gut zweihundert Meter weiter, entdeckte er eine Menschenansammlung. Er trabte los. Vor Kai Nummer 5 flatterte ein rot-weißes Absperrband im Wind. Daneben hockte ein Carabiniere auf einem grüngrauen Berg aus veralgten Tauen. Als Gaetano näherkam, erkannte er Beppas Dienstwagen, der einige Meter weiter parallel zur Kaimauer parkte, dahinter ein Auto von der Spurensicherung. Nur der Leichenwagen war nirgends zu sehen. Er duckte sich hinter eine Ape, die meterhoch mit Styroporkisten beladen war. Glitschige Tintenfischtentakel hingen seitlich heraus und tropften auf die Ladefläche. Verdammt, Luigis Muscheln! Gaetano sah auf die Uhr. Er musste in den Laden, bevor die Siesta begann. Zum Glück lag er direkt um die Ecke.

Gespannt starrte Gaetano auf den gut fünfzig Meter langen Bootssteg, an dessen meerseitigem Ende sich eine Menschentraube gebildet hatte. Ab und zu glaubte er, Beppa zu erkennen, wie sie sich hinkniete, wieder aufstand und sich Platz zwischen den Gaffern verschaffte. »*Dio*, ist die allein?«, murmelte er, nahm sein Cellulare und wählte ihre Nummer. Plötzlich kniff ihn jemand in den Rücken. Schlagartig wirbelte er herum.

Vor ihm stand Davide Picariello. Der Chef der Spurensicherung, der kaum höher als ein Wäscheständer war, wedelte mit dem Zeigefinger. Auf seiner Glatze standen Schweißtropfen. »Stiehlst du Fisch, Commissario?« Davide nickte Richtung Ladefläche, auf der die schlabbrigen Tintenfischtentakel in der Frühlingssonne glänzten.

»Ich ... äh ...«

»Hab deinen Wagen gar nicht gesehen. Aber ich wusste, dass du kommen würdest. Du kannst es nicht lassen, was?« Er griff in eine braune Papiertüte, zog ein Stück Pastiera Napoletana hervor und biss hinein. Ricotta krümelte seitlich aus dem Kuchenstück heraus.

*Dio*, der traute sich was. Gaetano bekreuzigte sich. Es waren schon Neapolitaner erstickt, die sich vor Domenica di Pasqua an einer Pastiera vergriffen hatten. Das glich einer Todsünde.

»Probieren?«, nuschelte Davide mit vollem Mund, griff erneut in die Tüte und holte ein weiteres Stück heraus. »Ist ganz frisch. Mein edler Gatte hat gestern stundenlang am Ofen gestanden. Alessios Schwester bleibt übers Wochenende. Hab mir lieber was vom Osterkuchen mitgenommen. Wer weiß schließlich, ob ich an Domenica di Pasqua schon zurück bin.«

Gaetano versuchte zu deuten, ob etwas Beleidigtes in Davides Stimme schwang. Er wusste nicht, woran es lag, aber der Chef der Spurensicherung hatte die Gabe, immer genau dann zu einem Fall gerufen zu werden, wenn er gerade mitten in einer Familienfeier steckte. Mittlerweile schlossen sie in der Questura sogar Wetten darüber ab, wie oft Davide seinen Ehemann pro Monat versetzte. Und dank Alessios neuerdings aufgekeimter krankhafter Eifersucht wussten alle Kollegen immer sofort Bescheid. Kürzlich hatte der arme Junge sogar einmal beim Primo Dirigente angeklingelt und gefragt, ob sein Ehemann auch wirklich einen Fall habe. Gaetano sah auf sein Handy und checkte die letzten Anrufe. Alessio war nicht darunter. Zu Hause vermisste man Davide also noch nicht.

»Nun nimm schon, iss.« Davide hielt ihm das duftende Kuchenstück unter die Nase.

Erst jetzt fiel Gaetano der edle Dress des Spurensicherers auf. Anstatt eines Schutzoveralls trug der kleine Mann einen beigen Leinenanzug und ein türkises Hemd. Um den Hals schlang sich ein papageienfarben gemustertes Tuch. Picariello steckte in Festtagskleidung. Hatte er noch nicht einmal mit der Arbeit begonnen, oder war er bereits fertig? »Hast du schon Ergebnisse?«

Der Kriminaltechniker kniff die Augen zusammen. »*Molto rumore per nulla.* Wenn du mich nicht persönlich angerufen hättest, wäre ich gar nicht erst gekommen. So ein Aufwand wegen einer Wasserleiche. Deine Beppa ...«

»Wird gerade erwachsen.« Gaetano verschränkte die Arme, lehnte sich gegen die Ape und überflog den Trubel auf Steg Nummer 5. »Wie macht sie sich?«, fragte er so beiläufig wie möglich. »Hat sie's im Griff?«

»Du willst hören, dass du gebraucht wirst, *vero*?« Davide verzog grimmig den Mund. »Hast was verpasst, Salvo. Als ich ankam, lag der Tote unbedeckt in der Sonne. Wäre aber beinahe gar nicht zu ihm vorgedrungen. Das halbe Quartiere steht um ihn rum.«

»Presse?« Gaetano ballte die Faust.

»*Col cazzo*. Was interessiert die eine Wasserleiche, eh? Touristen natürlich. Und als die sich ins Hafenbecken übergeben hatten und kreidebleich abgezogen waren, kamen die Restaurantbesitzer. Tänzeln immer noch um Bellucci herum und machen ihr Dampf, dass sie den Toten endlich wegschafft. Das Ostergeschäft können sie sonst abschreiben. Welcher Tourist will schon Fisch essen, der vielleicht eine Leiche angeknab…«

Auf einmal knallte es. Der Schall kam vom Meer, prallte gegen die Palazzi und schwappte zurück über den Fischerhafen. Möwen stiegen auf. Kurz darauf ein zweiter Schuss von der Pier. Und dann, nur Sekunden später, ballerten sie aus allen Ecken des Viertels in die Luft.

»*Benvenuto a Napule*«, fluchte Gaetano und raste Richtung Steg.


›**Commissarion Gaetano und das letzte Abendmahl**‹
**erscheint im Frühjahr 2026.**